KB239450

한국어문학
여성주제어 사전 5

자연

한국어문학
여성주제어 사전 5
자연

김미현 최재남 최형용 곽승미 김경숙 박나리 양현진
유정선 이은정 임정연 전진아 정선희 조경하 조남민

보고사

최초이자 최대인 한국어문학
여성주제어 연구의 보고(寶庫)

세상의 절반은 여성이지만, 그 절반의 세상에서 여성은 전체이기도 하다. 남성도 마찬가지이다. 세상의 역사는 이 절반과 전체의 교집합과 차집합이 만들어 내는 합집합의 심화와 확대로 구성된다. 가장 비슷하면서도 가장 다르기에 가장 이중적인 대화를 여성과 남성이 나눌 수밖에 없는 이유도 여기에 있다. 그리고 그 목소리에 귀 기울일 수밖에 없는 것이 바로 문학의 소명일 것이다. 소명은 거부할 수 없는 자들의 몫이다. 그래서 맹목적이기도 하고 편파적이기도 하다. 위험하지만 생산적인 여성의 목소리를 담는 것이 '절반의 실패'가 아닌 '절반의 성공'으로 자리매김 될 수 있는 것 또한 이런 문학적 소명 때문이다.

여기에 선보이는 『한국어문학 여성주제어 사전』 다섯 권은 한국 문학 현장에서 여성의 삶을 농축한 주제어들을 발굴해 그들의 삶을 재구한 방대한 기록이자 실체이다. 고전과 현대의 시간을 아울러 여성의 시대정신을 투사한 문학 언어를 어학과 접속시키고 문화 체계 안에 배치하고자 한 유례없는 시도이기 때문이다. 그래서 이 책은 여성의 정신사이자 문학 주제론으로 분류되어도 좋고 언어문화학적 글쓰기를 실천한 사례로 인용되어도 좋을 것이다. 그만큼 연구의 부피가 커서 여러 영역과 닿아 있기 때문이고, 시간의 질량과 밀도가 그 부피를 능가할 만큼 높은 작업이기 때문이기도 하다.

그러면 다시, 이 책은 왜 기획되었으며, 이 책에서 무엇을, 어떻게 읽어야 할까.

하나, 『한국어문학 여성주제어 사전』은 '여성'을 읽을 수 있는 책이다.

한국어문학 텍스트를 '여성' 중심으로 읽는다는 것은 새삼스러운 일이 아니다. 포스트모던의 지평에서 근대성 극복의 방편으로 '여성적인 것'에 대한 관심이 대두된 이래 어문학 연구 영역에서는 이미 다양한 방식으로 '여성'을 읽어 왔기 때문이다. 남성과 여성의 경계를 가변적으로 보는 최근 젠더 연구 경향에 비추어 보더라도 이런 식의 접근방식은 순진하기 이를 데 없어 보인다. 바야흐로 성차를 앞세우는 페미니즘의 시각이 더 이상 문학적 정의(正義)로 인정받을 수 없는 시대를 살고 있는 것이다.

그러나 이 모든 전방위적인 견제에도 불구하고 이 책의 시각과 태도는 여전히 '여성적'인 것에 기초해 있다. 기획 단계부터 여성 연구자들의 경험과 지식, 감수성으로 여성의 텍스트를 읽어보자는 순정한 의지가 이 연구를 견인해 왔기 때문이다. 여성을 표현하고 여성적 의미를 객관화하는 일의 난점은 이러한 작업의 수단이 되는 학문 형식이 여전히 그리고 아직도 '여성적'이지 않다는 데 있다. 어학이든 문학이든 모든 학문 체계는 '남성 중심적'이며, 이 안에서 '여성적'인 것을 표현하고자 하는 시도는 운명적으로 내용과 형식이 충돌하는 모순에 처하게 된다. 그래서 여성은 자신의 이야기를 생래적 기질과 동떨어진 해석에 기대어 전할 수밖에 없었던 것이다. G. 짐멜의 말을 빌리자면 '여성적'인 존재는 항상 자신을 '이방인'으로 경험할 수밖에 없기 때문이다.

하지만 바로 그 이방인의 경험이야말로 여성들의 집단적 감정 구조(structure of feeling)를 형성시키는 핵심이다. 감정 구조는 그 안에 녹아있는 사회적인 경험들에서 비롯되며 그 경험은 다시 집단 문화와 시대감각을 형성시킨다. 문학속 여성들이나 그 여성을 표현하고자 했던 또 다른 여성들, 그리고 그 이야기를 읽는 우리의 감각은 모두 유사한 문화적 경험에 연루되어 있다. 그녀들이 여성이기에 겪어야 했던 잠재적 불평등과 내면적 균열은 여전히 지금 우리의 문제이며 이것은 동일한 감정 구조를 발생시킨다. 그런 의미에서 그녀들은 우리와 명시적인 경험을 공유하지는 않았지만 공동의 운명을 꾸려가는 심층적 공동체, 즉 타자 공동체를 형성하고 있는 셈이다. 어떤 지적 세례를 받았든, 어떤 문화경험과 문학 훈련을 해왔든 간에 우리가 체화한 감각의 동일성, 이것이 바로 동어반복을 무릅쓰고 이 연구를 기획할 수 있었던 윤리적 근거이며 미학적 자원이다.

둘, 『한국어문학 여성주제어 사전』은 '주제어'를 통해 여성을 읽을 수 있는 책이다.

'주제어'를 중심으로 여성을 읽는다는 것은 여성의 감정이 어떤 식으로든 구조화되고 응축되어 언어에 반영되어 있다는 관점에 기반을 둔다. 여기서 여성주제어는 여성의 감정 구조와 관련한 모티프, 소재, 이미지, 상징을 함축하는 개념이라 할 수 있다. 그래서 주제어는 때론 구체적인 모티프로, 때론 추상적인 이념 혹은 상징으로 모습을 드러낸다.

그런데 모든 여성주제어들은 여성들에게 유사한 감정 구조를 야기한 배경으로 '가부장제'를 지목하고 있다. 가부장 제도와 의식이야말로 여성 문제를 파생시킨 진원지로, 한 시대 여성의 삶에 깊은 외상을 남기고 뒤이은 시대의 지층을 관통하면서 여성의 삶에 광범위하게 영향을 미치기 때문이다. 그러므로 여성주제어는 가부장 의식에 맞서 인정투쟁을 벌이며 고단하게 살아온 여성들이 보여주는 삶의 세목 그 자체라고도 할 수 있다. 여성주제어는 그 자체로 여성의 인식과 감정을 구성하는 정신적 질료이면서 여성의 삶을 증언해줄 자료인 셈이다. 이 책의 여성주제어들은 이러한 여성의 역사를 압축적으로 개관하고 효과적으로 요약해 준다.

다만 문학이 불변의 실체가 아니듯 주제어의 의미 역시 당대의 사회 역사적 조건이나 독자의 심리에 의존해 다채롭게 변한다. 때문에 주제어 연구의 관건은 변화의 지류를 찾아내 그 흐름이 어떻게 순환, 반복, 지속, 굴절의 양상을 보여주는지 간파하는 데에 있다. 이렇게 해서 여성주제어는 각 시기 여성에 대한 지식담론 해부와 문화적 성찰, 그리고 문학 분석을 가능하게 하는 매우 타당하고도 유용한 장치로 기능할 수 있는 것이다.

셋, 『한국어문학 여성주제어 사전』은 '사전' 형식으로 여성주제어를 읽을 수 있는 책이다.

여성주제어를 총괄하고 주제어를 읽는 방법을 체계적으로 안내해 준다는 점에서 이 책은 '사전'의 성격을 지닌다. 사전으로서 이 책은 선별된 주제어를 모아 일정한 순서대로 배치하고 어원, 의미, 용법 등을 상술하고자 했다. 그리고 어학과 고전 및 현대문학의 용례를 광범위하게 수집해 국어학, 고전문학, 현대문학 세 영역의 자료를 효율적으로 확인할 수 있게 했다. 한국어문학에서 여성과 관련된 거의 모든 것의 역사와 의미, 개념과 상징을 한자리에서 대비할 수 있는 최초의 한국어문학 사전 형식이라고 할 수 있다.

그러나 이 책은 사전이기에 다음과 같은 점을 좀 더 세심하게 고려했다.

우선 전문성과 보편성을 동시에 추구했다. 문학의 언어는 심미화된 언어이기에 이를 해독하기 위해서는 관습, 기교, 장르적 특성에 대한 이론적 지식과 더불어 훈련된 감수성과 인식력이 필요하다. 그래서 어학, 고전문학, 현대문학의 전문 연구자들이 각자의 학문적 배경에서 축적된 젠더 지식과 감각을 동원해 공정하게 기록하고자 했다. 그러나 동시에 문학의 언어는 현실적인 언어이기에 이를 해명하기 위해서는 한국 여성의 보편적 삶에 대한 공감과 시대감각이 필요하다. 그래서 각 연구자는 '집단으로서의 개인'이 지녀야 할 시각을 견지하면서 객관성과 형평성을 유지하도록 노력했다.

또한 실용성과 편의성을 염두에 두었다. 개념을 확정하기보다 예문과 용례를 다양하게 수록해 학술 활동에서의 실효성을 도모하고자 했다는 뜻이다. 문학 연구의 본령은 원칙을 제시하는 데 있지 않고 질문을 생성함으로써 다양한 해석의 가능성을 열어주는 데 있다고 믿기 때문이다. 이 책에 수록된 주제어들은 앞으로 한국 여성어문학 연구의 코퍼스(corpus)로 자리매김함으로써, 일차적인 자료로서의 가치뿐만 아니라 이차적인 해석의 기준이 되는 '상징적 사건'으로서의 의의를 지니게 될 것이다.

『한국어문학 여성주제어 사전』은 범주별로 다음과 같은 구성과 체제를 갖추고 있다.

먼저 이 책의 거시구조를 이루는 다섯 개의 표제는 모든 주제어들의 상위 범주에 해당한다. 〈제1권: 인간 관계〉는 인간관계로 규정되는 여성의 정체성을, 〈제2권: 몸〉은 정신과 육체의 주체로서 여성 존재를, 〈제3권: 제도와 이데올로기〉는 이념과 제도의 산물로서 여성의 위상을, 〈제4권: 공간과 사물〉은 여성 공간의 젠더적 성격을, 〈제5권: 자연〉은 여성의 심리적 상관물로서 자연을 다룬다.

다음으로 다섯 개의 표제에 해당하는 주제어들이 하위 범주를 구성한다. 주제어는 여성들의 일상, 체험, 정서, 인식 등을 형상화하는 어휘들을 유형별로 분류해 상위 개념으로 통합해가는 추상화 과정을 거쳐 선별되었다. 즉 여성주제어들은 연역적인 방법이 아니라 텍스트에 대한 공시적, 통시적 접근을 통해 공통분모를 추출해가는 귀납적 방법으로 선정된 것이다.

마지막으로 주제어는 다시 몇 개의 소제목들로 구성된다. 주제어가 하나의 텍스트라 하면 하부텍스트(subtext)를 구성한 셈인데, 이는 잠재된 텍스트들이 중첩되어 또 다른 의미를 파생시키는 문학 텍스트의 특징을 그대로 재현한다는 의미가 있다. 따라서 소제목들을 따라 읽다보면 주제어의 의미가 변화하는 양상을 일목요연하게 파악할 수 있을 뿐 아니라 의미가 스스로 분열하고 충돌하는 흔적 또한 감지할 수 있을 것이다.

앞선 연구 성과들과 비교해 특히 강조하고 싶은 이 책의 특징이 있다면 다음 세 가지일 것이다.

첫째, 주류 문학 연구가 누락시켰거나 배제해 왔던 주제어를 추가하고 이에 대해 재독을 시도했다는 점이다. 이것은 남성적 시각에서 만들어진 여성 표상을 해체하고 재구축하는 일과 밀접한 관련이 있다.

예를 들면, 〈몸〉 편에서 '얼굴'과 '머리카락'은 여성의 아름다움을 표상하는 대표적인 신체 부위임에도 불구하고 이들이 독립적인 테마로 주목받은 경우는 드물었다. 있다 하더라도 젠더 차이를 고려하지 않은 관습적 해석이거나, 대상화된 여성 이미지에 대한 비판적 관점에서였다. 이 책은 얼굴과 머리카락을 별도의 주제어로 내세워 여성 스스로가 이들에 대한 문화적 관습 혹은 문학적 은유에 어떻게 반응하는지 세심하게 읽어내고자 했다. 무엇보다 고전문학과 현대문학 텍스트의 풍성한 사례들은 상대적으로 여성들이 얼굴과 헤어스타일의 변화를 통해 자신의 실존 상황을 고백하는 경우가 많다는 상식을 문학적 사실로 증명해 주었다. 나아가 이것이 타인의 내면 변화를 감지하는 데 익숙한 여성적 감수성의 정체를 해명하는 단서가 될 수 있다는 가능성 하나를 추가할 수 있었다. 뿐만 아니라 자기 몸의 자율권을 행사하는 여성들의 능동적 행보를 따라가다 보면, 얼굴과 머리카락이 여성미를 가름하는 절대불변의 표식이 아니라 얼마든지 변형 가능한 수단이 되고 있는 장면을 목격하게 된다. 여성들은 사회적 시선을 역이용하는 페르소나를 계발하는 데 능숙할 뿐 아니라(정이현 「순수」), 더 이상 '페이스 오프(face off)'에 대한 욕망을 감추지도 않는다(정수현 『페이스 쇼퍼』). 머리카락을 '격정적으로' '넌출대는 춤'(이경림 『머리카락 이야기』) 혹은 '선물'로 받은 '날카로운 털'(성미정 「불멸의 털2」)로 긍정하는 여성들에게 여성의 아름다움은 불온한 관능의 상징이 아니라 여성 고유의 역동적인 힘이자 무기일 뿐이다. 이처럼 여성과 관련되는 주제 영역을 확장하고 주제어의 세부 목록을 덧붙임으로써 자기 몸의 이력을 주체적으로 읽고 써 온 여성들의 이야기를 좀 더 밀도 있게 풀어나갈 수 있으리라 생각한다.

둘째, 여성주제어에 대한 어학과 문학의 통합적 연구를 시도했다는 점이다. 결국 주제어란 어휘의 사전적 의미와 확장된 의미의 총화라 할 수 있을 텐데, 이를 통해 어학과 문학은 상호 교섭하고 문학 전통은 굴절과 변이를 노출하게 된다.

가령 〈공간과 사물〉 편에 속해있는 주제어 '부엌'의 경우를 보자. '브섭', '브섭', '브석'이라는 형태의 어원을 거슬러 살펴보면 부엌은 본래 '불(火)'과 관련해 신성함의 의미가 부각된 공간이었다는 사실을 알게 된다. 그러므로 부엌이 '밥 짓고 음식 만드는' 여성의 노동과 희생을 대표하는 공간으로 젠더화한 배경에는 필연적으로 사회 공동체의 합의 과정이 개입했다고 추정해 볼 수 있다. 또한 1960년대 이후 서양식 스위트 홈을 표상하던 유행어 '주방'의 흔적을 좇다 보면 주방이 이미 17세기 문헌자료에 등장하고 있다는 사실을 발견하게 된다. 그러니 주방은 신조어가 아니라 부엌이 상징하는 전근대적 이미지를 상쇄하고 이국적이고 세련된 주거 스타일을 강조하기 위해 호출된 '키친'의 차용어라 할 수 있다. 이는 고전·현대문학에서 부엌과 주방이 가족애를 상징하는 성스럽고 이타적인 공간으로 형상화되고 있는 사실과 무관하지 않다. 이렇듯 어학과 문학의 협력은 공간이 성별 경계를 강화하고 권력을 영토화하는 알레고리로 작용하는 한국어문학의 역사와 현재를 비판적으로 성찰하는 데 힘을 실어준다.

셋째, 고전문학과 현대문학의 연계를 통해 지속성과 변화를 통시적으로 파악하고자 했다는 점이다. 이렇게 각 시대의 젠더 구조가 생산되고 유통되는 경위를 훑어가다 보면 특정 주제어에 대한 관습적 정의가 산출되는 방식에 반론을 제기할 수 있게 된다.

〈인간 관계〉 편에서 '딸'과 '아내'라는 주제어를 예로 들어보자. 두 주제어는 고대와 현대를 발전적으로 인식하고 각 시대 여성의 위상을 선험적으로 규정해 버리는 태도가 얼마나 위험할 수 있는지를 보여주는 사례이다. 아내나 딸을 지칭하는 다양한 어휘들은 그들이 집 안에서 부차적이고 잉여적인 존재라는 통념을 뒷받침한다. 그러나 실제로 고전문학 속에서 딸과 아내는 이 같은 통념에 반하는 모습을 하고 있다. 고전소설 『소현성록』과 고전시가 「팔부답가」에서는 딸이 가권(家權)을 물려받을 정도의 높은 위상과 스스로 귀한 존재라는 자존감을 지니고 있었음을 볼 수 있다. 또한 김삼의당의 한시 「與夫子書」나 고전소설 『박씨전』, 이사호의 시가 「부여교훈가」에 등장하는 당당한 아내들의 모습에서는 남편과 동등한 지위의 동반자이자 멘토로서 집 안의 한 축을 담당한다는 자부심을 읽을 수 있다. 이로써 현대 문학에서 익숙하게 재현되어 온 딸과 아내의 모습이 사실은 근대 초기 보수적 여성 교육과 통념에 속박된 결과임을 다시 한 번 확인할 수 있다. 이렇게 고전문학의 지원을 받으며 현대문학은 여성이 강요된 정체성과 자의식의 욕망 사이에서 고투하는 모습을 의미 있게 주목하고, 나아가 자기 서사를 회복해가는 과정을 폭넓고도 새롭게 조망할 수 있게 된다.

　『한국어문학 여성주제어 사전』 총 5권은 '여성의, 여성에 의한, 여성을 위한' 이야기를 발굴하고 증언한 총체적 기록이다. 물론 아무리 순도 높은 해석을 지향한다 한들 대문자 여성의 이야기가 소문자 여성들의 그것을 빠짐없이 대변하거나 여성들 내부의 차이와 충돌을 온전히 설명할 수는 없을 것이다. 그러나 적어도 성실히 읽고 성실히 목격하고 성실히 전달할 수는 있다는 믿음으로 연구를 진행했다. 이 연구를 통해 여성을 둘러싼 통념은 언제나 풍문으로 얼룩져 있으며 그렇기에 언제든 다시 의문을 제기할 수 있어야 한다는 진실을 재확인할 수 있었다. 어쩌면 이것이 연구팀의 가장 큰 수확일 수 있다. 이 책을 읽는 동안 독자들 역시 낯익은 장면들을 만날 수도, 거북한 진실들과 마주칠 수도 있을 것이다. 그러나 이를 통해 이론이 상식을 비판하고 경험이 상식을 배반한다는 사실에 공감하게 될 것이다. 이 같은 사실은 배타적으로 연구해왔던 주제들을 교차시켜 새로운 주제를 발굴하고자 하는 한국어문학 전공자들에게도 참조점이 될 수 있을 것이다.
　이 책은 통독해도 좋고 필요에 따라 각 권의 특정항목을 골라 읽어도 무방하다. 한 주제어에서 다른 주제어로, 텍스트에서 텍스트로, 텍스트 내부에서 외부의 컨텍스트로 자유롭게 넘나들면서 읽어도 좋겠다. 전통적 지식 규범이 교란되고 통합 지식을 창출하는 일에 시선이 모아지고 있는 이때, 이 책이 사유와 사유, 사유와 현실 사이에 해석학적 순환이 이루어지도록 하는 데 기여할 수 있기를 기대한다.

　이 책은 많은 사람들의 손길을 거쳤다. 5년여 동안 이어진 연구에 참여하면서 해석과 토론으로 하나의 연구공동체를 이뤘던 저자들의 경험은 그 자체로 문학적 드라마였다. 그리고 그런 저자들의 작업을 그림자처럼 수행하며 도와준 강수진, 권정혜, 김소륜, 김아영, 김옥천, 김현진, 김혜림, 박경현, 박구비, 박진아, 성세정, 손달임, 신지혜, 신혜수, 오윤경, 우현주, 이금진, 이한민, 이혜원, 이효린, 장보영, 정수희, 최지혜, 최희은, 한은주, 허윤 등 연구보조원들에게 다시 한번 감사의 말을 전한다. 기초연구지원사업으로 선정된 이래 지원을 아끼지 않은 한국연구재단과, 이화여대 국어국문학전공 및 국어문화원의 배려와 관심에도 힘입은 바 크다. 무엇보다 이 책의 모든 지면에 기꺼이 이름을 빌려준 무명, 유명의 여성 작가들에게, 그리고 이 책의 질료와 형상이 되어준 그들의 삶에 경의를 표한다.

2013년 5월에
저자 일동

차례

6
시간

7
물

8
불

9
땅

10
해 · 달 · 별

일러두기

1. 모든 분야의 작품은 여성이 창작한 여성문학 작품으로 한정한다.

   단, 고전소설의 경우 작가 미상의 작품이 많으므로 모든 작품을 대상으로 했으며, 고전시가의 경우 시집살이 민요, 규방가사, 기녀시조를 중심 자료로 삼았다. 현대문학은 1920년대 이후 2012년까지 발표된 작품을 대상으로 한다.

2. 작품 인용은 부분 인용을 원칙으로 하고 전문(全文) 인용일 경우만 따로 밝힌다. 예문 인용 시 짧은 생략은 '중략'으로, 긴 생략은 '//'로 표기한다.

3. 예문 표기 원칙은 각 분야별로 다음과 같다.
   - 국어학 분야에서 인용한 예문은 해당 문헌의 표기 방식을 그대로 따랐다.
   - 고전소설은 한글 고어인 경우 원문을, 한자인 경우에는 원문과 번역문을 같이 제시했다.
   - 한문학은 원문과 번역문을 함께 제시하되, 다른 장르와의 통일성을 고려해 작가 이름은 한글로 표기했다.
   - 현대문학은 고어의 경우 원전의 의미를 살리되, 뜻이 잘 전달되도록 하기 위해 현대어 표기로 바꾼 부분이 있다.

4. 예문 뒤에 명기된 숫자는 작품 발표 연도이며, 본문 괄호 안의 작품 제시 순서와 예문의 배열 순서는 이 순서를 따르되 각 분야의 세부 원칙은 다음과 같다.
   - 국어학은 시대별로 여러 가지 표기가 공존하는 경우 표기 형태가 같은 용례를 함께 제시하는 것을 우선시했다.
   - 고전소설의 작품 창작 시기는 학계의 추정을 고려해 대략적으로 밝혀 썼다.
   - 고전시가 규방 가사 중 화전가 계열 작품들은 동일한 제목의 작품들이 다수

이므로 작가명과 창작 추정연대를 부기하고 일련번호를 매겨서 구분했다.

- 현대소설은 단·장편 공히 발표 연도를 기준으로 하되, 연재물의 경우 처음 발표를 시작한 연도를 표기했다. 발표 연도가 확인되지 않는 경우, 단행본 수록 연도로 대신했다. 본문 괄호 안의 작품 제시 순서는 예문의 순서를 따르되, 같은 작가의 작품은 연달아 제시했다.
- 현대시의 연도 표기는 시집 및 게재집 수록 연도를 기준으로 하였으며, 예문은 내용 전달의 효율성을 고려해 진술 순서대로 배열했다.

5. 색인에 수록한 작품 출전은 발표 게재지가 아닌 수록 작품집명과 작품집 출간 연도를 기준으로 했다.

6. 국어학 분야에서 참고한 사전, 저서, 논문 및 기타 자료는 참고문헌에 제시했다.

1
꽃

아름다움의 대명사인 꽃은 그 의미가 확산되어 영예, 고상함, 풍요와 재생 등을 상징한다. 꽃은 아름다운 여성을 상징하는 가장 보편적인 원형이며, 꽃이 지닌 다양한 속성은 여성에 관한 시적 은유와 유비관계를 이루고 있다. 꽃을 통한 여성성의 비유는 여성에 대해 외형의 아름다움을 표방할 뿐만 아니라 여성을 소유의 대상이자 비주체적 존재로 인식하는 사고를 함축한다.

꽃은 봄의 생명성을 구현하는 대표적인 자연물로서, 새로운 생명을 잉태한 봄을 알리는 징표가 된다. 꽃이 주는 생기발랄함은 여성들에게 내면의 욕망을 일깨우는 한편, 여성 자신들이 삶을 향유할 주체가 되어야 하는 이유로 작동하고 있다. 이에 꽃은 꿈이자 매혹으로, 여성의 욕망에 대한 비유적 표현이 된다.

고전문학에서 전통적으로 '연꽃'은 사랑의 정표로 등장하여 구애의 상징이 된다. 사랑의 소통 매개였던 꽃은, 현대문학에서 강렬하게 자기를 표현하는 발광체이자 반복적인 재생의 대상으로 부상한다. 여성인물은 꽃을 통해 노골적인 욕망에 부응하고 강인한 생명력에 감화된다. 꽃은 여성 자신 속에 내재한 광기와 욕망을 가장 매혹적으로 표현하는 사물로 변용되어 '붉고 뜨거우며 격렬하고 미쳐 있는' 꽃들로 표현된다.

한편 꽃의 생명성이 보여주는 아름다움, 그럼에도 불구하고 만개 후에 쇠락하는 유한성은 여성에게 자기 현존을 되비춰 보게 하는 매개로 기능한다. 이러한 꽃에 대한 응시를 통해 대비적으로 여성 고유의 차폐된 삶과 외부의 제약 속에 있는 청춘의 의미를 돌아보고 있다. 그리고 꽃이 의미하는 덧없음을 통해 인간 존재의 유한함과 연약함을 생의 기반으로 긍정하고, 이를 관조하고 초극할 수 있는 비극적 긍정의 미학을 형성한다.

나아가 현대문학에서는 수동적인 피사체로서의 아름다운 꽃이기를 거부하는 여성들의 목소리가 나타난다. 꽃의 정형성에 대한 표현을 통해서 여성을 타자화·사물화함으로써 여성의 주체성이 훼손되는 현실을 비판한다. 그리고 가짜 꽃 또는 완상용 꽃이기를 거부하는 몸짓을 통해 새로운 여성성의 표상인 전연 새로운 꽃을 형상화한다.

'꽃'이 한글 표기로 등장하는 가장 이른 시기의 형태는 15세기 문헌 자료에 나타나는 '곶'이다. 『훈민정음언해(訓民正音諺解)』에 '花'를 '곶'에 대응시킨 것이 최초의 표기이다. 동시대의 문헌에 '花'를 의미하는 단어로 '곳, 곶, 곳'의 세 가지 표기 형태가 존재한다. '곳'은 '곶'의 종성이 'ㅅ'으로 표기된 것인데 15세기 당시부터 받침의 'ㅈ'은 8종성법에 따라 주로 'ㅅ'으로 표기되었다. '곳'의 'ㅆ'은 'ㄱ'의 된소리 표기인데 15세기에도 이미 된소리로 표기된 형태가 나타난다.

> 빗곶爲梨花 (『훈민정음언해(訓民正音諺解)』(1446))
> 곶 됴코 여름 하ᄂᆞ니 (『용비어천가(龍飛御天歌)』(1447))
> 時節 아닌 곳도 프며 (『석보상절(釋譜詳節)』 11(1447))
> 가지와 닙과 곳과 여름괘 (『석보상절(釋譜詳節)』 23(1447))
> 다 하ᄂᆞᆫ 貴ᄒᆞᆯ 고지라 (『석보상절(釋譜詳節)』 13(1447))
> 다ᄉᆞᆺ 곳 두 고지 (『월인천강지곡(月印千江之曲) 上(1449))
> 蓮ㅅ고지 안자 뵈실ᄊᆡ (『월인천강지곡(月印千江之曲) 上(1449))
> 곳 잇ᄂᆞᆫ 짜ᄒᆞᆯ 곧가 가시다가 (『월인석보(月印釋譜)』 1(1459))
> 花ᄂᆞᆫ 고지라 (『월인석보(月印釋譜)』 1(1459))
> 이운 남기 고지 프며 (『월인석보(月印釋譜)』 2(1459))
> 곳 바리를 圍繞호 ᄆᆞᆫ (『능엄경언해(楞嚴經諺解)』 7(1461))
> 뿌리 고ᄌᆡ셔이ᄂᆞ니 (『능엄경언해(楞嚴經諺解)』 7(1461))
> 묏고지 ᄒᆞ마 절로 펫도다 (『두시언해(杜詩諺解)』 초간본 18(1481))
> 곳 픈 ᄃᆞ래 (『두시언해(杜詩諺解)』 초간본 8(1481))
> 고지 더우니 ᄲᅮᆯ 짓는 버리 수수놋다 (『두시언해(杜詩諺解)』 초간본 21(1481))
> 곳가지 제 더르며 기도다 (『금강경삼가해(金剛經三家解)』 2(1482))
> ᄀᆞᆺ숨 들와 붔 고지 (『금강경삼가해(金剛經三家解)』 2(1482))

16세기 문헌에는 '곳, 곶'의 두 가지 형태의 표기가 나타난다. 15세기에 나타난 '곶' 표기는 이 시기의 문헌에서는 찾아볼 수 없다.

> 보비로 ᄭᅮ민 수늙 노픈 곳 곳고 (『번역박통사(飜譯朴通事)』 上(1517))

곳 화:花 (『훈몽자회(訓蒙字會)』下(1527))

두 귀미튼 년곳 걷더니라 (『은중경언해(恩重經諺解)』(1553))

17세기 이후 표기법의 혼란이 심화되며 '곷, 곧, 곳, 곳, 꽃' 등의 표기가 나타난다. 이 단어의 종성이 'ㅈ, ㅊ, ㅅ, ㄷ' 등으로 다양하게 표기되었다. 17세기 이후에 나타나는 '곧' 형태는 음절말에서 'ㅅ'과 'ㄷ'이 중화되었음을 보여주는 것이다. 평음 '곳'과 된소리 '꽃' 표기의 공존은 19세기까지 지속되다가 이후에 된소리만 남게 되었다.

삼곳 우희 누른 ᄀᄅ (『동의보감(東醫寶鑑)』1(1613))

만ᄃ라밋 곳(鷄冠花) (『동의보감(東醫寶鑑)』3(1613))

텩튝 곳(羊躑躅) (『동의보감(東醫寶鑑)』3(1613))

져비ᄂ ᄂᄂ 고출 박차 춤츠ᄂ 돗긔 디놋다 (『두시언해(杜詩諺解)』중간본 15(1632))

곧 미틔셔 흐터 오고 (『두시언해(杜詩諺解)』중간본 6(1632))

長松 훗션 속의 포기마다 고지 픠니 (『월선헌십육경가(月先軒十六景歌)』(1655))

고씨의 쑴의 보빗 모쇠 곳 픠거을 (『권념요록(勸念要錄)』(1637))

고치 날마다 이우어 주거 멸호매 니르ᄂ니다 (『권념요록(勸念要錄)』(1637))

불휘 닙 곳 여름을 다 먹ᄂ니 (『신간구황촬요(新刊救荒撮要)』(1660))

곳 곳다(戴花兒) (『역어유해(譯語類解)』上(1690))

곳 밋틔 줄기(花 棚) (『역어유해(譯語類解)』下(1690))

곳 디고 속닙 나니 (『청구영언(靑丘永言)』(1728))

곳아 色을 밋고 오는 나뷔 禁치 마라 (『청구영언(靑丘永言)』(1728))

을달 발근 적에 半만 퓌 蓮곳인 듯 (『청구영언(靑丘永言)』(1728))

閣氏네 곳을 보소 픠는 듯 이우는이 (『해동가요(海東歌謠)』(1763))

내집 東山의 곧치 爛發ᄒ여 (『인어대방(隣語大方)』2(1790))

가짓곳 빛 (『한청문감(漢淸文鑑)』10(1779))

동빅화 퓌온 곳츤 눈 속의 불거지니 (『만언사(萬言詞)』(18세기))

곧 화:花 (『왜어유해(倭語類解)』下(1781))

꼿 (『유씨물명(柳氏物名)』4(1824))

꼿 화 (『아학편(兒學編)』上(1908))

1.2. 꽃의 은유와 상징성

아름다움의 상징
꽃은 천고의 옛날부터 인간 사회에서 가장 대표적인 미의 상징이었으며, 아름다움의 대명사였다. 그래서 아름다운 사물이나 사람을 지칭할 때 '꽃 화(花)'를 붙인다(花月容態, 花顏, 花瞼, 花衣, 花冠, 花轎 등). 이로 보아 꽃의 가장 보편적인 상징은 '아름다움'이라 할 수 있는데 꽃의 상징은 이 아름다움에서 출발하여 그로부터 유추·확산될 수 있는 많은 의미를 파생시킨다. 즉 꽃의 아름다움은 그 서경적인 미에서부터 번영과 풍요, 존경과 기원의 매개물, 사랑, 미인, 재생 등 더 높은 미적인 존재로 의미의 확산이 이루어진다. 꽃의 이와 같은 상징들은 시대의 흐름에 따라 다양화하는 현상을 보인다.

꽃의 아름다움은 그 의미가 더욱 확대되어 아름답고 화려한 모습을 형용하거나 나아가 더욱 추상화해서 영예로움과 고상함, 그리고 그것의 진수를 표상하기에 이른다. 즉 아름다움에서 출발한 꽃은 '번영·풍요'라는 상징을 파생시켰고 이것은 다시 유사한 갖가지 의미로 확산된 것이다. "그 집안에 꽃이 피었다", "산소(山所) 등에 꽃이 피었다"와 같이 번창과 영광스러움을 '꽃'에 빗대어 사용하기도 한다. 또한 백미나 으뜸을 상징하기도 하는데 어떤 분야에서 가장 핵심적이고 중요한 직책이나 많은 사람들이 선망하는 직위, 직업을 '~의 꽃'으로 표현하거나, 장원급제한 사람의 어사화가 영화로움을 상징하는 것 등이 그것이다.

헌화(獻花)의 의미
대자연의 변화에 미약한 존재를 의식한 인간은 모든 조화를 자유자재로 구사할 수 있는 절대적인 신의 존재를 의식하게 되는데, 인간은 이 절대자인 신에게 외경과 더불어 제물을 바치고 신을 만족시키는 의식을 행함으로써 자신의 소원 성취를 기원한다. 그 의식의 하나로 등장한 것이 꽃을 바치는 행위이다. 꽃을 신에게 바친다는 것은 나의 마음을 바쳐 신에게 귀의하고 복종할 것을 뜻하는 것이다. 초목의 첨단에 피는 꽃은 생명의 상징으로서 거기엔 풀과 나무의 혼이 깃들고 신에게 바치는 꽃에는 바치는 사람의 혼이 깃든다. 인간은 자기의 순수하고 청정하고 정성어린 마음을 그 꽃에 담아 신에게 바쳐지는 것이다. 불교에서 꽃을 부처님께 올리는 것은 불법에 귀의하고 자기의 진실한 발원과 소망을 기원하는 의미를 담고 있으며, 꽃은 가장 중요한 공양물이 된다. 무속에서도 꽃은 신에 대한 존경의 표시이자 신을 즐겁게 하여 인간의 소망을 이루고자 하는 정성의 표현이다. 조선시대 궁중 가례에서의 진화(進花)도 국왕에 대한 존경과 충성의 마음을 표한다는 의미를 담고 있다. 축수(祝壽)를 읊은 시의 소재로 흔히 도화(桃花)가 사용되는데 꽃을 바치는 것은 영원한 생명력을 바치는 것이다. 특히 벽도화는 선경(仙境)에 있는 것으로 삼천 년에 한 번 꽃이 피고 열매를 맺는데 이것은 무궁한 시간의 상징이다.

사랑의 정표

꽃의 아름다움은 그 의미가 확산되어 사랑의 의미로까지 발전하는데 전통적인 유교 문화에서 꽃을 애정의 표시로 주고받는 것은 그리 일반화되지 못했다. 조선시대의 경우, 꽃이란 요염하여 사람의 뜻을 상하게 한다는 '상지(喪志)'의 이미지 때문에 젊은 여자가 있는 집안의 뜰에 복숭아나무 심기를 꺼렸을 정도이므로 당시에 꽃을 애정의 정표로 주고받는다는 것은 무언(無言)의 금기(禁忌)에 해당하였다. 그러나 우리 문화에서도 사랑의 감정을 꽃에 의탁하고자 했던 정서는 그 역사가 오래되었다. 고려의 충선왕이 몽고를 떠나올 때 사랑했던 몽고 여인에게 정표로 연꽃을 주었으며, 이규보의 『동국이상국전집』에는 기생이 남자에게 꽃을 주는 얘기가 나온다. 김만중의 『구운몽』에서는 성진이 팔선녀에게 도화꽃을 주는데 이는 사랑과 인연의 상징이다. 우리나라에서는 여러 가지 꽃들 가운데 특히 복숭아꽃과 앵두꽃이 사랑을 상징하는 것으로 인식되었다.

재생의 상징

꽃은 개화하여 번화하고, 시들어 떨어지는 생리적 구조를 가지므로 생로병사의 과정을 겪는 인간의 삶과 유사하다. 그러나 유한한 인간의 삶에 비해 꽃은 다시 개화하는 재생성을 지니는데 꽃의 이러한 속성으로 인하여 재생을 상징하게 된다. 일상생활에서 죽음을 목격하면서도 불사와 영혼의 불멸을 믿는 원시인들의 관념은 '죽음'에 대응하는 수단으로 '재생'을 상정하고, 인간의 재생을 꽃의 재생성과 연관시켜 영원한 삶을 갈망한다. 사람이 꽃으로 화했다가 다시 사람으로 환생하거나 사람이 죽어 바로 꽃으로 환생하는 재생 설화에서 이런 의식을 볼 수 있다. 장의(葬儀)에서 상여를 장식하는 꽃 역시 재생 또는 영생을 상징한다.

꽃에 대한 신화나 전설에서 아무런 죄가 없고 착한 사람이 곤경에 빠졌다가 결국 죽음에 이를 경우 종국에는 아름다운 한 송이의 꽃으로 환생하는 경우가 흔한데, 꽃이 된다는 것은 현실의 고통으로부터 구원을 받고 영원한 생명을 획득함을 상징한다. 그런데 이 경우, 꽃으로 환생하는 주인공은 대개 여인이다. 꽃은 바로 아름다운 여인을 상징한다. 절개를 지키다가 죽은 여인의 넋으로 피어난 꽃은 모두 붉은 색깔의 꽃인데 이는 붉은 색깔의 꽃이 절개를 상징하기 때문이다. 토속신앙에서 꽃은 원상회복의 능력을 지닌 주물로 등장하는데 이때의 꽃은 영원한 생명의 획득을 상징한다. 식물은 단순한 기능적 생명체가 아니라 계절의 순환에 따라 영고성쇠를 거듭하면서 죽었다가도 다시 살아나는 신적인 존재물로 인식되는데 그 중에서도 꽃은 한 해에 한 번씩 아름다운 모습으로 피어 경이감을 던져주는 동시에 새로운 생명의 잉태라는 전조로 나타난다. 식물은 꽃이 피는 그 짧은 기간을 위하여 온갖 정기를 한 데 모아 생명력의 절정인 꽃을 피워내고 그 꽃은 새로운 생명의 전단계인 열매를 만들고 그 열매는 발아하여 다시 새로운 생명을 만들어 또 꽃을 피우게 되므로 꽃이 지배하는 저승의 세계는 이상적인 낙원으로서 모든 고뇌와 번민에서 벗어나 평화롭게 살 수 있는 영원의 세계라는 인식을 갖게 된 것이다.

아름다운 여성의 상징　　미인을 꽃에 비유하는 것은 꽃의 여러 가지 상징성 가운데 가장 보편적인 관례이고, 이는 동서양이 다르지 않다. 미인을 꽃에 비유한 것은 여인은 꽃과 같이 아름답기 때문이기도 하고 꽃이 씨를 만들어서 그 종족을 유지하는 것이 여성과 같기 때문이다. 우리의 문학작품, 일반 속담, 생활용어 등에서 미인을 꽃에 비유한 예는 다수인데 아름다운 여인을 화인(花人)으로, 아름다운 여인의 모습을 화태(花態)로, 어린 처녀를 꽃봉오리로, 여인의 젊음이 다하는 것을 꽃이 시드는 것으로, 아름다운 여인의 죽음을 '떨어지는 꽃'으로 표현하는 것 등이 그 예이다. 여인을 꽃으로 비유함에 있어 아름다운 여인을 꽃으로 표현했으나 못생긴 여인을 꽃으로 표현하기도 한다. '호박꽃도 꽃', '시든 꽃도 꽃이다' 등의 표현이 그것이다. '요화(妖花)'는 미모를 무기로 세상을 어지럽혔던 여인을 말하며, '해어화(解語花)'는 처음에는 미인을 뜻하였으나 뒤에는 기생을 뜻하는 말이 되었고, '노류장화(路柳墻花)'는 창부를 이르는 말인데 여기 등장하는 꽃은 모두 여성을 의미하는 것이다. 『춘향전』을 보면 기생 점고에 호명된 기생의 수는 모두 64명인데, 이 중 꽃과 관련된 이름을 가진 기생의 수는 21명이고, 송(松)·죽(竹)·버들(柳)의 글자가 들어가 있는 기생이 4명이다. 1918년에 발행된 『조선미인보감』을 보면 서울 지역의 4개 권역에 소속된 기생 487명 중 꽃에 관한 글자가 이름에 들어간 기생의 수는 213명에 달한다.

또한 사회의 인식과 관습을 반영하는 일상적 은유 표현인 속담에도 여성이 꽃으로 상징되는 표현이 다수 존재한다. 여성이 관련된 속담을 살펴보면 과거 전통 사회로부터 현재에 이르기까지 우리 사회에서 여성이 어떤 사회적 대접을 받아왔는지 그 양상을 파악할 수 있으며 속담은 현재에도 사용되고 있다는 점에서 과거 여성의 모습뿐만 아니라 현재 여성의 모습도 반영하는 것이라고 할 수 있다. 여성에 관련된 속담은 남성 관련 속담에 비해 수적으로 훨씬 더 많다. 남성과 관련된 속담은 여성과 관련된 속담의 약 20%에 불과하다.

속담 속에서 여성은 꽃과 동일시된다. (여자 이십은 꽃이다./ 꽃 같은 얼굴에 달 같은 몸매다./ 눈 같은 살결에 꽃 같은 얼굴이다./ 달과 같은 몸매에 꽃 같은 얼굴이다./ 말하는 꽃이다./ 꽃이 고와야 나비가 모인다./ 매화도 한철, 국화도 한철/ 꽃 본 나비, 물 본 기러기/ 고운 꽃은 쉬 꺾인다.) 위의 속담에서 꽃은 모두 여성을 말하며 여성의 용모를 비유하기 위해 동원되는 대상이다. 여성을 꽃으로 본 경우 아름다움의 대상으로서 보기보다는 꺾어서 가질 수 있는 소유의 대상이라는 점이 부각된다.(꽃 보면 꺾고 싶은 것이 사내의 심정이다./ 고운 꽃이 먼저 꺾인다./ 길가 버들과 담 밑에 핀 꽃은 누구나 다 꺾을 수 있다.) 또 여성을 스스로 활동을 할 수 없는 비주체적인 존재로 인식했던 사고를 드러내고 있기도 하다. 여성을 꽃으로 본 경우에 남자는 그 꽃을 찾는 벌이나 나비로 나타내고 있으므로 결국 수동적인 역할과 능동적인 역할로 남녀의 역할을 규정하고 있음을 알 수 있다.(꽃과 나비는 한골로 간다./ 꽃 본 나비가 담 아니 넘어갈까?/ 꽃 본 나비요, 물 본 기러기다./ 꽃 찾는 벌나비다./ 물 없는 기러기요, 꽃 없는 나비다.) 남성과 식물이 관련된 속담을 찾을 수 없다는 것은 이와 같은 역할에 대한 인식을 반영하는 것이다.

여성의 미에 관한 이중적 인식은 속담에서도 드러난다. 아름답지 않은 여성을 개꽃, 호박꽃에 비유하거나 향기 없는 꽃, 꿀 없는 꽃이라 하며 그런 꽃은 벌나비 즉 남성이 찾지 않음을 당연시한다.(꽃은 꽃이라도 호박꽃이다. / 꽃이 고와야 나비도 모인다. / 꿀 있는 꽃이라야 벌나비도 찾아온다. / 호박꽃을 꽃이라니까 오는 나비 괄시한다. / 호박꽃이라고 벌나비 아니 올까? / 꽃이 향기로워야 벌나비도 쉬어간다. / 향기로운 꽃이라야 벌나비도 모인다. / 개꽃에는 나비도 아니 온다.) 더불어 여성의 가치는 아름다움을 유지하는 젊음에 있다는 믿음은 나이든 여성에 대한 반감과 혐오를 드러내는 속담에 반영된다.(꽃도 시들면 오던 벌나비도 아니 온다. / 꽃도 십일홍이면 오던 벌나비도 오지 않는다. / 여자 삼십이면 꽃이 지고 남자 삼십이면 꽃이 핀다. / 낙화도 꽃이라고. / 낙화하니 오던 나비도 되돌아간다.) 반면에 아름다운 여성에 대한 경고도 잊지 않는데 "고운 꽃이 먼저 꺾인다. / 고운 꽃은 열매가 열지 않는다. / 아름다운 꽃은 진 뒤가 더럽다. / 곱기만 한 꽃에는 벌나비가 오지 않는다." 등의 속담은 이런 이중적 태도를 여실히 보여준다.

1.3. 봄의 생명성과 흥취의 고양

한문학에서는 봄의 생명성이 꽃으로 나타나는데 그 대표적 예가 매화이다. 매화는 한 해가 시작된 뒤 가장 먼저 피는 꽃으로 한겨울에 꽃을 피워 봄이 멀지 않았음을 알린다. 여성 시문에서 겨울 추위 속에 피어난 매화는, 청빈 속에서 살아가는 깐깐한 선비의 기개로, 눈 속에서 몰래 풍기는 매화의 향기는 군자(君子)의 덕으로 비유되었다. 이에 매화는 '지조, 절개, 초연함, 은일, 굳세고 아름다운 정신'을 상징하며, 나아가 그런 성향을 지닌 사람 자체를 나타냈다. 또한 매화는 이른 봄 눈발이 아직도 분분한 가운데 아름다운 꽃망울을 터뜨림으로써 봄을 알리는 징표가 된다. 새로운 생명과 새로운 계절이 잉태됨을 상징하는 것이다. (서영수합 「自東至咸命題定韻各賦一律」 중 〈右 賢西宅春梅〉)

그런데 매화도 다른 꽃들처럼 결국은 지고 만다. 옥 같고 얼음 같은 모습이 이제는 야위고 쇠락하여 아쉬움을 준다. 그러나 봄바람이 불자 열매를 맺는다.

겨울에 피었던 꽃이 지어 쇠락하고 곧, 봄이 되자 열매를 맺은 것이다. 다시금 생명과 희망을 주는 꽃, 그러므로 한번 떠난 뒤 소식이 없는 인간의 한스러운 이별보다 낫다고 하였다. 이에 매화하면 떠올리는 봄소식을 이별 뒤에 다시 만날 소식으로 비유하였다. 또한 예로부터 매화와 매실이 남녀의 결합을 상징하였고, 좋아하는 사람에게 매실을 던져 구애를 했다고도 하니, 매실이 열려 봄소식을 알린다는 시구는 님을 만나고자 하는 비유임을 알 수 있다. (김운초 「落梅」, 강지재당 「對梅花憶山郞」)

규방가사에서도 꽃은 봄의 생명성을 구현하는 생명체로서, 보편적으로 화려하고 난만하게 피어 있는 형상으로 나타난다. 자주 등장하는 꽃은 이화(梨花)와 도화(桃花), 두견화(杜鵑花), 앵화(櫻花) 등으로, 개별적 개체로서보다는 '각색화초'나 '백화(百花)'가 만발하게 피어 있는 집단적 형상으로 나타난다. 그리하여 생동감을 발산하고 흥취를 고양시키는 매개가 된다. (「군조의 호귀로다」) 여성에게 꽃이 함축한 생기발랄함은 삶을 향유해야 하는 이유가 된다. 화려하고 만발한 꽃들이 여성 자신들을 위하여 피어 있는 것으로 느끼고 있으며, 이러한 난만한 꽃들은 놀이의 흥취를 돋우고 있다. (안동 권씨 「반됴화전가」, 「화전가라 4」, 「청춘자탄가」, 「친목유희가」) 또한 꽃은 여성에게 화전놀이의 관습에 따라 유년시절과 벗들에 대한 기억을 환기하는 매개이기도 하다. 두견화는 유년시절에 행했던 화전놀이의 즐거웠던 기억을 떠올리게 하는 대상이다. (「형제이별가」, 「긔슈곡」, 「창회가」)

> 상서(尚書)댁이 호화롭다 알고 있었는데
> 담백하기 처사(處士)집과 다름없네
> 전래하는 풍광(風光)이 이제는 쇠퇴했지만
> 남은 꽃 여전히 몇 가지에 피어 있네
> 豪華曾識尚書宅 淡泊還同處士盧 傳道風光今已老 殘花猶發數條餘
>   —서영수합 「동운에서 함운까지 제목을 붙이고 각각 율시 한 수씩을 지음
> 自東至咸命題定韻各賦一律」 중 〈이는 현서댁의 봄 매화를 읊음 右賢西宅春梅〉
> (18세기 후반~19세기 초반)

> 옥 같은 모습 얼음 같은 살결 애처롭게 여위었는데
> 봄바람에 열매 맺고 푸른 가지 돋았네
> 얽히어 끊어지지 않는 봄소식은

오히려 인간세상 한스런 이별보다 낫구나.
玉貌氷肌冉冉衰 東風結子綠生枝 纏綿不斷春消息 猶勝人間恨別離

—김운초 「지는 매화 落梅」(19세기 전반)

매화를 님인 양 부여잡으니
문장은 가을 물같아 티없이 맑았네
생각을 시로 짓고 야윈 몸 맑아
쓰러진 집 눈바람 쳐도 가난을 모르셨네.
枉把梅花擬美人 文章秋水絶纖塵 想像緣詩淸瘦骨 弊廬風雪不知貧

—강지재당 「매화꽃 보며 님 생각 對梅花憶山郎」(19세기 후반?)

가난셰월 모라그든 오난셰월 어이알이 어직일이 얼넌가고 장넉일이 당두ᄒᆞ여
들보의 연작이가 츈신을 완젼ᄒᆞ니 놀닉쳐 씌다라셔 스창을 반만열고보니 셜즁미
화 만발ᄒᆞ고 옥챵잉화 반익ᄒᆞ고 이화도화 만발ᄒᆞ여 빅셜갓혼 범나비가 곳홀보고
츔을츔다 원근을 둘너보니 셔우난 갓지닉고 미풍 건덧분다 셰닉가 양유목은 가지
가지 밍동ᄒᆞ여 황스를 되엿난듯 원즁의비 스들보니 야외의 경을알듯

—「군ᄌᆞ의 호귀로다」(미상)

일시예 모힌부녀 삼십여인 널좌ᄒᆞ닉 규리한담으로 츠츠로 슈작ᄒᆞ고 쳥유분 모
화내야 소담히 댱만ᄒᆞ여 옥녀션동들을 몬져겻거 내여노코 종용히 모다안자 졍결
히 뇨긔흔후 그져야 니러셔셔 곳곳디 완샹ᄒᆞ니 동풍 어제비예 봄경이 새로왓닉
딕샹의 벽도화는 날위ᄒᆞ여 우어잇고 강두의 양뉴디는 의연흔 춤이로다 오싴운
깁혼골의 쳑쵹이 만발ᄒᆞ니 무릉도원인들 이예셔 더ᄒᆞ오며 젼계예 묽은딩담 한가
도 한가홀샤

—안동 권씨 「반됴화젼가」(1746)

난간에 비쳐서서 동산을 바라보니 이곳이 어딕몌야 가지가지 쌜근도화 옥골은
안이라도 만슈츈은 분명하다 백일홍화 구경하고 도화심쳐 잠간단여 황하산쳔 올
라가니 경치도 황홀하다 연하난 처쳡이요 만광은 말이로다 (중략) 노장을 살펴보
니 보던즁 화초구경 굉장ᄒᆞ고 울밀하다 화즁왕 목단화난 화왕이 분명하야 부쳐도
양 겸ᄒᆞ엿고 쵹금화 ᄌᆞ미화난 좌우승지 분명하고 힉당화 두견화난 츔의츔찬 곳아
닌가

—「화젼가라 4」(1933)

꽃 29

이화도화 만발힛고 고목에 이피되며 봄빗을 자랑홀지 강구의 선비들과 말근물
에 던져잇고 황금갓튼 쇠소리는 버들솟히 츔을츄며 싹을츳져 노릭ᄒ고 바람업는
봄ᄒ늘의 높이써서 노릭ᄒ는 꼿식이름 무엇인고 쳐다보니 봄그리는 노고지리 그
안인가 멀고먼 쑴나라서 봄을츳져 도라왓닉 그쑨인가 이강산에 강남제비 도라오
ᄌ 츈식가득 푸른들의 줍식소리 야단이고 (중략) 슬프도다 우리쳥츈 부모형제 갓
치모혀 변함업시 놀다가며 규즁이십 이쳥춘이 안이놀면 그쑨이라 쳥춘도 쓸딕업
고 ᄉ랑도 쓸딕업닉 가련ᄒ고 불승ᄒ다

—「쳥춘자탄가」(미상)

춘삼월 호시졀에 잎피여 쳥산이요 이화도화 힝화난초 경치도 좋을시고 작작한
두견화는 곳곳이 만발한딕 야월공산 두견셩은 불여귀를 슬피하고 상상한 봉졉들
은 구십춘광 희롱한다 슈양은 실을짜셔 유록장을 둘러잇고 양유간이 져황잉은
고은소리 자아닉닉 강남셔 나온연자 옛집을 차자들계 이팔쳥춘 남녀들은 삼삼오
오 작반하여 산수경치 유람긱이 도로여 연속일식 왕손춘초 연연녹은 우리인싱
일음이라 안이놀고 무엇ᄒ리 부유갓혼 이쳔지에 초로갓혼 인싱이라 하물며 우리
여자 깊은규문 들어안ᄌ 봉졉구고 사군ᄌ며 침션방젹 허다고역 어이다 형언ᄒ리
현대로 보기딕면 여ᄌ도 자유활동 희방이 딕엿구나

—「친목유희가」(1966)

산중이 봄이들제 시절은 삼월이라 압서거라 뒤서거라 이리가며 져리가ᄌ 도리
힝화 꺽거쥐고 녹수운국 동졍마의 그려기 나라ᄀ듯 쌍쌍이 쩌오기를 쳔만즁을
원을싸고 사랑사랑 기픈사랑 평생만 여겻더니 인간의 무산법이 형제이별 시키난
고 (중략) 두견화 꼿가지를 널과가치 꺽어쥐며 벽도화 남문이라 널과가치 홍ᄒ리
가난이 세월이요 흐르나니 눈물이라 무졍세월 다보닉고 언제다시 노라볼고 삼춘
가졀 조혼날의 닉혼자 산의올나 슈유화 꺽거지고 소일지방 그지업다 소식도 머러
지고 인편도 믹힐시고 우리형님 날싱각의 닉마음과 갓틀손가

—「형제이별가」(미상)

젼강의 비을노아 팔션딕 잠관올나 두견화 꺽어쥐고 이젼일 싱각ᄒ니 그즁의
상상봉은 화젼ᄒ든 옛고지라

—「긔슈곡」(미상)

파두의 ᄌ난빅구 누럴위히 족족ᄒ여 남손의 두견화는 년냑간ᄌ 싯쳐지닉 홍이

도로 시름도야 쇽졀업슨 춘몽니라 흥황잇게 노든일이 니십년 칠쳔여일 음식도
뉴여터니 비빔밥 불근셜기 방히스려 승빅잇셔 아슴줄슉 아니놀면 날마다 모여놀
계 디란가혼 우리동유 츠후안면 쉬울손ㄱ

—「창회가」(미상)

1.4. 여성의 아름다운 외모와 태도

봄에 피어나는 연분홍빛 혹은 화사한 흰빛 꽃들은 젊음 특히 아름다운 아가
씨를 상징하였다. 살구꽃은 젊은 남녀가 애정을 표현하기 위해 주고받는 꽃이
기도 했고 살구열매는 다산(多産)을 상징하기도 했다. 예로부터 중국에서는 글
읽는 선비 혹은 귀한 집의 사위를 의미하기도 했다. 또한 시인들은 복숭아꽃과
오얏꽃을 함께 묶어 봄이 한창이며 젊은 아가씨가 한창 아름답다는 것을 비유
하였다. 특히 복숭아꽃 오얏꽃이 핀 집이나 길은 일반 가정이 아닌 기생이 있는
곳을 의미하기도 하였다. 여성 작가의 시문은 이러한 이미지를 그대로 이어가
면서도 비판적 시각을 담고 있다. 어여쁘고 교태 넘치는 기생과, 혈기왕성하고
오만한 젊은 남성의 하룻밤 만남을 은근히 꼬집는다. (김삼의당 「龍城 古帶方國也
山川形勝 人物華麗 倣中華名勝地 作八勝覽」 중 〈楊州投橘詞〉·〈洛陽少年行〉)

고전소설에서도 여성의 외모를 종종 꽃에 비유한다. 특히 미모를 묘사할 때
에는 실제의 모습을 그대로 재현하는 것이 아니라 관습적인 표현에 의거하여
비유적으로 제시한다. 아침이슬을 머금은 모란 같다거나 이화(梨花), 도화(桃花)
같이 맑고 화사하다거나, 연꽃처럼 순수하면서도 풍요롭다는 등의 표현으로 여
성을 묘사하는 것이다. (「이춘풍전」, 「오유란전」, 「방한림전」) 남녀 모두 잘 생긴
것을 칭탄하고 대단히 아름다운 외모를 지녔음을 말하지만, 남성은 대개 용
(龍), 봉(鳳), 기린(麒麟) 등 신비로운 동물의 이미지로 비유되는 것에 비해 여성
은 꽃에 비유된다는 면에서 여성의 경우 여리고 곱고 예쁜 것만을 긍정적으로
평가했음을 알 수 있다.

양주의 아가씨 나이 열넷
파처럼 부드러운 손가락으로 비파를 배웠네
비단 소매는 꾀꼬리 날개를 샘하고
쪽 진 머리엔 살구꽃 꽂았네
저물녘 가냘프게 난간에 기대니
양주목사 잠시 수레 멈춘다네
웃으며 귤 던지며 다투어 자랑하니
양주목사 풍류를 좋아해
밤에 성 남쪽 복사꽃 오얏꽃 핀 집에서 잔다네
楊州女兒年十四 纖指女蔥學琵琶 羅衫妬鸎翅 雲鬢揷杏花 落日嬌倚欄頭
楊州牧使暫停車 一笑投橘爭相誇 楊州牧使好風流 夜宿城南桃李家
　　　　　－김삼의당 「용성은 옛 대방국인데, 산천이 아름답고 인물이 화려하
　　　　　다. 중국의 명승지를 모방하여 '팔승람(여덟 명승지)'을 짓는다. 龍城
　　　　　古帶方國也 山川形勝 人物華麗 倣中華名勝地 作八勝覽」 중 〈양주의
　　　　　귤 던지는 노래 楊州投橘詞〉(18세기 후반~19세기 초반)

푸른 옷에 백마 탄 소년
낙양에서 자란 것을 긍지로 삼네
중천금이라도 있는양
교만과 사치는 오공자를 능가하네
복사꽃 오얏꽃 핀 골목길을 달려
기생집 아가씨와 즐거이 만나
하룻밤에 십만 냥 다 쓰네
성남엔 봄이 저물려한다 하니
채찍 휘두르며 곧장 장락궁으로 가네
靑絲白馬少年子 自矜生長洛城中 然諾重千金 驕奢凌五公 走入桃李蹊傍
倡家小婦喜相逢 一夕傾盡十萬銅 聞道城南春欲暮 揮鞭直出長樂宮
　　　　　－김삼의당 「용성은 옛 대방국인데, 산천이 아름답고 인물이 화려하다.
　　　　　중국의 명승지를 모방하여 '팔승람(여덟 명승지)'을 짓는다. 龍城 古帶
　　　　　方國也 山川形勝 人物華麗 倣中華名勝地 作八勝覽」 중 〈낙양 소년의
　　　　　노래 洛陽少年行〉(18세기 후반~19세기 초반)

춘풍을 호리랴고 스창을 반기ㅎ고 퓌연흔 틱도로 녹의홍상 다시 입고 외연히
안즌 그동 츈풍이 얼는 보니 그 얼골 틱도는 쳥쳔빅일(靑天白日) 발근 밤의 아츰

이슬의 모란화요 결묘흔 져 밉시는 물찬 지비 모양이요 녹의홍상 입은 그동은
침병 속의 그림이요 아릿다온 져 얼골은 월궁의 계화 갓고 경신의 니화도화 말근
빗치 반월 발근 달이 흔강슈의 쎠오는 듯

—「이춘풍전」(19세기)

어떤 한 미인은 서왕모가 요지에 내려온 것 같기도 하고, 양태진이 태액지에
내려온 것 같기도 했다. 꽃은 얼굴이 되고 옥은 모습이 되어 한 송이 금연화가
이슬을 머금고 바야흐로 터지려는 것과도 같았다.

—美人 依然若西王母之降瑤池 怳然若楊太眞之臨太液 花爲容而玉爲貌
—朶金蓮含露纔綻也

—「오유란전」(19세기)

필녀 혜빙 쇼져 즈난 묘주니 방년이 십삼 셰라 용화지질이 졔형 즁 츌셰초츌ᄒ야
용모를의논흔즉 즁츄망월이 ᄒ슈의 빗겨난 듯 빅년 갓튼 귀밋과 교교흔 양협은
흐미흔 도화갓고 묘묘흔 잉슌은 단스를 찍은 듯 낭셩 갓튼 눈지와 표표흔 양익이
비봉이 운산을 향ᄒ난 듯 셤셤셰료난 쵹깁을 묵싄 듯 긔질이 츄월 갓고 셩졍이
동방흔월 갓터여 긔심이 쳘셕빙옥 갓터여 표표양양ᄒ야 홍진 쓰슬의 염여 낙낙ᄒ
야 문득 셰상 부부의 영욕을 쵸월 갓치 비쳑ᄒ야

—「방한림전」(19세기)

1.5. 외로움과 무상감, 피어나는 죽음

봄이면 복숭아꽃(桃花)이 활짝 핀다. 연분홍 꽃들이 핀 자태는 멀리서 바라보
면 안개인 듯하고 가까이서 보면 사랑스런 여인의 뺨 빛인 듯하다. 예로부터
복숭아꽃과 복숭아를 젊고 아리따운 아가씨에 비유하였다. 그러므로 복숭아꽃
은 계절로는 봄을 상징하며 인생에서는 젊음을 상징한다고 할 수 있다. 이에
여성 작가들은 흩날리는 복숭아 꽃잎을 보며 봄도 스러지고 있다고 생각했다.
복숭아 꽃잎이 한 잎 두 잎 지는 것을 따라 봄도 가버린다 하여 외로운 심상을
표현하였다. 또한 꽃잎이 떨어지듯 자신의 아름다운 용모도 스러져감을 비유하

였다. 그러면서도 어차피 사람은 백발이 되도록 오래 사는 경우가 드물다며 유한한 인생을 위로하였다. '앓고 나니 복숭아꽃잎이 모두 저버렸다'는 것은 봄이 다 갔다는 것이고 자기 청춘도 가버렸다는 것을 의미한다. 이에 인생의 덧없음, 무상함을 느끼게 되는 것이다. (김운초 「嶽下宴飮」, 죽향 「暮春呈女兄鷗亭道人」)

고전소설에서 사랑하는 사람과 이별을 했거나 궁중에 갇혀 살며 사랑을 해볼 수 없던 여성들은 봄날 흐드러지게 피어 있는 꽃을 보면 그 아름다움에 더욱 외로워져 눈물을 흘린다. (「운영전」) 또한 꽃은 아무리 쉽게 진다 해도 다음 해 봄에 다시 피는 것에 비해, 한 번 이별한 님과는 다시 만날 수 없기에 그 꽃을 보면 더욱 슬퍼지기도 한다. (「장끼전」, 「완월회맹연」) 꽃이 지닌 아름다움과 영원한 순환성은 인간사의 허무함과 이별의 단절감을 고조시키는 매개이다.

규방가사에서 꽃은 생명성을 구현하는 대표적인 대상으로 결핍의 정서를 조성하는 매개이다. 꽃이 만개한 모습은 웃고 있는 형상이자 나비와 벌이 날아드는 형상으로, 생명성을 구가하는 모습이다. 두견화의 반짝이는 붉은 빛, 이화의 하얀 빛 등 꽃이 지닌 화려한 색감과 넘치는 생동감은 상대적으로 여성 화자가 놓인 상황과 대비되면서 결핍감을 불러일으킨다. 생명성을 구가하는 꽃과 달리, 여성 자신은 차폐된 삶 속에서 외롭게 청춘 또는 세월을 허송하고 있어 생명성을 향유하지 못한다고 여긴다. (「녀ᄌ탄」, 「츈규탄별곡」) 또한 꽃의 생명성은 병석에 있는 자신의 모습을 실감하는 계기가 되기도 한다. (「슈심탄」) 이렇게 꽃의 생기는 자신의 처지와 대조를 이루면서 서러운 감정을 갖게 하는 매개이다.

현대문학에서도 화려하게 절정으로 피어나는 꽃은 기본적으로 아름다움을 상징하지만, 그 만개함은 곧 시듦을 상기하면서 일시성과 덧없음의 의미로 이어진다. 포장지 속에 잘 재단되어 묶인 꽃다발이나 화병에 꽂힌 꽃은 젊음의 종말 또는 죽음을 연상시키면서 여성인물의 슬픔과 불안을 드러낸다. (함정임 「병신 손가락」, 홍희담 「그대에게 보내는 편지」, 이혜경 「멀어지는 집」, 전경린 「봄 피안(彼岸)」) 특히 겹겹의 풍성한 꽃잎으로 이루어진 화려한 장미는 그 속에 숨어 들어 죽은 듯이 생을 모면하도록 유혹한다. (전경린 「고통」) 또한 잎을 식용하는 식물의 경우 꽃이 핀다는 것은 먹을 수 없다는 것을 의미하면서 돌이킬 수 없는 안타까움과 불안을 생성한다. (공선옥 「명랑한 밤길」)

그런데 한편 꽃이 의미하는 덧없음은 한계적인 생을 관조할 수 있는 관점을 형성하기도 한다. 영원하지 않은 삶과 불가능한 이상에 대한 두려움과 절망을 있는 그대로 인정하고 인간 존재의 연약함을 오히려 생의 기반으로 바라보는 비극적 긍정의 미학을 형성하는 것이다. 그래서 꽃은 강렬한 생의 의욕 이면에 존재하는 연약함과 불가능을 인지하는 자극체로, 또는 생에 대한 두려움과 절망을 다른 스펙트럼 속에서 바라보게 하는 철학적 메타포로 주요하게 등장한다. 거친 삼베로 밋밋하게 만들어진 수의에 화려한 꽃잎을 흩뿌려 놓고 자신의 죽음을 준비하는 노인의 이야기는, 화려한 꽃잎과 주검의 삼베를 천연하게 뒤섞음으로써 육체의 덧없음과 허무한 죽음을 오히려 담담히 받아들이는 초연함을 드러낸다. (박완서 「꽃잎 속의 가시」) 화려하고 연약한 장미와 달리 강렬하고 굳건한 해바라기는 흔히 태양을 상징하는데, "횅뎅하게 목이 잘린" 해바라기는 그 죽음 속에서 오히려 있어야 할 샛노란 열망을 환기하고 좌절된 이상을 각인한다. (전경린 「고통」)

삼각산 인왕산이 사방에서 푸르고
봉래가 가까우니 상서로운 구름 날아가네
봄날은 흩날리는 복사꽃 따라 가버리고
나그네는 쌍쌍이 나는 제비와 함께 돌아가네
해지는 석류 그늘 아래 술 취해 있는데
바람 타고 버들솜은 비단 옷 위로 날아오네
예쁜 얼굴 스러짊 부질없이 아까워 말자
예로부터 사람이 백발까지 삶 드무니
三角仁山碧四圍 蓬萊咫尺靄雲飛 春隨片片桃花去 客與雙雙燕子歸
落日榴陰迷醉眼 輕風柳絮上羅衣 不須浪惜容華歇 從古人生白髮稀
　　　　　　　　　　　－김운초 「삼각산 아래 잔치에서 마시며 嶽下宴飮」(19세기 전반)

웅어 시절 누에 치는 때
멀고 가까운 푸른 산들 안개 속에 있는 듯
앓다가 일어나 봄 저문지도 몰랐는데
작은 창 앞 복사꽃 모두 저버렸구려
魛魚時節養蠶天 遠近靑山總似烟 病起不知春已暮 桃花落盡小窓前
　　　　　　　　　　－죽향 「늦봄에 구정도인 언니께 드림 暮春呈女兄鷗亭道人」(19세기?)

"남녀의 정욕은 음양의 이치에서 나온 것으로 귀하고 천한 것의 구별이 없이 사람이라면 모두 다 갖고 있는 것입니다. 그런데 저희는 한 번 깊은 궁궐에 갇힌 이후 그림자를 벗하며 외롭게 지내왔습니다. 그래서 꽃을 보면 눈물이 앞을 가리고, 달을 대하면 넋이 사라지는 듯하였습니다."

男女情欲 稟於陰陽 無貴無賤 人皆有之 一閉深宮 形單隻影 看花掩淚 對月消魂
ㅡ「운영전」(17세기)

운림초당 너른 뜰의 백년초를 심어두고 빅년히로 ᄒᆞ쟈더니 단삼년이 못 지나셔 영결종천 이별초가 되엿구나 져러트시 조혼풍신 은제다시 만나볼가 명ᄉᆞ십리 히당화냐 꼿진다 한을 마라 너ᄂᆞ 명년 봄이 되면 쏘 다시 피려니와 우리 낭군 이번 가면 다시 오기 어려워라 미망일셰 미망일셰 이 몸이 미망일셰
ㅡ「장끼전」(미상)

이러툿 담화ᄒᆞ여 밤을 다 보ᄂᆡ미 명신의 문계공 습인이 소져를 드러가 볼식 쇼졔 맛츰 어린 쇼고를 겻틱 안치고 삼슉을 빅견홀식 반기ᄂᆞ 졍이 말슴 밧긔 나타나고 슬픈 심회 둥원을 요동ᄒᆞ나 존귀 흐가디로 드러와시므로 감히 쳑비한 ᄉᆞ식을 못ᄒᆞ고 나즉이 시좌ᄒᆞ미 삼슉을 향ᄒᆞ여 존문을 뭇ᄌᆞ오나 데여남의 ᄉᆞᆼ싱거쳐를 모로믄 유명을 격ᄒᆞ미 다ᄅᆞ디 아니믈 더욱 통졀ᄒᆞ더니 도헌과 시독이 이 둥의도 희어를 발ᄒᆞ여 글오디 현딜이 쳔쳔 만만 몽상디외의 익회를 당ᄒᆞ여 군ᄌᆞ를 만니 변북의 원별ᄒᆞ니 산호 댱니의 홍진이 ᄡᅥ지고 구슬 계젼의 쎠러진 곳츨 쓸 니 업슨디라 후회의 조만을 뎡치 못ᄒᆞ니 니별ᄒᆞᆫ 넉시 놀나기를 얼마나 ᄒᆞ뇨 아지 못게라 창힉의 돌이 되고져 ᄒᆞᄂᆞ냐 녕두의 구룸이 되고져 ᄒᆞᄂᆞ냐 반드시 호박침 ᄌᆞ라금의 눈물이 어룽딜디라 ᄒᆞ믈며 너의 화안이 초ᄎᆡᄒᆞ고 옥용이 젹막ᄒᆞ여 별수의 즘겨시니 우슉이 근심되믈 니긔디 못ᄒᆞ노라
ㅡ「완월회맹연」(18세기)

사창을 반기ᄒᆞ고 츈당을 둘너보니 셰우ᄂᆞᆫ 갓지ᄂᆞ고 미풍은 건들분다 잉화ᄂᆞ 반기ᄒᆞ고 도화ᄂᆞ 만발이라 원둥의 비츨보고 야외예 경을알네 양류ᄂᆞ 영농ᄒᆞ여 청ᄉᆞ를 드리온듯 두견화ᄂᆞ 만발ᄒᆞ여 홍금댱 둘어친듯 경니로온 강산이요 화등편디로다 시졀이야 됴타마는 풍유긱이 부럽도다 눈셩흔 소경이라 구경을 어이ᄒᆞ리 다시셩글 안즐방이 녹일길이 젼혀업다 그러흔 됴흔풍경 안면의 거러두고 건곤 경기를 흉둥의 너허두고 유곡을 읍허ᄂᆡ야 치필노 그리고져 녀ᄌᆞ의 분외식라 셜운 ᄆᆞ음 ᄯᆞᆫ이로다
ㅡ「녀ᄌᆞ탄」(1928)

후원잠관 비회ᄒ니 각식화초 반갑도다 화죠야 시름마라 씽거쌍녀 쌍을지여 포
란화혹 나라들졔 너어이 시름하랴 춘규즈탄 이늬몸언 미물만도 못ᄒ드라 도화이
화 목돈화며 장미작약 히당화는 모도합쳐 우거져서 봉졉각각 나라들졔 반함교틔
반함슈로 죠양셕월 우슴웃고 봉가졉무 쌍을기워 삼츈가졀 죳컨마는

—「츈규탄별곡」(미상)

잇쩐난 어나쩐고 신유연 모츈이라 청산의 두견화난 금졍을 둘너친듯 징겨의
피는버들 벽운이 몽농ᄒ다 사창을 반개ᄒ고 츈식을 완젹ᄒ니 홀연이 병셕시름
억겨할길 어렵도다 슬프다 이소희를 뉘를잡고 ᄒ즌말고

—「슈심탄」(미상)

동백꽃은 화사함도 있고 고요함도 있다. 관능도 있고 가녀린 섬세함도 있다.
동백꽃은 시드는 것이 아니라 떨어진다. 아름다운 자태를 지닌 채 뚝 떨어진다.
영빈은 어릴 적 떨어진 동백꽃을 집어들었다가 꽃이 생생히 살아 있는 것 같아
소스라치게 놀라 얼른 내던져버린 적이 있다. 어느때는 땅을 파서 한잎 한잎 묻어
주기도 했다.

—홍희담 「그대에게 보내는 편지」(1995)

나의 생일은 해마다 봄 피안의 첫날에 든다. 한밤중에 돌아온 남편은 서른세
송이의 장미가 포장된 꽃다발을 들고 왔다. 갑자기 나이 수만큼의 꽃다발이라니,
그것은 몹시 심술궂은 장난 같았다. 어쩌면 실제로 의미 있는 경고일지도 모르며,
부드러운 종류의 항의인지도 모른다. 그가 의도한 바일 수도 있지만, 나는 내 나이
가 그렇게 많은 숫자라는 데에 놀라 그로테스크한 감정에 빠져들었다. 몇 번이나
꽃송이를 세었다. 서른세 살이란 물론 예순여섯 살 같은 나이에 비해 결코 많지
않다. 그러나 화려한 포장지 속에 잘 재단되어 순서대로 묶여 있는 서른세 송이
꽃의 주검을 한눈에 본다면 누구나 지나치게 많다고 느낄 것이다.

—전경린 「봄 피안(彼岸)」(1996)

수 없는 고통을 느꼈다. 두려워 도망치고 싶으면서도, 한편으로는 지그시 기다
려지기도 하는 겹겹이 둘러싸인 쓰라림. 여자는 꽃들 속에서 자신의 어두운 운명
을 예감했다. 그녀는 어느 날 생을 놓아버리고, 그런 적요한 꽃들 속에 숨어서
가볍게, 아무 가치도 없이 평생을 살아버리게 될 것 같았다. 술래가 마지막까지
찾지 못한, 벽장 속에 잠들어 버린 꼬마 아이처럼. //
여자는 팔월 말의 어느날 새벽, 해안길을 걷다가 폐쇄된 철길 가에서 어른 키보

다 큰 해바라기들을 보았다. 둥근 꽃을 하나씩 피운 해바라기 무리 속에 휑뎅하게 목이 잘린 해바라기 줄기들이 섞여 있었다. 줄기는 다섯 개였고, 아직 푸르렀다. (중략) 그러면, 그녀 생애가 한 순간 음화처럼 번쩍 드러날 것이다. 꽃이 꺾인 해바라기 줄기처럼, 줄곧 비어 있었던, 폐허에 불과한 생이.

—전경린 「고통」(1996)

질부는 시어머니가 싹둑거려놓은 한 바구니나 되는 꽃잎을 다 압수한 줄 알았는데, 어젯밤 마지막으로 짐을 점검하면서 보니, 루이뷔통 가방 속 안동포 수의 갈피 갈피에 흩뿌려놓은 것처럼 아직도 많은 꽃잎이 숨겨져 있더라고 했다.

—박완서 「꽃잎 속의 가시」(1998)

다음날 아침 엄마의 몸은 시퍼런 멍투성이였다. 간밤에 아무런 일 없었던 것처럼 엄마와 나는 꽃밭으로 나갔다. 꽃에 숨결을. 아침마다 엄마의 손길을 받던 꽃밭은 동네에서 으뜸이었다. 90년대 신도시 건설로 지금은 그 집도 헐리고 없지만 그 집은 몇 가지 악몽을 털어낸다면 내 유년을 통틀어 가장 환하고 아름다운 집이었다. 이사 오면서 엄마는 포도나무 밑에 백합 구근을 두둑이 심어놓았다. 초여름이면 서늘한 그늘 아래 독의 매혹을 품은 백합꽃이 피었다. 막내오빠 재민은 백합이 입을 벌리기를 기다려 길게 백합의 목을 꺾어 엄마 방에 꽂아주었다. 잃어버린 엄마의 미소를 찾아주기 위해서였다. 재민의 기대와는 달리 엄마는 방에 꽂힌 백합을 보자 새파랗게 질렸다. 백합은 한순간에 방바닥에 뿌려졌고 엄마는 한풀이하듯 재민의 목덜미를 세차게 잡아 흔들었다. 누가 함부로 꽃을 꺾으랬니, 응? 꺾인 꽃 신세가 어떤지 좀 볼 테야! 겁먹어 슬픈 눈을 밑으로 내리깐 채 재민은 백합향이 그득한 엄마 방에서 매를 맞았다.

—함정임 「병신 손가락」(1998)

지루한 수속을 마치고 낯선 대기 속으로 나서는 나에게 귀에 꽃을 꽂은 여인이 다가와 목에 화환을 걸어준다. 서광 같은 노란 꽃송이를 실에 꿰어 만든 화환이다. 여인은 나보다 키가 작아서 발돋움하고, 오랜 비행으로 발이 부어 꽉 끼는 신발을 의식하며 나는 무릎을 약간 구부린다. 향긋하고 비릿한 냄새가 훅 끼친다. 가지에서 절단되어 시시각각 시드는, 종말로 다가가는 꽃이 온힘을 다 끌어 모아 내뿜는 향기 혹은 독기. 비탈진 길을 올라가던 11층 할머니가 인사를 건네는 바람에 내 여행은 끝나버린다.

—이혜경 「멀어지는 집」(2002)

아욱을 포기해 버릴까? 꽃이 핀 아욱을 보면 왈칵 무섬증이 인다. 야들야들한 아욱잎이 주던 기쁨. 그 보드라운 잎을 뜯어 부드러운 아욱된장국을 끓여먹었던 행복감에 비례해서 부숭부숭하게 꽃이 돋아나기 시작한 직후부터 뻣뻣해진 아욱 잎을 보면 생에 대한 아득한 절망감이 엄습해온다. 내가 이것을 심어놓고 불과 두 번밖에 끓여먹지 못했구나. 두 번밖에 끓여먹지 못해서 절망스러운 게 아니라, 야들야들한 아욱이 어느새 부숭부숭 꽃을 피우는 동안 아욱밭을 까맣게 잊고 있었던 것이, 그 아욱밭을 잊고 있던 동안의 나의 행적이 스스로 무서운 것이다. 아욱이 꽃을 피우고 꽃이 지고 아욱은 늙어가고 이윽고 녹아 없어져버린 연후에야 내가 아욱밭에 와서, 아욱밭에 주질러 앉아서 눈에 보이지 않는 아욱을 찾느라 슬피 울 것만 같은 불길한 예감에 진저리를 치는 것이다.

─공선옥 「명랑한 밤길」(2005)

1.6. 타자적 여성, 그 거부

아름다운 꽃이길 거부하는 여성들의 목소리는 생경하지만 강렬하다. 꽃이 지닌 생명과 아름다움에도 불구하고 여성을 꽃으로 정형화하여 표현한 것은 여성을 사물화하고 타자화하는 대표적인 예가 되어왔기 때문이다. 여성을 꽃에 비유하는 것은 여성을 외모편향적으로 인식하게 하고 관상용으로 전락시켜 버림으로써 여성을 칭송하면서 동시에 비하하는 모순적 사고를 드러낸다. 여성은 이러한 타자적 대상으로서의 꽃이길 거부하고 새롭게 이름붙인 꽃으로 스스로를 다시 명명하면서 주체로 거듭난다.

여성을 타자화하여 관상용으로 전락시키는 위선적인 시선에 대한 비판은, 꽃인 양 보였던 것이나 플라스틱 가짜 꽃, 혹은 향기 없는 꽃에 대한 역겨움 등으로 표출된다. (박완서 「꽃 지고 잎 피고」, 김인숙 「바다와 나비」, 윤성희 「당신의 수첩에 적혀 있는 기념일」) 꽃을 인위적으로 다듬고 장식하는 정원 관리 역시 꽃의 자연스럽고 본래적인 양상을 억압하는 것으로 이해되는데, 이는 여성의 주체성이 훼손되는 현실에 대한 비판이다. (김재영 「국향」, 김윤영 「그린 핑거」)

세차게 흙을 밀어올리며 뿜어내는 '무서운' 작약을 바라보며 여성에 대한 기존의 잣대로 자신을 재는 것을 거부하며, 여성의 희고 순결함을 상징하던 백합을 '생피붙은 육시처참'의 꽃으로 상상한다. 선연한 주홍빛 '능소화'는 여성의 '이글거리는 자궁'이라고 표현한다. 생생한 '생화'를 짓이겨 생의 진실을 확인하고, 대속의 상징인 십자가에는 여성들의 '개짐'이 펄럭인다. 여성의 성기는 선분홍 꽃잎이고 생리혈은 피꽃이며 자궁은 꽃의 구근이고 여성의 몸은 그대로 꽃대가 되어, 여성시에서 꽃은 기존의 꽃과는 전연 새로운 꽃으로 거듭난다. (노천명 「작약」, 김언희 「백합, 백합, 백합」, 김선우 「능소화」, 김경미 「생화」, 정끝별 「십자가나무 꽃」, 진수미 「바기날 플라워」)

선명한 색종이 색깔의 꽃들이 노랑, 빨강, 진분홍, 진초록으로 피어 있는데 그 작은 꽃들이 꽃대에 붙어 있는 모습이란 게 아슬아슬하기 그지없다. 집안에 무엇이든 살아 있는 게 하나라도 있었으면 해서 꽃가게에 들르긴 했지만, 푸른 잎이 무성한 화분을 다 놓아두고 그 아슬아슬한 꽃을 집어든 이유는 그 꽃이 그만큼 화려하고 아름다워서가 아니었다. 오히려 나는 그 꽃이 미심쩍었다. 혹시 이 꽃들은 멋없이 맨숭맨숭하기만 한 가지를 치장하려고 사람들이 만들어 붙여놓은 것은 아닐까. (중략)

화분 위에는 여전히, 진초록의 밥풀만한 꽃잎이 떨어져 있다. 그 꽃잎을 건져올리듯이 집어올려 가만히 비벼보았다. 부드럽지도 않고 빳빳한 것이 기다렸다는 듯이 바스라졌다. 손가락 끝 어디에도 초록색 꽃물의 흔적은 남지 않았다. 나는 화분을 두 손으로 움켜쥐었다. 베란다 창을 열고 당장 집어던져버리고 싶었다.

　　　　　　　　　　　　　　　　　　　　　　　　—김인숙 「바다와 나비」(1998)

그것은 꽃이 아니었다. 나무가 쓰러지지 않도록 세운 버팀목과 나무줄기 사이를 묶은 비닐이었다. 나무는 검은색 비닐로 묶였는데, 그 비닐 위를 옅은 보라색 비닐이 한 번 더 감싸고 있다. 옅은 보라색 비닐에 검은색 비닐이 비치면서 먼 데서도 보라색을 알아볼 수 있었던 것이다. 그래도 행여 떨어진 꽃송이라도 있을지 몰라, 나는 나무 주변을 살핀다. 비닐은 내가 사는 집 쪽을 향해 매듭지어져 있다. 매듭을 묶고 남은 비닐이 흔들리며 송이가 큰 꽃처럼 보였나 보다. 확인하러 오는 게 아니었다. 그냥 저 멀리서, 폭풍이 와도 떨어지지 않고 겨울이 돼도 시들지 않는 꽃을 지켜봤어야 했다. 나는 비닐을 풀어 버팀목을 뺀다. 그러고는 바닥에 있는 나뭇가지 중에서 가장 굵은 놈으로 골라 버팀목을 뺀 그 자리에 꽂고는, 송이가 아주 커 보이도록 매듭을 묶는다. 매듭을 묶고 남은 비닐 자락을 넓게 펼친다. 꽃은 어제보다 더 무성해 보일 것이다.

—윤성희 「당신의 수첩에 적혀 있는 기념일」(2001)

장갑을 끼고 다시 화단으로 간 어머니는 분꽃의 시든 잎사귀를 가위로 싹둑싹둑 잘라낸다. 나는 신발을 꿰고 뒤쫓아가 기어코 한마디 한다.

"그냥 좀 놔둬요."

어머니는 손놀림을 멈추고 나를 향해 얼굴을 돌린다. 어머니 이마에 난 땀이 주름을 타고 흘러내려 턱 밑에서 뚝뚝 떨어진다. 그 모습이 안쓰럽기는커녕 짜증스럽다.

"꽃 좀 성가시게 하지 말고 그냥 두란 말예요."

"볼썽사나워서 그래. 이 지저분한 꼴을 보면 남들이 얼마나 흉보겠니?"

"남이 무슨 상관이야. 그리고 지저분하면 좀 어때요. 가을이라 씨 맺느라 그런 걸."

—김재영 「국향」(2004)

그녀는 메모한 대로 다 사고 나서 돌아오는 길에 꽃을 한 묶음 샀다. 셀로판지 속에 다소곳이 오므리고 있는 수선화를 열 송이 샀다. 문득 너무 정교한 게 생화가 아닐지도 모른단 생각이 들어서 코를 갖다 대고 향기를 더듬었다. 아무 냄새도 안 났다. 그녀는 별것도 아닌 일에 초조해져서 셀로판지를 벗겨냈다. 꽃송이는 하나같이 셀로판지를 벗겨내자마자 단박 활짝 피어버렸다. 그러나 향기는 없었다. 셀로판지가 가두어둔 건 꽃의 개화(開花)였을 뿐 향기는 아니었다. 그녀는 괜히 낭패스럽고 우울해서 꽃을 쓰레기통에 던져버리고 싶었다.

—박완서 「꽃 지고 잎 피고」(2006)

우리집 정원에는 뭔가가 부족해 보였다.

토론토에서 이 정도로 잘 가꾼 정원은 드물다고들 하지만, 또 지나가는 사람들마다 원더풀 가든이라며 감탄을 하긴 하지만, 그래도 나는 뭔가가 계속 마음에 걸렸다. 꽃이나 나무가 모자란 건 아니었다. //

이 정원에 부족한 게 뭔지 이제 알 것 같다. 그건 바로 사람이다. 남편과 나의 아이들, 희주처럼 마음껏 뛰어놀 어린아이들, 피가 돌고 맥박이 뛰는 나의 자궁에서 싹이 터 자라난 나의 아이들. 필요한 것은 꽃도 나무도 연못도 아니었다.

—김윤영 「그린 핑거」(2006)

그 굳은 흙을 떠받으며
뜰 한구석에서
작약이 붉은 순을 뽑는다

늬도 좀 저 모양 늬를 뽑어보렴
그야말로 즐거운 삶이 아니겠느냐
(중략)
남의 자[尺]로는 남들 재라 하고
너는 늬 자로 너를 재일 일이다

작약이 제 순을 뽑는다
무서운 힘으로 제 순을 뽑는다

　　　　　　　　　　　　　　—노천명 「작약」(1958)

자웅동체
암수 한 몸
지척지간 한배 새끼
나는 나와
생피 붙는다
(불륜의 향기는 코를 찌르고 목을 조르고 눈구녕을
후벼파고)
씩씩거리는
향기의
여섯 발굽에 비끌어매여
이토록
찢어지고 있는
육시처참의
나는

　　　　　　　　　　　　　—김언희 「백합, 백합, 백합」(1995)

　　이글거리는 밀랍 같은, 끓는 용암 같은, 염천을 능멸하며 붉은 웃음 퍼올려 몸
풀고 꽃술 달고 쟁쟁한 열기를 빨아들이기 시작한 능소(凌宵)야, 능소(凌宵)야,
모루에 올려진 시뻘건 쇳덩어리 찌챙찌챙 두드려 소리를 깨우고 갓 깨워놓은 소리

가 하늘을 태울라 찌챙찌챙 담그고 두드려 울음을 잡는 장이처럼이야 쇠의 호흡
따라 뭉친 소리 풀어주고 성근 소리 묶어주며 깨워놓은 소리 다듬어내는 장이처럼
이야 아니되어도 능소(凌宵)야, 능소(凌宵)야, 염천을 능멸하며 제 몸의 소리 스스
로 깨뜨려 고수레— 던져올리는 사잣밥처럼 뭉텅뭉텅 햇살 베어 선연한 주홍빛
속내로만 오는 꽃대궁 속 나팔관을 지나고 자궁을 가로질러 우주 어딘가 시간을
삼킨 구멍을 찾아가는 당신

— 김선우 「능소화」(2003)

생생한 꽃들일수록 슬쩍 한 귀퉁이를
손톱으로 상처내본다, 피 흘리는지 본다
가짜를 사랑하긴
싫다 어디든 손톱을 대본다

— 김경미 「생화」(2009)

처음 보는 꽃
십자가나무꽃
연잎처럼 생긴 네 개의 꽃잎이
십자로 펼쳐져 있다
자세히 보니
네 꽃잎 끝에 못 자국이 선명하다
(중략)
멀리 보니
할머니의 횟댓보가
어머니의 머릿수건이
세상 모든 여자의 개짐이
사태 져 펄럭이고 있다
손발 바닥이 얼얼하다

— 정끝별 「십자가나무꽃」(2005)

이럴 수가!
오, 모르게 꽃이었다니

아랫배 깊숙이

구근 한 덩이
이렇게 숨겨져 있었구나

하얀 크리넥스
잎잎으로 피워낸 꽃잎처럼

철따라
점점이 피꽃 게우며,

울컥 불컥
목젖 헹구며.

나
물오른
한 줄기 꽃대였다네.

—진수미 「바기날 플라워」(2005)

1.7. 꿈과 매혹, 여성 욕망의 화신

꽃이 지닌 생래적인 빛깔과 향기는 꽃의 본질적인 아름다움이자 인간의 미
적 의식을 자극하는 무상의 감각이다. 꽃이 지닌 겹겹의 꽃잎과 다채로운 색과
농밀한 향기는 여성이 품은 욕망을 함축하는 시적 은유이다. 꽃은 시각, 촉각,
후각 등 인간의 모든 감각에 가닿는 구체적인 사물로서 강렬하게 자기를 표현
한다.

한문학에서 욕망은 꽃을 통해 비유적으로 표현되었는데 특히 연꽃을 즐겨 소
재로 삼았다. 연꽃은 젊은 연인들의 사랑을 매개한다. 예로부터 마음에 담고
있는 상대에게 연꽃을 선물하며 사랑을 전하던 풍습이 있었다. 특히 중국에서
는 '채련(採蓮; 연꽃을 땀)'을 '채련(採憐; 연인을 골라잡음)'과 통하는 의미로 표현
하였다. 연꽃을 따는 일을 하는 젊은 남녀들은 마음에 드는 상대에게 연밥을

던져 마음을 전달하였다. 또한 연꽃 '하(荷. he)'는 화합 '화(和. he)', 합할 '합(合. he)'과 음이 통해 '남녀의 화합'을 뜻하기도 했다. 이러한 이유로 연꽃과 연꽃 따기는 연인을 구하는 노래로 자리 잡았고, 연꽃 따는 노래는 시대를 가리지 않고 많이 지어졌다. 이 노래가 여성작가들에 이르러서는 좀더 외로움이 가미된 모습으로 나타나며, 사랑을 갈구하는 모습을 보인다. (이옥봉 「採蓮曲」, 강지재당 「橫塘曲」)

현대소설에서 꽃은 피었다가 시드는 일시적인 것인 한편, 시들었다가 다시 또 피어나는 반복적인 환생의 대상이기도 하다. 꽃의 시듦이 아니라 꽃의 재생을 강조함으로써 영원한 새로움, 끝없는 탄생의 이미지를 여성인물에 부여한다. (한강 「내 여자의 열매」, 「진달래 능선」, 천운영 『잘가라, 서커스』) 그래서 꽃에 둘러싸인 여성인물은 일상에서는 꿈꾸지 못했던 노골적인 욕망에 부응하고 강인한 생명력에 감화된다. (강신재 「점액질」, 박완서 『아주 오래된 농담』「지렁이 울음소리」, 윤영수 「봄 뜰」, 서하진 「개양귀비」) 일시적이고 연약한 꽃이 지니는 순환적 영원성은 특히 어머니의 환영과 연계되면서 여성인물의 삶에 근원적 동경과 강인한 생명을 불러일으킨다. (오정희 「목련초」, 한강 「해질녘에 개들은 어떤 기분일까」, 천운영 『잘가라, 서커스』, 신경숙 『리진』) 이국적인 꽃이나 현실 속에 존재하지 않는 환상적인 꽃의 이야기, 나아가 여성이 꽃으로 변신하는 이야기 등은 꽃이 지니는 비일상적인 생명력을 보다 극적으로 드러낸다. (최윤 「열세 가지 이름의 꽃향기」, 한강 「내 여자의 열매」, 전경린 「천사는 여기 머문다 I」)

현대시에서 여성 안에 내재된 욕망은 '붉게 피어나는 심장'으로, 자기 몸 안의 격정은 자발적으로 몸을 여는 '바람난' 꽃 '얼레지'로 비유된다. 달콤한 유혹으로 상대방을 먹어치우는 식충식물, 열일곱 살들의 넘치는 순수와 감성으로 하얗게 미쳐서 피어있는 배꽃, 몸 안의 잠재운 욕망이 바람소리에 흔들리는 몸 속의 꽃들은 모두 여성의 생기와 관능을 표현한다. 내 안으로 들어오는 순간 선인장의 날선 가시가 되어버리는 꽃들, 팽팽히 물로 차올라 서로를 적시며 열리는 꽃 같은 나와 당신, 달콤하고 수상쩍은 냄새를 풍기며 한껏 피어났던 꽃이 진 후 추슬러야 할 욕망, '길길이 뛰는 이 맘'을 안고 핏발 세우고 빨아올리듯 피어있는 능소꽃 역시 꽃으로 변용된 여성 욕망들이다. 여성시인들은 자기 안에 내재한 광기와 욕망을 가장 매혹적으로 표현할 수 있는 사물로 꽃을 선택하는데, 이 꽃들은 모두 매우 붉고 뜨거우며 격렬하고 미쳐있는 꽃들로 표현되고 있다.

(노천명 「장미」, 김길나 「말하는 칸나」, 김선우 「얼레지」, 나희덕 「내 속의 여자들」, 김길나 「식충식물이 웃고 있다」, 이진명 「배꽃 시절」, 이선영 「선인장」, 신혜정 「화왕지절」, 조용미 「꽃이 진 후에」, 정끝별 「능소꽃이」)

남쪽 호수에서 연밥 뜯는 아가씨
날마다 남쪽 호수로 돌아오네
얕은 물가엔 연밥 가득한데
깊은 물엔 연잎이 드물구나
노 젓느라 가녀린 몸 힘겨워
물 얕은 곳으로 비단옷 걷어올리네
무심코 노 저어오다
날아가는 원앙을 부럽게 바라보네
南湖採蓮女 日日南湖歸 淺渚蓮子滿 深潭荷葉稀
蕩漿嬌無力 水濺越羅衣 無心却回棹 貪看鴛鴦飛
　　　　　　　　　　　　　　　－이옥봉 「연 따는 노래 採蓮曲」(16세기 후반)

연 캐러 횡당 가자 약속했지만
연꽃 연밥 너무나 애처로워
횡당에 날 저물고 풍랑 거세어
힘 약해 목란선 돌릴 수 없네
約伴橫塘去採蓮 蓮花蓮子正堪憐 橫塘日暮風浪急 力弱難回木蘭船
　　　　　　　　　　－강지재당 「횡당의 노래 橫塘曲」(19세기 후반?)

　　가슴 높이에 이르던 그 초목들은 무슨 이름이었는지, 어스름 어둠 속에 큰 꽃송이들이 둥둥 뜬 것 같아 보였다. 발밑에서는 뭉큿한 풀 향기가 뿜어 오르고 감미로운 훈향을 흐트러뜨리는 찔레와 덩굴장미는 집 둘레에 몰려 피어 있었다.
　　　　　　　　　　　　　　　　　－강신재 「점액질」(1966)

　　나는 불현듯 겨울의 남대문 꽃시장에 있고 싶어진다. 그 따숩고 난만한 고장에. 국화, 카네이션, 금잔화, 동백, 프리지어, 튤립, 사이네리아…… 이런 꽃들이 어우러진 훈향, 갓 들어온 꽃의 신선한 훈향, 어제 들어온 꽃의 난숙한 훈향, 그제 그끄제 들어온 꽃들과 잘못 다루어 떨어뜨려 짓밟힌 채 썩어가는 꽃잎과 이파리의 퇴폐적인 훈향. 콧방울을 팽배시켜 이런 훈향을 가슴 가득히 들이마실 때의 즐거운 현훈(眩暈), 뜨거운 부정(不貞)을 청정하게 저지를 것 같은 설렘, 십 년은 젊어진 것 같은, 아니 이 십 년 전 청순과 방일(放逸)이 조금치의 모순도 없이 공존하던 십구 세의 나날 같은 자유, 이런 것들을 그 고장에서 누리고 싶었다.

—박완서 「지렁이 울음소리」(1973)

목련, 자목련, 백목련. 예전에는 집 안의 뜰에도 심지 않았다던 주술적인 초혼(招魂)의 꽃. 어머니의 백골에서 피어나던 영혼. 그것은 조화의 견고성을 가지고 한밤중 전등알처럼 흰빛을 내며 소리 없이 터져, 순결한 처녀의 혼백으로 둥둥 떠다닌다.

그것은 수많은 입이다. 밤새 요기스럽게 피어 밤의 정을 빨아들이는 흡반이다.

지금은 목련을 구할 수 없어요.

나는 참으로 궁색한 대답을 해 버리는 수밖에 없었다. 그것은 한갓 옹색한 변명이다. 목련을 구할 수 없기 때문이 아니다. 그것의 형체를 잡을 수가 없는 것이다. //

내 속에는 어머니를 버리고 달아나던 날 밤의 자욱한 어둠이 급류가 되어 밀려들어오고 그 너머 어디선가에 흰 목련들이 소리를 내며 터지고 있었다. 나를 이윽고 더 깊은 어둠 속으로 함몰시키고야 말 꽃들이.

—오정희 「목련초」(1975)

자목련의 추저분한 빛깔이라니. 자목련 봉오리는 소름이 끼친다. 조그만 이파리 하나 달지 않은 채 딱딱한 가지를 뚫고 막무가내로 불뚝불뚝 솟아오르는, 실핏줄로 둘러싸인 자주색의 뭉툭한 덩어리들은 노골적이다 못해 파렴치하다.

—윤영수 「봄 뜰」(1994)

정임이의 뺨은 터서 발간 핏자국이 얽혀 있었다. 정임이는 배가 고프다며 꽃잎을 씹어 삼키고 있었다. 정임이가 지나온 자리는 그 키가 닿는 만큼 표가 나고 있었다. 해가 뉘엿뉘엿 저물었을 때 정임은 검붉은 물이 잔뜩 든 입술을 깨물며 훌쩍거렸다. "배 고파 오빠!" 정임은 기어코 주저앉아 발을 뻗었다.

—한강 「진달래 능선」(1994)

바람국화가 꽃을 피우는 데 꼭 필요한 추위와 강설과 강풍을 만들기 위해, 바이는 삼촌이 남기고 간 부속품으로 북극의 강풍을 만드는 강력 프로펠러와 기계를 만드는 데 그의 온 정열을 쏟아넣었다. 여러 해의 경험을 통해, 그들은 꽃봉오리 때 삼십삼 일 간 강풍과 강설의 세례를 받은 바람국화가 가장 강인하고, 가장 강한 향기를 발하며, 또 가장 오래 꽃을 피운다는 사실을 알아낼 수 있었다.

　그 때마다 꽃이 뿜는 향기는 미묘하게 달라졌으며, 그 모든 향기에 파랑손은 매번 이름을 붙여주었다.

—최윤 「열세 가지 이름의 꽃향기」(1995)

　그 허벅지에서 흰 잔뿌리가 무성하게 돋아나왔다. 가슴에서는 검붉은 꽃이 피었다. 끝은 희고 아랫부분이 노르스름한 도톰한 꽃술이 유두를 뚫고 올라왔다. // 봄이 오면, 아내가 다시 돋아날까. 아내의 꽃이 붉게 피어날까. 나는 그것을 잘 알 수 없었다.

—한강 「내 여자의 열매」(1997)

　엄마가 얘기해준 과수원은 다른 곳에 있는 거라고 아이는 생각했다. 내일이라도 거기를 찾아간다면 복사꽃들이 만발하고 햇살이 찬연한 곳에 다다를 수 있을 거라고 생각했다. 아빠가 엄마를 찾아내지 못한 건 그 진짜 과수원에 가지 않았기 때문이라고 생각했다. 엄마는 배꽃 환한 그늘 아래 앉아서 아이를 향해 두 팔을 벌릴 거라고, 그 가슴팍에서 향긋하고 끈끈한 과즙냄새가 날 거라고 생각했다.

—한강 「해질녘에 개들은 어떤 기분일까」(1999)

　"능소화가 만발했을 때 베란다에 서면 마치 내가 마녀가 된 것 같았어. 발밑에서 장작더미가 활활 타오르면서 불꽃이 온몸을 핥는 것 같아서 황홀해지곤 했지."

—박완서 『아주 오래된 농담』(1999)

　참 이상한 가족이다, 고 나는 생각했다. 너무 박식한 할아버지, 역마살 낀 아버지, 일찍 철든 두 형제, 그리고 자신에게 일어난 모든 일을 식물처럼 받아들이는 어머니. 그들 한 사람, 한 사람을 당신 곁에서 차례로 떠나보낸 시어머니가 조용히 꽃에 물을 주던 정경이 떠올랐다. 시어머니는 물뿌리개를 조심스레 들고 이파리 하나하나에, 꽃을 다칠세라 저어하며 많지도 적지도 않은 양의 물을 부었다. 그것은 어쩌면 단지 물이 아니었을지도 모른다. 당신 가슴 속의 그 무엇, 넘쳐흘러 비워내지 않고는 도저히 견딜 수 없었던 그 무엇, 나눠받기를 거부한 사람에게, 나눠주지 못했던 당신의 시간과 삶 자체였을지도 모른다. 그렇게 나눔받은 꽃이 그렇듯 가만히 바람과 먼지를 받으며 당신 앞의 세월을 지켜보는 것. 어쩌면 어머니가 꽃을 키운 것이 아니라 꽃이 어머니를 키웠다는, 이상한 생각이 들었다.

—서하진 「개양귀비」(2000)

그래도 엄마는 금세 죽지는 않을 것이다. 적어도 복사꽃이 필 때까지는 살아 있을 것이다. 꽃에 대한 엄마의 욕심은 끈질겼다. 복사꽃이 지면 라일락과 모란의 향기를 기다리고, 그 꽃마저 지고 나면 세 번 피고 져야 쌀밥을 먹는다는 백일홍을 기다린다. 복사꽃이 만개하면 엄마는 죽음의 기운을 말끔히 없애고 생의 기운을 되찾게 될지도 모를 일이다.

엄마는 삶의 끈을 쉽게 놓는 사람이 아니다. 복사꽃을 기다리느라, 달디단 복숭아 과즙의 맛을 못 잊어서, 죽을 수가 없었다. 얼마 남지 않았다는 의사의 말이나, 덕지덕지 않은 저승꽃이나, 발을 잘라버려야 할 정도로 심한 당뇨나, 그 외의 어떤 합병증도, 엄마를 굴복시키지 못했다.

ー천운영 『잘가라, 서커스』(2004)

"여기 이 꽃 이름이 뭐지?"

그는 전에도 두 번이나 꽃의 이름을 물었었다. 여자는 부엌 창으로 남자를 바라보며 대답한다.

"라리구라스"

그것은 히말라야 아래에 있는 먼 나라의 꽃이다. 그 나무가 어떻게 여기까지 왔을까……. 여자는 라리구라스를 산 밑 고추 밭 가장 자리에서 발견했다. 라리구라스는 고추가 주렁주렁 매달린 고추 밭 높이와 키가 같았다. 그때도 가지 위에 한 송이 꽃을 피우고 있었다. 꽃이 없다면 고추와 분간하기도 쉽지 않아 그대로 두면 곧 함께 뽑힐 게 뻔했다. 여자는 어느 보름달 밤 라리구라스를 뽑아와 화분에 옮겨 심었다.

"믿어지지 않아."

"뭐가요?"

"라리구라스 꽃이 여기 있는 거."

여자 역시 꿈속에서 보는 듯 믿어지지 않았다. 꿈이 깨면 빈 화분만 남아 있을 것이다. 꿈이 깨면……. 그는 믿지 않기 때문에 꽃 이름을 또 잊는다.

ー전경린 「천사는 여기 머문다 I」(2006)

리진의 어머니는 배꽃이 피길 기다렸던 것일까.

꽃을 보고 가야겠다고 마음먹은 사람처럼 겨우내 피 섞인 가래를 뱉어내던 진이의 어머니는 바람이 바뀌고 햇살이 은성해지고 배꽃이 숨을 토해내며 만발하자 숨을 놓았다. 어린 진이가 눈에 밟혀 손을 꼭 붙든 채로. //

댓잎이 사그락거리는 소리를 들으며 잠이 든 진이의 꿈속으로는 늘 배꽃이 아른

거렸다. 짙푸른 댓잎 사이로 후드득거리는 빗소리를 듣고 있는데도 눈앞으론 배꽃
이 밀려와 쌓이는 환영이 펼쳐졌다.

—신경숙 『리진』(2007)

맘 속 붉은 장미를 우지직끈 꺾어 보내 놓고
그날부터 내 안에선 번뇌가 자라다
늬 수정 같은 맘에
나
한 점 티 되어 무겁게 자리하면 어찌하랴

—노천명 「장미」(1945)

해가 엎질러놓은 핏물 한 바가지 둘러쓰고
해뜰 때마다 해질 때마다 더욱 붉게 피어나는 심장
칸나는 제 뜨거운 심장을 꺼내어 거리에 내어놓았다

심장의 외곽 방비가 전무한 내게 붉은 손톱만은 가까이
오지 마세요 연한 내 꽃살이 찢겨나간 어젯밤의 상처
사람의 살에서 들끓는 붉은 벌레들이 밤을 틈타 숭얼숭얼
기어나와 붉은 꽃들을 정복하려 들었으니까요

—김길나 「말하는 칸나」(1997)

꽃대에 깃드는 햇살의 감촉
해토머리 습기가 잔뿌리 간질이는
오랜 그리움이 내 젖망울 돋아나게 했습니다
얼레지의 꽃말은 바람난 여인이래
바람이 꽃대를 흔드는 줄 아니?
대궁 속의 격정이 바람을 만들어
봐, 두 다리가 풀잎처럼 눕잖니
쓰러뜨려 눕힐 상대 없이도
얼레지는 얼레지
참숯처럼 뜨거워집니다

—김선우 「얼레지」(2000)

내 속에는
반만 피가 도는 목련 한 그루와
잎끝이 뾰족뾰족한 오엽송,
잎을 잔뜩 오므린 모란 두어 그루,
꽃을 일찍 피워 버려
이제 하릴없이 무성해진 라일락,
이런 여자들 몇이 산다
한 뙈기 땅에 마음을 붙이고부터는
그녀들이 뿌리 내려
내 영혼의 발목도 잡아 주기를,
어디로도 못 가고
바람소리로 못 들은 체 살 수 있기를 바랐다
—나희덕 「내 속의 여자들」(1997)

꽃의 미학은 수정되어야 한다고
립스틱 붉게 바른 입술 사이로
살의를 완벽하게 감추었다
네펜다스라자, 너의 유혹은 달콤하고
베일에 가린 너의 육체는 황홀하다
무덤덤한 일상을 뒤집어놓기 위해 너는
무엇이든지 하지. 꿀 발린 키스를 퍼부어
평범의 옷을 걸친 상식을 살육하고,
지독한 향기와 빛깔이 넘실대는 네 관능의
늪 위로 누군가를 스릴 넘치게 눕히려 하고 있어
(중략)
그는 드디어 맨발로 꽃 속으로 걸어 들어간다
눈 깜짝할 사이, 그의 맨몸은 꽃 속 벼랑으로
미끄러져 풍덩 연못에 빠져든다 순간,
천천히 꽃잎을 닫으면서 꽃이 통쾌하게 웃는다
—김길나 「식충식물이 웃고 있다」(2003)

열일곱일라나, 저 배꽃, 배꽃들
하얗게 미쳐 피었다
(중략)

이상도 하지
나, 그때, 전혀
탈 없는, 하얀 여학생이었으리라, 생각하는데
너무 탈 없는, 그것이 바로 탈이 되어
하얗게, 죽음을 뒤집어쓴, 그림자 같은 거였을라나
배꽃시절이다
절정이다

—이진명 「배꽃 시절」(2004)

내 안의 사막에서 원(怨)을 품고 태어난 그 수많은 가시들이
나의 내장과, 피와, 살,에 닿으며
나의 내장과, 피와, 살,을
찌르고 찔러댄다

내 안에 들어오면
모든 꽃들은 선인장이 된다

—이선영 「선인장」(2003)

나는 꽃이 된다 꽃이 되어 활짝 열리다 내가 열리는 시간 아이는 젖투정을 하고
남편은 잠투정을 한다 남편의 숨결이 목덜미를 까슬하게 더듬어 올 때, 건조한
목소리 사이로 꽃술 부비는 소리…… 전율하며 나는 당신과 만난다 당신, 당신과
맞닿은 젖꼭지에 팽팽히 물이 오른다 당신은 내 젖꼭지를 한 입 문다 나 당신
속으로 한입씩, 들어간다

—신혜정 「화왕지절」(2009)

꽃이 진 후의 일들을 나 이제 겪어야 하네
달콤하고 수상쩍은 냄새가 났던 봄밤

봄날 누워서
꽃이 피는 소리를 들으며

머리를 빗고 일어나 나가보면 천지에
꽃들이 이미 다 져버린 뒤

—조용미 「꽃이 진 후에」(2000)

눈멀었어라 솟은 길
바람 타고 기어 올라와
입이며 식도며 대장이며 항문이며
넝쿨진 구멍으로 단숨에 빨아들인
매혹이며 황홀이며 기억이며 상처며
기다란 기다림 끝에 피워 올린
핏발 선 빨대꽃

맨몸으로 빨아올리겠다고?
길길이 뛰는 이 맘을!

—정끝별 「능소꽃이」(2005)

2
나무

나무는 그 장구한 생명력과 번식력으로 인해 우주와 창조의 상징이 되고 있다. 우주목 또는 세계수는 지하세계, 땅, 하늘을 연결하는 주요한 축으로 자리하며, 물질적인 세계 및 추상적인 우주를 동시에 지배하는 세계의 중심기둥이 된다. 단군신화의 신단수는 우주목이자 천국의 생명의 나무이다. 설화 속 신령한 나무들은 생명의 원천이자 신성한 능력을 지닌 주술적 상징물이다. 풍요한 생산능력과 영원한 순환을 뜻하는 풍요의 나무, 하늘의 영적인 양분을 흡수하는 '거꾸로 선 우주목'도 나무의 주요한 상징이다.

나무는 대지의 생산적인 힘을 수직적으로 뻗어 올려 생명의 매개가 되고, 그 수액은 생명수가 되어 거대한 자연을 이루는 역동적인 힘이 된다. 고전문학에서 생명성의 상징인 나무는 견고한 사랑을 기원하는 여성들의 정서를 표상하고, 여성에게 힘과 위안의 대상이 되고 있다. 현대문학에서 나무는 대지적 상상력의 매개로서 여성의 몸과 동일시된다. 이에 나무는 폭력적인 동물성을 극복할 수 있는 이상적 대안으로 부상하며, 에코페미니즘을 긍정적으로 실현하는 사물이 된다. 또 단군신화 속 신단수는 환웅 중심의 가부장적 나무인데, 여성시 속 나무들은 남성 중심의 의미를 전복하고 능동적으로 자기질서를 구축하는 주체적인 나무로 변용된다. 반면에 문명과 폭력의 도시 속에서 나무는 본래의 신화적 힘을 상실하고 죽어가거나 이 세계를 파괴하는 상상의 매개가 된다.

나무의 집합체인 숲은 우주와 통하는 비의적 세계로서, 은밀한 영적 세계이자 무의식의 세계이다. 인생의 불가해한 무질서를 은유하는 심상인 몽상의 숲에서 여성인물은 주술적인 마력을 통해 일상과는 전혀 다른 시공간과 대면한다. 여성은 몽상의 숲에서 자기 안에 내재한 마녀성을 발견하기도 하고, 고통을 치유하고 정체성을 찾기도 한다.

여성에게 자연의 생명성을 대변하는 나무는 위안과 치유의 의미를 지닌다. 또한 여성은 우주와 소통하는 나무를 통해 생의 불가해함과 부조리에 맞서며 정체성을 찾고자 하는 욕망을 투영한다.

2.1. 나무의 어휘 변화

줄기나 가지가 목질로 된 여러해살이 식물을 뜻하는 '나무'가 한글 표기로 등장하는 최초의 형태는 15세기 문헌의 '나모'와 '낡'이다. 조사 없이 단독으로 사용되거나 공동격 조사 '와'와 결합하는 환경에서는 '나모'로 실현되고, 기타의 다른 환경 즉 주격조사 '이', 목적격조사 '을', 부사격조사 '익, ᄋᆞ로' 등과 결합하는 환경에서는 '낡'으로 실현된다. '나모'와 '낡'의 이러한 교체는 20세기 문헌에까지 나타난다.

> 불휘 기픈 남ᄀᆞᆫ (『용비어천가(龍飛御天歌)』(1447))
> 이본 남기 새닢 나니이다 (『용비어천가(龍飛御天歌)』(1447))
> 이본 나모와 (『용비어천가(龍飛御天歌)』(1447))
> 곳과 果實와 플와 나모와ᄅᆞᆯ 머그리도 이시며 (『석보상절(釋譜詳節)』 3(1447))
> 이 東山ᄋᆞᆫ 남기 됴ᄒᆞᆯ씨 노니논 ᄯᅡ히라 (『석보상절(釋譜詳節)』 6(1447))
> 남기 뻬여 性命을 ᄆᆞᆾ시니 (『월인천강지곡(月印千江之曲)』 上(1449))
> 나모 아래 안ᄌᆞ샤 (『월인천강지곡(月印千江之曲)』 上(1449))
> ᄒᆞᆫ 남ᄀᆞᆯ 내니 곳니피 펴 (『월인천강지곡(月印千江之曲)』 上(1449))
> 여러 가짓 남깃 곳과 (『법화경언해(法華經諺解)』 6(1463))
> 벼슬왜 重疊ᄒᆞ요미 다시 여름 연 남기 그 불휘 반ᄃᆞ기 傷홈 ᄀᆞᆮᄒᆞ며 (『내훈(內訓)』 2(1475))
> 丁蘭이 져머셔 어버ᅀᅵᄅᆞᆯ 일코 남ᄀᆞ로 어버ᅀᅴ 樣子ᄅᆞᆯ 밍ᄀᆞ라 (『삼강행실도(三綱行實圖)』 孝(1481))

16세기 문헌에는 '낡, 나모, 나무'의 세 가지 형태가 나타난다. 16세기 문헌이 『성관자재구수육자선정언해(聖觀自在求修六字禪定諺解)』에 등장한 '나무'는 모음 체계의 재정립 과정에서 '나모'의 제2음절 모음 'ㅗ'가 'ㅜ'로 바뀐 것인데, 이러한 음운변화는 15세기 말부터 나타나기 시작했다.

> 남글 듫디 아니면 ᄉᆞ굿디 몯ᄒᆞᄂᆞ니라 (『번역박통사(飜譯朴通事)』 上(1517))
> 큰 나모 슈:樹 (『유합(類合)』 上(1517))
> 나모 목:木 (『유합(類合)』 上(1517))

분묘앳 남글 보고 지목 삼고져 너기며 (『정속언해(正俗諺解)』(1518))

樹 나모 슈 木 나모 목 (『훈몽자회(訓蒙字會)』 下(1527))

느릅겁질을 늘근 남기나 져믄 남기나 혜디 말고 (『구황촬요(救荒撮要)』(1554))

만히 벗겨 찌허 딜그르시나 나모 구유 例 엇거싀 담아 (『구황촬요(救荒撮要)』
(1554))

모매ᄂᆞᆫ 곳그린 오술 니ᄇ시며 눈써븐 봄나무 닙과 드리온 버들 이 ᄀᆞᆺ시며
(『성관자재구수육자선정언해(聖觀自在求修六字禪定諺解)』(1560))

남글 안고 (『소학언해(小學諺解)』 6(1586))

눈물이 남긔 무드니 (『소학언해(小學諺解)』 6(1586))

남그로 사긴 셩뎍 그릇슬 (『소학언해(小學諺解)』 6(1586))

17세기 문헌에는 '낡, 나모, 남우'의 세 가지 형태가 나타난다. 『화포식언해
(火砲式諺解)』에 나타나는 '남우'는 '나무'를 분철한 표기이다.

나모 구무과 왕대 ᄉᆞᆯ르히 고은 빈믈(半天河水) (『동의보감(東醫寶鑑)』 1(1613))

桑螵蛸 쌍나모 우희 당의 아ᄌᆞ 집 (『동의보감(東醫寶鑑)』 2(1613))

즉시 숩플 남긔 목 졸라 주그니라 (『동국신속삼강행실도(東國新續三綱行實圖)』 烈
(1617))

최시 남글 안고 버으리왇고 분로ᄒᆞ여 ᄭᅮ지저 ᄀᆞ로딕 (『동국신속삼강행실도(東國
新續三綱行實圖)』 烈(1617))

뉴시 남글 븓들고 소릭를 노피 ᄒᆞ여 울고 (『동국신속삼강행실도(東國新續三綱行實
圖)』 烈(1617))

김시 손으로써 남글 븓드니 남기 것거디니라 (『동국신속삼강행실도(東國新續三綱
行實圖)』 烈(1617))

이 ᄯᅡ히 더워 남기 프르럿도다 (『두시언해(杜詩諺解)』 중간본 1(1632))

쌍남그로 벗다가 쟝ᄎᆞ 練ᄒᆞᆫ 後에야 밤남그로써 (『가례언해(家禮諺解)』 7(1632))

몬져 다숫 ᄌᆞᆯᄅᆞᆯ ᄒᆞᆫ 볘올 남우 어린 곳에 버려 (『화포식언해(火砲式諺解)』(1635))

술위 앏 괴오ᄂᆞᆫ 나모 술위 뒤 괴오ᄂᆞᆫ 나모 (『박통사언해(朴通事諺解)』 中(1677))

져기 나모와 고사리와 茶葉을 사 가져가라 (『박통사언해(朴通事諺解)』 中(1677))

木植 木料 남그로 셩녕홀 ᄀᆞ음이니 (『박통사언해(朴通事諺解)』 下(1677))

남글 쓸디 아니면 ᄉᆞ뭇디 아닌ᄂᆞ다 ᄒᆞ니라 (『박통사언해(朴通事諺解)』 上(1677))

다리 널이며 나모 ᄀᆞᆺ트면 죽음을 반ᄃᆞ시 긔흔 ᄒᆞ리라 (『마경초집언해(馬經抄集諺
解)』 下(1682))

18세기 문헌에는 '낡, 나모'의 두 가지 형태가 나타난다.

樹 나모 슈 (『천자문(千字文)』 송광사판(1730))

눌히 다흔 남근 블희 깁픔이오 (『여사서언해(女四書諺解)』 3(1736))

樹 나모 椿樹 츈나모 松樹 소나모 區松 측빅 杉松 젓나모 果松樹 잣나모 (『동문
유해(同文類解)』 下(1748))

네 달라는 갑대로 흐여도 또 ᄀ장 만치 아니커니와 다만 이제 나모와 뿔과 느믈
이 가지가지 다 귀흐니 만일 우리 밥을 먹으면 너롤 흔 돈 오 푼을 흔 틀에
주미 무던흐다 (『박통사신석언해(朴通事新釋諺解)』 1(1765))

常言에 니ᄅ되, "ᄇ람이 부지 아니면 남기 혼더기지 아니코 비 오지 아니면 물이
넘지 아니흔다" 흐니라 (『박통사신석언해(朴通事新釋諺解)』 3(1765))

ᄆᆞᄅᆫ 나모 (『한청문감(漢淸文鑑)』 13(1779))

므릇 남기 고요흐고져 흐여도 ᄇ람이 그치디 아니흐고 (『오륜행실도(五倫行實
圖)』 孝(1797))

여기 스름 일을 빅화 고기낙기 나무뷔기 (『만언사(萬言詞)』(18세기))

19세기 문헌에는 '낡, 남우, 느무, 나모, 나무'의 다섯 가지 형태가 나타난다.
'남우'는 분철 표기인데 이보다 이른 시기인 17세기에는 간헐적으로 보이다가
19세기의 문헌부터는 이런 분철 표기의 용례가 다수 보인다. 『쇼학ᄉ젼(蘇學士
傳)』의 '느무'는 18세기에 어두음절의 'ㆍ'가 'ㅏ'로 바뀐 결과 나타날 수 있었던
표기이다. 19세기부터는 '나모' 형태는 거의 보이지 않고 '나무, 남우, 느무' 등
의 형태로 사용되는데 19세기에 제2음절의 모음이 음성모음 'ㅜ'로 굳어진 것으
로 보인다.

나모 목:木 (『주해천자문(註解千字文)』(1804))

나무 슈:樹 (『주해천자문(註解千字文)』(1804))

나무:木 (『유씨물명(柳氏物名)』 4(1824))

나는 이 포도 남기오 너희는 그 가지라 (『예수성교전서』(1887))

스사로 그 몸으로 몸 남우 우에 달아 우리 죄를 지고써 (『예수성교전서』(1887))

겨ᄌ 씨와 겨ᄌ 남기 다 오쥬의 모샹이라 (『성경직히(聖經直解)』 2(1892))

그 남우는 무슴 느무이온뒤 사룸이 오고 가는 (『쇼학ᄉ젼(蘇學士傳)』 19세기)

20세기 초반의 문헌 자료부터 '나무'로 표기하는 것이 대세를 이룬다. 간혹 보이는 '낡'은 과거 표기의 유습이라 볼 수 있다.

나무 시:柴 (『兒學編』 上(1908))
나무:木 (『兒學編』 上(1908))
비컨대 복숭아 남기 두 가지 잇스니 (『주교요지(主敎要旨)』(1906))
천천한 거름으로 시내가 흐르는 구브러진 나무 밋흐로 갓다 (나도향 「젊은이의 시절」(1922))

2.2. 나무의 상징성

우주적 생명성의 상징　　　　고대로부터 나무는 숭배의 대상이었다. 인간에게 양식을 주고 피할 거처를 마련해 주기 때문에 대지의 여신을 상징한다. 마치 삶과 죽음의 영원한 순환과 시간 그 자체를 나타내는 자연의 기념비로 우뚝 서서 시간의 흐름을 나이테로 새겨 넣는다. 이 세상의 땅 속에 뿌리를 박고 있으면서도 하늘을 향해 뻗어가기 때문에 우주와 창조의 상징이 된다. 창조의 시공에 있었던 나무는 우주적 생명성의 상징이었다. 나무의 번식력이나 성장력, 장구한 생명력이 이러한 상징체계를 가능하게 한다. 나무는 자연의 주기에 따라 성장하며 잎을 떨어뜨렸다가 다시 맺게 하며 무한히 재생한다. 이로 인해 성스러운 힘을 지닌 존재로 여겨져 왔고, 모든 죽음과 부활의 상징을 가능하게 한다.

우주목 또는 세계수는 여러 문화의 신화에 등장하며 역동적인 생명력을 나타낸다. 우주목은 특히 나무가 하나의 축으로서 지하 세계, 땅, 하늘을 연결하는 중요한 의미를 지니는 나무를 말한다. 많은 문화에서 그 나무는 천국이나 신성한 산의 꼭대기에서 자란다. 그 상층 가지 위에는 천국의 사자 역할을 하는 새들이 있으며, 그 밑에는 창조의 에너지를 나타내는 뱀이 땅에서 나와 앉아 있다. 우주목은 인간이 저급한 본성을 이겨내고 영적인 계기를 향해 상승하는 수단을 상징한다. 따라서 일반적으로 인류의 탄생에 관한 신화와 연결된다.

계절의 순환에 따라 계속적으로 변화하는 나무가 인류의 기원을 해명한다는 세계관은 동서양의 문화권에서 두루 나타난다. 이러한 세계관의 발현이 우주목의 지정과 숭배이다. 우주목은 우주의 구성체와 인간이 이 우주에서 차지하고 있는 위치를 설명하고 있는 보편적인 상징이다. 우주목은 자연적인 동시에 초자연적이며 물질적인 동시에 추상적인 우주를 지배하고 있는 축으로 세계의 중심 기둥이다.

천국에서 자라는 생명의 나무는 불멸, 생명 주기의 시작과 끝을 나타내며 우주목의 또 다른 양태이다. 뿌리는 습한 지하 세계에 박은 채, 큰 줄기는 인간 세상에, 그 잎은 하늘을 향해 뻗어가기 때문에 성장, 죽음, 재생을 상징하며 결국 불멸을 뜻한다. 나무의 형태는 남성적이며 남근적인 함의를 암시하지만 열매를 맺기 때문에 대지의 여신과 풍요 의식과도 연결된다. 생명의 나무는 고대 수메르, 인도, 중국, 일본 등 여러 문화에서 등장한다.

이러한 나무는 인간이 생명을 영위하는 현세의 지상과 죽은 뒤 육체가 들어가야 하는 지하, 영혼이 가야 하는 천상을 상징하는 3개의 세계, 즉 바다 깊은 곳과 땅의 표면과 하늘을 서로 연결하는 통로로서의 특권을 부여받았다. 이에 따라 신의 현존을 드러내는 존재로 여겨진다. 그리고 인간은 육체가 지닌 한계 때문에 3개의 세계 가운데 하나만을 확보하고 있을 뿐인데 나무는 뿌리, 줄기, 가지로 나누었을 때 뿌리는 지하에 줄기와 가지는 지상과 천상에 둠으로써 3개의 세계를 포용한다. 이러한 의미에서 나무는 초월적인 존재로서의 신성을 확보하고 이와 같은 상징체계를 지니게 되었다. 단군 신화에 등장하는 신단수, 즉 환웅이 하늘에서 이 세상으로 내려온 태백산 꼭대기의 신단수도 신성한 우주목으로서의 나무를 상징하는 것으로 해석된다.

신령한 나무

구비설화와 문헌설화의 서사 구조 속에서 나무가 많이 등장하는데 이 중 나무가 생명의 원천이자 세상의 질서를 내다보는 신성한 능력을 지닌 주술적 상징물로서 등장하는 설화들에서 신성으로서의 나무라는 상징적 의미를 찾을 수 있다. 여기서 나무는 세상의 질서를 내다보는 신성한 능력으로서의 나무라는 주술적 상징물로서 등장한다. 전국의 많은 동제에서 신체(神體)의 대상이 되는 당산나무 역시 신성을 확보하고 있다. 당산나무는 신격화된 나무이다. 신목이자 신주 나무이다. 고을지킴이 신이 깃들여 있는 것으로 모셔지기도 하지만 마을 또는 고을의 지킴이 그 자체로 승화되어 있기도 하다. 접신목(接神木)이기도 하지만 그 스스로 신주로 승격되어 있기도 한다. 나무가 곧 신이라고 할 수 있다. 이에 따라 당산나무는 성수(聖樹)가 된다. 이들 나무에 당산신이나 서낭신이 직접 내리거나 거기 접신(接神)해 있기 때문에 나무가 신체(神體)로 섬겨지기도 하는 것이다. 마을의 지킴이 신을 통틀어서 골매기, 곧 고을막이의 신으로 칠 때 당산나무나 서낭나무는 바로 골매기가 되기도 한다. 마을의 풍흉을 예조하거나 홍수, 도적, 전염병을 막아주며 국가에 사건이 있을 것을 알려주기도 한다. 또한 아들을 낳게 해달라는 소원을 이루어 주기도 하고 집안의 번영을 약속하기도 한다. 나무는 사람들이 일정한 생활을 할 수 있도록 거처를 마련해 주기도 하는데 이때 나무의 신령함을 믿고 받드는 사람들은 성주신이 깃든 나무로 집을 지어야 집이 번창하고 자손들이 잘된다고 믿었다.

　나무의 신령성은 나무에 인성을 부여함으로써 획득되기도 한다. 나무가 말을 한다는 인간적 특성을 보이는 설화, 피를 흘리거나 아픔과 고통을 느끼는 등 사람다운 감각 체계를 가진 나무가 나타나는 설화가 이러한 예이다. 나무가 인간의 특성을 드러내 보임으로써 인성으로서의 나무라는 상징체계를 형성하고 있다. 여기에는 인간의 잠재적 욕망을 신의 세계로까지 연장하여 생각하고 신도 인간과 같이 욕망을 지닌 존재일 것이라는 사고가 반영되어 있다. 사람처럼 노하기도 하고 자신을 위해 주지 않으면 사람을 못살게 구는 인간적인 모습을 보여준다.

풍요의 나무　　식물과 나무는 훌륭한 식량 공급원이며 이들은 식물적 특성으로 인해 풍요, 비옥함, 생명과 죽음, 부활로 이어지는 영원한 순환을 상징한다. 우리나라 민담과 전설에는 나무의 풍요와 생산 능력에 대해 묘사한 것이 많다. 이상한 나무의 열매를 먹으니 치성을 드리던 여인에게 태기가 있어 아이를 낳은 이야기, 나무에 기대어 잠자던 선녀가 나무의 정기를 얻어 아이를 낳은 이야기, 금은보화 또는 재물이 될 만한 맛 좋은 과일을 내려주는 이상한 나무 이야기에서는 남성적 생산성을 강하게 느끼게 된다. 반면 나무가 호랑이에게 쫓기는 사람에게 피난처를 제공하며 보호하는 이야기는 정자나무 뿌리 밑에 물이 있는데 온 동네가 먹고 논에도 댈 수 있는 샘이 되었다는 이야기와 함께 모성적 속성이 나타나고 있다. 이것은 나무가 외견상 풍요로운 열매를 많이 맺는다는 점에서 스스로 풍요를 생산하는 능력을 소유하고 있다고 보는 믿음에서 나온 것이다. 풍요한 생명체를 이루어내는 나무의 생명 본성은 생산 능력과 풍요성, 재생의 상징성에까지 연결된다.

거꾸로 선 나무　　거꾸로 선 나무는 뿌리를 하늘에 두고 거기서 영적인 양분을 흡수하여 가지를 통해 그 양식을 지상으로 퍼뜨리는 우주목이다. 그것은 유대 신비주의의 상징으로서 대개 신비주의와 연관된다. 거꾸로 선 세피로스 나무는 열 개의 영역으로 나오며 이는 계시의 단계를 상징한다. 불교에는 종교적 의미를 지닌 특정 나무가 있다. 그들은 보리수가 2500여 년 전 부처가 명상을 하면서 깨달음을 얻었던 그 신성한 무우수(無憂樹)의 후손이라고 믿는다. 그래서 부처가 각성했던 그 나무와 거기에서 발아해 자란 모든 나무를 신성한 것으로 생각한다.

대부분의 식물들은 긍정적인 상징성을 띠지만, 인간에 의해 길들여지지 않은 야생의 숲이라면 경우가 다르다. 대개 그런 경우 심리적 요인들이 엉키면서 보다 음울한 상징적 의미가 쏟아진다. 인간이 쉽게 길을 잃을 수 있는 어둡고 위험한 공간인 숲은 아이가 어른으로 성장할 때 거치는 과정의 은유이다.

2.3. 이별과 그리움의 표상

화창한 봄이 오면 사람들 특히 남성들은 어디론가 떠나가게 된다. 겨우내 움츠렸던 계절이 활기를 띠는 것처럼 사람들도 새로운 도약을 준비하는 것이다. 과거 시험을 위한 것이기도 하고, 장사를 하러 가기도 하고, 벼슬살이를 하러 가기도 한다. 그러나 이 떠남에는 이별이 그림자처럼 따라붙게 된다. 이별은 주로 대문 앞이나 동구(洞口)에서 이루어진다. 이때 그곳에는 버드나무가 늘어져 있고 사랑하는 사람들은 그 버드나무 곁에서 이별을 하게 된다. 특히 사랑하는 이를 떠나보내야 하는 여인은 버드나무 가지를 부여잡고 꺾어서 선물로 준다. 이는 버드나무가 질긴 생명력을 지니고 있기에 무사히 목적지까지 가라는 의미이며, 버드나무 가지의 탄력처럼 사랑하는 이가 다시 돌아오기를 바라는 의미에서였다. 그러므로 버드나무는 이별의 표상이 되었던 것이다. (허난설헌 「楊柳枝詞」 1수, 최송설당 「夏日園中雜詠-2」 〈柳〉)

　오동나무는 우리나라 여기저기서 보이는데 커다란 잎에 보라색 꽃이 아름답다. 예로부터 거문고·비파·가야금 등의 악기를 만들었으며, 책장·경대·장롱 등의 가구재로 쓰였다. 이에 딸을 낳으면 오동나무를 심어 시집보낼 때 장롱을 만들었다고 한다. 그런데 가을이 되면 잎이 떨어져 흩어진다. 몹시 크고 넓적한 오동잎이 한 잎 두 잎 떨어지면, 잎 떨어지는 소리에 스산해지고 바람에 구르는 소리에 서글퍼진다. 가을 나아가 가을밤 자체가 비감한 정서를 지니는데 여기에 비라도 내리면 더욱 슬퍼지는 것으로, 가을밤 커다란 오동잎에 떨어지는 빗소리는 처량함을 더해주었다. 그런데 예전에 중국에서는 오동잎을 종이 대신 사용하여 편지를 썼다고 한다. 일반적 편지도 있었지만 여성이 자신의 우울한 심사를 적어 오동잎을 바람에 날리거나, 시냇물에 띄워 보냈다고 한다. 그러니 이 모든 의미가 결합하여 오동잎의 상징이 생긴 것으로 보인다. 여성 시인들에게 있어서도 오동나무는 이와 같은 심상을 자아내었다. 이에 지난 밤 가을바람 불어 마당에, 우물가에 오동잎이 떨어지니 마음이 서글프고, 오동잎에 떨어지는 빗소리에 잠 못 이루며 자신의 외로운 신세를 한탄하였다. (이씨 「詠梧桐」, 김삼의당 「梧桐雨」)

　　버드나무 안개 머금어 파수 기슭에 봄이 오면
　　해마다 당겨 꺾어 떠나는 이에게 주네
　　봄바람은 슬픈 이별을 알지 못하는지
　　늘어진 가지에 불어와 길 먼지를 쓰는구나
　　楊柳含煙灞岸春 年年攀折贈行人 東風不解傷離別 吹却低枝掃路塵
　　　　　　　　－허난설헌 「버드나무 가지 楊柳枝詞 1수」(16세기 후반)

긴 여름 짙은 그늘 푸른 버들가지
꾀꼬리 떠난 뒤 날은 몹시 더디 가네
가련하다, 강 위에 늘어져 섰다가도
무엇하려 행인들의 이별을 참견하나
長夏濃陰碧柳枝 黃鸝去後日遲遲 可憐江上垂垂立 猶爲行人管別離
　　　　　　　　　－최송설당 「여름날 동산을 읊다 夏日園中雜詠－2」 중
　　　　　　　　　　　〈버드나무 柳〉(19세기 후반~20세기 전반)

이 오동나무를 아낌은
집안에 저물도록 시원함 주기 때문인데
시름겨워 내리는 밤비가
애간장 끊는 소리 내는구나
愛此梧桐樹 當軒納晚涼 却愁中夜雨 飜作斷腸聲
　　　　　　　　　　　－이씨 「오동을 노래함 詠梧桐」(17세기 후반?)

오동나무 잎
잎마다 부채만하네
한밤에 비 내려
빗방울이 연꽃에 구슬 구르는 듯
방울방울 떨어지고 또 떨어져
마치 경루 소리 같구나
소리 나고 다시 소리 나
소리마다 방으로 울려 들어오니
아름다운 사람 꿈 이루지 못하고
그리움에 눈물이 비오듯 하네
梧桐葉 葉葉大如扇 半夜雨 雨鈴却似荷珠轉 滴滴復滴滴 依如報更漏 一聲復
一聲 聲聲鳴入戶 佳人夢不成 相思淚如雨
　　　　　　　　　－김삼의당 「오동잎에 내리는 비 梧桐雨」(18세기 후반~19세기 초반)

2.4. 수액의 힘, 대지적 상상력의 매개

고전소설에서 선한 여성은 악하거나 어리석은 남편에게 핍박을 받는 경우가 많다. 그래서 여성을 인적이 드문 후원의 작은 집에 홀로 거하게 하거나 냉방에 가두는데, 이런 상황에 처하여 여성이 힘들어할 때 나무들이 그녀를 보호해주는 역할을 한다. (「박씨전」) 여성의 거처를 둘러싸고 심어진 나무들은 용이나 범, 뱀 등 신이한 동물의 형상을 하고 있어 조화를 부릴 수도 있다. 나무들의 이러한 힘은 여성주인공을 보호하는 어떤 힘의 표현이기도 하고 그녀의 신비로운 능력의 표현이기도 하다.

나무는 땅의 '젖물'을 퍼 올려 잎과 꽃을 피우는 생명력의 상징으로 등장한다. 대지가 품은 생산적이고 건강한 힘은 수평적인 상상력을 추동하는데, 나무는 대지의 이 같은 힘을 흡수해 수직적으로 뻗어 올리는 생명의 매개이다. 나무는 땅에 뿌리를 내려 땅과 애무하며 가지를 뻗어 하늘이나 공기와 애무한다. 이때 하얀 '젖물'로 흐르는 나무의 수액은 여성의 젖과 동일시되어 생명수가 되고, 대지와 나무가 순환하는 생명력은 거대한 자연을 이루는 역동적인 힘이 된다.

현대문학에서도 오랜 세월 그 안에 생명의 싹을 품고 수많은 겨울을 이겨내는 고목(枯木)은 그 자체로 생명력의 상징이 된다. (박완서 『나목』) 여성인물은 나무가 지니는 무한한 생명력과 보호의 힘에 의지해 고통과 불안을 위로받을 뿐 아니라 그 평화로움에 경도되어 스스로를 나무와 동일시하는 환상에 빠진다. 자신의 몸을 나무처럼 땅에 묻는가 하면 땅을 딛고 물구나무서면서 나무를 흉내 내고 자신의 몸에 뿌리와 잎이 뻗고 꽃이 핀다고 느낀다. (신경숙 「배드민턴 치는 여자」, 한강 「내 여자의 열매」, 「채식주의자」, 「몽고반점」, 「나무 불꽃」) 또한 나무는 폭력적이고 환멸스러운 동물성을 극복할 수 있는 이상적 대안으로 제시된다. 나무는 여성과 자연을 동일하게 인식하는 한 예가 되어 에코페미니즘을 가장 긍정적으로 실현하는 사물이 된다. (김혜순 「환한 걸레」, 나희덕 「뿌리에게」, 김길나 「수평으로 선 나무」, 김선우 「어미木의 자살 1」, 정끝별 「기억은 자작나무와 같아 1」)

따라서 자연을 거스르는 문명과 개발의 도시에서 나무는 본래의 생명력을 잃고 죽어가거나 혹은 오히려 이 세계를 파괴하는 상상의 매개가 된다. 유리병에 담겨 간신히 숨만 쉬는 테라리엄은 반복되는 답답한 일상에서 벗어날 수 없는 도시에서의 삶을 은유한다. (오정희 「밤비」) 딸이 태어날 때 심어 결혼할 때 장롱 목재로 쓴다는 오동나무는 무의미하고 거추장스러운 짐이 되면서 나무가 지닌 순수한 힘과 절개를 희화화한다. (하성란 「푸른 수염의 첫 번째 아내」) 신성했던 나무가 현대 문명 속에서 그 신화적 힘을 잃고 전락하는 상황은 여성인물이 자기 정체성에 대한 회의 속에서 우울감에 빠져드는 정황과 맞물려 제시된다. (이평재 「아가위나무의 우울」, 신경숙 『리진』)

잇찌 박씨 계화로 ᄒ여곰 후원 협실의 스방으로 나무를 시무되 동방의는 쳥토요 남방의는 젹토요 셔방의는 빅토요 북방의는 흑토요 즁앙의는 황토요 나무나무 복도로와 째째로 물을 쥬어 무슴 형용갓치 기르더니 그 나무 무셩ᄒ엿는지라 (중략) 승상이 구경코져 ᄒ여 계화를 싸라 후원 협실의 드러가니 과연 ᄂ무를 심어 무셩ᄒ엿는듸 그 나무가 사면의 버러 용과 범이 슈미를 응ᄒ엿고 가지와 입흔 빈암과 각싴 짐싱이 되어 셔로 응ᄒ여 보기 엄슉ᄒ고 운무 ᄌ옥ᄒ 듯ᄒ며 오릭 셔셔 이윽이 보니 그 가온듸 풍운조화 잇셔 변화무궁ᄒ지라

— 「박씨전」(17세기)

나무 좌우에 걸린 그림들을 제쳐놓고 빨려들듯이 곧장 나무 앞으로 다가갔다. 나무 옆을 두 여인은 총총히 지나가고 있었다.

내가 지난날, 어두운 단칸방에서 본 한발 속의 고목(枯木), 그러나 지금의 나에겐 웬일인지 그게 고목이 아니라 나목(裸木)이었다. 그것은 비슷하면서도 아주 달랐다.

김장철 소스리 바람에 떠는 나목, 이제 막 마지막 낙엽을 끝낸 김장철 나목이기에 봄은 아직 멀건만 그의 수심엔 봄에의 향기가 애닯도록 절실하다.

그러나 보채지 않고 늠름하게, 여러 가지들이 빈틈없이 완전한 조화를 이룬 채 서 있는 나목, 그 옆을 지나는 춥디추운 김장철 여인들.

여인들의 눈앞엔 겨울이 있고, 나목에겐 아직 멀지만 봄에의 믿음이 있다.

봄에의 믿음. 나목을 저리도 의연하게 함이 바로 봄에의 믿음이리라. 나는 홀연히 옥희도 씨가 바로 저 나목이었음을 안다. 그가 불우했던 시절, 온 민족이 암담했던 시절, 그 시절을 그는 바로 저 김장철의 나목처럼 살았음을 나는 알고 있다.

— 박완서 『나목』(1970)

그녀는 뿌리를 분에 심어주고 돌아온 날 밤에 다시 화원으로 돌아가 불을 켜고 앉아 있는 날도 있었다. 손톱 속에 끼여 있는 흙을 파내고 금방 허리가 짜부라들

것 같은 피로에 휘말려 자리에 누우면, 방금 분에 옮겨 심어준 식물의 뿌리들이 후, 후, 숨쉬는 소리가 들려왔다. 한번 그 숨소리를 듣기 시작하면 그녀는 참을 수가 없어졌다. 피붙이에게서나 느낌직한 본능적인 친밀감이 결국 그녀를 다시 화원으로 들어서게 했다. //

포클레인 아가리 속엔 지하에서 떠낸 흙이 반쯤 차 있다. 그녀는 후욱, 숨을 몰아쉬며 그 흙 속에 두 발을 꼬옥 묻는다. 뭔가 안심이 된다는 표정이다. 자꾸만 흙을 퍼올려 자신의 무릎을 묻고 허벅지를 묻고 엉덩이를 묻던 그녀는 무슨 생각이 났는지 호오, 웃기까지 한다.

당신은 잊었지? 그날 밤 내 소매 없는 자줏빛 실크 블라우스 밑의 팔뚝에 돋아 있던 좁쌀만한 소름들, 그걸 쓰다듬어주었던 일을, 당신은 잊었어, 내가 어떻게 해야 당신이 나를 기억할까.

그녀는 더 이상 자신을 매장할 흙이 없어 손짓을 멈추고 밤 별들을 눈으로 올려 다본다.

― 신경숙 「배드민턴 치는 여자」(1993)

아무것도 보일 리 없는 방안을 살살이 둘러보던 그녀의 눈길이 방의 윗목에 놓인 소철과 동백 화분에 멎었다.

저 화분들 때문에 방안 공기가 탁해진단 말야. 식물은 밤에는 탄산가스를 내뿜는다는데…… 저것들이 방안의 산소를 모조리 잡아먹기 때문에 숨도 못 쉬겠어.

그 여자는 마치 방안을 채운 탄산 가스의 두터운 층을 확인하려는 듯 크게 숨을 쉬고 손을 내밀어 허공을 휘저었다. 그 여자는 일거리를 찾은 것이 구원처럼 생각되었다. 곧 등화관제가 끝나리라는 것을, 창문을 조금만 열면 금시 환기가 되리라는 것을 알면서도 그 여자는 끙끙대며 화분을 들어 마루로 내놓았다. 화분은 보기보다 꽤 무거웠다. 두 개의 화분을 옮기는 사이에 한기는 가셨다.

하마터면 질식할 뻔했잖아.

― 오정희 「어둠의 집」(1980)

"다 시들었잖아."

진열대 위에 놓인 테라리움 병에 분무기로 물을 뿜어 주던 주명이 힐난하던 어조로 내뱉었다.

"온도가 안 맞아서 그런가 봐요."

먼젓번, 주명이 애지중지하던 흰 동백이 죽었을 때도 아마 석유난로의 가스 때문일 게라고 대꾸했던 것을 민자는 떠올렸다.

"가끔 물 주는 건 그다지 어려운 일이 아닐 텐데…… 당신은 종일 보고 있으면서도 시드는 걸 몰라?" (중략)

주명의 말대로 민자는 아침마다 유리병 속의 연하고 가냘픈 음지식물(陰地植物)과 그 연두의 작은 이파리들이 밤새 있는 힘을 다해 뿜어낸 숨결들, 유리병 안쪽 벽에 맺힌 작은 물방울들을 보았다. 사실 테라리움이란 특별한 잔손질이나 부지런함을 요구하는 까다로운 재배법은 아닐지도 몰랐다.

"잠깐 잊었다니까요."

민자는 무관심하게 대꾸하고는 고개를 저었다.

빗줄기는 좀더 세차진 것 같았다. 바람도 부는지 문이 제풀에 두어번 여닫겼다.

"여기선 뭐든지 죽고 말아. 왼통 소독약 냄새뿐이니. 안에 들여다 놓아야겠어."

—오정희 「밤비」(1981)

그녀의 허벅지에서 흰 잔뿌리가 무성하게 돋아나왔다. 가슴에서는 검붉은 꽃이 피었다. 끝은 희고 아랫부분은 노르스름한 도톰한 꽃술이 유두를 뚫고 올라왔다. 치켜올린 손에 약간이나마 힘을 줄 수 있었을 때 아내는 내 목을 끌어안고 싶어했다. 아직 어렴풋한 빛이 남아 있는 눈을 마주보며 나는 그녀의 동백잎 같은 손이 내 목을 잘 안을 수 있도록 엉거주춤 허리를 숙이고 있었다. 괜찮아? 라고 나는 물었다. 잘 익은 포도알 같은 아내의 눈이 희미하게 웃었다.

—한강 「내 여자의 열매」(1997)

언니, 내가 물구나무서 있는데, 내 몸에 잎사귀가 자라고, 내 손에서 뿌리가 돋아서…… 땅속으로 파고들었어. 끝없이, 끝없이…… 응, 사타구니에서 꽃이 피어나려고 해서 다리를 벌렸는데, 활짝 벌렸는데…… //

나는 이제 동물이 아니야 언니.

중대한 비밀을 털어놓는 듯, 아무도 없는 병실을 살피며 영혜는 말했다.

밥 같은 거 안 먹어도 돼. 살 수 있어. 햇빛만 있으면.

그게 무슨 소리야. 네가 정말 나무라도 되었다고 생각하는 거야? 식물이 어떻게 말을 하니. 어떻게 생각을 해.

영혜는 눈을 빛냈다. 불가사의한 미소가 영혜의 얼굴을 환하게 밝혔다.

언니 말이 맞아…… 이제 곧, 말도 생각도 모두 사라질 거야. 금방이야.

영혜는 큭큭, 웃음을 터뜨리고는 숨을 몰아쉬었다.

정말 금방이야. 조금만 기다려, 언니.

—한강 「나무 불꽃」(2005)

나의 미래가 암담하였기에 주위가 희망으로 들떠 밝게 빛나면 빛날수록 그만큼 더욱 기분이 침체되었던 것이다. 바로 그런 시기에, 다른 나무도 아닌, 아가위나무가 붉은 꽃을 피워내었다. (중략) 분명, 아가위나무가 세상을 견디지 못하고 본질을 잃어버린 것이라고 여겨졌다. 그 강인한 '아론의 지팡이'의 생명력은 어디로 간 것일까. 누가 그것을 빼앗아간 것일까, 하는 생각들이 나를 잠시도 가만히 놔두지 않았다. 끝내, 설 자리를 잃은 의정부의 아가위나무가 세상을 헤쳐나가지 못하고 벼랑 끝에 서 있는 듯한 나와 다를 것이 없다는 결론에 이르러 한동안 심한 우울증에 시달렸다.

—이평재 「아가위나무의 우울」(2001)

평생을 초등학교 선생으로 보낸 아버지는 첫딸이 태어나자 고향집 뒷산에 오동나무 묘목을 사다 심었다. 생장이 빠르고 얇은 판으로 떠도 갈라지거나 뒤틀리지 않아 악기나 가구재로 쓰이는 귀한 나무라는 것은 누구나 다 아는 오동나무에 관한 상식이었고 아버지는 다 자란 오동나무로 결혼하는 딸에게 장롱을 만들어 주고 싶어했다. 뒷산은 밤나무 천지였으므로 아버지는 그 숲에서 그 나무를 잘 찾아낼 수 있도록 팻말까지 박아두었다. 내 이름과 묘목을 옮겨심은 날짜가 적혀 있었다. //
이미 장롱 곳곳에는 심한 자국들이 남아 있었다. 특히 열쇠 구멍 위에 난 나이프 자국은 한눈에 띄었다. 장롱 안도 마찬가지였다. 내가 손톱으로 긁었던 자국과 허리띠 버클에 파인 홈이 선명했다.

—하성란 「푸른 수염의 첫 번째 아내」(2002)

어머니는 배즙이 입 안 가득 들어 있어 볼록해진 진이의 발그레한 뺨을 내려다보며 너는 배나무다 하였다.
이상도 하지. 웬 낯선 바닷가에 배나무 한 그루가 홀로 심어져 있지 않겠니. 웬 바닷가에 배나무람? 아무리 봐도 배나무가 있을 자리가 아니었어. 해풍에 꽃이나 피려나, 열매는 열리려나, 걱정이 되어 그 바닷가의 배나무를 집으로 가져오지 않았니. 그러고 너를 가졌으니 너는 배나무인 게야. //
구경을 좋아하는 파리 시민들을 위해 볼로뉴 숲 속에 아프리카 원주민들을 이주시켜 전시해놓았다는 얘기를 들었으나 이처럼 마을을 통째로 옮겨다놓았을 줄은 콜랭도 미처 생각 못 했던 일이었다. 모처럼 밝은 얼굴로 동물원에 전시된 세계 각국의 동물들을 구경하던 리진의 얼굴이 한순간 일그러졌다.

—신경숙 『리진』(2007)

물동이 인 여자들의 가랑이 아래 눕고 싶다
저 아래 우물에서 동이 가득 물을 이고
언덕을 오르는 여자들의 가랑이 아래 눕고 싶다
땅속에서 싱싱한 영양을 퍼올려
굵은 가지들 작은 줄기들 속으로 젖물을 퍼붓는
여자들 가득 품고 서 있는 저 나무
아래 누워 그 여자들 가랑이 만지고 싶다
짓이겨진 초록 비린내 후욱 풍긴다
(중략)
분홍색 꽃나무 한 그루 허공을 닦는다
겨우내 텅 비었던 그것이 몇 나절 찬찬히 닦인다
물동이 인 여자들이 치켜든
분홍색 대걸레가 환하다

— 김혜순 「환한 걸레」(1997)

깊은 곳에서 네가 나의 뿌리였을 때
나는 막 갈구어진 연한 흙이어서
너를 잘 기억할 수 있다
네 숨결 처음 대이던 그 자리에 더운 김이 오르고
밝은 피 뽑아 네게 흘려보내며 즐거움에 떨던
아, 나의 사랑을

먼 우물 앞에서도 목마르던 나의 뿌리여
나를 뚫고 오르렴
눈부셔 잘 부스러지는 살이니
내 밝은 피에 즐겁게 발 적시며 뻗어가려무나

— 나희덕 「뿌리에게」(1991)

비가 오고 물이 흘렀다
계단이 내려앉고 그가 쓰러진 자리에
수평으로 누운 오동나무 한 그루가 보였다
도끼날에 발목이 찍혀 하늘을 눕히고 눈감은
그 오동나무에서 이상하게도 물소리가 들렸다
상복을 벗어 弔燈 아래 걸어두고 절룩이며

사계절을 걸어나온 초록빛이 오동나무의
내부로 들어온 것은 그때였을 것이다
그 오동나무에서 쑥쑥 초록 입술들이
돋아나오고 있었으므로 나는
새 잎사귀 두 잎을 따서 귀에 달았다

—김길나 「수평으로 선 나무」(2003)

    그녀를 지날 때 할머니는 합장을 하곤 했다. 어린 내가 천식을 앓을 때에도 그녀에게 데리고 가곤 했다. 정한 물과 숨결로 우리 손주 낫게 해줍소. 그러면 나무는 쏴아, 쏴아아 소금내 나는 바람을 일으키며 내 목덜미를 만져주곤 하였다.

    오래된 은행나무. 노란 은행잎이 꽃비 내리는 나무 아래 할머니가 오줌을 누고 계셨다. 반가워 달려가니 머리가 하얀 할머니는 엄마로 변해 있었다. 참 이상한 꿈길이지. 오줌 방울에 젖은, 반짝거리는 은행잎이 대관령 고갯마루로 날아오르고 있었다.

—김선우 「어미木의 자살 1」(2000)

무성히 푸르렀던 적도 있다.
지친 산보 끝 내 몸 숨겨
어지럽던 피로 식혀주던 제법 깊은 숲
그럴듯한 열매나 꽃도 선사하지 못해, 늘
하얗게 서 미안해하던 내 자주 방문했던 그늘
한순간 이별 직전의 침묵처럼 무겁기도 하다.
윙윙대던 전기톱날에 나무가 베어질 때
쿵 하고 넘어지는 소리를 들어보면 안다
그리고 한나절 톱날이 닿을 때마다
숲 가득 피처럼 뿜어지는 생톱밥처럼
가볍기도 하고, 인부들의 빗질이 몇 번 오간 뒤
오간 데 없는 흔적과 같기도 한 것이다.
순식간 베어 넘어지는 기억의 척추는

—정끝별 「기억은 자작나무와 같아 1」(1996)

2.5. 신단수를 전복하는 새로운 나무들

나무는 자신의 힘으로 이동할 수 없고 늘 제자리에 붙박여 있어야 한다는 생물학적 특성 때문에 수동적인 대상으로 상상되었다. 한편 세계수의 상상력은 천상과 지상을 잇는 적극적이고 능동적인 산물로 나무를 의미화하였다. '신단수' 역시 세계의 중심에 직립해 있되 환웅을 중심으로 한 가부장적 나무라고 할 수 있다.

현대시에서 나무들은 수동성에 저항하는 한편 남성중심의 신단수의 의미를 전복하면서 능동적이고 적극적인 여성의 몸으로 거듭난다. 그리스신화에서 자신이 원하지 않는 사랑을 거부하며 나무가 되어버린 다프네처럼 여성시의 나무들은 자기 의지적인 나무들로 변용되고 있다. 능동적이며 창조적으로 자기 질서를 구축하는 새로운 나무는 기존의 수동적인 의미를 전복한 전연 새로운 주체적인 나무들이다. (황인숙「복 받을진저, 진정한 나무의」, 박라연「느티나무」, 임희숙「오늘의 모과나무」, 이경임「담쟁이」, 김혜순「비명」, 김언희「잎, 또는」)

> 복 받을진저, 진정한 나무!
> 의지와 욕망과 해방으로부터 해방된
> 의지의 나무, 욕망의 나무여.
> 수액은 나이테를 둥글게 하고
> 이파리를 꿈틀거리게 한다.
> 그대의 소중한, 생명의 대롱은 찰랑거린다.
> 푸른 내 나이 몰아가는 힘이
> 꽃을 피우는 힘에 몰리고 있다.
> 복 받을진저, 진정한 나무의
> 이마에서 뛰는 심장의
> 혈기방장한 이파리들!
>
> — 황인숙「복 받을진저, 진정한 나무의」(1988)

> 열반의 순간처럼,
> 뼈만 남은 600세의 느티나무 동공 속으로
> 누워 있는 마애열반상이 들어와 누우니

온 세계가 아늑하고 황홀해진다
부처는 여자였다! 라고 느티나무는
깜깜한 눈빛으로
깜깜한 목소리로 가지들을 흔들어본다
가지들이 제 무릎을 꺾어
새 알 까는 소리
어린 새 깃 치는 소리 뿜어올릴 때
갑자기 눕고 싶어진다

—박라연 「느티나무」(2000)

창밖 모과나무는 몸을 옮겨 앉지도 않으면서
낮에는 우듬지 위에 영혼을 걸어놓고
밤이면 어두운 고갱이 안에 몸을 들여 놓는다
사람의 집은 아버지의 몸에서 아들의 몸으로
수십 수백 번 몸을 바꾸며 역사를 만드는데
모과나무는 몸속 살점을 헐어
피 묻은 자궁 안에 새로 솟는 몸을 받아내고 있다
사람으로 말하면 얼마나 많은 대대손손이 저 자궁을 거쳤을지
질긴 줄기 위에 써놓은 족보의 궤적이 눈부시다

—임희숙 「오늘의 모과나무」(2011)

내겐 허무의 벽으로 보이는 것이
그 여자에겐 세상으로 통하는
창문인지도 몰라
내겐 무모한 집착으로 보이는 것이
그 여자에겐 황홀한
광기인지도 몰라
누구도 뿌리내리지 않으려는 곳에
뼈가 닳아지도록
뿌리내리는 저 여자
잿빛 담장에 녹색의 창문들을
무수히 달고 있네
질긴 슬픔의 동아줄을 엮으며

칸나꽃보다 더 높이 하늘로 오르네

—이경임 「담쟁이」(1998)

겨울산 나무들은
비명을 질러댄다
머리를 땅에 처박고
긴 목으로 일렁이며
가랑이를 공중에 좍 벌린 채
거꾸로 선 나무들은
비명을 질러댄다
입으로 흙이 들어가서
위장이 꽉 막히도록
놀란 머리카락들이
땅속에서 철사줄처럼
팽팽해지도록
비명을 질러댄다

—김혜순 「비명」(1985)

능
지
처
참
의 나무들

찢어질 수 있는 한 살아 있을 수 있다고

연두 연두 불연두
찢어지는 비명의 잎잎이
뛰노는 바람의 새끼들……

—김언희 「잎, 또는」(2000)

2.6. 주술적 생령, 몽상과 실종의 숲

하늘과 땅을 연결하는 나무들이 밀집한 숲은 어둡고 은밀한 영적 세계와 연관된다. 숲은 밝고 명확한 현실과 대비되는 어둡고 모호한 무의식의 세계이다. 그래서 숲에서는 망각과 실종의 사건이 일어나게 되고, 숲속으로 사라진 자를 좇는 와중에 전혀 알지 못했던 미지의 '나' 또는 해결될 수 없는 생의 부조리와 직면하게 된다. (이신조 「살구나무 그늘로 얼굴을 가리고」, 편혜영 『서쪽 숲에 갔다』) 무의식이 발현되는 몽상의 숲에서 여성인물은 자신의 고통과 죄의식을 들여다보며 현기증을 경험하고 혼돈에 빠진다. (함정임 「검은 숲」, 은희경 「날씨와 생활」) 숲은 감추고 싶은 기억을 들추어내고, 회피하고 싶은 자아와 직면하게 하는 영적 공간이다. 따뜻하고 환한 집과 대비되는 음침하고 어두운 숲은, 한 번 발을 들이면 빠져나올 수 없는 두려운 곳이기도 하다. (김숨 「지진과 박쥐의 숲」) 그러나 이러한 위험에도 불구하고 숲은, 의미 없고 고통스러운 현실을 구원할 수 있는 매혹의 대상이다. 숲은 무의미한 일상을 주술적인 마력과 생명력으로 채우고, 보이는 세계와 보이지 않는 세계를 이어준다. (한강 「진달래 능선」, 최윤 「숲속의 빈터」)

누군가가 실종된 장소가 굳이 숲이 아니더라도 그 실종의 의미가 숲이 품고 있는 망막함과 비밀스러움, 잔인함과 매혹에 견주어 해석되기도 한다. 약혼자가 결혼을 앞두고 아무 말 없이 사라졌다가 다시 몇 년 후 느닷없이 나타나는, 인생의 예측 불가능한 무자비함과 무질서가 숲의 이미지로 제시된다. 그러나 이 잔혹한 숲에서 여성인물은 오히려 살아갈 힘을 얻는다. 어둡고 죽은 듯하나 살아 숨 쉬는 숲의 모습에서 그는 위로를 얻는다. "생의 한 순간 제 허리를 접으며 푹 주저앉아버린" 고목들이 그 자체로 아름다움을 깨닫는다. (정미경 「검은 숲에서」)

신비한 나무들로 가득한 숲은 비현실적인 신화적 공간이 된다. 나무들의 정령이 여성을 보호하기도 하고 그 신비로운 힘으로 자아를 상실하게 하기도 한다. 숲은 주술적인 마력의 생명력으로 여성 앞에 현실이나 일상과는 전연 다른 시공간을 열어놓는다. 그 몽상 속에서 여성은 정체성을 찾기 위해 헤매기도 하고 자기 안에 내재한 마녀성을 새삼 발견하기도 한다. 그 혼돈 끝에 여성은 자신의 힘으로 스스로를 치유하고 일상으로 회귀한다. (이진명 「밤에 용서라는 말을 들었다」, 이제니 「녹색 감정 식물」, 강신애 「숲은 고스란히 나를」, 황인숙 「잠자는 숲」)

　"한없이 넓고 황량한 벌판에, 나무 한 그루 없는 곳에 그 아이가 서 있소. 한마디 말도 없이 말이오…… 하긴 살았을 때도 말은 많이 하지 못했지, 숨이 차서, 늘 짧고 간단하게 말해야만 했다오."
　정환은 여자 아이의 그림자가 모닥불 속에서 불타는 것을 보고 있었다. 낼름거리는 불꽃이 몸뚱이를 핥을 때마다 아이는 들리지 않는 비명을 지르며 나무 뿌리 속으로 사위어갔다.
　"언제나 깜박 잠이 들 무렵이면 녀석이 거기 서 있는 거요, 아부지 여긴 춥구 나무 한 그루 없어요 하고 말하는 것 같은 눈으로 말이오. 그때마다 난 말하오, 그래 보내주마 네가 그렇게 좋아하던 것들, 한번도 그 사이로 뛰어다니지도 못한 네 나무들을 보내주마 하고……"
　황씨는 모닥불을 향해 한 발자국 다가섰다. 순간 그의 몸이 불 속에 고꾸라질 뻔하였다.
　"난 이렇게 불태워진 것들이 그 애의 마당에 옮겨 심어질 거라고 믿고 있는 거요. 이제 이것이 그 동안 내가 가진 마지막 나무인데, 그 아이 섰는 한없이 넓은 땅에 꽃이 피고, 물이 흐르려면 아직도 멀었소……"

— 한강 「진달래 능선」(1994)

　바로 그때 그 일이 일어났다. 중앙선을 가운데에 두고 양쪽으로 정체해 있던 차의 대열이 한순간 비워지면서 그 자리에 내가 한 번도 본 적이 없는 풍경이 들어섰다. 북방의 어느 나라에서나 볼 수 있는 키 크고 늠름한 전나무숲이 길 양쪽으로 나 있고, 그 사이로 끝도 없이 이어지는 눈 덮인 흰 길이 쫙 펼쳐져 있었다. 나는 현실에서 그런 풍경을 한 번도 본 적이 없다. 그런데 그 난생 처음 본 풍경은 내게 싸한 아픔을 불러일으키면서, 마치 전신 마취에서 깨어 날 때와도 같은 안락한 느낌으로 나를 감싸 안았다. 전나무 숲에 둘러싸인 그 길 한중간에 몸을 누이고 쉬고 싶은 그런 평화와 안락의 느낌. //
　만약 이 오래된 시골집 반대편에 있는 야산에 전나무가 없었더라도 나는 이 집을 고집했을까. 복덕방을 따라 언덕을 올라오자마자 내가 시선을 던진 것은 정작 이 집 쪽이 아니었다. 멀리 시선을 돌렸을 때 바로 건너편, 앞산의 정경이 나를 사로잡았던 것이다. 오월의 숲은 무성하고 짙었다. 그 짙어 보이는 산 중턱에 더욱 희게 드러나는, 어울리지 않는 빈터가 있었지만 그것이 눈앞을 가득 채우는 숲의 아름다움을 망쳐버릴 정도는 아니었다. 적어도 그때, 나는 그렇게 생각했다. 벌써 내 마음이 그 숲을 마주보고 있는 이 집에 이끌려 있었기에. 글쎄 그 숲의 어디가 내 몽상 속의 전나무 숲과 닮았다는 것일까. 어떻건 몇 그루 모여 있는 전나무가 있기는 했다.

—최윤 「숲속의 빈터」(1996)

　그보다는 그야말로 하늘을 가린 거목들이 옆으로 위로 끝도 없이 뒤덮고 있는 숲에서는 시간 개념 자체가 허물어지게끔 되어 있었다. 어제 숲을 빠져나오며 길을 잃지 않고 되돌아올 수 있었다는 것만 해도 다행이었다는 생각이 들었다.
　"제가 뒤따를게요."
　삼십 분쯤이나 걸어 들어왔는지 길이 좁아지자 유진이 나를 앞세웠다. 나는 모양을 종잡을 수 없이 하늘 높이 치솟은 거대한 나무들에 눈을 빼앗긴 채 고개를 위로 치켜들고 걸었다. 해가 통과하지 않는 숲길은 물기가 서려 축축했고 나무 기둥들 사이사이 서린 습기 때문인지, 위로 솟은 만큼 땅 밑으로 뻗은 뿌리의 기세 때문인지 상쾌하기는 했지만 자주 현기증이 났다. 현기증이 몸을 감쌀 때마다 멈춰 서서 숨을 크게 들이쉬었다.

—함정임 「검은 숲」(1998)

　어두운 나무 그늘 아래에서 누군가 천천히 걸어나왔다. 나뭇잎들이 소란스럽게 이파리를 뒤집으며 그의 얼굴을 가리웠다. 어른거리며 흔들리는 나무 그늘 속의 한 얼굴. 나는 그의 얼굴을 기억해낼 수가 없었다. 누군가의 한 얼굴. 그는 나무 그늘 속을 지나 우물을 판다는 흙더미를 지나 곧바로 나와 시숙을 향해 걸어왔다. 나는 주춤 물러섰다. 그는 다리를 절지도 곱은 손가락을 내젓지도 침을 흘리며 알아들을 수 없는 고함을 지르지도 않았다. 그는 더러운 면장갑을 벗어들고 그것을 아무렇게나 바지 위에 탁탁 털었다. 시선은 거침없었고 조금도 흔들리지 않았다.
　"누구시죠?"
　나무는 상수리, 후박, 모감주, 고욤, 물푸레, 오리, 굴참, 박달이라는 이름을 가지고 있었다. 그것이 나무에게 어떤 위로가 될 수 있을지. 그는 남편과 놀랍도록 닮아 있거나 하지는 않았다. 아무도 자기가 자기 자신과 닮아 있다는 식의 말은 쓰지 않는다. 이 년을 조금 넘게 함께 살았고 삼 년을 조금 넘게 떨어져 있던 그가 내게로 다가와 물었다. 누구시죠? 누구시죠……?

—이신조 「살구나무 그늘로 얼굴을 가리고」(2001)

글로리아는 이제 오래 전의 어머니 아나만큼이나 늙고 지쳤습니다. 글로리아…… 그녀는 아직도 숲속의 검은 길 안을 헤매고 있습니다. 어둠이 찾아오면 글로리아는 검은 길 안에 쓰러져 잠이 듭니다. 그리고 꿈을 꿉니다. (중략)

어머니, 검은 길이에요……

아나는 그러나 아무 말도 하지 않아요. 글로리아는 어머니 아나가 무슨 말인가를 해주기를 간절하게 바랍니다. 검은 길 안에 발을 들여놓아서는 안 된다는. 꿈을 꾸고 있는 글로리아의 갈라지고 굽은 등에 박쥐들이 까맣게 달라붙습니다.

―김숨 「지진과 박쥐의 숲」(2001)

학교 뒷산에서 야외학습이 있던 날이었다. B는 혼자 도시락을 먹을 장소를 찾다가 작은 오솔길 위에서 발을 멈췄다. 커다란 통나무 하나가 길을 가로막고 있었다. 지난 계절 태풍으로 부러진 뒤 그대로 방치돼 있던 나무줄기였다. 그러나 B에게는 길을 가로막고 있는 통나무가 마치 미지의 다른 세계와 지금의 세계를 나누는 경계처럼 보였다. 마침내 경계선과 마주치게 된 것이다. 소용돌이처럼 어지럽게 그 주변을 흐르는 신비하고 밀집된 기운까지 뚜렷이 감지할 수 있었다. 순간 등 뒤가 서늘했다. 자신이 그것을 넘어서는 순간 이곳과는 전혀 다른 세계로 접어들지 모른다고 생각하자 어떤 알 수 없는 존재들이 B를 둘러싸고 그 선택을 숨죽여 지켜보고 있는 것만 같았다.

긴장과 현기증을 이기지 못한 B는 갑자기 그 자리에 쓰러지듯 주저앉았다. 그리고 아이들의 전갈을 받은 인솔교사의 부축을 받아 가까스로 자신의 일상세계로 돌아올 수 있었다.

―은희경 「날씨와 생활」(2006)

하드커버의 사진집은 온통 숲을 찍은 사진들로 채워져 있었다. 사진마다 설명이 붙어 있었지만 알 수 없는 언어로 씌어 있어 더 좋았다. 두 아름이 넘어 보이는 나무들이 열병하듯 서 있는 들판. 너무 많은 나무들로 숲은 온통 검었다. 늘어선 나무들은 하나같이 중간쯤에 코끼리를 삼킨 보아뱀처럼 불룩하니 부풀어 있었지. 부풀어 오른 위쪽부터는 또 시침 뚝 떼고 하늘을 찌르기라도 할 듯 날씬하게 치솟아 있는 거야. 왜 그렇게 되었을까. 알 수 없는 언어를 나는 한 자 한 자 들여다보았지. 거기 무어라 써놓았건, 사실은 나무는 제 무게를 못 견뎌 그렇게 생의 한 순간 제 허리를 접으며 푹 주저앉아버린 거야. 그렇다고 죽진 않잖아. 알 수 없는 언어가 만약 다른 설명을 하고 있다면 그게 잘못된 거야. 그의 어머니처럼 거짓말을 하고 있는 거지. 그 나무는, 허리가 주저앉고 뒤틀린 그 나무는 참 아름다웠어. 누군가도 그걸 보고, 무슨 이유에서건, 나처럼 가슴 저려왔기 때문에 그걸 사진으로 찍지 않았을까.

—정미경 「검은 숲에서」(2006)

"이 숲은 미로처럼 구불구불합니다. 성경에 새겨진 글자처럼 촘촘하게 나무들이 자라고 있어요. 어디를 봐도 나무뿐이죠." //

숲에서 끊임없이 들리는 소리의 정체를 알 수 없는 것이 그의 피로를 부추겼다. 무슨 소리일까 귀를 기울여도 분명히 들리지 않았다. 잘못 들었지 싶으면 다시 소리가 시작되었다. 소리는 희미하고 숲은 넓어서 어느 지점에서 어떤 소리가 들리는지 구체적으로 말하기 어려웠다.

—편혜영 『서쪽 숲에 갔다』(2012)

나는 나무에 묶여 있었다. 숲은 검고 짐승의 울음 뜨거웠다. 마을은 불빛 한 점 내비치지 않았다. 어서 빠져나가야 한다.

몸을 뒤틀며 나무를 밀어냈지만 세상 모르고 잠들었던 새 떨어져내려 어쩔 줄 몰라 퍼드득인다. 발등에 깃털이 떨어진다.

(중략)

새는 잠들었구나. 나는 방금 어디에서 놓여난 듯하다. 어디를 갔다 온 것일까. 한기까지 더해 이렇게 묶여 있는데, 꿈을 꿨을까. 그 눈동자 맑은 샘물은. 샘물에 엎드려 막 한 모금 떠 마셨을 때, 그 이상한 전언. 용서. 아, 그럼. 내가 그 말을 선명히 기억해 내는 순간 나는 나무기둥에서 천천히 풀려지고 있었다. 새들이 잠에서 깨며 깃을 치기 시작했다. 숲은 새벽빛을 깨닫고 일어설 채비를 하고 있었다.

—이진명 「밤에 용서라는 말을 들었다」(2007)

식물이 말라죽기도 하는 밤이었다
수풀은 슬픔을 잠식한다
습기는 습기로 피어오른다
많은 것들이 죽어 있었다
나는 그것을 거의 볼 수 있었다
어두운 식물이 자라나고 있었다
말하지 못하는 말이 있었다
새의 깃털은 물감을 뿌린 것처럼 선명했다
넝쿨과 넝쿨이 안간힘을 다해 서로의 손을 붙잡고 있었다

가느다란 실 같은 마음이 서로를 잇고 있었다
(중략)
분별 없는 심장이 그것의 감정을 녹색으로 물들였다
내게서 가장 멀리 있는 것은 바로 나 자신이다
수풀은 그리 멀지 않은 곳에 있었다

—이제니 「녹색 감정 식물」(2010)

쏙독새 따라다니다 길을 잃었다
새는 삼나무 높은 가지에서 다른 가지로 건너뛰며
나를 숲의 더 깊은 곳으로 이끌었다
번개 맞은 듯 까맣게 척추가 휜 나무 앞에서
문득 새소리도 그치고, 두근거렸다
함석 차양에 빗방울 떨어지는 소리로 가랑잎 굴러다니고
한 발 앞으로 내디뎠을 때
숲은 고스란히 나를
낙엽 도토리 밤송이 껍질 수북한 골짜기로 빠뜨렸다
서걱이는 몸 일으켜 숲이 홀린 꿈.
허파에 하나씩 주워담기 위해 심호흡을 했다

—강신애 「숲은 고스란히 나를」(2002)

나는 꿈을 꾸고
그곳은 은사시나무숲.
난 그 속에 가만히 앉아 있죠.
(중략)
내 가슴은 텅 비어 있고
혀는 말라 있어요.
하지만 난 조금 느끼죠.
이제 모든 것이 힘들어졌다는 것.
가을이면 홀로 겨울이 올 것을
두려워했던 것처럼
내게 닥칠 운명의 손길.
정의를 내려야 하고
밤을 맞아야 하고

새벽을 기다려야 하고.

아아, 나는
은사시나무숲으로 가고 싶죠.
내 나이가 이리저리 기울 때면.

─황인숙 「잠자는 숲」(1988)

3
새·물고기

새와 물고기는 각각 날개와 지느러미라는 속성을 지녔다는 점에서 자유로움과 초월을 표상한다. 이 날개와 지느러미는 자유로운 비상과 유영을 통해 지상을 초월할 수 있는 매개로서, 새와 물고기는 상동관계를 이룬다. 이들 생명체의 자유로운 몸짓과 상승의 이미지는 현실로부터의 초월을 지향하는 여성들의 고양된 의식과 정신적 동경을 상징한다.

새는 계절의 변화를 보여주는 보편적인 심상으로 출현하며, 계절의 정취를 조성하는 정감의 대상이다. 닭, 기러기, 까치, 꾀꼬리, 꿩, 제비, 두견새, 소쩍새, 참새, 학, 원앙 등이 옛 문헌에 자주 나타나는 대상들이다. 새는 울음소리와 노랫소리라는 속성을 통해 친화의 대상으로 부각되며, 공간적 제약을 극복할 수 있는 소식의 전령으로 나타난다. 물고기는 아가미와 지느러미로 정의되는 생물로서, 한국문학 속에 빈번히 등장하는 물고기는 잉어, 가물치, 고래, 고등어 등이다. 물고기가 숨 쉬고 헤엄치는 곳인 푸른 바다는 우주적 총체성과 원초적 생명성을 상징한다.

새와 물고기의 활동 공간은 현실적 삶의 치유공간이다. 광활한 하늘과 깊은 물의 포용력은 따뜻한 치유력을 의미한다. 창공과 심해는 생태공간이자 우주적 공간으로, 사라진 과거인 자연을 환기시키는 기억이다. 그곳에서 노니는 새의 날갯짓과 물고기의 지느러미 움직임은 원시적인 충동과 신화적 세계의 영원한 생명력에 대한 희구를 상징한다. 또한 감성의 몸짓 및 순수한 욕망을 드러내는 관능적 몸짓을 뜻한다.

역으로, 생명체인 새와 물고기의 몸이 훼손되었을 때 그들은 절망과 비극의 기호가 된다. 여성문학에서 퇴화되거나 훼손된 새와 물고기의 몸은 일상에 박제된 여성들의 황폐한 삶을 은유한다. 고전문학에서 '갇힌 새'는 탁월한 능력에도 불구하고 원대한 포부를 거세당한 채 비극적 종말을 맞는 여성의 자의식을 비유한다. 현대문학에서 새와 물고기의 비극적 형상들은 다양한 모습으로 나타난다. 몸이 훼손되고 폐쇄적 공간에 갇힌 새와 물고기는 무기력하게 부유하는 여성인물의 분신이 되는가 하면, 여성의 공전하는 삶과 마비된 영혼에 비유되고 있다. 특히 통점을 잃은 물고기의 육체는 만성화된 폭력 앞에서 고통에 대한 감각을 잃고 황폐한 삶을 견디는 여성의 삶과 유비관계를 이룬다.

그러나 날개와 지느러미를 가진 새와 물고기의 은유는 근본적으로 여성의 비극적 삶에 대한 저항과 탈주에의 꿈과 깊은 관련이 있다. 여성문학은 물고기의 부력과 새의 날개에서 삶에 내장되어 있는 희망을 발견하고자 한다.

3.1. 새의 습성과 상징성

닭

닭은 새벽을 알리는 동물로 알려져 있다. 닭은 울음으로써 새벽을 알리는, 빛의 도래를 예고하는 존재이기 때문에 민간에서는 새벽에 우는 닭의 울음소리는 어둠을 쫓고 귀신을 물리치는 벽사의 기능을 가지는 것으로 여겼다. 동시에 날개가 있으면서도 지상에서 생활하는 닭의 이중적 특성은 어둠과 밝음을 경계하는 존재로서의 상징성을 갖게 했다. 닭의 울음은 다가올 일을 미리 알려주는 예지 능력에 대한 상징으로 작용하여 '닭의 울음'이 함축하는 시간이 중요시되었다. 따라서 닭이 울어야 할 때 울지 않는다거나 울지 않아야 할 때 울면 불길한 징조로 여기게 되었다.

단오나 추석 같은 세시풍속에 대한 내용을 담은 『동국세시기(東國歲時記)』(1849)에 따르면 민속에서 정월원일(正月元日)에는 벽 위에 닭과 호랑이의 그림을 붙여 액을 물리치려는 풍속이 있었으며, 음력 정월대보름날인 상원일(上元日)에도 새벽에 우는 닭의 울음이 열 번이 넘으면 풍년이 든다고 하였다는 기록이 전해진다. 이처럼 닭은 길조의 상징이었기 때문에 집안의 잔치나 혼례, 새해 음식, 폐백 등에 쓰였다. 상서로움을 상징하는 닭은 유교에서는 닭의 머리 위에 볏을 달고 있는 모습을 '관을 썼다'고 표현했는데 '관을 썼다'는 것은 '벼슬을 했다'는 의미를 담고 있어 '닭벼슬'이라는 말을 만들어 냈다. 불교에서는 닭 울음소리에 일체의 분별력이 떨어져 나가고 깨달음의 경지에 도달하게 하는 상서로운 동물이라 하였고, 도교에서는 주역의 팔괘에서 남동쪽은 여명이 시작되는 곳으로 생각했다.

기러기

기러기는 가을에 오고 봄에 돌아가는 철새이다. 그래서 사람들은 기러기를 가을이 옴을 상징하는 존재인 동시에 소식을 전해주는 새로서 인식하였다. 고전소설 『적성의전(狄成義傳)』에서 왕후인 어머니가 기러기 다리에 편지를 묶어 주인공 성의(成義)에게 보냄으로써 기러기를 통해 소식과 마음을 전하고 있으며, 『춘향전』의 이별요(離別謠)에서도 춘향이 "새벽서리 찬바람에 울고 가는 저 기러기 한양성내 가거들랑 도령님께 이내소식 전해주오."라고 하였다. 이처럼 기러기는 그 울음소리가 구슬퍼 가을이라는 계절의 풍광과 어울려 처량한 정서를 나타내 주는 새이며, 사람이 왕래하기 어려운 곳에 소식을 전하여 주는 동물로 인식되었다. 그래서 기러기를 '신조(信鳥)'라고도 한다.

또한, 『규합총서(閨閤叢書)』(1809)에서 기러기에 대하여 "신(信), 예(禮), 절(節), 지(智)의 덕(德)이 있으니 예폐(禮幣 : 고마움의 뜻으로 보내는 물건)하는 데 쓴다."라고 하였다. 혼례식에서 나무로 만들어 채색한 기러기 모형인 목안(木雁)을 전하는 습속은 이러한 데에서 유래되었다고 하며, 신랑은 혼례의 첫 의식으로 나무로 깎은 기러기를 신부집에 전하는 풍습이 생겼다. 그래서 혼인예식을 일명 '전안례(奠雁禮)'라고도 했는데 신랑이 기러기를 가지고 가서 초례상에 올려놓고 절을 하는 예식을 일컫는 것이었다. 한편, 남의 형제를 '안항(雁行)'이라고 하는데 기러기가 의좋게 나란히 날아다니는 데서 유래한 말이다.

까치

까치는 고대로부터 우리 민족과 친근하였던 야생조류로서 일찍부터 문헌에 등장한다. 『삼국사기』나 『삼국유사』에 기록된 석탈해신화(昔脫解神話)에는 궤짝이 떠올 때 한 마리의 까치가 울면서 함께 따라오므로 까치 '작(鵲)'자의 석(昔)을 떼어서 성씨를 삼았다고 하였다. 이처럼 까치는 신성하고 상서로움을 상징하며 '까치를 죽이면 죄가 된다.'라든가 '아침에 까치가 울면 그 집에 반가운 사람이 온다.'라는 믿음이 민간에 퍼지게 되었다. 따라서 절을 지을 경우 까치가 그 곳에 집을 지었다는 것은 상서로운 기운을 상징하므로 『삼국유사』에 의하면 신라 효공왕 때 봉성사(奉聖寺) 외문 21칸에 까치가 집을 지었다고 하였고, 신덕왕 때 영묘사(靈廟寺) 안 행랑에 까치집이 34개가 있었다고 하였다.

우리 민족의 '까치'에 대한 숭상은 세시풍속에도 영향을 미쳐 칠월칠석날 오작교 설화로 인하여 남원의 광한루에 있는 오작교는 이도령과 성춘향의 맺어짐을 상징하는 곳이 되었다. '까치성' 설화는 신라의 김유신이 백제를 공격할 때 백제의 공주 계선이 변신한 까치를 알아봄으로써 계선의 항복을 받은 뒤 그 성을 '까치성'이라고 불렀다는 얘기가 전해진다. 이외에도 '까치의 보은' 설화는 지역마다 존재하며 전승되었고, 이후 까치가 민요나 유행가에 등장하는 소재가 되었다.

까치에 대한 상징성은 지방마다 속신(俗信)을 만들어냈다. 경기와 충청지방에서는 '까치가 정월 열 나흗날 울면 수수가 잘 된다.', '까치가 물을 치면 날이 갠다.', '까치집을 뒷간에서 태우면 병이 없어진다.', '까치집 있는 나무 밑에 집을 지으면 부자가 된다.'라고 하였다. 또한, 호남지방에서는 '까치둥우리가 있는 나무의 씨를 받아 심으면 벼슬을 한다.'라고 믿었다. 이처럼 까치는 반가운 사람이나 소식이 올 것을 예견하는 존재, 그리고 부와 명예를 얻을 수 있는 존재로서 인식되었다. 또한, 까치는 의학적으로도 효험이 있는 것으로 기록되어 있다. 『동의보감』(1610)에는 오래된 까치집은 전광(癲狂 : 미친 병), 귀매(鬼魅), 고독(蠱毒 : 뱀·지네·두꺼비들의 독기)을 다스리는데 이를 태워 재로 만들면서 숭물(崇物)의 이름을 부르면 낫는다고 하였다. 이것은 까치를 신성시하여 신봉한 정도를 짐작할 수 있게 한다.

꾀꼬리

꾀꼬리는 눈앞에서 시작하여 눈 주위를 지나는 부분은 검은 깃털로 이루어져 있어 마치 머리에 띠를 두른 형상을 하고 있으며, 날개와 꼬리는 검지만 가장자리는 노란색이다. 부리는 붉은색이며 암컷은 온몸에 초록빛이 돈다. 울음소리는 복잡하면서도 아름다우며, 산란기에는 '삣 삐요코 삐요' 하고 되풀이해서 우는 등 다양한 소리를 내고 있어 『물명고(物名攷)』(1820)와 『재물보(才物譜)』(1798)에서도 꾀꼬리에게는 32가지의 소리가 있다고 하였다.

이렇듯 꾀꼬리는 모양이 곱고 그 울음소리가 청아하고 고와 예로부터 많은 시가에 등장한다. 『삼국사기』 고구려본기에 유리왕의 「황조가(黃鳥歌)」가 전하는데 암수의 꾀꼬리가 의좋게 노는 모습과 자신을 비교한다. 고려가요 「동동(動動)」에는 "사월 아니니져 아으 오실셔 곳고리 새여 므슴다, 녹사(錄事)님은 옛나를 잇고신져 아으 동동다리."의 꾀꼬리는 봄을 대표하며 임을 생각나게 하는 대상으로 인식되었다. 안민영(安玟英)의 시조에도 "꾀꼬리 고은 노래 나비춤을 시기마라" 등으로 묘사하고 있으며, 「유산가」의 "유상앵비편편금(柳上鶯飛片片金)"이라는 구절은 후대에도 계속 인용되는 글귀가 되었다.

꿩

꿩은 지상을 걷기 때문에 몸이 길고 날씬하며, 발과 발가락이 발달되었으나 날개는 둥글고 짧아 멀리 날지 못한다. 암꿩은 천적의 침입을 받으면 새끼를 보호하기 위하여 일부러 부상당한 체하여 위험을 면하는 습성이 있으며, 번식기에는 가장 힘센 수컷 한 마리에 여러 마리의 암컷을 거느리고 작은 무리를 지어 다닌다.

『삼국사기』 신라본기에는 흰 꿩을 왕에게 바쳤다는 기록이 여러 번 나타난다. 『삼국유사』에는 김춘추가 하루에 쌀 서 말의 밥과 꿩 아홉 마리를 먹었고, 백제를 멸한 뒤에는 하루에 쌀 여섯 말, 술 여섯 말, 꿩 열 마리를 먹었다는 기록으로 보아 꿩은 일찍부터 우리 민족이 식용으로 사냥했던 야생조류임을 알 수 있다. 그렇기 때문에 꿩에 대한 속신과 설화가 전해진다. 죽게 된 꿩을 살려주고 꿩의 보답으로 생명을 구하거나 과거에 급제하고 부자가 되었다는 꿩의 보은담이 유명한데, 그 중 뱀에게 죽게 된 꿩을 살려준 한 사람이 이번에는 뱀에게 죽게 되었을 때 꿩이 머리로 종을 쳐서 그 사람을 구출하였다는 이야기가 널리 구비 전승되고 있다.

두견새(소쩍새), 귀촉도, 불여귀, 자규, 뻐꾸기

두견새는 우리말로는 '접동새'라 하고, 한자어로는 '두우(杜宇), 자규(子規)'라고도 한다. 국어사전에는 '소쩍새'라고도 되어 있는데, 소쩍새는 올빼미 과에 속하는 새로 두견이와는 그 생김새가 다르다. '두견새'는 문학작품에서는 '불여귀'로, 시집에서는 '귀촉도'라고 일컬어진다. 두견새는 예로부터 지금까지 '두견이'(두견이(杜鵑), 두견이(寒火蟲)(『역어유해(譯語類解)』 下)(1690) 혹은 두견새로 실려 있으며, 그 어원은 알려져 있지 않다.

이 새는 여름철새로 단독으로 생활하며 나뭇가지에 앉아 있을 때가 많은데, 산중턱과 우거진 숲 속에서 노출되지 않고 있어 자취를 보기 힘들다. 산란기는 6월 상순에서 8월 하순까지인데, 직접 둥우리를 틀지 않고 다른 새의 둥지에 몰래 알을 낳아 놓는다. 이러한 습성은 두견이 과에 속하는 새들의 공통된 습성인데, 알은 주로 위탁하려는 새의 알과 비슷한 색이며 자기 알보다 작은 알을 낳는 새에게 위탁한다. 이것은 자기가 낳은 알보다 큰 알은 그대로 두지만 작은 알은 버리는 어미새의 습성 때문인데, 가짜 어미새의 양육 능력을 고려하여 1개만을 낳는다. 새끼는 부화 후 2, 3일 사이에 가짜 어미새의 알이나 새끼를 둥우리 밖으로 밀어 떨어뜨리고 둥우리를 독점해서 자기 혼자 먹이를 받아먹고 자란다. 이것은 두견이 과의 새 '뻐꾸기'도 마찬가지이다.

이렇게 자란 '두견새'의 속성 때문인지, 그 울음소리 때문인지 '두견새'는 많은 문학작품에서 등장하는데 하나같이 외롭고 슬픈 인간의 마음을 감정이입하는 새로 등장한다. 두견이에 관한 설화로 '접동새 유래'가 전해진다. 계모에 의해 전실 딸이 구박을 당하다가 혼인날을 받아 놓고 죽었는데, 그 딸의 넋이 접동새가 되었고 계모는 까마귀가 되어 그 뒤로 까마귀와 접동새는 원수지간이 되었다는 것이다. 그래서 접동새가 '구읍 접동'이라고 우는데, 이것은 '아홉 오라버니 접동'이라는 의미로 아홉 오라비를 가진 딸의 억울하고 한 맺힌 사연을 나타낸다.

이밖에 이조년(李兆年)의 시조 "이화에 월백하고 은한(銀漢)이 삼경인제/일지춘심(一枝春心)을 자규야 아라마는/다정도 병인양하여 잠 못 드러 하노라."에서나 민요 「새타령」의 "성성제혈염화지 귀촉도불여귀(聲聲啼血染花枝歸蜀道不如歸)", 그리고 「군밤타령」의 "공산야월 두견이는 짝을 잃고 밤새어 운다.", 「닐니리야」의 "공산 자규 슬피 울어 아픈 마음 설레이네." 등에서 등장한다. 이처럼 두견이는 고려시대 이래 우리 시가문학에 슬픔의 정서를 표출하는 소재로 지속적으로 등장하였고, 현대에 와서도 김소월의 시를 비롯한 많은 작품 속에 빈번히 나타나고 있다.

소쩍새

소쩍새는 올빼미 과 중 가장 작은 새로서 우리 나라 전역에서 번식하는 텃새이다. 소쩍새는 '소쩍 소쩍' 또는 '소쩍다 소쩍다'라는 울음소리로 사람들이 듣기 때문인지 울음소리에 얽힌 전설이 전해진다. 아주 오랜 옛날 며느리를 몹시 구박하는 시어머니가 있었는데 며느리에게 밥을 주지 않으려고 아주 작은 솥을 내주어 밥을 짓게 하였고, 결국 며느리는 굶어 죽은 뒤 그 혼은 새가 되어 '솥이 적다. 솥이 적다. 소쩍 소쩍'이라고 운다고 한다고 전해진다.

민간에서는 이 소쩍새의 울음소리로 그 해의 풍년과 흉년을 점치기도 한다. 새가 '소쩍 소쩍' 하고 울면 흉년이 들고, '소쩍다 소쩍다' 하고 울면 풍년이 든다는 속신이 있다. 이것은 '솟쩍다'는 솥이 작으니 큰 솥을 마련하라는 뜻으로 민간에서 해석하여 생겨난 것으로 짐작된다.

참새

참새는 『물명고(物名考)』(1820)에 따르면 한자어로 '작(雀)'이 표준어였고 '와작(瓦雀), 빈작(賓雀), 가빈(嘉賓)' 등이라고도 하였다. 특히 늙어서 무늬가 있는 것은 '마작(麻雀)', 어려서 입이 황색인 것은 '황작(黃雀)'이라 하였다. 우리나라 전역에서 번식하는 가장 흔한 텃새로 지붕처마 밑뿐만이 아니라 틈새, 콘크리트 전주 꼭대기 등과 같은 인공건축물, 다른 새가 버린 둥지 등 가리지 않고 서식한다.

번식기인 여름에는 곤충도 적지 않게 잡아먹지만 추수기에 벼를 먹어 적지 않은 피해를 준다. 따라서 지역에 따라 추운 겨울이 되면 말총으로 만든 올가미나 덫으로 참새를 잡아 독안에 가두었다가 구워먹었다. 『규합총서(閨閣叢書)』(1809)에는 "참새는 10월 후 정월까지 먹을 수 있고 나머지는 먹지 못한다. 독한 벌레를 먹으며 둥지에 깐 새끼들은 어미가 잡히면 굶주려 죽는다. 새고기는 맛이 또한 좋지 못하니 굽거나 전을 지져도 소금 기름에 한다."고 조리법이 기록되어 있다. 『향약집성방(鄕藥集成方)』(1433)에도 참새의 알, 뇌, 머리피의 약효가 기록되어 있다.

학/두루미

학이나 두루미는 우리 민족이 신성시하는 새로, 천년을 장수하는 영물로 인식되어 왔다. 또한, 학의 외형에서 풍기는 고요하고도 고고해 보이는 듯한 모습은 절제와 기개, 꼿꼿함 등을 상징하며 선비의 이상적인 인성으로 추앙되었고, 한편으로는 장수를 상징하는 존재로 대표되어 왔다. 따라서 사람들은 그림이나 시의 소재뿐만 아니라 궁중 복식이나 여러 공예품에 학을 등장시켰다. 당시 사람들은 학을 기물에 새기면 운이 찾아든다고 믿어서, 장수를 송축하는 선물을 교환할 때에는 주로 학을 새겨 넣었다.

특히 구름과 학을 조화시킨 운학문(雲鶴文)은 통일신라시대의 공예품에서부터 등장하고 있으며, 고려시대에는 주로 상감청자에 학이 시문되었다. 조선시대에 들어와서는 더욱 다양하고 추상적인 운학문이 나타났다. 흰 바탕의 창의에 깃, 소맷부리, 도련의 검은색으로 띠를 둘러 학처럼 보이게 함으로써 의복을 통해 선비의 기상을 나타내려고 하였다. 조선시대의 문관은 학, 무관은 호랑이를 수놓은 흉배를 각각 품계에 따라 부착하였는데 학은 고고함을 상징하며, 호랑이는 용맹을 상징하는 것이었다.

학과 관련하여 '학발동안(鶴髮童顔)'이라는 말이 있는데, 이것은 '머리가 학의 깃처럼 하얀 백발이지만 얼굴은 붉고 윤기가 돌아 아이들 같다'는 뜻으로 흔히 동화나 전설 속의 신선을 묘사하는 말로 사용된다. 또한, 학이 오래 사는 특징에 빗대어 장수하는 것을 '학수(鶴壽)를 누린다'고 표현한다. '학수고대(鶴首苦待)'란 학의 목처럼 목을 길게 늘이고 기다린다는 뜻으로 몹시 기다림을 일컬을 때 쓰이며, 학의 고적한 자태를 비유한 '학고(鶴孤)'는 외롭고 쓸쓸한 사람을 말하고, '학립계군(鶴立鷄群)'이라 하면 여럿 중에서 뛰어난 인물을 의미한다. 학은 선비를 상징하는데 '학명지사(鶴鳴志士)'라 하면 몸을 닦고 마음을 실천하는 선비를 말하며, '학명지탄(鶴鳴之歎)'이란 선비가 은거하여 도를 이루지 못함을 탄식하는 것을 뜻한다.

새알의 상징성

재생놀이 중에 진도의 '다시래기'라는 것이 있다. 원래 다시래기란 '재래(再來)', 곧 '다시 태어난다(낳는다)' 또는 '다시 즐긴다, 같이 즐긴다'라는 뜻이라고 전해진다. 또한, 민요에서 "아리(알이) 아리랑 쓰리쓰리랑 아라리가(알낳기가, 알마디) 났네(시작되었네)"라고 하면서 '탄생(알 낳네)'을 노래로도 기원하고 있다. 이처럼 알은 아시아 권에서 문화보편적으로 근원적인 물질로 인식되었으며, 알에서 우주 자연, 신, 인간이 태어난다는 관념이 포함되어 있다. 이러한 상징성을 바탕으로 모든 난생신화에서는 천지 자연, 신, 인류시조, 종족시조, 건국시조 등이 난생임을 주장하며, 시조가 알에서 기원한 '신성한 생명'임을 말하고자 한다.

건국신화의 주체들은 무력으로 나라를 통합한 뒤에는 건국의 정당성과 백성들이 숭앙할 수 있는 신성성을 갖추어야 했다. 그런 경우 건국의 주체들은 건국신화에 등장하여 천신과 수신의 결합에 의해 탄생했다거나 하늘에서 하강했다는 등의 신화적 요소를 강조했고 그에 더하여 태생이 아닌 '난생'임을 강조했다. 그것은 난생이 갖는 상징성 때문이라고 볼 수 있는데 세력의 통합을 하나의 상징물로 보여주려는 의도에서 비롯되었다고 추정한다. 알의 노른자와 흰자의 공존은 대립되는 것의 결합, 통합적인 특징을 나타낼 뿐만 아니라 건국의 정당성과 신성성을 뒷받침함으로써 난생 인물이 신성한 힘을 부여받은 최고 권력자임을 상징하게 되었다.

알이 생명을 상징하고 있음은 경주 천마총에서도 발견된다. 무덤 안에는 10여 개의 달걀이 들어 있는 토기가 부장되어 있었는데 주검 옆에 알을 둠으로써 삶이 죽음으로 끝나지 않고 저승에서도 계속되기를 기원하고 생명의 처음으로 돌아감을 기원했다. 그것은 알이 모든 생명체를 탄생시키는 재생의 의미를 가졌기 때문이라고 볼 수 있다.

3.2. 물고기의 명칭과 변화

물고기 명칭의 변화와 관련어 '물고기'의 중세국어 어형은 '믈[水]+ㅅ(사잇소리)+고기[肉]'가 결합된 '믌고기'이다. 그러다가 '믈'이 17세기에 원순모음화가 일어나 '므〉무'의 변화를 입어 '뭀고기'가 되었고, 현재 사이시옷이 표기되지 않은 어형 '물고기'가 되었다. 15세기와 16세기에 '사이시옷' 앞에서 'ㄹ'이 탈락된 '믓고기'와 어중 초성에 된소리 발음이 반영된 형태인 '물쏘기'가 나타난다. 사이시옷이 표기에 나타나지 않은 '믈고기, 물고기'의 형태도 16세기부터 20세기까지 나타난다. 17세기에 나타나는 '믉고기'에 나타나는 'ㄺ'의 'ㄱ'은 어중 초성의 소리를 된소리로 표기하기 위해 나타난 중철 표기라고 볼 수 있다. 경상도 지역에서는 '물개기, 물게기', 전라도 지역에서는 '물궤기, 물괴기', 충청도 지역에서는 '(물)괴기, 물고이기', 제주도 지역에서는 '물괘기, 물꿰기, 물코기' 그리고 함경도 지방에서는 '물괴기'가, 평남, 황해 지방에서는 '반찬'이라는 형태가 나타난다.

물고기는 물에서 사는 아가미와 지느러미로 정의되는 생물이다. 지느러미는 '물고기 또는 물에 사는 포유류가 몸의 균형을 유지하거나 헤엄치는 데 쓰는 기관으로 등, 배, 가슴, 꼬리 따위에 붙어 있는 부위'를 일컫는 말이며, 어류가 몸의 균형을 유지하고 헤엄을 치는 데에 쓰이는 기관이다. '지느러미'의 어원은 한자어 '기(鰭)'와 '늘다'의 어간 '늘', 접미사 '-엄', '-이'가 합쳐져 '기늘엄이'로 되었다고 본다. '기(鰭)'는 '지'로 변하여 '기늘엄이'는 '지느러미'로 되었다. (鰭+늘+엄+이> 지느룸이> 지느러미) 한편 '찌르다'의 어간형에서 기원했다는 설도 있는데, 이 말은 '지늘'과 '음이'가 합성된 '지늘'은 '찌를'을 의미하므로 '지느러미'는 '찌를가시'를 의미하는 말이라고 해석한 것이다.

'비늘'은 물고기나 뱀 같은 것의 거죽을 덮고 있는, 얇고 단단하게 생긴 작은 조각을 말하며, '아가미'는 물속에서 사는 동물로 특히 어류에 발달한 숨틀이다. 일반적으로 붉은 참빗 모양으로 잘게 나뉘어, 그 속의 혈관에 흐르는 피와 물이 접하여 가스 교환을 하기 때문에 물속에서 사는 동물에게 발달한 호흡 기관이다.

물고기 명칭어

'잉어'는 한자어 '鯉魚'에서 유래한 말로 17세기에 '리어'(리어 둘흘 어더 머긴대 병이 됴ᄒ니라(『동국신속삼강행실도(東國新續三綱行實圖)』孝(1617))와 '니어'(니어 쓸게(鯉魚膽)(『동의보감(東醫寶鑑)』 2(1610))의 형태가 동시에 나타나며, '리어>리어>니어>닝어>잉어'의 형태 변화를 이루었다.

'가물치'는 뇌어(雷魚), 동어(鮦魚)라고도 한다. '가물치'는 검다는 뜻의 '감-'[黑]+오[접사]+티[접사]가 결합한 것으로 『향약구급방(鄕藥集成方)』(1236)에 '加母致'로 기록되어 있고 이는 '*가모티'로 재구해 볼 수 있다. 16세기에 '가모티'가 나타나며 근대에는 '가몰티, 가물티, 가물치' 등으로 나타나다가 현대에 이르러 '가물치'로 변했다고 본다. 어근 '감'은 '검(다)'과 모음 교체의 관계에 있으므로 접사로 처리하였으나, '티/치'는 '넙치, 갈치, 꽁치' 등에서와 같이 고기의 이름에 널리 나타나는 말로서 원래는 '고기[魚]'를 뜻하는 고유어 어근일 가능성이 있다.

'고래'는 고어에 '鯨 고릭'(柳物二鱗)라고 나타나며, '고등어'는 중세국어 용례는 확인되지 않으나 근대국어 문헌에 '고동어'가 등장하는 한편, '고도리'도 나타난다. (古道魚 고동어(『물명고(物名攷)』 2(1820), 古道魚 고도리(『역어유해(譯語類解)』 下(1690)) 또한, 19세기 말 『국한회어』(1895)에는 '고동어', 즉 '古東魚'로 해석되어 있으며, 『한영자전』(1897)에는 지금과 같은 '고등어'를 '高登魚'로 이해하고 있음을 알 수 있다. 『조선어사전』(1920)에는 '고동어'와 '고등어'를 함께 제시어 있으나 '고동어'가 중심표제어이다. 그리고 이를 '高刀魚, 高道魚' 등으로 이해하고 있다. 『조선어사전』(1938)에서도 '고동어'('高刀魚')를 중심표제어로 삼고 '고등어'를 부수적으로 다루고 있다. 『큰사전』(1957)은 반대로 '고등어'를 중심표제어로 삼고 '고동어'를 부수적으로 다룬다. 특이한 것은 '고도어(古刀魚, 高刀魚, 高道魚)'를 표제어로 올려놓은 점이다. 근대 문헌에 등장하는 '고도리'는 '고돌+이'로 분석될 수 있을 듯하나 '고돌'의 어원이 불분명하다. 『조선어사전』(1920), 『조선어사전』(1938), 『큰사전』(1957)에서는 '고등어의 새끼'로 기술하고 있다.

'메기'는 중세국어 문헌에 '메유기'로 나온다. 이는 '메육'과 '이'로 분석할 수 있으나 '메육'이 무엇인지 잘 드러나지 않는다. 근대국어에서는 '메유기'와 더불어 '머유기'가 나온다.(鮎魚 메유기(『동문유해(同文類解) 下(1748)』), 鮎魚 머유기(『역어유해(譯語類解) 下(1690)』))

가장 이른 시기에 등장하는 '미꾸라지'의 명칭은 '밋구리'이다. 16세기에는 '밋구리'로, 17세기에는 '밋그리'로 나오지만 오히려 '밋그리'를 더 고형으로 추정한다. 그 후 '밋구리'는 '의>이' 변화에 따라 '밋구리'로 변하였다. 『한영자전』(1897), 『조선어사전』(1920) 등에 '밋구리'가 보이는데, 『국한회어』(1895)에는 '미꼴리'라는 독특한 어형도 나온다. 『조선어사전』(1938)에는 '미꾸리'로 표기되어 나온다. 현대국어에서는 '미꾸라지'에 밀려나 잘 쓰이지 않는다. '밋구리'를 이어서 나타난 것이 '밋그라지'이다. 『조선어사전』(1938) 이후에야 지금과 같은 '미꾸라지'로 나오기 시작한다.

'뱀장어'는 『향약집성방(鄕藥集成方)』(1433)에 '蛇長魚'로 표기되어 나오며 중세국어 정음 문헌에 '비얌댱어'로 기록되어 있다. 이는 '비얌(蛇)'과 '댱어(長魚)'로 분석된다. 근대국어 문헌에는 '비얌댱어, 비얌쟝어, 비암쟝어' 등으로 나온다. 19세기 말 『한영자전』에도 '비암쟝어'로 표기되어 나온다. 『조선어사전』(1920)에는 '배암쟝어'로 나오며, 『조선어사전』(1938)에는 '뱀장어'와 '뱀장아'로 나오는데 전자를 중심 표제어로 삼고 있고 『큰사전』(1957)에는 '뱀장어'만 나온다. 따라서 중세국어의 '비얌댱어'는 '비얌댱어>비얌쟝어>비암쟝어>배암쟝어>뱀장어'로 변한 것으로 정리된다.

'북어'에 대한 이른 시기 용례는 잘 확인되지 않는다. 19세기 말 『국한회어』에

'북어'로 나온다. '북어'는 마른 명태라는 점에서 '乾明太' 또는 '乾太'라고도 한다. '명태'가 경북 이북의 동해안, 오호츠크 해, 베링 해 등과 같은 북쪽 바다에서 잡히기 때문에 '北魚'라고 하는 것이다. '명태'는 '明太魚, 太魚, 江太, 凍明太, 凍太'라고도 한다. '明太魚'는 '명태'에 고기임을 더욱 분명히 하기 위해 '魚'자를 붙인 것이고, '太魚'는 '짊어지거나 싣고 다니는 물고기'라는 데서 나온 명칭이며 '江太'는 '강원도 앞바다에서 잡히는 명태'라서 붙여진 명칭이다. '凍明太'는 '겨울에 잡아 얼린 명태'라서 붙여진 이름인데 이를 줄여 '凍太'라고도 한다.

3.3. 그리움과 비애의 심화

여인들은 님 그리운 밤 들리는 두견이 울음소리에 슬픔을 느꼈다. 예로부터 두견이가 밤새 울어 흘린 피가 두견화 곧 진달래꽃으로 피어난다고 했다. 또한 두견이는 고향으로 돌아가고 싶은 마음을 상징하는 새였다. 그리하여 두견이가 운다는 심상은 오랜 세월 한시 속에서 그리움의 심상으로 자리 잡았다. 풀빛이 우거져가는 봄 그에 상반되게 쓸쓸한 긴 밤, 그리운 사람을 그리며 잠 못 이루었던 것이다. 그런데 예로부터 우리나라 사람들은 두견이와 소쩍새를 혼동하였다고 한다. 그러므로 두견이의 울음도 두견이 우는 소리요, 소쩍새가 우는 소리도 두견이 소리라고 묘사한 경우가 대부분이다. 그러나 어느 새의 울음소리를 듣고 두견이라 했는지는 큰 문제가 아니었을 것이다. 밤에 들리는 구슬픈 울음소리는 외로운 사람의 비애를 더욱 심화시키기에 충분했을 것이다. (이매창 「春愁 1수」, 「閨中怨 1수」)

또한 기러기는 날이 추워지면 남쪽으로 날아갔다가 따뜻해지면 다시 북녘으로 날아간다. 계절을 정확히 맞춰 오고 가기에 계절의 전령(傳令)이자 신의(信義)의 상징이 되었다. 늦은 밤 둥근 달이 떠 있는 하늘로 '인(人)'자 혹은 '일(一)'자 모양으로 날아가는 기러기들을 바라보며 사람들은 자신들도 저 기러기를 따라 가고픈 마음을 느끼곤 했다. 사람들이 잠 못 이루고 기러기 울음에 서글퍼한 이유는 대체로 두 가지였다. 하나는 사랑하는 님을 그리워한 것이고 다른 하나는 고향에 가고 싶어한 것이다. 더욱이 기러기는 홀로 나는 것이 아니라 무리를 지어 날아가니 누군가와 함께 하고픈 마음 혹은 가족과 함께 하고픈 마음을 상대적으로 절실히 느끼게 하였던 것이다. 특히 여성에게는 이 두 가지가 남성보다 더욱 절실하였다. 기러기가 신의의 상징이 된 것은 짝이 죽어도 다시 짝을 얻지 않기 때문이기도 했다. 이에 혼례 때 전안례(奠雁禮)라 하여 신랑이 처가에 도착하여 산 기러기를 드렸고, 홀로 된 사람을 짝 잃은 외기러기에 비유하기도 했다. 그러므로 여성들이 '기러기처럼 훨훨 날아 멀리 따를 수 없다'고 한 것은, 먼 곳에 있는 님을 그리워한 심정을 나타낸 것이다. 그런데 이는 죽은 님에 대한 감상이 아니라 현재 멀리 떨어져 있는 님을 그리며, 자신을 기러기에 비유했다는 특징이 있다. 또한 기러기가 날아가는 방향에는 고향이 있으니 기러기는 '내 고향'을 지나갈 것이다. 이에 그 기러기를 바라보며 눈물을 짓게 되고 기러기 다리에 편지를 묶어 보내고 싶고, 마침내는 저 기러기를 따라 고향으로 가고 싶어 한다. 여성 한시에서는 달 밝은 가을밤 하늘을 가로질러 날아가는 기러기를 올려다보며 옛 사람들의 외로움을 느껴보는 것도 좋은 경험이라 한다. (이옥봉 「苦別離」, 김호연재 「孤鴻」, 서영수합 「詠歸鴈」)

고전소설에서 젊은 나이에 낭군과 이별한 여성의 심회를 더욱 돋우는 것도 바로 새이다. 가을날 석양에 날아가는 기러기를 보는 듯이 쓸쓸해하고, 봄날에 우는 소쩍새 소리를 들으며 이별의 슬픔을 느낀다. 또 자규가 우는 소리에 딸을 잃은 부모의 애간장이 녹고 눈물이 나온다. 자연물인 새가 여성인물들의 감정을 고조시키는 것이다. (「하진양문록」, 「주생전」, 「명주보월빙」)

규방가사에서 비애의 정서를 대표하는 심상은 특히 두견새이다. 두견새는 구슬프게 우는 새로 감정이입이 되는 대상이다. '공산야월(空山夜月)'에 우는 두견새'는 외로움과 비애를 조성하는 보편적인 심상으로 등장한다. 두견새의 슬픈 울음소리는 고향의 부모 동기에 대한 그리움, 임과의 이별로 인한 슬픔 등 돌아오지 않거나 돌아갈 수 없는 단절의 상황에서 비감의 정조를 고조시키는 매개이다. (권영자 「샤향곡」, 「공규이별가」, 「여자자탄가」, 「답향가」, 「이별가」, 「휘춘곡」, 진성 이씨 「부녀자탄가」)

긴 둑 봄풀 빛이 쓸쓸하니
옛님이 돌아오다 생각이 헷갈리리

화려한 고향 같이 노닐던 곳엔
산 가득 달 비추고 두견이 우는구나
長提春草色凄凄 舊客還來思欲迷 故國繁華同樂處 滿山明月杜鵑啼
　　　　　　　—이매창 「봄날의 시름 春愁 1수」(16세기 후반~17세기 초반)

동산에 배꽃 피고 두견이 우는데
뜰 가득 달빛 어려 더욱 쓸쓸해
꿈에나 만나려도 잠조차 오지 않아
매창 가에 기대 앉아 새벽닭 울음 듣네
瓊苑梨花杜宇啼 萬庭蟾影更凄凄 相思欲夢還無寐 起倚梅窓聽五鷄
　　　　　　　—이매창 「규방의 원망 閨中怨 1수」(16세기 후반~17세기 초반)

내 몸 한스러우니, 기러기 같지 못해
훨훨 날아 멀리 따를 수 없네
화장대 밝은 거울 버리고 보지 않네
봄바람에 언제 다시 비단옷 입고 춤 추리
꿈 속에서도 하늘 끝 길을 모르니
인생 시름 어찌 위로하리
妾身恨不似江鴈 翩翩羽翮遙相隨 粧臺明鏡棄不照
春風寧復舞羅衣 天涯魂夢不識路 人生何用慰愁思
　　　　　　　—이옥봉 「괴로운 이별 苦別離」 13－18구(16세기 후반)

어디선가 길 잃은 외기러기 집 앞을 지나며
무리에서 떨어짐 슬피 원망하며 우네
차가운 창가에서 홀로 지새며 집 그리는 나그네
한밤중에 잠 못 이루고 넋이 끊어지는 듯하리
何處孤鴻度我門 數聲凄切怨離群 寒窓獨宿思家客 中夜無眠欲斷魂
　　　　　　　—김호연재 「외기러기 孤鴻」(18세기 초반)

북쪽 변방에서 서리에 놀라 날아
남쪽으로 달빛 띠고 날아가다가
울음 울어 나그네 창에서 잠을 깨웠으니
고향 보낼 편지는 어디에 맬까
만 리 남쪽으로 돌아가는 기러기

언제쯤 농산(隴山)을 지나가려나
너와 함께 돌아가
고향 보이는 곳에 먼저 올랐으면
塞北驚霜飛 天南帶月去 喚起旅窓眠 鄕書繫何處
萬里南歸鴈 幾時度隴去 欲與爾同歸 先登望鄕處
　　　　　　　　—서영수합 「돌아가는 기러기 詠歸鴈」(18세기 후반~19세기 초반)

양공이 청파에 슈식이 만안ᄒᆞ야 왈 군이 져 말를 어듸 가 드럿나뇨 과연 당년의
군니 일거 후 셰지 여러 번 밧고이나 관산니 격졀ᄒᆞ고 창히 막히여 피ᄎᆞ 존망이
아득ᄒᆞ니 맛당이 소식을 통홀 거시로듸 도로 졀원ᄒᆞ고 녀력이 듸치홀 ᄲᆞᆫ 아냐
병화를 만나 가솔이 쏘ᄒᆞᆫ 안돈치 못ᄒᆞ야 능이 ᄯᅳᆺ즐 일우지 못ᄒᆞ더니 금일 군을
듸ᄒᆞ미 참괴홈이 낫 들 곳지 업도다 소녀 군의 헛된 언약을 두고 ᄒᆞᆫ 번 ᄶᅥ는 후
군의 소식이 아득ᄒᆞ고 소녀의 쳥츈 홍안니 화류 풍월 ᄀᆞᆺᄒᆞ야 속졀업시 봄곳츠로
버슬 삼아 가을 기러기를 늣겨 님즈 업시 공송홈을 보건듸 부모지졍에 참지 못ᄒᆞ야
졍을 달ᄂᆞ나 죽기로써 거졀ᄒᆞᄂᆞᆫ지라 졸련이 말를 통치 못ᄒᆞ고 인ᄉᆞ 흐리여 지각이
업슨지라 즁졍이 되여 벽력도 모로고 ᄯᅩ 병어리 되여 언어를 통치 못ᄒᆞ니 엇지
통셕지 아니리오
　　　　　　　　　　　　　　　　　　　　　　　　—「하진양문록」(18세기)

"저는 대나무의 뿌리로서 소나무와 잣나무의 넉넉한 그늘에 의지하였는데, 어찌
꽃향기가 없어지기도 전에 소쩍새가 먼저 울 줄을 생각이나 했겠습니까? 이제
곧 낭군과는 영영 이별하게 되었습니다. 비단옷이나 거문고 가락도 이제는 끝났으
며, 낭군과 해로하고자 했던 오랜 소원마저도 이미 어그러지고 말았습니다. 다만
제가 죽은 뒤 낭군께서는 선화를 배필로 맞이하고, 제 유골을 낭군이 왕래하는
길가에 묻어주시길 바랄 뿐입니다. 그러면 저는 비록 죽었을지라도 산 것과 다름
이 없을 것입니다."
　妾以箕菲之下體 依松栢之餘陰 豈料芳菲未歇 鵜鴃先鳴 今與郎君便永訣矣
綺羅管絃 從此畢矣 夙昔之願 已缺然矣 但望妾死後 郎君娶仙花爲配 埋我骨於
郎君往來之側 則雖死之日 猶生之年
　　　　　　　　　　　　　　　　　　　　　　　　—「주생전」(17세기)

지셜 셔쵹 하부의셔 녀ᄋᆞ를 일코 셰월이 갈ᄉᆞ록 영향을 찻지 못ᄒᆞ여 공의 부부의
참졀ᄒᆞ미 칼흘 삼킨 듯 오히려 회푀 관을 의지ᄒᆞ여 우ᄂᆞ니만 ᄀᆞᆺ지 못ᄒᆞ되 오히려

싱존을 바라미 잇고 원광 부부와 빵싱ᄋᆞ를 유희ᄒᆞ여 위로ᄒᆞ난 비 만ᄒᆞ나 부인은
간쟝이 화ᄒᆞ여 지 되믈 면치 못ᄒᆞ여 샹셕의 위둔ᄒᆞ여 쥬야 호읍ᄒᆞ난 가온디 ᄌᆞ규의
슬픈 소리 이를 슬오고 모쳠의 연작이 필츄댱낙ᄒᆞᆯ믈 당ᄒᆞ니 눈물이 피를 화ᄒᆞᄂᆞ더라
―「명주보월빙」(19세기)

그리워라 일가친척 히히학슈 질깃더니 무심한 저두견이 너는무슨 소회로서 괴
로이 잠든날을 슬피우러 ᄊᆡ우치노 귀촉도 부려귀는 촉국말이 어이가리 간쟝썩거
이난소회 니나내나 일반이라 모진마음 굿개잡아 후일을 바라보시 금음이 흐린달
도 보름이면 둥그나니 일시고생 이몸인들 후일영화 업슬손가
―권영자 「샤향곡」(20세기 전반)

송이송이 따서쥐고 남올으게 눈물흘러 백옥같은 두귀밑에 점점이 떨어져서 모
춘삼월 적막한데 울고가는 두견새야 귀촉도 불여귀를 어이그리 슬피우나 구비구
비 눈물이요 소리소리 한숨이라 금수라도 두견새는 불여귀로 우지마라 무정한
우리군자 한번이별 소식없네 무정한 황천길은 사람마다 잇건마는 야속하다 생이
별은 나혼자 뿐이로다
―「공규이별가」(미상)

동기이 그린안면 눈이삼삼 보고저라 부모동기 소식몰라 날마다 보고싶고 밤마
다 그리워라 야월공산 저두견은 귀촉도 불러오고 북천길을 바라보니 연연이 우난
기력 나의심사 집어닉고 중천이 둥근달은 고인갓치 반가워라 우리집이 비쵀건만
웅건낙낙 미러지고 흥심업고 흘일업다 나나리 싱각ᄒᆞ니 초도이서 다를손가
―「여자자탄가」(미상)

틱빅슨 놉흔봉의 억만신 되여보시 한식풍 단오절이 부모안부 전히보시 츈ᄒᆞ츄
동 사명일이 부모문후 전헤보시 달밝고 조혼밤이 집싱각 간절ᄒᆞ다 청천이 구름보
면 동싱회포 간절ᄒᆞ다 청슌의 두견시는 불여귀를 슬피울고 남쳔이 져기러기 등한
이 도라간다 피리솟 머리쏩고 우리형제 언제볼고 상뉵치고 편늣노름 우리동뉴
살아난가
―「답향가」(미상)

솟을썩거 들고보이 구경은 가대업고 생각이라 나는거시 님의생각 쏜이로다 송
송이 따서보이 남모르기 눈물이요 백옥같은 두귀밋헤 정절이 뜰어지내 낙화춘풍

저문날에 울고가는 두견새는 붙녀기로 일을삼아 슬피울고 슬피우내 소리소리 눈물이요 구비구비 수심이라 무심한 두견새는 붙녀귀로 울근마온 무정한 우리님은 한번리별 돈절하고 무정한 황천길은 사람마다 잇건마는 야속하다 생이별은 나혼자 뿐이로다

—「이별가」(미상)

양수를 논와잡고 일보이보 나아가니 광막한 널은천지 곳곳이 경개로다 계류청청 욱어진대 환우ㅎ는 쇠소리는 벗을불러 슬피울고 산화작작 난만중에 성성제렬 두견시는 귀촉도 붙여귀로 소릭소릭 슬피울어 첩첩한 우리히포 낫낫치 자아낸다 슬피우는 저두견아 너는무삼 소회만아 만첩청산 깁혼곳에 밤낮으로 슬피우노 네 아무리 슬피운들 규중심처 잠겨있는 여자유힝 감츨소냐

—「휘춘곡」(1947)

춘수(春水)가 만사택(滿四澤)에 물이 깊어 못 오시나 하운(夏雲)이 다기봉(多奇峰)에 산이 높아 못 오시나 오리무중(五里霧中) 안개 속에 길을 잃어 못 오시나 공산야월(空山夜月) 달 밝는데 슬피 우는 저 두견(杜鵑)아 너는 무슨 소회(所懷) 있어 그다지도 슬피 우노 추야장(秋夜長) 긴긴 밤에 불여귀(不如歸)라 울음 우니 네 울음 한 마디에 내 울음이 열 마디라

—진성 이씨 「부녀자탄가」(20세기 중반)

3.4. 소식의 전령, 님의 기별

여성 시문에서 물고기 특히 잉어는 편지를 전해주는 전령이다. 이는 자유롭게 물속을 헤엄쳐 먼 곳에 있는 사람에게 갈 수 있다는 이미지 때문으로 보인다. 그런데 한시에서 잉어는 한 마리가 아니라 대체로 두 마리[쌍리(雙鯉)]로 표현된다. 이곳과 저곳의 두 사람을 의미하는 것이다. 그런데 잉어가 편지를 전해준다는 것은 중국의 『문선(文選)』에서 유래하고 있으므로 매우 오래된 상징이라할 수 있다. 우리나라 여성 시문에서는 예문으로 든 다음의 두 시가 대표적이다. 손님에게서 받은 잉어를 갈라보니 편지가 들어있었다고 하거나, 자신이 편지를 써서 잉어에게 전하도록 하였다고 했다. 먼 곳에 떠나 있는 사랑하는 님과

소식을 주고받기가 힘든 상황에서, 소통에 대한 갈망이 얼마나 컸는지를 보여준다. (허난설헌 「遣興 7수」, 이옥봉 「春日有懷」)

여성이 주인공인 소설에서 그녀들은 여러 가지 고난을 당한다. 어릴 때에 부모를 잃고 떠돌면서 헤맬 때에 청조, 즉 파랑새가 날아와 길을 안내해 주어 따라가 보니 화려한 궁전이 있거나 전생을 암시하는 듯한 장소로 안내한다. (「숙향전」) 또는 악한 사람의 모해로 누명을 썼을 때에 파랑새가 날아와 범인을 지목하여 억울함을 풀어주기도 한다. (「숙영낭자전」) 주로 파랑새가 이렇게 소식이나 길을 알려주거나 진실을 알려주지만, 기러기가 편지를 전하는 새로 등장하기도 한다. 기러기는 먼 곳을 오갈 수 있는 새이기에 조선과 중국을 오가면서 소식을 전한다. (「육미당기」)

규방가사에서 기러기 또한 소식의 전령이자 자유로운 비상을 표상한다. 기러기를 향한 전언은 고향의 부모 동기와 멀리 떠나있는 남편의 소식을 전해주기를 염원하는 마음의 표현이다. 하늘을 자유롭게 날아가는 기러기는 고향땅에 닿을 수 있고, 그리운 사람들의 소식을 전할 수 있는 전령이다. 고향의 부모형제와 격절되어 있는 상황에 대한 원망과 그리움, 남편의 부재로 인한 답답한 마음이 가을 하늘을 날아가는 기러기를 향한 전언으로 간접화되어 표현된다. (「형제이별가」, 「공규이별가」, 김우모 「눈물 뿌린 이별가」)

> 먼 곳에서 오신 손님
> 잉어 한 쌍 전해주었네
> 배를 갈라 보았더니
> 그 속에 편지 들어 있었네
> 님께서 늘 그리워하노라며
> 어찌 지내느냐 물으셨네
> 편지 읽고 님의 뜻 알아
> 눈물 흘려 옷깃을 적셨네
> 有客自遠方 遣我雙鯉魚 剖之何所見 中有尺素書
> 上言長相思 下問今何如 讀書知君意 零淚沾衣裾
>
> —허난설헌 「흥이 나서 遣興 7수」(16세기 후반)

> 서울이 멀고 멀어 애 끊어지니
> 두 마리 잉어에게 편지 써서 한수 가로 보내네

꾀꼬리 우는 새벽 서글픈 비 내리고

푸른 버들 늘어져 봄은 한창이네

뜨락은 고즈넉해 풀만 자라고

거문고엔 처량하게 먼지만 쌓여 있네

누가 생각하리, 모란배 탄 나그네

광릉 나루엔 흰 마름꽃 가득하네

章臺沼遞斷腸人 雙鯉傳書漢水濱 黃鳥曉啼愁裏雨 綠楊晴裊望中春

瑤階羃歷生靑草 寶瑟凄涼閑素塵 誰念木蘭舟上客 白蘋花滿廣陵津

―이옥봉 「봄날의 회포 春日有懷」(16세기 후반)

이시의 숙향이 졍쳐업시 단니ᄃ가 날이 져물미 남굴 의지ᄒ여 안져 우더니 문득 푸른 시 꼿봉울이를 물고 손등의 안거늘 숙향이 그 꼿봉울이를 먹은즉 빅골프지 아니ᄒ고 졍신이 황연ᄒ지라 쳥죄 나라가거늘 시를 ᄯ라 흔 곳의 이르니 굉장흔 궁젼이 잇ᄂ지라.

―「숙향젼」(17세기)

숙향이 누상의셔 슈를 놋터니 문득 쳥죄 셕뉴꼿츨 물고 낭ᄌ 압희 안졋다가 북ᄃ히로 나라 가거늘 낭지 고이희 넉여 시 가는 곳을 보랴ᄒ여 쥬렴을 들고 ᄇ라 보더니 흔 소년이 소요관의 쳥포를 닙고 노시를 타고 한미 집으로 향ᄒ여 오거늘 ᄌ셰히 보니 요지의셔 진쥬 집던 션관 ᄀᆞᆺ흔지라.

―「숙향젼」(17세기)

션군이 부츅 왈 빅션군이 니ᄅ러스니 이 칼이 ᄲ지면 원슈를 갑하 원혼을 위로ᄒ리라 ᄒ고 칼롤 ᄲ하미 그 칼이 문득 ᄲ지며 그 궁게셔 쳥죄 하나히 나오며 미월일ᄂ 미월일ᄂ 미월일ᄂ 세 번 울고 나라가더니 ᄯ 쳥조 하나이 나오며 미월일ᄂ 미월일ᄂ 미월일ᄂ ᄒ고 세 번 울고 나라가거늘 그졔야 션군이 미월의 소의줄 알고 불승분노ᄒ여 급히 와 당의 나와 형구를 버리고 모든 노복을 ᄎ례로 장문ᄒ나 소범업는 놈년이야 무슴 말로 승복ᄒ리오

―「숙영낭자젼」(미상)

붉은 기러기가 머리를 숙이고 듣더니 웅낙함이 있는 듯한지라 왕비가 반신반의 하다가 즉시 흰 명주를 펼쳐 한 서찰을 지어 붉은 기러기의 발에 매고 경계하여 가로되

赤雁俯首而聽 若有應諾者 王妃半信半疑 卽展百絹 試裁一札 繫於雁足 戒之曰

―「육미당기」(19세기)

어와 후싱들아 우리형제 그리져리 이별일시 어여쏜 우리형님 바리고 가신후의 이방져방 두세방의 흔적없고 자취없닉 노든곳과 자든곳을 즈아닉니 혈혈웅닉 접탈딕 업단말가 벗어난 외기러기 쳥쳔의 날아가닉 ㄱ득흔 닉회포는 그력이라 날아 갈까 적막흔 이닉집의 어느버지 ㅊㅈ오리

—「형제이별가」(미상)

동지섣달 긴긴밤에 독수공방 누엇으니 밤은어이 그리길며 날은어이 그리찬가 명월삼경 적막한데 전전반칙 누웟으니 월명사창 깊은밤에 울고가는 기러기야 새벽서리 찬바람에 기럭기럭 우는소리 실프고도 실프도다 소리없는 눈물흘러 한숨지고 얼어나서 문을열고 하는말이 저기가는 저기럭아 소상동정 좋은곳에 이십오현 뜻는곡조 달밝고 서리찬밤 갈대한입 입에물고 명구추색 찬란한데 어느곳에 너안가리 대판동경 가거덜랑 나의소식 알고가라 유정한 우리군자 금전벌로 가셧나냐 그곳을 가거덜랑 나의소식 전해다오 기러기야 기러기야 너는비록 미물이나 명산대천 여러곳에 어느곳 너안가리

—「공규이별가」(미상)

환우하는 꾀꼬리가 봄동산에 울거들랑 고향(故鄕)계신 동무들아 나도 생각 할 줄아소 귀향(歸鄕)하는 기러기가 추천(秋天)에 울거들랑 만리이역(萬里異域) 머나먼데 소식(消息)이나 전(傳)해 주소 한양조선(漢陽朝鮮) 삼겹적에 삼각산하(三角山下) 서울에다 터를닦아 궁궐짓고 만호장안(萬戶長安) 되었세라

—김우모「눈물 뿌린 이별가」(1940)

3.5. 봄의 정취, 님과의 친화

제비는 봄에 돌아오는 새이다. 강남 갔다 돌아오면 봄이 시작된다. 집집 처마마다 지지배배 소리가 시끄럽다. 더구나 제비는 귀소성이 강한 새라 원래 살던 둥지를 찾는 경우가 많다. 흥부의 제비도 귀소성이 있었기에 박씨를 가져다 줄 수 있었던 것이다. 여성 한시에서는 이렇듯 귀소성이 강한 제비가 봄이 되어 돌아오는 것을, 떠나간 님이 오는 것에 비유했다. 그런데 님도 제비처럼 제 살던 집으로 곧, 화자에게로 돌아와야 하건만, 제비는 와도 님은 오지 않았다. 이

새·물고기 103

에 기다림에 대한 기대감은 여지없이 무너지고 실망만 하게 된다. 더구나 제비는 쌍쌍이 날아다니니 이를 바라보는 화자의 심정은 더욱 서글프게 된다. (김삼의당 「春閨詞-4」, 이옥봉 「詠燕」)

봄날에 꽃이 만발한 풍경을 보면 님 생각이 저절로 나는데 그런 마음을 더욱 부추기는 것이 꾀꼬리이다. (「옥단춘전」) 어여쁜 소리로 노래 부르는 소리, 화려한 깃털을 자랑하는 듯이 날아다니는 모습 등이 봄의 정취를 물씬 자아내는 것이다. 급기야 밥도 넘어가지 않을 만큼 그리움에 사무치게도 만들며, 새벽에 꿈에서 본 님 생각이 피어나게도 만든다. (「주생전」)

규방가사에서도 새는 낭랑한 소리를 내는 생명체로 봄의 정취를 대표하는 자연물이 된다. 특히 봄의 생기를 조성하는 대표적인 새는 황앵(黃鶯)인 꾀꼬리로서 주로 놀이공간에서 벗을 부르는 소리로 나타난다. 꾀꼬리의 특징인 노랫소리와 황금빛 외형은 경쾌하고 명랑한 느낌을 주어 춘흥을 자아낸다. 오랜만에 외출에 나선 여성들이 듣는 새의 노랫소리는 봄의 생기와 놀이의 들뜬 정서를 결합시키는 매개가 되고 있다. (「화전가 2」, 권종태 씨 부인 「화전가라 3」, 「귀래사향가」, 「쥬왕류람가」)

> 배꽃은 정 담고 사람 향해 피었는데
> 님 오지 않고 봄만 또 왔네
> 처마 앞 무수한 제비들만
> 쌍쌍이 날며 석양 끼고 돌아오네
> 梨花多意向人開 郎未來時春又來 惟有簷前無數燕 雙雙飛帶夕陽回
> 　　　　　　　　　－김삼의당 「봄날 규방의 노래 春閨詞－4」(1786－1801)

> 그림 들보 깊숙하고 푸른 장막 나직한데
> 짝지어 나들다가 다시 짝지어 깃드네
> 실버들 길에는 봄바람 저물고
> 푸른 풀 연못에는 가랑비 내리는데
> 나비 쫓아 몇 번이나 약초밭 날아들었고
> 둥지로 종일 미나리와 진흙 날랐네
> 몸을 의지할 보금자리 지내기도 아득하여
> 해마다 새끼 길러 날개 가지런하네
> 畵棟深深翠幙低 雙飛雙去復雙棲 絲楊門巷東風晩 靑草池塘細雨迷

趁蝶幾番穿藥圃 壘巢終日啄芹泥 托身得所棲偏穩 養子年年羽翼齊

―이옥봉 「제비 詠燕」(16세기 후반)

이 째는 츈삼월 호시절이라 츈화 만발ᄒᆞᆫ듸 황금 ᄀᆞᆺ튼 쇠꼬리는 양류 가지에 왕ᄂᆡᄒᆞᆫ다 좌우 산천 둘너보니 곳은 피여 화산되고 입은 피여 청산되니 만첩청산 죠흘시고 이런 경기 구경ᄒᆞ니 님 싱각 졀노 나셔 거문고를 ᄎᆞᄌᆞᄂᆡ셔 셤셤옥슈 넌짓 드러 ᄉᆡ 줄 메워 골나 잡고 희롱ᄒᆞ며 노ᄅᆡ지여 ᄒᆞ는 말이 님아 님아 랑군님아 견셰 연분으로 쳥실홍실 비루지는 아니 ᄒᆞ얏스되 눈졍으로 맛는 졍이 남과 더욱 유 둘ᄒᆞ야 빅가 곱파 밥을 먹자 ᄒᆞ고 밥상을 당계 놋코 님의 싱각 나면 한 술도 젼혀 못 먹겟소

―「옥단춘전」(미상)

"길가 언덕의 버드나무를 보면 님을 그리는 마음이 넘쳐흐르고, 나뭇가지 위에서 우는 꾀꼬리 소리를 들으면 새벽녘 꿈에 본 님 생각이 몽롱하게 피어났습니다. 그러던 어느 날 아침이었습니다. 채색 나비가 소식을 전하고 산새가 길을 인도하여 동방에 달이 떠오를 때 어여쁜 그대가 문간에 있었습니다. 당신이 이미 담을 넘어 왔는데 제가 어떻게 박달나무만을 아낄 수 있겠습니까? 그래서 현상을 다 찧고도 높디높은 옥경에 오르지 아니하고, 밝은 달이 중천에서 나뉘었다가 마침내 함께 부부의 인연을 맺기로 깊게 맹세했던 것입니다."

見陌頭之楊柳 則春情駘蕩 聞枝上之流鶯 則曉思濛朧 一朝 彩蝶傳信 山禽引路 東方之月 姝子在闥 子旣踰垣 我敢愛檀 玄霜搗盡 不上崎嶇之玉京 明月中分 共成契闊之深盟

―「주생전」(17세기)

보선벗어 옆에끼고 꽃을꺾어 머리꽂고 허널허널 올라갈제 무엇을 못할손가 양유산의 꾀꼬리를 이리저리 날리면서 벽계수 맑은물에 손도씻고 발도씻고 이렁저렁 두루거쳐 왕이산을 당도하니 치산형수 조흔경이 옛노던 경이로다 춘풍삼월 호시절을 꽃다려 물어보자

―「화전가 2」(1924)

삼표담 조흔션경 낙동강 운기받아 고봉태산 웅장하게 삼군경계 되었스니 유명한 삼표담을 그곳으로 목적삼아 심곡간에 들여가니 천변가에 버들가지 객사청청 뚤은속에 막교지상 겨쇠고리 황금갑옷 틀처입고 세류진을 치고논에 앞동산 봉봉마다 춘색을 단장하고 뒷동산 골골마다 백화만발 의복이라

―권종태 씨 부인 「화전가라 3」(미상)

냇가의 양유지난 금사를 드리온듯 황앵이 넘노란듯 송단에 앉은백고 양자지금
한가하다 촉노에 뛰난옥적 경치을 도우난듯 무릉도원 이렇턴가 별우천지 여기로
다 만첩시람 다더지고 인간만사 부운일따 이러타시 좋혼광경 무궁무진 하다마난
어와 내일신이 한유하여 어이할꼬 남천을 바라보니 북당쌍친 정성이며 서산낙일
쇠몬기력 어나자식 시봉하며 외로운 빙청에난 주인없이 처량한듯 어여뿐 귀녀형
제 사친지회 여복하랴

─「귀래사향가」(미상)

삼삼오오 작반하야 앞내천변 출발하니 사월남풍 보리가을 처처에 동풍이요 시
내가에 수양버들 벗부르는 꾀꼴이라 청사막집 빗겨쓰고 고기낚는 저어옹은 낙수
대 높이들어 은인옥척 닉으랴고 자미인지 회객인지 해지는줄 모르든고 노변에
모든광경 그역시 구경일세

─「쥬왕류람가」(1954)

3.6. 자유로운 비상과 유영, 치유와 포용

여성문학에서 새의 날개와 물고기의 지느러미는 자유로운 비상과 초월이라
는 상징적 의미를 공유한다. 이들의 상승하는 이미지는 고립상태로부터 탈출하
고 초월하려는 여성들의 고양된 의식과 정신적 동경을 드러낸다.

새의 비상은 육체를 벗어난 영혼을 상징하는 경우가 많은데, 이때 새의 날개
와 깃털은 '빛의 다발'이나 '빛 무리'의 이미지로 환치되면서 현실의 어둠과 고
통을 보상해줄 징표로 등장한다. 이때 새들의 빛깔은 이차적 상징을 결정하는
인자가 되는데, 특히 흰 새는 일상적 패배를 넘어서는 순수하고 결백한 정신과
타협하지 않는 영혼의 승리를 표상한다. 상승하는 새의 이미지를 통해 현실의
경계를 지우고 지상에 구속된 삶에서 벗어나 비상하고자 하는 의식적 지향을
드러내는 것이다. (서영은 「황금 깃털」 「삼각돛」, 오정희 「야회」 「꿈꾸는 새」, 조경란
「식물들」 「오늘의 요리」 「망원경」, 이평재 「리아논의 새」, 전경린 『풀밭 위의 식사』)

물고기의 상징성 역시 자유로움과 생명력을 추구하는 여성인물들을 통해 재

현되곤 한다. 물고기가 유영하는 푸른 바다 속은 모든 생명체들이 자연의 질서를 따라 유기체적 조화와 합일을 이루는 우주적 공간이다. 그곳은 타자의 깊은 심연과 소통하고 교감할 수 있는 가능성의 세계이다. (김승희 「아나바스 스칸덴스」, 조경란 「물고기 아파트」, 최진영 「끝나지 않는 노래」) 그러므로 푸른 바다 속을 자유롭게 헤엄쳐 다니는 은빛 물고기 떼나 거친 파도를 이기며 긴 여정을 떠나는 연어 무리, 이들의 존재는 활기와 열정이 충만하던 과거로 거슬러가는 매개가 된다. 이들에 대한 추억은 역설적으로 과거와 대비되는 현재의 비극성을 암시한다. 여성인물은 이 은빛 물고기 무리에 대한 기억에 지금은 사라지고 없는 과거, 혹은 찢겨지고 파손된 자연과 고향을 향한 동경과 회한을 실어 보낸다. (공지영 『고등어』, 신경숙 「그는 언제 오는가」, 김재영 「사라져버린 날들」, 「치어들의 꿈」)

물고기가 상징하는 우주의 총체성과 원초적 생명력을 가장 잘 구현하는 대상은 고래라고 할 수 있다. 평화로운 바다를 배경으로 포말을 일으키며 수면 위로 튀어 오르는 고래의 거대한 이미지는 꿈틀거리는 원초적 충동, 풍요로운 생산력과 연결되면서 훼손되지 않은 여성성 혹은 여성적 생명력을 환기시킨다. 등에 새끼를 업고 거친 파도를 거스르는 고래는 생명의 영속성을 관장하는 신비로운 모성을 체현하는 존재이다. 고래는 포기할 수 없는 꿈이 있기에 상처들을 몸에 달고서 물의 무게를 이기며 검은 바다 속을 헤엄쳐나간다. 여성은 고래를 통해 본능적이고 원시적인 감각과 충동을, 신화적 세계의 영원한 생명력에 대한 희구를 드러낸다. (김승희 「회색고래 바다여행」, 정미경 『장밋빛 인생』, 천운영 『잘 가라, 서커스』, 김형경 『꽃피는 고래』)

현대시에서도 새와 물고기를 통해 표현하는 비상과 유영은 가장 간절하면서도 동시에 가장 실현 불가능한 여성의 욕망을 의미한다. 자유로운 몸을 상징하는 날개와 지느러미를 잃어버리거나 빼앗긴 채 일상의 삶을 견뎌야 했던 여성에게 새와 물고기는 자유와 해방을 의미하는 대표적인 상징이다. 여성시인들은 새장과도 같은 이곳 현실을 벗어나 활주하듯 날아오를 수 있는 하늘을 향한 바람을 비상의 날개로 표현한다. (황인숙 「새는 하늘을 자유롭게 풀어놓고」, 안정옥 「새」, 김신영 「나의 알바트로즈」, 김혜순 「새가 되려는 여자」, 강기원 「새」) 생명력 가득한 태내와도 같은 바다를 자유롭게 유영하고 싶은 욕망은 물고기의 지느러미로 표현하는데, 여성시에서 '인어'가 자주 등장하는 것은 물이 여성의 몸을 자유롭게 하는 상징인 동시에 비경계적이고 유연한 물속을 유영하는 물고기를 통해 약동하는 생명력을 의미하기 위해서라고 할 수 있다. (최승자 「고래 꿈」, 문혜진 「혹등고래」, 천양희 「空魚」, 김이듬 「세이렌의 노래」, 진수미 「자정의 젖은 십자로」)

하늘로 솟아오르는 날갯짓과 자유로운 헤엄은 여성의 즐거운 주체성으로 확장되고 광활한 하늘과 물의 포용력은 상처와 균열을 봉합하는 따뜻한 치유력으로 드러나는 한편, 춤과도 같은 날갯짓과 지느러미의 움직임은 감성의 몸짓이나 육체적 쾌감의 순수한 욕망을 드러내는 관능적 몸짓과 치명적인 욕정에 이르기도 한다. (문혜진 「북극흰올빼미」, 진은영 「첫사랑」, 김민정 「고등어 부인의 윙크」, 안정옥 「황복어」)

그렇다고 이러한 삶의 외형 속에 있는 또 하나의 나, 황금 깃털을 가진 그 또 하나의 나를 그들에게 까보일 수는 없는 노릇이다. 또 설사 까보인다 하더라도 세상살이 하는 데는 오히려 거추장스럽기 짝이 없는 그 고뇌의 깃털이 그들에게 무슨 소용이 있단 말인가. (중략) 나는 나 스스로 내 맘 속에 흩어져 있는 빛의 다발, 그 황금 깃털을 뽑아던지지 않을 수 없다.

— 서영은 「황금 깃털」(1980)

해질녘이면 강으로부터 소나무 숲으로 길게 선을 그으며 날아가던 흰 새의 모습은 보이지 않았다. 오후 다섯 시와 여섯 시 사이의 —그것은 명혜가 인생에 대한 어떤 막연한 느낌을 갖는 시간이기도 했다— 한없이 느린 흐름과 투명한 긴장 속을 흰 새는 아직 햇빛이 흐르는 강으로부터 그늘에 잠기는 숲을 향해 날개를 퍼덕이며 천천히 날아가곤 했다.
명혜가 그 새를 발견한 것은 오래전이었다. 그날 명혜는 부엌 선반에 얹어 놓은 작은 노트에 '오후 다섯 시와 여섯 시 사이, 흰 새는 강에서 숲으로 간다'라고 적어 넣었다.

— 오정희 「야회」(1981)

나는 그때 비로소 그의 과묵함이 단지 말없음을 뜻하는 게 아님을 알아챘다. 우리의 말없음이 묵인 내지 일종의 메스꺼운 타협을 의미하는 데 반해, 그의 것은 그 속에서 남모르는 뭔가를 홀로 키우고 있을 듯 싶은 그런 것이었다. (중략) 그의 과묵함은 자신이 싸우려고만 든다면 적을 단번에 쓰러뜨릴 수 있다는 것을 확신하는 맹금류의 의젓한 조용함과도 상통하는 바가 있었다. //
나는 나의 새에게 펠리칸이란 이름을 붙여주기로 했다.

— 서영은 「삼각돛」(1984)

그것은 환희의 빛깔이야. 짙은 초록의 등을 가진 은빛 물고기떼. 화살처럼 자유롭게 물속을 오가는 자유의 떼들. 초록의 등을 한 탱탱한 생명체들. 서울에 와서 다시 나는 그들을 만났지. 그들은 소금에 절여져서 시장 좌판에 얹혀져 있었어. 배가 갈라지고 오장육부가 뽑혀져 나가고.

그들은 생각할 거야. 시장의 좌판에 누워서. 나는 어쩌다 푸른 바다를 떠나서 이렇게 소금에 절여져 있을까 하고. 하지만 석쇠에 구워질 때쯤 그들은 생각할지도 모르지. 나는 왜 한때 그 바닷속을, 대체 뭐 하러 그렇게 힘들게 헤엄쳐 다녔을까 하고.

— 공지영 『고등어』(1994)

"실론 지방에 살고 있는 학명 아나바스 스칸덴스라고 하는 물고기는 물에서 산다는 자연의 법칙을 완전히 무시한 채 자유의사로 강에서 나와 언덕으로 올라 마른 육지를 이리저리 다니는데, 때로는 그 거리가 1킬로 반이나 되며, 일주일간이나 물을 떠나도 생명에는 별 지장이 없다고 한다. 이 물고기의 골을 쪼개어보니 마치 달팽이와 같은 뼈가 있었는데 그 안에 많은 물을 저축하고 거기서 보급되는 물로 일주일간이나 물을 떠나 있어도 생명을 유지할 수가 있다고 한다"(중략) 아나바스 스칸덴스, 물고기는 물에서 산다는 자연법칙을 무시한 채 언덕에서 물 없이 사는 물고기들.

— 김승희 「아나바스 스칸덴스」(1994)

지금 어디에 고래가 갈까. 어느새 어둠이 내린 바다를 바라보며 나는 고래의 기척을 느껴보고 싶다. 시대가 수몰시켜버린 거대한 수장을 뚫고 그래도 아직 묻히지 못한 것들이 있어 무의식과 기억의 흑들을 몸 안에 주렁주렁 종유석처럼 매단 몸으로, 검고 머나먼 바닷속을 헤엄쳐가고 있는 많은 영혼들이 있다. 묻힐 수 없는 꿈들이 있어 육중한 몸을 밀어 깊이를 알 수 없는 어두운 바닷속을 남모르는 해저 속을 헤엄쳐가고 있을지도 모른다. 가다가 가끔씩 궁전 같은 숨의 물푸레를 뿜으며 숨을 쉬기도 하고 무의식의 깊이를 박차고 한번쯤 솟구쳐 올라 자신의 잊힐 수 없는 말을 하고야 만다. 그러자 어딘가 지금도 인간의 해안 가까이 바닷속을 배회하면서 회색의 고래들이 각자 명동성당만한 기도와 슬픔을 등에 지고 우리를 따라오고 있는 것 같은, 가까운 육중함의 북소리 같은 숨소리가 아스라하게 들려오는 듯했다. 둥, 둥, 둥…

— 김승희 「회색고래 바다여행」(1996)

허리께까지 차오르는 물. 그 부드러움. 메기며 붕어들이 숨어 있던 수풀. 우리가 파리라고 불렀던 날씬한 은빛 물고기들이 물 속에서 톡톡, 거릴 때면 언니, 저기… 하며 웃던 목소리. 생각해 보면 그 마을엔 어디에나 그렇게 부드러운 물이 흘러 다녔다. (중략) 머리가 헝클어지면 얼굴을 하늘에 두고 물 위에 동동 더 한참 떠내 려가면 빗살이 고운 빗 가지고 빗질을 오래 한 것보다 훨씬 더 단정하게 머리 손질이 되기도 했지. 물 속에 여름날들.

-신경숙 「그는 언제 오는가」(1997)

분명히 꿈을 꾼 게 아니었다. 그렇게 마음을 정하자 이상할 정도로 마음이 차분 해지고 있었다. 나는 토끼풀을 집어들었다. 그리고 두꺼운 커튼을 젖히고 창문을 열었다.

가라, 아주 멀리 가버려라.

그렇게 속삭이면서 토끼풀을 창문 밖으로 휙 던졌다.

그것은 죽은 한상미의 영혼이었을까, 아니면 반짝거리며 떨어지는 내 눈물이었 을까. 나는 설핏 희디흰 작은 새 한 마리가 허공을 향해 푸득거리며 솟구쳐 날아가 는 것을 보았다.

-조경란 「식물들」(1998)

따가운 햇살이 어깻죽지에 내리꽂혔다. 눈을 감았다. 잠이 쏟아지기 시작했다. 사지를 벌린 채 봉분을 끌어안고 꼼짝도 하지 않았다. 어디선가 푸드덕, 먼 바다를 향해 비상하는 새의 기척 소리가 들려오고 있었다. 흰깃털 하나가 그의 머리 위로 툭 떨어져내렸다.

-조경란 「오늘의 요리」(1999)

새털구름들을 휘장처럼 거느린 붉은 해가 저쪽 하늘에 둥그렇게 떠 있었다. 마 침내 해를 발견한 기사에게처럼 생애 처음 해를 보았을 그 순간처럼 내 몸으로 수없이 많은 빛이 한꺼번에 떨어져 내리고 있었다. …나는 목에 걸고 있던 망원경 을 들어 목표물을 겨냥해 시위를 당기듯 신중하고 침착하게 소나기처럼 빛을 퍼붓 고 있는 태양을 향해 초점을 맞추었다. 어느 한순간 눈앞으로 흰 빛무리가 쏟아져 들어왔다. 나는 부신 눈을 한번 훔쳐내고 다시 망원경을 들었다. (중략) 겹겹의 띠를 두른 그 빛 속에서 새들이 날아다니고 구름과 별들이 떠 있고 사람들은 집을 짓고 날마다 그 속을 횡단하고, 그 천지를 지나 태양과 별에서부터 오는 빛으로 세상은 온통 반짝거리고 있었다.

-조경란 「망원경」(2000)

벌써 수심 24미터까지 내려와 있다. 깊은 곳에서는 빛이 감소하기 때문에 시야가 좁아들고 보이는 색도 줄어든다. 그는 라이트를 켠다. 플랑크톤과 해파리들이 너울너울 춤추듯 지나간다. 엉킨 헝겊 모양의 해파리를 평생 바다를 표류하며 산다. 조금 더 어두운 곳에서는 빛을 쏘아대는 전등해파리도 볼 수 있을 것이다. 눈부신 은빛 배를 드러낸 가오리들이 가늘고 긴 꼬리를 흔들며 머리 위로 느리게 지나간다. //

그는 잠에서 깨어난다. 수심 40미터의 바닷속처럼 사위가 어둡다. 몸을 일으켜 세우다 말고 쿵 소리를 내며 주저앉는다. 다릿맥이 쑥 빠져나간 것처럼 좀체 하반신에 힘이 들어가지 않는다. 두 팔로 바닥을 짚은 채 상체를 세우며 발 아래를 굽어본다. 허리 밑으로 수없이 작은 빛들이 길고 유연한 형체를 이루며 반짝거리고 있는 것이 보인다. 그는 눈을 비빈다. 그것은 눈을 찌를 듯 온통 은빛으로 빛나는 물고기의 비늘이다.

— 조경란 「물고기 아파트」(2000)

수천 년 전, 이 산야에 터를 잡고 농경을 시작했을 고대인들. 푸른 청동의기에 농경 그림과 바다오리를 그려 넣음으로써 풍요를 기대했던 사람들. 가을이면 어김없이 찾아오는 철새를 보며 천둥새 전설을 만들어낸 사람들. 그들은 농경으로 얻은 놀라운 수확물에 얼마나 찬탄했을까. 늘어난 낟알이 언제까지고 자신들을, 혹은 그 자손들을 풍요와 행복 속에 살아가게 해주리라 믿었을까. 그랬을 거다. 남아도는 양식이 폭풍과도 같이 돌변해 평화로운 공동체를 파괴하고, 지배자와 노예를, 전쟁과 기아를 낳게 된다는 걸 상상인들 했겠는가.

까마득한 우주로 날아가 인간의 소망을 하늘에 전했다는 천둥새. 그 오리의 후예인 가창오리 떼는 어쩌자고 이 어두운 밤 난데없이 울어대는 걸까. 최첨단 시설물에 서식지를 빼앗기게 된다는 걸 이미 아는 것일까. 익어가는 풀씨들이 발밑에서 사락거렸다. 다음 해 봄이면 시멘트와 콜타르 속에 갇혀버릴 씨앗들이 그의 마음을 무겁게 했다. 안산의 짙은 윤곽선 너머, 어둠이 파괴되어 부옇게 퇴색한 하늘을 향해 그는 길게 숨을 내쉬었다.

— 김재영 「사라져버린 날들」(2001)

'연어는 말이다, 강가에 남지 않고 멀리 드넓은 바다로 떠난 연어들은, 가장 몸집이 작은 치어들이었단다. 이상하지? 거친 파도를 이기려면 영양상태가 좋아 몸집이 크고 튼튼한 놈들이어야 할 텐데 말이야. 하지만 등에 기름이 낀 치어들은 민물에 남아 안주하는 법이란다. 더 절박하고 더 많이 갈구하는 치어들만이 새로운 삶의 터전을 찾아 떠나지.'

긴 여정의 고통을 견디어내는 힘이야말로 거친 환경에서 짓눌려본 무지렁이의 꿈에서 비롯되는 거란 뜻이었을까. 타오르는 원한과 분노를 양식 삼은 먼 길……

　　　　　　　　　　　　　　　　　　　　　　　－김재영 「치어들의 꿈」(2001)

푸르른 선샤인 해변을 배경으로 찍은 사진이었다. 고래의 앞모습은 보이지 않고 하늘로 부채처럼 활짝 펼쳐진 거대한 꼬리 아래로 검은 잠수복 차림의 젊은 남자 스무 명쯤이 혼신의 힘을 다해 고래를 바다로 밀어 넣고 있는 모습이 찍혀 있었다. 푸른 바다와 검은 잠수부 차림의 인간의 얼굴, 그리고 천진난만하게 펼쳐든 아기 고래의 암회색 꼬리가 어우러진 장면이 주는 놀랍도록 평화로운 느낌은, 그야 말로 지독하게 낯설었다.

　　　　　　　　　　　　　　　　　　　　　　　－정미경 『장밋빛 인생』(2002)

법랑을 바다 속에 던졌다. 형과 여자를 던졌다. 그리고 죽은 내 몸뚱이도 던졌다. 죽은 형은 이제 어느 곳에도 존재하지 않을 것이다. 어느 곳에도. 가벼웠다. 존재감을 느낄 수 없을 정도로 한없이 가벼워졌다.

바다에서 등을 돌리려는 순간 먼 바다에서 수면 위로 튀어오르는 돌고래 떼가 보였다. 돌고래의 푸른 등짝이 햇살에 반짝였다. 돌고래들은 한동안 배 옆을 따라 오다 사라졌다. 돌고래가 사라진 자리, 맥박 치듯 철썩이며 일어나는 포말 속에 형의 얼굴이 보였다. 형은 하얀 이를 드러내고 하염없이 웃고 있었다. (중략) 잘 가라, 어디든지. 잘 가라.

　　　　　　　　　　　　　　　　　　　　　　　－천운영 『잘가라, 서커스』(2004)

너를 내려다보는 너의 주변으로 서서히 빛이 몰려든다. 그 순간, 무엇으로도 표현할 수 없던 인간의 진실이 허공에 형상을 드러낸다. 그것은 눈부신 위족을 이용해 미세하게 움직이는 신비한 생명체처럼 너의 고뇌와 불안과 절망이 하나로 응집되어 살아 움직이기 시작한다. 분홍빛 기운에 휩싸인 투명한 젤리처럼, 아름답고 우아한 무정형의 생명체처럼, 이윽고 너는 빛의 중심이 되어 서서히 날아오른다. 멀리, 네가 찾아가야 할 인간들의 처소가 비로소 길을 만든다.

리아논의 새.

　　　　　　　　　　　　　　　　　　　　　　　－이평재 「리아논의 새」(2005)

폭 2미터 길이 5미터쯤 되는 크기였다. 그 액자 속 고래들은 모두 위쪽을 향해 머리를 두고 있었는데 아마도 무리지어 헤엄치는 광경을 그린 듯 했다. 큰 고래 안에 작은 고래가 그려진 그림은 새끼 밴 어미고래를 묘사한 듯 했다. 몸 안에 작살이 그려진 고래는 작살을 맞은 듯 했고, 고래 몸통 뒤로 무수히 작은 선이 그려진 고래는 물 뿜기를 하는 모양이었다. //

내가 지금 두렵고 답답하다면 처음 혼자 서는 순간에 있기 때문일 것이다. 그리고 죽는 날까지 처음은 거듭 찾아올 것이다. 왕고래집 할머니를 보며 나는 또 한 가지를 기억하기로 했다. 아직 일어나지 않은 일들에 대해 두려워하기 보다는 그 일들을 잘 맞을 준비를 하기로. 몸속에 작살을 꽂고 다니는 백 사십 살 먹은 고래한테도 아직 일어나지 않은 일들이 있을 것이다. 그리고 고래도 괜찮을 것이다.

— 김형경 『꽃피는 고래』(2008)

새들은 영원의 언어로 울지요. 이것은 진상이 아니라는 듯, 현재의 묶인 매듭을 풀어 어딘가로 물어가는 듯이 울어요. 어제의 무게를 내려놓아라. 그러지 않으면 추락한다… 그것이 내가 들은 새의 전언이에요. 새들이 허공으로 가벼이 날아오르면, 그때, 나를 보여줄게요.

뱀이 허물을 벗듯, 생의 바깥으로 나가 외기에 나를 내맡길게요. 한 겹 한 겹 남김없이 탈피할게요.

— 전경린 『풀밭 위의 식사』(2010)

죽어서 남길 것이라곤 빚뿐이었다. 엄마들이 꼬박꼬박 돈을 보내줘도 텅 비어만 가던 잔고. 휴학과 복학을 반복하며 아무리 벌고 벌어도 채워지지 않던 돈의 자리. 학교에 앉아 전공강의를 듣다 보면 괜히 불안해졌다. 내가 지금 이러고 있을 때가 아닌데. 돈을 벌어야 되는데. 걱정은 잠도 집어삼켰다. 잠자는 시간이 아까웠다. 밤엔 잠을 못 자고, 대낮엔 선 채로 자주 졸았다. 짧은 잠 속에 매번 등장하던 기괴한 심해 생물체. 그것에 블루 플라이란 이름을 붙이고, 아름답다, 아름답다, 주문을 걸었다.

— 최진영 『끝나지 않는 노래』(2011)

보라, 하늘을.
아무에게도 엿보이지 않고
아무도 엿보지 않는다.
새는 코를 막고 솟아오른다.
얏호, 함성을 지르며
자유의 섬뜩한 덫을 끌며
팅! 팅! 팅!
시퍼런 용수철을

튕긴다

—황인숙 「새는 하늘을 자유롭게 풀어놓고」(1988)

나뭇가지에 앉아 있는 한 마리 새, 소리 높여
지저귄다 뼈 속은 공기를 가득 채워 가볍다
발가락을 움직이는 힘줄 튼튼하다 그렇게 앉아
사람처럼 사물을 본다 먹이가 있는 곳, 상대가
있는 곳, 쉴 수 있는 곳을 기억한다

반복한 것 믿어 새롭고 낯선 것 경계한다
기척에 놀란 새가 퍼드덕, 파도치는 모양으로
상승한다 그러면서 몸을 가볍게 하기 위해 배설한다

—안정옥 「새」(2003)

커다란 날개를 펴고 허공의 강풍을 따라
천천히 비행하는 섬새는 나의 알바트로즈이다
그는 때로 강풍을 좇아 멀리 비행하기를
마다하지 않는다, 강풍을 만나므로
작은 섬새들이 알지 못하는 기능을 갖고
며칠씩 해안을 따라 이동하면서
나의 알바트로즈는 배고픔보다 중요한
그의 아름답고 유연한 비행을 보여준다

—김신영 「나의 알바트로즈」(1996)

이상하지요
그 작은 새가 내 몸속을
덩굴 식물처럼 감아버릴 수 있다니
숨이 차요 당신이 내 몸에서
산소를 다 마셔버렸나 봐요
너무너무 숨이 차면 부웅 날아오를 수 있다는 거
아셨나요

그런데 참 꿈속에서 새가 된 적 있었나요
눈알이 쏟아질 듯 불거지고

쪼그려 앉은 무릎이 펴지지 않던 적 있었나요
무엇보다 날개가 돋으려는지
휘젓는 팔이 한없이 펄럭거린 적 있었나요

아무래도 내가 새가 되려는가 봐요

　　　　　　　　　　　－김혜순 「새가 되려는 여자」(2004)

그가 모르는
새가 있다
뜨거운 피가 굶주려
캄캄한 가지에서
펄떡이는 심장으로 날아가 꽂힐
그래, 피 없는 새

하지만 끝내 말하지 않겠다

　　　　　　　　　　　　　　　－강기원 「새」(2005)

방안이 캄캄했다.
부드럽고 윤기 있게 캄캄했다.
방안이 뭔가 보드랍고 말랑말랑한,
그러면서도 단단한 것으로 가득차 있었다.
천정 못 미쳐서 두 개의
그윽한 램프가 이윽고 켜졌다.
잠시 후 한 쪽 램프가 살짝 꺼지자
마치 커다란 눈동자가 윙크한 것 같았다.

커다란 예쁜 고래 한 마리가
내 방에 들어와 있었다.

　　　　　　　　　　　　　－최승자 「고래 꿈」(1989)

　등푸른 바다 파도소리 들리는 듯 어디로 갈지 꼬리를 흔들며 아래로 자꾸 내려가
면 그 끝, 어디 다도해 뜰지 몰라 멀리 해변을 꿈꾸던 시절 그곳은 또 얼마나 멀었
는지 모래밭에 속까지 다 내려놓고 뛰어들고 싶던 그 무엇이, 자꾸만 뒤돌아보며
누가 등을 밀어 온 것은 아니라고 밀물 속으로 성큼 뛰어들지 못해 생각하면 내

여린 몸짓과 푸른 속을 탐내는 내 눈빛 파랗게 질려 눈앞의 물결보다 더 긴 물길이
늘어선 안 보이는 해안도 당겨보지만 어느 수평선 생의 한 물길을 지나 당도할
항구는 어디일지 제방의 끝 어느 섬일지 수면 가까이 물새들 꿈결처럼 내려와
짧게 눈앞을 스쳐가버렸어도 나, 오래 마음을 들어올려 속삭이던 무슨 꽃잎 같은
포말을 그 물살을 그리워할 때

—천양희 「空魚」(2011)

　봅슬레이 속도로 엄습하는 물살, 무지개송어 빛 오라, 사방에서 물이 차오르고
심해의 비밀을 발설하듯 여자가 숨을 참으며 겨우 입을 달싹인다 넌 누구냐? 분자
처럼 반짝이는 발광해파리 떼, 천장에서 황급히 꼬리를 감추는 풍선뱀장어 넌 범
고래에게 찢긴 채 쫓기던 혹등고래였잖아, 가장 신비롭고 아름다운 소리로 바다를
매만지는 너의 울음을 한 순간도 벗어날 수 없었지 오늘은 내가 어깨를 빌려 줄게

—문혜진 「혹등고래」(2007)

더 추워지기 전에 바다로 나와
내 날개 아래 출렁이는
바다 한가운데 낡은 배고 가자
갑판 가득 매달려 시시덕거리던 연인들
물속으로 퐁당
물고기들은 몰려들지. 조금만 먹어볼래?
들리지? 내 목소리, 이리 따라와 넘어와 봐
너와 나 오래 입 맞추게

—김이듬 「세이렌의 노래」(2007)

人魚들이 살고 있었다
막힌 길도 뚫려서 나가는 배수구

너무 아름다워 죽은 거라 생각했다
차가운 생선의
눈알이 유리를 쪼고 있었다

하마터면
붉은 아가미에 손을 넣으려 했다

안 되지 안 돼,
잡균이 득시글거리는 물 안

감탄부호를 앞지르는 그녀들

지느러미가 하느작거리는
어느새 꼬리를 보이며 등 돌리는

　　　　　　　　　　　　—진수미 「자정의 젖은 십자로」(2005)

소년이 내 목소매를 잡고 물고기를 넣었다
내 가슴이 두 마리 하얀 송어가 되었다
세 마리 고기떼를 따라
푸른 물살을 헤엄쳐갔다

　　　　　　　　　　　　　　—진은영 「첫사랑」(2003)

창백한 은발에 깊은 초록 눈을 가진
그런 소녀 말이야
흰올빼미의 정적이 흐르는 이마
부유하는 빙하의 고독이 잠시 머문 콧날
달싹일 때마다 깊은 사이프러스 향이 나는 차가운 입술
그 소녀를 만난다면
가장 추운 나라의 빙판 위에서 맨발로 춤출 거야
(중략)
눈보라 속에서 발끝을 세우고 춤추는 나는
이탈한 자의 폭포
정지 비행하는 매
재가 섞인 빙산의 에테르
새벽 3시
낙뢰에 영혼이 이탈한 흰올빼미

　　　　　　　　　　　—문혜진 「북극흰올빼미」(2007)

　한밤중에 목이 말라 냉장고를 열어보니 밤의 푸른 냉장고는 고장이 났고 나는
거기 머무를 수밖에 없었다. 어둠으로 불 밝히는 캄캄한 대낮, 갈퀴 달린 내 손톱은
빙산처럼 희게 빛나는 검은 저 삼각주를 박박 긁어대는데 내 음부에서 철철 피

흘렸다. 달콤 쌉싸래한 시럽, 붉은 고 촛농에 젖어 살빛 카스텔라는 곰팡 난 매트리스로 푹 번져가는데 그 위로 삐걱, 삐걱 소리를 내며 꿈틀, 꿈틀거리는 이봐요 고등어 부인 씨…… 그녀는 한창 자위 중이었다.

대지의 손을 빌려 뜨거운 혀와 같이 현란한 손놀림으로 그녀의 속속곳 속곳 속에 물살을 일으키는 그녀, 출렁출렁 밀려갔다 밀려오는 파도를 이불처럼 덮어쓰고도 푸들푸들 살 떨어대는 그녀, 그녀가 내게 윙크하는데 새까만 그녀의 눈동자가 데굴데굴 굴러오더니 가속도가 붙은 볼링공처럼 삽시간에 날 쓰러뜨리며 말했다. 너 하고 싶지?

—김민정 「고등어 부인의 윙크」(2005)

나는 독을 가졌네
복숭아꽃 피면 독이 퍼져 내 가까이 아무도 오지 않네
충동을 억제하지 못해 단 한번 강으로 가서 사랑을 하고
바다로 돌아왔네 따스한 봄날 사랑은 그것으로 끝나 나는
다시 강에 나가지 못했네 다시는 사랑을 보지 못했네
복사꽃 바람 따스한 강물 그런 것만 남아 있네

—안정옥 「황복어」(1995)

3.7. 거세된 날개와 지느러미, 박제된 삶

여성들의 한시에는 '새장 속에 갇힌 학[籠鶴]', '길러진 학[養鶴]'이 등장한다. 학은 흰 빛과 검은 빛으로 호의현상(縞衣玄裳. 흰옷에 검은 치마 입음)이라고 했고, 이마의 붉은 빛으로 단정학(丹頂鶴)이라고 불렸다. 학을 타고 신선이 하늘을 오르내린다고 하여 선학(仙鶴), 선금(仙禽), 태학(胎禽)이라고도 불렸으며, 학은 십장생(十長生)의 하나로 장수를 상징한다. 그러므로 선비들은 학을 좋아하였는데, 여기서 한걸음 더 나아가 야생의 학을 잡아 깃촉을 자른 뒤 날아가지 못하게 하고 길들여 집에서 길렀다. 마당에 놓아 기르거나 새장에 가두어 두기도 했다. 이른바 '새장 속에 갇힌 학[籠鶴]'의 이미지는 실제 곁에서 보던, 야생의

학이 사람에게 잡혀 날지 못하고 새장 속에 있는 모습에서 나온 것이다.

여성 한시에서 학은 탁월한 능력에도 불구하고 뜻을 성취하지 못하였거나 비극적 종말을 맞는 자의식을 투사한다. '길러진 학[養鶴]'이라 하여 높이 날지 못하도록 속날개가 가위질된 채 길러지는 학이 갖는 심상은 그렇게 비극적이다. '창강에의 꿈'이 금지된 채 거세되어서 한갓 완상용으로 살아가면서 허망하게 '구름 밖으로 나는 기러기'나 '하늘 높이 뜬 달'을 선망할 수밖에 없게 된 학은, 뛰어난 자질을 지녔으나 애초부터 원대한 포부를 갖지 못하도록 거세된 채 내당(內堂)에만 갇혀 살도록 강요된 여성적 삶을 비유한다. 그래서 잘못하여 이 세상에 속하게 되었다며 자신이 원래 있어야 할 세상을 그리워한다. (홍유한당 「養鶴」, 이매창 「籠鶴」)

자유롭게 살 수 없었던 옛 여성들은 대부분 자신의 생이 답답하고 비극적이라고 느끼는 경우가 많은데, 고전소설에는 이러한 여성들의 의식이 투영되어 있다. 특히 궁궐에 평생 갇혀 살아야만 했던 궁녀들은 일반 여성들보다 그 슬픔과 안타까움이 컸다. 어쩌다 마음에 드는 선비를 보았다 하더라도 정을 나눌 수 없고, 애절하게 겨우겨우 정을 나누다가 들켜서는 자결할 수밖에 없었던 어린 궁녀들의 마음을 대변하는 비유물이 새장 속의 새이다. (「운영전」)

현대문학에서 새와 물고기는 자유와 희망의 표상이 아니라 정반대로 절망과 비극의 기호로 등장하기도 한다. 이럴 때 잃어버렸거나 훼손된 새의 날개와 물고기의 지느러미는 일상에 붙박인 채 박제가 되어가는 여성들의 황폐한 삶을 상징한다.

새는 무력한 인간의 바람과 희구를 실어 나르는 전령사로서 인간과 초월적 존재를 매개하는 가공의 상징이기에 죽어 물 위를 뒤덮은 가창오리 떼나 차창에 부딪쳐 죽은 흰 새, '검은 휘장'처럼 하늘에 펄럭이거나 추락하는 검은 새들은 결핍과 불행의 암호로 읽힐 수 있다. 지상에서 내려온 천사의 날개와 비둘기가 공장에서 태워져 검은 연기로 기화하는 하강 모티프들은 상승하는 이미지와 대비되는 무기력하고 타락한 현실을 암시한다. 그리고 등장인물들은 이로부터 앞으로 닥칠 비극적인 운명에 대한 불길한 징후를 읽어낸다. (신경숙 『기차는 7시에 떠나네』, 김재영 「사라져버린 날들」, 윤성희 「터널」, 김숨 「카페, 천사」, 「룸미러」, 『철』)

새의 날갯짓이 출렁이는 생명의 약동을 의미하는 만큼 날지 못하는 새의 존재는 생명력을 잃어버린 인물의 구속된 현재를 상징한다고 할 수 있다. 길을 잃어버린 새, 날개를 잘린 새, 날개가 있어도 날지 못하는 새, 죽어가는 새, 물 밑에 엎드린 새는 모두 출구가 막힌 절망적 현실을 은유하며, 중력과 부력의 대립 속에 불안하게 떠 있는 새의 모습은 중심을 잃고 위태롭게 부유하는 여성인물의 분신이다. (오정희 「새」, 한강 「철길을 흐르는 강」, 윤효 「새」, 김숨 「새」 「흑문조」)

또 한편으로 여성인물은 지느러미가 거세된 물고기에 자신을 투영하거나 그것과 자신의 불구의 삶을 동일시한다. 이때 여성들은 소통할 대상이 부재하고 물질적 빈핍에 시달리며 삶의 궤도에서 이탈한 채 공전하는 절대고독의 상황에 놓여 있다. 여성인물은 어항 속 물고기나 물 밖에 던져진 물고기와 마비되고 침체된 자신의 영혼을 동일시한다. 자신에게 가해지는 일상의 폭력성에 대해 여성인물들은 더 이상 고통을 느끼지 못한다. 그들은 만성화된 폭력 앞에 그대로 노출된 채 황폐한 삶을 견디고 있을 뿐이다. 이들이 견디는 고통은 그들의 심장 안에 독(毒)을 만들고, 그 독은 심장을 내파시킨다. 때로는 섬뜩한 환각을 통해 일상에 도사리고 있다가 내습해오는 광기와 폭력성이 표출되기도 한다. 이런 여성인물들의 허황한 삶은 소설은 통점을 느끼지 못하는 물고기의 육체에 비유되고 있다. (이평재 「마녀물고기」 「푸른고리문어와의 섹스」, 권지예 『4월의 물고기』, 조경란 『복어』)

그러나 여성들은 불구의 몸, 속박된 삶이라는 땅의 경계에서 벗어나 불완전 하나마 공중부양을 꿈꾼다. 그리고 날지 못하는 새에서 퇴화된 날개의 흔적을 찾아내 비상의 염원을 담아 보낸다. 또 물고기의 영법에서 무거운 중력을 견디는 만큼의 부력이 삶에 내장되어 있으리라는 역설적 희망을 발견하기도 한다. 이것은 관습과 제도의 울타리에 갇힌 존재의 범속함에 대한 여성들의 항변이며 시원의 순수성을 향한 회복의 의지라 할 수 있다. (하성란 「촛농날개」, 조경란 「망원경」, 전경린 「메리고라운드 서커스 여인」, 윤성희 「이 방에 살던 여자는 누구였을까」, 권지예 「나무 물고기」)

나아가 여성인물은 하강하고 낙하하는 새의 이미지 속에서 고착된 현실의 악몽에 갇혀 행복의 감각까지 잃어버린 타인의 삶을 아프게 응시하고, 날개 없는 새의 부질없는 날개 짓에서 삶의 주박에서 풀려나고자 하는 인간의 처절한 희망을 읽어낸다. 그리고 그들이 욕망과 집착의 덫에서 벗어나 육탈(肉脫)하기를 바라는 마음을 다시 날아오르는 새의 환영에 담아낸다. (김승희 「마음 안나푸르나」, 전경린 「새들은 언제나 그곳에 있다」, 김재영 「미조(迷鳥)」 「물밑에 숨은 새」)

현대시에서도 날개와 지느러미가 거세된 여성들은 저항과 탈주를 시도하거나 감행한다. 현실과 일상은 비상하려는 새의 날개를 꺾고 자유롭게 유영하려는 물고기의 지느러미를 묶어 여성들의 삶을 '새장에 갇힌 새'와 '어항에 갇힌 물고기'로 억압하고 구속해왔다. 여성은 새장이라는 감옥에 갇혀 날개의 자유를 잃고 솟구쳐 오르기를 저지당한 채 박제되어 살아오면서 새장에 갇힌 것을 알지 못한 채 그저 사막 같은 일상에 길들여져 왔다. 투명한 유리창 밖 세상으로 자유롭게 비상할 수 있을 것 같지만 결국 유리창에 부딪쳐 온몸이 깨지기도 했다. 여성 화자들은 새장 밖으로 탈옥하려 하지만 늘 실패하고, 밤이면 하루 종일 억압했던 무의식을 새소리로 울어대며, 아름다운 공작새는 '육중'한 삶과 몸 때문에 날지 못한다. (천양희 「자화상」, 김길나 「공중에 걸린 유리벽」, 조말선 「새장」, 김혜순 「밤이 오면 식구들은 몸속의 새를 꺼내 나뭇가지에 걸어놓고 잠이 든다」, 조용미 「공작」)

지느러미도 본연의 아름다운 몸짓을 잃어버린 채 심해를 건너서도 결국 수족관에 이르게 되거나 유리관에 갇히고 말고, '인어'들은 현실의 식기세척기와 배수구 속에 살거나 통점을 잃은 물고기가 되어 식탁 위에서 숨쉴 뿐인 삶으로 박제된다. (김길나 「죽은 물고기의 살아 있는 머리」, 정끝별 「63빌딩 수족관」, 이사라 「내공」, 진수미 「머리 스무 개 달린 길조」)

> 어울려 울며 바람 속에 춤추고
> 마음대로 숲과 언덕을 거닐었는데
> 여섯 속깃 일찍이 가위로 잘려
> 짝지어 날려도 끝내 높이 오르지 못하네
> 구름 위 기러기 그림자 헛되이 시기하고
> 달나라 토끼 새인가 의심하네
> 창강의 꿈일랑 꾸지 말아라
> 서리 내린 흰 소매 뛰어나네
> 和鳴風裡舞 隨意步林皐 六翮曾經剪 雙飛竟未高
> 雲鴻漫猜影 月兎自疑毛 莫作滄江夢 霜添皓袂豪
> ─홍유한당 「길러진 학 養鶴」(19세기?)

새장에 한번 갇혀 돌아갈 길 끊겼으니
곤륜산 낭풍은 어디에 높이 있나

푸른 들에 해 지고 하늘 끊어졌으니

구령산에 달 밝아 꿈조차 괴롭구나

야윈 모습 짝 없이 수심에 홀로 서 있는데

황혼의 까마귀 수풀 가득 지저귄다

긴 털 날개 병들어 다할 때 재촉하며

슬피 울며 해마다 깊고 먼 늪 생각하네

一鎖樊籠歸路隔 崑崙何處閒風高 靑田日暮蒼空斷 縱嶺月明魂夢勞

痩影無儔愁獨立 昏鴉自得滿林噪 長毛病翼摧零盡 哀唳年年憶九皐

—이매창 「새장의 학 籠鶴」(16세기 후반~17세기 초반)

"그러나 우리는 지금 깊은 궁중에 꼼짝없이 갇혀 새장 속의 새처럼 있으면서 누런 꾀꼬리 소리를 들으면 탄식하고, 푸른 버들을 대하면 흐느끼곤 한다. 심지어 어린 제비도 쌍쌍이 날고 새집에 깃든 새도 두 마리가 함께 잠들며, 풀 가운데는 합환초가 있고, 나무 중에도 연리지가 있다. 무지한 초목과 지극히 미천한 새들도 음악을 품수하여 즐거움을 나누지 않음이 없다. 그런데 우리 열 사람은 유독 무슨 죄를 지었기에 적막한 심궁에 오래도록 갇히어 꽃피는 봄과 달뜨는 가을에 등불만 벗하면서 혼을 사르고, 청춘을 헛되이 버리면서 공연히 저승의 한만 남기고 있다."

而牢鎖深宮 有若籠中之鳥 聞黃鸝而歎息 對綠楊而獻欷 至於乳燕雙飛 栖鳥 兩眠 草有合歡 木有連理 無知草木 至微禽鳥 亦稟陰陽 莫不交歡 吾儕十人 獨 有何罪 而寂寞深宮 長鎖一身 春花秋月 伴燈消魂 虛抛靑春之年 空遺黃壤之恨

—「운영전」(17세기)

새장 속의 새는 그 노래를 따라 부르듯 조그맣게 울었다.

새 장은 무거웠다. 한줌 바람처럼 가볍고 작은 새가 들어 있을 뿐인데도 새장을 든 팔이 점점 무겁고 뻣뻣해졌다. 나는 새장 속에 새가 아닌, 무거운 돌멩이나 쇠붙이가 들어 있는 것이나 아닐까 의심하며 자주 허리를 굽히고 들여다보았다. (중략) 저무는 하늘로 작은 새들이 날아가고 있었다. 나는 자꾸 무언가 잊은 것만 같아 문득 멈춰서서 발밑을 무르춤히 바라보고 두 손을 쳐들어 빈 손바닥을 들여다보기도 했다. 새장을 어디다 놓았지? 새는 어디로 갔지? 사방을 둘러보며 큰 소리로 말해보았지만 전혀 기억이 나지 않았다. 한걸음씩 내디딜 때마다 어둠은 짙어졌다. 이 철길을 따라가면 세상 어느 곳으로라도 갈 수 있다고 아버지는 말했었다. 아버지도 이 길로 떠났을 것이다.

—오정희 「새」(1995)

나는 산꼭대기에 앉아 난쟁이부부가 간 먼 곳을 생각했다. 그곳은 어디일까. 누구나 고통 때문에 떠나는 아주 먼 곳. 나는 서른살이 되었고, 마침내 산꼭대기에 앉아 있었다. 어쩌면 그곳은 내 생의 가장 먼 곳이 아니었는지…… 서른이 지나면 누구나 조금씩 덜 고단해질 것이다. 더 이상 자기로부터 떠나려 하지 않기 때문에. 여전히 자신이 누군지 모른다 해도 이제 그런 삶에 익숙해지는 것이다. 한차례 바람이 얼굴을 후려치며 지나갔다. 감았던 눈을 떠보니 비단수건 하나가 저절로 풀려 바람에 날려가고 있었다. 비단수건 곁으로 누가 내던진 목련꽃들처럼, 흰새들이 하늘을 가르며 날아갔다. 시베리아를 지나왔거나, 시베리아를 지나갈 새들. 그들도 고통 때문에 떠나고 있는 것이다. 날개를 파닥이며 고단하게 자신을 밀어온 새들. 누군들 먼 곳에서 오지 않았으리. 우리는 누구나, 그곳에서 날고 있었던 것을.

—전경린 「새들은 언제나 그곳에 있다」(1996)

단단한 돌주먹으로 두꺼운 현관의 유리문을 내리치는 것 같은 소리가 들렸어. 소리를 지를 참도 없었어. 회색과 흰색의 깃털 몇점을 날리며 돌층계참으로 박새는 떨어졌어.

일직선으로 추락한 새는 두어 번 날갯죽지를 힘 있게 움직여보았지만 날지 못했지. 목이 부러진 것 같았어. 나는 새가 머리를 박은 두꺼운 유리문의 윗부분을 올려다보았어. 푸르른 버드나무숲의 그림자가 눈부시게 비쳐 있더군. //

새의 시체가 썩어나갈 때까지 나는 그것을 가지고 다녔어. 새의 온기가 사라지고 나자 이번에는 내 손의 온기가 그 싸늘한 새에게 옮겨졌고, 마침내 내 손이 새인지 새가 내 손인지 알 수 없어졌지. 더 이상 가지고 다닐 수 없을 만큼 시체가 부패했을 때에야 그것을 철길 끝 둔덕에 묻었어.

—한강 「철길을 흐르는 강」(1996)

"그럼 어떡해요?"

"어떡하긴. 날개를 잘라줘야지."

"날개?"

"으응. 초열풍절이라고 하늘을 날 때 가장 먼저 바람을 가르는 날개가 있어. 그것의 뿌리를 끊어주면 처음부터 너무 높이 날아오를 생각을 않게 되지." //

새들이 미친 듯이 날아오른다. 천장이라도 뚫을 듯 맹렬하게 솟구치다 철망에 머리를 쿵쿵 찧고 투두둑 떨어져 내리고, 다시 더 세차게 솟구쳐오르다 더 아프게 부딪쳐 떨어지고. 머리의 깃털이 뽑혀 풀풀 날리고, 사납게 광채를 뿜는 눈.

(중략) 이곳이 제 집이라는 걸, 영영 빠져나갈 수 없다는 걸 받아들이면 편안해질 텐데.

—윤효 「새」(1997)

"웬 새떼야?"

옆에 서 있던 일행이 흰 팔뚝을 들어올리며 저기 좀 봐, 했을 때서야, 나는 윗옷섶에 끼워 가지고 다니던 도수가 들어간 선글라스를 쓰고서 하늘을 향해 치솟아 있는 목탑 주변을 올려다보았다. 뭔가가 휘날려 어지럽다 생각했는데 그 휘날리고 있는 물체는 검은새의 무리들이었다. 수천 마리, 수만 마리는 될 듯싶었다. 그러잖아도 퀴퀴한 냄새를 풍기는 목탑에 수만 마리는 될 듯한 새떼의 그림자가 어른거리자 내 눈에 목탑은 더욱 음산해 보였다.

"무슨 새예요?"

"글쎄, 제비떼인가?"

나는 목탑에 올라가는 일을 포기했다. 새떼를 바라보고 있는 사이, 처음엔 빗장뼈가 움찔거리는 것 같더니 이내 어지럼증이 몰려와 몸이 휘청거렸던 것이다.

—신경숙 『기차는 7시에 떠나네』(1999)

잘 들어라. 새들만 하늘을 날 수 있단다. 사람은 절대로 날 수 없다. 단지 넌 다른 아이들에 비해 체공시간이 조금 길 뿐이란다. 어머니를 모셔오겠지? 하지만 너의 어머니는 매일 저녁 일곱 시에 집으로 돌아온다. 엄마는 학교에 올 수 없어요. 하루 결근이면 삼 일치 월급을 까니까요. 선생님은 하는 수 없이 하늘을 날고 싶다는 너에게 칠판 가득 글씨를 쓰게 한다. 너의 작은 키 때문에 "사람은 하늘을 날 수 없다"는 글자는 칠판 절반만 가득 메운다. 선생님은 글씨를 쓰고 있는 너의 뒷모습을 바라본다. 그래서 아이들이 널 참새라고 부르는구나.

—하성란 「촛농날개」(1999)

아주 못생긴 새다. 화려한 날개를 가진 공작에 비하면.

나는 무뚝뚝하게 말했다.

그렇지 않다. 언젠가 케냐를 여행할 때 어느 호수 주변에서 홍학의 서식지를 본 적이 있다. 저렇게 땅 위에서는 뒤뚱거리는 것처럼 보이지만 홍학들이 수면을 탁 차고 하늘로 오르는 순간에는 정말 기막히도록 우아한 자태로 변한다. 큰 천둥소리를 내면서 수천 마리의 새들이 한꺼번에 하늘로 날아오르는 모습을 한번 상상해봐라. 분홍빛 구름이 연상되지 않니?

그는 내가 그의 언어를 알아듣기 쉽도록 느린 속도로 말하고는 우리 안에 갇혀 춤을 추고 있는 홍학들이 금방이라도 하늘을 향해 날아오를 것을 기대하는 듯 먼 곳을 향해 눈길을 던지고 있었다.

—조경란 「망원경」(2000)

"(전략) 꼭 그런 게 아니라도 그 여자는 뭐랄까, 자신의 말대로 이 세상에 잘못 태어난 생물 같았어요. 다음 생에선 뭐 물고기로 태어날 거라고 늘 농담을 하곤 했죠. 사람들과 잘 어울리지도 못했고, 생활을 즐기지도 못했고, 늘 혼자만의 세계에서 안간힘을 쓰고 살았어요. 가여운 여자예요. 그렇다고 그 여자를 비겁하다고 욕하기도 뭣해요. 나름대로 피를 흘리며 산 거니까요. 참 힘겨워 보였거든요. 이 땅 위에서 마치 물고기의 아가미로 숨을 쉬는 것처럼. 비유를 하자면 그렇다는 거지요." //

하지만 남자는 또 가만히 생각해보는 것이다. 무거운 중력만큼 또 그만큼의 부력이 삶에는 항상 내장되어 있는 거라고. 그걸 믿지 못하면 뜰 수 없다는 것을 전직 수영강사인 남자는 몸으로 잘 알고 있지 않은가.

—권지예 「나무 물고기」(2001)

여자는 아무 말 없이 멀리 바다 쪽으로 눈길을 주었다. 가창오리 떼가 저물어가는 수평선 위로 날아오르고 있었다. 시월 중순 이후 계속 불어난 오리 떼는 이제 수천 마리에까지 이르렀다. 마을 사람들이 미처 거둬들이지 못하고 떠나버린 들녘의 낟알들이 그토록 많은 오리 떼를 불러 모으는 모양이었다. 가창오리 떼는 구름처럼 겹쳐졌다 흩어지기를 반복하며 빨간 노을 속에서 유려한 군무를 펼쳤다. //

다음날 아침, 그는 깍지벌레들이 알을 낳는 갈대밭을 지나 바닷가로 산책을 갔다. 죽은 가창오리 수천 마리가 수면 위에 까맣게 떠 있었다.

—김재영 「사라져버린 날들」(2001)

나는 죽은 물고기를 건져 화장실 변기에 넣었다. 물고기는 나를 향해 배를 드러냈다. 배는 오이씨처럼 하얗다. 갑자기 오줌이 마려웠다. 물고기가 잃어버리고 온 그 넓은 바다가 내 방광으로 옮겨진 듯 너무나 엄청난 요의였다. 아주 오랫동안 오줌을 누었다. 변기의 버튼을 누르자 바닷물이 물고기를 휘어 감으며 사라졌다. //

물고기는 헤엄치는 법을 잊어버린 듯했다. 젓가락으로 건드려도 이젠 움직이질 않았다. 나는 물고기를 건져 손바닥 위로 올렸다. 아가미 움직이는 것이 보였다. (중략) 나는 하늘을 향해 물고기를 던졌다. 물고기는 긴 포물선을 그리며 아래로 떨어졌다. 잠시 후, 나뭇가지 틈에서 새 한 마리가 날아올랐다. 자세히 보니 날개에 아직 비닐이 가시지 않았다.

—윤성희 「이 방에 살던 여자는 누구였을까」(2001)

장이 본 것은 흰 새였다. 희끗한 무엇인가가 차 앞 유리에 스쳐 지나갔는데, 장은 그것이 흰 새라고 생각했다. 아주 잠깐이었지만 분명 날개를 보았다. 흰 새를 보는 순간, 자신도 모르게 브레이크에 발이 가기도 했었다. //

뒤따라오던 승용차가 지나가면서 뭐라고 욕을 해댔다. 장은 자신이 본 것이 흰 새였는지 아니었는지를 다시 생각해보았다. 어떻게 새가 달리는 차에 앉을 수 있담. 장은 차에서 내려 앞 유리를 보았다. 황사 때문에 먼지가 뿌옇게 쌓여 있었다. 거기에 아주 희미하게 무엇인가가 스쳐 지나간 자국이 보였다.

—윤성희 「터널」(2001)

오르가슴에 빠진 여자는 물고기처럼 입을 뻐끔거렸다. (중략) 나는 여자의 쇄골에 입술을 갖다 대고 깊은 숨을 들이마셨다. 그러다가 소스라치게 놀라 머리를 들어올렸다. 여자의 몸에서 그 동안 나를 미치도록 유혹하던 신비스런 바다 냄새가 사라지고, 코를 찌르듯 역한 냄새가 풍겨나온 때문이었다. //

도로 위에는 트럭에서 떨어져나온 파편들이 널브러져 있었다. (중략) …그 상자 안에서 튀어나와 꼬리지느러미로 빗물이 흐르는 바닥을 철썩철썩 때리며 몸을 뒤치고 있는 크고 작은 생선들… (중략) 그리고 마침내 자신의 몸을 상대의 몸 안으로 송두리째 박아 넣은 뒤, 죽어버렸거나 죽어가는 먹이를 안에서부터 먹기 시작한다는 거였다. 결국 먹이는 껍질과 뼈만 앙상하게 남게 된다는 섬뜩한 이야기였다.

—이평재 「마녀물고기」(2001)

그때였다. 푸른고리문어의 적갈색 머리가 검은색으로 변하기 시작했다. 푸른고리문어의 찢어진 머리통과 그녀의 헝클어진 머리카락이 번갈아 나타났다 사라지는 것을 보며 나는 심한 어지럼증을 느꼈다. //

나는 구멍 속의 구멍을 향해 조심스럽게 가운뎃손가락을 갖다 댔다. 그러자 손가락이 미끄러지듯 깊숙이 빨려들어갔다. 푸른고리문어와 그녀, 그녀와 나, 나와 푸른고리문어가 일체가 되는 순간이었다.

—이평재 「푸른고리문어와의 섹스」(2001)

어디선가 피리 소리가 들려온다. 아니, 동박새 소리다. 나는 고개를 들어 하늘을 본다. 작고 새까만 것이 하늘에 떠 있다. 미조(迷鳥)다.

폭풍 속에서 길을 잃은 새는 위태롭게 포물선을 그리며 내려와 흔들리는 나뭇가지에 앉으려 버둥댄다. 그러나 바람은 쉬지 않고 거칠게 불어댄다. 새는 거센 바람에 곤두박질치더니 또다시 먼 데로 떠밀려 간다.

— 김재영 「미조(迷鳥)」(2002)

여자는 커다란 새장 속에 갇힌 채 아주 먼 나라, 동유럽의 어느 나라에 있는 서커스단으로 간다는 말을 들었습니다. 여자를 태운 배가 떠날 때 손을 흔들어주는 사람은 아무도 없었습니다. 류와 최모도 섬에서 사라진 지 오래였으니까요. 여자는 앵무새가 든 작은 새장과 찻주전자를 꼭 쥐고 있었습니다. 그날은 11월의 첫날이었어요. 공중에 여러 장의 유리가 낀 듯, 금세라도 쨍하며 깨어져내릴 듯, 맑은 날씨였지요.

— 전경린 「메리고라운드 서커스 여인」(2003)

뜻밖에도 사내는 어릴 적 자기 집 거실로 들어왔던 멧새에 관한 이야기를 했다.
"처음에 난 새를 밖으로 내보내려고 애썼소. 빗자루를 들고 연신 워워, 쫓았는데 새는 번번이 벽에 부딪히면서 실내로 더 깊이 날아들더군. (중략) 노랑부리에 보드랍고 따뜻한 갈색 깃털을 지닌 새였는데 내 손안에서 파르르 몸을 떨구더군. 몸속으로 전류가 흐르는 것 같았지. 아버지는 큰 고목나무에 새장을 사다 걸고 모이와 물을 줬소. 하지만 새는 아무것도 먹지 않고 밤새도록 울어댔지. 예리한 칼날로 살갗에 상처를 낼 때처럼 가늘고, 높고, 절망적인 소리로. (중략) 새는 그 부드럽던 깃털이 다 빠진 채 죽어 있더군. 배를 드러내고 앙상한 발을 가지런히 모은 채. 밤새 쇠창살에 몸을 부딪치며 날아오르려고 발버둥 쳤나 본데……."
사내는 자신을 창문으로 잘못 들어온 새라고 여기고 있는 걸까? 그래서 그토록 퇴원하겠다고 억지를 부렸던가? 그렇다면 여자와는 정반대였다. 여자는 일부러 온실 속으로 찾아든 새와 같았다. 바깥세상의 찬바람과 뙤약볕, 절망, 그리고 사랑과 꿈. 그런 것들로부터 벗어나 3인 병실로 날아든 뒤 좀처럼 나가려들지 않는 새.

— 김재영 「물밑에 숨은 새」(2003)

남편은 새장 속에 새를 가두어 키우듯 23평 아파트에 미향을 가두어둔 채 조금씩 조금씩 늙어가게 할 것이다. 아침저녁으로 모이를 넣어주고 목욕물과 모래를 정기적으로 갈아주며… 결혼 기념일이나 미향의 생일 같은 특별한 날에는 횟대나 둥지를 새것으로 갈아주듯이 드럼세탁기나 가스오븐레인지 따위를 선물할 것이다. //

목을 길게 뺀 채 새장을 훑던 미향의 눈길이 흑문조의 새장에 가 닿는 순간, 흑문조는 벼락을 맞은 듯 횃대에서 뚝 떨어졌다. 미향은 직감적으로 흑문조가 숨을 거두었음을 알아챘고, 탄식을 내지르듯 마른 입술을 벌렸다.

─김숨 「새」(2005)

이제부터는 한 번도 만져보지 못한 복어를 만질 것이다. 아베상에게 배운 것은 많았다. 눈으로 육감으로 정신으로. 먼저 복어의 몸에 꽂혀 있는 낚시바늘부터 빼내리라, 그러곤 망설임 없이 칼등으로 두 번 세게 내리쳐 기절시키리라, 주둥이를 자르고 대가리를 둘로 쪼개리라, 뇌를 제거하고 눈알과 등뼈를 분리하리라. 거기까지. 복어의 모든 것을 해체할 필요는 없었다. 거기까지가 그녀가 원하는 부분이었다. 복어의 독이 스며 있는 곳.

─조경란 『복어』(2010)

시멘트 바닥을 망치로 쿵쿵쿵 내리치는 소리가 부엌 쪽에서 들려왔다. 집 전체가 지진에라도 든 듯 흔들렸다. 잠깐 졸았을 뿐인데 꿈을 꾸었다. 내가 사려고 했던 흑문조가 꿈에 나타났다. 흑문조는 오른 다리마저 잃고 허공에 떠 있었다. 허공에 떠 있기 위해 악착같이 날갯짓을 했는데, 그래봤자 밥통만 한 새장 안이었다.

─김숨 「흑문조」(2011)

조롱 속에 거울 하나 넣어놓았더니
거울에 비친 제 모양을 제 짝인 양
생이 다하도록 잘 살았다는 문조(文鳥)
(중략)
그게 혹
내가 아니었을까

─천양희 「자화상」(2005)

어떤 사람이 유리벽을 나와
옥상으로 올라간다
새처럼 날렵하게 몸을 날린다
퍽!
새의 피 묻은 날개가 땅으로
떨어진다

─김길나 「공중에 걸린 유리벽」(1997)

슬픔의 플러그를 꽂고
인공감지기능으로 노래하였네
내가 던져주는 모이의 힘은
노래하는 데 바쳐졌네
세상의 악기는 감옥이었네
소리는 악기 속에 갇혀
꿈을 조율하였네
아름다운 노래는 그때
탈옥을 꿈꾸는 자의 탄식이네
창가에 감옥 하나를 걸었네

—조말선 「새장」(2002)

아침이 오면 우아하고도
아름답게 성경을 읽고
기도를 드리며
꽃무늬 양산을 받쳐들
아내 새도 모두 잠든 밤이 오면
가냘픈 나뭇가지 위에 홀로 서서
욕심껏
전력을 다해
난파선처럼 흐느낀다

—김혜순 「밤이 오면 식구들은 몸속의 새를 꺼내
나뭇가지에 걸어놓고 잠이 든다」(1988)

공작은 그 화려한 속에 갇혀
더할 수 없이 우아하고
또 슬퍼 보였다

붉은 왕관을 쓰고 혼례복을 입은 왕녀처럼
횃대 위에 앉아 있는 저 새는
날개 없는 것들의 육중한 비애를 알고 있을 것만 같다

—조용미 「공작」(2007)

당신이 당신의 식탁에서 권태로움을 몰아내려고 작은 혁명을 궁리하고 있을

때 이미 나는 죽었습니다. 그래요 당신의 진보적인 식욕을 축복하기 위하여 나는
당신의 식탁에서 계속 숨을 쉬고 있을게요 내 눈과 입에 차가운 수건을 덮어 씌우
고 바닷물에 숨죽여 떨어진 별의 푸른 눈물 한 방울로도 충분히 빛날 줄 알았던
나의 꽃비늘을 번개처럼 벗겨내는 요리사의 저 유쾌한 손가락 놀림
                                        —김길나 「죽은 물고기의 살아 있는 머리」(1997)

    정맥을 따라 심해의 물길을 따라
    푸르디푸른 실라칸스 한 마리가 내게 왔어

    안녕, 실라칸스! 넌 폐어야?
    왜 네 이름은 '속이 빈 뼈'야?
    도대체 여기서 어떻게 걸어나간 거야?
    한때는 물이었던, 한때는 지느러미였던
    한때는 그 무엇의 털투성이 발이었던
    한때는 맥박소리를 내며 밤새 젖 빠는 소리를 냈던
    오, 미끌미끌한 진흙의 숨 덩어리
                                        —정끝별 「63빌딩 수족관」(2008)

    유리관은 차갑고 미끄러운 가상현실이야
    그는 머리를 쿵쿵 부딪치며 생각한다
    퇴로가 막힌 꼬리로는 꾸준히 물을 가르며
    한 세상을 소리도 못 내고
    뻐끔거린다
                                        —이사라 「내공」(2002)

    물고기가 놀고 있어요. 식기세척기 안에서
    가느다란 수초 사이로
    막 몸을 구부리며 빠져나왔어요.
    거대한 범선이 쿵
    머리그림잘 짚으며 침몰했지만 동요하지 않아요.
    환상과 나를 엮는 고리는 언제나 모호하죠.
    산소가 모자란 물고기처럼
    숨을 몰아쉬다 서둘러 광폭해지는 거죠.
                                        —진수미 「머리 스무 개 달린 길조」(2005)

4
동물

동물은 문학 작품에서 인간과 가장 근접한 속성 및 성격을 지닌 구체적인 대상을 비유한다. 식물의 수동성, 순응성, 허여성과 대비하여 동물은 능동성, 공격성, 야생성을 상징한다.

어학에서 동물은 식물을 제외한 생명체를 포괄하는 개념이다. 특히 '짐승'은 뭇 생명체를 이르는 '즁싱'이라는 말에서 파생되어 사람을 의미하는 '중생(衆生)'과 구분되어 포유류 및 날짐승과 길짐승을 포함하는 개념이 되었다. 문화적 상징성을 지닌 동물 가운데 여성의 시각에서 의미 있는 주제로 등장하는 동물은 고양이, 여우, 곰, 뱀 등이다. 고양이의 야생성과 독립성, 여우의 요사함과 신령함, 곰의 인내와 끈기, 뱀의 불길함과 대지성 등은 여성적 시선의 자장에서 다양한 의미로 변주된다.

고전문학에서 동물은 길조(吉兆) 및 조력자로 등장해 권선징악의 주제를 구현하는 인물의 뜻을 실현하는 데 동참하거나, 능력이 비범하게 뛰어난 신이한 능력의 여성을 비유하는 상징물로 등장한다.

현대문학에서 동물은 특히 여성 안에 잠재되어 있거나 억압된 야생성을 드러내는 모티프이다. '여성(woman)'의 어원이 '늑대(woe)'에 있듯 여성문학에서 동물모티프는 여성에게 내재된 야생성을 암시하는 대표적인 알레고리로 기능하면서 여성 내면의 야생성을 복원하려는 욕망을 함축하고 있다. 여성은 유순하게 길들여질 것을 강요당해온 억압의 역사에서 탈주하고 거세된 야생성의 유전적 형질을 되찾기 위해 야생동물의 속성과 본능을 분출함으로써 여성 내면의 욕동을 절실하게 표현한다.

여성문학은 '고양이'가 상징하는 야생성과 관능성을 옹호하고, 웅녀라는 '곰' 대신 단군신화에서 추방된 '어머니 호랑이'를 그리워하면서 자유로운 야생의 들판으로 내닫고자 하는 의지를 드러낸다. 또한 문명과 대비되는 동물의 야성(野性)과 원시성을 통해 물질문명의 폭력성과 인간의 위선을 비판적으로 드러내고, 동물-되기라는 변신 모티프를 통해 스스로 인간이기를 포기하면서 현대세계의 폭압 아래 왜소해진 인간 존재를 항변한다. 나아가 그로테스크하고 관능적인 동물 이미지를 수용하여 인간의 본원적인 충동을 반영하는 한편 거침없고 노회한 이중적인 모습으로 악녀와 팜므파탈을 오가면서 여성의 수동적이고 순결한 이미지를 전복한다.

이처럼 동물적 상상력과 '야생짐승의 혼'을 가진 여성 인물을 통해 여성문학은 규격화된 남성적 삶과 문명을 거부하고 본능의 삶을 회복하려는 염원과 희구를 드러내고 있다.

동물의 명칭, 짐승

동물이 식물을 제외한 포유류, 조류, 어류, 곤충류, 양서류, 파충류, 기생충류를 포괄하는 개념인 반면, '짐승'은 현대국어에서 좁게는 '온몸에 털이 나고 네 발을 가진 동물'이라는 의미로 쓰이고 넓게는 '날짐승과 길짐승을 두루 일컫는 말' 혹은 '바다 속에 사는 동물 가운데서 어류가 아닌 포유동물'이라고 하여 고래를 포함한다.

현대국어의 '짐승'은 15세기 '중싱(衆生)'과 관련된다. '衆生'은 본래 불교 용어였다가 사람을 포함하여 살아 숨쉬는 모든 생명체를 총칭하게 된 것이다. '뭇 생명체' 중에서 '네 발이 달리고 전신에 털이 나 있는 동물, 즉 '수(獸)'라는 한정된 의미도 가지고 있었으며 15세기에는 이 의미로 많이 쓰였다.

> 衆生은 一切 世間앳 사르미며 하늘히며 긔는 거시며 … 숨튼 거슬 다 衆生이라 호느니라 (『월인석보』 1(1459))
> 물 쪄 돈니며 바미 우느니 요괴옛 중싱이라(群行夜鳴怪獸也) (『법화경언해』 2 (1463))

'중싱'이라는 단어는 의미 축소와 더불어 어형 변화까지 경험했다. 즉 15세기에 '즘싱' 또는 '즘승' 등으로 변해 있었다.

> 돋는 즘싱과 나는 새 다 머리 가느니 (『남명집언해』 下(1482))
> 즘싱이 고기를 먹디 아니호신대 (『내훈』 上(1475))
> 브르는 소리 듣고 즘승 向호욤 샐리 호물 말라 (『두시언해』 초간본 22(1481))
> 즘승의 힝덕을 내 엇디 호리오 (『번역소학』 9(1518))

'즘싱'과 '즘승'은 '禽'과 '獸'의 의미를 개별적으로 지시할 수도 있고 '禽獸' 전체를 지시할 수도 있었는데 '獸'의 의미로 더 많이 쓰였다. 문헌 용례만 보면 15세기의 '중싱'은 '뭇 생명체'라는 의미와 '獸'라는 두 가지 의미였고, '즘싱'이나 '즘승'은 '禽'과 '獸', '禽獸'라는 다의적 의미를 아울러 가지고 있었다. 그 후 '중싱'은 '獸'의 의미를 '즘싱'이나 '즘승'에 넘겨주고 '뭇 생명체'라는 본래의 의미를 갖게 되어 지금의 '중생'에 이르렀다. 한편, 새롭게 등장한 '즘싱'은 16세기 이후 '즘싱'으로 변하여 18세기까지도 '즘싱'으로 나온다.

> 獸 즘싱 슈 (『신증유합』上(1576))
> 기르는 효근 즘싱과 굴근 즘싱도 이시며 (『노걸대언해』下(16세기경))

18세기의 '즘싱'은 20세기 초의 『조선어사전』(1920)의 '짐생'으로까지 이어졌으나 '짐승'에 밀려나 사라졌다. '즘싱'과 함께 15세기에 보이던 '즘슁'은 16세기까지도 '즘슁'으로 나오다가 17세기 이후 '즘승'으로 나타난다.

> 獸 즘승 ㅅ (『광주판천자문』19(1575))
> 범ᄃᆞ려 니ᄅᆞ딕 네 ᄯᅩᄒᆞᆫ 녕혼 즘승이니 (『동국신속삼강행실도』烈 5(1617))

19세기 말의 『한불자전』, 『한영자전』에도 '즘승'으로 나오며 『한영자전』에는 '즘싱'도 함께 나온다. 20세기 초 『조선어사전』(1920)에도 '즘승'으로 나온다. 아울러 '즘생'도 제시되어 있는데 오히려 이것에 '禽獸'라는 의미를 부여하고 있다. 『조선어사전』(1938)에 와서야 지금과 같은 '짐승'이라는 어형이 나온다. 여기에서는 '온 몸에 털이 나고 네 발로 기어 다니는 동물(獸)'의 의미와 '사람 이외의 모든 동물의 총칭(禽獸)'의 의미를 부여하고 있다. 『큰사전』(1957)에서는 '짐승'이라는 표제어 밑에 '온 몸에 털이 나고 네 발로 기어 다니는 동물', '날짐승과 길짐승을 두루 일컬음'이라고 하여 『조선어사전』(1938)과 거의 같은 의미 해석을 하고 있다. 다만, 『조선어사전』 이후의 사전에서 15세기 '즘싱'이나 '즘승'의 의미를 비교해 보면 '禽'이라는 개별 의미가 제외된 점이 드러나지만 현대 국어 사전에서는 '짐승'에 '禽, 獸, 禽獸'라는 세 가지 의미가 모두 제시된다.

즉, '중싱'이라는 단어는 역사적으로 크게 두 갈래의 길을 걸어왔다. 하나는 불교적 의미를 유지한 채 '중생'으로 걸어온 것이고, 하나는 불교적 의미와 본래의 어형을 모두 잃고 '짐승'으로 걸어온 길이다. '짐승'은 15세기의 '짐승'을 이은 것이며, 15세기에 함께 존재했던 '즘싱'은 20세기의 '즘생'으로 이어졌으나 '즘승〉짐승'에 밀려나 사라졌다.

동물 관련 어휘의 변화

인류는 그들이 살고 있는 곳의 동물이나 식물과 밀접한 관계를 맺으면서 살아왔다. 조선시대에 『세종실록지리지(世宗實錄地理志)』, 『동국여지승람(東國輿地勝覽)』 등의 지리서와, 『향약집성방(鄕藥集成方)』, 『동의보감(東醫寶鑑)』 등의 의서(醫書)가 간행되었는데, 지리서에는 각 고을에서 산출되는 경제성이 높은 동물의 명칭이 실려 있어서 그것들의 분포상태를 짐작할 수 있는 특징이 있다.

늑대는 오래 전부터 한반도에서 살아왔으나 그 명칭은 문헌에 잘 나타나지 않는다. 20세기 초의 『조선어사전』(1920)에서나 늑대라는 단어가 확인된다. 늑대의 어원은 퉁구스 제어 중 올차어의 'nęktę(늑대)', 오로치어 및 골디어의 'nekte, nekta(멧돼지)' 등과 관련이 있는 것으로 본다. 또한, 방언형에서 '승냉' 혹은 '승냥'의 어형이 나타나는데, 특이하게도 주로 북한지역의 방언형에서 나타난다. 함경도 지역은 주로 '승냥'의 형태로, 평안도 지역은 '승냉이' 형태로 나타난다. 늑대는 개과에 속하는 동물로 말승냥이라고도 하며, 한자어로는 이리, 승냥이와 함께 시랑(豺狼)으로 통칭되었다.

고양이를 칭하는 말은 지방마다 차이를 보인다. 함경도에서는 '고나, 고내'라고 하고, 평안도에서는 '고내'라고 하며 어떤 지방에서는 '고니, 고이, 고애'라고 한다. 결국 고양이란 말은 '고나, 고내'라고 부르는 말에서 유래된 것으로서 '고나'에 접미사 '앙이'가 붙어 이루어진 말이다. 고양이를 12세기에는 '고니'라 하였고, 15~16세기에는 '괴'라 하였다. 현재 고양이를 '야옹-야옹-'한다고 하여 '야옹이'라고도 하며, 사투리에서 '고내, 고내이, 고냉이'라고 하는 것은 고양이의 고어 형태 '고니', 혹은 '고나'의 흔적이고, '괴, 괴이'하는 것은 여기에서 'ㄴ'이 없어진 어형이다.

이처럼 고양이를 뜻하는 어휘에는 '鬼尼, 高伊' 외에 '고이, 괴'와 '고양이, 고냉이' 그리고 '나비' 등이 포함되고 '새깨미, 살찡이, 애옹구' 등도 있다. '고양이(猫)'란 단어가 가장 먼저 나타난 기록은 12세기 '猫曰鬼尼'(『계림유사(鷄林類事)』)이다. 이 '鬼尼'는 한음으로는 /k(i)uei-ni/로 흔히 해석되나 우리말로는 보통 '*고니'로 풀이하였다. 15, 16세기 한글 문헌에 보이기 시작한 '猫'의 표기는 ':괴'이다. (猫 괴 묘 (『훈몽자회(訓蒙字會)』(1527)) 『신자전(新字典)』에는 '猫[묘]'에 '괴, 납이, 고양이'가 동의어 또는 유의어로 등재되어 있는데, 이는 '고양이'가 19세기 전반에 이미 '猫'를 뜻하며 19세기 전기에 등장하여 20세기에 사전 표제항으로 등재되었다고 할 수 있을 것이다. '猫'에 대하여 풀이된 또 다른 어형인 '납이'는 현대 국어사전에서 '나비'로 등재되고 흔히 "고양이를 부를 때 쓰는 말" 정도로 풀이된다. "나비야 나비"라고 할 때가 그것이다. '나비'가 '납+이'와 같은 파생명사라고 본다면 '납(猿)'과 '猫'를 구별하기 위해 명사파생접미사 '-이'를 결합하여 '납(猿)'과 '나비(猫)'를 구별하게 되었다고 할 것이다. 만약 '납'이 쓰였다면 이는 모두 '원숭이(猿)'를 뜻하는 단어가 되었을 것이다. 19세기 말엽 사전에서도 원숭이는 '잰납~잔내비~잔나븨' 등으로 등재되었는데 '납, 나비'가 고양이의 호칭화되면서 '잰나비, 원숭이'가 문맥에 따라 달리 나타나게 되었다.

'여우'의 15세기 어형은 '여ᇫ'인데 16세기에는 '여으, 여ᅌᅳ, 여으' 등으로 나타나며 '여으'는 'ᇫ'의 소실에 따라 근대국어 이후에는 '여ᅌᅳ', 혹은 '여으' 등으로 나타난다. 근대국어 이후 문헌에 나타나지 않는 '여으'는 지금 '여시', '여수' 등으로 방언에 남아 있으며, '여시'는 '여으〉여스〉여시'의 과정을, '여수'는 '여으〉여스〉여수'의 과정을 거친 것으로 추정한다. 중세국어의 '여ᇫ'는 '여ᇫ〉여으〉여으〉여우' 또는 '여ᇫ〉여ᅌᅳ〉여으〉여우'의 변화 과정을 거쳤음을 알 수 있다.

'소'는 중세국어 문헌에는 '쇼'로 나온다. (싸호ᄂᆞᆫ 한 쇼를 두 소내 자ᄇᆞ시며 (『용비어천가(龍飛御天歌)』下(1447)) 어원은 잘 알 수 없으나 '소'를 암수로 구별할 때에는 '암쇼'와 '수쇼'로 하였고, '수소'에 대해 '황소'라는 또 다른 단어를 두어 '암소'와 구별하고 있다. '황소'라는 단어는 15세기 문헌에 '한쇼'로 나타나며 18세기 문헌까지도 같은 어형을 유지한다. (牡牛 암쇼 (『역어유해(譯語類解)』下(1690)) '한쇼'는 '하다(大)'의 관형사형 '한'과 '쇼(牛)'가 어울린 구조로, '大牛' 또는 '巨牛'라는 어원적 의미를 갖는다. 이를 고려하면 '한쇼'가 처음부터 '수소'의 의미로 쓰인 것은 아니었으며, '수소' 중에서도 큰 것을 '한쇼', 오늘날 '황소'라 부른 것이다. '작은 수소'는 '부룩소'라고 하여 '한쇼'와 구별했으며, '한쇼'는 18세기에 '항쇼', 19세기에 '황소'가 되었다. (황소 牡牛 A bull (『한영자전』(1897))

'개'의 15세기 어형은 '가히'로 나타나는데 그 어원은 잘 알 수 없으나 '가히'의 제2음절의 두음 'ㅎ'이 탈락하면서 축약된 어형이 현대의 '개'이다. 12세기 『계림유사(鷄林類事)』에 '狗曰家狶'로 나오는 것으로 미루어 보아 고려시대에도 '*가히'였을 것으로 추정한다. (趙 州의 무로ᄃᆡ 가히는 佛性이 잇ᄂᆞ니잇가 업스니잇가 (『몽산화상법어약록(蒙山和尚法語略錄)』(1467)) 그런데 16세기 후반에 이르러 '가히'는 보이지 않고 '개'라는 어형이 나타난다. (土ㅣ 연괴 업거든 개과 돋틀 죽이디 아니ᄒᆞᄂᆞ니 (『소학언해(小學諺解)』 3(1586)) '개의 새끼'인 '강아지'는 일단 '강'과 '아지'로 분석되는데 선행 요소 '강'의 정체는 잘 드러나지 않는다. 접미사 '-앙'을 설정하여 '가히'에 이것이 결합된 '가히앙'이 줄어든 것으로 볼 수 있으나 분명하지 않다. 간주된다. 접미사 '-앙'을 설정한다면 '강아지'의 내적 구조는 [[가히+앙]+아지]가 된다. 19세기 말의 『국한회어(國韓會語)』(1895)에는 '강아지'로, 『한영자전(韓英字典)』(1897)에는 '강아지'와 더불어 '개아지'도 나온다.

'말'에 대한 15세기 어형은 'ᄆᆞᆯ'로 나타난다. 'ᄆᆞᆯ'의 고형으로 '*ᄆᆞᄅᆞ'를 재구하고 이것이 몽고어 'morin'에 기원을 두고 있다. 'morin'의 직접적인 흔적이 『몽어노걸대(蒙語老乞大)』(1741)의 '모리', 『동문유해(同文類解)』(1748)의 '모린'에 남아 있다. 중세국어의 'ᄆᆞᆯ'은 '말판에서 일정한 약속 하에 옮기는 물건'이라는 의미도 가지고 있었다. 이는 '馬'의 속성과 관련해 생겨난 이차적 의미로 이해된다.

'돼지'라는 단어는 20세기 이후의 문헌에서 확인되며 그 이전에는 '돼지'와 관련하여 '돝, 도다지, 도야지, 되아지' 등이 쓰였는데 '돼지'는 이 가운데 '되아지'가 축약된 것이다. '되아지'는 문헌상 19세기에 확인되며 그 이전부터 쓰였을 것으로 추정한다. 형태상 '-아지'를 포함하고 있지만 "어린 돼지"라는 의미는 본래부터 없던 것이다. 돼지는 본래부터 "다 자란 돼지" 또는 "일반 돼지"의 의미를 갖고 있었던 것으로 보인다.

이밖에 '거북'은 정확한 어원은 알 수 없으나 15세기에는 '거붑'의 형태로 나타나며, '거북'이라는 형태가 처음 나타나는 것은 17세기에 들어서의 일이다. 17세기에 '거북'이 나타나기 시작해서 20세기까지 '거북'과 '거복'이 경쟁관계에 있었으나 결국 20세기에 '거북'으로 정착되었다.

'개구리'는 한자어로는 '와(蛙)'로 쓰는데 문헌 상 '개구리'가 소급하는 최초의 형태는 17세기의 '개고리'이며 동시에 나타나는 '개골이'는 분철 표기법에 의한 것이다. '곰'과에 딸린 짐승을 두루 일컫는 말로 '고마'(ᄂᆞᄅ)(『용비어천가(龍飛御天歌)』 3)는 '곰〉곰'의 변화를 이룬것으로 본다. '뱀'이 문헌에 소급되는 최초의 형태는 15세기의 'ᄇᆡ얌'이며 'ᄇᆡ얌〉ᄇᆡ암〉바얌〉배암〉뱀'의 변화가 발견된다.

'용'은 상상 속 동물로서 동양에서는 일반적으로 상서로움을 상징하며 절대적이고 신비로운 힘의 대상으로 여겨졌다. 따라서 용은 여러 동물이 가진 최대 강점들만 모아 만들어진 상상에 의해 태어났으며 용은 동양에서의 그 내적, 영적인 힘에 관해서 최고의 동물로 여겨졌다. 『본초강목(本草綱目)』에 의하면 "머리는 낙타 같고 뿔은 사슴 같고, 눈은 토끼 같고, 귀는 소와 같으며, 목은 뱀과 같고, 배는 신과 같고, 비늘은 잉어와 같고, 발톱은 매와 같으며 발바닥은 범과 같다. 그리고 등에는 81개의 비늘이 있어 9.9의 양수를 갖추었으며 그의 소리는 구리판을 때리는 것 같고 입가에는 수염이 있으며 턱 밑에는 구슬이 달리고, 목 아래에는 비늘이 있으며 머리에는 박산이 있는데 또 척목이라고 한다. 용에게 이 척목이 없으면 하늘에 오를 수 없다. 기운을 토하면 구름이 된다."라고 하였다.

신라 때 용 그림(처용)을 대문에 붙여 잡귀신을 물리치고자 한 것도 용을 악귀를 쫓거나 화재를 막는 벽사(辟邪)로 여겼기 때문이다. 기우제(祈雨祭)에 대한 최초의 기록에서 보듯 홍수와 가뭄을 주재하는 수신을 상징하기도 했다. 또한 용은 왕권과 결합해 절대 권력의 상징이 되기도 했다. 오늘날에도 용은 의식 속에 깊이 뿌리를 내려 용꿈은 길몽 중 으뜸으로 꼽히기도 한다. 용은 인간의 상상력에 의해 창조해 낸 신물이지만 신비한 능력으로 권위와 길상, 번영, 벽사, 호국 등의 다양한 상징적인 의미를 지니게 되었으며 인간은 용의 상상을 통해 욕구, 욕망, 바람, 기대 등을 성취하고자 하였다.

4.2. 동물의 습성과 인격화, 그리고 상징

우리나라의 동물 상징   농경사회가 기반인 우리 민족에게 소는 농사일을 돕는 풍부한 노동력을 의미하며, 동시에 농가의 가장 중요한 자산이었다. 무속에서는 소를 제물로 쓰고, 장사치들은 대문에 쇠코뚜레를 걸면 악귀를 막을 수 있다고 믿었다. 유교를 신봉하던 조선시대의 『삼강행실도』에는 주인을 구한 소에 관한 전설이 있다. 불교에서는 사람의 본래의 모습을 소에 비유하였고 도교에서는 소를 타고 유유자적하는 모습을 통해 무위자연사상을 나타내고자 했다. 역사와 문학에 나타나는 소의 상징성은 매우 다양한데 농경문화권인 우리나라의 경우 농사와 관련하여 상징성이 발현되고 있다.

'소'와 관련한 인지언어학적 함축은 "힘이 세다"(기운이 황소 같다), "고집이 세다"(쇠고집·황소고집 쇠고집과 닭고집이다, 소 죽은 귀신 같다), "느리다(굼뜨다)"(소 죽은 넋을 덮어쓰다, 소걸음) 등이며, "크다"(황소만하다, 바늘구멍으로 황소바람이 들어온다, 소가 크면 왕 노릇하냐?), "많이 먹는다"(소같이 먹다, 소 먹듯 하다), "눈이 크다"(황소 눈, 황소 눈깔), "한가하다"(시골을 그린 풍경화에 한가롭게 나타남), "인내심이 많다", "미련하다"(쇠새끼, 쇠아들) 등이 있다.

반면, '돼지'는 "뚱뚱하다"(양돼지, 살찐 돼지, 돼지처럼 뚱뚱하다), "불결하다"(돼지우리 같다), "많이 먹는다(大食)"(돼지처럼 많이 먹는다), "욕심쟁이, 독점"(돼지를 그려 붙이겠다, 꿀돼지, 꿀꿀이(욕심 많은 사람)) 등이며, "고집, 미련"(미련하기가 돼지새끼 같다), "시끄럽다"(꿀꿀이, 꿀돼지(늘 꿀꿀거림), 돼지 멱따는 소리), "재물"(돼지꿈-재물, 축복의 이미지), "검다"(전통 돼지가 검어서 검은 이미지 지님. 감정 강아지로 돼지 만든다, 검정개 돼지 편이라), "희생, 제물"(무속 행사나 고사에 '돼지 머리' 사용) 등으로 인식되고 있다.

'개구리'는 주변에서 흔히 볼 수 있으므로 신화와 설화, 그리고 민담에 일찍이 등장한다. 동부여의 금와왕(金蛙王)은 개구리 모양을 한 아이라고 한 데서 유래했으며, 선덕여왕이 개구리가 겨울에 병사 형상을 만들어 우는 것을 보고 여근곡(女根谷)에 적병이 침입한 것을 알았다고 하는 이야기도 전해진다. '두꺼비'에 관한 기록은 『삼국사기』에 나타난다. 신라본기에는 개구리와 두꺼비가 뱀을 먹는 사건이 기록되어 있고, 백제본기에는 의자왕 때 개구리와 두꺼비 수만 마리가 나무 위에 모였다는 기록이 있다. 『삼국유사』에는 '지장법사'가 가져온 사리와 가사를 지키는 신령스러운 동물로 묘사되어 있다. 이러한 '두꺼비'에 대한 인식은 민간에도 영향을 미쳐 '두꺼비가 나오면 장마가 든다', '두꺼비를 잡으면 죄가 된다' 등과 같은 속신이 생겨났다.

'거북'은 수명이 긴 특성 때문인지 예로부터 신성한 동물로 여겼다. 『구지가』에서는 주술적 제의에 등장하며 신물로 상징되었다. '거북의 머리를 내어라'라는 주술의 노래인 『구지가』에서 거북의 머리는 남근을 상징한다고 보는데, 그것은 그 생김새에서 유래한 것으로 남근을 귀두(龜頭)라고 하였다. 또한, 거북은 장수와 상서로움을 상징하여 예부터 신성한 동물로 여겼고, 조선시대에는 십장생의 하나로 그림이나 자수, 병풍 및 가구와 공예품에 자주 등장하였다.

여성을 상징하는 동물들

고양이는 시각이 발달하여 밤에 활동하기에 편리하며, 졸고 있는 것처럼 보일 때도 눈에 들어오는 물체의 상을 재빨리 식별할 수 있다. 집단생활을 하지 않으며, 돌아다니면서 먹이를 구하는 습성이 있고, 먹이를 잡았을 때 즉시 잡아먹지 않고 오랫동안 놀리면서 즐기는 성질이 있다. 그러므로 조상들은 짐승들 가운데 소를 양성(陽性), 고양이를 음성(陰性) 등으로 파악하는 습성이 있었다. 여성은 음성이므로 선조들은 음험하고 앙칼진 것으로 대변되는 고양이의 기질을 여성과 동질적인 것으로 보았다. 또한, 옛 선조들은 속에 음침한 마음을 가지며 겉으로는 유들유들한 행실을 일컬어 묘유(猫柔)라고 하였고, 여인의 부드럽고 달콤한 음성, 즉 미성(媚聲)을 묘무성(猫撫聲)이라 하였다.

여우의 교활함과 야산의 묘지에 보금자리가 있는 특성 때문에 요물로 인식되어 왔다. 한국 설화에서 여우는 간사함, 요사함 그리고 한편으로는 신성함 등의 요소를 지니며 상반된 인식을 보여준다. 『삼국유사』의 '도화녀 비형랑'과 '밀본 최사'에서 여우는 반드시 세상에서 없어져야 할 악으로 형상화된다. '거타지 설화'와 '작제건 설화' 등에서도 세상을 어지럽히는 존재로 제거되어야 할 존재로 그려진다. 민간의 구전설화에서도 유사한 이야기들이 등장한다. '구미호(九尾狐)'는 천 년 묵은 여우라 하여 더욱 신통력이 있는 것으로 생각하였는데 민간에 '여우구슬설화'는 소년들의 정기를 빼앗아 죽음에 이르게 하는 초자연적 존재로 등장한다. 또한, 변신한 구미호가 새신랑 대신 장가를 들어 사람이 되려다가 죽음을 당하였다는 설화나, 여우 동생을 물리친 여우누이 설화, 구미호가 사람으로 변신하여 한 집안을 망하게 하였는데 신통력 있는 사람의 도움으로 물리쳤다는 설화 등 구미호의 변신 설화가 전국적으로 널리 전해지는데 이는 여우의 간사함, 요사함 등에 바탕을 두고 있다. 반면, 『삼국유사』 권4의 문헌설화에는 신이 도를 깨치고 돌아온 원광법사 앞에서 늙은 여우의 모습으로 나타나기도 한다. 구전설화에서 여우는 이성계의 조선 건국이라는 역사적 사건을 예견하고 도와주는 신성한 존재로 나타나거나 영웅의 비범함을 나타내기 위해 이물교혼 모티프로 등장하는 등 신성성에 바탕을 두기도 한다. 결국 여우에 대한 관념은 긍정적인 점보다 부정적인 점이 강조된 것으로 변모했음을 알 수 있다.

곰은 단군신화에서 인내심이 강한 동물로 묘사된다. 인간이 되기 위해서 쑥과 마늘을 먹으며 햇빛을 보지 않고 동굴 속에서 21일을 참아 내고, 그 결과

곰은 여인이 되어 단군(檀君)을 낳게 된다. 『가락국기(駕洛國記)』에는 김수로왕(金首露王)의 비 허황옥(許黃玉)이 곰을 얻은 꿈을 꾸고 태자를 낳았다는 기록이 있는데 이처럼 곰은 여러 출생담에 등장하며 위인의 혈통에 신성성을 부여한다. 반면, 곰은 미련한 동물로 인식하고 있음을 민담에서도 찾아볼 수 있다. 대부분 민담에서 곰은 미련하고 어리석으며, 한 가지 방법을 끝까지 일관성 있게 행하는 동물로 나타난다. 또한, 전설이나 민담에 나타나는 곰은 인정이 많은 동물로 그려진다. '곰나루전설'에서는 곰과 혼인하여 아기까지 낳았는데 이 사실을 안 신랑이 도망가자 곰은 애타게 슬퍼하다가 아이와 함께 빠져죽었다는 이야기가 전해진다.

뱀은 징그러운 생김새로 인해 부정적인 동물로 인식된다. '뱀과 까치 설화'처럼 원한으로 사람을 해치는 존재로 자주 등장한다. 반면, 겨울잠을 자고 봄에 깨어나는 성질과 허물을 벗는 특징은 부활이나 재생을 상징하게 되었고, 때로는 '불사(不死)'의 존재로 인식하게 하였다. 『삼국유사』에서 박혁거세가 죽은 뒤에 등장하는 큰 뱀은 재생, 불사의 상징으로 나타난다. 또한, 뱀은 많은 알을 낳는 생태적 특성으로 다산과 풍요를 상징하였다. 그것은 뱀과 더불어 구렁이가 '업동물'로 자주 등장하는 요인이 되었는데, '업동물'이란 한 집안의 재물을 좌지우지하는 재물신이었다. 뱀은 형태, 땅과의 근접성, 허물을 벗는 특성 때문에 남근을 상징하기도 하고 풍요와 대지의 여신을 상징하기도 했다. 제주도의 '남제주토산리여드렛당'은 뱀신을 모시는 신당으로 널리 알려져 있는데 이뱀신을 모시다가 중단하면 갖가지 재앙이 일어나 집안이 망한다는 재앙신적 성격을 띤다. '뱀신'은 딸에서 딸로, 즉 모계계승의 형식으로 모시는 신이다. 제주도 지역에서 '뱀신앙'이 성행한 것은 여성을 의미하는 뱀이 많은 지역이라는 점 때문이며 쥐로부터 곳간을 지킬 필요에서 유래되었을 것으로 추측한다. 뱀이 풍요의 다산을 상징하는 동물로 모성의 원리 및 기능에 부합하며 영원한 순환이나 불멸의 상징이라는 점도 또 다른 이유라 할 수 있다.

4.3. 길조(吉兆)와 조력자

옛사람들은 하늘이 선한 사람을 돕는다고 생각했다. 고전소설에서 하늘의 뜻은 자연 즉 동물과 식물을 통해 인간에게 전해지는 경우가 많다. 착한 여주인공들은 종종 어려움을 겪는데 특히 도로에서 떠돌면서 굶어죽을 지경에 이르는 경우, 잔나비 즉 원숭이가 삶은 고기를 갖다 준다든지 사슴이 나무 열매 있는 곳으로 안내하여 그녀를 살린다. (「숙향전」) 선한 여성이 절개를 지키기 위해 물에 빠져 자결했을 때에는 그녀의 시신을 거북이가 등에 지고 엎드려 있어 훼손을 막기도 한다. (「삼한습유」) 청룡이 신이한 물건을 물고 오기도 하고, 황새나 까마귀, 까치, 학 등이 날개로 덮어주어 추위를 녹이게 한다. (「박씨전」, 「숙향전」) 길을 모를 때에는 까마귀, 까치 등 모든 생물들이 안내해 주는 등 하늘을 대신해 동물들이 선한 여성을 돕는 것이다. (「바리공주」) 착한 사람은 복을 받고 악한 사람은 벌을 받는다는 권선징악적인 주제의식을 구현하기 위해 하늘의 뜻을 실현하는 동물들의 조력을 적절히 등장하고 있다고 볼 수 있다.

> 촌인이 왈 이는 반드시 난중의 일흔 아희로다 ᄒ고 먹을 거슬 쥬고 가는지라 숙향이 지향 업시 쥬저ᄒ더니 홀연 진납비 슬문 고기를 물어다가 쥬거늘 먹으니 쥬린 거슬 진정ᄒ녀라 (중략) 금분의 심온 나무 ᄒ 가지를 썻거 ᄉ슴의 쌀의 미고 니르듸 이 ᄉ슴을 타고 가셔 나리는 곳의 빅 골푸거든 이 열미를 먹으소셔 ᄒ고 문득 간듸 업거늘 숙향이 ᄉ슴의 등의 오르니 그 ᄉ슴이 구름을 헤치고 가니 그 가는 바를 모를너라
>
> —「숙향전」(17세기)

그 후 사흘이 지났다. 태수가 잔치를 베풀자 왔던 손님들이 밤이 되어 돌아가고 태수는 궤에 기대어 앉아 있었는데, 갑자기 한 사람이 머리를 풀어 헤치고 나타나 눈을 부릅뜬 채 말하였다. "요즈음 원통하게 죽음 사람이 있는데 맡아서 장례를 치러 줄 사람이 없다. 고을을 다스리는 사람이 되어 가지고서 백성을 위한 정사는 조금도 살피지 않고 편안히 먹고 마시고 있는가?"

태수가 그 이름을 묻자 말했다. "나는 오태지의 신이다. 향랑의 시신은 신이한 거북이가 지키고, 정신을 안정시키는 단약을 써서 쭈글쭈글해진 피부가 상하지

않도록 해 놓았으니 빨리 예를 갖추어 장사지내 주도록 하여라.”

이 말을 마치자 보이지 않았다. 태수가 놀라 일어나니 꿈이었다. 마을 사람들을 시켜 못 가에 속히 가서 둑을 터 그 물을 퍼내니 사흘 만에 바닥을 드러내었다. 보니 한 마리 큰 거북이 있는데 마치 물살 같은 무늬가 있었고, 등에 시신을 지고 엎드렸는데 연꽃잎을 깔고 앉아, 진흙이나 더러운 게 전혀 묻지 않았다. 얼굴 모습은 살아 생전과 똑같았는데, 향기가 나는 것이 수십 리 밖에서도 그 향내를 맡을 수 있을 정도였다.

後三日 太守宴客夜罷 凭几而坐 忽有一人被髮而至 瞪目視之曰 此間有寃死
人 營攝無人 身爲守宰 何不少察 而宴然甘歆焉 太守問其姓名 答曰 吾吳泰池之
神也 香娘監余已使神龜守屍 加以定神丹使飢膚不傷 須速引出 具禮葬之 言訖
不見 太守驚起 乃一夢也 遂發邑人 徑至池上 決堤引汲 三日水平 見一大龜 文
如流水 負尸而伏 藉以蓮葉 泥汚不着 顔貌如生 尸香發於外 可聞數十里

—「삼한습유」(19세기)

이째 박씨 일몽을 어드니 연못 가온듸로셔 쳥농이 연젹을 물고 박씨 잇는 방으로 드러와 뵈거늘 박씨 꿈을 씌여 괴이희 여겨 연못가의 가보니 젼의 업든 연젹이 노엿거날 가져다 계화로 ᄒ여곰 셔방님게 즘간 드러오시믈 쳥흔듸

—「박씨전」(17세기)

홀연 황시 ᄒ 쌍이 나러와 날기로 덥허 쥬거늘 ᄆ음의 이샹이 넉여 그 운김의 잠을 자고 씌다라 보니 날이 이믜 붉앗는지라 부모를 부르지져 우더니 문득 가치 나러와 숙향의 무릅우회 안져 울고 나라 가거늘 숙향이 고이히 넉여 가치 가ᄂ듸로 ᄯ라가 여러 뫼홀 넘어 ᄒ 곳의 드드르니 큰 마을이 잇ᄂ지라.

—「숙향전」(17세기)

이째 까막 까치 고개 쪼와 인도하고 군생초목이 고개를 숙여 인도하야 한 천 리 두 천 리 세 천 리를 감니다 (중략) 까막 까치 날어들어 한 날개는 깔어주고 한 날개는 덥허주고 밤이면은 안개 자욱하고 낮이면 운무가 자욱허다

—「바리공주」(미상)

그 애가 안고 돌차시니 말걸든 하늘에서 손악이 삼형제가 떨어지며 그 애기를 뒷동산 후원에다 내다버리시니 청학 백학이 날아와서 한 날개는 땅을 깔아 누워지고 한 날개는 덮어주고

—「바리공주」(미상)

4.4. 비범함 혹은 신이함

여성의 외모는 주로 꽃에 비유되지만 비범한 여성의 경우는 신이한 능력을 지닌 동물인 용이나 봉황에 비유되기도 한다. (「삼한습유」, 「하진양문록」) 반면 성질이 사납거나 성품이 못된 여성은 이리나 승냥이, 여우, 뱀 등에 비유해 부정적인 면을 강조한다. 하지만 이러한 비유가 여성에게만 한정된 것은 아니고, 남성의 경우에도 마찬가지로 부정적인 성품의 남성은 부정적으로 인식되어온 동물로 비유하였다. (「명주보월빙」, 「완월회맹연」)

> 향랑이 물러나와 조용한 곳에서 예전 사용하던 상자 안에 들어 있던 옷을 다 꺼내 바람을 쏘였다. 그리고 손에 거울을 들고 직접 화장을 하고는 곱게 차려 입더니, 앉았다가 혹은 일어섰다가 하는 것이 마치 뭔가 기다리는 게 있는 사람처럼 보였다. 사뿐사뿐한 것은 놀란 기러기 같고, 은은하기는 노니는 용과도 같은데, 아름다운 눈길을 한 번 던지니 온갖 고운 표정이 일어나며 방안이 다 부드러운 기운에 싸이는 것이 마치 봄바람이 부는 듯했다.
>
> 집안사람들이 모두 달려와서 칭찬하기를, "봉래산, 방장산에 있다는 빼어난 선녀라면 내 모르겠지만, 인간 세상에서 어찌 낭자의 짝이 될 만한 사람이 있겠어?" 하였다.
>
> 女退歸閒軒 盡出舊時篋中衣服曝曬之 手持鸞鏡 躬施脂粉 盛服而坐 或起立延佇 如有所俟 翩若驚鴻 婉若遊龍 秋波一轉 百態紛起 一室和氣若春風之浩蕩 擧家奔走稱賞曰 蓬萊方丈出世之仙 吾不知已 人世豈有對娘子者乎
>
> —「삼한습유」(19세기)

> 화셜 틴종황뎨 졍궁 낭낭긔 일위 공쥬 잇스니 호왈 명션공쥬라 용두봉골이오 금치화협이라 침어락안지용과 폐월슈화지틱 잇고 총명영오ᄒ야 약는에 자최 잇고 동가에 식이 잇스니 진짓 경국지식이오 요죠가인이라 상이 극의ᄒ슨 슈상 룡쥬로 은총이 졔왕 공쥬로 비ᄒ리오 방년 삼오에 도요의 시를 노릭ᄒ니 상이 부마 간틱을 누차 ᄒ시되 성의 불합ᄒ시거늘 틴즈 고왈 신을 보건틴 즁국에 인지 셩ᄒ나 지모덕힝을 가진 지 업는지라 다만 시님 리부샹셔 동편쟝ᄉ 진셰빅은 ᄀ계 영쥰이오 춤효 쟝ᄌ라 가히 명쟝 현셩이 되염즉ᄒ고 문하시랑 홍문관 학ᄉ 하지옥은 인즁에 씌여니 현명 군지라 유유 도ᄉ에 풍으로 닙졀츙의 치셰홀 지덕이 겸비ᄒ니

만됴 문무 중에 니 스람 당홀 직 업스오니 비록 원방 셔싱이오나 문장직예 초방에승 은함이 구이치 아니코 공쥬의 빈필 되미 가합ᄒ니 양인 중 틱졍ᄒ니 맛당ᄒ야이다

—「하진양문록」(18세기)

위시 분연 왈 내 엇지 져를 못 죽이리오 이졔는 암밀이 말고 알개 ᄒ여 ᄌ딘토록 보쳐리라 ᄒ고 이후는 위시 기젼 작위ᄒ던 스랑이 업고 싀호의 스오납기와 스갈의 모질기를 힘쎄 고딕 삼킬ᄃ시 ᄒ다가도 태우 보는 딕는 상셔의 힝거를 넘녀ᄒ고 조시의 싱남ᄒ믈 바라는 쳬ᄒ니

—「명주보월빙」(19세기)

공이 분연 대도 왈 내 엇지 텬눈ᄌ이 브쥭ᄒ리오마는 실노 낭이 그딕의 쇼싱이믈 깃거 아니ᄒ노라 힝혀 모습을 홀진딕 블힝이 젹지 아니니 죽으나 놀납지 아니리니 임의로 ᄒ라 셕낭의 박딕ᄒ는 거슬 므슨 넘치로 후딕ᄒ라 ᄒ리오 그딕 언식 능녀ᄒ 니 엇지 권치 못ᄒ느뇨 현오를 폐륜지인이 되면 나도 보기 슬ᄒ니 그딕 죽이기는 ᄒ려니와 그딕 도부슈 아니니 능히 사름을 손으로 죽이려 ᄒ느뇨 스갈의 모질기와 일희예 스오나오믈 가져시니 당면ᄒ여 말ᄒ기 괴롭고 심홰 나는지라 실노 나의 ᄆ음을 어ᄌ러이고 괴독지언을 이ᄀ치 ᄒ다가는 무스 일을 닉고 긋치리니 잠잠코 이시라 언필의 스미를 썰치고 밧그로 나가니 뉴시 울며 태우를 원망ᄒ는디라

—「명주보월빙」(19세기)

슈젹이 갈외딕 게집이란 것시 간샤ᄒ여 삵과 여호 갓치 ᄌ최를 감초거니와 발이 젹고 다리 약ᄒ니 이갓튼 긔구 산곡의 어딕를 가리오 반ᄃ시 암혈 송임의 숨어스리 니 썰이 어더 보라

—「완월회맹연」(18세기)

4.5. 거세된 야생성

'여성(woman)'의 어원은 여성의 본성에 늑대(woe)의 야성이 깃들어 있다는 점을 시사하고 있다. 여성문학에서 동물모티프는 여성에게 내재된 야생성을 암

시하는 대표적인 알레고리로 기능하면서 야생성을 희구하고 복원하려는 욕망을 드러낸다. 여성은 내면에 지녀온 동물적 본능의 생래적인 힘을 박탈당하고 유순하게 길들여져 왔음을 자각하고 자신에게 유전되어온 뜨겁고 역동적인 피를 발현한다. 거세된 야생성의 유전적 형질을 되찾길 강력하게 소망하면서 야생동물의 속성과 본능을 집중적으로 드러내고자 한다.

현대문학은 야생 혹은 야성의 본능을 상실한 여성이 어떻게 사막 같은 현실을 견디고 파탄 난 삶을 회복하며 본래적인 자아에 이르고자 애쓰는지 동물모티프를 변용해 드라마틱하게 보여주고 있다. 특히 '야생짐승의 혼'을 가진 여성(wild woman)들을 등장시켜 규격화된 남성적 삶과 문명을 거부하고 본능의 삶을 회복하고자 하는 여성들의 염원과 희구를 적극 반영하고 있다.

여성소설의 인물들은 현실의 위압감 속에서 동물과 정서적 유대감을 유지한다. 동물에 대한 여성인물의 애완(愛玩) 행위는 심리적 안정과 정서적 위안에 긍정적인 역할을 한다. 특히 애완의 대상이 되는 개나 고양이는 모든 관계가 차단된 상태에서 유일하게 소통하는 대상이 되는 등 무기력하고 권태로운 여성의 삶을 생동감 있게 해주는 의미 있는 존재로 등장한다. 여성들은 애완동물과의 애착 관계를 통해 세상에 대한 냉소를 걷어내고 따뜻한 체온을 유지하기 때문에 동물을 잃어버리거나 동물이 죽는 경우 깊은 상실감을 느끼기도 한다. 여기서 개, 고양이 같은 애완동물은 여성인물의 슬픔과 고독을 위로하고 조문하는 유일한 존재로 여성의 정서를 의탁하는 심리적 상관물이 된다. (박경리 「영주와 고양이」, 한말숙 「노파와 고양이」, 서영은 「아름아 돌아오라」, 김인숙 「그 여자의 자서전」, 이명랑 「고양이가 간다」, 조경란 「아주 뜨거운 차 한잔」, 백영옥 「고양이 샨티」, 황정은 「곡도와 살고 있다」, 이혜경 「누가 이 고양이를 알지 못하시나요」, 편혜영 「문득」)

야성이 거세된 동물에 대한 여성의 심리적 연대감은 제도와 관습의 억압 속에 본성을 거세당한 채 길들여져 온 여성의 존재론적 상황과 유사하다는 점에서 비롯된다. 여성인물의 이런 억압적이고 폐쇄적인 심리는 곰, 낙타, 양, 염소, 사슴, 고양이와 같이 야성을 상실한 동물 상징에 대입되어 있다. 곰, 낙타, 소, 사슴 등은 고통스러움을 견디는 인고의 정신을 상징하고, 양과 염소는 순진함과 비천함을 의미한다. (서영은 「먼 그대」, 천운영 「노래하는 꽃마차」, 정미경 「들소」, 윤성희 「레고로 만든 집」, 한강 『검은 사슴』)

특히 여성문학에서 '고양이'는 문명과 뒤엉켜 살면서도 길들여지지 않는 야생성을 간직하고 있다는 점에서 신비스러운 매혹과 불길한 공포를 동시에 자아내는 대상이다. 여성작가는 고양이에게서 이런 모호하고 복합적인 이미지를 포착해내고 다양한 모티프를 통해 그 이미지를 변주한다. 야행성 고양이의 어두운 몽타주를 활용해 인간 내면의 강박과 공포를 드러내거나 본능적 충동과 관능적 욕망을 옹호하기도 하고 현실에서 이룰 수 없는 몽환적이고 낭만적인 환상에 이르기도 한다. 여성시인들 또한 고양이가 지닌 호랑이의 야성, 자기 내면의 '들고양이'와 '집고양이' 사이를 끊임없이 오가며 야생성을 다스리는 힘, 훌쩍 담을 넘은 고양이처럼 '무청 같은 새벽거리'를 쏘다니고 싶은 두근거림 등을 고스란히 기억해 표현한다. 늘 '일정한 흥분'과 '야생의 피'를 갖고 사는 고양이, 호랑이의 본능을 품고 있으되 '벚꽃처럼 난간을 뛰어넘는' 가벼운 낙법을 알고 있는 고양이들은 모두 여성 안에 내재한 야생성을 보여주는 것이다. (김연경 「고양이의, 고양이에 의한, 고양이를 위한 소설」, 이평재 「고양이 변주곡」, 강진 「캐비닛, 0913」, 「고양이와 헤이즈마」, 「너는, 나의 꽃」, 김서령 「캣츠아이 소설 클럽」, 김이은 「고양이 소설엔 고양이가 없다」, 양유정 「묘심」, 염승숙 「자작나무를 흔드는 고양이」, 최은미 「수요일의 아이」, 이성애 「집고양이의 노래」, 김경미 「그리운 심야」, 안정옥 「고양이」, 강기원 「길고양이」, 박서원 「난간 위의 고양이」, 황인숙 「그 참 견고한 외계」, 최정례 「고양이는 호랑이과다」)

　여성문학은 곰의 식물성과 수동성보다 호랑이의 육식성과 적극성을 옹호한다. 여성은 온순한 육체로 길들여지면서 거세당해온 야생성을 절실하게 희구한다. 어머니가 되고 아내가 되어 '이빨'도 '발톱'도 뽑힌 '곰'처럼 '그래 그래 착하지 좋아'라는 규범에 통제되어 살고 있지만 여전히 자기 안에 흐르는 야생의 피 속에서 '단군신화에서 쫓겨난 어머니 호랑이'를 그리워한다. 여성들은 '갇힌 짐승' 같던 허위의 삶에서 벗어나 춥고 어두운 야생의 들판으로 향하고자 하는 의지를 드러낸다. 또한 뱀이 지닌 사탄성과 유혹성에 비추어 자신의 자화상과 정체성을 '암시에 걸린 육신'인 '뱀'에서 찾기도 한다. '몸 밖의 가시'를 다 뽑히고 '착한 개'처럼 네 발을 모은 채 자기 안의 '새'를 잃고 살아가지만, 여성들은 여전히 자기 안의 '분홍빛 말'의 유혹을 기억하고 스프링 위를 달린다. 그곳에서 여성은 자기 안에 도사린 야성을 확인하고 영혼이 고양되는 경험을 하며, '늑대와 함께' 달리기 위해 야생 습성을 버리지 않은 동물들을 통해 원시적인 생명력을 희구한다. 이 생명력은 여성의 내면에 도사리고 있는 야성과 정열,

욕망을 일깨워 권태로운 일상을 탈주해 다른 생을 꿈꾸게 하는 추동력이 된다. (김승희 「호랑이 젖꼭지」(소설), 전경린 「염소를 모는 여자」, 「사막의 달」, 『여자는 어디에서 오는가』, 최승자 「자화상」, 안정옥 「늑대」, 김승희 「늑대를 타고 달아난 여인」, 「호랑이 젖꼭지」(시), 문혜진 「검은 표범 여인」, 정끝별 「우리 집에 온 곰」, 이진명 「곰」, 강기원 「고슴도치」, 김행숙 「착한 개」, 이근화 「박쥐처럼」, 김소연 「고통을 발명하다」, 신혜정 「스프링 위를 달리는 말」)

　　민혜는 슬픈 눈을 가진 영주가 혼자 을씨년스럽게 창가에 앉았는 것이 가엾었다. 그래서 영주가 소원하는 고양이를 한 마리 사 주었던 것이다. 고양이는 다갈색과 노랑이와 흰 빛깔의 줄무늬를 이룬 털을 지니고 있었다. (중략) 고양이하고 무심하게 놀고 있는 영주는 죽어버린 동생을 차차 잊어버리는 모양이었다. 물론 잊어주기를 바라는 민혜의 마음이긴 했다. 그러나 역시 영주가 동생을 잊어버리며 있다는 것이 민혜에게는 쓸쓸했다. 그러던 영주는 어느새 고양이를 안고 잠이 들어버렸다.

—박경리 「영주와 고양이」(1957)

　　고양이는 그녀의 단 하나의 벗이다. 늙은 육체의 소유자인 그들은 한 방에서 기거했다. 아들도 며느리도 손녀도 손자도 부엌사람도 그녀와 이렇다 할 말을 나누지 않는 것이었다. 혹 몇 마디 오가면 거의가 귀찮은 듯이 눈살을 찌푸렸다. 그래서인지 그녀는 마치 사람에게 하는 것처럼 고양이에게 말하는 것이 일쑤다.

—한말숙 「노파와 고양이」(1958)

　　새로이 눈물이 괴어올라 눈앞이 어룽졌다. 그녀는 이를 악물었다. 그때 그녀 속에서 낙타 한 마리가 벌떡 몸을 일으켜 세우며 외쳤다.
　　'고통이여, 어서 나를 찔러라. 너의 무자비한 칼날이 나를 갈가리 찢어도 나는 산다. 다리로 설 수 없으면 모가지만으로라도. 지금보다 더한 고통 속에 나를 세워 놓더라도 나는 결코 항복하지 않을 거야. 그가 나에게 준 고통을 나는 철저히 그를 사랑함으로써 복수할 테다. 나는 어디도 가지 않고 이 한 자리에서 주어진 그대로를 가지고도 살 수 있다는 것을 보여줄 테야. 그래, 그에게 뿐만 아니라 내게 이런 운명을 마련해 놓고 내가 못 견디어 신음하면 자비를 베풀려고 기다리고 있는 신(神)에게도 나는 멋지게 복수할 거야.

—서영은 「먼 그대」(1983)

이상하게도 나는 백두산 호랑이가 왔다는 그 소식을 들은 순간부터 내가 아주 오래 전부터 기다리고 기다렸던 어떤 것, 내 메마르고 앙상한 삶을 치유해주고 부서진 관절을 고쳐주는 신비로운 마술이며 치유제인 어떤 존재, 어릴 때부터 병든 할머니와 숙명에 굴종하는 어머니 곁에서 그토록 오랫동안 기다려왔던 내 기다림의 제목이 드디어 선명하게 나타난 것을 보았다. 나는 지금껏 백두산 호랑이를 기다려왔던 것이다! (중략)

회색의 죄수복을 누가 나에게 입힌 것은 아니지만 하루 세 끼 밥에 정신없이 살림 치다꺼리를 하고 십 년이 넘는 동안 바퀴벌레처럼 납작 엎드려 시간강사 생활을 해오면서 느꼈던 무기력과 자기 훼손, 인간의 자기 존엄에 상처를 입히는 시시각각의 모독 같은 것들, 어머니의 심장병에 휘둘리면서 고개를 숙이고 참아왔던 내 생명의 소진, 결혼생활 속의 하찮은 그러나 도저히 탈출할 수 없는 작은 일상들의 되풀이, 글을 쓰지 못했던 그 암담한 동굴 속의 어두운 시간들…(중략)

난 그 털이 북실북실하고 살이 몽글몽글한 암호랑이 젖가슴에 얼굴을 박고 울면서 호랑이의 젖을 먹어보고 싶어했던 것인가? 아사달의 찬란한 햇빛을 못 보고 쫓겨나간, 아니 스스로 도망쳐간, 우리의 또 하나의 어머니가 오랜 세월 동안 미지의 대륙을 헤맨 끝에 이제야 드디어 야성의 방랑을 마치고 돌아왔다는 소식을 들은 것처럼 가슴이 뛰었다.

–김승희 「호랑이 젖꼭지」(1994)

그가 일언반구도 없이 베란다에 묶여 있던 염소를 풀어 계단 밖으로 내몰고 현관문을 꽝 닫았을 때 내 몸을 뚫고 갔던 전율이 되살아났다. 그의 몸을 향해 날아가 꽝 부딪쳐 깨어지고 싶은 폭력적인 충동. 산산이 깨어져 내가 나의 복부를 가르고 영원히 밖으로 나가버리고 싶은 격렬한 열망…//

"염소들은 야생적입니다. 해안 벼랑 끝에 노숙을 시켜도 끄떡없습니다. 그러나 비를 맞혀서는 안 됩니다. 비 오는 날은 공포에 빠집니다. 모든 떠다니는 것들이 그렇듯이 염소는 젖는 것을 가장 두려워합니다. 산을 넘는 나비, 강을 건너는 갓털 씨앗들, 대양을 횡단하는 새떼, 삶의 지붕 위에 떠오르는 영혼들, 그리고 당신… 생각해보세요. 젖은 숲을. 비에 젖은 어둔 숲을요. 당신은 너무 오랫동안 그것을 견뎌왔습니다."

–전경린 「염소를 모는 여자」(1995)

… 그럼에도 불구하고, 밤마다 껴안고 자던 고양이 인형의 감촉과 그가 늘 꿈속에서 듣던, 그 고양이의 밝은 웃음 소리는 사라지지 않았다. 스산은 따뜻한 반석

위에 앉아, 오래 전 자신의 품에서 잠들었던 그 고양이의 소리를 들었다. 하지만, 사면이 꽉 막힌 방안에 들어오면 희미한 기억만 남을 뿐, 투명한 것은 아무 것도 없었다. (중략) 이 소리가 내 소리던가, 고양이 소리던가. 야아-옹, 고양이 소리가 틀림없군. 그는 그 소리가 자신의 소리임을 알지 못했다. 어느새 자신이 그 소리를 배워버렸음을 깨닫지 못한 채, 어둠 속에서 떨고 있었던 것이다. 그에겐 오직 아아으아르르-하는 기분 나쁜 울음만이 현실이었다.

-김연경 「고양이의, 고양이에 의한, 고양이를 위한 소설」(1997)

쓰지 않는 그릇에다 물과 우유를 담아서 고양이 앞에 놓아 주고, 참치 통조림을 사온다, 헌 옷가지를 찾아서 상자 밑에 푹신하게 깔아 준다든가, 하는 따위의 수선스러움이, 성자에게, 아주 까맣게 잊었던 그리운 감정을 되살아나게 해주었다. 또는 돌이킬 수 없는 옛 시간이 되돌아와 펼쳐져 있는 듯도 싶었다. 그것은 추억 속에 묻혀 버림으로써 이미 시간이 아닌 삶의 흔적, 불멸성이 되어버린 그 무엇이었다.

-서영은 「아름아 돌아오라」(1997)

깊은 땅속, 암반들이 뒤틀리거나 쪼개어져서 생긴 좁다란 틈을 따라 기어다니며 사는 짐승이랍니다. 흩어져 있는 놈들을 헤아려보자면 수천 마리나 되지만, 사방이 두꺼운 바위에 막혀 있는 탓에 한 번도 자신들의 종족을 만난 적이 없기 때문에 저마다 자신을 외돌토리로 여긴다지요. (중략) 거무죽죽한 피가 짐승의 입이며 턱이며 이마에서 흘러넘치는 것을 보면서, 광부들은 지상으로 통하는 넓은 갱도를 향해 필사적인 낮은 포복으로 달아납니다. 아무 짝에도 쓸모없는 짐승의 뿔이며 이빨들은 달아나는 길에 아무렇게나 던져버리고, 짐승이 따라나오지 못하도록 재빨리 나오는 통로를 막아버립니다. … 그때부터 이 짐승은 아무것도 먹지 못하고 아무것도 보지 못하는 채 컴컴한 암반 사이를 느릿느릿 기어다니며 흐느껴 웁니다. 마지막으로 숨이 넘어갈 때쯤 되면 이 짐승의 살과 뼈는 검피와 눈물로 다 빠져나가, 들쥐 새끼만하게 쭈그러들어 있다지요.

-한강 『검은 사슴』(1998)

끝내 나는 아빠에게 내 고양이 얘기를 물을 수가 없었다. 오빠가 내 고양이를 가져갔느냐고, 그래서 밤의 공원이나 시장 한 귀퉁이에다가 내다버렸느냐고, 내가 밤마다 꿈꾸었던, 견딜 수 없이 참담한 욕망과 슬픔으로 몸이 달았던 그 일을 오빠가 대신 해주었느냐고, 날 위해 해줄 수 있는 일이 생겨서, 살아 있는 것을 버리던 그 순간이 기쁨이었느냐고…… 그러나 나는 가만히 수화기를 내려놓았을 뿐이다.

— 김인숙 「그 여자의 자서전」(2003)

회색 고양이가 뛰어간 쪽에서 고양이 울음소리가 들려온다. 최영감네 본처는 어둠 속에 몸을 내려놓는다. 울음소리를 듣는다. 어쩌면, 저 울음소리 때문인지도 모른다. 자신이 밤마다 챙겨들고 밖으로 나오는 것은. 새끼 고양이의 허기도, 저 검은 고양이가 자신을 반기는 순간의 그 턱없이 짧은 만족감도 그녀의 행동의 이유가 될 수는 없다. 밤거리를 헤매고 다니는 도둑고양이들의 울음소리에는 쉽게 떼어낼 수 없는 그 무엇이 있다. 그녀는 그저 저 울음소리를 듣고 싶은 것뿐이다. 낮고 길게, 끈덕지게 달라붙는 저 울음소리를. (중략) 그러나, 내가 어둠 속에서 키워낸 고양이들은 남겨질 것이다. 내가 맴돌던 이 밤거리를 기웃거리며 고양이들은 나를 찾을 것이다. 내가 던져주던 한 토막의 생선을 위해 최씨네 집을 맴돌며 악착같이 울어댈 것이다. 그 울음소리는 쉽게 수그러들지도 않을 것이며, 쉽게 떼어낼 수도 없으리라.

— 이명랑 「고양이가 간다」(2004)

그녀는 혼란스러웠다. 별 요상한 생각이 다 들었다. 죽은 그의 어머니 영혼이 샴고양이의 몸속으로 들어가 그의 곁에 머물러 있는 건 아닌지, 심지어 그가 샴고양이와 그 짓을 하는 건 아닌지. 그녀는 샴고양이의 행동을 눈여겨보기 시작했다. 치료 약을 먹으면 자꾸만 졸음이 쏟아져 약도 먹지 않고 샴고양이를 감시했다. 그러면서 점차 샴고양이 속에 그의 어머니 영혼이 깃들어 있는 게 틀림없다는 생각을 하게 되었다. 그가 집에 있을 때 샴고양이가 잠시도 그의 곁을 떠나지 않는 걸 봐도 그랬고, 그녀가 그의 곁에 가까이 가려고 하면 질투를 하며 울어대는 걸 봐도 그랬다. (중략)

"샴고양이가 여러 고양이 중에 가장 영리한 종이에요. 어린아이처럼 생각하고 행동하기 때문에 베이비라고 불리기도 하지요. 주인이 눈길을 주지 않으면 일부러 과자 그릇 같은 걸 뒤엎어서 관심을 끌기도 하는 아주 영리한 고양이라고요. 심지어 자기 주인이 이성과 함께 있으면 온갖 짓거리를 헤대며 질투를 하기도 하지요. 샴고양이를 키우면서 그것도 몰랐어요?"

— 이평재 「고양이 변주곡」(2005)

나는 눈을 감고 샨티를 생각했다. 샨티가 수백 개의 아파트 계단을 점프하고 높은 산의 젖은 흙을 발등에 묻히기 전, 그녀의 길고 풍성한 털에 새까만 시간들이 달라붙는 모습을. 그리고 노인의 긴 수염처럼 그것이 바람에 부풀어 날리는 모습을 떠올렸다. 그때도 흐드러진 벚꽃이 폭설처럼 쏟아져내렸다. 그를 묻던 그때도 흰 벚꽃을 비통하게 바라보던 몇 사람과 그 꽃을 등에 매달고 아무 말 없이 앉아 있던 고양이가 있었다. 샨티, 과거와 현재, 미래의 시간이 덮쳐와 난데없이 눈이 멀고, 살이 썩고, 뼈가 아스러지겠지. 어디선가 샨티의 웃음소리가 들리는 것 같다. 샨티는 자살하지 않았다. 그녀 또한 노인이 되어 그렇게 늙어 죽은 것뿐이다. 그저 사랑하는 사람을 간절히 닮고 싶었던 것일 뿐.

—백영옥 「고양이 샨티」(2006)

당신은 이제 동면에 들어가야 한다. 봄이 오고 가는 동안 어두운 동굴 속으로 들어가야 한다. 동굴은 이미 마련되어 있었다. 당신의 집요한 긁기가 시작되기 전부터. 난 당신을 위한 은신처를 준비해놓았다. 팔꿈치에 작은 꽃망울이 잡히기 시작한 그 이전부터. 그리고 기다렸다. 당신 몸에 만발하기를, 그 꽃 피고 피어 붉은 피 뚝뚝 흘리기를, 그리하여 당신의 고통이 정점에 이르기를 나는 기다렸다.

—천운영 「노래하는 꽃마차」(2006)

그저 네 발로 땅을 딛고 제 앞의 허공을 가만히 쳐다보고 있는 짐승.

불규칙한 간격으로 띄엄띄엄 서 있는 것들은 들소다. 산 채로 풍화된 것처럼 이목구비는 모서리가 살짝 지워져 흐릿하다. 입구에서 마주친 그 짐승의 형상을 잠시 바라보고 나서야 주위를 둘러보았다. 실내는 꽤 넓었다. (중략)

나선형으로 꼬인 거대한 뿔을 단 들소들은 쓸쓸한 아름다움을 지녔다. 무뚝뚝한 짐승들 사이를 흐르는 시공(時空)은 수요일 오후 여섯시의 인사동이 아니다. 아주 먼 곳, 먼 시간의 기운이 맨살에 와 닿는다. 여기는 어디일까.

—정미경 「들소」(2007)

"그러면 옛날 얘기 좀 해 줘요."

"재미있는 걸로 해줘요. 우리는 얘기 듣는 거 굉장히 좋아한다고요."

"음."

G는 자기가 기억하고 있는 것을 이것저것 얘기해보려고 했는데, 그게 또 생각만큼 잘 되지 않았어. (앗.) 그건 정말 이상한 일이었어. 말을 하지 않더라도 G는 언제나 이것저것 생각하고 있었으니까. 자신은 말하고 싶지 않을 뿐, 말할 수 있는 것은 얼마든지 있다고 생각하고 있었으니까 말이지. G는 이것저것 생각해보고 자기가 잃어버린 말들이 너무 많아 깜짝 놀라고 말았어. 입 속에서 말을 뭉개며

우왕좌왕 하다 보니 이제는 정말, 말하고 싶은 것이 없어서 말할 것이 없는 게 아니고, 말할 것이 없어서 말하고 싶지 않은 것이 되어버린 거 같더란 말이지.

"음."

어쨌거나 곡도의 총평은 언제나 "재미없다"는 거였어.

—황정은 「곡도와 살고 있다」(2007)

새끼 고양이들은 어미가 돌아오지 않는다는 것을 언제쯤 알았을까. 그들의 주검이 화단에서 발견되기 전날 밤, 새끼 고양이들의 울음소리가 밤새 계속되었다. 그것은 배가 고파 울어대던 소리와는 다른 소리였다. 분명 다른 울음소리라고, 당신은 확신했다. 녀석들은 가냘프지만 애절한 울음소리를 냈다. 누구도 그런 울음을 가르쳐주진 않았지만 새끼 고양이들은 누구보다 깊고 높은 울음을 울 줄 알았다.

그 소리에 밤새 당신은 몸을 뒤척였다. 얼핏얼핏 잠이 들었고, 당신은 또다시 우물 속에 갇힌 꿈을 꾸었다.

—강진 「캐비닛, 0913」(2010)

어느 날은 한쪽 눈에만 초록색 콘택트렌즈를 끼고 오는 바람에 기겁을 하기도 했다.

"뭐야, 그게!"

놀라 마음에 소리부터 버럭 질렀다.

"오드 아이 몰라? 고양이들 중에는 양쪽 눈 색깔이 다른 오드 아이가 많대. 오묘하지 않아?"

—김서령 「캣츠아이 소셜 클럽」(2010)

나는 고양이를 싫어한다. 그리고 그 이유는 너무나도 평균적이다. 그러니까 고양이가 가진 특징들 말이다. 차갑고 날카로운 고양이의 눈빛은 속에 무엇을 감추고 있는지 알 수 없게 의뭉스럽지 않은가. 사람으로 치자면, 상대방에 대한 적의를 품고 있지만 겉으로는 무표정한 얼굴로 자신의 공격성을 감추고 있는 사람 같다. 그리고 그 울음소리는 또 어떤가. 흡사 아이 울음소리와 비슷한 음역의 소리로 자기가 목적한 바를 손에 넣기 위해 듣는 사람이 도무지 이겨낼 수 없도록 귓바퀴를 자극하고 심장으로 바로 찌르고 들어오는 그 영악함. 그리고 특유의 비린내와 체취를 풍기는 강아지들과 달리 아무 냄새도 흘리지 않는 고양이의 그 지나친 청결함이 마음에 들지 않는다. //

사정이 이러하니 고양이라면 질색하지 않겠는가. 기억에 없는 일이라고는 해도, 어찌 됐든 나의 시작이자 내 근원의 상징이랄 수 있는 탯줄을 한순간에 먹어치워 버린 놈들이 아닌가. 고양이들이 피비린내가 풍기는 탯줄을 입안에 넣고 씹어 먹는 장면을 상상할 때마다 나는 지독한 오한을 느낀다.

—김이은 「고양이 소설엔 고양이가 없다」(2010)

급하 경사 지대를 넘어 도착한 곳은 곰배령 정상 아래의 삼각점이 있는 725봉 안부 지대였다. 그곳은 1년 전 나영이를 처음 만난 곳이었다. 하지만 안부 지대는 그동안, 아니 어제까지 보아왔던 곳이 아닌 전혀 다른 장소로 되어 있었다. 푸른색도 아니고 연두색도 아닌 짙은 형광색의 연무가 안부 전체를 뒤덮고 있었던 것이다. 게다가 백 마리는 넘어 보이는 고양이들이 연무 주위에 몰린 채 서성대고 있었는데 그렇다고 J가 겁을 먹은 것은 아니었다.

—양유정 「묘심(猫心)」(2010)

그럴 때면 꿈 속에서나마 나는 휘황찬란하게 밝은, 크고 둥근 달이 뜬 자작나무 숲을 거닐었다. 온통 희고, 고요한 공간이었다. 그리고 자작나무가 빼곡하게 심어진 그 공간의 끝에서는 늘, 고양이 한 마리가 나를 맞아주었다.

하늘색 눈동자의, 잿빛 줄무늬 털옷을 입은 고양이는, 나와 눈이 마주치면 노래하듯 짧은 울음을 울고는 흰 나무껍질을 타고 올라가 잎사귀를 흔들었다. 고양이는 자작나무의 꼭대기에 앉아 잠을 자고, 혀로 뱃가죽을 핥다가는, 어느새 또 지치지도 않고 다시 잎사귀 흔들기를 반복했다. (중략) 꿈이라는 걸 알면서, 하필이면 왜 고양이일까 의아해하면서, 그러나 나는 술기운에라도 뜨뜻히 몸이 데워지는 기분이 싫지만은 않아서 해죽해죽 웃었던 것 같다. 나답지 않게, 고양이의 저보드라운 털에 조심조심 뺨을 대고는 끝도 없는 수다를 늘어놓고 싶다고도 생각하면서.

믿기지 않지만, 고양이가 있는 힘을 다해 자작나무를 흔드는 밤에는 그래서, 조금 덜 춥고, 덜 외로웠을 것이다. 가능하다면, 언제까지고 고양이와 함께 자작나무를 흔들고 싶은 마음뿐이었다.

—염승숙 「자작나무를 흔드는 고양이」(2010)

고양이들은 소녀와 새우의 대화를 들을 수 있지만 사람들에겐 둘의 대화가 들리지 않는다. 소녀와 새우가 인간의 가청 범위 밖의 주파수로 얘기하고 있기 때문이었다. 못을 밟고부터였다. 소녀는 고양이의 말을 알아들을 수 있게 되었고 고양이에게 의사를 전달할 수 있게 되었다.
-최은미 「수요일의 아이」(2010)

안돼! 그렇게 앞발에 힘을 주면 아파트가 무너져
안돼! 그렇게 큰 몸으로는 들어올 수 없어
몸을 줄여야 해 그래 좋아 3층만 해졌구나
먹을 걸 줄 수 없어 좀더 작아져야 해
이제 1층만 해졌어 조금만 더 조금만 더
그렇게 울지마 사람들이 깨면 경찰이 달려올 거야
작살 이빨은 뽑아야 해 물면 위험하잖니
갈고리 발톱도 잘라야 해 긁히면 다쳐
그래 좋아 그렇게 진한 툰드라 냄새를 피우지 마
가시털을 세우면 안돼! 절대로 안돼!
그래 그래 착하지 좋아 좋아
-정끝별 「우리 집에 온 곰」(2000)

동물도감에서 본 곰은 뚱뚱하고 말이 없다
제 덩치만한 큰 나무에 다리를 걸치고 앉아 있다
어디서 훑어 왔는지 한 움큼 덩굴을 손에 쥐었다
그 덩굴에 달린 열매들은 제 눈처럼 까맣게 익었다
손 하나는 머리께를 짚고 있는데 무언가 멋쩍은 짓이라도 한 듯한 시늉이다
곰은 바윗덩어리를 만나면 먼저 받아본단다
물러섰다가 그 바윗덩이가 꿈쩍할 리 없는데도 다시 또 받아본단다
-이진명 「곰」(2007)

지금 나에게 소망이 있다면
악마의 젖꼭지를 만나 주린 젖을 흠뻑 먹고 싶구나
단군신화에서 쫓겨난 어머니 호랑이
이글이글 털투성이 젖가슴에 얼굴을 비비고
길들여지지 않은 원시의 황금빛 불길을 먹어
그대로 펄펄 넘치는 훨훨 호랑나비의
검고 노란 화려한 줄무늬를 살결에 입고 싶어
-김승희 「호랑이 젖꼭지」(1995)

나는 아무의 제자도 아니며
누구의 친구도 못 된다.
잡초나 늪 속에서 나쁜 꿈을 꾸는
어둠의 자손, 암시에 걸린 육신.

어머니 나는 어둠이에요.
그 옛날 아담과 이브가
풀섶에서 일어난 어느 아침부터
긴 몸뚱어리의 슬픔이에요.

—최승자 「자화상」(1981)

여고양이 한 마리
깊은 밤 소리 없이 담벼락 넘네
(중략)
그래 다른 생은 잘 있던지
검정 양복의 연인처럼 그리운 밤카페들과
눈물처럼 글썽이던 막차의 차창들은
철제 셔터 내려진 어두운 상점들은
붕대같이 하얗게 빈 도로는
정든 미치광이 친구들
무청같은 새벽거리는
있기는 정말 있던지 아침마다 조용히 이불 밑
그대로이던 네 흰 발목의 검정 갈기는 정말
담을 넘었던 것인지 실밥처럼 흰 눈 쏟아지는
밤거리를 달리기는 달렸던 것인지 달려 다른 곳
다른 시간이 정말
있기는 있던지

—김경미 「그리운 심야」(2001)

후추나무 아래 잠든 고양이를 보았다
(중략)
그는 당당하고 습하다 긴 유년을 거쳤다
움직이는 것을 향해 발톱을 긁으며
살찐 참새 잡는 법 멀리서 사람들이 내는

두런두런 말소리를 늘 듣는다

그 주위로 소리 없이 모인다
가까이 보면 고양이 눈은 항상 떨리고 있다
일정한 흥분을 갖고 산다
고독하며 뒤틀렸다 반복을 원한다

—안정옥 「고양이」(2003)

나는 따뜻한 불가에서 졸고 있는 집고양이
나는 아늑한 식탁 아래 우유를 핥는 집고양이
(중략)
창밖의 세월에 무심해도 좋은 채
내 털처럼 윤기 흐르는 사랑
닫힌 창처럼 확고한 질서를 가꾸지
가여운 들고양이, 굶주린 영혼이여
선택된 내 자유를 탐하지 말아
밤마다 달을 바라고 울부짖는
네소리 스며들세라 겹겹 문닫아도
귀가하는 내사랑 내 주인께
날카로운 네 이빨과 발톱을 드러내고
달려드는 환상이 때로 나를 떨게 해
그러면 들리잖던 바람소리가 집을 흔들고
마침내 지붕이 벗겨져 나가고
그 이빨과 두 눈과 발톱에 부서지는 달빛이
칼날이 되어 내 안온한 잠을
선명히 난도질하는
그밤 나는 영락없이
한 마리 들고양이가 되는
무서운 꿈을 꾸고 말지.

—이성애 「집고양이의 노래」(2005)

난 누구에게도 길들여지지 않는다
무리 짓지 않는다, 어떤 순간에도
고독이라는 오만한 벗이 있을 뿐

초승에서 보름 사이
이승과 저승 사이를
가볍게 넘나드는
자재로운 변신의 귀재
무어든 고요히 빨아들인다
빨아들여 야생의 피를 채운다
내 안엔
순진무구한 아이에서
타락한 천사까지 숨쉬고 있다

―강기원 「길고양이」(2010)

그는 난간이 두렵지 않다
벚꽃처럼 난간을 뛰어넘는 법을
아는 고양이
그가 두려워하는 건 바로 그 묘기의
명수인 발과 발톱
냄새를 잘 맡는 예민한 코
어리석은 생선은 고양이를 피해 달아나고
고양이는 난간에 섰을 때
가장 위대한 솟구침을 안다

―박서원 「난간 위의 고양이」(1995)

새끼고양이, 아무 소리도 못 들은 듯
내가 흘깃도 보이지 않는 듯
그러나 손을 뻗자
송사리처럼 재빨리 달아나네
물속의 송사리처럼 새끼고양이
아무것하고도 섞이지 않네.

―황인숙 「그 참 견고한 외계」(2007)

고양이가 자라서 호랑이가 되는 것은 아니지만

장미 열매 속에
교태스런 꽃잎과 사나운 가시를 감추었듯이

고양이 속에는 호랑이가 있다

(중략)
고양이는 은빛 잠 속에서
이빨을 갈고 발톱을 뜯으며
짐승 속의 피와 야성을
쓰다듬고 쓰다듬었을 것이고

—최정례 「고양이는 호랑이과다」(2011)

그것이 나를 앞발 세워 울부짖게 했다
몸을 굽히며 달리기 좋은 이 봄날
그는 나의 일렁거림 같은 것이다
달려가, 동물원의 늑대 우리에서
한참을 웅크리고 앉아 있었다
(중략)
가끔씩 들려오는 이상한 기척, 내 속의
으르렁, 으르렁.

—안정옥 「늑대」(2003)

아아, 난 새로운 것을 보려면
그 믿을 수 없는 높이의 옥상 꼭대기에서
뛰어내려야 한다는 것을 알았다.

뛰—어—내—려?
뛰—어—내—려!

—김승희 「늑대를 타고 달아난 여인」(1995)

낯선 여행지에서 어깨에 표범 문신을 한 소년을 따라가 하루 종일 뒹굴고 싶어
가장 추운 나라에서 가장 뜨거운 섹스를 나누다 프러시아의 스켄헤드에게 끌려가
두들겨 맞아도 좋겠어 우리는 무엇이든 공모하기를 좋아했고 서로의 방에 들어가
마음껏 놀았다 무례함을 즐기며 인스턴트커피와 기타의 선율 어떻게 하면 인생을
망칠 수 있을까 골몰하며 야생의 경전을 둘러보았지 그러나 지금은 이산의 계절
우리는 춥고 쉬 지치며 더, 더, 더, 젊음을 질투하지 하지만 네가 잠든 사이 나는
허물을 벗고 스모키 화장을 지우고 발톱을 세워 가터벨트를 푼다 세상에서 가장

높은 하이힐을 벗어 던지고 사로잡힌 자의 눈빛으로 검은 표범의 거처에 스며들
거야 단단한 근육을 덮은 윤기 흐르는 검은 벨벳 흑단의 전율이 폭발할 때까지
이제 동굴보다 깊은 잠을 자야지 도마뱀자리 운명, 진짜 내목소리를 들려줄까?
　　　　　　　　　　　　　　　　　　　－문혜진 「검은 표범 여인」(2007)

한때 내 별명은
고슴도치였소
그러나 이제
몸 밖의 가시가
다 사라졌소
닳고 닳아
뭉개졌는지도 모르오
아니,
누군가 못을 박아 넣은 것처럼
언제부턴가 가시들이
내 안에 들어와
촘촘히 박혀 있소
내면의 가시들
시시때때로
내가 나를 찌른다오
　　　　　　　　　　　　　　　　　　　－강기원 「고슴도치」(2006)

착한 개 한 마리처럼
나는 네 개의 발을 가진다

흰 돌 다음에 언제나 검은 돌을 놓는 사람
검은 돌 다음에 흰 돌을 놓는 사람
그들의 고독한 손가락

나는 네 개의 발을 모두 들고 싶다, 헬리콥터처럼
공중에
　　　　　　　　　　　　　　　　　　　－김행숙 「착한 개」(2007)

박쥐처럼 거꾸로 매달려
그는 어지럽고

날마다 어둠 속에서
그는 말을 걸어오네
나는 빨간 눈을 비비며
까맣게 타오르지

박쥐처럼 거꾸로 매달려
그는 죽었으나
열대 과일처럼 대롱거린다
나는 하얀 손톱을 물어뜯지만
그는 꿀꺽꿀꺽 잘도 삼키지

— 이근화 「박쥐처럼」(2006)

늙어가는 몸 때문이 아니라
나이만큼 무한 증식하는 추억 때문에
여자의 심장이 비만증에 걸린 오후
드디어 여자는 코끼리로 진화했음을 안다

진화에 대해서라면 여자도 할 말이 있었다
한때 여자도 텅 빈 육체로 가볍게 나는
작고 작은 새 한 마리였으므로

— 김소연 「고통을 발명하다」(2009)

분홍 빛 말이 나를 유혹했어요

말을 타려고 하는데 해진 바지 사이로 무릎이 보이네요
말장사 아저씨가 입은 회색 점퍼 소매에도 누런 솜털이 삐죽거려요
아까부터 아저씨는 저기 공장굴뚝처럼 기침을 토하고 있어요
나는 달리고 있었거든요
달리는 말 위에서 달리고 있었거든요
그래도 나는 말 위에서 벗어날 수가 없었어요
위로 솟으면 초록과 빨강 줄무늬 천막이 보이고
내려오면 내 바지처럼 군데군데 구멍난,
쓰레기더미 같은 판자집이 보였어요
(중략)

나는 달리고 싶었거든요

다리가 없는 분홍 빛 말 위에서 나는 달리고 싶었거든요

그런데 엄마, 연탄재는 왜 또 내 놓으세요?

—신혜정 「스프링 위를 달리는 말」(2009)

4.6. 원시성 혹은 야만과 문명의 상호폭력성

동물의 야성(野性)과 원시성은 문명과 대비되는 자연의 속성으로 물질문명의 폭력성과 인간의 위선을 드러내는 효과적인 장치가 된다. 여성작가들은 동물과 인간의 경계가 무화되거나 상호 배타적 관계에 놓이는 디스토피아적 상상력 속에서 인간의 잠재된 폭력성을 경고한다. 소설 속에는 개, 고양이뿐 아니라 쥐, 개구리, 원숭이, 코끼리, 늑대 등이 도시를 배회하고 인간과 어울려 '잡종공동체'를 이루는 풍경이 등장한다. 이들 동물의 운명은 작품 속 인물의 운명과 포개지고 동물의 기괴스런 죽음은 종종 암울한 현실과 유비된다. 인간은 동물을 유기하고 동물의 고통에 무심할 뿐 아니라 동물의 죽음을 은폐해버리기에 급급한 잔인한 존재로 등장한다. 이때 동물은 문명의 폭압 아래 박제되어 인간의 전리품이자 유희 대상으로 전락하고 만다. 여성작가들은 동물에 대한 가학적인 학대 행위를 통해 문명의 잔인함을 비판적으로 드러내고자 한 것이다. 따라서 과학과 문명이 파생시킨 변종과 잡종들의 세계는 문명이 만들어낸 현재와 미래의 우울한 밑그림들이다. 문명이 이룬 세련된 세계와 불화하는 동물의 원시성이 상호폭력적인 양상으로 드러나기도 한다. (강신재 「해방촌 가는 길」, 박완서 「어떤 야만」, 편혜영 「아오이 가든」, 「문득」, 「퍼레이드」, 「마술 피리」, 「서쪽 숲」, 김나정 「이것은 개가 아니다」, 김유진 「빛의 이주민들」, 강기원 「알파 늑대」, 이기성 「신촌에서 원숭이를 보았네」, 이영주 「뚱뚱한 코끼리가」)

그런 의미에서 '동물원'은 문명의 일방적 폭력성을 함축적으로 보여주는 공간이라 할 수 있다. 여기서 동물은 사납고 엽기적이고 비정상적인 형태로 등장할 뿐 아니라 동물원 탈출, 인간 공격 등의 반란을 일으킨다. 야생성을 회복한 동

물들은 이렇게 잔혹한 방식으로 인간의 일방적 폭압성에 대해 경고의 메시지를 보낸다. 연이어 발생하는 불길한 사건과 이어지는 묵시록적인 '짐승의 시간'은 인간이 만들어놓은 문명이 매우 폭력적인 방식으로 타자를 억압하고 사육해왔음을 역설적으로 보여준다. 즉 문명이 도달한 임계점이 어디인가에 대한 작가의 비관적 전망과 진단을 형상화한 것이라 할 수 있다. 나아가 인간 내부에 잠복한 괴물들을 불러내 인간과 동물의 경계가 무의미해지는 상황을 제시함으로써 인간 본성의 말살과 퇴행을 경계하고자 한다. (김재영 「사라져버린 날들」, 「미조(迷鳥)」, 배수아 『동물원 킨트』, 김유진 「늑대의 문장」, 편혜영 「동물원의 탄생」, 「사육장 쪽으로」, 『재와 빨강』, 황정은 「일곱시 삼십이분 코끼리열차」, 김이은 「코끼리가 떴다」)

결국 왜곡된 동물의 형상은 문명의 통제 바깥, 이물감을 느끼게 하는 차이의 기호이다. 그리고 이들은 상징질서에서 폐기되고 삭제된 여성과 유비관계를 이룬다. 현대소설은 이 같은 비극적 우화(寓話)를 통해 문명의 야만을 경계하고 자연과의 공생(共生)의 길을 모색하고자 한다.

기애는 트렁크에 걸터앉아 조금 쉬었다. 그리고 일어서는데 곁에 철망 안에서 개가 사납게 짖어대기 시작했다. 무엇이 그렇게 비위에 거슬렸던지 개는 미친 듯이 껑충대며 더할 수 없이 포악하게 으르렁대었다. 보고 선 기애는 별안간 그 개에 못지않게 격렬한 감정이 자기를 휩쓸려고 하는 것을 느꼈다. 개가 힘껏 성미껏 악을 쓰고 있듯이 어딘가에 대고 가슴속을 폭발시키고픈 어리석은 욕망을 그는 억제할 수가 없었다. 기애는 돌멩이를 집어들었다. 셰퍼트의 코를 향해 힘껏 내리쳤다. 그리고 폐부를 찌르는 듯한 짐승의 비명과 슬프고 비참한 긴 신음 소리 가운데 신경이 산산조각이 나는 것 같은 현기증을 느끼면서 비칠비칠 걸어갔다.
—강신재 「해방촌 가는 길」(1957)

"여보, 봇짱이 왜 똥개예요, 일본 갠데. 봇짱이 얼마나 똑똑한지 당신이 알기나 알아요. 아무리 고깃국을 끓여줘도 여기 음식은 입에도 안 대고 가지고 온 일본 깡통 음식만 꼭 먹는다지 뭐예요. 말도 어쩌면 그렇게 일본말은 잘 알아듣고 고대로 하는지, 철이 엄만 봇짱 어르느라고 이젠 웬만한 일본말은 다 배웠겠습디다."//
철이 엄마는 아직도 욕을 하고 봇짱을 때린다.
나는 그녀가 쉬이 개를 팔지는 않을 것을 안다. 그녀에게 지금 절실하게 필요한 건 돈보다 분풀이의 대상일 것이다. 그녀의 모진 채찍질에 아프게 신음할 가학의 대상인 것이다.

─박완서 「어떤 야만」(1976)

　돌쩌귀가 떨어져나간 대문을 밀고 들어서자 마당가에서 낮잠을 자던 여러 마리의 고양이들이 번쩍 눈을 뜨면서 일제히 울어댔다. 온갖 잡초들로 우거진 마당은 냄새로 가득 차 있었다. 잡초들이 내뿜는 질식할 듯한 풀 내와 발정 난 고양이 특유의 암내… //

　그때 갑자기 고양이 한 마리가 그의 손등을 덮치더니 들고 있던 돼지고기를 바닥에 내동댕이쳤다. 배를 제외하고 온통 검은, 꼬리 끝이 한쪽으로 꺾인 수컷 고양이의 짓이었다. 대장으로 보이는 그 덩치 큰 놈은 노려보는 그의 눈길이 귀찮다는 듯이 무시해버리고 유유히 고깃덩이를 물고 벽오동나무 그늘로 가버렸다. 그러자 나머지 고양이들이 한꺼번에 몰리더니 고깃덩이를 삽시간에 먹어치웠다. 고양이들은 야생성을 완전히 회복한 날카로운 눈빛을 하고 있었다.

─김재영 「사라져버린 날들」(2001)

　열댓 마리의 쥐가 마당 한 가운데 널브러져 있다. 숨이 남아 있어 찍찍 울어대는 놈도 있고, 어떻게든 도망치려고 땅바닥에 발톱자국을 내며 발버둥치는 놈도 있다. 한 달에 한 번씩 돌아오는 쥐잡기 날인가 보다. (중략) 장정 중에 까만 장화가 쥐의 몸뚱이를 짓밟는다. 쥐는 하얀 발을 가늘게 떨더니 꼬리를 축 늘어뜨린다. 뱃가죽이 터져 내장이 벌겋게 쏟아져 나온다. (중략) 쥐들은 여전히 꿈틀대고 도망치려고 발버둥을 친다. 여러 개의 장화들이 쥐새끼 한 마리씩 맡아 처리한다. //

　어째서 다람쥐를 아직 버리지 않았는지 모르겠다. 암컷의 목을 물어뜯어 잔인하게 죽인 놈을. 도시의 쓰레기통에 버리려다 겨우 데리고 왔더니 아무 때고 일어나 소란을 떤다.

─김재영 「미조(迷鳥)」(2002)

　대개 그런 알려지지 않은 동물원들은 시내 한가운데가 아닌 교외에 있어. 물론 어느 정도 큰 도시들은 모두 동물원을 가지고 있어. 그런 동물원들은 지도에도 나와 있고 여행 안내소에 가면 오페라극장이나 거리 퍼포먼스 행사처럼 팜플렛도 구할 수 있어. 큰 도시에 있는 동물원은 규모가 크고 동물도 많아. 동물원이 있는 큰 도시에는 거의 예외 없이 '동물원 역'이라고 이름 붙여진 역이 있기 마련이야. 그러나 작은 도시에 있는 동물원은 규모도 작고 스스로를 드러내기를 싫어하거나 수줍어하고 있는 것 같아. 그런 곳에서는 마치 개인 농장 같은 동물원을 만난 적도 있어. 나귀와 오리 거위 칠면조 토끼 그리고 앵무새와 단 한 마리의 공작,

유리방 안에 갇힌 커다란 나방과 바퀴벌레, 실험용 쥐와 원숭이 등등으로 꾸며진 동물원을 만난 적도 있어.

— 배수아 『동물원 킨트』(2002)

가시적인 목표가 생기자 사람들은 적극적이고 전투적으로 현실에 대응했다. 분노는 더욱더 극렬해져가고, 마을에는 기이한 활기가 되살아났다. 사람들은 이중 삼중으로 문을 덧대고 창문을 막았다. 늑대에 대해 원시적인 방어가 전부인 사람들은 길을 가다 보이는 강아지나 들개의 새끼들도 모조리 때려 죽였다. 낮엔 사람이 늑대의 자식들을 죽여나갔고, 밤이 되면 늑대가 사람을 습격했다.

— 김유진 「늑대의 문장」(2004)

시커먼 개구리들이 비에 섞여 바닥으로 떨어졌다. 바닥은 깊이를 알 수 없을 정도로 쓰레기가 쌓여 있었다. 개구리들은 대부분 그 속으로 빨려 들어갔다. 아스팔트에 떨어져 머리가 깨지거나 지나가던 소독차에 깔리기도 했다. 그러면 아스팔트는 붉은 꽃을 피웠다. 어두운 거리에 그들이 흘린 피와 찢어진 살갗이 불빛처럼 빛났다. 대낮인데도 도시는 불에 그슬린 듯 어두웠다. 시 당국은 가스 공급량을 줄였다. 그러자 석탄 때는 연기가 대기 중으로 쏟아져 구름을 검게 물들였다. 오래된 학교나 보건소 외에도 구식 난로가 남아 있다는 게 놀라울 지경이었다.

인적은 끊겼지만 거리는 한산하지 않았다. 주민들이 창밖으로 내던진 쓰레기가 거리를 채웠다. 도시 전체를 내다버린 것처럼 많은 양이었다. 아오이 가든 주변 거리는 거대한 쓰레기 하치장이나 마찬가지였다. 동물의 배설물과 사체도 쓰레기 더미에 섞여 거리에 남았다. 거리에는 집에서 쫓겨난 동물들이 많았다. 그들은 이른 아침부터 밤늦도록 떼를 지어서, 혹은 혼자서 어슬렁거리며 거리를 배회했다. 쓰레기를 뒤져 먹을 것을 찾거나 다른 놈의 모가지를 물어 죽이거나 교접하는 것이 그들이 일이었다. 모가지에 피를 흘리면서도 살아남은 것들은 차에 치었다.

— 편혜영 「아오이 가든」(2005)

이게 무슨 냄새죠? 아, 지독하네요.

배달원이 코를 막으며 물었다. 노린내는 약국 깊이 퍼져 있었다. 노인은 신경통에 고양이만큼 좋은 게 없다고 했다. 깊게 국물을 우려내어 단숨에 마셨다. 고기를 건져 먹고 국물까지 다 마시면 노인의 입가에는 번들거리는 기름기가 퍼졌다. 트림을 하면서 역한 내를 뱉어내기는 했지만 얼굴에는 화색이 돌았다. //

검은 구름이 하늘을 뒤덮고 있었다. 비가 올 듯 흐린 날씨였지만 비는 오지 않을 터였다. 흐릿하고 매캐한 도시의 기운 속에 무덤은 거대한 짐승처럼 엎드려 있었다. 관광객들은 쓰레기 하나 남기지 않고 도시를 빠져나갔다. 밤의 도시에는 상점 주인들과 무덤의 관리인, 그리고 떼로 몰려다니는 쥐만 남았다. 사내는 언젠가 도시의 밤은 쥐들 차지라고 말했다. 인간과 마찬가지로 쥐는 아무 데나 둥지를 틀었다. 들판이나 콘크리트 벽 속, 심지어 물에서도 목숨을 이어나갔다. 무덤의 가장 깊숙한 곳도 사실은 미라가 아니라 그들의 거처였다. 그들은 도시를 얘기할 때 빼놓을 수 없는 것이었다. 말하자면 쥐는 도시에서 자연의 일부였다.

―편혜영 「서쪽 숲」(2005)

늑대가 사라진 것은 오후 늦게야 발견되었다. 사육사만 드나드는 내부 문이 열려 있었다. 걸쇠를 바깥에서 걸게 되어 있는 문이었다. //

모두들 하루빨리 늑대를 잡아야 한다고 입을 모았다. 늑대는 위협적인 동물이었다. 늑대에게 물려 죽은 것으로 추정되는 시신이 발견되었다. 시신은 참혹했다. 이빨이 박힐 만한 곳은 죄다 물어뜯겼다. 내장이 찢어진 해 아스팔트에 납작하게 깔려 있었다. //

시간이 지나면서 새들은 사람을 물어뜯어 죽인다는 늑대보다 더 두려운 존재가 되었다. 낮에 나타나서였다. 그들은 낮고 기분 나쁜 소리로 울었으며, 떼 지어 몰려다니면서 검은 그림자를 만들었다. 사람의 머리통을 쪼았으며 아무 데나 똥을 쌌고 부리에 닿는 것이면 무엇이든 닥치는 대로 먹어치웠다.

―편혜영 「동물원의 탄생」(2006)

어떤 때는 개들이 짖는 소리가 좀더 가까워진 듯했고, 어떤 때는 희미하게 사라지기도 했다. 아이만 아니라면 사육장을 먼저 찾아가고 싶었다. 아이의 살점을 물어뜯은 개들은 분명 사육장에서 기르던 것일 터였다. 철창에 갇힌 개들의 엉덩이를 후려갈겨주고 싶었다. 하지만 사육장의 개가 아닐 수도 있었다. 어느 마을에나 버려진 채 배회하는 개들은 있게 마련이었다. 버려진 것들은 사육장에서 키우는 것보다 오히려 더 사나울지도 몰랐다. 그 생각에 몰두한 나머지 그는 점차 자신이 찾는 것이 사육장인지, 아이를 치료할 병원인지, 아니면 아이를 물어뜯은 개인지 헷갈리기 시작했다.

―편혜영 「사육장 쪽으로」(2006)

우리를 만들어서 동물들을 넣어두고 관람료를 받는 일 같은 것을 인간 외에 어떤 동물이 생각해내겠어. 동물을 관리하는 인간이 있고 동물을 관람하는 인간이 있고 동물을 관람하는 인간들을 관리하는 인간이 있고 그런 인간들에게 통제되고 영향받는 소수의 동물들이 있는 곳. 압도적인 인간의 영역, 그게 동물원이야. 동물원의 동물들이 어딘지 사람의 얼굴을 하고 있는 것은 그 때문이야. 그런 걸 보고 싶었어. 사람들에게 통제되고 영향 받는 동물들이 사람들이 붙인 이름이 적힌 우리 안에서 온순하게 살고 있는 것. 그런 걸 보고 싶었다고. 아니야. 보고 싶었다기보다는, 먹고 싶었어. 그런 경험을.

　　　　　　　　　　　　　　　—황정은 「일곱시 삼십이분 코끼리열차」(2006)

"뱉어!"

개는 눈을 반짝거리며 그를 올려다보았다. 그는 개의 입에서 비둘기를 뽑아내려고 했다. 주먹으로 개의 머리통을 쥐어 질렀다. 개는 이를 드러내며 몸을 뒤로 뺐다. 그는 개의 아가리를 벌려 비둘기를 뽑아냈다. 날개 한 짝이 뜯어졌다. 피가 후두둑, 바닥으로 떨어졌다. 깃털은 끈적거렸다. (중략)

개의 입에는 피가 묻어 있다. 그는 신문지로 개의 입 언저리를 문질렀다. 개가 꿈틀거려 닦아내는 게 쉽지 않았다. 종이 뭉치가 엇나갔다. 피범벅인 개를 좋아할 사람은 없다. 그는 덥석 개를 안아 들었다. 그는 한 손으로 개의 목을 틀어쥐고 다른 손으로 개의 입을 문질렀다. 손에 힘이 들어갔다. 개는 그의 품에서 버둥거렸다. 발톱이 그의 손등을 할퀴고 지나갔다. 쓰라렸다. 그는 개를 바닥에 패대기쳤다. 개는 궁둥이는 쳐들며 으르렁거렸다.

발을 구르자 개는 낑낑거리며 저편으로 뛰어갔다. 그는 돌아보는 개를 향해 종주먹질을 했다. 개는 움찔거리다 사람들 사이로 사라졌다.

　　　　　　　　　　　　　　　—김나정 「이것은 개가 아니다」(2009)

뭐. 어쩌고저쩌고. 결국 도시 전체를 커다란 우리로 만들겠다는 말이군. S는 알겠다는 듯 고개를 끄덕이며 자리에서 일어난다. (중략) 헬기는 아까보다 훨씬 더 높이 떠서 사라지고 있는 중이다. 다다다. 프로펠러 도는 소리가 드림 월드의 모래 바닥에 박히다가 점점 약해진다. 코탈위 회의 결과를 전해 들은 헬기들은 이제 보호 펜스를 칠 위치를 정하기 위해 도시 외곽으로 몰려갈 것이다.

S는 작업복 차림 그대로 곧장 코끼리 우리로 향한다. 다섯 마리 코끼리들은 이미 우리를 부수고 있는 중이다. 무너지지 않을 것처럼 보이던 쇠창살은 코끼리 발에 밟혀 우그러지고 있다.

　　　　　　　　　　　　　　　—김이은 「코끼리가 떴다」(2009)

도시는 놀라우리만치 선명했다. 햇빛은 대기층을 뚫고 그 어떤 장애물도 없이 도시에 도달했다. 빛은 맹렬히 빌딩의 유리벽을 향해 달려들었다. (중략) 그녀의 눈은 코팅지에 찍힌 거대한 문어를 향해 있었다. 문어는 기원을 거슬러 올라가는 원시의 혈통이었다. 크기는 직경 십오 미터에 달했다. 무엇이든 크고 웅장했던 태초의 산물이었다. 문어 옆에는 거대문어의 출몰기록이 남아 있는 실록의 자료가 나란히 기재되어 있었다. (중략) 그 희귀한 아열대성 어종이 도시 한가운데 전시되기로 한 것이다.

―김유진 「빛의 이주민들」(2009)

도시는 외형적으로 건물과 집과 다리와 각기 다른 상점으로 이루어진 지상의 공간이지만, 실제로는 수십개의 관과 여러 개의 층을 가진 지하공간이다. 지상이 인간의 세계라면, 지하는 쥐의 세계이다. 도시 전체를 관통하는 하수도 밑에는 전선이 매설된 관이 있다. 쥐는 그런 관이 지나가는 길목에 있다. 도시의 심층 구조와 쥐의 분포도는 그래서 비슷하다. 도시는 눈에 보이지 않는 수개의 층을 가지고 있고 쥐는 사람 눈에 띄지 않는 곳에 수십만 마리가 존재한다. (중략) 쥐는 지하실이나 하수도, 맨홀, 더이상 사용하지 않는 버려진 파이프, 마룻바닥 아래 구멍이나 구덩이처럼 생긴 곳이면 어디건 집을 짓는다. 수많은 사람들이 이용하는 지하철역에도 선로 아래나 어두운 곳을 찾아 태연히 둥지를 튼다.

―편혜영 『재와 빨강』(2010)

> 테헤란로 한복판
> 늑대 한 마리가 서 있다
> 얼음 빛 짧은 털
> 무리를 잃고
> 녹은 빙하를 따라 흘러 내려온
> 푸른 눈의 북극 늑대
> 툰드라의 종손, 수컷 중의 수컷
> 알파 늑대
> 해 지지 않는 여름과
> 해 뜨지 않는 겨울을 지나
> 빙하의 박동을 감지하던
> 뜨거운 심장
> 그의 내부는
> 그린란드의 정령들로 가득 차 있었을 게다
> 해골도 무덤도 사라지게 하는 강풍
> 발바닥에 박히는 얼음 파편 따위 아랑곳없이
> 북극의 대평원을 대서사시처럼 달려온

알파 늑대
스카이라인 없는 테헤란로 한복판에
우두커니 서 있다

─강기원 「알파 늑대」(2010)

은행나무 아래 쭈그리고 앉은 저 떠돌이 여자, 황톳빛 얼굴 검붉은 입술 옆 퍼런 비닐끈에 묶여 있는 그를 한 눈에 알아보았네. 둥그런 가죽을 뒤집어쓰고 라면상자 속에 쭈그리고 앉아 손톱을 물어뜯는 늙은 원숭이. 꽃은 시들고 허옇게 벗겨진 머리 유랑의 시간을 조금씩 뜯어 먹으며 여기까지 흘러왔네. 헝클어진 길을 꼭 쥐고 있는 새까만 손바닥 휘둥그레 거리를 휘둘러보는 눈. 누군가 차가운 손을 내밀었나, 허공의 젖꼭지를 붙들려 필사적으로 달려드는 검은 원숭이.

그 불길하고 추악한 허기가 들러붙을까 구경꾼들 화들짝 놀라 흩어지고 거리엔 아직도 알 수 없는 노래가 쿵쿵 흘렀네. 사내들 침을 뱉으며 경적을 울려대고 어린 여자들은 붉은 꽃을 사고, 그 꽃으로 누군가의 뺨을 후려치는 저녁이 또 오고 있네.

─이기성 「신촌에서 원숭이를 보았네」(2004)

코끼리들이 횡단보도를 건너고 있었다 건물 유리창에서 빛의 조각이 떨어졌다 조련사들은 어디선가 길을 잃고 그림자만 남았다 꼬리만 붙들고 한 생을 건너는 코끼리들은 알지 못한다 세상은 둥근 회색 구멍일 뿐 모든 길은 엄마 코끼리의 항문으로 뚫려 있다 아프리카 밀림의 뿌리들은 항문에서 뻗어나와 긴 코를 휘감으며 자라났다 어느 날 조련사들이 검은 채찍으로 등짝을 내려쳤을 때 어린 코끼리들은 자신의 코에서 쏟아져나온 무성한 뿌리를 보았다 숲에서 밀려날 때마다 하늘의 맨발 같은 뿌리들이 창백하게 말라갔다 세상은 둥근 회색 구멍일 뿐 어린 코끼리들은 구멍의 흐릿한 빛을 따라 걸었다 조련사의 그림자를 밟으며 엄마 코끼리가 울타리를 넘어 쏟아지는 거리의 굉음 속으로 들어갔다 네모난 항문들이 건물마다 붙어 있었다 도시의 항문은 얼마나 투명하고 매혹적인지, 코끼리들은 먼 내륙으로 향하는 구멍 속으로 머리를 들이밀었다 구멍 너머 이상한 종족들이 딱딱한 도면 위를 질주했다 사이렌이 울리고 어지러운 세포분열이 시작됐다

─이영주 「뚱뚱한 코끼리가」(2005)

4.7. 변신, 현실 탈주의 환상

'변신(變身)' 모티프는 폐색된 현실의 삶에서 탈주하고 이를 초월하고자 하는 인간의 근원적 소망을 반영한다. 인간과 동물을 일치시키는 변신 모티프를 통해 문학은 몽환과 현실 또는 신화와 현실이 유동적으로 공존하는 환상성을 구현한다.

특히 현대소설에서 인간이 동물로 변신하는 경우는 현대의 인간성 상실을 보여주는 추방자 모티프와 관련이 있다. 물론 동물-되기를 통해 개인의 자유로운 동물적 본성을 추구한다는 메시지를 담아내는 경우도 있지만 더 많은 경우 이것은 인간성에 대한 고의적인 포기를 시사한다고 볼 수 있다. 동물로 변신한 인간들은 비대해진 물질문명의 폭압 아래 왜소해진 인간 존재의 상처와 소외를 이런 방식으로 항변한다. 그것은 인간으로서 정신적 허기에 시달리며 일개 소모품으로 살기보다 차라리 동물이 되어 본능에 따라 마음대로 살고 싶다는 바람이다. 결국 변신은 동물과의 동일시를 통해 개인의 모멸과 분노를 표출하고 결핍 욕구를 채우려는 문학적 보상기제라 할 수 있다. (김현영 「애완견」, 김재영 「코끼리」, 황정은 「오뚜기와 지빠귀」, 김설아 「고양이 대왕」, 명지현 「흙, 일곱 마리」)

전통적으로 인간이 동물로 변신하거나 인격 변환이 이루어지는 변신 둔갑 (lycanthropy) 상태는 특히 여성과 관련이 깊다. 여성의 가변적인 속성은 변신력을 지닌 여우나 뱀의 주술적인 힘과 요염한 악녀성으로 재현되어 왔다. 그런데 여성작가들은 이 익숙한 문학의 관습을 이용해 남성중심주의 이데올로기의 전복과 위반을 시도한다. 동물로 변신하는 여성인물을 통해 고정된 자아의 정체성을 거부하고 공격과 저항, 질주와 자유를 구가하는 동물성의 수사학을 그려낸다. 즉 여성의 동물-되기는 부정적이고 고통스런 현실에서 탈주해 다른 존재가 되고자 하는 원망을 투영한 것이다. 마찬가지로 여성작가가 그리는 남성 변신 모티프에는 현실의 불합리한 관계를 폭로하고 이를 역전하고자 하는 자유와 초월의 상상력이 투영되어 있다. 즉 남성의 변신이 궁극적으로 인간다움을 되찾는 회복을 위한 역전의 과정이라면 여성의 변신은 분열된 여성 주체의 해체된 자기 정체성을 역설적으로 드러내는 자발적이고 퇴행적인 변신이라 할 수 있을 것이다. (오수연 「벌레」, 송경아 「나의 우렁총각 이야기」)

현대시에서도 변신은 현실을 탈주하려는 화자의 욕망이 강할 때 드러난다. 특히 시에서는 거세된 야생성을 되찾은 동물들이 중심적인 대상이 된다. 이때 변신은 불가항력적인 현실을 탈피하기 위해 시도하는 환상의 세계이자 현실을 극복하게 하는 적극적인 기제가 된다. 변신은 곧 탈신을 지향하는 가장 구체적이면서 강력한 방식이자 현실에 저항하는 적극적인 시적 은유이다. 야생성과 원시성을 되찾으려는 여성 욕망에 기인한 변신 모티프를 통해 여성은 '밝은 들판'을 질주하고 내닫는 고양이가 되며, '초원'을 뛰어다니는 아름답고 싱싱한 얼룩말이 되고, '야생동물의 체질'을 닮아 아프리카 초원을 누비는 기린으로, 자기 안의 욕망을 자유롭고 역동적인 상상으로 실현한다. (황인숙 「나는 고양이로 태어나리라」, 강신애 「기린」, 김행숙 「소녀 고양이군을 만나다」, 천양희 「카멜레온」, 박라연 「얼룩말을 위하여」, 이원 「기린이 속삭임」)

"왈왈왈왈왈왈."

내 입 안에 들어 있는 말은 분명히 신지야!였다. 그러나 입 밖으로 나오는 소리는 왈왈왈!이었다. 신지는 분명히 내 남자친구였다. 신지가 사람인데 내가 개일 리가 없다. 백번 양보해서 정말로, 정말로 내가 위노나라면 지금까지의 나는 위노나가 꾼 꿈이었단 말인가. 어떻게 그런 생생한 꿈을 꿀 수 있단 말인가. 이런 개같은 경우가 어디 있단 말인가. 말도 안 된다. 나는 지금 개가 된 꿈을 꾸고 있다. 그게 진실이다. 조금만 지나면 어머니가 학원에 가라고 나를 깨울 것이다. 그럼 나는 개꿈에서 깨어 학원에 가면 된다. 그뿐이다.

"왈왈왈왈왈왈왈…."

꿈에서 깨어나려는 안타까운 열망에 휩싸여 개인지 사람인지 알 수 없는 나는, 짖고 또 짖었다.

　　　　　　　　　　　　　　　　　　　　　　　　　－김현영 「애완견」(2000)

우렁 총각은 과연 놀라웠다. 일주일이 지나자 집안이 머리카락이나 먼지 하나 없이 반들반들해졌다. 재활용 쓰레기도 종이, 병, 캔 등으로 나뉘어 차곡차곡 묶였고, 냉장고에는 우렁 총각이 만들어 두는 밑반찬이 가득했다. 우렁이가 무슨 반찬을 만들 수 있을까 궁금해서 이것저것 재료를 사 놓은 엄마 덕분이었다. 가끔 몇 시에 일어난다고 말해 두면 아침을 차려놓고 사라지는 적도 있었는데, 어떻게 하는지 부엌에서 달그락거리는 소리도 내지 않고 국을 끓여, 우리는 귀찮아서 잘 쓰지 않는 장식장 속의 고급 그릇들을 꺼내 맛깔스럽게 담아 놓고 도로 수조로 돌아와 우렁이 모습을 한 채 기어 다니고 있었다.

─송경아 「나의 우렁총각 이야기」(2003)

문득 아버지가 코끼리처럼 여겨졌다. 구름보다 높은 히말라야에서 태어나 이곳, 후미진 공장지대에서 살아가고 있으니…… //

나는 눈을 질끈 감는다. 눈꺼풀 안쪽으로 은색 코끼리 한 마리가 나타난다. 구덩이에 발이 빠진 코끼리는 큰 귀를 펄럭이며 빠져나오려고 안간힘을 쓰고 있다. 하지만 발버둥을 칠수록 뒷다리는 점점 더 깊이 빨려 들어간다. 구덩이는 삽시간에 시커먼 늪으로 변하더니 뭐든 집어삼킬 태세로 거세게 휘돌아간다. 와, '외'다. 현기증이 일도록 빠르게 소용돌이치는 '외……' 코끼리는 맥없이 빨려 들어간다. 미처 비명을 지르지 못하고 눈을 부릅뜬 채. 눈앞이 온통 까맣다.

─김재영 「코끼리」(2004)

깨자마자 나는 터져나오는 비명을 가까스로 되삼켰다. 환부에 한 겹 딱딱한 더께가 앉았기 때문이었다. 곪아서 생긴 딱지가 아니라 더께는 돌기가 촘촘하게 이어진 별난 것이었다. 거울에 비춰보니 등판에는 증상이 더 심해서 돌기들이 아침 햇살에 반짝거리고 있었다. (중략) 그것은 내 몸뚱이에 걸맞은 크기와 형태로 내 살갗에서 돋아난 나의 새로운 세포들이며, 집안에 득실거리는 곤충들 때문에 나의 신체가 본질적으로 뒤바뀌고 있다는 증거다. //

일터에서는 냉혹한 돈벌레고 가정에 돌아가면 애처가이자 자상한 아버지가 되는 인생의 법칙은 과연 경이롭도다. 환자한테는 철면피요 오로지 세 식구 앞에서만 인간다움을 되찾는 원장선생의 변신술이 하도 황홀해서 나는 눈앞이 가물거렸다.

─오수연 「벌레」(2004)

나는 지빠귀 같은 것이 되면 좋을 텐데.
웬 지빠귀.
부리가 있으니까.
부리는 왜.
효율의 문제라느니, 얄미운 소리를 하는 주둥이 같은 걸 꼭꼭 쪼아줄 수가 있으니까.

─황정은 「오뚜기와 지빠귀」(2007)

처음에는 좋았습니다. 늘 바쁘다고 하시던 아버지가, 회사에서 늦은 밤까지 일하다가 지친 모습으로 돌아오시던 아버지가, 주말이면 죽은 시계처럼 잠을 자던 아버지가 하루 종일 집에 계셨으니까요. 뿐만 아니라 여러 가지 재미있는 동작도 하셨습니다. 변기 위에 올라앉아 등을 곧추세우고 오줌을 누며 부르르 떤다거나 가방이나 봉지 속에 들어가 계시는 모습은 깜찍하기까지 했습니다. 때론 아버지를 껴안고 '아이고, 귀여워'라고 해버릴 때도 있었지만 그럴 때도 아버지는 당황하지 않고 지그시 나를 보며 천천히 눈을 감았다 떴습니다. 몇 번이고. 그게 무슨 뜻인지 몰랐는데 우연히 본 TV 동물 프로그램에서 그러더군요. 일명 고양이 키스로 고양이가 애정을 표시하는 방법이라고요.

—김설아 「고양이 대왕」(2010)

이 철장을 어떻게 통과할 것인가. 13은 세면대에 물을 받아 11이 뜯어낸 진흙을 담가두었다. 반죽을 뭉쳐 고양이를 만들 생각이었다. 그로선 가장 자신 있는 형체였다. 물기로 축축해진 진흙반죽을 열심히 짓이기며 13은 형제들에게 설명했다. 다른 몸이 되어 이곳을 빠져나가자.

—명지현 「흙, 일곱 마리」(2010)

이 다음에 나는 고양이로 태어나리라.
윤기 잘잘 흐르는 까망 얼룩 고양이로
태어나리라
사뿐사뿐 뛸 때면 커다란 까치 같고
공처럼 둥글릴 줄도 아는
작은 고양이로 태어나리라
나는 툇마루에서 졸지도 않으리라
사기그릇의 우유도 핥지 않으리라
가시덤불을 누벼누벼
너른 벌판으로 나가리라.
(중략)
혹은 거센 바람과 함께 찬 비가
빈 벌판을 쏘다닐지도 모르지.
그래도 난 털끝 하나 적시지 않을 걸.
나는 꿈을 꾸리라.
놓친 참새를 쫓아
밝은 들판을 내닫는 꿈을.

—황인숙 「나는 고양이로 태어나리라」(1988)

나무 열매로 푸르게 이빨을 닦고
땅 끝까지 피칠갑하는 황혼녘이면
움찔움찔,
퇴화된 뿔이 살을 뚫고 나오려는 기린처럼
난 조금만 잠을 자
들끓는 육식의 적으로부터 경계심을 늦추지 못하지
앞의 보호색 얼룩점으로 광합성을 시늉하는
기린은 두통을 모를 거야
나처럼 알약 따윈 먹지 않을 거야
저 야생동물의 체질을 닮아
(중략)
우리 전속력으로 가자
아프리카 초원으로─

─강신애 「기린」(2002)

나는 고양이가 되려고 생선 한 마리를 물고 집을 뛰쳐나왔으니까, 야아옹 만세!
네가 아는 미미와 샤샤와 쥬쥬와 라라에 대해 얘기해 줘. 그들의 독특한 취향과
보편성에 대해.

내 인생의 하루는 미미를 생각하며 울었어. 울면서 생각했어. 미미는 아파트먼
트 같은 닭장을 실은 트럭에 깔려 납작해졌고, 그래서 내가 운다고 미미의 배가
불룩해지지 않는데, 내가 운다고 퍼얼펄 끓는 기름가마 속에서 닭들이 홰를 치지
않는데, 열세 번 열네 번 흑흑 운다고 운다고 부자가 되지 않는데, 질질 운다고
예뻐지지 않는데, 눈물은 허무해. 눈물은 너무해. 미미라면 울지 않았지. 미미는
뽐내듯 하품을 하는 순간에 가장 요염했지. 미미라면 이렇게 천천히 입을 오므리
는 거야.

─김행숙 「소녀 고양이군을 만나다」(2007)

색깔 잘 바꾼다고 사람들이 나에게 붙여준 이름인데
나는 이 이름에 엄청 만족하오 변신한다는 것이 얼마나
좋은 거요 변질하고는 관계가 없소 나는 부지런히
내 색깔을 바꾸었소 그래서 사람들은 나를 변신의
명수라 하오 변신 잘하는 나를 변질 잘하는 놈이라
착각은 마오 색깔을 바꾼다고 얼빠진 건 아니오

색깔 잘 바꾸는 내가 나는 좋소 색깔 바꾸니 새롭기
그지없소 색깔 없는 사람이 나는 더 무섭소 사람들은
왜 변신과 변질을 구별 못하는지 모르겠소 그때마다
나는 내 본색을 드러내고 싶었소

　　　　　　　　　　　　　　　—천양희 「카멜레온」(2005)

희고 고운
그 말을 잃기 위해 얼룩말이 되기를
말이 되지 못한 마음들이
제 몸을 지키기 위해 점, 점, 점, 스며들면
기꺼이 점박이 말이 되기를
아무도 모르게 불임의 씨앗들만 심기를
온몸에 말이 되지 못한 마음들의
상처가 얼룩 무늬 되어
아름답고 싱싱한 얼룩 무늬의 말이 되어
초원을 뛰어다닐 수도 있기를

　　　　　　　　　　　　　　　—박라연 「얼룩말을 위하여」(2000)

…………그러자
구부러진다 목……
긴 목을 구부려 발 옆에 놓을 수 있어요
풀밭 속으로 푹 넣을 수도 있지만
닿을 듯 닿을 듯
위태로움을 간직하는 법을 알게 되었어요
그리 긴 시간도 아니었어요

어둠이 되어보지 않고 초록이 생겨나겠어요?

　　　　　　　　　　　　　　　—이원 「기린이 속삭임」(2012)

4.8. 이브와 팜므파탈 사이, 유혹과 탐닉

동물과 동화된 인간의 모습에는 거침없고 야성적인 에너지와 본능적인 에로스에 대한 지향과 갈망이 담겨 있다. 특히 현대소설에서 이물교혼(異物交婚)의 형태로 등장하는 인간 동물 혼인 모티프에는 다른 존재와의 결합을 통해 구원을 기대하는 인간의 설화적 상상력이 구현되어 있다. 동물 이미지가 여성의 관능적 육체를 환기시키고 성적 환상을 이끌어내는 상징적인 장치로 사용되는 경우, 이 상징은 주로 이물교혼 모티프와 감각적으로 결합되는 경우가 많다. 여성 인물은 새와 물고기와 교합하거나 자신의 육체가 날개와 지느러미로 변해가는 환상을 통해 섹스에 대한 비정상적인 욕망을 드러낸다.

인간과 동물의 섹스나 교혼(交婚)은 시간과 공간의 경계가 무화되는 환상 공간에서 주로 연출된다. 일반적으로 이질적인 존재끼리의 결합은 다른 차원으로의 이동이나 구원을 의미하지만 여성문학에서 이 같은 결합은 인간 내부에 잠자고 있는 자기파괴 본능을 드러내는 계기가 된다. 그로테스크한 대상, 섹스에 대한 비정상적인 욕망을 통해 여성들은 자신의 신체를 잃어버리는 극단적인 상실감과 허무를 경험한다. 이들은 성교를 통해 여성의 감각과 관능이 반응하고 남성의 성기가 여성의 성기로 이행되는 환각과 환상을 보여준다. 그로테스크하고 관능적인 동물의 이미지를 변주하여 경계를 해체하고 합일을 지향하는 인간의 본원적인 충동을 반영하는데, 한편으로는 남성과 여성, 사람과 동물, 종(種)과 종(種), 존재와 존재 사이의 차이를 무화시키면서 현실의 질서와 법칙에서 의식적으로 일탈하려는 여성의 욕망을 구현한 것이라 볼 수 있다. (이평재 「마녀 물고기」, 「거미인간 아난시」, 「푸른고리문어와의 섹스」, 「마야」, 「불가사리의 냄새」, 방현희 『달항아리 속 금동물고기』)

현대시에서 관능적인 유혹과 치명적인 탐닉을 상징하는 동물은 '뱀'과 '여우'다. 뱀과 구미호는 여성이 남성을 유혹해 파멸시키는 이미지의 동물로 등장하는데 이는 남성적 환상이 투영된 치명적인 유혹자라고 할 수 있다. 뱀은 존재론적 변태(變態)의 가능성을 지닌 동물이자 가장 감각적인 동물로 절대적인 악과 유혹을 상정하는 팜므파탈의 이미지를 가진 동물이다. 여우 또한 남성을 유혹해 파멸하게 만드는 동물로서 구미호라는 상상력에서 파생된 '은호, 둔갑 여우, 백년 묵은 여우' 등으로 등장한다. 이 시들에서 여성화자는 사랑을 구하면서도 배신하고 남성을 유혹하면서도 파멸시키는, 거침없고 노회한 이중적인 모습으로 악녀와 팜므파탈을 오가며 여성의 수동적이고 순결한 이미지를 전복하고 있다. (강기원 「초록각시뱀」, 김상미 「자존심」, 유안진 「몇 살입니까」, 이진명 「뱀이 흐르는 하늘」, 유안진 「구미호」, 허영자 「은호(銀狐)」, 김혜순 「백년 묵은 여우」, 최정례 「여우의 길」, 이사라 「여자를 따라다니는 여우」, 양애경 「둔갑 여우」)

　　내 몸 안에 집을 짓겠다는 것이 나와 섹스를 하겠다는 거라면 차라리 낫겠다는 생각이 들었다. 그런데 그것도 아니라니, 그가 진정 나에게 원하는 것이 무엇이란 말인가. 인체에 붙어사는 기생충도 아니고, 바이러스도 아니고, 곰팡이나 진드기도 아닌데 어떻게 내 몸 안에 자신의 집을 짓겠다는 것인가.

　　　　　　　　　　　　　　　　　　　　　　－이평재 「거미인간 아난시」(2001)

　　하지만 다음 순간, 아래가 전체적으로 함몰되는 느낌이 들어 나는 반사적으로 눈을 뜨지 않을 수 없었다. 믿어지지 않는 장면, 나의 성기가 있던 자리에 검은 동공이 생겨나 있는 것이 아닌가.

　　구멍… 나의 성기가 있던 자리에 생겨난 구멍 안에 그녀의 성기가 한껏 젖은 채 열려 있었다. 나는 구멍 속의 구멍을 향해 조심스럽게 가운뎃 손가락을 갖다댔다. 그러자 손가락이 미끄러지듯 깊숙이 빨려 들어갔다. 푸른고리문어와 그녀, 그녀와 나, 나와 푸른고리문어가 일체가 되는 순간이었다.

　　　　　　　　　　　　　　　　　　　　－이평재 「푸른고리문어와의 섹스」(2001)

　　그녀는 교태스럽게 움직여 온몸으로 나를 유혹했다. 그리고 어서 오라고 손짓까지 하였다. 나는 나른한 몸을 일으켜 그녀 쪽으로 다가갔다. 뱀이 허물을 벗듯 옷을 훌훌 벗어버리고 작업대 위로 올라갔다. (중략) ……드디어 그녀가 발그스름한 혀를 내밀어 입술에 침을 바른 뒤 작업대 위에 배를 깔고 길게 엎드렸다. 그러고는 깃털 달린 뱀처럼, 깃털 달린 뱀처럼…… 하는 말을 잇달아 중얼거렸다. (중략) ……순간적으로 낯선 이물감이 느껴져 퍼뜩 상체를 일으켰다. 싸늘한 체온, 그리고 껄끄러운 촉감, 무엇인가, 눈을 가늘게 뜨고 밑을 내려다보다가 질겁을 하며 비명을 내질렀다. 마야가 아니라 거대한 뱀, 녹색의 깃털 달린 뱀이 길게 늘어져 몸을 꿈틀거리고 있었기 때문이다. //

　　정찬재의 '마야를 향한 몸짓 전', 그곳에서 보았던 깃털 달린 두 마리 뱀의 교미 장면…… 어느새 카스티요 신전의 북쪽 계단 난간 조각이 마야와 나를 에워싸고 있었다.

—이평재 「마야」(2001)

　몸의 어딘가가 가려워서 병원을 찾아왔던 사람들은 미처 치료를 받기도 전, 대기실 의자에 앉아 있는 동안 눈에 띄게 흉측한 모습으로 변해갔다. … 가렵던 살갗이 순식간에 부풀어 올라 물집이 잡히는가 싶더니 그것이 이내 별모양의 검붉은 덩어리로 변해갔다. 누가 보더라도 깜짝 놀라 입이 벌어질 일이었다. 더욱 기가 막힌 것은 사람들의 피부에 들러붙은 그 덩어리의 모습이었다. 내 눈에는 그것이 영락없는 불가사리로 보였다.

—이평재 「불가사리의 냄새」(2001)

　나는 그녀의 다리 사이에서 두 마리 통통한 물고기를 발견했다. 가운데 부분이 약간 벌어진 채 머리와 꼬리를 붙이고 있는, 팔딱거리고 매끈하며 보얀, 찬 물기가 느껴지는 물고기 아랫배 같은 그녀의 속살을 밤이 새도록 보고 싶었다. 뜨거워요, 그녀는 가끔 다리를 털 듯이 흔들었다. 내가 그녀의 다리 사이에 라이터를 들이댔기 때문이다. 라이터는 가스가 다할 때까지 내 뜻을 충분히 이루어주었다. 불꽃이 흔들릴 때마다 물고기는 더욱 꿈틀거렸다. 나는 불빛이 없어지자 비로소 그녀의 두 마리 물고기를 열었다.

—방현희 『달항아리 속 금동물고기』(2002)

　　죄의 향기
　　비늘마다 스며 있다 해서
　　독니 감추고 있다 해서
　　내 심장까지
　　뜨겁지 않은 건 아닙니다
　　몸뚱이보다 더 크게 벌어지는
　　욕망의 아가리
　　사나운 당신
　　삼킬 수 없는 건 아닙니다
　　이빨 자국 하나 없이
　　녹아든 당신
　　도로 뱉어 낼 수 없는 건 아닙니다
　　나는 당신의 각시뱀입니다

—강기원 「초록각시뱀」(2010)

뱀이 유혹하자 나는 그것을 따먹었다
그리고는 푹푹 썩었다
썩으면서도 날아들어갔다
가장 밝고 뜨거운 불 속으로
이카로스처럼 찬란하게

—김상미 「자존심」(1993)

금단의 과일을
따 먹으라고 꾀이는
수많은 배암들이 우글거리는 동굴 속
제 몸뚱어리 속에서
가장 간교한 꽃뱀 한마리를 특별히 기르고 싶은
바로 그 나이예요.

—유안진 「몇 살입니까」(2000)

비치는 색지처럼 미묘히 몸 뒤집으며
그러다가 몸 풀듯 일직선을 이룹니다
발딱 일어선 일직선 말고
수평의 부드러운 일직선 말입니다
어느 몸에도 독은 들어 있지 않습니다
그렇지만 그 몸들이 잠깐잠깐 번쩍이는 건
역시 찬피가 숨어 빛을 쏘기 때문일까요
보석들의 근본인 차가움에 대해 생각이 미칩니다

—이진명 「뱀이 흐르는 하늘」(2004)

어렵사리 서럽사리 사노라 사랑하노라, 천년을 묵어도 아니 풀릴 원한으로, 꼬
리가 아홉 달린 구미호라도 되어, 꽃피는 서낭고개 타고 앉아 캉캉 울었으면, 서리
치는 밤하늘을 피칠하며 새웠으면.

—유안진 「구미호」(2000)

사랑이 나를 교활케 하여
이제 나는 한 마리
은빛 여호로다

동물 179

두 눈엔 눈물 고여도
입술로 찬란히
웃을 줄 알며……

시퍼렇게 이는 관능의 불길
검은 굴혈(掘穴)에 은밀히
식힐 줄 알며……

—허영자 「은호(銀狐)」(1978)

나는 이번 생에 복숭아 하나 얻으러 왔어
당신이 떠나가며 한 모금 울컥 뱉어놓은
그 붉은 얼룩, 그것을 구하러 왔어
당신은 저 유령들의 세상에서 병들어 있다는데
나는 눈 내리는 이 겨울밤 이 얼어붙은 골짜기
그만 눈밭에 흘려버렸나 봐
어디에 있는 거야?
이 눈밭을 한 바퀴 돌고 나면 붉은 아기는
하얀 할머니 되고 하얀 할머닌 붉은 아기 된다는데
복사꽃 난분분 난분분 흰 눈은
밀려오고 다시 또 오는데

—김혜순 「백년 묵은 여우」(2004)

한 백년은 묵은 그것이
좀처럼 잡혀주지 않는 불여우가
내 머리 위에서 튀어 달아난다

빌딩 사이를 건너
스카이라인을 그으며
휘어 빠져나간다
탐스런 금빛 꼬리 흘린다

—최정례 「여우의 길」(2001)

내게는 한 마리 여우가
늘 따라다녀

나도 너처럼 잡아먹힐 때까지만 살아보렴
시간이 낡아가니?
내 몸이 가진 시간이 낡아갈 뿐이지
하루에도 수백 번
네 뒤를 밟다보면
불쑥 너를 잡아먹고 싶지만, 그래도
그냥 따라다니지
그러면서 측은하게 몸을 웅크리며
내 등 너머로 물러서는
내가 허락해서는 안되는 여우 하나
달력을 뛰어넘어 휘익 내 앞을 가로막네

―이사라 「여자를 따라다니는 여우」(2002)

달빛에 홀려 하얀 털빛에 홀려 쫓아가다 보면
어느새 여우는
당신 입술을 열고 혀를 넣어
당신의 간을 빨아 당기고 있다는

그러다 보면 당신도
여우의 항문에 혀를 넣어
여우의 간을 힘껏 빨아 당기고 있었다는

―양애경 「둔갑 여우」(2005)

5
벌레

문학작품에서 '벌레'는 주로 열등한 자아의 은유라는 주제로 변용된다. 벌레는 자연물 중에서도 동식물은 물론 천체 및 자연 현상 가운데 가장 연약하고 무용하며 지리멸렬한 주제를 구현하는 대표적인 상징이다.

어학에서 벌레는 곤충과 해충과 기생충 및 하등동물을 총칭하는 표현이다. 어휘가 변화되는 과정 속에서 '벌레'는 벌레류를 총칭하는 객관적인 의미를 갖는 반면, '버러지'는 '징그러운, 무익한, 쓸모없는' 등의 부정적인 의미를 지니면서 가치 평가를 함축하는 은유적 쓰임을 갖게 된다. 가령 '나비'는 '프시케'와 '호접몽'의 모티프로 인간의 영혼과 이상적 상징으로 등장하는 가장 아름다운 벌레인 한편, 허무와 무상, 자멸과 죽음을 의미하는 가장 쓸모없는 버러지로 변용된다.

여성중심적 시각으로 문학작품 속에 나타난 벌레의 모티프를 살펴볼 때, 고전문학은 나비와 귀뚜라미로 대표되는 '벌레'의 시학을, 현대문학은 바퀴벌레, 달팽이, 나비, 거미로 대표되는 '버러지'의 시학을 지향한다.

고전문학에서 나비는 꽃과 어울려 날아다니며 화자의 흥취를 돋우거나 춘흥을 고양시키는 상징물이다. 또한 귀뚜라미의 울음소리는 멀리 헤어져 있는 가족과 님을 그리워하며 우는 여성화자의 울음을 대변한다. 여성화자의 심리적인 보조물로서 나비와 귀뚜라미 등이 등장한다고 할 수 있다.

현대문학에서 벌레는 부정적인 의미의 버러지로 변주된다. 이들은 낯선 공간에 출몰해 섬뜩한 공포를 불러일으키는 심리적 상관물이 되고, 과부화된 일상에 순응할 수밖에 없는 무기력한 여성주체의 알레고리적 표상이 되며, 불가항력적인 세계에 맞설 수 없거나 그 앞에서 스스로 환멸과 지독한 무력감을 느낄 때 자처해 투항해버리는 대상이 된다. 때로 여성화자는 나비로 변신해 비상하기를 꿈꾸며 재생과 부활의 꿈을 투영하기도 하고, 거미를 보며 끝없이 실을 자아내는 아라크네처럼 삶의 거미줄에서 견뎌야 할 자기 자신을 바라보기도 하고, 자기 존재를 처절하게 증명하는 달팽이에게서 고독한 자아의 초상을 발견하기도 한다.

여성문학에서 벌레는 주로 부정적이고 위압적인 현실과 대립하여 궁극적으로 여성이 자기 안의 열등한 자아와 하강적 자아를 가장 극적으로 드러내는 상징적인 모티프라고 할 수 있다.

벌레의 형태와 의미 변화 벌레는 곤충을 비롯하여 기생충과 같은 하등 동물을 통틀어 이르는 말이다. 여기에는 나비, 벌, 개미, 매미, 거미, 메뚜기 등의 곤충과 지렁이, 굼벵이, 진딧물, 벼룩 등과 같은 것들도 이에 포함된다.

'벌레'의 15세기 형태는 '벌에'이다. 15세기 중세국어 표기법은 연철표기를 하는 것이 일반적이었는데 '벌에'는 '버레'가 아닌 '벌에'로 표기되었다. 이것은 제2음절의 'ㅇ'이 음가가 있는 소리로 연철표기가 제약된 것으로 해석할 수 있다. 이런 예들은 '벌에' 외에도 15세기에 몰애[沙], 멀위[葡], ᄀᆞ애[剪], 것위[蚯蚓] 등이 나타난다. 이런 형태들은 15세기 이전 '*몰개, *멀구, *ᄀᆞ개, *것귀' 등으로 재구되는 것들이다. 역사적으로 이 'ㅇ'은 'y, ㄹ, ㅿ'과 모음 사이에서 'ㄱ'이 약화되어 나타난 것으로 보는데, '벌에'의 경우 15세기 이전 형태로 '*벌게'로 추정한다. 'ㄱ' 소리의 흔적은 현재 방언의 벌거지, 벌거이, 벌구지, 벌게, 벌기(뻘기), 벌가지, 벌겡이, 벌거니 등에서 찾아볼 수 있다.

> 뎌 수프레 잇ᄂᆞᆫ 벌에 즁ᄉᆡᆼ들토 다 깃거 太子ㅅ긔 오ᅀᆞᄫᆞ며 (『석보상절(釋譜詳節)』 (1447))

15세기 유성마찰음 'ㅇ'은 16세기에 소실된 것으로 보는데 그 이유는 'ᄀᆞ애[剪], 것위[蚯蚓]' 등과 같이 연철되지 않고 표기되던 것이 'ᄀᆞ새, 거쉬' 등으로 나타나기 때문이다. 이것은 'ㅇ'의 음가가 사라져 소리 나는 대로 표기하던 당시 표기 경향에 따른 것이다. 따라서 15세기의 '벌에'는 16세기에 이르러 분철 표기 '벌에, 벌애, 벌어지' 등으로 나타나지만 연철된 표기 '버러지'도 나타난다. 이것은 표기의 보수성을 고려했을 때 이미 어중 초성의 'ㅇ'의 음가는 거의 사라진 것으로 볼 수 있다.

'버러지, 벌어지' 형태는 '벌'에 접미사 '-어지'가 결합된 것으로 볼 수 있다. '-어지'는 '망아지, 송아지, 강아지' 등에서 보이는 축소접미사 '-아지'의 분파 인 것으로 본다. 어기와 결합하여 통사 범주에 별다른 변화를 주지는 않았으나,

명사의 의미 확장을 가져왔다. '벌레'형 어휘와 '버러지'형 어휘는 16세기에 동의어 관계를 유지하고 있음을 알 수 있다.

蟲 벌에 튱 (『훈몽자회(訓蒙字會)』 下(1527))
가야미는 벌애를 싀어 것꾸로 섬에 오ᄅ놋싸 (『백련초해(百聯抄解)』(1576))
버러지와 쥐의 ᄒ여ᄇ린 배 되ᄂ니 (『소학언해(小學諺解)』 5(1586))
내 죽으믄 벌어지 즘싱ᄀᆺᄒ야 앗갑디 아니커니와 (『속삼강행실도(續三綱行實圖)』
중간본, 忠(1581))

16세기를 거쳐 17세기에 이르면 현대국어에서 보이는 '벌레'형과 '버러지'형이 공존해서 나타난다. 이 시기에 전 시대의 분철 표기 형태, '벌에'와 '벌어지' 등과 더불어 소리 나는 대로 적는 연철, 중철 표기 형태, '벌레, 버레'와 '버러지' 등이 함께 나타난다. '벌레'는 'ㄹㅇ'이 'ㄹㄹ'로 변한 것이고, '버레'와 '버러지'는 'ㅇ'이 단순 소실되어 연철된 결과 나타난 형태로 볼 수 있다. 그러나 '벌레'형과 '버러지'형은 유의어로 존재하며 아직까지 의미 영역의 변화는 일어나지 않은 것으로 보인다.

벌에와 빈얌괘 그림 그류 ᄇᄅ물 들웻고 (『두시언해중간(杜詩諺解重刊)』 6(1613))
짐즛 毒ᄒ 버러지와 빈얌으로써 사ᄅᆷ을 믈려 죽게 ᄒ니는 斬ᄒ고 (『경민편언해
(警民編諺解)』(1658))
사ᄅᆷ이 그 버레를 ᄣᅡ ᄇ리고 관즁산 달힌 믈로 싯기고 (『마경언해(馬經諺解)』 下
(1682))
가진 벌어지 쏘 ᄂ라든니ᄂ다 (『두시언해중간(杜詩諺解重刊)』 10(1613))
蟲損 벌레 먹다 (『방언집석(方言集釋)』 성부방언(1778))

그러던 것이 18세기에 이르면 완전히 연철되어 '버러지, 버레, 베레, 버릭' 등으로 나타나며, '벌레' 형태와 '버러지' 형태도 여전히 공존하는 모습을 보여 준다. 다만, '져근 버러지라도' 등과 같은 예로 보아 당시에 '버러지'는 중립적 의미의 '벌레'와 의미 영역에서 차이가 생기기 시작한 것은 아닌가 추측된다.

져근 버러지라도 다 목슴이니 공은 시험ᄒ야 싱각ᄒ라 (『종덕신편언해(種德新編
諺解)』 상(1758))

疏蛀는 니가 성긔고 버레 먹단 말이라 (『여사서언해(女四書諺解)』 이(1736))

숨에 져근 ㄴ는 벌어지 數업시 몸애 븓고 (『어제내훈언해(御製內訓諺解)』 이
(1736))

베레 츙 蟲 (『왜어유해(倭語類解)』 下(1781))

버릭도 能히 먹디 못ㅎㄴ니라 (『증수무원록언해(增修無冤錄諺解)』 1(1792))

19세기에 이르면 다양한 어형이 나타난다. 1933년 '한글맞춤법통일안'이 제
정, 공포되기 이전에는 언중들은 소리 나는 대로 표기함으로써 표기의 문란을
초래했다. 특히 '벌레'형 어휘들은 다양한 방언형을 갖고 있으며, 역사적으로
'벌레'형과 '버러지'형 등으로 분화, 변화되어 왔기 때문에 19, 20세기 초반까지
다양한 형태가 등장하였다. 19세기에도 '버러지'와 '벌레'의 의미 영역의 변화는
뚜렷이 나타나지 않고 있다. 다만, '벌레'형은 객관적인 의미를 갖고 벌레를 지
칭하고 있는 반면, '버러지'형은 말하는 이의 가치 평가가 나타나 '불필요한 것,
나쁜 것, 불길한 것' 등과 같은 부정성이 함축된 문장에서 발견된다.

벌에 눈이요 배암의 머리 탐재 불인하고 무식 간험한 소이러라 (『임화정연(林花
鄭延)』 2(연대미상))

독흔 버레의게 쏘이여 두 손가락이 쩌러졋더라 (『태상감응편언해(太上感應篇圖說
諺解)』 5(1852))

상북일에 담그면 버레가 으니 나고 (『규합총서(閨閤叢書)』(1869))

쏭나무 벌네 금흔은 법은 (『잠상집요(蠶桑輯要)』(1886))

벌애 츙 蟲 벌에줄 羅紐 (『국한회어國韓會語』(1895))

쏘 버러지가 잇스니 싸 속으로조차 나오고 믈노조차 나오지 아니ㅎ니라 (『훈아진
언(訓兒眞言)』(1894))

어지러온 버레지는 수야의 울어 스람의 근심을 돕는듯 ㅎ도다. (『소학사전(蘇學
士傳)』(연대미상))

20세기 초까지 '벌레'의 형태는 19세기보다도 더 다양하게 나타난다. 또한,
20세기 이르면 벌레형과 버러지형 어휘의 의미 영역의 변화가 뚜렷하다. 벌레
와 버러지의 사전적 의미는 크게 곤충을 지칭하는 것과 기생충 같은 하등 동물,
해충을 지칭하는 것으로 구분할 수 있다. 다만, 벌레가 전자와 후자의 의미를
갖고 사용될 수 있는 반면, 버러지는 전자의 의미보다는 후자의 의미에서 확장

되어 은유적으로 사용된다. 벌레에 비하여 버러지는 '싫은, 징그러운, 무익한, 해로운, 무능력한, 하찮은, 쓸모없는' 등과 같은 의미를 더욱 강조하며 그러한 존재를 가리키는 은유적 쓰임에 집중되어 있다.

> 보통 벌에는 새로 난 수수와 조가 부드러온 바람에 가비엽게 (이광수 『무정』 (1918))
> 벌네를 잡아가며 기른 것이다 (이광수 『무정』(1918))
> 나는 버러지야. 버러지를 때리는 것은 버러지만 못해 (루쉰 『아큐정전』(1923))
> 버러지도 싫다하올 이몸이 (변영로 「버러지도 싫다하올 이몸이」 『조선의 마음』 (1924))
> 아직 벌레 소리가 들리기에는 너무 천지는 고요하였다 (이광수 『흙』(1932))
> 농민이 버러지 같이 보이나 만일 진실로 그렇다면 참말로 큰 인식착오일세 (이광수 『흙』(1932))
> 버러지를 잡아주는 일이 제일 급한 일이지요 (심훈 『영원의 미소』(1933))
> 이슬에 젖은 숲 속의 버레 소리를 듣구 있더니 (심훈 『상록수』(1936))
> 굼벙이 같은 벌레가 되어 뽕나무 잎을 먹으면 손가락같이 굵어진단다 (나도향 『어머니』(1939))
> 그 속에 앉아 뻐기는 버러지가 당신이에요." (김성한 『극한』(1956))
> 다만 버러지 같은 삶을 위하여 나는 얼빠진 얼굴을 하고 돌처럼 서구 앞에 앉아 있었다. (선우휘 승패(1958))

벌레 관련어인 나비가 문헌상 최초로 나타나는 형태는 '나븨'이다. 16세기에는 '나븨'로 나타나며 비어두음음절의 ' · 〉ㅡ' 변화를 보여준다. 17세기에 나타나는 '나뵈'는 제2음절 모음이 'ㅂ'의 영향으로 'ㅚ'로 바뀐 형태이다. 18세기에는 일시적으로 '븨〉뷔'가 있었으므로 '나뷔'의 형태가 나타나며 19세기까지 그대로 이어진다. 17세기와 18세기에 나타나는 '납이'는 '나븨'로 발음되었던 '나븨'를 분철하여 표기한 것이다. '나븨'의 제2음절 모음이 자음 뒤에서 'ㅣ'로 바꾸어 '나비'가 되었다.

보통 '꿀벌'을 줄여 '벌'이라고 부르는데, '부어리, 부얼' 등의 방언형은 '벌'의 모음 'ㅓ'의 장음화로 인해 2음절 혹은 3음절화되어 만들어졌다고도 하고, 벌의 소리를 모사해 만들어진 것이라고도 한다. '벌'은 문헌에서 '벌'과 '버리'의 두 가지 형태로 나타나는데 '벌'은 15세기부터 나타나지만 16세기에는 '버리'의 형태가 등장한다. 17세기 문헌에는 '쌋버릭'가 나타나는데 이때의 '쌋벌'은 '땅벌'의 고어형이다.

'개미'의 정확한 어원은 알기 어렵지만 문헌에 나타난 최초의 예는 '가야미'이다. '가야미, 개야미', 혹은 '개아미' 등으로 표기되었지만 15세기 당시 'ㅐ'모음은 이중모음으로 발음되었으므로 모두 동일한 발음의 표기이다. 그런 '개야미'는 '개아미'가 되고 난 후 이를 바탕으로 현대국어의 '개미'가 나타나게 된 것이다.

'매미'의 15세기 형태는 '미야미'이다. 이는 매미의 우는 소리를 딴 의성어 '미얌'에 명사 파생 접미사 '-이'가 결합하여 만들어진 것으로 보인다. '미야미'는 '미아미, 미암이'로 바뀐 뒤 음운 축약 현상이 일어나 '미미, 매미'로 변화하여 현대국어에 이르렀다.

5.2. 벌레의 상징성

나비의 상징성

나비를 보면 봄, 순수함 그리고 어린이 등을 연상하는데 이들의 공통점은 어떤 시작을 예고하며 미래나 다가올 것들에 대한 희망을 상징한다는 것이다. 또한 '나비'는 반가운 손님을 예견하거나 여기 저기 자유롭게 날아다닐 수 있는 자유로움, 그리고 '존재의 가벼움'을 나타내는 기호가 된다.

전통적으로 우리나라에서는 그림이나 병풍, 도자기, 목공예, 자수 등에 꽃과 나비가 자주 등장하는데 당시 나비가 새겨진 호접문(胡蝶紋)이 행복을 가져다주는 길조(吉兆)라고 여겼고 한편으로는 부부의 금실을 의미하기 때문이었다. 나비는 항상 꽃과 어우러지는데 동적인 나비는 남자, 즉 양(陽)과 연결되며, 정적인 꽃은 여자, 즉 음(陰)과 연결된다. 나비와 꽃은 지고지순한 사랑의 상징이면서 조화의 상징이 된다. 그러므로 혼례에 들어가는 품목들, 예를 들면 옷, 이불, 베갯잇, 병풍 등에 나비의 수를 놓았다.

한편, 서양의 나비에 대한 사전적 의미는 가벼움과 변덕스러움의 상징으로 정의되어 있다. 또한, 촛불에 날아들어 스스로 자멸하는 존재로서 '나비'는 허무, 무상함 등을 동반한 불안정성, 가변성을 상징하기도 한다. 또한, 현대에는 번데기가 존재의 잠재력을 지낸 알이라면, 거기서 나온 나비는 부활의 상징으로 본다. 그밖에 고대 그리스, 로마로부터 일관되는 서양의 나비는 죽음과 깊은 관계를 맺고 있으며 육체에서 떨어져 나온 정신으로 인식되어 있다.

우리나라에서도 흰 나비는 죽음을 예고한다고 했는데 서양의 경우에도 석관에 새겨진 나비문양은 부활의 약속이고 기원이었으며 그리스나 로마의 환상적인 상상의 신들도 나비로 표현되었다. 나비는 영혼의 각성을 예시해 주는 존재였다. 그렇기 때문에 기독교의 경우 나비는 부활의 상징이 되어 왔으며, 알, 고치, 나비는 기독교의 삼위일체의 의미를 갖는다. 불교의 경우 역시 알, 애벌레, 번데기, 나비로의 변화를 인간의 태어남과 죽음, 그리고 다시 다른 존재로 새로이 태어나는 윤회사상으로 비유하였다.

장자(莊子)에게 나비는 자유로움의 상징이었다. 어느 날 장자가 문득 꿈을 꾸었는데 꿈속에서 자신이 하나의 나비가 되어 마음껏 하늘을 날아다니며 즐겁게 노닐었다. 그리고는 갑자기 잠에서 깨었는데 이때 장자는 '내가 꿈을 꾸어서 나비가 된 것인지, 아니면 나비가 꿈을 꾸고 있는 게 지금 나인지 생각했다'고 한 고사에서 유래한 '호접몽(胡蝶夢)이야기'가 전해진다. 장자의 꿈에서 유쾌하게 노니는 나비는 꿈을 통해 무언가를 자유롭게 실현하고 싶은 인간의 욕망으로 해석하기도 한다. 또한, 장자는 인간도 나비로 물화되어야 함을 주장하며 나비는 높은 경지에 도달하는 하나의 이상적 상징으로 기능하고 있다.

현대문학 작품에 나타나는 나비는 인간의 혼을 상징하며 나비의 날갯짓은 영혼의 비상을 의미하기도 하고, 결국 도달해야 할 인간의 내면 의식을 의미하기도 한다. 또한 나비는 아름다움, 신비로움, 몽환적 세계, 무의식의 세계 등을 상징하며 연약하지만 자유로운 인간정신의 반영으로 보기도 한다.

5.3. 꽃의 짝, 즐거운 어울림

예로부터 시문이나 회화에서 나비는 꽃과 함께 어울렸다. 나비는 본래 그림에서는 장수를 상징했지만, 꽃을 쫓는 나비는 연인을 갈구하는 이미지로 각인되었다. 따뜻한 봄날의 흥취에 나비까지 날아드는 즐거움을 나타내는 시를 짓게 되었다. 특히 여인들은 봄에 답청(踏靑)놀이를 하러 들로 산으로 나가 봄기운을 만끽하고 날아드는 나비에 마음이 설레어 했다. 버들꽃이 하얗게 눈처럼 날려 자신의 비녀에 있는 나비 장식으로 날아든다고 하였다. 버들꽃이 나비가 되고 나비 장식이 꽃이 되는 순간, 작가 자신도 꽃이 되는 것이다. (김운초 「踏靑」) 한편 외롭고 그리운 상태에서 나비를 형상화하기도 한다. 홀로 있으면서 정원에 핀 꽃에 나비가 날아드는 것을 보며 자신도 꽃잎처럼 나비를 따라 노닐기를 갈망한다. 화자는 꽃과 나비를 보며 봄의 흥취를 느끼기보다는 오히려 외로움이 배가되기도 한다. (강지재당 「春日寄書」)

규방가사에서 봄날의 정경에 등장하는 나비와 벌은 주로 놀이공간에 등장하고 있다. 이 나비와 벌은 꽃의 짝으로서, 활짝 핀 꽃들 사이에서 춤을 춘다. 그리하여 고운 꽃과 어우러진 나비와 벌은 꽃을 희롱하며 춤추고 있어, 경쾌하면서도 역동적인 율동을 보여준다. 그리고 역동적인 춤을 춤으로써 놀이의 흥취를 고양시킨다. 이는 외출에 나선 여성들의 유쾌한 감정이 이입된 결과이다. 나비와 벌의 율동은 놀이를 즐기는 여성들의 삶의 활기와 닮아 있다. (「화수가」, 「화전가 5」, 「경신년화슈가」, 「화츈가라」, 「화전가 6」, 「휘춘곡」, 감천 1동 딸과 며느리 일동 「평암산 화전가」)

> 궁녀같은 구름 머리 칠보로 단장하고
> 늘어진 금고삐 수 놓은 향기로운 언치
> 대성산 앞 한없는 기슭
> 붉은 빛 날리며 답청하니 봄빛이 한창일세
> 어지러이 늘어진 버들꽃 저녁 놀 희롱하는데
> 여인들 어깨 나란히 하고 답청에서 돌아오네
> 어디서 날아온 눈송이 향기로운 나비 탐해
> 비녀 머리 위로 나붓나붓 날고 있네.

宮樣雲鬢七寶粧 流蘇金勒繡韀香 大聖山前無限岸 霏紅沓翠一春光
凌亂楊花弄夕暉 女娘聯臂踏靑歸 何來雪片耽香蜨 猶向釵頭款款飛
—김운초 「답청놀이 踏靑」(19세기 전반)

그리움에 흘리는 눈물 받아서
붓에 흠뻑 찍어 '그립다'라 쓰네
뜰 앞 벽도화에 바람 부니
쌍쌍이 나비들 꽃을 안고 떨어지네.
滴取相思滿眼淚 濡毫料理相思字 庭前風吹碧桃花 兩兩蝴蝶抱花墜
—강지재당 「봄날의 편지 春日寄書」(19세기 후반?)

오래도곡 기별하고 읍에대촌 전갈하여 낱낱이 모아내서 백발종반 앞에서고 연
소질항 뒤를써니 홍홍백백 각각옮겨 천사선녀 하강하여 요지연을 배설한듯 오리
정 뻐쳐서서 오암을 당도하니 작작도화 만발한데 황봉백접 날아들고 지지송백
울울한데 찬조소리 혼들리며 양유천사 늘어진대 앵무환우 야단일세
—「화수가」(1918)

어화우리 벗님늬야 재난마참 월축이라 하사와도 망간에 만수장홍 만천하에 승
지강산 어듸믜요 금수강산 여기로다 녹음방초 승하시에 경긔무궁 죠흘시고 꽃사
이이 나비춤은 분분한 백셜이요 버들우에 쇠쏘리난 편편황금 비조로다 초목군싱
금수들도 지각긔 째를만나 저러케 즐기거든 하물며 우리인싱 말할것이 무어시오
—「화전가 5」(미상)

중간내 낙엽도야 말이표풍 도야더니 오날날 이긔회가 그아니 꿈밧권가 싸인정
회 펴쳐두고 한번노름 ᄒ여보셔 춘삼월 일년가졀 때좃차 죠흘시고 아침이슬 고운
꽃은 분졉이 회롱ᄒ고 셕양에 디룬버들 꾀고리 노레로다 호탕한 향긔바람 나군을
나붓기고 온화한 빅일당은 운빈이 중일인가 이러틋 죠흔때에 과연허송 어렵도다
—「경신년화슈가」(1920)

만학천봉 깁흔곳이 차차로 다달르니 시내가이 양유지난 바람압히 춤을추고 벽
장이 솔바람과 석간이 물소리는 간곳마다 풍악이라 화간이 나비춤과 자상이 벌노
리는 춘흥을 못이기겨 경기자로 행보하니 처처예 풍경이라 마음더욱 새롭도다
—「화츈가라」(미상)

이곳저곳 다버리고 두견화를 꺽거보자 만산에 가득하니 꺽기도 조흘시고 송이
송이 붉은빛은 봄빛이 아름답다 가지가지 맑은향기 맑기도 가이업다 화성에 봄바
람이 체의를 그릇칠세 호접호접 범나비는 흥을겨워 날아든다

— 「화전가 6」(미상)

춘달은 삼월중춘이라 얼시구나 조혼시절 삼춘가절 이안이냐 춘아춘아 이삼춘아
네어듸로 향히왔나 종달시는 비비빅비 금잔디 속만난다 불고불근 곳닙은 춘식을
자랑하고 나는나비 우는시는 춘흥을 못이기여 쌍거쌍티 춤을춘다 하물며 우리청
춘 이쩍를 당도ㅎ야 한순노림 업슬소냐

— 「희춘곡」(1947)

나는새 기는짐승 이산저산 왕래하니 우리도 본을받아 이등저등 다니면서 꽃가
지를 휘어잡아 꺽을라 손을대니 봉실봉실 웃는모양 참아따기 어렵도다 뒤웅벌과
범나비는 머리위에 춤을추고 절개있는 쌍버리는 꽃딴다고 원망하고 울음소리 그
치잔네

— 감천 1동 딸과 며느리 일동 「평암산 화전가」(1971)

5.4. 벌레의 울음소리, 슬픔의 심화

규방가사에서 귀뚜라미인 실솔(蟋蟀)은 슬프게 우는 개체로서 불면의 밤에
각성하고 있는 자아의 현신이기도 하다. (최송설당 「츄야감회」·「실솔」) 실솔은
보편적으로 그리움과 슬픔의 정서를 환기하는 대상이다. 가을밤 이별한 부모
형제 또는 임을 생각하며 듣는 귀뚜라미의 울음소리는 슬프고 처량하다. 이러
한 불면의 밤에 들려오는 귀뚜라미의 울음소리는 여성 자신의 마음 속 울음과
중첩되어 있다. (「규원가」, 장씨 부인 「기천가」)

류슈(流水)갓튼 져광음(光陰)이 쏜살갓치 쌜니가셔 록음방초(綠陰芳草) 승화
시(勝花時)에 소년(少年)처럼 길든히가 츄우오동(秋雨梧桐) 엽락시(葉落時)에
밤이도려 길엇구나 전전반측(輾轉反側) 잠못일워 지닌일과 오늘일을 두루두루

싱각(生覺)다가 잠흔숨을 못일워라 동방(洞房)에 우는실솔(蟋蟀) 너는무삼 흔(恨)이깁허 긴긴밤이 다진(盡)토록 자른소리 긴소리로 죠죠절절(啁啁切切) 석거 울고

—「규원가」(조선 후기)

전전반측(輾轉反側) 잠못일워 지닌일과 오는일을 두루두루 싱각(生覺)다가 잠흔숨을 못일워라 동방(洞房)에 우는실솔(蟋蟀) 너는무삼 흔(恨)이깁허 긴긴밤이 다진(盡)토록 자른소리 긴소리로 죠죠절절(啁啁切切) 석거울고 져즁텬(中天)에 놉히써서 울고가는 외기럭이 너는어이 나를미워 서리차고 깁흔밤에 기룩기룩 부르지져 간신간신(艱辛艱辛) 둘야든잠 영영(永永)아조 업셔진다

—최송설당 「츄야감회」(1922)

남창(南窓)에 빗친달이 교교(皎皎)히 빗을펼졔 지닌회포(懷抱) 오는일을 이리 싱각(生覺) 져리싱각(生覺) 싱각(生覺)다가 잠못일워 전전반측(輾轉反側) 누엇스니 상(床)아릭의 우는실솔(蟋蟀) 너는어이 나를미워 츄야장(秋夜長) 긴긴밤이 다진(盡)토록 긋지안노 긔인졍스(羈人情思) 원긱회(遠客懷)를 네임의(任意)로 자어닉고 그리히도 부죡(不足)ᄒᆞ야 닉상(床)아릭 와우나냐

—최송설당 「실솔」(1922)

자규야 우지마라 가이없산 우리어마 썩고타고 남은간장 실실이 끄쳐진다 묵고 묵은 고찰안에 실솔성도 슬프리라 무봉암 쇠북소리 깜짝놀라 잠을깨여 문을열고 내다보니 청천에 뜬기러기 슬피울고 날아가니 무심한 저기러기 우리어마 창전에 는 슬피울고 지나리라 밤비의 처마물은 더욱더욱 슬프니라

—장씨 부인 「기천가」(20세기 전반)

5.5. 환멸과 권태, 열등한 자아의 현신

현대문학에는 벌레에 대해 신경증적 강박을 드러내는 여성인물들이 종종 등장한다. 이들이 보이는 벌레에 대한 히스테리적 집착 혹은 혐오에는 자신을 둘러싼 현실에 대한 환멸이 응축되어 있다. 지상에서 가장 가까운 하등동물로서

벌레는 생명을 파괴하고 영혼을 좀먹는 죽음의 공포를 불러일으키는 존재이다. 그래서 파리떼, 모기떼의 습격, 바퀴벌레, 전갈 같은 벌레의 출현은 여성이 처한 열악한 환경을 환기한다. 여성은 이들의 존재를 통해 권태롭고 무기력한 현실과 그 안에 무방비 상태로 던져진 자신의 열등한 존재감을 상기하게 된다. 남성이 부재한 가정, 낯선 공간의 틈에서 출몰하는 벌레는 여성에게 현존에 대한 섬뜩한 공포를 불러일으키는 심리적 상관물이 된다. (오정희 「전갈」, 김현영 「그날 놀이터는 텅 비어 있었다」, 김연경 「허(虛)를 죽이다」, 천운영 「후에」, 김애란 「벌레들」)

한편으로 벌레는 침묵으로 봉합해놓은 가정의 거짓 평화에 균열을 일으키는 침입자다. 이 순간 벌레를 죽이고 싶다는 충동에 휩싸이는 아내들의 모습은 가정의 평화가 내파되기 시작되는 조짐이다. 아내들은 벌레로 인한 자신의 고통에 무심하거나 혹은 벌레를 손쉽게 압사시켜버리는 남편의 모습에서 자신에게 내재한 파괴 욕망과 잔인한 폭력성이 전이되는 광경을 목격하고 파국에의 불길한 예감을 느낀다. 이 지점에서 아내는 남편이 지배하는 일방적 질서에 갇힌 자신의 처지를 벌레와 동일시하며 자신의 운명의 무게가 한없이 가벼운 벌레의 목숨 값과 같다고 느낀다. 이 때 벌레는 결혼의 일상성에 순응하는 무기력한 여성주체의 알레고리적 표상이라 할 수 있다. (윤성희 「당신의 수첩에 적혀 있는 기념일」, 권지예 「뱀장어 스튜」, 정이현 「어금니」)

따라서 벌레를 향한 혐오에는 여성의 자기 모멸감이 반영되어 있다. 이 같은 여성의 열등한 자기인식은 스스로 벌레로 변신하는 양상으로 표출되기도 한다. 자신을 둘러싼 세계의 혼란 속에서 여성은 벌레가 자신의 몸속에 들어와 영혼을 좀먹기를 기다리고, 스스로 작고 추한 벌레가 되어 딱딱한 껍질 속에 자신을 숨겨버림으로써 인간임을 망각하고자 한다. 이렇게 인간으로서 정체성이 해체되는 순간 오히려 그들은 일상의 고통으로부터 벗어나 진짜 낙원에 당도한 듯한 평화를 느낀다. 자신을 벌레로 상상하는 것은 그만큼 자신이 열등한 존재이자 동물적인 존재로 퇴행했다고 인식하기 때문이다. 벌레는 작고 약한 미물(微物)로 인식되지만 흉하고 기이하여 공포스러운 존재로 등장하기도 한다. 여성들은 자신이 존재할 가치조차 없는 미물로 인식될 때, 영원히 오지 않을 대상을 기다릴 때, 불가항력적인 세계 앞에서 무력해질 때, 거대한 현실에 맞설 수 없는 자신의 모습을 감당해야 할 때, 스스로 벌레로 현신하기를 상상한다. 과부하된 삶과 지리멸렬한 일상에 대한 환멸, 지독한 권태를 경험한 여성들은 카프카 소설의 주인공처럼 자처하여 벌레가 된다. 벌레로 현신한 화자들은 애써 자신과 세계를 직시해도 끝내 불모화된 현실에서 벗어날 수 없는 감옥 같은 생을 처절하게 환기하고 있다. 따라서 벌레로의 퇴행은 진짜 낙원에서 추방된 인간의 현존에 대한 비판적 성찰이라고도 볼 수 있다. 이때 여성의 몸은 자아의 타자성이 발현되는 공간이자 해체를 통해 실존을 증명하는 역설의 공간이 된다. (오수연 「벌레」, 김연경 「피진의 가을」, 「내 아내의 모든 것」, 「결코 주체가 드러나지 않으려는 시편」, 노천명 「귀뚜라미」, 황인숙 「그들은 내 방에」, 김선우 「관계」, 진은영 「벌레가 되었습니다」, 이진명 「민벌레」, 안현미 「거짓말을 타전하다」)

> 남편이 떠나던 날 밤, 그가 쓰던 방에 들어가 전등 스위치를 올렸을 때 그 여자는 불이 켜짐과 동시에 벽과 천장이 잇닿은 틈서리에서 길게 붙어 있는 물체를 보았다. 거의 흰색에 가까운 엷은 색 벽지 위에 연한 갈색의 몸뚱이는 돋을새김의 장식처럼 튀어나와 견고하게 붙어 있었다. (중략) 전갈이구나. 그 여자는 중얼거렸다. 그것은 어쩌면 전갈이 아닐지도 모른다는 믿을 수 없는 확신을 얻기 위한 중얼거림이기도 했다. 그때까지 실제로 전갈을 본 적이 없었던 그 여자에게 전갈이란 대개의 사람들에 있어 그러하듯 그것이 가진 바 맹독성, 야행성, 잠행(潛行), 비밀스럽고 잔혹한 생존방식에 대한 인간의 미신적 두려움이었고 그것이 만들어낸 신화와 전설로 길들여진 상상력이었으며 인간의 어두운 속성의 상징성에 지나지 않았다.
>
> ─오정희 「전갈」(1986)

> 초인종이 울린다. 푸르고 붉은 액체의 순환이 멈추도록 나는 놀란다. 그 순간 내 이마 한 가운데가 툭 닫힌다. 콧등, 명치, 배꼽, 가랑이까지 일직선으로 내 몸이 봉합된다. 두 번째로 초인종이, 조금 전보다 길고 크게 울린다. 나는 몸통을 푸들푸들 떨면서 등에 붙은 날개를 펼친다. (중략) 절체절명의 순간에 내가 해야 할 일을 나는 알고 있다. 나는 뱃구레에 힘을 주어 희고 빛나는, 밥사발만한 알들을 뽀옥뽀옥 내깔기기 시작한다. (중략) "당신 정말 많이 달자졌군!" 남편은 양손을 벌리고 내게로 달려왔다. "고마워, 정말 고마워. 당신 정말 장해! 우린 이제야말로 사람답게 살 수 있게 된 거야!" 그는 나를 부둥켜 안고 내 가슴에 북실하게 난 잔털을 자신의 눈물로 적시며, 사랑해, 사랑해, 연거푸 속삭였다. 나도 똑같이 속삭였다. 삐리리리릿.
>
> ─오수연 「벌레」(1997)

그의 아파트 내부가 황량한 데도 다 그만한 이유가 있었다. 가구를 들여놓거나 벽에 무언가를 걸어놓으면 가구와 벽, 가구와 바닥, 액자와 벽 사이에 틈이 생겨날 텐데 그는 그 틈을 견딜 수가 없었던 것이다. 시선이 미치지 않는 곳에서 번식하고 있을 벌레들, 무방비 상태로 있을 때 갑자기 나타날 벌레들. 그는 그것이 두려웠다. (중략)

거미를 본 날은 많았지만 그때마다 아버지를 볼 수 있는 것은 아니었다. 아까 본 그놈의 거미가 새끼를 친 모양이야. 아아, 온몸이 간지러워 죽겠구나. 어서 그 거미를 잡아. 잡아서 죽여버려. 불까지 끄고 잠자리에 누웠다가도 어머니는 일 분도 지나지 않아서 다시 불을 켜고 그를 깨웠다. 아버지가 오지 않는 밤마다. 그를 깨운 어머니는 저녁에 보았던 거미를 찾아내라고 했다. 이제는 보이지도 않는 그 거미를 찾아내어 어서 죽여버리라고 그를 닦달했다. 원하지 않을 땐 불쑥불쑥 잘도 나타나던 거미는 그러나, 막상 찾으려 하면 결코 나타나지 않았다. 이미 가버린 거미에 대한 새삼스런 살의로 어머니는 그 밤들을 하얗게 태워버렸다.
　　　　　　　　　　　　　　　　　　－김현영 「그날 놀이터는 텅 비어 있었다」(2000)

와이셔츠 단추는 쓰러지면서 제 몸보다도 더 큰 짐을 짊어지고 어디론가 가고 있는 개미를 덮친다. 나는 검지손가락으로, 리모컨 버튼을 누르듯 꾹 개미를 누른다. 개미는 짊어진 짐 아래로 깔린다. 짊어지고 있던 짐이 개미의 무덤이 되어준다. 또 다른 개미를 누른다. 자기가 짊어진 짐만큼 무덤의 크기가 커진다. 하늘을 짊어지면 하늘이 무덤이 되는 건가? 나는 개미들에게 자꾸만 무덤을 만들어준다.

개미의 대열은 신발장까지 이어진다. 신발장 옆에 있는 상자는 귀퉁이가 뚫려 있다. 상자에서부터 부엌까지 이어진 개미 대열에 살충제를 뿌리자, 흐린 황토색 바닥에 검은색 줄이 사선으로 만들어진다. 고무로 된 붉은색 대야에 물을 담고 그 안에 작은 세숫대야를 뒤집어 놓은 다음, 그 위에 상자를 올린다. 살충제를 피해 상자 안으로 들어갔던 개미들이 밖으로 나오면서 물에 빠진다.
　　　　　　　　　　　　　　　　　－윤성희 「당신의 수첩에 적혀 있는 기념일」(2001)

그의 몸에서도 하찮긴 하지만 그래도 뭔가 수상쩍은 변화가 일어나고 있었다. 갑자기 겨드랑이가 가려워진 것이다. 날개가 돋아나는 징후라고 생각했다. 하지만 기다리던 날개는 돋아나지 않고 옆구리가 가렵기 시작했다. 나의 날개는 겨드랑이가 아니라 옆구리에서 돋나 보다 생각했다. 하지만 역시나 날개는 돋아나지 않고 오히려 배가 가렵기 시작했다. 배에 비늘이 생기나 보다 했다. 이쯤 되자, 그는 겨드랑이와 옆구리의 가려움이 날개가 아니라 지느러미가 생성되는 조짐이라고 추측하기에 이르렀다. 그냥 추측만, 기대한 한 것이 아니다. 지느러미든 날개든 제대로 돋아나게 하기 위해서 열심히 자극을 주었다. 자연이 명령하는 대로 사정 없이 긁었던 것이다. 겨드랑이와 배와 옆구리가 벌겋게 달아오르고 물집이 생기고 너무 긁어 피가 났으나, 날개든 지느러미든 도무지 뭔가가 돋아날 기미가 보이질 않았다. 오히려 사타구니마저 가려워오기 시작했다. 혹시, 다리가 두 개쯤 더 생기려는 것일까. 이리저리 추측을 해보기도 했지만 다 부질없는 짓이었다. 그는 그저 사정없이 긁기만 했다. 대단한 쾌감이 시작되었다. 세계는 붉은 빛으로, 또 황금빛으로 물들고 있었고, 그의 몸에는 피진이 번져가고 있었다.

―김연경 「피진의 가을」(2004)

조리대 한쪽에 놓아둔 덫 근처에 윤기 나는 통통한 바퀴벌레 한 마리가 얼씬대고 있다. 집 나온 여자가 서성대며 망설이듯 통로 주변만 머뭇거리고 있을 뿐이다. 그녀는 그놈이 들어가는 걸 보고 싶어 안달이 나는 마음을 애써 누른다. 들어가라… 안에 너를 유인하는 먹이가 있는 집으로 들어가라. 네 더듬이를 한껏 벌려라. 들어가서… 죽는 날까지 남아 있는 생에 치를 떨다 죽어버려라. 단 한 번의 유혹에 소금기둥처럼 바닥에 달라붙는 다리를 어쩌겠니. 더듬이로만 울부짖다 서서히 죽어가라… //

지금 그녀의 남편은 그녀의 아랫배에 나 있는 한 가닥 가시 돋친 철삿줄 같은 그녀의 상흔에 입술을 대고 있으며 그녀는 곧 그가 그녀의 몸속으로 들어올 것을 잘 알고 있다. 그녀는 눈을 감아버린다. 그녀의 몸은 이제 남자의 페니스로 핀업된 한 마리 곤충인지도 모른다. 그런 몸과는 달리 감각은 전류처럼 저희끼리 스파크를 일으킬 것이고, 그녀의 영혼은 잠시 어딘가를 떠돌지 모르겠다. 시간과 공간이 진공처럼 정지한 곳. 눈을 감으면 그곳에 갇혀 있는 한 여자를 알아볼 수 있다.

―권지예 「뱀장어 스튜」(2005)

소비에트 시대 때 만들어진 통로 형태의 독특한 쓰레기통 탓인지, 거주자들의 비위생적인 생활 탓인지 이 건물에는 도시의 빈민촌이나 산간벽지가 아니면 좀체 찾아볼 수 없는 생물체들이 살고 있다. 이들은 인간보다 번식력이 훨씬 강하기 때문에 그 숫자에 있어서 당연히 인간을 능가하고, 날개가 달려 있기 때문에 모든 공간을 다 제 집으로 생각한다. //

그래도 파리의 수가 줄지 않아 천장은 물론이고 방의 구석구석에 끈끈이를 달았다. 이 일을 위해 심지어 벽 모서리의 양쪽 끝에 못을 박고 빨랫줄을 매다는 수고까지 해야 했다. 이제 방 곳곳이 파리 시체들로 검어지기 시작했다.

―김연경 「허를 죽이다」(2005)

거기서 몸 성히 나오면 그나마 다행이지. 벌레들이 네 살을 다 갉아먹을 테니까. 거기 사는 좀벌레들은 살냄새만 맡으면 아주 환장하거든. 거기 좀벌레들만 있는 줄 알아? 바퀴벌레며 귀뚜라미며 벌레란 벌레들은 다 모여들걸? 그 징글징글한 것들이 콧구멍 귓구멍 할 것 없이 모조리 파고들어가서 몸속에다 알을 싸질러 대겠지. 알을 까고 나온 새끼 벌레들이 몸속에 들어앉아 살을 파먹으며 살아가는 걸 상상해봐. 어때, 징그럽고 겁나지? 그러니까 고집 좀 그만 피우고 어서 나와.

ㅡ천운영 「후에」(2006)

물기가 남아 있는 상추 이파리 한 장을 쳐들었을 때, 작고 검은 벌레 한 마리가 꼬물꼬물 기어가는 모습을 발견한다. 「생로병사의 비밀」이라는 프로그램이 방영된 후부터 남편은 유기농법으로 재배하지 않은 야채는 거들떠보지 않는다. 상춧잎을 한 손에 쥔 채로 새끼손톱 거스러미만 한 녀석의 움직임을 한동안 물끄러미 지켜본다. 나는 서울 사대문 안에서 나고 성장했다. 느닷없이 출몰한 낯선 생물의 명칭을 알아맞힐 만한 능력이 없다. 식물의 잎을 뜯어먹고 사는 벌레이니 '잎벌레'라고 할지도 모른다. (중략) 샤워를 마친 남편이 식탁 건너편에 와 앉는다. 아무 무늬도 없는 흰 와이셔츠 차림이다. 남편은 심드렁한 동작으로 티슈 한 장을 뽑아 녀석을 압사시킬 것이다. 나는 상춧잎으로 얼른 검둥이를 덮어버린다.

ㅡ정이현 「어금니」(2007)

장미빌라와 A 구역의 경계, 그러니까 절벽 아래 부분에는 잡초가 무성하다. 오랫동안 아무도 돌보지 않은 땅에서 멋대로 자란, 집요하고 탐욕스런 인상을 주는 풀들이다. 그곳에서 장미빌라로 이따금 생전 처음 보는 벌레들이 기어들어온다. 파랗고 통통하고 꾸물거리는, 혐오감을 주는 어떤 것들이. 입주 후 세 달쯤 지나서였을까? 창가에 놓인 수납장 위로 손가락만한 애벌레가 기어가는 걸 보고 기겁한 적이 있다. 발만 동동 구르다 차마 휴지로 집을 수 없어 살충제를 뿌렸다. 연두색 애벌레는 천천히 쪼그라들며 죽어갔다. (중략)

출장차 대구에 있던 남편은 괜찮다고, 그런 건 집에 사는 바퀴가 아니가 아니라 지나가는 바퀴니까 걱정하지 말라고 나를 타일렀다. 바퀴는 그후 몇 번 더 나타났다. 보다 끔찍한 건 눈에 띄지 않는 작은 벌레들이었다. 어둠 속, 팔뚝 위로 느껴지는 미세한 꿈틀거림, 불을 켜고 봤을 땐 아무것도 없는, 느낌은 있지만 잡을 수 없는 어떤 것들 말이다. 창문을 통해 온 걸까? 에어컨을 연결하느라 뚫은 구멍과 미세한 틈들을 샅샅이 마감했건만. 나는 그것들이 도대체 어디를 통해 들어오는지 알 수 없다.

ㅡ김애란 「벌레들」(2009)

몸 둔 곳 알려서는 덜 좋아
이런 모양 보여서도 안 되는 까닭에
숨어서 기나긴 밤 울어서 새웁니다

밤이면 나와 함께 우는 이도 있어
달이 밝으면 더 깊이깊이 숨겨둡니다
오늘도 저 섬돌 위
내 슬픈 밤을 지켜야 합니다

           ─노천명 「귀뚜라미」(1938)

사흘에 한 번씩 나는 먼지털개로 방을 털고
빗자루로 바닥을 쓸어내.
바싹 마른 그들이 툭툭 떨어져.
그리고 그 자리에 다시
매미가 말벌이 나방이
파리들이 풍뎅이가 무거운 날개를 끌며
낮게 날아와 앉아.

어떤 날은 와삭 마른 매미를 밟기도 해.

그들은 내 방에
죽으러 와.

          ─황인숙 「그들은 내 방에」(1994)

(고백할 게 있어 어떤 벌레에 관한 얘긴데 말야
달팽이 몸 속에서 알을 까고 자라난대)
두려워하진 마 암세포처럼 무식하게
숙주를 절명시키진 않아 기어다니거나
교접하는 데에도 아무 문제 없어 넌 열심히
먹이를 찾아다니고 나는 무럭무럭 커가는 거야
(놀랍지 않아? 몸 속에 뭔가 기르고 있다는 거)

          ─김선우 「관계」(2000)

소금쟁이 두 마리가

물 위를 뛰어다닌다.

소금쟁이 여러 마리가
물 위에서 춤을 춘다.

나는 하나의 늪도
건너지 못했다.

—양선희 「나는 너무 무겁다」(2001)

내 방이었습니다
구석에서 벽을 타고
올라갔습니다
천장 끝에서 끝까지
수십 개의 발로 기었습니다
(중략)
밖에선 바퀴벌레의 신음 소리
아버지가 숨겨둔 약을 먹은 것입니다
어머니 내 책상 위에
아버지가 피운 모기향 좀 치우세요
시집 위에 몸 약한 날벌레들
다 떨어지잖아
동생 문 열고 들어옵니다
나는 문밖으로
재빨리 나가려고……
동생이 소리 질렀습니다
여기 또 있어

—진은영 「벌레가 되었습니다」(2003)

몸길이가 고작 2밀리미터
삶은 거의 전부를 두툼한 나무껍질 밑에서 산다지요
눈은 퇴화하여 거의 흔적도 남지 않았다지요

민벌레를 읽다가
민벌레야, 그만 한숨처럼 불렀더니

민벌레가 대답을 합니다
두툼한 콘크리트 껍데기 속 구멍에 끼어
여기요, 여기요,
몸길이가 점점 밀리미터 수준으로 되어가는 내가
눈이 점점 감은 눈이 되어가는 내가

—이진명 「민벌레」(2004)

부판(蜉蝤)이라는 벌레가 있는데 이 벌레는 짐 지고
다니는 것을 좋아한다는데 무엇이든 등에 지려고 한다는데 무거운
짐 때문에 더 이상 걸을 수 없을 때 짐을 내려주면 다시 일어나
또다른 짐을 진다는데 짐 지고 높이 올라가는 것을 좋아한다는데
평생 짐만 지고 올라간다는데 올라가다 떨어져 죽는다는데
(중략)
오르다 말고 걸어가다 마는 어떤 일생

—천양희 「어떤 일생」(2005)

가족은 아니었지만 가족 같았다 불 꺼진 방 번개탄을 피울 때마다 눈이 시렸다
가끔 70년대처럼 연탄가스 중독으로 죽고 싶었지만 더듬더듬 더듬이가 긴 곤충들
이 내 이마를 더듬었다 우우, 우, 우 가족은 아니었지만 가족 같았다 꽃다운 청춘이
었지만 벌레 같았다 벌레가 된 사내를 아현동 헌책방에서 만난 건 생의 꼭 한
번은 있다는 행운 같았다 그 후로 나는 더듬이가 긴 곤충들과 진짜 가족이 되었다
꽃다운 청춘을 바쳐 벌레가 되었다 불 꺼진 방에서 우우, 우, 우 거짓말을 타전하기
시작했다 더듬더듬, 거짓말 같은 시를!

—안현미 「거짓말을 타전하다」(2006)

5.6. 연약한 육체, 존재의 증명

현대문학에서 벌레의 존재는 주로 부정적 현실과 환치되지만, 나비, 나방,
거미, 달팽이 등은 그 생태적 속성과 관련해 긍정적 의미를 부여받기도 한다.
여성작가들은 연약한 육체임에도 불구하고 온 몸으로 자신의 존재를 증명해내

는 이들의 생태를 주목한다. 즉 나비와 나방의 날갯짓에는 누에고치를 열고 나온 애벌레가 하늘을 향해 날아오르는 변신과 비상의 꿈이 구현되어 있다. 그것은 곧 존재의 틀을 깨고 자유로이 공기 속을 유영하고 싶은 여성들이 꾸는 꿈이기도 하다. 진부하고 권태로운 일상과 과거의 상처에 결박된 여성들은 그런 나비의 비상에 자신들의 재생과 부활의 꿈을 투영한다. 불완전한 삶이나마 변신과 회복을 간절히 바라는 이들의 꿈은 역설적으로 삶에 대한 의지를 증명하는 것이다. 즉 나비는 얇고 부서지기 쉬운 날개를 가졌으며 생의 주기 또한 지극히 짧아 불안하고 연약하지만 자신의 존재를 증명하기 위해 몸부림치는 아름답고 신비한 존재의 상징이 된다. (윤영수 「생태관찰」, 차현숙 「나비의 꿈, 1995」 「나비학개론」, 김인숙 「나비의 춤」, 김재영 「또 다른 계절」, 강진 「흰 바퀴벌레 이야기」, 황인숙 「나비」, 안정옥 「나비 키스」, 나희덕 「거미에 씌다」)

여성의 삶과 유비되는 나비의 생태는 나비의 생이 지닌 운명적 비극성에서도 찾을 수 있다. 나비가 날기 위해선 몸이 뜨거워야 하는데, 그래서 나비와 나방은 죽음을 불사하고 불 속에 뛰어들 수밖에 없다. 체온이 뜨거운 동안만 날 수 있는 나비의 비행은 그래서 한없이 위태롭고 절망적이다. 살기 위해 죽음의 길로 들어서는 역설, 춤사위가 아니라 존재를 건 비행. 여성인물은 나비의 비장한 본능에서 자기 운명의 비밀을 예감하기도 하고, 젖은 날개가 찢기는 줄도 모르고 바다를 건너는 관성의 날개 짓에서 무력한 자신의 모습을 발견하기도 한다. 또한 도시의 허공 속에서 악착같이 바람을 거스르는 불안한 비행을 하면서도 끝내 자신의 존재를 증명해내는 그 연약한 육체에서 꿈을 현실로 만들기 위해 얼마만큼 분투해야 하는지 생의 준엄한 법칙을 배우기도 한다. (은희경 「먼지 속의 나비」, 전경린 『내 생애 꼭 하루뿐일 특별한 날』, 김인숙 「바다와 나비」)

거미와 달팽이의 생애에도 여성은 자신의 존재를 투영한다. 자기 몸에서 끝없이 실을 자아내는 거미처럼 여성은 삶의 거미줄에서 위태롭게 생을 살아낸다. 온몸으로 점액질을 만들어내는 달팽이 또한 처절하게 그 존재를 증명한다는 점에서 여성의 운명과 쉽게 접속된다. 껍질에서 나와 껍질 속으로 사라지는 달팽이에게서 여성은 고독한 자아의 초상을 발견한다. 특히 등에 집을 구성하지 못한 민달팽이는 관계의 망을 형성하지 못한 채 고독한 단독자로 떠도는 인간의 모습을 형상화한다. (오정희 「불의 강」, 김형경 「민달팽이」, 김재영 「아홉 개의 푸른 쏘냐」, 강은교 「거미」, 양선희 「꿈」, 김혜순 「거미」, 서안나 「거미, 불온한 폭식」,

김선우 「거미」, 정끝별 「한칸 거미」)

　　나는 문득 그를 이해할 수 있을 것 같은 기분이 든다. 외할아버지 세대처럼 완강한 가족윤리나 가부장적 명분 같은 것에 기대어 살 수도 없고, 아버지 세대처럼 격변기에도 끝내 포기하지 못했던 이상이나 신념 따위에 의지할 수도 없는 그의 현재를 납득할 수 있을 것 같다. 외할아버지나 아버지의 집에서는 이미 나와 버렸지만 아직 제집이라 이를 만한 터전은 소유하지 못한 나와 마찬가지로 그 역시 또 하나의 민달팽이였다. 우리는 그저, 집 없는 세대의 겁 없는 맹목성으로 쉽게 타올랐고 또 그런 특유의 부박함으로 타인의 존재로부터 얻을 수 있는 위안을 포기했을 것이다.

ㅡ김형경 「민달팽이」(1990)

　　1942년 캐럴 윌리엄스의 번데기. 그 반쪽의 윗부분도 살 수 있었을까. 아랫도리가 갖지 못한, 윗부분만이 갖고 있는 성충의 날개 조직을 퍼득여 창공으로 멋지게 날아올랐을까. 크고 완전하고 힘찬 날개를 펴고 이 도시의 모든 것들이 아주 조그맣게 보일 때까지 까마득한 허공으로 날아서 날아서.
　　청소한답시고 더 더럽혀 놓은 얼룩진 버스 유리창을 통하여 수현은 반토막의 나방이 날아올라야 할 하늘을 바라보았다. 비가 다시 한 차례 뿌리려는지 낮게 깔린 회색 구름이 하늘 가운데로 몰리고 있었다. 덜덜대는 버스에 수차례 어깨를 부딪치면서도 수현은 짧은 팔 블라우스의 소맷부리로 손을 집어넣어 슬그머니 자신의 겨드랑이를 더듬었다. 축축하고 뜨뜻한 겨드랑이에 이제 오롯이 돋기 시작한 날개털이 몇 가닥 만져졌다. 수현은 눈을 감았다.

ㅡ윤영수 「생태관찰」(1994)

　　하얗고 조그만 점 같은 것이 허공 속에서 가볍게 움직이고 있었다.
　　나는 처음에 그것이 먼지인 줄 알았다. 하지만 먼지라면 차가 일으키는 바람을 따라서 같은 방향으로 날아가련만 그것은 애처로운 안간힘으로 악착같이 반대방향으로 되돌아오려고 하고 있었다. 자세히 보니 조그만 나비였다. 나비 한 마리가 저물어가는 도시의 허공 속에서 불안스러운 비행을 하며 자기의 생명을 증명하고 있었던 것이다. 나는 괜히 코끝이 아려왔다. //
　　악착같이 바람을 거슬러서 위태로운 비행을 하던 작은 나비. 그때 나는 왜 그것이 방향을 거슬러가려 한다고 생각했을까. 가고자 하는 제 방향이 있으리라고는 생각하지 않았던 걸까.

ㅡ은희경 「먼지 속의 나비」(1996)

창틀 바로 위는 옥상이다. 그곳에 설치된 비상용 물탱크에서는 뚜렷한 틈도 보이지 않으면서 늘 조금씩 물이 흘러내려 벽에 더러운 얼룩을 만들고 용케도 그 물기를 피한 곳에 거미줄이 쳐져 있다. 그리고 거기에는 엄지손톱 크기의 회흑색 거미가 등에 새끼를 잔뜩 진 채 거미줄 사이를 힘겹게 마치 곡예를 하듯 기고 있었다. 거기 새끼는 어미 등을 파먹으며 산다지, 그래서 껍질만 남으면 혹 불어버린대. 그러니깐 거미는 눈에 띄는 대로 잡아 죽이렴. 거미는 집요하게 좇고 있는 이쪽의 시선을 느꼈음인지 심상찮은 입김을 느꼈음인지 때로 죽은 듯 다리를 사리고 멈추기도 한다. 그가 휘익 날카롭게 외마디 휘파람을 불었다. 나는 왠지 그 휘파람 소리가 무척 야비하게 느껴졌다. 거미줄이 물결치듯 흔들리자 속임수를 간파당한 거미는 더 이상 죽은 체해봐야 소용없다는 것을 알아채고 위태로운 걸음으로 달아나기 시작했다. 그 서슬에 어미 등에서 떨어진 새끼들은 더러 거미줄에 매달리기도 하고 6층 아래로 추락하기도 했다. 그래도 어미는 떨어진 새끼를 위해 걸음을 멈추는 배려를 하지 않는다.

—오정희 「불의 강」(1997)

장자는 딱히 할 일이 없었기 때문에 낮잠을 잤다. 잠에서 나비가 되어 세상을 훨훨 날아다녔다. 그런데 번번이 꿈이 깨어졌다. 아내가 그를 흔들어 깨웠기 때문이다. 장자는 짜증이 났다. 하루는 친구에게 그 꿈 얘기를 하면서 아내 때문에 그 꿈의 끝까지 가지 못한다고 푸념을 했다. 친구는 말했다. 너는 아마 전생에 나비였을 거라구. 천상의 꽃밭에 들어가 꿀을 따다 수문장한테 들켜 수문장의 날카로운 창 끝에 찔려 죽었다. 그래서 자꾸 나비의 꿈을 꾸는 거다. 또 친구는 덧붙이기를 그 수문장은 바로 아내라고 했다. 장자는 나비의 꿈을 찾으러 길을 나서기로 작정했다. 그래서 직업이랄 것도 없는 직업을 버리고, 다 허물어져가는 집도 버렸다. 그런데 아내만은 버려지지 않았다. 아내는 절대 장자 곁을 떠날 생각이 없다.

—차현숙 「나비의 꿈, 1995」(1997)

당신과 나인 우리는 그녀에게 묻는다.
"왜 하필 나비죠? 그리고 마지막에는 왜 텅 비어 있죠."
"왜 나비 서랍에는 아무것도 없이 작은 글씨의 메모만 쓰여져 있던 거죠?"
그녀는 대답이 없다.
우리는 계속 같은 질문만을 했다.
결국 그녀는 말을 하기 시작했다.
"…한번쯤 … 날고 싶어서요. … 모든 것에서 한번쯤은 놓여나고 싶었어요."
"그런데 왜 텅 비었죠?

당신은 성마르게 다그친다.

"… 당신들은 이미 나비 서랍을 모두 열어봤잖아요, …아직도 모르겠어요?"

—차현숙 「나비학 개론」(1997)

삶의 세월이 길어갈수록 그녀는 자신이 한때 여왕나비로 나비의 춤을 춘 적이 있다는 사실조차 미심쩍어져갔다. 그것이 남아 있다면 그건 그저 사진 속의 기억일 뿐이었다.

외침과 함께 여자가 거세게 고개를 젓기 시작했다. 여자는 그 인형이 바로 자신의 모습이라고 믿고 싶지 않았다. 절대로 그렇지는 않다고. 자신은 미국에 갈 거라고. 미국으로 떠나는 날 딸아이를 만나리라고. 헤어질 때 열 살이던 아이, 엄마, 제발 춤을 추지 마세요. 그렇게 울부짖던 아이를 만나리라고, 그러나 공항에서 말하리라고, 용서를 빌지 않고 말하리라고, 나비, 나비가 되고 싶었던 거라고……

—김인숙 「나비의 춤」(1998)

생물학자들은 나비가 불을 향해 달려드는 이유를 규명하기 위해 연구해왔지만 아직은 밝히지 못했다고 한다. 때로 여자가 스스로 불 속으로 몸을 던지는 것처럼 보이는 현상에 대해서는 누군가가 규명을 했던가. 혹은 규명하려고 노력이라도 했던가. 나비에 대해서는 노력을 하면서도 말이다. 규가 말한 나비의 날개와 복사열 이야기가 떠올랐다. 나비의 비밀은 체온이 뜨거운 동안만 날 수 있지 않을까. 그리고 여자의 비밀도……

—전경린 『내 생애 꼭 하루뿐일 특별한 날』(1999)

뽕나무 잎이 아이들 손바닥만큼 자라자 어머니는 신문지에 희끄무레한 누에알을 받아왔다. 해마다 소작 주었던 뽕밭을 돌려받아 올해는 직접 누에를 기를 거라고 했다. 누에알은 따뜻한 아랫목에 놓고 보름쯤 지나자 새까맣게 애벌레로 깨어났다. 잘게 썬 뽕잎을 얹으면 애벌레들이 올라와 야금야금 갉아먹었다. //

우리 가족은 봄내 길러놓은 누에고치를 집 뒤의 뽕나무가지에 걸어주었다. 안에 있는 번데기가 나방이 되어 날아오르기를 기다리며 아침이면 뛰어나가 확인을 했다. //

이불을 걷어차고 자는 남동생은 밤이면 하늘을 향해 무리 지어 날아오르는 누에 나방의 꿈을 꾸는 걸까. 바로 앞에 있는 뽕잎도 먹지 못하는, 기어갈 줄도 모르는 나약한 누에가 아닌, 날개를 펴고 활기차게 날아오르는 야생의 나방 꿈을.

—김재영 「또 다른 계절」(2000)

그러나 나는 다시 한발을 더 앞으로 옮겼고, 순간 진저리를 치고 말았다. 나는 그때 나비의 날개 아래로 뚝뚝 듣고 있는 물방울을 보았던 것이다. 그건 바닷물이었다. 바닷물을 뚝뚝 흘리고 있는 나비는 날개가 젖고 젖다못해 갈기갈기 찢겨져 있었다. 나비의 지친 숨소리와, 한 목숨쯤은 족히 다 절여버릴 만큼 짠 소금냄새가 내 가슴속으로 쏟아져 들어왔다.

─ 김인숙 「바다와 나비」(2002)

그렇습니다. 쏘냐는 자신을 보호할 껍데기를 갖지 못한 민달팽이였습니다. 옛날에는 민달팽이도 껍데기가 있었다지요? 그런데 너무 오래 어두운 곳에서 살다 보니 껍데기가 퇴화해버렸다지요? 그래서 민달팽이는 축축한 곳에서, 또 캄캄한 밤에만 기어다닌다지요? (중략)

나를 깨운 것은 빗물이 아니라 바닷물처럼 짠 눈물이었나 봅니다. 쏘냐 역시 그리운 고향땅을 잊지 못해 눈물을 흘린 걸까요? 지금으로부터 천만년 쯤 전, 바닷속 고둥의 일종이었다는 달팽이들이 바다의 기억을 버리지 못해 온몸으로 점액질을 만들어내는 것처럼? 우리는 있는 힘을 다해 앞으로 기어갔습니다. 고향을 향해서, 푸른 자작나무 숲을 찾아서.

─ 김재영 「아홉 개의 푸른 쏘냐」(2005)

당신도 보았다고 했나요? 날아다니는 흰 바퀴벌레, 말입니다. 어둡고 음습한 곳으로 기어드는 바퀴벌레가 아니라 희고 얇은 날개를 하늘거리며 사뿐히 날아오르는 놈을 말입니다. 그 말을 들으며 나는 언젠가 껍질을 벗겨본 적이 있는, 당신의 창백한 낯빛을 닮은 나무 이름을 기억해내려고 했었지요. 이제 그것이 어떤 나무든 내게 중요하지 않다는 걸 압니다.

오늘 밤 나는 당신에게 사소한 얘길 하고 싶었습니다. 당신이 말했던, 내가 웃어 넘기고 말았던, 날개를 가진 흰 바퀴벌레에 대한 얘기를 말입니다. 저어기, 어둠을 갉아 먹으며 흰 바퀴벌레 한 마리가 날아오고 있습니다. 이렇게 태풍이 몰아치고 있는데도 말입니다.

─ 강진 「흰 바퀴벌레 이야기」(2009)

어쩌겠다는 생각도 없이
살며시 나비를 잡으면
심장이 멎는다, 정오
나비는 만파 시선을 피하려 쩔쩔매고
나도 쩔쩔매며

그를 본다
손끝 사이로 가뭇없이
빠져나갈 것 같다, 비틀어지거나
나비는 날개에 내 지문을 묻히고
화들짝 날아간다
내 손끝에는
반짝거리는 하얀 가루가 묻어 있다.

—황인숙 「나비」(1994)

'오!' 놀라게 된다, 나비를 보면
나비는 그토록이나 항상
홀연히 솟아난 것만 같다
꽃이면 꽃, 돌이면 돌,
땅바닥, 풀잎 끝, 쓰레기 봉투,
노란 셀로판지 같은 햇발 한가운데
내가 막 나비를 본
바로 거기에서

—황인숙 「나비」(2003)

날개는 종잇장처럼 얇다 꽃에 남겨져
나비들이 날면서 내는 욕망을 듣는다
우리는 왜 나비가 되지 않는가
너는 부드러운 양쪽 날개로 내 뺨을
깜빡거렸다 분가루 듬뿍 뿌리면서
나의 날개는 한숨쉬며 네 뺨에 닿는다

—안정옥 「나비 키스」(2003)

나비야, 나비야,
이 검은 땅 위에 다시 내려와 앉아라
내가 너를 신겠다

날개란 신기 위해 있는 것이니
내가 너를 신겠다. 나비야

—나희덕 「나비를 신고 오다니」(2004)

내가 세상에 줄 하나 던지는 것은
은빛, 얇은 줄 하나 던지는 것은
줄 하나 던지고 보이지 않는 한 켠에
응큼하게 웅크리고 있는 것은,

모든 날개들은
키 큰 나무 곁에서
펄럭이기 때문이다.
펄럭이고 또 펄럭이면서
그림자 하나에 얹혀 올
너의 살(肉) 한 점
기다리고 있기 때문이다.

−강은교 「거미」(1996)

엄마는 무슨 꿈 꿨어? 또 꿈 안 꿨어? 말해봐! 다그치는 딸에게 나는 속을 보인
다. 엄마는 거미 꿈 꿨어. 엄마가 잠시 출가했다 오니까 집에 거미들만 사는 거야.
아빠 방에도 거미, 엄마 방에도 거미, 오빠방에도 거미, 우리 유나 방에도 거미!
엄마가 놀라서 빗자루로 쓸어내리려고 하니까 어디 숨어 있었는지 다른 거미들이
새까맣게 몰려와서 눈 깜짝할 사이에 거미집을 짓는 거야. 그리고 엄마 몸을 친친
감아서 그 거미집에 매다는 거야. 엄마는 무서운데도 거미집이 너무 신기해서 입
이 하, 하 벌어졌어. 자기 몸에서 집 지을 실을 자꾸 자꾸 뽑아내는 거미가 진짜
진짜 부럽기도 하고. 엄마, 그래도 그 거미들 나쁘다. 엄마를 아프게 했잖아. 내일
은 그런 꿈 꾸지 말고, 엄마도 예쁜 새 꿈 꿔. 나랑 같이 하늘 날게. 알겠지?

−양선희 「꿈」(2001)

가만히 좀 있어봐, 하면서
그는 내 얼굴에서 거미줄을 떼어낸다
저녁에 옷을 갈아입다 보면
윗도리에도 거미줄이 한 웅큼 뭉쳐져 있다
(중략).
버둥거리며 거미줄을 떼어냈지만
내 얼굴에선 한없이 거미줄이 뽑혀나왔다
(중략)

희미한 불빛 아래 둘러앉아 사람들은 말한다
가만히 좀 있어봐, 거미줄이 묻었어,
조금은 거미인 나를 향해 이렇게 말하곤 하는 것이다

—나희덕 「거미에 씌다」(2001)

밤새도록 여자가 칠흑 속에다
그 머리털들로 수를 놓는다
수금의 현을 쥐었다 놓듯이

죽음에 갇힌 여자가
무덤 속에서 머리를 묶었다 풀듯이
풀었다 다시 묶듯이
가슴속 붉은 실타래를 미친 듯 감아올린다

—김혜순 「거미」(2004)

제 몸을 찢어 상처의 집을 짓고
고단한 연속무늬를 자아내는 거미들.
어둠이 익숙해질 무렵 늙은 암거미 한 마리 도시를 삼킨다.
그녀 안의 기억의 손길들이
재빨리 풍경들을 저장한다.
상처가 가득 찬 몸은 아무리 먹어도 허기가 채워지지 않는다.
슬픔은 언제나 외로운 각도를 유지한다.
외로운 나선형의 각도는 그녀의 힘이다.
끈끈한 상처를 건너는 자 만이
자신에게 다시 다다를 수 있는 법.
날마다 제 상처를 기어오르는 어머니
내가 다시 나선형으로 재생되고 있다.

—서안나 「거미, 불온한 폭식」(2005)

나의 어디쯤에 발 딛고 싶어하는지
알 수 없지만
그의 발은 魂처럼 가볍고
가벼움이 나를 흔들어
아득한 태풍이 시작되곤 하였다

내 이마를 건너가는 가여운 사랑아
오늘 밤 기꺼이 너에게 묶인다

—김선우 「거미」(2007)

거미는 제 줄에 걸리지 않는다 줄을 타며 줄을 놓기 때문이다 기어코 내가 줄에
걸렸다고 말하지 않겠다 굳이 내가 거미라고 말할 수도 없겠다

—정끝별 「한칸 거미」(2008)

6
시간

시간의 단위를 나타내는 명칭 속에는 하루를 구성하는 '새벽, 아침, 낮, 저녁, 밤'이 있다. 그리고 하루의 순환이 모인 달(月)과 해(年), 그 중간에 계절이 있으며, 계절 안에는 봄, 여름, 가을, 겨울이라는 소범주들이 자리한다. 이 중 계절은 생명체의 소장성쇠의 흐름에 따라 분절되며, 일상생활과 밀접한 관련을 맺고 있어 이전부터 기본 어휘였을 것으로 추정된다. 이와 같이 정연하고 선적인 흐름의 자연적 시간과 달리, 여성문학 속에서의 시간은 특수한 심리적 시간으로 나타난다.

하루 중 저녁은 일상과 탈 일상의 경계가 되는 시간이다. 고전문학에서 저녁은 놀이와 외출을 마치고 집으로 귀환하여 일상의 직임으로 복귀하는 시간이다. 반면 현대문학에서의 저녁은 역으로 일상에서 탈 일상으로 바뀌는 경계의 시간으로서, 모호하고 일탈적인 경계에 놓이는 위태로움을 안고 있다. 낮 동안의 억압으로부터 해방되는 자유의 시간으로, 여성 내면에 있던 야생적인 욕망과 광기가 드러나는 때이다.

경계의 시간 너머의 밤은 명료한 의식을 지니고 자아가 일어서는 각성의 시간이다. 감정이 고조되고 정신이 성숙해지는 낭만적 시간이자, 자아와 대면하며 지나온 삶을 반추하는 자성의 순간이 된다. 이러한 각성을 통해 억압적 현실을 인지하고 탈주를 시도하기도 한다. 나아가 혼돈과 광기를 의미하는 밤의 비일상성은 일탈적 욕망과 비현실적인 몽상을 꿈꾸게 한다. 빛의 시간인 새벽과 아침은 새로운 일이 시작되는 운명의 시간으로, 여성에게는 혼인하여 집을 떠나는 순간이기도 하다. 또 규율로 특징되는 일상이 시작되는 때이자, 희망이 느껴지는 시간이기도 하다.

하루의 순환이 수렴되는 계절의 흐름을 타고 여성의 삶과 의식은 변주된다. 생명이 만개하는 봄은 남녀 간 사랑이 시작되는 환희의 시간이자 그 생명성을 향유하는 놀이의 시간이다. 여성의 모든 감각과 몸을 일깨우며, 잠재된 격정적인 광기와 섹슈얼리티의 여성 욕망을 만개하게 하는 때이다. 여름은 성숙과 완성의 시기로서, 생명력과 원시적 욕망이 절정에 오르는 때이다. 이에 깊게 익어가는 내면의 한 시기를 보여준다. 가을은 조락과 소멸을 의미하며, 절연의 고립감과 자기 안의 고독을 다스려야 하는 시간이다. 겨울은 연단의 시간으로 차가운 대기와 추위를 통해 명징한 삶의 감각을 일깨우는 과정이 된다. 흰 눈이 상징하는 순수와 정화는 정제된 사유와 성숙을 향한 열망과 조응함으로써 결과적으로 겨울은 봄의 환희를 잉태하고 있는 강인한 시간이 된다.

자연적 시간의 흐름은 일정하며 영속적으로 순환하고 있는 반면에, 여성문학 속 시간은 내면세계와 조응하는 심리적 시간으로 불연속적이고 비균질적인 시간으로 나타난다. 이러한 시간인식은 여성의 고유한 삶 또는 여성 존재로서의 의식과 연관된 특징적인 징후라 할 수 있다.

6.1. 시간 관련 어휘의 종류와 변화

시간 관련 어휘 하루의 순환, 자연적인 시간의 흐름은 낮과 밤
의 거듭되는 교체에 의해서 이루어진다. 해가
뜨면 밝은 낮이 되고, 해가 지면 어두운 밤이 다시 돌아온다. 이러한 시간의
흐름은 '새벽-아침-낮-저녁-밤'의 순환의 연속으로 인식된다. 현대국어의 '낮
(晝)'과 '밤(夜)'은 한글로 표기된 가장 이른 시기의 문헌인 15세기에서도 '낮',
'밤'으로 표기되었다. '밤'은 형태 변화를 전혀 겪지 않았으며, '낮'의 경우는 음
절말음을 표기하는 방식에 따라 '낮'과 '낫'이 혼용되었다. 음절말 위치의 'ㅈ'을
8종성법에 따라 'ㅅ'으로 표기하였기 때문이다. 17세기 이후에는 음절말 위치의
'ㅅ'과 'ㄷ'이 중화됨으로써 '낟'이라는 표기도 나타났다. 해가 질 무렵부터 밤이
되기까지의 시간이 '저녁'인데 이에 해당하는 최초의 표기는 17세기에 등장하
는 '져녁'이다. 그 이전 시기에는 저녁 대신에 '나조ㅎ'가 그 시간을 뜻하는 단어
로 사용되었다.

> 어미 죽거늘 아츰 나죄 슬허ᄒᆞ며 (『동국신속삼강행실도(東國新續三綱行實圖)』 孝
> (1617))
> 아츰 나죄 잇그러 ᄃᆞ니고 (『마경초집언해(馬經抄集諺解)』 上(1682))
> 나죄:晩 (『역어유해(譯語類解)』 上(1690))
> 서ᄅᆞ 옴디 아니ᄒᆞᄂᆞ니 아츰 져녁으로 ᄇᆞᄅᆞ라 (『벽온신방(辟瘟新方)』(1653))
> 아츰 나조히 ᄠᅥ나디 말고 (『노걸대언해(老乞大諺解)』 下(1670))
> 져녁:晩上 (『동문유해(同文類解)』 上(1748))

새벽의 어휘 변화 국어사 자료에서 '새벽'과 관련이 있는 최초의
형태는 15세기 문헌에 나타나는 '새배'이다. 같
은 시기에 나타나는 '새박'은 '새배'에 접미사 '-악'이 결합하면서, 제2음절의
음절부음 'ㅣ'가 탈락한 것이다. 17세기부터 나타나기 시작하는 '사배, 사베' 등
은 이 '새배'의 제1음절의 음절부음 'ㅣ'가 수의적으로 탈락한 것이다. '새배'의
제2음절은 시대에 따라 '베, 빅'로 표기되어 나타나는데, 17세기의 '새빅'는 '새

배'에 처소의 부사격 조사가 결합한 표기이며, '새베'는 모음체계의 재정립 과
정에서 'ㅐ'가 'ㅔ'로 변한 결과 나타난 표기이다. 19세기에 나타나는 '싀비'는
18세기에 일어난 어두 음절의 '·ㅣ〉ㅐ'의 영향으로 나타날 수 있었던 '새배'의 다
른 표기이다. 17세기 어형 '새베'는 '새배'를 '*새비+애(부사격조사)'로 잘못 분석
하고 '*새비'에 처소의 부사격 '예'를 결합시킨 것이 명사로 굳어진 것이다. 18
세기와 19세기에 나타나는 '사볘'도 '사배'에서 이와 같은 과정을 겪은 것이 아
닌가 한다. 그리고 현대어의 '새벽'이 소급하는 최초의 형태인 18세기 어형 '새
벽'은 17세기 문헌에 나타나는 '새볘'에 접미사 '-억'이 결합하면서 제2음절의
음절부음 'ㅣ'가 탈락한 것이다.

　　　　楞嚴에 부톄 富樓那ᄃ려 니ᄅ샤ᄃ 演若達多ㅣ 믄득 새바기 거우루로 ᄂᆞᆾ출 비치
　　오 (『원각경언해(圓覺經諺解)』(1465))
　　　　프른 잣 니피 ᄠ려도 오히려 머그며 새뱃 雲霞ㅣ 노파도 可히 머그리로다 (『두시언
　　해(杜詩諺解)』 초간본 3(1481))
　　　　바ᄇᆯ 짓디 아니ᄒᆞ니 우므리 새배 어렛고 오시 업스니 臥床이 바미 ᄎᆞ도다 (『두시
　　언해(杜詩諺解)』 초간본 3(1481))
　　　　晨 새배 신 曉 새배 효 (『훈몽자회(訓蒙字會)』 上(1527))
　　　　定 자리를 뎡홈이라 ᄒᆞ고 새박이어든 슬피며 안부 슬피미라 (『소학언해(小學諺
　　解)』 2(1586))
　　　　다 ᄭᅴ ᄭᅴ여 中門 뒤희 가 새바긔 省ᄒᆞ더라 (『소학언해(小學諺解)』 6(1586))
　　　　ᄆᆡ년 졍월 초ᄒᆞᄅᆞᆫ날 새배 사당믈에 ᄠᅥ어 사홀이나 닷쇄나 년ᄒᆞ여 머기고 (『언해
　　두창집요(諺解痘瘡集要)』 上(1608)
　　　　禁城엣 봆비치 새배 프르럿도다 (『두시언해(杜詩諺解)』 중간본 6(1632))
　　　　사뱃 吹角ㅅ 소리 구루믈 凌犯ᄒᆞ야 ᄆᆞᄎᆞ니 (『두시언해(杜詩諺解)』 중간본 8(1632))
　　　　김뉴 니셩구 등이 쳥ᄃᆡᄒᆞ야 새비 강화롤 가시게 명ᄒᆞ얏더니 (『산성일기(山城日
　　記)』(1636)
　　　　새볘 효 曉 새볘 신 晨 (『유합(類合)』(1664))
　　　　ᄂᆡ일도 天氣 죠흘까시브다 ᄒᆞ니 새볘 出船홀 쟉시면 못ᄒᆞ로셔 ᄐᆞ노라 (『첩해신
　　어(捷解新語)』 6(1676))
　　　　曉 새볘 효 晨 새볘 신 (『유합(類合)』(1700))
　　　　셜샤ᄅᆞᆯ 호ᄃᆡ 새볘붓터 아츰ᄭᅵ지 닐곱번을 누니 (『두창경험방(痘瘡經驗方)』(1711))
　　　　絳幘鷄人이 새벽을 報홈애 居居居ᄒᆞ여 三鳴을 唱ᄒᆞ고 (『오륜전비언해(五倫全備

諺解)』 3(1721))

사볘 出船호쟉시면 믄트로셔 .츌여 투노라 호면 (『개수첩해신어(改修捷解新語)』
6(1748))

새볘 일즉이 절의 나아가 일혼 님자를 기두리더니 (『종덕신편언해(種德新編諺解)』
上(1758))

東開了 동 트다 曉頭 새벽 (『몽어유해(蒙語類解)』 上(1768))

날마다 새볘 나무아미타불 열 번을 호거나 (『염불보권문(念佛普勸文) 해인사판
(1776))

그는 새벽게 그의 누의가 써 노혼 글을 닑엇다 (나도향 「젊은이의 시절」(1922))

아아 사랑스러운 새벽빗이 東편 地平線은 저쪽으로 새여 들어왓다 (나도향 「젊
은이의 시절」(1922))

아침의 어휘 변화 현대 국어의 '아침'에 대응하는 단어는 15세기
에 '아춤'(『석보상절(釋譜詳節)』 3)으로 처음 보
인다. 이 '아춤'은 형용사 '앛-'에 명사 파생 접미사 '-움'이 결합된 어형이다.
16세기에는 '아츰, 앗츰' 두 형태가 나타나는데 '앗츰'은 중철 표기에 의한 것이
다. 17세기에는 '아춤, 앗츰' 외에 '아츰'이 추가된다. '아춤'이 17세기에 들어서
면서 '아츰'으로 바뀐 것이다. 이는 비어두 음절에서 'ㆍ'의 음가가 소실되면서
'ㆍ'가 'ㅡ'로 바뀌는 역사적 과정을 밟은 것이다. 18세기에는 '아츰, 앗츰, 아
츰' 외에 '아침'의 예가 더해진다. '아츰'이 다시 한 번 '아침'으로 바뀐 것이다.
'아침'이 나타난 최초의 문헌이 나온 시기는 1796년으로 18세기 후반 무렵이
다. 19세기에 들어 'ㅅ, ㅈ, ㅊ' 아래서 'ㅡ'가 'ㅣ'로 변화가 일어나는데 이러한
변화를 전설모음화라 부른다. '아츰'이 '아침'이 된 것도 이와 같은 전설모음화
현상이다. 이런 이유로 19세기 문헌에 '아침'이 본격적으로 등장한다. 19세기
에는 '아츰, 앗츰, 아츰, 앗츰, 아침, 앗침' 등의 예가 나타난다. 20세기에는
'아츰, 아침' 등의 예가 나타난다. 17세기 문헌 자료에서부터 '아적'이라는 형태
가 나타나기 시작한다. 18세기·19세기에도 연이어 '아적'이 나타난다. 이는
'아침'을 뜻하는 다른 형태의 어휘인 것으로 보이는바, 현대 국어 사전에는 '경
남, 전남, 제주, 함경, 황해' 지역 등의 방언으로 기술되어 있는데 '아적'으로
표기되고 있다.

ᄒ 룻 아ᄎ 미 命終ᄒ 야 (『석보상절(釋譜詳節)』 6(1447))

믈읫 목 미야 주그니 아ᄎ 부터 나조히 니르닌 비록 차도 어루 救ᄒ 려니와 (『구급방언해(救急方諺解)』 上(1466))

믌가마괴 절로 아ᄎ 나조히 잇고 흰 ᄆ 리 빗기 녀믈 마도다 (『두시언해(杜詩諺解)』 초간본 24(1481))

旦 아ᄎ 단 朝 아ᄎ 됴 (『훈몽자회(訓蒙字會)』 上(1527))

앗ᄎ 나조 울고 졔ᄒ 며 멀이 빗기와 옷 갈아닙디 아니터라 (『속삼강행실도(續三綱行實圖)』 중간본(1581))

아ᄎ 의 더 비ᄒ 고 나조히 니겨 ᄆ 음을 젹게 ᄒ 야 공경ᄒ 올디니 (『소학언해(小學諺解)』 1(1586))

淸早 아ᄎ (『역어유해(譯語類解)』 上(1690))

朝 아ᄎ 됴 (『유합(類合)』(1700))

싸홀 두드려 아젹이 다ᄃ 도록 그치디 아니ᄒ 더라 (『동국신속삼강행실도(東國新續三綱行實圖)』 烈(1617))

오늘 앗ᄎ 밥 먹은 곳애셔 팀 바다 가져 온 은이라 (『노걸대언해(老乞大諺解)』 上(1670))

아ᄎ ㅅ 힛비치 곧다온 郊甸에 소앗도다 (『두시언해(杜詩諺解)』 중간본 14(1632))

ᄒ ᄅ 아ᄎ 에 法司官이 와 囚를 내면 곳 너를 잡아 (『오륜전비언해(五倫全備諺解)』 3(1721))

朝 아ᄎ (『주해천자문(註解千字文)』(1752))

오늘 앗ᄎ 밥 먹은 곳에셔 츳자온 은이라 (『노걸대언해(老乞大諺解)』 중간본 上(1670))

잇혼날 아ᄎ 에 악당이 셩인을 옥에 내여 노흐로써 동혀 ᄭ 을고 (『쥬년쳠예광익』(1865))

앗ᄎ 일을 져녁의 ᄡ ᄃ 짓 못ᄒ 니 (『명듀보월빙(明珠寶月聘)』 2(19세기))

오날 아젹에 미음이 나리지 안이ᄒ ᄂ 증이 업나뇨 (『권용션젼』(19세기))

잇튼날 아젹에 다시 셩에 들어가ᄂ ᄃ 에 비곱푼지라 (『예수셩교젼셔』(1887))

아ᄎ 에 졔사쟝과 빅셩의 쟝노가 함끠 도모ᄒ 여 예수를 죽이려 ᄒ 여 (『예수셩교젼셔』(1887))

앗ᄎ 에 즁군이 쟝교를 보늬여 갈오ᄃ 이 두 사름을 노으라 ᄒ 니 (『예수셩교젼셔』(1887))

아침에 지니던 찌에 무화과 나무를 보니 쌕리로붓터 말은지라 (『예수성교젼서』
(1887))

아침밥 朝飯 (『국한회화(國漢會話)』(1895))

안령히 쥬무시면 아침에 나아와서 다시 뵈오리다 (『신계후젼』(19세기))

人生이 아츰 이슬이니 아니 놀고 어이리 (『가곡원류(歌曲源流)』(19세기))

그렁져렁 밤을 시고 됴반 앗침 젼폐ᄒ고 졈심도 젼궐ᄒ고 (『남원고사』 1(19세기))

하나 남은 모번단 저구리를 찾는 것도 아츰ㅅ거리를 장만하려 함이라 (현진건
「빈처」(1921))

哲夏는 아츰을 먹고 大門을 나섯다. (나도향 「젊은이의 시절」(1922))

아침에 벌떡 일어나서 냉수에 세수를 하고 나면, 새로운 용기가 솟는다. (심훈
「상록수」(1935))

계절 관련 어휘의 변화

시간의 단위를 나타내는 명칭 속에는 달(月)과 해(年)의 중간에 위치하는 계절이 있으며, 이 계절 안에 봄, 여름, 가을, 겨울이라는 소범주가 자리하고 있다. 한 해를 기후에 따라 4등분한 첫 번째의 계절인 봄은 양력으로는 3, 4, 5월에 해당하고 음력으로는 1, 2, 3월에 해당한다. 봄은 추위가 가고 따뜻해지는 철이며, 생물이 소생하면서 성장을 시작하는 계절이다. 여름은 봄의 다음, 가을의 앞에 오는 철로서 절기상으로는 입하에서 입추까지의 동안에 해당되고, 천문학상으로는 하지부터 추분에 해당하는 계절이다. 우리나라에서 여름은 초목이 우거지는 성장의 계절이며, 1년 중에서 가장 더운 계절로서 성장, 발전, 충만, 완성을 의미한다. 가을의 밝은 햇살과 낮의 다사로운 온기, 풍성한 곡식 등은 결실과 수확에 대응되는 풍요와 생명력을 상징하지만, 낙엽과 서리, 밤의 차가움 등은 시듦과 조락(凋落)에 대응되는 힘의 쇠퇴와 예정된 죽음을 상징한다. 겨울은 가을의 시듦에서 봄의 재생에 이르는 길목으로 새 생명의 탄생을 예비적으로 잉태하는 계절인 동시에 생명이 끊어져 삼라만상이 죽음에 이르는 계절이기도 하다.

계절을 나타내는 단어는 일상생활과도 매우 밀접하게 연관되어 있어서, 그 이전 시기에서부터도 자주 사용되는 기본 어휘였을 것으로 생각할 수 있다. '春'은 15세기부터 현재에 이르기까지 형태의 변화 없이 '봄'이다. '夏'는 현대국어에서는 '여름'이지만 15세기부터 17세기까지는 '녀름'이었다. 18세기부터 '여름'

이라는 형태가 나타나기 시작한다.

ᄇᆞᄅᆞᆷ비 時節에 마초ᄒᆞ야 녀르미 ᄃᆞ외야 (『석보상절(釋譜詳節)』 9(1447))
괴외히 녀르메 몬져 나조히 ᄃᆞ외오 (『두시언해(杜詩諺解)』 초간본 20(1481))
보ᄆᆡ 나며 녀르메 길며 ᄀᆞ살ᄒᆡ 가ᄃᆞ며 겨스레 갈ᄆᆞ며 (『금강경삼가해(金剛經三家解)』 2(1482))
黃香의 벼개 부춤과:黃香이 녀ᄅᆞᆷ에 어버의 벼개ᄅᆞᆯ 붓더니라 (『소학언해(小學諺解)』 5(1588))
올ᄒᆡ 녀르메 ᄒᆞᄂᆞᆯ히 ᄀᆞᄆᆞᆯ오 (『번역노걸대(飜譯老乞大)』 上(1517))
녀름 길 가온대 더온 ᄒᆞᆰ(道中熱塵土) (『동의보감(東醫寶鑑)』 1(1610))
녀름에 서느러온 가개예 ᄆᆡ며 더러온 고ᄃᆡ ᄆᆡ지 말라 (『마경초집언해(馬經抄集諺解)』 下(1682))
ᄀᆞ올과 녀름은 ᄇᆡᆨ탕 ᄒᆞᆫ 잔애 ᄒᆞᆫᄃᆡ 골라 공초애 흘리라 (『마경초집언해(馬經抄集諺解)』 下(1682))
녀름에ᄂᆞᆫ 옥으로 ᄡᅴ 긋톄 갈구리 ᄒᆞ니를 ᄡᅴ오되 (『노걸대언해(老乞大諺解)』 下(1670))
이러모로 봄과 녀름은 슌ᄒᆞ고 (『언해두창집요(諺解痘瘡集要)』 上(1608))
녀름 ᄀᆞ을희란 넙플 ᄠᅳ더 쬐ᄂᆡ서 즛디허 (『언해두창집요(諺解痘瘡集要)』 下(1608))
이셔 나가 이 갓옷슬 ᄒᆞᆫ 녀름을 收拾홈이 업더니 내 銀鼠皮 갓옷세 올린 쵸피 ᄉᆞ매를다가 좀이 덥어 ᄒᆞᆫ 낫 긴털이 업ᄉᆞ니 엇지ᄒᆞ여야 됴ᄒᆞ료 (『박통사신석언해(朴通事新釋諺解)』 3(1765))
여ᄅᆞᆷ이면 벼개와 자리에 부ᄎᆡ딜ᄒᆞ며 (『오륜행실도(五倫行實圖)』 1(1797))
이ᄒᆡ 여ᄅᆞᆷ에 바람 블고 물의 오니 (『오륜행실도(五倫行實圖)』 1(1797))
지ᄂᆞᆫ 여름 낙던 고기 이 여름의 ᄯᅩ 낙그기 (『만언사(萬言詞)』(18세기))

‘秋’를 뜻하는 최초의 한글 표기 형태는 15세기의 문헌에 나타나는 ‘ᄀᆞᅀᆞᆶ’이다. 이 낱말의 끝 자음 ‘ㅎ’은 16세기까지 모음 앞에서 나타나다가 17세기부터는 모음 앞에서도 나타나지 않게 되었다. 16세기에 나타나는 ‘ᄀᆞᅀᆞᆶ’은 ‘ㅿ’이 탈락한 결과이다. 그리고 17세기에 나타나는 ‘ᄀᆞ을’은 ‘ᄀᆞᅀᆞᆶ’에서 비어두 음절의 ‘ㆍ’가 ‘ㅡ’로 변한 결과이고, 18세기에 나타나는 ‘가을’은 ‘ᄀᆞ을’에서 어두 음절의 ‘ㆍ’가 ‘ㅏ’로 변한 결과이다.

봄 ᄀᆞᅀᆞᆯ히 사ᄅᆞᆫ싶 칩과 (『석보상절(釋譜詳節)』3(1447))

서늘흔 믹야미ᄂᆞ 프른 나못 ᄀᆞᅀᆞᆯ히로·다 (『두시언해(杜詩諺解)』초간본 23(1481))

녀름과 ᄀᆞᅀᆞᆯ왓 ᄉᆞᅵ예 맛비 ᄀᆞᆺ 그처 짯 긔우니 무더워 (『구급간이방(救急簡易方)』1(1489))

이븐 西方이니 西方ᄋᆞᆫ ᄀᆞᅀᆞᆯ히라 西風이 불면 草木기 다 죽ᄂᆞ니 (『칠대만법(七大萬法)』(1569))

秋 ᄀᆞ슬 츄 (『광주천자문(光州千字文)』(1575))

秋 ᄀᆞᄋᆞᆯ 츄 (『신증유합(新增類合)』上(1576))

봄과 ᄀᆞᄋᆞᆯ히ᄂᆞ 레도와 음악으로뻐 ᄀᆞᄅᆞ치고 (『소학언해(小學諺解)』1(1588))

봄에 내고 녀름에 길우고 ᄀᆞᄋᆞᆯ히 염글오고 겨을에 간수ᄒᆞᄂᆞ 道ㅣ라 (『효경언해(孝經諺解)』(1590))

이 ᄢᅵ ᄀᆞᄋᆞᆯ와 겨을왓 ᄉᆞ이로소니 (『두시언해(杜詩諺解)』중간본 8(1613))

서리외 ᄇᆞ람이 ᄀᆞ을 풀닙을 거두치고 (『산성일기(山城日記)』(1636))

春 봄 夏 녀름 秋 ᄀᆞ을 冬 겨을 (『역어유해(譯語類解)』上(1690))

秋 ᄀᆞ을 츄 (『주해천자문(註解千字文)』중간본(1752))

시방 가을에 임의 져러ᄒᆞ니 닉년 봄을 가히 알지라 (『어제경민음(御製警民音)』(1762))

쏘 가을 회시의 입격ᄒᆞ니 이ᄂᆞ 공션싱의 슈의 업ᄂᆞ 빅라 (『태상감응편도설언해(太上感應篇圖說諺解)』2(1852))

ᄀᆞ을 셔리 전에 날이 더우면 쉭기 쉬온너라 (『규합총서(閨閤叢書)』(1869))

'冬'을 의미하는 단어가 처음 보이는 것은 '겨슬'로서 15세기의 문헌에서이다. 15세기의 '겨슬'은 'ㅿ'을 가지고 있는 명사인데, 말음으로 'ㅎ'을 더 가지기도 하고 그렇지 않기도 하였다. 'ㅎ'을 더 가진 형태는 17세기까지 꾸준히 나타나는데, 문헌에 나타나는 횟수는 많지 않다. 'ㅿ'을 가진 어형은 16세기까지만 나타난다. 그러나 이미 15세기 문헌에서도 'ㅿ'이 없는 형태가 나타나므로, 15세기부터도 이 'ㅿ'이 없는 어형이 상당히 쓰이고 있었던 것임을 알 수 있다. 16세기에 '겨올'이 처음 등장하고, 『서궁일기』가 17세기의 언어를 반영하는 것이라고 할 때, '겨울'이라는 형태는 17세기부터 등장한다. '겨을'처럼 'ㅡ' 모음을 가진 어형이 어째서 '겨올, 겨울'처럼 'ㅗ, ㅜ' 모음을 가진 어형으로 되었는지는 분명하지 않다. 어쨌든 이 어형이 현대국어로 이어져 내려와서 '겨울'로 정착하게 된 것이다.

봄 ᄀᆞᄉᆞᆯᄒᆡ 사ᄅᆞᆶ 칩과 녀르메 사ᄅᆞᆶ 집과 겨스레 사ᄅᆞᆶ 지비라 (『석보상절(釋譜詳節)』 3(1447))

겨슬헤 업고 보ᄆᆡ 펴 듀믈 보며 녀르메 盛코 ᄀᆞᄉᆞᆯᄒᆡ 듀믈 알며 (『선종영가집언해(禪宗永嘉集諺解)』 下(1464))

녀르미면 벼개와 돗과ᄅᆞᆯ 부체 붓고 겨으리면 제 모ᄆᆞ로 니브를 ᄃᆞ시 ᄒᆞ더니 (『삼강행실도(三綱行實圖)』 孝(1471))

나혼 어버ᅀᅵ 셤굠ᄀᆞ티 ᄒᆞ야 아ᄎᆞᆷ 나죄로 뵈며 겨슬이어든 ᄃᆞᄉᆞ게 ᄒᆞ며 녀름이어든 서를케 ᄒᆞ며 (『번역소학(飜譯小學)』 9(1517))

나도 아마 올 겨ᅌᆞᆯ 넌녀 보ᄆᆞᆯ 살면 견듸여 저히 구ᄂᆞᆫ 양이나 보고 (「순천김씨 묘 출토 간찰」(1565))

학개도 댱가 이 겨을로 그 지비 호려 ᄒᆞ니 그 텰링으란 지어 빌여라 밋고 (「순천김씨 묘 출토 간찰」(1565))

봄과 ᄀᆞ을히ᄂᆞᆫ 례도와 음악으로써 ᄀᆞᄅᆞ치고 겨을와 녀름에ᄂᆞᆫ 모시와 샹셔로써 ᄀᆞᄅᆞ치더니라 (『소학언해(小學諺解)』 1(1588))

녀름애 서늘ᄒᆞᆫ 가개에 ᄆᆡ며 겨울에 ᄃᆞᆺᄉᆞᆫ 외향의 ᄆᆡ고 불지 ᄇᆞ린 짜해 갓가이 말라 (『마경초집언해(馬經抄集諺解)』 下(1682))

소옴이 업서 겨울을 칠팔 년이나 디나ᄃᆡ 힛 소옴이 업서 너터러 셜워 ᄒᆞ더니 (『서궁일기』(17세기))

겨울이면 눈 우희 신을 거시 업서 늘근 신을 녹피로 큰 신 짓기를 시작ᄒᆞ다 봄의 지어 멸워 둣다가 겨울홀 디내더라 (『서궁일기』(17세기))

겨울에 뽁이 업ᄂᆞᆫ 씌 옥쉭을 드리랴 ᄒᆞ거든 (『규합총서(閨閤叢書)』(1869))

겨울 冬 (『한불자전(韓佛字典)』(1880))

그러ᄒᆞᆫ 고로 봄과 여름으로 싱장ᄒᆞ고 가을과 겨울노 슉슐ᄒᆞᄆᆞᆫ 그 긔운을 합벽ᄒᆞ야 됴화를 베풀고져 ᄒᆞ미라. (『옥누몽』(19세기))

6.2. 일상과 탈(脫) 일상, 저녁

규방가사에서 저녁은 외출을 마치고 집으로 귀환하는 시간이다. (남씨 부인 「쇠골쇠씨 셜은 타령」) 여성에게 저녁은 놀이를 위한 외출을 끝마치고 일상으로 복귀하여야 하는 시간으로 나타난다. '저녁 연기'는 벗과 헤어져 귀가할 시간이 되었음을 알려주는 보편적인 심상으로 등장한다. 여성은 저녁 준비라는 가사의 소임을 지니고 있으며 일몰 후의 외출은 제한되어 있었으므로, 여성에게 저녁은 허용된 외출이 종결되는 시간이다. 이에 저녁은 놀이를 마치고 친구와의 작별을 아쉬워하며, 다음의 외출을 기약하는 시간이 된다. (박소저 「청춘가라」, 「화전가라 4」, 신승덕 「화전가 1」)

저녁은 일종의 귀가처럼 자기 자신의 자아로 돌아가는 시간이다. 낮 동안의 억압과 의무와 갖은 치레들로부터 해방되는 시간이자 모든 경직되었던 것들이 풀어지고 열리며 화해하는 시간, 자유와 해방의 달콤함을 느끼는 시간이다. (한강 「해질녘에 개들은 어떤 기분일까」, 박완서 『아주 오래된 농담』, 황인숙 「황혼」, 김선우 「어느날 석양이」, 이사라 「황혼이 끝날 때에는」, 나희덕 「그런 저녁이 있다」)

한편 저녁은 길들여진 삶을 살던 여성 내면에 있던 거칠고 야생적인 욕망이 드러나는 시간이기도 하다. 이편과 저편, 삶과 죽음, 현실과 꿈, 빛과 어둠의 경계에 있는 '개와 늑대의 시간'처럼 사물의 윤곽이 흐려지는 시간 속에 마치 집에서 기르는 개가 낯선 늑대로 여겨지는 새로운 시간대이다. 밝은 동안에는 익숙하고 명료했던 것들이 어둠에 잠기며 모호해지는 시간이며, 평온해 보였던 일상이 일탈적인 경계의 상황에 놓여 설레면서도 위태로운 시간이다. 어둠이 내려앉으면서 소중하고 익숙했던 가족과 집이 낯설어지고 "인생에 대한 어떤 막연한 느낌" 또는 "어찌해 볼 수 없는 운명"에 대한 예감이 스며든다. (오정희 「완구점 여인」, 「야회」, 「하지(夏至)」, 「옛우물」, 김채원 「애천(愛泉)」) 무감각한 삶의 저편을 일깨우는 유령이 출몰하는 시각도 이런 어스름한 저녁이다. (오정희 「어둠의 집」) 낮과 밤의 경계 시간으로서 저녁은 지상의 모든 무게를 지우는 '황혼' 혹은 피처럼 붉은 '노을'의 강렬한 이미지로 구현되며, '치마를 불태우고' '여우'처럼 폴짝 들어서는 시간을 만나 여성 내면의 광기와 고독을 불러일으키는 시간이 된다. (최승자 「노을을 보며」, 김남조 「노을」, 신현림 「해질녘에 아픈 사람」, 강기원 「갈꽃, 여름」, 안현미 「5시를 그린다」, 진은영 「노을」)

> 종일토록 케고케도 흔광주리 못되여서 어나듯 해가지니 돌아갈길 바쁜구나 빅여대촌 쓸둑마다 검은연기 오르건만 느의가슴 틋는데는 연기흔즙 아니나닉 두려워라 디아부지 귀중소부 신분으로 외출흔다 걱정일세 셕어머니 저녁밥이 느졋다

고 화를치면 야단일세

-남씨 부인 「싀골싁씨 셜은 타령」(20세기 전반)

여중군ᄌ 착흔일홈 우리등니 어더시면 우리부모 교양ᄒᆞ여 송지중긔 ᄒ올젹에 이근결셰 훈긔흔일 천추만셰 빗나리라 아녀ᄌ의 구구심회 싱각흔들 쓸쩌잇나 만 좌동유 눈물짝고 일모힝ᄌᆼ 도라가시 빅수의려 셰부모님 진역진지 걱정홀가 칠발 담담 어린ᄌᆞ식 젓졀ᄎᆞᄌ 우ᄂᆞ구나 긔야긔야 짓지마라 빅년주인 늬왓도다

낙이망반 즐기다가 동구를 슬펴보니 ᄉ방에 저녁연기 ᄉ허리로 쒸를쒸고 강초 에 목당화난 환우성이 낭ᄌᄒ다 동편에 종소리난 젼역마다 ᄒ난구나 어와 번임늬 야 어서어서 가ᄌ서라 강순구경 ᄒᄌ면 몇날이 될난지 그만ᄒ고 갓다가서 명연슴 월 오거덜랑 쏘다시 모여와서 즐기고 노라보세 봄아봄아 이별말고 즐갓다가 즐오 노라 금춘은 그만이라 명연잇쩌 다시보ᄌ

쉽지않는 우리모듬 가는해가 아깝도다 양유청자 가는실에 가는해 매여볼까 양 사부유 여자의몸 골몰에 담뿍싸여 어른앞에 영을빌고 허다한일 재처노니 이와같 이 모여놀기 피차간에 어렵도다 재미있는 오늘노름 서산락일 젖어드니 촌락가에 저녁연기 동궁에 떠오른다 돌아가기 늦어지면 어른꾸중 두려워라 돌아가자 약속 하고 행장을 수습하야 길을서로 노눌적에 섭섭하기 그지업다

태양이 마지막 자기의 빛을 거둬들이는 시각이었다. 어둠은 소리없이 밀려와 창가를 적시고 있었다. 어둠이 빛을 싸안고 안개처럼 자욱이 내려 덮일 때의 교실 은 무덤 속을 연상시키기도 한다.

여름 같으면 아직 박명이 머물 시간이건만 방안은 아주 어둡고 십사 인치 텔레비 전의 텅 빈 화면이 검푸른 빛으로 불투명하게 떠 보였다. 거울은 더욱 검었다. 무릎걸음으로 다가가 다만 어둡고 깊을 뿐 아무것도 되비치지 않는 거울을 바라보 던 그 여자는 문이 열리는 듯한 기척에 뒤를 돌아보았다. 문바람에 커튼이 펄럭이 는 듯했기 때문이다. 착각이었을까. 커튼은 움직이지 않은 채 바깥 하늘빛의 반사

로 조금 엷을 뿐 문은 닫혀 있었다. 그런데도 어깨로 으쓱 한기가 느껴졌다. //

불이 들어오기까지의 일 초나 이 초, 혹은 그보다 짧은 순간 그 여자는 어둠 속을 섬광처럼 지나치는 무엇을 보았다. 그것은 무언가 차갑고 날카로운 이물스러움이 그녀의 생애를 꿰뚫고 지나간 느낌이기도 했다. 아마도 일생을 동반해온 벗이었을까. 그것은 바로 그녀보다 앞서 이 집에서 살았던 사람들, 또한 그 여자의 혼적, 비탄, 막연한 불안과 분노, 비애 따위를 한 번의 페인트 칠로 말끔히 지우고 천연덕스럽게 살아갈, 미래의 사람들의 가면처럼 냉혹하고 창백한 얼굴들이었다.

-오정희 「어둠의 집」(1980)

어느새 어둠의 그늘이 집안에 눅눅히 밀려와 덧문을 열어 놓은 창문께에만 잔양이 머물러 금빛으로 밝았다.

두 아이는 마루에서 턱을 쳐들고 텔레비전을 보고 있었다.

"불을 켜라."

순간 오두마니 앉아 있는 두 아이가 어슴푸레한 빛 속으로 천천히 사라지는 듯한 느낌에 명혜는 저도 모르게 다급히 소리쳤다. //

오후 다섯 시와 여섯 시 사이의 -그것은 명혜가 인생에 대한 어떤 막연한 느낌을 갖는 시간이기도 했다- 한없이 느린 흐름과 불투명한 긴장 속을 흰새는 아직 햇빛이 흐르는 강으로부터 그늘에 잠기는 숲을 향해 날개를 퍼득이며 천천히 날아가곤 했다.

-오정희 「야회」(1981)

시장 입구의 큰 한길가로 어머니가 오고 있었다. 황혼을 받은 그 얼굴은 전혀 다른 사람으로 보였다. 황혼은 어머니라는 대명사를 거치지 않고 맞바로 뚫고 들어가, 그들 남매들의 어머니라기보다는 예부터 내려오는 어떤 혈통을 이어받은 한 여인으로 보이게 했다. 그것은 소자에게 태어나기 전 시간의 심연을 느끼게 했다. 어머니의 어머니, 까마득한 옛 조상들은 어떤 사람들이었을까. 그런 생각이 스치듯 지나갔다. 어머니는 무슨 생각을 골똘히 하는 것일까. 다가가서 부른다고 해도 얼른 알아차릴 것 같지 않았다.

-김채원 「애천(愛泉)」(1984)

사위는 아직 밝건만 일몰의 기미를 감지한 새들은 천천히 날개를 퍼득이며 깃들일 숲을 향해 모여 들고 있었다. 보금자리를 찾아 날아드는 새들을 보며 혜순은 이 지루하도록 오랜 기다림이 길고긴 낮이 끝나고 밤이 올 때까지 계속되리라는 초조감에 남몰래 진저리를 쳤다. //

해는 지고 강 쪽의 하늘 한 귀가 벌겋게 달아오르고 있었건만 주위는 푸른 빛의 셀로판지를 통해 보듯 청명하고 밝았다. 차들이 늘어선 국도는 더욱 그러했다. 하지의 기나긴 해는 산모퉁이 저쪽에 숨어 영원히 사라지지 않을 듯했다. 현주는 돌아갔을까. 현주가 돌아가야 할 시간이었다. 밤이 깊어지기 전에.

-오정희 「하지(夏至)」(1986)

왜 장엄한 황혼을 볼 때면 열패감을 느끼게 되는 것일까.

어릴 때 해가 지고 노을이 물들 무렵이면 몹시 울었다. 계집애가 사위스럽게 청승을 떤다고 매를 맞으면서도 까닭 없이 서러워 목놓아 울게 하던 것은 어찌해볼 수 없는 운명, 어쩌면 비겁하고 허약할 수밖에 없는 인간으로서의 열패감, 두려움 때문이 아니었을까.

-오정희 「옛우물」(1994)

다시 해가 진다.

아이는 겹쳐놓은 베개들 위로 올라간다. 창틀에 팔꿈치를 얹고 턱을 괸다. 세상은 차츰 어두워질 것 같지만, 그렇게 어두워지고 말 것 같지만, 해가 사라지기 직전 마지막 순간에는 깜짝 놀랄 만큼 환해진다. 마치 꿈속같이, 그 순간만큼 세상이 아름다운 때는 없다. //

어두워졌을 무렵에야 아빠는 돌아왔다. 생일에도 먹어본 일이 없는 생크림케이크 상자를 들고 왔는데, 열어보니 흰 케이크가 이리저리 쏠려 모서리가 죄다 뭉개졌다. //

아직 해도 지지 않았는데 아이는 형광등을 켜냈다. 욕실의 백열등도 켜고 욕실문을 활짝 열어놓고 그 앞에 두 무릎을 안고 앉았다.

곧 황혼이 내릴 것이다.

-한강 「해질녘에 개들은 어떤 기분일까」(1999)

내가 좋아하는 어느 불문학자의 글에서 읽은 건데 불란서 사람들은 해가 지고 사물의 윤곽이 흐려질 무렵을 개와 늑대 사이의 시간이라고 한대. 멋있지? 집에서 기르는 친숙한 개가 늑대처럼 낯설어 보이는 섬뜩한 시간이라는 뜻이라나 봐, 나는 그 반대야. 낯설고 적대적이던 사물들이 거짓말처럼 부드럽고 친숙해지는 게 바로 이 시간이야. 그렇게 반대로 생각해도 나는 그 말이 좋아. 빛 속에 명료하게 드러난 바깥세상은 사실 나에겐 맨날맨날 낯설어. 너무 사나워서 겁도 나구, 나한테 적의를 품고 나를 밀어내는 것 같아서 괜히 긴장하는 게 피곤하기도 하구. 긴장해 봤댔자지, 내가 뭘 할 수 있겠어. 기껏해야 잘난 척하는 게 고작이지. 그렇게

위협적인 세상도 도처에 잿빛 어둠이 고이기 시작하면 슬며시 만만하고 친숙해지
는 거 있지. 얼마든지 화해하고 스며들 수도 있을 것 같은 세상으로 바뀌는 시간이
나는 좋아.

이렇듯 현금이 가장 좋아하는 시간에 영빈은 그 집을 떠나곤 했다. 적나라한
외설의 현장에서 견고한 일상으로 은근슬쩍 스며들기 위해.

－박완서 『아주 오래된 농담』(1999)

저녁의 겨드랑이 시위처럼 당겨져
누가 행복한 햇님을 쏘아 날린다
너는 달아난다
내게 쫓아가는 기쁨을 주기 위해?
오오, 너는 달아난다
쫓기는 짓궂은 기쁨으로

오, 모든 무게들이
튕겨져 오르는 순간!

－황인숙 「황혼」(1990)

쉬잇, 때는 지금이에요.
조금씩, 조금씩 일렁이며
하늘이 열리고 있지요?
오, 저 스며들어오는
이 세상것이 아닌 향기
이 세상것이 아닌 빛깔
이 세상것이 아닌 고요
오, 이 세상것이 아닌 마음,
조금씩 열려 퍼지는 문.
빠져나갈 시간은 바로 지금이에요.

－황인숙 「황혼」(1988)

무심코
어두워오는 창 앞에 서면
나무와 가로등과 바람이
차츰차츰 걸어들어와

어디론가 흔적없이 사라진다
(중략)
반짝반짝 소리내며
다시 살고 싶어지는
황혼이 끝나는 때.

　　　　　　　　　　　　　　　　　　　　　　　－이사라 「황혼이 끝날 때에는」(1988)

하루가 저물어간다, 참 잘 곰삭은 저 저녁 풍경이 실은 천연스레 뒤를 보이고
앉아 볼일 보는 크낙한 엉덩이라면 저물녘 저 태양이 문이라면
　　금빛 항문-어슴푸레 열리는 새벽으로부터 한낮 지나 저물녘에 이른 우리의 하
루가 뒤를 보이고 앉아 시름없이 일을 보는 크낙한 엉덩이의 한 오분 시원한 용변
과 같다면

　　　　　　　　　　　　　　　　　　　　　　　　－김선우 「어느날 석양이」(2003)

어둠이 빛을 지우며 내게로 오는 동안
나무의 나이테를
내 속에도 둥글게 새겨넣으며
가만 가만히 거기 서 있으려 한다
내 몸을 **빠져나가지** 못한 어둠 하나
옹이로 박힐 때까지
예전의 그 길, 이제는 끊어져
무성해진 수풀더미 앞에 하냥 서 있고 싶은
그런 저녁이 있다

　　　　　　　　　　　　　　　　　　　　　　　－나희덕 「그런 저녁이 있다」(1994)

살아 있는 나날의, 소금에
절여지는 취기 같은 저 갈증,
누군가의 망막에 증기처럼 번져오르는 통증.
하지만 그래도 난 아냐, 난 못 해.

전라도인지 조지아인지
어디서 또 아픈 일몰이 시작되고

봐, 봐, 저 붉은 노을 좀 봐.
죽을동 살동 온 유리창에 피칠을 하며

누군가 나 대신 죽어가고 있잖아.

―최승자 「노을을 보며」(1989)

번개 치는 일보다
오만 배쯤 무섭고 황홀하게
서녘 하늘에 가로누운
저 사람
태고부터 오늘까지
살기 위해 피 말린 이들의
진홍 피알갱이를
얼마나 많이
구름 속의 물과 얼음으로 반죽하여
저런 선홍을 입었을꼬

―김남조 「노을」(2004)

먹고 살기 참 힘들죠
밤새 일하느라 거친 손등 호박잎이구
거긴 밥만큼 따뜻한 얼굴이구
아아, 그새 정들었나봐요
홀홀 떠나려네요
멀리 꽃나무가 흔들리네요
속절없이 바다가 나를 덮어가네요

―신현림 「해질녘에 아픈 사람」(2004)

너
누구니?
육체도 없이 영혼만으로
어스름처럼 스며든
너 누구니?
(중략)
널 탐한 적 없는데
삼킨 적 더욱 없는데
치명적인, 치사량의 네가
날 숨쉬는구나

―강기원 「갈꽃, 여름」(1992)

–사랑은 길드는 거야
사막의 은빛 여우 같은 햇살
창문을 넘어 부엌으로
폴작 뛰어내린다

붉은 방
5시

–안현미 「5시를 그린다」(2009)

하늘이 저기 있다
입은 채로 자신의 나일론 치마를 불태우는 여자처럼

벽에 걸린 그림 속에는 전나무의 녹색 바늘, 옥수수알의 노란빛이
눈을 찌르는 오후가 있다

–진은영 「노을」(2012)

6.3. 자아 각성의 시간, 밤

　여성 시문에서 밤은 여인들이 잠 못 이루는 시간이다. 깊은 밤 불면의 시간
을 보내며 마침내는 새벽이 올 때까지 앉아 있다. 잠자리에 들지 못하고 앉아서
밤을 새우는 것이다. 온갖 사물이 잠들고 고요한 밤 사념이 끊임없이 이어져
불면에 시달린다. 잠을 못 이루는 이유는 대체로 님 생각·고향생각·인생무상
등이다. 멀리 떠난 님을 그리느라 홀로 고통의 시간을 보내고, 멀리 떨어진 고
향의 가족을 그리느라 가슴 태우며, 자신의 이상과 어긋난 삶 때문에 애를 태운
다. 이때 주로 등장하는 시어는, 지는 꽃·하늘을 날아가는 기러기·북두성과
북두칠성 등의 별·소나무와 대나무 바람 소리·바닷물 소리 등이다. (김호연재
「兄弟共次庶母明字絕」, 서영수합 「次杜-8」, 박죽서 「夜坐」)
　또한 밤은 각성의 시간이자 성숙의 시간이다. 남편이 전쟁에 나간 지 4~5개
월이 되어도 생사를 알 수 없는 상황에서 만삭의 아내는 노심초사하며 불면의

밤들을 보낸다. (「명주보월빙」) 밤은 만물이 잠드는 고요한 시간이며 꿈과 추억과 환영(幻影)을 떠올리는 사색의 시간이기에 모든 감정이 고조되고 청각이나 촉각 등 감각도 민감해진다. 특히 떠난 님에 대한 그리움과 걱정에 잠 못 이루거나 정신이 성숙해지는, 낭만적인 시간이기도 하다.

규방가사에서 또한 밤은 자신을 돌아보는 각성의 시간이다. 밤의 시간에 여성으로서 살아온 지난 삶을 반추한다. 밤은 길고 어두운데, 자신의 의식은 명료하다. 밤은 부모 형제를 자주 보지 못하는 처지를 원망하거나 부재 중인 남편에 대한 그리움을 되새기며 잠을 이루지 못하는 시간이 된다. (「애련가」, 도춘서 「과부청산가」, 「이별가」, 「붕우사모가」) 님의 부재로 인한 이별의 고통을 토로하는 보편적 형상인 '독수공방(獨守空房)' 또한 밤의 시간 위에 놓여 있다. 이러한 각성의 시간을 통해서 여성에게 주어진 삶이 불공정하다는 의식을 갖기도 한다. (「답향가」)

창조 이전의 혼돈과 광기를 의미하는 밤은 모든 것의 기원이 되는 시간이다. 모든 존재의 비밀이 시작되는 시간이자 모든 탄생을 잉태하는 상징적인 시간이며, 사물의 영혼이 한 번씩 나오는 정령의 시간이다. 밤은 모호하고 흐려졌던 자아가 뚜렷해지는 시간이며 비로소 자아가 작동하는 '사악한' 시간이다.

밤의 시간을 서성이는 여성인물은 낮의 빛 속에 숨어 있던 사물의 표면이 잔잔히 떠오르는 것을 경험한다. 낮과는 다른 방식으로 어둠 속에서 새롭게 새겨지는 사물의 형상은 자신의 현존에 대한 각성을 상징하며, 두렵고 익숙지 않던 자아의 시간을 내밀하고 친숙하게 받아들이는 과정을 의미한다. (오정희 「직녀」) 여성인물이 억압적 현실을 벗어나고자 탈주를 시도하는 시간 역시 어두운 밤이다. (임옥인 「현실 도피」) 밤은 낮의 이성과 규율로부터 자유로워진 자아가 일탈적 욕망을 감행하는 비일상적 시간이 된다. (오정희 「저녁의 게임」) 밤이 이끄는 비일상성의 궁극은 죽음과 무(無)에 대한 경도로 표현된다. 밤거리를 배회하며 죽음의 유혹을 즐기는 여성인물은 그 순간 자신이 살아 있음과 무한히 자유로움을 느낀다. (최윤 「창밖은 푸르름」) 밤은 죽음과 같은 휴식, 비현실적인 몽상을 제공함으로써 자아 인식을 가능케 한다. 그러므로 밤이 없이 낮만 지속되는 북구의 백야(白夜)는 밝음으로 나아가기 위한 근원적 어둠이 부재하는, 자아 인식이 불가능한 척박한 시간이다. (정미경 「밤이여, 나뉘어라」)

밤의 어둠 속에서 여성화자들은 죽음의 치명적인 유혹에 빠지기도 하고 죽음의 냄새에 적극 저항하기도 한다. 한편 자신의 꿈과 바람을 상상적으로 혹은 무의식으로 실현하면서 자아가 온전히 열리는 밤을 은밀하게 누빈다. 그러나 그 매혹적인 무수한 밤들을 '잘 넘기면' 자멸의 유혹을 딛고 다시 흘러들어온 빛 속에서 새로운 삶을 시작하리라 믿는다. (최승자 「밤」, 황인숙 「밤으로의 긴」, 김지녀 「먼지의 얼굴이 만져지는 밤」, 진은영 「한밤중에」)

고요히 문 닫으니 밤 바닷물 소리 들리고
뜰 가득 꽃 지고 달은 쓸쓸히 밝구나
님 생각하느라 이 밤도 잠 못 이루고
날이 새도록 높은 누각에 홀로 고요히 앉았네
寂寂門掩夜潮聲 滿庭花落月空明 思君此夜眠難着 漏盡高樓獨坐淸
　　　　　　　　　 －김호연재 「형제가 서모의 '명'자 운에 함께 차운함
　　　　　　　　　　　 兄弟共次庶母明字絕」(17세기 후반~18세기 초반)

책 펼쳐놓으니 맑은 바람이 들고
향을 피우니 고요한 밤 깊어가네
고향으로 돌아가는 기러기 소리
멀리 떠난 나그네 차마 듣지 못하리
散帙淸風入 焚香靜夜分 隴頭有歸鴈 遠客不堪聞
　　　　　　　 －서영수합 「두시에 차운하여 次杜－8」(18세기 후반~19세기 초반)

북두칠성 한 바퀴 돌고 달도 지는데
한 줄기 등잔불만이 내 마음 비추네
백약이 있다 해도 애끓는 것 못 고치니
내 인생 한스럽게 갇힌 새라네
天回斗轉月西沈 一炷殘燈獨照心 百藥難醫腸斷處 吾生從此恨籠禽
　　　　　　　　　　 －박죽서 「밤에 앉아 夜坐」(19세기 전반)

어시의 윤부의셔 상셰 금국의 간 지 수오삭이 되니 위험지디의 수생이 엇디 된고 쥬야로 슬프미 밋치는 바는 조부인과 태우오 버거는 구패라 태부인과 뉴시는 흉문이 더딘 줄을 근심ᄒ여 혹ᄌ 사라 도라올가 넘녀ᄒ고 부인이 졈졈 만삭ᄒ여 몸을 니긔디 못홀 듯 형용이 슈패ᄒ고 십일삭이 되도록 분만ᄒᄂᆫ 일이 업스니 태위 근심ᄒ기를 마지아니ᄒ더니 부인이 츄칠월 긔망을 디ᄒ여 노염이 지심ᄒ고 태부인의 보채믈 닙어 일신이 한가ᄒ믈 엇디 못ᄒ다가 초일은 신긔 블안ᄒ믈 인ᄒ

여 위시 브르나 드러가디 못ᄒ고 히월누의 고요히 누워 심ᄉ 창황ᄒ니 아ᄋ라히
금국을 향ᄒ여 상셔의 몸이 엇디된고 흉장이 믜ᄂᄂ듯ᄒ여 흔술 믈도 마시지 아니ᄒ
고 밤을 당ᄒ여 명월은 만방의 붉앗고 만리구격ᄒ니 오직 녀ᄋ의 머리를 쓰다듬아
야텬을 우러러 비회를 금치 못ᄒ다가 샤창을 의지ᄒ여 조으더니 홀연 샹셰 부인의
손을 잡고 위로 왈 텬명을 능히 버서나디 못ᄒ여 싱이 슈샥젼의 셰상을 ᄇ리고
혼ᄇᆨ이 옥쳥궁 부귀를 누리나 ᄌ당의 불회 비경ᄒ고 쳐ᄌ의 디통을 싱각ᄒᄆᆡ 참연
ᄒᄆᆞᆯ 니긔디 못ᄒᄂ니 부인은 관억ᄒ여 스스로 보젼ᄒ쇼셔 부인이 실셩오읍ᄒ니
샹셰 말녀 왈 유명이 길히 다르고 즉금 ᄂ산ᄒ여시니 대귀홀 남ᄌ를 어더 망극ᄒᆫ
심ᄉ를 위로ᄒ라 부인이 늣기다가 ᄂ쳐 소ᄅᆡᄒ니

— 「명주보월빙」 (19세기)

야월삼경 적막한데 독수공방 이내신세 뉘를위해 살아가며 뉘를ᄯᅡ라 예왓는고
(중략) 수이못올 님이라면 생각조차 말자하고 달밤에도 실을꼬여 ᄹᆷᄉᆡᄹᆷᄉᆡ ᄉᆡᄌᆫ정
성 한불두불 ᄭᅮ며노니 서울가는 옷이로다 부ᄃᆡ부ᄃᆡ 이웃입고 장원급제 하고오소
밤이되면 님그리워 한기두기 싸흔탑이 그럭저럭 이내키와 거진가치 되엇도다 야
속할사 명월이요 삼추갓흔 츤음이라 오동나무 그림자의 고침안ᄭᅩ 울어울어 가는
청춘 오는날을 한숨지어 바ᄭᅮ난줄 낭군님이 아신다면 필젹인들 왜못주리 오동낭
게 부는바람 수군수군 말하는듯 백년고락 유타인의 여ᄌ신세 가엽서라

— 「애련가」 (미상)

이삼경을 바ᄅᆡ보고 신션갓탄 우리님이 완연히 보자드니 어난곳슬 깃시난지 소
식이 막막 부도처라 뉘사랑에 드러난지 소실한 집푼집에 달을ᄯᅡ라 오실날강 한신
이 표모안나 쥬린식양 치우든가 진시황 사심만나 님자를 차ᄶᅩ든가 이이그리 못오
신가 손을잡고 드러와서 시시졍곡 다못하고 힝화촌 기명셩니 새벽을 직촉ᄒ니
엇자아이 한심ᄒ리 원수로다 원수로다 ᄆᆡᆼ산군이 원수로다 닭은어이 ᄂᆡ엿난고 새
벽셔리 두러안ᄂᆡ 눈물로셔 하작ᄒ니 인혼불견 간곳업다 인지가면 언ᄌᆡ볼고 다시
보기 어려워라 님에말삼 말좀듯소 만쳔산등 깁훈곳ᄃᆡ 가련하다 우리낭군 이달하
다 우리낭군 차옥하다 한심하다 그ᄃᆡ난 십팔셰에 장가오고 나난 십육세에 시집와
서 빅홍이 혹홍이 ᄃᆡ고 저진닙피 되단말가

— 도춘서 「과부쳥산가」 (미상)

침침칠야 깁은밤에 소소삽삽 오난비난 철량키도 철양도다 님의눈물 나리난듯
주룩주룩 우난소래 이내간장 다녹은듯 어이할고 어이할고 님그리워 어이할고 간

장썩은 이내눈물 점점이설 매저다가 말리하해 따라가서 님게신곳 붓처줏소 무정
하다 이팔청춘 자미업시 늘거가내 구곡간장 썩은마음 뇌을대혜 설화하리

―「이별가」(미상)

이향하난 오심인들 모쥬이셔 못하리요 사고무친 이궁협의 동셔불분 이옥사리
한풍은 혹독하고 우셜이 비비하니 향산이 가난구람 헛이향히 락누하고 월야삼경
김혼밤이 쵹귀셩 불여귀도 츌싱후 쳐음이라 셜픈심회 억쳔이라 싀비챵쳔이 홍안
셩은 북향으로 짝을지워 아심감회 자아낸다 광음이 자로뒷쳐 송구영신 호졀물싀
고향으로 사모하니 주야불견 밋친마암 편친회포 춘탁이라

―「붕우사모가」(미상)

어와 가소롭다 여즈평싱 가소롭다 청춘사업 바랫드니 빅발노인 되단말가 밧부
도다 밧부도다 셕화광음 밧부도다 가이업다 가이업다 여자평싱 가소롭다 잠업고
긴김밤이 외로이 싱각하니 엇지하여 늬신시는 이런지 모라든고 더뒤도다 더뒤도
다 유슈광음 더뒤도다 한이로다 못죽어서 한이로다 우리부모 날을길러 슈부다남
흐려흐고 조혼달 조혼날이 빅연기약 마즈사니 싀가는 어대련고 지명조혼 인동약
목 원부모 이형지난 여즈의 유힝이라

―「답향가」(미상)

떠나기는 떠나야 하겠는데 갈 곳이 없다.
밤을 기다리기로 했다.
그렇게 몇 밤을 넘겼는지 모른다. 웅아도 엄마에게서 무엇을 느꼈는지 할머니
품에서 떠나려고 하지 않았다. 엄마의 얼굴을 보면 죄꼬만 고개를 돌려버린다.
어쩌다 남편의 얼굴과 마주치면 쓴약 바라보듯 한다. 시어머니의 독설도 멎고 시
아버지의 관심도 없어진 듯 보였다. 모든 사물이 추희를 외면하고 만 듯 느껴졌다.
그리고 또 몇 밤을 기다렸다.
어두운 밤이었다. 죽은 듯이 모두 잠든 집 밖으로 나왔다. 아니 자신이 나온
게 아니라 밀려나온 것이다. 이 커다란 시집(媤)이란 창자는 추희라는 이물을 소화
시킬 수 없어서 토해낸 것이라고 느꼈다.

―임옥인 「현실 도피」(1966)

당신이 대문을 들어설 때 이미 당신은 불투명한 어둠을 갑(甲)처럼 둘러쓰고
있다. 전에 나는 해가 진 뒤 그렇게 급작스레 밤이 들어선다는 것을 알지 못했다.

밤이 오기 전 당신을 맞이하여 길 쪽으로 난 문의 빗장을 단단히 잠가버렸기 때문이다. //

밤은 언제나 너무 검고 진하다. 낮의 빛 속에 숨겨졌던 사물이 잔잔히 표면에 떠올라 모호한 형상은 뚜렷해지고 저마다의 빛깔과 의미를 주장한다. 좁다란 돌짝길의 발에 차이는 자갈들이 바위처럼 아뜩아뜩 막아서고 나는 밤눈이 어두워 곧잘 허뚱거린다.

—오정희 「직녀」(1970)

나는 누운 채 손을 뻗어 스위치를 내렸다. 방은 조용한 어둠 속에 가라앉기 시작했다. 이윽고 집 전체가 수렁 같은 어둠 속으로 삐거덕거리며 서서히 잠겨들기 시작했다. 여자는 침몰하는 배의 마스트에 꽂힌, 구조를 청하는 낡은 헝겊 쪼가리처럼 밤새 헛되고 헛되이 펄럭일 것이다. 나는 내리누르는 수압으로 자신이 산산이 해체되어가는 절박감에 입을 벌리고 가쁜 숨을 내쉬며 문득 사내의 성냥 불빛에서처럼 입을 길게 벌리고 희미하게 웃어보였다.

—오정희 「저녁의 게임」(1981)

나는 언제부터, 늦은 시간이 되면 밤거리로 뛰어나가고 싶은 이 충동이 시작됐는지 알지 못한다. 물론 그것이 습관의 형태를 띠게 된 계기가 된 사건이 있긴 하다. 그러나 정수와 나를 결합시켜준 그 사건 이전에도 이 충동은 잠복적으로 내 속에 존재해왔다는 것을 나는 알고 있다. 그리고 정수와 내가 같이 살게 되면서부터 그것은 다른 형태를 띠었을 뿐이다. 나는 거리로 나와 밤의 매캐한 대기를 깊게 들이마시면서 가끔 이렇게 부르짖는다.

"세상에! 늦은 밤에 밖으로 나와 정처 없이 걷지도 않으면서, 사람들은 어쩌면 저렇게 잘 살아가고 있는 걸까!"

—최윤 「창밖은 푸르름」(1997)

"밤이 얼마나 아름다운지 모르지? 백야가 계속되는 동안은, 덧창이 없이는 잠들 수가 없어. 밤이 없으면, 잠들지 않고 일하면 썩 훌륭한 사람이 되어 있을 것 같은데, 그게 아니더라. 저 사람에겐, 자기 인생이 끝없는 하얀 밤처럼 느껴졌나봐. 기억과 욕망이란, 신의 영역이란 걸 너무도 잘 알고 있기에 선택했겠지. 저 사람은, 그림자를 찾고 싶어하는 거라고 생각해." //

잠은 우주 밖으로 달아나버렸다. 일어나 나무덧창을 연다. 나무들은 정령처럼 그림자가 없다. 밤은 끝내 어두워지지 않는다. 나도 저 투명한 밤이 두렵다. 하얀 밤이여, 나뉘어라. 슬픔도 아닌 것이, 회한도 아닌 것이, 물이 되어 내 눈에서

밀려나온다. 밤은 그제야 출렁이듯 왜곡되며, 둥글게 소용돌이친다. 밤의 하얀
폭이 세로로 쪼개지며, 그 틈으로 검붉게 질퍽이는 덩어리들이 뭉클뭉클 밀려나온
다. 나는 내 목소리가 들리지 않도록 손바닥으로 귀를 감싸며 혼자 중얼거린다.
　나는 P를 만나지 못한 지 오래되었다, 고.

―정미경 「밤이여, 나뉘어라」(2005)

　　사악한 밤이 밀려온다.
　　밤의 창자 속에는
　　갖가지 요사스런 소리가 떨고 있다.
　　유령의 숨결로 가득찬
　　밤의 기류, 그 틈에서 언제나
　　나를 덮치기 위해
　　마악 손을 내뻗고 있는
　　저 튼튼한 죽음의 팔뚝.

―최승자 「밤」(1981)

　　밤만 잘 넘기면 되는 건데
　　날빛이 소복소복
　　눈처럼 먼지처럼 덮어줄 텐데
　　머릿속엔 납물이 고이고
　　심장에 솜털이 돋을 것인데

　　밤만 넘기면
　　한 밤만 넘기면
　　또 한 밤이 올 것이지만

―황인숙 「밤으로의 긴」(1990)

　　단단한 바닥이 검은 입술을 열었다 닫는다
　　땅속으로 사라진 그림자들이 무성영화의 배우들처럼
　　고요를 데리고 와 내 앞에서 노래하는 것을 들으며
　　나는 땅의 뜨거운 입김을 느낀다, 그 사이
　　(중략)
　　소리 없이
　　안과 밖을 지우는 비가 오는 밤,

기도를 타고 내 안으로 천천히

—김지녀 「먼지의 얼굴이 만져지는 밤」(2009)

늦은 밤, 내면을 응시하다
깜짝 놀랐다

내 속엔 아무 것도
들어있지 않았다

—조은 「절규」(2003)

밤이 나를 들고 있다. 나는 들려 있다. 밤이 나를 꺼낸 것이다. 나를 꺼내져
있다. 나는 밤의 후렴구. 조금 넓게 밤 속에 펼쳐져 있다. 밤이 나아간다. 나를
들고 나를 어깨에 둘러메고 허공에 나를 묻히며 걸어간다. 나를 들이대곤 어딘가
위협을 한다.

—이수명 「밤의 후렴구」(2011)

죽은 장미를 버렸다 항아리의 고인 물을 따라
붉게 떨리던 시간의 한때가 하수구 속으로 흘러갔다
장미는 항아리의 알리바이다

크고 검은 장화 속에서 흰 발이 걸어나왔다
어디론가 사라져버렸다 한밤중에
빈 항아리를 힘껏 껴안았다 내가 부서졌다

—진은영 「한밤중에」(2009)

6.4. 운명과 규율의 시간, 새벽과 아침

　고전소설에서 선한 여성인물은 자주 고난을 당하는데 그녀들은 이를 원망하
는 것이 아니라 하늘의 뜻이라고 여기면서 기꺼이 받아들이고 참아낸다. 고통
스러운 시간, 기다림의 시간을 보내는 동안에는 눈물로 밤을 지새우기 일쑤인

데 그 밤을 온전히 샌 다음에 다가오는 새벽이 되면, 상황이 나아질 것을 기대하면서 다시금 마음을 다잡는다. 또한 하늘이나 부처 등 절대자에게 빌기도 하는데 이를 위해 새벽에 일어나 목욕재계하고 기도하는 모습을 볼 수 있다. (「창란호연록」, 「명주보월빙」)

규방가사에서 아침은 여성에게 운명의 시간이자 규율의 시간이다. 아침은 혼인하여 집을 떠나 시집으로 신행을 가야 하는 운명의 시간이다. (「붕우상별가」, 김옥희 「소회가」) 또한 아침은 가사를 비롯한 직임을 시작하는 시간으로, '혼정신성(昏定晨省)'의 시부모 문안드리기를 행하는 시간이다. 이 시간은 방심하지 않고 정해진 시간에 맞추어 주어진 도리를 행하도록 유의해야 하는 규율의 시간이다. (「화춘가라」, 「송회가」)

새벽은 소음과 빛으로 가득한 세상이 시작되는 순간이다. 아침 또한 밤의 몽상과 자유를 잊고 새로 시작되는 하루를 맞는 시간이다. 새벽과 아침의 새로운 빛은 밤의 고뇌를 물리치고 삶의 목표를 일으킨다. (나혜석 「경희(瓊姬)」, 김재영 「자정의 불빛」) 깊은 밤 절망으로 집을 나섰던 여성인물은 다시 열리는 하루의 시작에 마음을 달래고 슬픔을 묻으며 귀가한다. (전경린 「바닷가 마지막 집」) 새벽은 금세 사라져버리는 시간이지만 하루를 시작하기 위해 많은 사유와 상념을 불러일으키는 시간이다. 수선스러운 낮이나 어두운 밤에는 드러나지 않던 삶의 예지가 새벽의 시간대에 잠시 엿보인다. 그래서 이 시간에 잠들어 있었던 자는 아무런 일도 없었던 듯 무심한 일상을 지속하지만, 이 때 깨어 있던 자는 담 너머의 비명을 듣고 사건을 기억한다. (윤성희 「새벽 한시」) 새벽은 그 어스름한 여명 속에서 환영을 보여주고 낮에는 들을 수 없는 "서늘한 생명의 말"을 들려주는 각성의 시간이다. (한강 「나무 불꽃」)

새벽과 아침에는 소란한 일련의 일상이 재생되는 데 대한 안도감과 희망이 느껴지는 한편, 벗어날 수 없는 시간의 연쇄에 대한 분노와 좌절이 환기되기도 한다. (오정희 「직녀」, 「파로호(破虜湖)」) 새벽과 아침은 새로운 다짐을 해야 하는 시간이지만 동시에 일상의 슬픔을 맞이해야 하는 시간이고 내 안의 나를 부정하고 나를 연기하기 시작해야 하는 시간이다. 밤이 과거의 시간인데 비해 새벽과 아침은 오늘의 시간이자 미래의 시간이지만 운명과 규율 또한 시작되는 시간이기에 여성시에서 이 시간들은 활기와 생명이라는 원형적인 상징의 시간으로 자주 등장하지는 않는다. (황인숙 「슬픔이 나를 깨운다」, 진은영 「닭이 울기 전에」, 조은

「어느 새벽 처음으로」, 이원 「사막에서는 그림자도 장엄하다」)

츳언을 듯고 송연ㅎ여 답지 아니코 계명의 이러ㄴ 목욕ㅎ고 향을 쇼즈 부쳐
압히 나아가 비러 왈 소쳡 한텬희ㄴ 한가의 젹은 딸이라 셰샹 곡경지ㅅ 만ㅎ니
죽으미 올ㅎ되 츳마 거연이 부모를 져바리지 못ㅎ여 머리를 싹고 부쳐의 졔지
되기를 원ㅎ옵나니 부쳐ㄴ 디즈디비ㅎㅅ 젼후길흉을 가라치소셔 빌기를 맛고 괘
를 연ㅎ여 셰 번 더져 다 갓트니 그 괘의 갈와스되 지인이 삭발ㅎ면 그 희 부모
동긔게 밋츠리니 남으로 쳔리 밧글 나가면 만ㅅ 디길ㅎ니 셜니 가고 더듸지 말나
                                                    —「창란호연록」(18세기)

어시의 하부의셔 됴부인이 삼지 입번ㅎ니 심회 젼즈와 달나 여취여광ㅎ며 흑ㅅ
부인 님시와 녀ㅇ 영쥬로 더브러 밤을 지닐시 홀연 눈믈을 금치 못ㅎ여 닐오디
금일 내 심시 지향 업셔 밤을 당ㅎ나 흔졈 조으름이 업셔 밋쳐날 둧ㅎ니 엇디
이리 괴이ㅎ뇨 님쇼졔 쳑연 디왈 쇼쳡이 역시 회푀 어즈러오니 연고 업시 괴이ㅎ이
다 영쥬 쇼졔 모친과 님쇼져를 위로ㅎ여 날이 붉기의 니르도록 줌을 못긋더니
흑사 등의 하리 밧고 와 원광공즈긔 흑ㅅ 등의 참변을 고ㅎ고 딕ㅅㄴ 발셔 맛츠시
믈 고ㅎ니 공지 놀나오미 쳥텬의 벽녁이 일신을 분쇄ㅎㄴ 둧 망극통원이 일월이
회식ㅎ고 텬디 함벽ㅎㄴ 둧 손으로 가슴을 치고 흔 소릭 쟝통의 피를 토ㅎ고 업더
지니 시노셔동비 밧비 붓드러 구호ㅎ며 츳즈 젼ㅎ여 뇌당의 니르니 합문 샹하의
경황망극ㅎ미 텬디 어두워 셜운 줄도 씌둧디 못ㅎ여 부인은 흔 말을 못ㅎ고 칼을
쌘혀 가삼을 지르려 ㅎ니 님쇼져와 영쥐 급히 칼홀 앗고 모녀고식이 셔로 호텬통곡
ㅎ더니 원광이 인스를 츠려 드러와 모친과 숙미의 우름을 긋치소셔 ㅎ고
                                                    —「명주보월빙」(19세기)

개명셩이 쎄다르이 동방임이 발근지라 영창을 기고히 열고나와 셰수를 급히하
고 방으로 드려가셔 화장품을 늬여노코 분셩젹 할나한이 한숨누물 굽이굽이 소사
나셔 화이한 나애얼골 누물흔젹 뿐이로다 흐르는누물 급피닥고 조반을 먹은후애
다졍회포 셜화할가 화래하고 문졍애 나셔본이 어난고군을 둥패하고 어셔가기 계
촉한이 슬푼즁 가이업셔 주져 안져슨이 다졍한 나의동유 젼송 왓나지라
                                                    —「붕우상별가」(미상)

셔야장반 젹요한대 숙질양인 나려와셔 한경잠 달기자고 표연니 쌧쳐보니 부상
홍일 아침햇살 창틈을 쏠고든다 시호랄 비겨안자 작야사를 상상하니 심담이 혼히

하다 과야사는 깃벼스나 다시곰 생각하니 수회자가 이몸이라 우귀전 우리숙질
이친이향 면할손가 애할사 우리쌍친 십팔연 양혹지은 일장춘몽 되엿구나 오히라
내몸이야 무남사여 필여로서 부모좌측 써날일리 장간니 미어진다

—김옥희 「소회가」(1931)

　　슬푸다 벗님들아 우리언지 죽어리까 남자몸이 대여나서 저럭키 노라볼고 (중략)
고향슌천 ᄒ직ᄒ고 구고를 섬길적이 동동촉촉 조심ᄒ여 동지섯달 오경야이 계명
소리 들려오면 황황급급 이러나셔 혼졍신셩 새로하고 부모한태 말못ᄒ고 경구지
을 골몰리며 쳔리만리 간다히도 시집풍속 일반나라

—「화츈가라」(미상)

　　비루ᄒ다 하지말고 명심ᄒ여 익켜두라 세승쳔ᄒ 싱긴ᄉ람 쳔졍빈필 짝을지어
남혼여가 ᄒ난예절 ᄌ고급급 젼히시니 싀집이라 하난거신 압압마다 상젼이라 구
고시이 은덕으로 귀즁ᄒ기 보시나마 기경기호 졍셩으로 일시라도 방심말고 사경
말 오경초이 계명셩을 반겨듀고 몸기검기 이러나셔 질쾌기총 졍키하고 혼졍신셩
문안후이 임ᄌ리로 들어안기

—「송회가」(미상)

　　경희는 이 살이 다 빠져서 걸을 수가 없을 때까지 팔뚝의 힘이 없어 늘어질
때까지 할 일이 무한이다. 경희가 가질 물건도 무수하다. 그러므로 낮잠을 한 번
자고 나면 그 시간 자리가 완연히 턱이 난다. 종일 일을 하고 나면 경희는 반드시
조금씩 자라난다. 경희의 갖는 것은 하나씩 늘어간다. 경희는 이렇게 아침부터
저녁까지 얻기 위하여 자라갈 욕심으로 제 힘껏 일을 한다.
　　이철원도 자기 딸이 일하는 것을 날마다 본다. 또 속으로 기특하게도 여긴다.
(중략) 새벽닭이 새날을 고한다. 까맣던 밤이 백색으로 활짝 열린다. 동창(東窓)의
장지 한 편이 차차 밝아오며 모기장 한 끝으로부터 점점 연두색을 물들인다. 곤히
자던 경희의 눈은 뜨였다. 경희는 또 오늘 종일의 제 일을 시작할 기쁨에 취하여
벌떡 일어나서 방을 나선다.

—나혜석 「경희(瓊姬)」(1918)

　　머리맡이 소란스럽다. 새벽이 온 것이다. 아침은 결코 고요 속으로 오지 않는다.
밤의 어둡고 은밀한 동굴을 지나는 동안 참았던 한숨을 비로소 토해놓아 시끌짝하
게 오는 것이다. 당신 방의 불은 새벽빛으로 창백하게 바래지고 장지문에 비치던
구부린 당신의 모습도 사라지고 없다. 나는 누운 채 눈을 감고 당신의 방에 귀를

모은다. //

비 오는 소리, 그리고 비를 몰아오는 바람의 음향처럼 간헐적으로 들리는 개의 울부짖는 소리와 당신 방의 침대에서 들려오는 닭의 깃치는 소리. 당신이 회임(懷妊) 못 하는 여자의, 석질(石質)의 자궁을 비웃으며 총총히 사라지기 전 밤마다, 그리고 문득 올이 성근 마포(麻布)에 감겨 내게 돌아왔던 새벽녘에도 동네 어느쯤에선가 발정한 개의 울음이 소름끼치게 들려왔던 것을 기억한다.

—오정희 「직녀」(1970)

이런 아침, 태어나면서부터 변함없이 되풀이되었고 새롭게 시작되었던 아침, 졸린 눈을 비비며 아침 속으로 걸어나가면 소음과 빛으로 가득한 세상이 있었다. 자신의 아이들이 그러하듯 아, 소리지르고 싶어, 소리지르고 싶어, 힘찬 피돌기를 뚫고 터져나올 의미없는 부르짖음과 탄성이 준비되어 있던 때. 집 밖으로 나서는 것은 확실히 약속되어진 길, 미래의 세상으로 나아가는 길이었다. 지금 그녀는 지난날 그토록 기다렸던 숱한 내일에 도달해 있다. 다만 새로이 맞는 아침을, 문밖의 세상을 더 이상 미래라고 서슴없이 말할 수 없을 뿐이다. 꿈을 꾸지 않기 위해 —거짓과 위안과 자기 연민에서 도피하고자— 이를 악물고 잠든 다음 날에는 몹시 관자놀이가 아팠다.

—오정희 「파로호(破虜湖)」(1995)

해뜰 무렵 집으로 돌아오는 길에 누군가 내 젖은 등을 떠밀며 가만가만 달래는 소리를 들었다. 지금은 바닷가 마지막 집. 빗물에 젖은 미루나무 잎사귀 위로 소라 껍데기를 등에 멘 달팽이 하나 천천히 지나가는 그 시간. 그렇게 작은 한 시절일 뿐이라고……

—전경린 「바닷가 마지막 집」(1998)

"그저께 새벽에 비명을 들었어요. 그날 잠깐 정전이 되었어요. 학교 후문 쪽에 있는 동네에서요." (중략) "아…… 아무 아무 소리도 들리지 않았어요. 비명 이외에는" 경찰은 커피 한 잔을 새로 뽑아다 주었다. "그날 새벽에는 아무런 일도 일어나지 않았군요. 일지에는 별다른 기록이 없어요. 새벽 3시쯤에 학교 정문 앞에서 술 취한 패거리가 싸움을 벌였고, 낮에는 가정폭력에 시달리는 부인이 남편을 신고 했네요. 지극히 평범한 날이었어요."

—윤성희 「새벽 한시」(2001)

예전의 진임은 새벽에 일어나는 것을 좋아했다. (중략) "아버지는 언제나 새벽이면 나를 데리고 들을 한 바퀴 돌았어요. 가을날의 싸한 새벽 공기, 논둑 길 양옆으로 하얗게 피어나던 억새풀, 익어가는 벼줄기마다 앉은 아침 이슬, 그 위를 눈부시게 비추던 투명한 아침 햇살, 덜 깬 눈을 비비면서도 굳이 마다 않고 아버지를 따라나섰던 건 아마도 그 찬란한 아침 때문이었을 거예요. (중략) 언젠가 아버지가 말씀하셨어요. '사람은 평생 새로운 걸 배우고 시작할 수 있어야 한단다. 그리고 글을 읽든 일을 하든, 이른 새벽에 시작해야하지'라고."

—김재영 「자정의 불빛」(2003)

아직 어두운 새벽, 지우가 깨어나기 전까지의 서너 시간. 어떤 살아 있는 것의 기척도 들리지 않는 시간. 영원처럼 길고, 늪처럼 바닥이 없는 시간. 빈 욕조에 웅크려 누워 눈을 감으면 캄캄한 숲이 덮쳐온다. 검은 빗발이 영혜의 몸에 창처럼 꽂히고, 깡마른 맨발이 진흙에 덮인다. 그 모습을 지우려고 고개를 흔들면, 어째서인지 한낮의 여름 나무들이 마치 초록빛의 커다란 불꽃들처럼 그녀의 눈앞에 어른거린다. 영예가 들려준 환상 때문일까. 살아오는 동안 보았던 무수한 나무들, 무정한 바다처럼 세상을 뒤덮은 숲들의 물결이 그녀의 지친 몸을 휩싸며 타오른다. (중략)

그녀는 알 수 없다. 그것들의 물결이 대체 무엇을 말하는지, 그 새벽 좁다란 산길의 끝에서 그녀가 보았던, 박명 속에서 일제히 푸른 불길처럼 일어서던 나무들은 또 무슨 말을 하고 있었는지.

그것은 결코 따뜻한 말이 아니었다. 위안을 주며 그녀를 일으키는 말도 아니었다. 오히려 무자비한, 무서울 만큼 서늘한 생명의 말이었다.

—한강 「나무 불꽃」(2005)

슬픔이 나를 깨운다.
벌써!
매일 새벽 나를 깨우러 오는 슬픔은
그 시간이 점점 빨라진다.
슬픔은 분명 과로하고 있다.
소리없이 나를 흔들고, 깨어나는 나를 지켜보는 슬픔은
공손히 읍하고 온종일 나를 떠나지 않는다.

—황인숙 「슬픔이 나를 깨운다」(1994)

나는 어금니로 접속사를 깨물어본다

사과 속의 오븐이 그립다

나를 모른다고 해줘

벌써 새벽이 온다

깊은 의미, 따듯한 빵과 쉽게 굳는 진흙 같은 미래를 생각하기에는

너무 푸른 안개 자욱한 새벽이

— 진은영 「닭이 울기 전에」(2008)

밤새 눌려 있던

머리카락이 부풀고

까슬까슬하던 혀가 촉촉했다

흰 종이에다

떨며 썼다

어느 새벽 처음으로……

— 조은 「어느 새벽 처음으로」(2009)

이른 아침 교복을 입은 남자 아이가 뛴다 바로 뒤에 엄마로 보이는 중년의 여자
가 뛴다 텅 빈 동쪽에서 붉은 색 버스 한 대가 미끄러져 들어오고 있다 아직도
양수 안에 담겨 잇는지 아이는 몸이 출렁거린다 십수 년째 커지는 아이를 아직도
자궁 밖으로 밀어내지 못했는지 여자의 그림자가 계속 터질 듯하다

— 이원 「사막에서는 그림자도 장엄하다」(2007)

6.5. 생명의 만개와 욕망의 체화, 봄

봄은 긴 겨울이 지나고 따뜻한 햇살과 함께 온다. 푸른 새싹이 돋는가 하더
니 여기저기 분홍빛 꽃들이 피어난다. 절기로는 삼짇날과 청명 그리고 단오가
돌아온다. 온 세상이 화창하기 그지없다. 이에 맞춰 아가씨들은 한껏 치장하고
외출을 한다. 푸른 싹도 밟고 꽃놀이도 하고 난초 향기에 목욕도 하고 그네도

탄다. 그야말로 행복을 주는 계절이다. 또한 이러한 봄은 만물의 근원이다. 만물이 생동하니 백성도 안락하고 내 가족과 부모님도 편안하고 행복하다. 반면 봄은 늘 함께 하지 않는다. 어느 새 멀리 가버리는 것이다. 복숭아꽃 오얏꽃이 지듯 봄도 스러진다. 약동하던 생명성도 스러진다. 이에 봄을 자신의 청춘처럼 생각하고 가는 봄을 아쉬워한다. 스러져버릴 청춘을 회억하는 것이다. (김삼의당 「春朝」, 신부용당 「春詞」, 김운초 「惜春」)

봄은 애정을 다룬 고전소설 작품들의 배경이 된다. 봄은 만물이 소생하는 환희와 기쁨, 희망, 축복의 계절이다. 온갖 꽃들이 피어나고 새들이 노래하니 사랑의 감정이 저절로 솟아나는 때이기도 하기에 젊은 남녀 사랑 이야기는 거의 봄날을 주된 배경으로 하고 있다. (「구운몽」, 「열녀춘향수절가」) 하지만 봄은 또한 자연의 순환적인 항구성(恒久性)에 대비되는 인간의 유한함과 무상함을 느끼게 하므로 상심(傷心)을 부추기거나, 낙화(洛花)와 같은 여인의 신세의 가련함을 슬퍼하게 하기도 한다. (「운영전」, 「만복사저포기」)

규방가사에서 봄은 생명이 만개하는 계절의 생명성을 향유하는 놀이의 시간이다. 온갖 꽃과 나무가 만개하여 생기가 약동하는 시간인 봄에 여성들도 그 생명성을 향유하기를 욕망한다. 봄날은 화창하고, 오감을 열리게 하는 훈풍이 불며, 봄빛이 화려한 시간이다. 그리고 봄에 행했던 화전놀이의 풍속에 따라 봄은 외부로 나가 그 약동하는 생명성을 향유하는 시간이 된다. 따라서 봄은 여성에게 외부세계로 시선을 옮기는 계절이며, 집 밖으로 외출하여 놀이를 하는 즐거운 시간이 된다. (「송회가」, 「휘춘곡」, 「화전가라 2」, 「화전가 6」, 숙부인 「화전답가」, 감천 1동 딸과 며느리 일동 「평암산 화전가」)

봄은 여성의 모든 감각과 몸을 일깨우는 시간이다. 만물이 소생하고 생명력이 약동하는 시간성은 여성의 몸이 갖는 우주적 리듬과 동일하다. 어린 소녀의 몸이 연둣빛의 미나리순으로 은유되면서 봄의 에로틱한 생명력을 드러내는가 하면, 생명을 상실한 여성이 대면하는 봄은 잔인한 초록으로 처연하게 묘사된다. (신경숙 「배드민턴 치는 여자」, 「우물을 들여다보다」) 봄의 현상적 화사함과 대비되는 무기력하고 더럽고 먼지 나고 건조한 봄에서는 정신적 피로가 강조되기도 한다. (오정희 「밤비」, 천운영 「백조의 호수」)

봄은 여성에게 잠재해 있던 격정적인 광기를 폭발하게 하는 시간이기도 하다. 춘흥과 봄바람은 여성으로 하여금 '사람 비린내'를 좇아 '쿵쿵거리며' 찾아다니게 하고 여성을 '미치게' 하여 육체를 달아오르게 하며 강렬한 에로티시즘의 불을 붙인다. 봄이 지닌 원형적 상징성인 생명과 희열의 이미지들이 주로 여성 육체를 통해 표현되며 나른한 몸에 움트는 여성 욕망이 꽃과 함께 만개한다. 격정을 억누르지 않는 봄, 애잔하기보다는 강렬한 봄, 섹슈얼리티의 욕망과 맞닿아 있는 봄이 전면 등장한다. (오정희 「봄날」, 윤영수 「봄 뜰」, 천운영 「노래하는 꽃마차」, 노천명 「춘분」, 허영자 「긴 봄날」, 김언희 「춘궁」, 진은영 「봄이 왔다」, 최승자 「아득한 봄날」, 강기원 「치한이 되고 싶은 봄밤」, 문정희 「때때로 봄은」, 박라연 「봄」, 신혜정 「다시, 봄」)

한편 역사적으로 봄과 '오월'은 피비린내가 진동하는 항쟁과 혁명을 치른 계절이다. (최윤 「저기 소리없이 한 점 꽃잎이 지고」) 봄이 되어 약동하는 시간 속에 다시 되살아나는 아까운 혼과 슬픔이 봄에 관한 여성시에 공존하고 있다. (최승자 「오월」, 허수경 「저무는 봄밤」, 김승희 「봄」)

동창에 아침 해 그림자 아른거리고
청명절 되었다고 제비 돌아오네
꽃 핀 들로 그네 타러 함께 갔다가
아가씨들 요란하게 난초에 목욕하고 돌아오네
東牕朝日影徘徊 消息淸明鷰子來 約伴秋千花外去 女郞撩亂浴蘭回
—김삼의당 「봄 아침 春朝」(18세기 후반~19세기 초반)

천지가 처음 열리고 봄이 비로소 되니
하늘이 구름 모이듯 복을 주었네
복이 있는 곳에 어찌 기운이 그치리
바라노니, 우리 가족의 덕이 하늘과 합하기를
天地初開春始立 天以福賜若雲集 福之所處耶氣戢 願余族兮德與天合
—신부용당 「봄 노래 春詞」(18세기 중·후반)

외로운 꾀꼬리 울음 그치고 가랑비 비끼는데
저녁 놀 창을 덮어 푸른 비단 따뜻하네
스러지는 봄 머물게 할 방법 없으니
꽃병에 가매화나 꽂아 두리
孤鶯啼歇雨絲斜 窓掩黃昏暖碧紗 無計留春春已老 玉甁聯揷假梅花
—김운초 「봄이 아쉬어 惜春」(19세기 전반)

이째 졍히 츈삼월의 온갖 곳치 골의 ㄱ득ㅎ여시니 블근 안개 씨인 듯ㅎ고 새즘싱의 빅 가지 소릭 싱황을 쥬ㅎ는 듯ㅎ니 봄 긔운이 사룸의 ㅁ음을 태탕케 하더라
—「구운몽」(17세기)

잇쩌는 어느 쩌뇨 놀기 좋은 삼춘이라 호련 비조 뭇 씨들은 농초화답 싹을 지어 쌍거쌍닉 나러드러 온갖 춘경 닷토난듸 남산화발 북산홍과 천사만사 슈양지의 황금조는 벗 부른다 나무나무 셩임ㅎ고 두견 졉동 나지 나니 일연지가졀이라 (중략) 또 한 곳 바라보니 엇덧한 일 미인이 봄 씨 우름 한 가지로 온갖 춘졍 못 이기여 두견화 질쓴 썩거 머리여도 신자보며 함박곳도 질근 썩거 입으로 함슉 물러보고 옥슈 나삼 반만 것고 쳥산유슈 말근 물의 손도 싯고 발도 싯고 물 머금어 양슈ㅎ며 조약돌 덥셕 쥐여 버들가지 쇠소리을 히롱하니 타기황잉 이 안인야 버들입도 주루룩 훌터 물의 훨〃 씌여 보고 빅설갓튼 힌 ㄴ비 웅봉 ㅈ졉은 화수 물고 너울너울 춤을 춘다
—「열녀춘향수절가」(19세기)

"온갖 꽃들은 아름다움을 머금은 채 웃고 두 마리 제비는 날개를 나란히 하며 노니는데, 박명한 우리는 모두 깊은 궁궐에 갇히어 꽃과 제비들을 볼 때마다 봄을 슬퍼할 뿐이니, 그 마음이 어떠하겠는가?"

百花含葩而笑 雙燕交翼而戲 薄命妾等 同鎖深宮 覽物懷春 情思如何
—「운영전」(17세기)

"저는 달 밝은 가을밤과 꽃피는 봄날을 상심으로 헛되이 지내고 뜬구름·흐르는 물과 더불어 쓸쓸히 날을 보냈습니다. 그윽한 골짜기에 외로이 살면서 한평생 저의 박명을 한탄했고 꽃다운 밤을 혼자 보내면서 제 홀로 살아감을 슬퍼했습니다. 그런데 날이 가고 달이 바뀌니 이제 혼백마저 사라져 없어졌고, 기나긴 여름날과 겨울밤에는 간담이 찢어지고 창자마저 끊어질 듯합니다. 자비하신 부처님이시여, 제발 소녀를 불쌍히 여기시어 각별히 돌봐 주십시오. 사람의 한 평생은 태어나기 전부터 마련되어 있으며 선악의 응보는 피할 수 없으므로, 타고난 생명에 인연이 있을 것이오니 일찍이 배필을 정해 주시어 즐거움을 얻게 해 주심을 간절히 빌어 마지않습니다."

然而秋月春花 傷心虛度 野雲流水 無聊送日 幽居在空谷 歎平生之薄命 獨宿度良宵 傷彩鸞之獨舞 日居月諸 魂銷魄喪 夏日冬宵 膽裂腸摧 惟願覺皇 曲垂憐愍 生涯前定 業不可避 賦命有緣 早得歡娛 無任懇禱之至
—「만복사저포기」(15세기)

잇째맛참 어나째냐 음〻삼월 망간나라 태화원긔 봄바람이 빅화만발 되어구나
츈하츄동 〻절둥이 삼츈광경 졔일이라 여츳양신 조혼시졀 일연직봉 어렵구나 시
중호걸 이젹션은 동원도리 젼〻ᄒ고 송대명현 졍부〻난 방화슈류 시를짓고 피릉
셜중 믜화구경 밍호년이 나귀로다 비거비린 낙셩화난 아녀즈의 탄식이라 옛붓험
명현일사 츈풍경을 읽기거던 하물며 우리인싱 한변귀경 못할손가 창외지지 긴긴
날이 일장츈몽 꾀와내여 빅빅홍홍 피난것이 삼삼오오 싹을짓고 쳑피남슌 높피올
아 압셔거라 뒤셔거라 호호무변 너른세계 삼츈광경 비최보니 위경조우 아침비이
양유쳥쳥 휘어지고 목동요지 쥬졉밧개 횡화만발 져기로다

—「송회가」(미상)

어화 노소벗님들아 이ᄂᆡ말삼 들어보소 이쎄가 어느쎄요 쎄는마참 경희요 춘달
은 삼월중춘이라 얼시구나 조혼시졀 삼춘가졀 이안이냐 춘아춘아 이삼춘아 네어
듸로 향희왔나 종달ᄉᆡ는 비비빅비 금잔디 속만난다 불고불근 꼿닙은 춘식을 자랑
하고 나는나비 우는ᄉᆡ는 춘흥을 못이기여 쌍거쌍티 춤을춘다 하물며 우리청춘
이쎄를 당도ᄒ야 한순노림 업슬소냐 삼월순일 날을맞아 구고님젼 명을받고 부모
님젼 허락받어 우는아히 잠지우고 어린아히 졋먹이고 이집저집 벗을불너 삼삼오
오 작반ᄒ야 동구박 셕나셔니 춘풍도 화창ᄒ고 일긔도 온화ᄒ다 김실아 네왓느냐
박실아 너도가세 춘광도 좃커니와 심신도 쾌락ᄒ다 바람불가 비가올가 천수만년
기달이며 굳지게임 ᄒ온날이 어이그리 더듸던고 반갑도다 반갑도다 오늘힝차 반
갑도다

—「휘춘곡」(1947)

명연슘월 봄이듸야 동원도리 꼿지거든 언약을 변치말고 화류구경 가즈든이 작
연도 허〻듸고 금연도 그리그리 무졍세월 양유파라 춘몽강슌 되엿도다 남곽성동
도리화야 낙화분분 지지마라 뉘가지고 봄이가면 화젼노름 허〻된다 금셕갓치 하
던언약 오릴날 변치마ᄉᆡ 츳일피일 하지말고 속히한번 노라보ᄉᆡ 칭칭시하 믜인몸
이 임우듸로 못할터요 구고임젼 청을엇고 부모임젼 영바들적 구변조혼 여인들이
말단으로 청을든이 (중략) 춘삼월이 기다해도 오늘풍월 반날이다 가자가자 어서가
자 앞셔그니 뒷셔그니 허여담속 회롱ᄒ고 고반줄령 올라갈졔 능나금슈 고운치마
츈풍에 팔랑팔랑 월궁에 노던션여 인간에 화강한듯 오색구름 자인곳에 태월션광
날이샌듯

—「화젼가라 2」(1949)

어와마을 벗님내요 꽃싸움을 가자스라 이때는 어느땐고 양춘삼월 상순이라 유신하다 동군이여 이산중에 차자왔네 육육봉 싸인빙설 그뉘라서 녹혔던고 만곡암이 구비구비 천계수로 흘러더러 밤비가 진후라서 일영산 더욱조타 천봉만학 불근 꽃치 화중에 나부끼고 양유에 새소리 만객사청 소래하니 적막산중 겨울꿈에 잠겨 있는 우리들이 설한중 초막속에 석다가 남은가슴 만화방창 이가절에 허송하기 원통하다 남인북촌 벗님내요 손을잡고 함께가셔 북당에 백발상친 경부지 뫼시압고 사랑하는 자녀들은 휴슈부뇨 함께가자

—「화전가 6」(미상)

허다시사 가진골몰 근근이 추노란이 홀왕홀후 가는세월 분수를 모르다가 춘풍이 소슬커늘 홀연이 깨달아서 이때가 어느땐고 삼춘경계 좋은때라 아람다운 봄소식은 꽃향기가 훈훈하야 규중에 잠긴몸을 은근히 요동하야 자연잠 깨어닌닷 갑자기 일어나서 춘경을 완상하니 때좋다 양춘가절 뉘아니 반겨할까

—숙부인 「화전답가」(미상)

동창에 날이밝가 깊이든잠 놀라깨니 봄이로세 봄이로세 만화방창 봄이로세 강남갔던 제비들은 옛집을 찾아들고 낙동강 기러기는 가노라고 하직하니 낙엽속에 묵힌풀은 새싹이 돋아나네 앞들에도 울긋불긋 뒷동산도 울긋불긋 이화도화 행화들은 여기저기 피어있네 도리원 큰잔치와 난정에 좋은놀음 고대문장 놀았으니 우리역시 청춘이라 이몸을 허송하랴 상하촌 동유들아 고대의 풍속따라 화전놀음 하여보세 아무리 여자들사 한번놀음 어려오리 이리저리 통기하니 손뼉치고 찬성하여 일시에 모인사람 오육십명 되었구나 장농속을 뒤져가며 제일좋은 옷을입고 쾌쾌묵은 연화분을 아낌없이 발랐으니 누구누구 할것업시 모두모두 미인이고 한덩어리 꽃송일세 광체도사 찬란하여 어데로 갈까보아 경치를 찾아가세

—감천 1동 딸과 며느리 일동 「평암산 화전가」(1971)

우선 물 속에 한번 깊이 머리를 담갔다가 다음엔 활랑활랑 옷을 벗고 펌프로 뿜어올린 차가운 지하수로, 땅 깊이깊이 숨어 흐르는 차갑고 이슬처럼 순결한 물로 온몸을 씻어야지. 새벽 물줄기는 핏줄이 파랗게 튕겨져 나오게끔 차가워서 신열이 끓는 몸에 붉은 자국을 남기지만 몸의 열꽃이 흑흑 느껴지며 사그라질 때까지 끼얹어야지. 옛날의 독부(毒婦)들처럼 이빨을 사려물고, 그보다 먼저 나는 부엌으로 달려가 콜라의 병마개를 따서 사늘하고 매운 액체를 목 안 깊숙이 들이부었다.

—오정희 「봄날」(1973)

민자는 걸레를 치워놓고는 유리문에 글씨를 썼다. 봄·꽃·나비, 봄·꽃·나비. 발돋움질로 열심히 봄을 기다리며 차가운 겨울 유리창의 성에, 단지 손바닥으로 지우면 그만일 뿐인 글씨를 쓰던 교과서 속의 소년처럼 이미 아무것도 기다릴 것이 없다고 생각하면서도 가슴 속에 환히 피어나는 그리움으로 민자는 쓰고 지우고 입김을 불어 또 썼다. 봄·꽃·나비. 지난 시절 어느 날, 차가운 얼음조각처럼 문득 와 박혔던, 가슴 두근거림으로 다가올 날들을 기다리던 소년의 동경이 수십 년 지난 지금사 비로소 맑게 녹아 흐르는 것일까. 어쨌든 곧 봄이니까요. 병사의 말대로 봄인 것이다. 그러나 이곳에서의 봄이란 할아버지 지게에 꽂힌 노란 개나리 꽃가지는 아니었다. 먼지와 대륙으로부터의 바람이 몰아온 끝없는 황사현상이었다. 부연 모래 바람에 도시를 에워싼 산은 한층 멀어지고 때로 미친 듯한 회오리를 일으켰다. 버스에 실려 온 사람들은 봄의 화사한 기운을 이기지 못해 한없이 토해내었다. 따라서 봄철이면 터미널 주변 어디서나 허옇게 널린 토사물을 보게 마련이었다.

—오정희 「밤비」(1981)

몇 밤이나 지났나. 몇 십 밤이, 몇 백 밤이…… 벌써 어둠이 사방에 극성스럽게 와 있는데…… 나는 왜 이렇게 졸리기만 할까. 잠을 깨야지. 어서 잠에서 깨어나야지. 내 살은 꼬집어도 아프지도 않아. 비틀어도 피 한 방울 나지 않아. 그렇게 많이 걸었는데도 발가락 하나 부러지지 않았어. 아, 내 저주받은 창자는 어떻고. 시작해야지. 지금부터 정말 시작해야지. 그런데 무슨 시작이지. 벌써 여름이 한창이야. 아니면 여름이 이미 가고 있는지도 모르고. 그때는 늦봄이었는데. 나는 점점 멀어져 가고 있어. 무서운 속도로 멀어져가고 있는 거야. 어디에서?

—최윤 「저기 소리없이 한 점 꽃잎이 지고」(1988)

그곳에 파란 미나리들의 허리가 반쯤 물에 잠겨 있었다. 삼월이거나 사월이거나 오월, 포근한 햇살이 또 거기에 있었다. 여자 아이들은 파란 미나리를 바라보며 뭘 하고 있었을까? 도대체 뭘 하고 있었길래 옷을 벗기 시작했을까?

—신경숙 「배드민턴 치는 여자」(1993)

천지에 진동하는 봄의 광기, 땅속 밑뿌리까지 들쑤셔 대는 정염들, 이 세상의 산 것들 모두가 미친 듯이 발악을 하는 이때에. 봄, 공기에서 문득 싸구려 향수 내가 난다고 느껴지는 그 순간에 두드러기들은 소름처럼 일제히 솟아났다. 그것들을 어찌 하릴없는 잠으로 다스릴 수 있단 말인가. 춘화라더니. 봄이 벌이는 추태로부터 비겁하게 눈을 돌릴 생각은 없다. 부릅뜬 두 눈으로 그들의 유치한 행태를 낱낱이 꿰뚫어 하나씩 하나씩 맞서는 수밖에 없다. 만물이 저마다의 해괴한 소리로 상대를 부르고 교접의 음란한 몸짓을 끝낸 후에야 소름은 서서히 가라앉아 갈 것이다. 그녀의 얼굴에 핀 두드러기는 그 추잡한 기운들에 대처하기 위해 분연히 일어선, 마치 갑옷의 미늘과 같은 것이다.

―윤영수 「봄 뜰」(1994)

　나는 봄을 그닥 좋아하지 않습니다. 날이 풀리고 천지에 봄바람이 일렁이고 어여쁜 꽃들이 얼굴을 내밀기 시작하면 얼었던 마음도 풀려 기운이 돌아야 할 텐데 나는 어려서부터 봄만 되면 되레 아무것도 하기 싫어지는 무기력증에 시달려왔습니다. 성인이 될수록 그 정도는 점점 심해졌어요. 언제부터인지 봄날에는 스스로를 들들 볶지 않고는 점심 약속 하나 제대로 지키기가 힘들 지경이 되어버렸죠. 이 년 전 이 집으로 이사 오던 그 봄날엔 더욱 그랬습니다. 위로 언니가 하나 있었는데 천지에 연둣빛이 막 비치기 시작하던 그해 봄 아이를 낳다가 그만 저 세상으로 가버린 봄이기도 했지요. //
　어디선가 내 언니도 이러고 돌아다니고 있겠지, 싶어 눈이 시었지요. 마음 아프고 원통해도 멀리멀리 가라, 했습니다. 가서는 다시는 돌아오지 마라, 돌아오지 마라. 제 새끼 이마 한번도 못 짚어보고 고사리 같은 손가락 한 번도 못 잡아보고 검은 눈 한 번 못 들여다 보고…… 저기로 가야 할 망자가 저기로 가지를 못하고 여기를 헤매다니는 봄밤이었습니다. 울지 마라, 울지 마라, 하였네요. 돌아오지 마라, 돌아오지 마라, 하였네요.

―신경숙 「우물을 들여다보다」(2001)

　황사가 심한 어느 봄날 아침, 거울 앞에 선 여자는 기겁을 했다. 입가에 피어오른 허연 버짐과 눈 밑에 보이락 말락 자리 잡은 기미 때문이었다. 부쩍 건조해진 계절 탓이라고 무심히 넘기려는 순간, 미처 보지 못한 목의 주름까지 보고야 말았던 것이다. //
　봄은 여자에게 위태로운 계절이었다. 흩날리는 꽃잎과 따사로운 봄볕은 여자의 마음을 자주 흔들어 놓았다. (중략) 한가로움은 잡념에 빠지게 하는 가장 위험한 적이었다.

―천운영 「백조의 호수」(2004)

　봄이 온다. 봄이 오는 것을 당신 몸을 보고 안다. 봄이 오면 당신 몸에 꽃이 핀다. 진달래가 피고 개나리가 피고 제비꽃이 핀다. 당신의 봄은 팔꿈치에서부터 시작된다. 팔꿈치에 선홍빛 꽃망울이 잡히고 순식간에 온몸을 점령하는 붉은 반점들. 만개한 반점들 위로 제비꽃 멍이 피고, 개나리 노란 멍이 지면 꽃보다 붉은 피가 흐르는 당신의 봄. (중략) 결단을 내려야 할 때가 왔다. 당신의 보드라운 살을 다 찢어 발기기 전에 어서 당신을 가두어야 한다. 봄의 기운이 당신 몸을 완전히 잠식하기 전에. 깊고 어두운 동굴 속, 은둔과 보호의 장소로. //

봄이 왔다. 차갑고 견고한 것들이 작고 여린 것들에게 굴복하는 시기. 벌레들이 언 땅에 구멍을 내고 여린 이파리들이 나뭇가지를 찢고 나오는, 반란과 폭동의 시기. 온갖 색과 향에 코와 눈이 머는 시기. 허벅지를 드러낸 계집들이 거리를 활보하는 시기. 계집들의 치맛자락이 까르르 웃음을 터트리는 조롱의 시기. 그리고 당신을 가두어야 할 시기.

봄을 노래하지 마라. 봄은 순결한 처녀들을 꾀어내어 꽃밭을 뒹굴게 만드는 시험의 시기이니. 온갖 색과 향으로 눈을 멀게 하고 코를 멀게 하는 시기이니. 밤의 마녀들이 꽃가루를 타고 날아다니며 사내들의 욕정을 불러일으키는 시기니.
— 천운영 「노래하는 꽃마차」(2006)

한 고방 재어났던 석탄이 쾅하니 나간 자리
숨었던 봄이 드러났다

얼래 시골은 지금 밤 나왔겠네

남쪽 계집아이는 제 집이 생각났고
나는 고양이처럼 노곤하다
— 노천명 「춘분」(1945)

이마에
화인(火印) 찍힌 사내와

가슴에
주홍글씨 단 여자가
(중략)
온 땅 위에 번지는
초록의 불길.
— 허영자 「봄」(1990)

사람 냄새, 아아

환장할
사람 비린내여

사방을 쿵쿵거린다

사람이 그리워
주둥이가 질질 끌리는 봄날······

　　　　　　　　　　　　　　　－김언희 「춘궁」(1995)

사내가 초록 페인트 통을 엎지른다
나는 붉은색이 없다
손목을 잘라야겠다

　　　　　　　　　　　　　　　－진은영 「봄이 왔다」(2003)

통과해야만 할 아득한 봄날의 시간이
저 밖에서 선혈처럼 낭자하다.
베란다 앞 낮은 산을 뒤덮으며
패혈증처럼 숨가쁘게,
어질어질 피어오르는 진달래.
눈물이 나 더는 못 보고
쪽문을 소리내어 쾅 닫는다.

　　　　　　　　　　　　　　　－최승자 「아득한 봄날」(1999)

너의 이미지는
늘 봄밤이었어
그냥 보아 넘길 수 없었지
불 질러 버리고 싶었어
네 화사함 뒤의 불순함
네 향기 뒤의 악취를
그건 쉬운 일이었지
그만큼 어려운 일이기도 했어
정공법으로는 어림없는 일

　　　　　　　　　　　　－강기원 「치한이 되고 싶은 봄밤」(2006)

때때로 봄은
으스한 오한을 이끌고
얇은 외투 깃을 세우고 온다.
(중략)
때때로 봄은
인생도 모르는 젊은 남자가
연애를 하자고 조를 때처럼 안쓰러운 데가 있다.

—문정희 「때때로 봄은」(1996)

욕조에 들어가면
무수히 돋아나는 이슬, 의 가벼움
아무도 없는 욕조에 들어가면
오래된 몸에서도 수줍음이 돋아난다
(중략)
잎잎의, 초록의 새끼 몸체 좀 봐!
가난한 몸에서도
풀 냄새 그윽한 욕조에서의 한나절

—박라연 「봄」(2000)

속보인 이상
수줍을 것 없는 꽃들
(중략)
봄을 밀어내듯
무심히 떨어지는 꽃잎

무가지 신문처럼 방치된
왕성한 욕망의 흔적

—신혜정 「다시, 봄」(2009)

한 개의 머리를 치면
두 개의 성난 머리가
돋아나는 히드라의 달,
오월은 피참한 달.

언제나 아이들은
세계의 상처 위에서 죽으며
언제나 아이들은
세계의 상처를 먹고 자라며,
오월의 일기 예보는 또다시,
어쩔 수가 없다고 말하고,

　　　　　　　　　　　　　　　　－최승자 「오월」(1989)

배가 고팠네 떠날 때 그애를 거두어갔다던
하수도 치는 늙다리 총각 절룩이는 그의
황사 같은 반쪽 다리도
이제 막 물이 오르기 시작한 그애의 하초도
눈에 가득 봄밤을 담고
저물어 저물어가던 봉천본동 개나리
누런 입술 위를 슬몃거리던
바람도 아흐 집집마다 슬레이트 지붕 위로
덮쳐오던 저무는 봄밤
시퍼런 내침의 봄밤

　　　　　　　　　　　　　　　　－허수경 「저무는 봄밤」(1992)

혼불들이 돌아오고 있다
어느 구천의 깊은 땅속에서……
못다 한 뼈 위론 그렇게
산들이 오르고 있다……
은빛의 기포들처럼……
(중략)
그렇게 나의 피엔 금이 잔뜩 가서
한 자루 뼈끝에 태어나는
꽃이여……꽃이여……
너를 보는 나의 눈동자 속으론
만경창파 어린넋들만 치렁치렁하구나……

　　　　　　　　　　　　　　　　－김승희 「봄」(1983)

6.6. 성숙과 치유의 시기, 여름

봄이 생명의 발화를 의미한다면 여름은 성숙과 완성을 상징한다. 작열하는 태양과 뜨거운 여름은 극단적인 시간성을 갖고 있다. 여름은 만물이 가장 깊이 익는 성숙의 시간이며 짙은 녹음은 모든 고통과 불화가 무성한 잎 속에 아무는 성숙과 치유의 시기를 상징한다. (신경숙 「풍금이 있던 자리」) 열정과 원시적 욕망이 절정에 오르는 시간이기도 하고, 홍수와 폭우로 생명을 불어넣어 생명력이 정점에 이르는 절정의 시간이기도 하다. (전경린 「고통」) 여름이라는 한시적 상황은 모든 가능성을 열어두면서 "무용하게 반짝이는 것의 아름다움과 이상한 생기"에도 감동하고 반응할 수 있는 열정을 불러일으킨다. (정미경 「달은 스스로 빛나지 않는다」)

까치발을 하고 들여다본 담장 안 세계를 통해 '발갛게' 영글어가는 여름, 사과나무 아래서 책을 읽으며 삶의 모든 것을 체감하는 여름, 존재에 관해 생애 가장 '훌륭한 생각'을 할 수 있었던 여름, 폭죽 터지듯 에너지 넘치는 '여름 언니들', 이처럼 여름에 관한 시들은 깊게 익어가는 내면의 어느 한 시기를 보여주고 있다. (이진명 「여름에 대한 한 기록」, 허수경 「여름 내내」, 정끝별 「풋여름」, 이근화 「그해 여름」, 안현미 「여름 언니들」)

여름의 타는 열기와 끈끈한 습기는 알 수 없는 열정에 휩싸이는 사건들의 배경이 되고, 이 사건들은 평생 잊지 못할 좌절감과 모멸감을 수반한다. (박완서 「배반의 여름」) 그러나 이 푸른 생채기들은 곧 감미로운 무력증이나 퇴폐적 전율로 전이된다. 여름만 되면 찾아오는 이상한 우울증이란 젊은 시절의 상처를 오히려 만족스럽게 회고하면서 현실을 뒤돌아보려는 욕망이다. (최윤 「한여름 낮의 꿈」) 난생 처음 죽음의 공포를 경험하고 삶의 의미를 깨닫는 황홀한 기억의 계절이 여름이다. (김애란 「너의 여름은 어떠니」)

경희는 두 팔을 번쩍 들었다. 두 다리로 껑충 뛰었다.
빤빤한 햇빛이 스르르 누그러진다. 남치마빛 같은 하늘빛이 유연히 떠오른 검은 구름에 가리운다. 남풍이 곱게 살살 불어 들어온다. 그 바람에는 화분과 향기가 싸여 들어온다. 눈앞에 번개가 번쩍번쩍 하고 어깨 위로 우레소리가 우루루루 한다. 조금 있으면 여름 소나기가 쏟아질 터이다.

경희의 정신은 황홀하다. 경희의 키는 별안간 이(飴 : 엿) 늘어지듯이 부쩍 늘어진 것 같다. 그리고 목(目)은 전 얼굴을 가리우는 것 같다. 그대로 푹 엎드리어 합장으로 기도를 올린다.

—나혜석 「경희」(1918)

칠월의 불볕 밑에 마을의 온갖 쓰레기가 버려져 왕벌만한 쉬파리가 붕붕대는 개천가 둔덕 위에 죽은 누이는 내다버린 커다란 스펀지 인형처럼 누워 있었고, 사람의 목소리 같지도 않은 기성을 지르며 울부짖는 엄마의 얼굴에선 땀과 눈물과 머리카락이 뒤범벅이 되어 흘러내리고 있었고, 삥 둘러선 마을 사람들은 복날 힘을 모아 개를 두들겨 잡을 때처럼 무시무시하게 무표정했다. //

그때도 여름이었다. 방학한 지 며칠 안 되는 어느 날 아버지는 느닷없이 나를 데리고 출근하겠다고 선언했다. //

아버지의 당당한 거구와 비상식적인 화려한 옷은 실은 아버지의 것이 아니었던 것이다. 넥타이 맨 새앙쥐들의 우월감과 권위의식을 충족시키기 위한 어릿광대의 의상이었던 것이다. //

아버지가 나를 풀 속으로 팽개쳤을 때 허우적대다 땅바닥을 딛기까지는 순식간이었고, 아버지가 자신의 우상을 스스로 깨뜨리고 나를 자동문 밖으로 팽개쳤을 때 허우적대다가 설 자리를 찾기까지는 꽤 오랜 시간이 걸렸다.

—박완서 「배반의 여름」(1976)

사실 나는 오래 전부터 이 여름병을…… 무엇과도 바꿀 수 없는…… 아주아주 감미로운…… 천국 비슷한 어떤 것으로, 비밀스럽게…… 혼자서만, 나 혼자서만…… 끔찍이 즐겨왔다는 것이다.

나와 같은 이중 생활을 하고 있는 지구 위의 수만수천 사람들은 아마도 단번에 이 즐거움이 얼마만큼 값비싼 것인지를 알아차렸을 것이다. 내가 이미 사용했던 바, 야릇한 절망이니, 어두운 구멍이니 무슨 심연이니, 병인이니 했던 말들은 그러니까 조금 혼란스럽더라도 저릿한 쾌감, 고통에 가까운 쾌감 등의 단어로 바꾸어야 마땅하다.

—최윤 「한여름 낮의 꿈」(1989)

이 마을에 온 첫날 그렇게 부지런히 둥지를 틀던 까치가 새끼 세 마리를 낳았더 군요. 옥수수 씨를 심을 구덩이를 파느라고 산밭에 다녀오다가 봤어요. 먼발치라

자세히는 못 봤지만, 그 중 어느 새끼도 눈먼 새는 없는 듯했어요. 세 마리 모두
다 어미가 먹이를 물어오니까 서로 밀치며 소란스럽게 한껏 입을 벌리는데, 입
속이 온통 빨강…… 새빨갰어요. 그 새끼 까치들이 날갯짓을 할 무렵이면 이곳도,
여기 이 고장에도 초여름, 여름……이겠지요. 저기 저 순한 연두색들이 짙어, 짙어
져서는 초록이, 진초록이…… 될 테지요. 그때쯤엔, 은선이라는 당신 아이 이름도
제 가슴에서 아련해질는지, 안녕.

—신경숙 「풍금이 있던 자리」(1992)

긴 우기가 시작되었다. 비가 쏟아지자 왜식 목조집은 괴괴해졌다. 눅눅해질수록
벽과 다다미를 깐 방바닥에서는 짙은 건초 냄새가 배어나왔다. 여자는 열한 시쯤
불을 켠 채 자리에 누웠지만, 이 층의 282
　방들과 주인 할머니의 동생 영감이 잠들어 있는 복도 가운데 방에 생각이 미치
자 오히려 푸른 배추처럼 파득파득 깨어났다. 여자는 자리에서 일어나 부엌 창가
로 가 거기로 난 창문을 활짝 열었다. 검고 굵은 빗줄기가 사선을 그으며 세차게
안으로 들어왔다. 공기 속에는 아주 오래 전에 맡았던 냇물 냄새가 났다. 비릿하고
따뜻하고 울고 난 뒤처럼 개운하고 쓸쓸한 냄새.

—전경린 「고통」(1996)

난 좀 더 끈적이며 질퍽이며 절룩거리며 걷고 싶어. 나는 이 골목집에 조금씩
감염되고 있는 것 같아.
　사실은 조금 무리하면 아파트에 가지 못할 정도는 아니었다. 감기 기운도 어지
간했다. 오늘은 여기서 쉬고 싶다는 생각이 떠오른 건, 그랬다. 시멘트 바닥에
하염없이 떨어지는 빗소리, 마당을 가로질러 가며 부르는 승우의 노랫소리, 새로
촬영한 부분을 보여주며 가끔 복잡하게 헝클어지는 그의 눈빛, 시도 때도 없이
먹을 걸 들고 와서는 나는 이게 왜 이렇게 맛있는지 몰라 한숨처럼 내뱉는 미옥의
목소리에 나는 조금씩 중독되고 있었다. 여름이 끝날 때까지만, 방충망이 뜯어질
때까지만, 그런 마음이었다. 그런 한시적인 허용이 남루하고 짜증스러운 풍경 속
에서, 사금파리처럼 무용하게 반짝이는 것의 아름다움과 이상한 생기를 발견하게
한다고 생각했다. 그것뿐이다.

—정미경 「달은 스스로 빛나지 않는다」(2004)

아무도 내가 죽어가고 있다는 걸 모른다는 고립감. 그리고 그걸 누구에게도 전
하지 못한다는 갑갑함이 밀려왔다. 수면 위로 아른아른 조용하게 빛나는 여름 햇

빛이 보였다. 손 내밀면 닿을 것 같은 거리에서 유혹하듯 화사하게 출렁이던 차안(此岸)의 얇고 환한 막. 나는 그 빛을 잡고 싶었다. 하지만 손에 걸리는 거라곤 쥐자마자 이내 부서지는 몇 응큼의 강물이 전부였다. 생전 처음 겪는 공포가 밀려왔다. 아득하고 설명이 안 되는 두려움이었다. 나는 점점 가라앉고 있었다. 더 이상 버티기가 힘들었다. 그런데 그때 누가 내 손을 잡는 게 느껴졌다. 순간 있는 힘을 다해 그 팔을 잡았다. 어디서 그런 힘이 나오는지 알 수 없었다. 나는 내 손을 잡을 이가 아플 거란 걸 알았지만 손에서 힘을 뺄 수 없었다. 아니, 그럴수록 그 팔을 더욱 세게 잡게 되었다. 내 완력에 놀란 누군가가 나를 아주 놔버리면 어쩌나 싶어서였다. 그리고 가까스로 뭍으로 나왔을 때 물에 흠뻑 젖은 채 창백해진 병만의 얼굴을 보고 말았다. 누군가의 손톱자국을 따라 깊게 홈이 파인, 살짝 핏물이 맺힌 채 시퍼렇게 멍이 든 그 애 팔뚝도……

—김애란 「너의 여름은 어떠니」(2009)

한여름 내내 쉬는 날의 산책은 그 집을 향했습니다
동네의 막다른 길 끝
그러나 뒤터 한쪽은 하늘까지라도 뚫렸지요
푸른 것들의 이름을 읽으려
담장에 붙어 까치발을 하던 나날
노인네 안 보이면
햇빛 아래 놓여진 빈 물뿌리개
푸른 것들 속에 끌어당겨진 호스를 대신 보았습니다
상추 시금치 쑥갓……
하고 읽어가다가
담 밑 어느 결에 놓여진
그물끈이 풀어졌을 그물의자를 대신 보았습니다
그물의자 등에 수건이 걸쳐져 있는 것을 대신 보았습니다
여름 햇빛은 그 집의 뒤터에서 언제까지나
언제까지나 쏟아지는 이미지처럼
담장에 매달린 내 얼굴은 그 여름 내내
사과알로 발갛게 만들어져갔습니다

—이진명 「여름에 대한 한 기록」(1994)

사과나무 아래서 책을 읽습니다. 책 제목…… 기억나지 않네요. 사과가 아주

작을 때부터 읽기를 시작했는데, 점점 책 종이가 거울처럼 투명해져서 작은 사과
알들을 책을 읽으면서 볼 수 있었습니다 (중략) 사과알이 든 흐르는 책을 여름
내내 읽고 있습니다. 나무에 매달린 사과알들이 다 사라지고 난 뒤, 나무가 책의
물 회오리로 들어왔습니다. 집과 새와 구름이 들어왔습니다. 해가 그리고 내 위의
하늘조각도…… 책은 무거워지고 더 거시게 흐르고, 여름 내내 책을 읽고 있었습
니다.

—허수경 「여름 내내」(2005)

　　온몸을 뒤틀며
　　뿌드득뿌드득 탄성을 지르며
　　풋 풋 힘줄 세우는 소리
　　용트림하는 풋나무가지

　　초여름 저물녘 입술 자국에
　　겨드랑이부터 뚝뚝
　　초록 진땀을 흘리고 있어요
　　풀물 냄새를 풍기는
　　순 풋나무
　　담쟁이 치마폭에 폭 싸여

—정끝별 「풋여름」(2005)

1999년 여름 나는 생애에서 가장 훌륭한 생각이 떠오른다

나무를 가꾸는 방식으로 구름을 가질 수 있다면……

그해 여름 나는 생애에서 가장 훌륭한 생각이 다시 떠오른다

구름의 형상과 구름의 습기는 무관한 것인가
구름이 물고 가는 것은 나의 상상력

존재의 근원을 체험하고 스스로를 다시 선택할 때
구름은 어떤 자세를 취할 것인가

—이근화 「그해 여름」(2006)

여름은 비밀이 가득한 계절

파랑 물방울 사전, 초록 보라 선풍기,빨강 토 수은주
낱말을 레고처럼 가지고 노는
여름언니들

그 비밀의 온도 사상 최고치 경신!

팡, 팡, 팡
폭죽처럼 터지는
여름 언니들

－안현미 「여름 언니들」(2009)

6.7. 소멸의 시간과 절연의 존재감, 가을

가을은 외로움의 계절이다. 봄에 떠난 사랑하는 이들이 돌아오지 않아 기다리는 여인은 외롭고 쓸쓸하다. 그가 기다리는 사람은 님이기도 하고 아들이기도 하다. 혹은 혼인을 한 뒤 만나지 못한 친정 가족이기도 하다. 여성 한시에서 가을은 비 혹은 오동잎과 함께 온다. 오동잎에 떨어지는 빗소리를 들으며 긴긴 가을밤 잠 못 이루고, 바람에 떨어져 마당에 이리저리 뒹구는 오동잎 소리에 가슴이 스산해진다. 또한 하늘에는 기러기가 날아간다. 가을이면 어김없이 지나가는 저 기러기를 보며, 기러기처럼 사랑하는 사람이 돌아오기를 혹은 자신이 기러기가 되어 가족에게 돌아갈 수 있기를 고대한다. 그러나 이는 희망일 뿐 소원을 이루기는 어려웠다. 여기에 어디선가 들려오는 피리 소리까지 더해진다면 그야말로 가을밤은 처량하기 그지없는 심상으로 표현되는 것이다. (김삼의당 「秋閨詞-2」, 이매창 「무추」)

규방가사에서도 조락의 계절인 가을은 외로움을 심화시킨다. '오동추야(梧桐秋夜)'로 표현되는 긴 가을밤의 밝은 달빛은 의식을 각성시키고 있어 홀로 깨어 쓸쓸함을 느끼고 있다. 동산의 잎들이 떨어지고 서리가 내려 쇠락한 모습은 피폐한 내면으로 인해 껍질만 남은 자신의 모습과 동일시되고 있다. 또한 가을바람의 차가움은 부모형제와 벗, 그리고 남편으로부터 단절되어 있는 고립감을 절실히 깨닫게 한다. (「신학식 못배운 여자탄」, 「애련가」)

　현대시에서 가을은 소멸과 풍요의 의미를 동시에 품고 있지만 주로 쓸쓸하고 황량한 시간 속에 자아로 회귀하는 노정의 계절로 표현된다. 부재하는 것의 존재감을 강렬하게 환기하는 시간이면서 자기 안의 고독과 뜨거움을 다스려야 하는 시간이다. 여성시에서 가을은 '개 같은 가을' '매독 같은 가을'이라는 치명적인 고독과 치사량의 외로움을 함축하는 계절로 함축되고 있다. 누군가를 향한 그리움으로 헤매이거나 도저히 거부할 수 없는 가을의 침입에 속수무책 '울부짖다 흩어지고' 만다. (최승자 「개같은 가을이」, 이경림 「가을」, 최영미 「가을에는」, 강은교 「가을의 서」, 최정례 「11월」)

> 화롯불 부니 한 줄기 연기 나고
> 가을밤 괴로이 길어 일 년 같네
> 오동잎에 내리는 빗방울 소리에
> 병풍 사이에 외로이 앉아 잠 못 이루네
> 獸炭噓成一縷煙 秋宵苦永正如年 梧桐葉上數聲雨 獨坐屛間眠不眠
> 　　　　－김삼의당 「가을 규방 秋閨詞－2」(18세기 후반~19세기 초반)

> 온 산 나무마다 낙엽이 날리기 시작하고
> 기러기 황혼 띠고 남쪽으로 울며 나네
> 긴 피리 가락 어디서 들리는가
> 고향 길 나그네는 눈물로 옷을 젖시네
> 千山萬樹葉初飛 雁叫南天帶落暉 長笛一聲何處是 楚鄕歸客淚添衣
> 　　　　　　－이매창 「이른 가을에 早秋」(16세기 후반~17세기 초반)

봄가고 여름가고 가을이 쏘왓구나 춘거추래 춘우추풍 애끈는 사시기후 순환에 모술인가 가을바람 선듯부니 임가시는차 풍우갓내 우혈업는 이닉마음 쓰린눈물 압세우고 멀니큰길 바라보니 어허업는 나의영혼 지향업시 망견하내 썩은창자 싯어짐이 하마거이 싯치련만 모질비 철석일새 그래도 녹도끈도 사실을 능생하니 속가슴 타는양은 날마다 싹리간다 무정하던 임이건만 가고나니 더울섫타 적적무인 빈방안에 고요히 안잣스니 쓸쓸하기 감옥갓내 천사만사 보는 것은 이간장을

다태우고 섭질만 남았구나 져동산에 푸른입은 찬서리에 빛변하여 사정업는 져광
풍에 무참히 써러지며 이곳져곳 나붓기내 찰난한 황국단풍 쌔를싸라 빛을내며
동원에 어린국화 찬이슬에 자라나서 아름다운 방화춘에 찬서리도 무광하다 (중략)
아~조석으로 부러오는 쌀살한 찬바람은 왼몸이 오실오실 어른싁하 나의도리 절
후싸라 옷지을째 장장츄야 긴긴밤에 한숨과 동무삼아 경경한 잔등하에 다듬질과
임생각에 뒤썩겨 밤새운다

—「신학식 못배운 여자탄」(20세기 전반)

오동낭게 부는바람 수군수군 말하는듯 백년고락 유타인의 여즈신세 가엽서라
달은어이 가지안고 날새도록 기다리며 귀쓰람도 자지안코 울며울며 새우는고 저
리울어 님부르고 이리울어 님온다면 나도갓치 울어새워 우리낭군 오시련만

—「애련가」(미상)

개 같은 가을이 쳐들어온다.
매독 같은 가을.
그리고 죽음은, 황혼 그 마비된
한 쪽 다리에 찾아온다.

모든 사물이 습기를 잃고
모든 길들의 경계선이 문드러진다.

—최승자 「개같은 가을이」(1981)

사랑해 사랑해
바싹 마른 몸 동그랗게 말고 하늘
하늘 속으로 곤두박질치는
저 나뭇잎

—이경림 「가을」(1997)

내가 그를 사랑한 것도 아닌데
미칠 듯 그리워질 때가 있다
(중략)
유리창에 우연히 편집된 가을 하늘처럼
한 남자의 전부가 가슴에 뭉클 박힐 때가 있다
무작정 눈물이 날 때가 있다
가을에는, 오늘처럼 곱고 투명한 가을에는

이 세상에서 가장 슬픈 표정으로 문턱을 넘어와
엉금엉금, 그가 내 곁에 앉는다
그럴 때면 그만 허락하고 싶다
사랑이 아니라도, 그 곁에 키를 낮춰 눕고 싶다

―최영미 「가을에는」(1994)

나뭇가지에 걸려 있는 여자를
보아라
종이처럼 그 여자 오늘 구겨짐을
보아라
구겨지며 늘 비 흐름을
비 흐르며 그 여자 길밖으로 떠나감을
보아라
모든 길밖에 흐르는 길동무들을
보아라

―강은교 「가을의 서」(1977)

11월 어느 날
무심한 곰의 얼굴로 들이닥쳐서는
TV에서 배 두들기며 웃는 코미디언들
얼굴 위에 재를 뿌리고
소파 위에 내 손바닥 위에
뜨거운 석탄을 올려놓으면
그러면?
나는 내가 아닌 그 누가 되어
알 수 없는 말 중얼거리다
손바닥 발바닥이 뜨겁다고
느닷없이 창밖으로 몸을 던지고
나뭇가지에 걸려
울부짖다 흩어지고 흩어지고
그러다가
11월이 가고 다시는
오지 않는다면?

―최정례 「11월」(2006)

6.8. 명징한 삶의 감각과 연단의 시간, 겨울

겨울은 연단의 시간, 모든 감각을 벼리게 하는 시간이다. 겨울은 자기 자신을 마주 바라보게 하는 거울과 같은 시간이다. 혹한과 공허는 가장 맑은 상태에서 자신을 응시하게 한다. 날카롭고 차갑지만, 역으로 포근하고 포용적인 시간이다. 명징하게 삶의 감각을 일깨우는 차가운 대기와 추위가 있지만 동시에 흰 눈이 상징하는 순수와 치유, 정화의 의미가 공존한다. 새로운 시작을 준비하는 휴지기(休止期)인 겨울 안에서 고독을 감내하고 자기 인내를 실현하며 그로부터 고결하고 정제된 사유의 과정을 갖는다.

겨울철의 추위는 그 생생한 고통의 감각으로 인해 삶에 대한 의지를 부추긴다. (박화성 「눈 오던 그 밤」, 오정희 「어둠의 집」, 「야회」, 전경린 「꽃들은 모두 어디로 갔나」) 혼자 떠난 여행이나 고된 글쓰기 작업에서 시간적 배경이 되는 겨울은 명료한 사고와 예지적 감각을 일깨운다. (박완서 「겨울 나들이」, 강영숙 『라이팅 클럽』)

흔히 순수의 의미를 지니는 눈은 여성 작가의 경우 특별히 성숙에 대한 열망을 드러낸다. 눈 쌓인 풍경을 마주하는 이상화된 감정에는 성숙한 여성이 되었을 시기에 대한 갈망이 놓인다. (박화성 「하수도 공사」, 김채원 「겨울의 환(幻)」) 세상을 포근히 덮는 눈은 상실과 고통으로 얼룩진 인간 세계를 신성한 사유와 깨달음으로 인도하는 치유적 매개물이다. (김재영 「아홉 개의 푸른 쏘냐」) 세상을 덮은 단일한 흰색은 그 비슷해 보이는 정경 속에서 다른 의미들을 들추어내도록 이끈다. (전경린 「물의 정거장」) 자식을 잃은 고통이나 실연의 아픔을 겪고 있는 인물들은 눈이 내리는 정황 속에서 서로 화해하거나 새로운 만남을 시작한다. (신경숙 「지금 우리 곁에 누가 있는 걸까요」, 「부석사」)

현대시에서 겨울은 절망과 고독, 죽음과 허무의 시간이라기보다 봄의 환희를 잉태하고 있는 강인한 계절, 자신이 새로 거듭날 수 있는 생명의 시간이다. 이는 연단의 시간으로 인식되어 결코 패배적인 시간을 의미하지 않는다. (김남조 「겨울 바다」, 고정희 「땅의 사람들 1 −서시」, 문정희 「겨울 사랑」, 김승희 「갑자기 그럼에도 불구하고!라는 말이 들렸다」, 나희덕 「11월」, 박서원 「나의 겨울」, 김이듬 「12월」)

애인이 주고 간 글을 읽고 또 읽던 그는 동창 미닫이를 열었다. 나비 같은 눈송이가 펄펄 춤을 추며 날린다. 그는 빛나는 눈으로 내리는 눈발을 쳐다보며 애인의 유훈을 생각한다. 눈은 말없이 쌓이고 쌓인다.

— 박화성 「하수도 공사」(1932)

마당에 내려선 내 발이 눈 속에 푹푹 빠지면서 버선목 속으로 눈이 들어왔다. 차고 성실한 눈의 촉감! 생생한 맑은 기운이 머리끝까지 쌩하게 울리는 듯이 차고 깨끗한 정신이 반짝 들었다. 그것은 어지러운 내 마음에 새로운 세례(洗禮)와 같이 나의 생각을 날카롭게 밝게 하는 듯하였다.

나는 마당에 곱게 깔린 눈가루 위로 발자국을 내고 거닐면서 이 밤을 세워서라도 순석이로 하여금 잠시 동안이나마 도둑질을 하게 한 그 원인을 생각해 내려니 하고 결심하였다. 내 머리와 검은 두루마기를 입은 두 어깨 위에도 지붕에 쌓인 듯 눈이 수북히 쌓여졌다.

눈 오던 그 밤도 벌써 오랜 과거에 속한 옛날이것만 십 삼년 후 그 날 밤인 오늘밤에도 눈은 그 날 밤처럼 푹푹 쏟아진다. 다만 다른 것은 달빛이 없는 것이다. 그리고 내가 그 원인을 깨달아 얻은 서른 두 살의 어른이 되어 있는 것이다.

— 박화성 「눈 오던 그 밤」(1935)

김장철 소스리 바람에 떠는 나목, 이제 막 마지막 낙엽을 끝낸 김장철 나목이기에 봄은 아직 멀건만 그의 수심엔 봄에의 향기가 애닲도록 절실하다.

그러나 보채지 않고 늠름하게, 여러 가지들이 빈틈없이 완전한 조화를 이룬 채 서 있는 나목, 그 옆을 지나는 춥디추운 김장철 여인들.

여인들의 눈앞엔 겨울이 있고, 나목에겐 아직 멀지만 봄에의 믿음이 있다.

봄에의 믿음. 나목을 저리도 의연하게 함이 바로 봄에의 믿음이리라. 나는 홀연히 옥희도 씨가 바로 저 나목이었음을 안다. 그가 불우했던 시절, 온 민족이 암담했던 시절, 그 시절을 그는 바로 저 김장철의 나목처럼 살았음을 나는 알고 있다. 그가 불우했던 시절, 온 민족이 암담했던 시절, 그 시절을 그는 바로 저 김장철의 나목처럼 살았음을 나는 알고 있다.

— 박완서 『나목』(1970)

나는 이런 을씨년스러운 도시의 겨울 풍경에 느닷없이 뭉클한 감동을 맛보았다. 그리고 그냥 주정처럼 해본 여행 소리가 비로소 현실감을 갖고 다가왔다. 정말 당장 떠나리라 마음먹었다. 서울을 떠나보고 싶다거나 남편 곁을 떠나보고 싶다거나 하느니보다는 여직껏 악착같이 집착했던, 내가 이룩한 생활을 헌신짝처럼 차버리고 훨훨 자유로워지고 싶었다. 여직껏 산 게 말짱 헛것이었다는 진실을 가르쳐준 게 바깥의 황량한 겨울 날씨였던 것처럼 나는 무턱대고 어느 먼 곳의 겨울 풍경에 그리움을 느꼈다. 나는 남편과 딸이 의아해하건 놀라워하건 상관하지 않고 당장 떠나겠다고 보챘다.

─박완서 「겨울 나들이」(1975)

그 여자는 이 겨울 들어 벌써 몇 차례나 넉가래를 들고 지붕 위에 올라가 눈을 치웠다. 눈을 치우는 것은 늘 그녀의 몫이었다. 가족들을 떠올리자 그 여자는 자신이 그들의 악의적인 유기에 의해 이 어둡고 쓸쓸한 집에 홀로 있게 된 것만 같은 생각이 들었다. 아니, 이처럼 뚜렷하고 생생한 느낌이 그녀 자신 홀로 버림받고 있다는 감정에서 구해주기를 바랐다.

─오정희 「어둠의 집」(1980)

겨울이란 명혜에게 있어, 새벽마다 밥을 짓기에 앞서 아랫목에 길모의 구두를 녹이는 일과 천식기 있는 아이들을 업고 걸려 사흘거리로 병원 걸음을 해야 하는 것을 뜻했다. 아니 그보다 겨울은 새벽 세시를 바라보는 별의, 그 찌르는 듯한 슬픔이기도 했다. 덧스웨터를 걸치고 밖으로 나와 연탄을 갈며 피어오르는 독한 가스에─충분히 마르지 못하고 저장된 연탄을 갈 때는 늘 독한 가스 냄새가 났다─쿨럭쿨럭 기침을 해대며 눈물이 어룽진 눈으로 바라보는, 지는 달과 지는 별은 얼마나 차갑고 아득했던가. 새파랗고 살(煞)진 별빛이 얼마나 찌르는 듯한 슬픔과 비애로 가슴을 후비었는지.

─오정희 「야회」(1981)

방문을 열었을 때 온통 새하얀 눈의 세계가 보이면 갑자기 눈앞이 환해지며, 무언가 형용키 어려운 반가움이 마음속에서 불러일으켜집니다. 그 정경은 이 세상에 있는 기쁨이나 행복감을 미리 예견해주는 것 같습니다. 달도 별도 없는 밤이어도 눈의 빛은 제 스스로 인광과도 같은 빛을 발해 세상을 하얀 고요로 쌉니다. 어디선가 어깨 위로 머리 위로 앉은 눈을 털어내는 소리가 들리고, 신발에 묻은 눈을 발을 굴러 털어내는 소리도 들립니다. //
저는 동생과 동치미를 먹으며 촉수가 희미한 전등불 밑에서 방학숙제 그림일기 속에 눈이 내리고 있는 풍경을 그려 넣었습니다. 벌판 위에 기와집이 한 채 서 있고 바둑이가 대문 앞에서 꼬리를 흔들고 눈사람이 모자를 쓰고 지팡이를 들고

서 있으며 설빔을 입은 아이들이 하늘에 연을 띄우고 있습니다. 눈 위에는 어디로 인가 사라져버린 사람의 발자국이 찍혀 있습니다. 이것은 제가 본 눈의 풍경이 아니라 달력이나 어린이 책에서 본 풍경입니다. 눈송이를 확대해 보면 정육면체 혹은 팔면체의 예쁜 꽃송이라는 눈의 세계, 멍멍이와 눈 위의 하얀 발자국과 벌판 위에 서 있는 집 들창 속의 느낌, 이런 것들을 나는 그림 속에나 있는 먼 세계로 느끼며 그려 넣었습니다.

―김채원 「겨울의 환(幻)」(1989)

"난 추운 게 좋아요."

나는 얼굴을 가리고는 머리카락을 귀 뒤로 넘겨 붙이고, 양해를 구할 때처럼 짧게 웃었다. 조금씩 움직일 때마다 박스에서 갓 꺼내 입은 두툼한 카디건 스웨터 에서 나프탈렌 냄새가 살금살금 새어 나왔다. 나는 정말 손끝이 딱딱하게 굳을 정도로 추운 것을 좋아했다. 나 자신이 공중에 걸린 나무 선반처럼 군살 없는 명징 한 느낌이 들기 때문이다.

―전경린 「꽃들은 모두 어디로 갔나」(1997)

눈보라는 그쳐 있었고 마당에 수북이 쌓인 눈에서 태어난 흰빛은 거실을 지나 부엌까지 들어와 남편을 하얗게 비추었습니다. 이 눈물을 다 감추느라고 제가 산 에 다니는 동안 이 남자는 그리 반듯하게 살았던 게지요. (중략) 그것을 알게 해주 려고 방문객은 그 세찬 눈보라를 뚫고 찾아온 것이었어요.

―신경숙 「지금 우리 곁에 누가 있는 걸까요」(2000)

그녀의 목소리는 귓결에 머무는데도 그는 눈을 뜨지 못했다. 박PD는 돌아갔을 까. 그들이 찾지 못한 부석사가 바로 근처에 있는 겐가. 희미한 범종 소리가 눈을 뜨지 못하는 그의 귀에 머문다. 그녀도 범종 소리를 들었는지 손을 뻗어 첼로 소리 를 줄인다. 종소리가 눈발 속의 골짜기를 거쳐 그들을 에워싼다. 여기에서 빠져나 갈 방법을 찾아봐야 한다고 생각한 건 마음뿐이다. 어깨가 내려앉는 듯한 피로에 점령되어 그는 점점 잠 속으로 빠져들어간다. 그녀는 보온통을 기울여 종이컵에 커피를 따른다. 부석사의 포개져 있는 두 개의 돌은 닿지 않고 떠 있는 것일까. 커피를 들지 않은 한 손으로 자꾸만 자신의 얼굴을 쓸어내리고 있다. 그녀는 문득 잠든 그와 자신이 부석처럼 느껴진다. 지도에도 없는 산길 낭떠러지 앞의 흰 자동 차 앞유리에 희끗희끗 눈이 쌓이기 시작한다. 또 얼마나 지났을까. 그녀가 뒷자리 에 개켜져 있는 담요를 끌어와 그의 무릎을 덮어준다. 그녀의 기척에 가느스름하게 눈을 뜬 그는 이 순간만은 반복되지 않을지도 모른다고 생각한다. 혹시, 저 여자와 함께 나무뿌리가 점령해버린 옛집에 가볼 수 있을는지. 이제 차창은 눈에 덮여 바깥이 내다보이지도 않는다.

—신경숙 「부석사」(2000)

"에스키모에게는 희다는 의미의 단어가 열일곱 개나 있대."
"그게 왜?"
무숙의 말에 연정은 불신이 담긴 눈으로 대꾸했다.
"난 나머지 생을 그와 함께하려는 생각뿐이야. 사계절이 온통 얼음과 눈으로 덮인 세계에선 흰색이 지배적이겠지. 삶의 장애이고 삶의 허용이고 삶의 구조이며 배경이고 질료이며 온도이고 질감이고 삶이 그곳에서 나와 그곳으로 돌아가겠지…… 그와 나 사이에도 사랑을 의미하는 단어가 앞으로 열일곱 개쯤 더 생기길 바래."

—전경린 「물의 정거장」(2002)

그해 겨울엔 유난히 눈이 귀했습니다. 쏘냐는 검고 메마른 아스팔트 위에서 보내는 겨울을 참으로 견디기 힘들어 했습니다. 천상의 깃털 같은, 지상에서 가장 숭고한 자연의 축복인 눈. 그 눈으로 인해 모든 것은 깨끗해지고, 용서되고, 잊혀지고, 따뜻해지는 거라 믿는 러시아 처녀에게 하얗게 뒤덮인 설원을 볼 수 없는 겨울은 참혹한 고통이겠지요. 어쩌다 진눈깨비라도 내리면 쏘냐는 황급히 창문으로 몸을 내밀어 눈을 받아먹으려 탐욕스럽게 입을 벌리곤 했습니다. 모래 알 같은 진눈깨비나마 바람결에 흩날리다 그쳐버리면, 성난 암코양이처럼 카르릉 허공을 할퀴곤 했지요.

—김재영 「아홉 개의 푸른 쏘냐」(2005)

계동은 늘 추웠다. 다른 곳보다 일찍 시작된 겨울은 꽃이 피고 기온이 오르는 늦봄이 되어서야 끝나는 기분이 들 정도였다. 사계절 중에 오직 겨울만 있었던 것처럼 나머지 계절의 에피소드들이 잘 떠오르지 않는 건 계동이 그만큼 추웠기 때문일까. 그런데 나만 추웠던 모양이다. '글쓰기를 사랑하는 계동 여성들의 모임'은 그때도 반팔 앙고라 스웨터를 입고 밤낮없이 글짓기 교실에 드나들었다. //
여전히 나라는 사람에게 사계절의 중심은 겨울이었고 계동의 겨울은 전 지구상에서 제일 춥고 길었다고 말하고 싶다. 그해에 눈이 많이 내려 좁은 골목길에는 사람들이 지나다니기도 어려울 정도로 얼음판이 많았다.

—강영숙 『라이팅 클럽』(2010)

나를 가르치는 건
언제나
시간……
끄덕이며 끄덕이며 겨울 바다에 섰었네

남은 날은
적지만

기도를 끝낸 다음
더욱 뜨거운 기도의 문이 열리는
그런 혼령(魂靈)을 갖게 하소서

남은 날은 적지만
겨울 바다에 가보았지
인고(忍苦)의 물이
수심(水深)속에 기둥을 이루고 있었네

—김남조 「겨울 바다」(1967)

겨울 숲에는 눈이 내리고 있다
도시에서 지금 돌아온 사람들은
폭설주의보가 매달린 겨울숲에서
모닥불을 지펴놓고
대륙에서 불어오는 차가움을 녹이며
조금씩 뼛속으로 파고드는 추위를 견디며
자기 몫의 봄소식에 못질을 하고 있다
(중략)
거친 바람 속에서 밤이 깊었고
겨울 숲에는 눈이 내리고 있다
모닥불이 어둠을 둥글게 자른 뒤
원으로 깍지 낀 사람들의 등뒤에서
무수한 설화가
살아남은 자의 슬픔으로 서걱거린다.

—고정희 「땅의 사람들 1 —서시」(1987)

눈송이처럼 너에게 가고 싶다

머뭇거리지 말고
서성대지 말고
숨기지 말고

그냥 네 하얀 생애 속에 뛰어들어
따스한 겨울이 되고 싶다

―문정희 「겨울 사랑」(1991)

폭설의 밤 속에서 살고 있는 것들!
백설을 뿌리치고 뻗쳐 올라가는 푸른 청보리들!
폭설의 밤 속에서 꿈틀대고 있는 것들!
시퍼런 마늘과 홰를 치는 양파들!
다른 색은 말고 그런 색들
다른 말은 말고 그런 소리들!

하루를 살더라도 그렇게
사흘이나 나흘을 살더라도 그렇게!

―김승희 「갑자기 그럼에도 불구하고!라는 말이 들렸다」(2006)

낮도 저녁도 아닌 시간에,
가을도 겨울도 아닌 계절에,
모든 것은 예고에 불과한 고통일 뿐

이제 겨울이 다가오고 있지만
모든 것은 겨울을 이길 만한 눈동자들이다

―나희덕 「11월」(2001)

내가 선택한 나의 겨울 이야기
내 발자국에게 들려주며
아 고와라 나날들이여
눈꽃숲에서 끝날 내 생애
방울 방울 방울꽃마다
캄캄한 바람은 걸려

종소리를 내고
바람이 매서울수록
하늘의 달과 별은 빛났다

—박서원 「나의 겨울」(2002)

저녁이라서 좋다
거리에 서서
초점을 잃어가는 사물들과
각자의 외투 속으로 웅집한 채 흔들려가는 사람들
목 없는 얼굴을 바라보는 게 좋다
너를 기다리는 게 좋다
오늘의 결심과 망신은 다 끝내지 못할 것이다
미완성으로 끝나는 것이다
포기를 향해 달려가는 나의 재능이 좋다
나무들은 최선을 다해 헐벗었고
새떼가 죽을 힘껏 퍼덕거리며 날아가는 반대로

—김이듬 「12월」(2011)

7

물

물은 생명력과 풍요를 상징한다. 원초적 생명력은 여성의 생산성, 근원적인 생명으로 회귀, 재생 등의 의미와 관련된다. 또한 물은 정화를 의미한다. 재앙과 잡귀를 물리치는 벽사적인 기능과 함께 세속의 공간을 신성화한다. 세속의 삶을 소거하고 맑은 심신으로 성스러운 영역에 들어서게 하는 매개이다.

물이 원초적으로 지닌 고난과 구원이라는 양면성은 고전문학에서 죽음 혹은 이별의 이미지와 생명력 혹은 근원적 에너지의 이미지로 나타나는데, 이는 결국 현실에서 누릴 수 없는 희망을 형상화한다.

물의 생명과 재생 이미지는 고전문학과 현대문학에서 두루 나타난다. 고전문학에서 물은 포용과 재생이라는 보편적 이상을 나타낸다. 또한 선한 여성을 죽음에서 살리는 구원의 샘물이다. 현대문학에서 물은 여성의 생존과 직결되는 상징적 정황으로 제시될 뿐만 아니라, 재생과 정화에 대한 욕망과 가능성을 의미한다. 또한 물은 생명의 근원적인 모태 혹은 존재를 생성하는 시원의 원리를 상징하며, 세정과 자정을 담아낸다. 나아가 여성의 육체성을 구현하는 물질로 나타나기도 한다.

오염된 강과 바다 및 폐수와 오수는 불모와 사산의 양수, 황폐한 세계인식을 드러낸다. 썩은 물에 대한 상상은 훼손된 세계에 대한 공포를 함축함으로써 건강한 양수의 세계와 생명에 대한 희구를 드러낸다. 폐수는 생에 대한 절망과 환멸을 드러내는 상징으로 활력과 생명력을 잃은 현대에 대한 디스토피아적 인식을 드러낸다.

물은 에로틱한 죽음과 재생이라는 이중성을 지닌다. 현대소설에서 여성인물은 에로틱한 물과 동일시되고, 이 물에 잠김으로써 극한의 몰아적 상황에 이르러 재생을 경험하는 남성 인물의 양상이 자주 발견된다. 현대시에서 깊이와 어둠을 가진 까마득한 물밑은 여성의 깊은 무의식을 의미한다. 물은 여성의 에로티시즘이 유영하는 공간이기도 하고 새로운 존재로 거듭나게 하는 통과제의적인 공간이기도 하다.

홍수는 우주적 침수를 상징하며 사물의 모든 형태를 무화시키고 새롭게 재배치하는 의미를 지닌다. 홍수는 존재를 압도하는 탈일상의 에너지로서, 여성인물이 자신의 심연을 응시하고 모험으로 나아가게 한다. 또한 파괴력과 생명력을 공유한 한 방울의 물은 위압적이고 가공할 만한 폭발력을 지닌 홍수가 되며, 고여서 출렁이던 정화수들은 격랑으로 흘러넘쳐 억압된 욕망의 분출을 의미한다.

7.1. 물 관련 어휘

물의 사전적 의미

물의 의미는 『표준국어대사전』에 "① 자연계에 강, 호수, 바다, 지하수 따위의 형태로 널리 분포하는 액체. 순수한 것은 빛깔, 냄새, 맛이 없고 투명하다. 산소와 수소의 화학적 결합물로, 어는점 이하에서는 얼음이 되고 끓는점 이상에서는 수증기가 된다. 공기와 더불어 생물이 살아가는 데 없어서는 안 될 중요한 물질이다. ② 못, 내, 호수, 강, 바다 따위를 두루 이르는 말 ③ 조수(潮水)를 달리 이르는 말 ④ 음료수나 술 따위를 비유적으로 이르는 말 ⑤ (일부 명사 뒤에 쓰여; '들다', '먹다'와 함께 쓰여) 그곳에서의 경험이나 영향을 비유적으로 이르는 말"로 기술되어 있다.

"물 한 모금, 물로 입 안을 헹구다, 물을 긷다, 물을 마시다, 물을 붓다, 물을 뿌리다, 물을 엎지르다, 물이 꽁꽁 얼다, 물이 맑다"는 액체로서의 물인 ①의 의미이고, "물에 빠지다, 물고기들이 물에서 헤엄친, 옷을 벗어 머리에 이고 물을 건넜다" 등은 ②의 의미로 사용된 것이다. "물이 오르다, 물이 빠지다"의 물은 밀물과 썰물을 의미하며, "내 비록 물 팔아 먹고살지만 이것만은 도저히 용납할 수 없다, 내가 물이나 파는 여자라고 얕보면 안 된다"의 물은 술을 비유적으로 표현한 것이다. "사회 물을 먹어야 세상살이를 좀 알게 될 것이다, 서울에 나가 몇 년 살더니 동생은 서울 물이 들어 아주 멋쟁이가 되었다, 그는 외국 물 좀 먹더니 말씨가 달라졌다"에서의 물은 실체로서의 물이 아니라 장소성이 있는 선행 명사에서의 경험이나 영향을 비유적으로 표현한 것이다.

'물'은 15세기 문헌인 『훈민정음』 해례본(1446)에 '믈'로 나타난다. 이 '믈'의 형태가 지속되다가 근대 국어 시기에 양순음 아래에서 '으'가 '우'로 바뀌는 변화가 일어나 '물'이 되고 이것이 현대국어에 이른다. 신라어에는 '勿(믈)'이 보이는데 이는 몽골어의 'mören(강)', 퉁구스어의 'mū(물)', 만주어의 'mu-ke(물)'와 비교된다. 한편 고구려어에는 물과 강을 의미하는 '買(미)'가 있었다. 이는 위의 단어들과 같은 계통의 단어이다. 일본어 미즈(mizu, 水) 역시 국어의 물과 어원이 같다. '미르(龍)'는 물의 신(水神)으로 또한 물의 어원을 지닌다.

물의 유의어

『우리말 유의어 대사전』에 따르면 물의 유의어에는 '식수, 음료수, 큰물' 등이 있다. '식수, 음료수'는 액체로서의 물의 특성에 기반을 둔 유의어라고 할 수 있다. '큰물'은 "사람이 활동하는 무대가 크고 넓은 곳을 비유적으로 이르는 말"로 "사람은 모름지기 큰물에서 놀아야 성공하는 법이야, 큰물에서 놀아 본 선수가 제 몫을 하는 법이다, 큰 고기가 큰물 찾아가는 거지"에 쓰인 '큰물'은 사회를 의미한다고 할 수 있다. 사회의 은유로 나타나는 물의 의미는 물이 가진 자연적인 특성에 의존하고 자연적인 이미지를 통해 유추할 수 있다. 자연은 사람에 대해 능동적이기는 하나 인간 중심적 사고로 보면 자연은 피동적 존재이다. 그런데 물은 피동적인 형태의 근원 영역보다는 바탕이 되는 대상으로서의 의미를 많이 갖는다. 자연에 대해 주동적 대상인 사람의 경우, 물에 대해서는 하나의 참여 대상일 뿐이고 바탕 속에 첨가된 보조물에 불과하다. 이러한 개념의 언어 구조적 특징으로 인해 근원영역인 물은 하나의 사회를 의미하고 이로 인해 사람과 사회의 관계는 물과 사람의 관계로 표현된다.

물의 낱말망

물은 또 못, 내, 호수, 강, 바다 따위를 두루 이르는 통칭어로서의 의미를 가지는데 이러한 상위어로서의 물에는 '바다, 강, 하천, 호수, 늪, 못, 저수지, 개울, 시내, 내, 개울, 도랑, 샘' 등이 속하게 된다. 이들 가운데 '바다, 하천, 호수, 샘'은 '일반명사-영역-공간영역-공간지대-물 관련지대'라는 낱말망(Wordnet) 속에 위치한다. '바다'는 "지구 위에서 육지를 제외한 부분으로 짠물이 괴어 하나로 이어진 넓고 큰 부분"이고, '하천'은 "강과 시내를 아울러 이르는 말"이며, '호수'는 "땅이 우묵하게 들어가 물이 괴어 있는 곳"으로 못이나 늪보다 훨씬 넓고 깊다. '샘'은 "물이 땅에서 솟아 나오는 곳 또는 그 물"을 뜻한다. '하천'의 낱말망에 속하는 '강'과 '시내'는 각각 "넓고 길게 흐르는 큰 물줄기"와 "골짜기나 평지에서 흐르는 자그마한 내"를 의미한다. '내'는 "시내보다는 크지만 강보다는 작은 물줄기"로 '하천'의 하위 부류로 볼 수 있다. 여기에 "골짜기나 들에 흐르는 작은 물줄기"인 '개울'과 "매우 좁고 작은 개울"인 '도랑'을 추가하면 '하천' 낱말망이 구성된다. '호수'의 하위 부류에는 '늪, 못' 등이 있다. '늪'은 "땅바닥이 우묵하게 뭉떵 빠지고 늘 물이 괴어 있는 곳"이고, '못'은 "넓고 오목하게 팬 땅에 물이 괴어 있는 곳"으로 늪보다 작다. '못'의 하위 부류에 '저수지'가 있는데 '저수지'는 "물을 모아 두기 위하여 하천이나 골짜기를 막아 만든 큰 못"을 말한다. '샘'의 일종인 '우물'은 "물을 긷기 위하여 땅을 파서 지하수를 괴게 한 곳 또는 그런 시설"을 의미하는데 인간이 인공적으로 만든 시설이란 점에서 물이 자연적으로 솟아나는 '샘'과는 차이가 있다.

물의 종류와 어휘 변화

'바다'(海)의 15세기 형태에는 '바를'형과 '바다ㅎ'형이 있었다. 이 두 형태는 17세기까지 함께 쓰이다가 18세기부터는 '바다'형만 쓰여 현대국어에 이르고 있다. '바를'과 '바다'의 관계는 동일한 한 개의 어근에서 음운 변화 과정 중에 나타난 두 형태로 보는 경우와 쌍형어간 내지는 동의어로 보는 경우가 있다. 전자의 경우는 첫 음절이 같고, 'ㄷ〉ㄹ'의 교체 현상이 국어사에서 나타난다는 점에서 접근한 경우이다. 이숭녕(1961), 안옥규(1989) 등이 '바다'를 15세기의 '바를'에서 변화한 것으로 보고 있다. '바다'가 '바를'에서 변화해 온 것이라고 한다면 '바를〈바ᄅ〈바라〈바다'의 과정을 상정해 볼 수 있을 것이다. 이들 형태들은 15세기에 모두 나타난다.

『삼국사기』의 "波珍湌一云海干"에 근거하여 '바를'의 기원을 '*바ᄃᆞᆯ'로 보고, '*바ᄃᆞᆯ'의 모음 간 'ㄷ'이 'ㄹ'로 변하여 15세기의 '바를'이 되었다고 보는 견해가 있는데, '바다'의 기원을 '바를'로 볼 경우에 제2음절의 'ㆍ'가 'ㅏ'로 변한 이유와 '바다'가 ㅎ종성체언인 이유 등이 설명되어야 한다. 더군다나 15세기에 '바를'과 '바다'가 공존한다면 그 이전 시기에 'ㆍ〉ㅏ'의 변화가 있었다는 이야기인데, 이는 국어사에서 자연스런 변화는 아니다. 물론 15세기에 '바ᄃᆞ'의 형태도 존재하지 않는다. 따라서 '바를'이 변하여 '바다ㅎ'가 되었다는 것은 재고의 여지가 있다. '바를'과 '바다ㅎ'를 쌍형 어간으로 본다면 이런 문제는 사라진다. 이들이 동일한 의미를 가지고 쓰이면서 서로 경쟁관계를 형성하다가 18세기 이후 '바다'형이 경쟁관계에서 우위를 차지한 것으로 볼 수 있다. 실제로 18세기에는 '바를' 형태는 몇 개에 불과하고 모두 '바다'의 형태를 취하고 있다. 15세기에는 합성어 형성에서도 "바룴믈 : 바닷므리, 바룴ᄀᆞ새 : 바닷ᄀᆞ애"에서와 같이

'바룰'과 '바다'가 서로 경쟁 관계를 보여주고 있음을 볼 수 있다. 합성어에서의 이런 경쟁 관계는 17세기까지 지속되다가 18세기 이후에는 '바다' 형태로만 나타난다.

'강'은 한자 '江'의 음으로 현대국어에서는 고유어 'ᄀᆞ룸'의 대체어로 쓰이고 있다. '강'을 의미하는 고유어 'ᄀᆞ룸'은 15세기에 'ᄀᆞ룸, ᄀᆞ룰'의 두 형태가 나타난다. 본래 '江'은 '水'와 '工'이 합쳐져 만들어진 형성자로서 보통명사가 아니라 '장강(長江)' 곧 양쯔 강(揚子江)을 가리키는 고유명사였다. 양쯔 강이 흐르며 내는 물소리 곧 '工'의 고음인 '꿍꿍'을 본떠 만든 의성어가 '江'인데 후에 일반적인 강을 가리키는 보통명사가 되었다.

'시내'는 '실(谷)'과 '내(川)'의 합성어이다. '실'이 '곡(谷)'의 의미를 갖는다는 것은 삼국유사의 지명 표기에 기록되어 있고[河谷縣 絲浦 今蔚州谷浦也, 得烏一云谷], 현재 속지명(俗地名)의 "밤실[栗谷], 돌실[石谷]" 등에서도 그 의미를 확인할 수 있다. 대동급본 천자문에서는 "溪 실내 계"로 나오는데, '시내'가 '실내'에서 왔음을 보여주는 예라고 할 수 있다. 결국 '시내'는 '실+내' 합성에서 'ㄴ' 앞의 'ㄹ'이 탈락하여 만들어진 단어로, "골짜기를 흐르는 내"라는 의미이다. 어떤 이들은 '시내'가 '실처럼 가는 내[細川]'라고 하여 '실'을 '사(絲)'의 의미로 해석하기도 한다. '내[川]'는 15세기에 ㅎ종성 체언이었기 때문에 '시내ㅎ'의 형태로 나타난다.

'샘'은 15세기부터 18세기까지 단일 형태 '심'으로만 나타난다. 그런데 19세기 문헌에서는 다양한 이형태가 나타난다. '심〉시암'의 변화를 음운론적으로 설명하기는 어렵다. 오히려 '시암〉심'의 변화로 본다면 음운 축약으로 볼 수도 있을 것이다. 그러나 15세기부터 4세기 가량 '시암'의 형태가 보이지 않는다는 사실을 염두에 둘 때, 이러한 변화를 상정하기는 어렵다. 19세기는 'ㆍ'의 비음운화가 이미 완료된 시기이기 때문에 '시암, 새암, 시음'은 모두 동일한 소리를 반영한 표기라고 할 수 있다. '새암'은 현재도 충청도 등 일부 지역에서 방언형으로 쓰이고 있다. '샘' 형태는 20세기에 들어와서야 보이기 시작한다.

국어사 자료에서 '우물'에 소급하는 최초의 형태는 15세기의 '우믈'이다. 이 단어는 17세기가 되면 'ㅁ'의 영향으로 'ㅡ'가 'ㅜ'로 바뀐 '우물'로 나타나 현재까지 이어지고 있다. 17세기에 나타나는 '움믈'은 이 시기에 많이 사용되었던 중철 표기로 이해된다. 15세기의 '우믈'은 '움ㅎ(穴)+믈(水)'로 분석된다는 견해가 제시되어 있다. 의미적으로 보면 그 가능성이 높지만, 'ㅁ+ㅁ'이 'ㅁ'으로 되는 과정과 '거성+거성'이 되어야 할 '우믈'의 성조가 '평성+거성'이 되는 과정에 대한 합리적인 설명이 필요한 것으로 보인다.

7.2. 물의 상징성

생명력과 풍요의 물 물이 지닌 원초적 생명력은 여성의 생산성, 근원적인 생명으로 회귀, 재생 등의 관념과 밀접히 관련되어 각종 상징 및 신화적 사고를 낳았다. 신을 포함한 여러 생명의 기원을 물에 둔 신화는 많다. 그리스의 여신 아프로디테도 물거품에서 탄생했고, 만주족도 자신들의 조상신이 물에서 탄생했다는 이야기를 가지고 있다. 만주족의 최고의 신은 아부카 여신으로 이 여신이 큰 바다에 물거품을 일게 하였다. 그 모양이 마치 개구리 알의 형상 같았는데 이것이 점점 많아지고 커져서 큰 공 모양이 되었고 거기에서 여섯 명의 서인이 나타나 만주족의 조상신이 되었다. 이때 물거품을 개구리 알에 비유했는데 이것은 풍요를 표상한다. 즉 개구리 알의 수만큼의 풍요를 표상하는 것이다. 신이 물에서 탄생하고 새로운 삶을 마련했다면 물은 생명의 근원이며 풍요의 원천이 된다.

고구려 동명왕 신화에서 주몽의 어머니인 유화는 웅심연이라는 물 출신으로 '물의 신'인 하백의 딸이고, 신라 박혁거세 신화의 혁거세와 알영은 나정(蘿井)과 알영정(閼英井)이란 우물가에서 태어났다. 고려의 여시조는 용녀(龍女)로서 대정(大井)이라는 우물을 통해 용궁을 드나드는 물의 여인이었다. 유화, 알영, 용녀는 모두 '물의 왕비', '물의 여시조'라는 성격을 지닌다. 유화와 알영을 해모수, 박혁거세와 대비시켜보면, '하늘 : 물 = 남성왕(시조) : 왕비(여시조)'라는 등식 관계를 상정할 수 있다. 물의 왕비들이 물이 지닌 풍요와 생명의 원리 그 자체의 형상화 내지 인간적 구현이라면 그들을 '물할미', 곧 수고(水姑)들과 같은 선에 놓고 생각해 볼 수 있다. 이른바 '약수신앙(藥水信仰)'을 바치던 샘이나 우물의 지배자라고 믿었던 물의 여신이 다름 아닌 '물할미'이거니와, 이 물할미를 '물의 왕비' 또는 '물의 여시조'의 원형으로 여길 수도 있을 것이다. 물이 남성으로 표상되는 사례를 민속신앙에서 찾아보기는 거의 불가능한 일로, 산(山)의 성이 남성과 여성 사이를 넘나드는 것과는 매우 대조적이다. 여산신의 경우는 가야의 정견모주(正見母主)나 신라의 선도산성모(仙桃山聖母)의 경우가 그렇듯이 나라의 시조모(始祖母)를 겸하고 있다. 반면에 물할미가 곧 나라의 시조로 관념화된 사례는 남아 있지 않다. 그러나 산모신(山母神), 곧 산할미와 나라의 여시조가 겹쳐지는 사례를 좇아서, 알영·유화·용녀가 나라의 시조모이자 물할미였을 가능성은 생각해 볼 만한 것이다. 이처럼 하늘의 남성인 왕과 물의 여성인 왕비가 짝지어짐으로써 우주론적인 면모가 확립되며 이로써 물의 신화적 상징인 생명력과 풍요가 기능을 발휘하게 되는 것이다.

물은 생명을 탄생시키는 창조력의 원천으로서 여성의 생산적 원리를 상징한다. 물이 신을 탄생시켰듯이, 여성은 아이를 낳는다. 여성은 남성이 갖지 못한 풍요의 원리를 가지고 있다. 새로운 생명을 잉태하고 출산시킨다는 점에서 물과 여성은 만난다. 고대신화와 설화 속에는 물에 깃든 여성적 생산력의 원리가 잘 드러나 있다. 물이 지닌 원천적 생명력은 생명을 잉태하고 출산하는 여성적 생명 원리와 관련되어 있다. 즉 물 자체가 여성을 의미하기도 하고 물을 매개로 삼아 생명의 출산, 여성시조의 탄생까지 이루어지는 신성성을 확보하고 있다.

또한 물은 창조력의 원천, 즉 원수(原水)로서 여성의 생산적 원리를 상징한다. 대보름날 우물 속에서 처음으로 비치는 달그림자를 용의 알이라 하여 수태하기를 원하는 여성이 이를 떠서 마시면 아기를 갖게 된다는 속설 역시 물과 달과 여인이라는 '생산력과 풍요의 삼위일체'가 맺어진 것이다. 물은 또 죽은 사람을 살아나게 하는 재생의 기능을 한다. 바리공주 신화에서 공주는 위중한 부모를 구하기 위해 서천 서역국으로 가서 생명의 약수를 가져와 죽은 부모를 살린다. 이 약수는 상징적 죽음의 통과제의를 거쳐야 구할 수 있는데 여기서 물은 생명의 근원, 재생을 상징한다. 이 재생은 다시 시작되는 풍요라는 복합적인 상징성을 띤다.

| 정화의 물 | 물은 정화의 의미를 지닌다. 물이 지닌 세정 능력은 모든 재앙과 잡귀를 물리치는 벽사적인 |

기능과 함께 세속의 공간을 신성화시킨다는 의미를 띠게 되었다. 물의 세정 능력은 실제로 대상을 씻지 않더라도 그 자체가 정화의 의미를 지니는 상징체로 설정되기에 충분하다. 물은 부정하고 속된 모든 것들을 물리치는 힘이 될 뿐만 아니라 더럽혀진 세속의 삶을 소거하고 맑은 심신으로 성스러운 영역에 들어설 수 있게 하는 주요한 매개체의 구실을 한다. 이러한 까닭에 물의 정화력은 종교적인 의미를 부여받아 기독교의 세례나 영세, 불교의 관욕(灌浴) 등에서 중요한 상징성을 발휘하고 있으며 물법신앙, 찬물신앙 등과 같이 물 자체가 신앙의 대상이 되기도 한다. 한국의 무속과 민속에서 보면 물에는 생명력과 정화력, 부정을 물리치는 힘이 있고, 여성적 생산력의 상징이라는 믿음이 있다. 물은 잡스러움을 차단하는 장치이다. 물은 마을굿을 올리기 전에 정갈하게 목욕재계를 행하는 금기의 방편이기도 했다. 물의 신성성은 정한수에서 가장 뚜렷하게 나타난다. 각종 고사나 축원을 할 때, 먼저 행하는 일이 목욕재계와 정화수 떠놓기인데 이는 물의 정화력을 빌어 신과 교응할 수 있는 자질, 심신의 상태를 갖추고자 하기 때문이다.

7.3. 고난과 구원의 물

고전소설에는 물의 원형적 상징이 양면적으로 드러난다. 공양미 삼백 석을 시주하면 눈을 뜰 수 있다는 스님의 말에 덜컥 약속을 해버린 아버지와 그 아버지의 약속을 지키기 위해 자신의 몸을 기꺼이 바다에 던지는 딸. 딸은 자신의 몸을 뱃사람들의 평탄한 뱃길을 위해, 쌀 삼백 석을 받기 위해 바다에 제물로 바친다. 하지만 아무리 효심이 지극하다 하더라도 파도치는 바다에 접해서는 두려움에 떨면서 하늘에 기도하는 약한 여성의 모습을 볼 수 있다. 절개를 지키거나 살기 힘들어 자결하려고 뛰어드는 강이나 못과는 다르게, 바다는 여성을 제물로 받아야 잠잠해지는 무서운 파도가 있는 곳이다. (「심청전」) 한편, 여주인공이 위험을 피해 강물에 빠지게 되면 늘 누군가에 의해 구출된다. 용왕이나 용녀(龍女) 등이 구해주는데, 그 과정에서 여성은 전생의 일과 앞으로의 일을 알게 되거나 다시 살아갈 수 있는 힘과 방법을 제공받는다. (「명주보월빙」, 「숙향전」, 「홍계월전」, 「창란호연록」) 죽음의 물이 고난 극복의 물로 변화한 것이다. 물이 원초적으로 지닌 양면성, 즉 죽음 혹은 이별의 이미지와 생명력 혹은 근원적 에너지의 이미지라는 양면성이, 고난에 내몰린 여성의 이야기에 이르러 재생산되고 현실에서 누릴 수 없는 희망을 형상화한 것이다.

심청이 거동 보소 두 손을 흡장ᄒᆞ고 이러나셔 ᄒᆞ날임 젼의 비난 말리 비난이다 비난이다 하날임 젼의 비난이다 심청이 죽난 일은 추호라도 셥지 안이ᄒᆞ여도 병신 부친의 집푼 ᄒᆞᆫ를 싱젼의 풀야 ᄒᆞᆸ고 이 죽엄을 당ᄒᆞ오니 명쳔은 감동하ᄋᆞᆸ셔 침침ᄒᆞᆫ 아비 눈을 명명ᄒᆞ게 ᄢᅵ여 주옵소셔 (중략) 심청이 다시 정신차려 ᄒᆞᆯ 수 업셔 이러나 왼 몸을 잔득 쓰고 초민폭을 무릅시고 충충 거림으로 물너셧다 창히 즁의 몸을 주어 이고 이고 아부지 나는 죽소 빈젼의 ᄒᆞᆫ 발리 짓칫ᄒᆞ며 썩구로 풍덩 ᄲᅢ져노니 힝화는 풍낭을 쫏고 명월은 희문의 잠기니 차소위 묘창히지일속이라
— 「심청전」(미상)

쇼졔 앞뒤흘 술피지 못ᄒᆞ고 총망이 ᄲᅱ여나니 ᄎᆞ시 월광이 여쥬ᄒᆞᄃᆡ 쇼져 노쥬 죽기는 혜지 아니ᄒᆞ고 젼지도지ᄒᆞ여 ᄉᆞ오리를 다르니 원ᄂᆡ 이 졍ᄌᆞ는 금ᄉᆞ 강변이라 은은이 프른 물결이 잔잔ᄒᆞ여 흐르ᄂᆞᆫ 소ᄅᆡ 은은ᄒᆞ니 쇼졔 더욱 닷기를 급히 ᄒᆞ여 임의 강변의 다다랏더니 이ᄯᅢ 몽슉과 요인이 쇼져의 닷ᄂᆞᆫ 양을 보고 심하의 헤오ᄃᆡ 대강이 가려시니어린 녀ᄌᆡ 어ᄃᆡ로 가리오
— 「명주보월빙」(19세기)

숙향이 멀니 가도록 승샹집을 도라보고 울며가더니 ᄒᆞᆫ 곳의 ᄃᆞᄃᆞ라ᄂᆞᆫ 문득 큰 강이 이스니 이ᄂᆞᆫ 표진강이라 망지소ᄌᆞᄒᆞ여 강변으로 바ᄌᆞ니더니 일쉭이 박모ᄒᆞ고 힝인은 희소ᄒᆞ니 ᄉᆞ면으로 도라보니 의지ᄒᆞᆯ 곳이 업ᄂᆞᆫ지라 하늘을 울어러 통곡ᄒᆞ다가 손의 깁슈건을 쥐고 치마를 거두쳐 물 속의 ᄲᅱ여드니 힝인이 놀나 급히 구ᄒᆞ려 ᄒᆞ다가 이미 ᄒᆞᆯ 일 업ᄂᆞᆫ지라
— 「숙향전」(17세기)

계월을 양윤의 등에 업히고 남방을 향하야 가더니 십 리를 다 못 가서 태산이 있거늘 그 산중에 들어가 의지코자 하야 바삐 가서 돌아보니 도적이 벌써 짓쳐오거늘 양윤이 아기를 업고 한 손으로 부인의 손을 잡고 진심갈력하야 겨우 삼십 리를

가매 대강(大江)이 막히거늘 부인이 망극하야 앙천통곡 왈 이제 도적이 급하니 차라리 이 강수에 빠져 죽으리라 하고 계월을 안고 물에 뛰어들랴 하니 양윤이 통곡하더니 문득 북해상으로서 처량한 제사계를 드리거늘

—「홍계월전」(미상)

소졔 역시 울며 왈 닌들 엇지 듀고져 흐리요마는 스셰 여추흐니 사지 못흐리로다 드듸여 강변의 셰운 기동의 손을 씨무러 혈셔를 크게 쓰되 한씨 현희는 지원극통을 먹음어 지동 무쵼 강의 쌘져 듁노라 흐고 나는다시 쒸여드니 잉이 쏘흔 소릭 지르고 옷슬 늣치아야 흔가지로 물의 쒸여드니 가히 어엿부도다 한씨 셰상의 아모 일도 모로며 정절의 마음 이러툿흐니 하날이 엇지 감동치 아니시리요.

—「창란호연록」(18세기)

7.4. 생명과 재생의 물

여성 한시문에서 물은 보편적 이상을 나타낸다. 높은 산 위 차가운 샘물에서 시작된 물줄기가 절벽을 타고 산 아래로 내려와 연못이 되고 시내가 되고 긴 강이 되어 마침내 동쪽 바다로 흐른다. 이는 쉼 없이 흐르는 물의 생명력을 보여준다. 또한 강물이 서쪽이 아니라 동쪽으로 흐른다고 하여 해 뜨는 곳으로 흘러가는 물의 희망을 보여준다. 이 동해는 사람뿐 아니라 하늘과 땅 모든 것을 포용하는 바다이다. 물은 이처럼 '포용'을 하며 수천 년을 흘렀던 것이다. 그러므로 호숫가에 서면 가슴이 시원해지고 강가에 살면 세상일을 잊고 마음이 편해진다. 또한 물은 어느 가을날 새벽 연못의 연잎 위에 반짝반짝 구슬처럼 맺혔다가 해가 뜨면 하늘로 올라갔다가 다시금 저 멀리 산 위의 샘에서 새로운 여정을 시작한다. 너무나 보편적인 사고이지만 그래서 더욱 간과하기 쉬운 자연의 섭리가 여성시문에 표현되어 있는 것이다. (김호연재 「雲水行」, 김금원 「觀海」, 강지재당 「池塘秋曉」)

고전소설 속 선한 여성인물들은 수난을 당할 때에 이를 운명이라 생각하고 참아낸다. 악한 여성이 남편이나 시댁 식구들을 동원하여 그녀를 모함하거나

물 283

오해 받게 하여 집안에 있는 옥에 가둔다. 이 옥은 집의 가장 후미진 곳에 있으며 매우 춥고 인적이 드문 곳인데다가 물과 식량을 공급하지 않기 때문에 선한 여성은 목말라 죽을 위기에 봉착한다. 하지만 그 위기는 우연히 발견한 물을 마시고 극복하게 되는데, 옥 안의 작은 구멍에서 물이 나온다든지 암석 사이에서 폭포 같은 물이 솟아나 목을 적셔준다. (「명주보월빙」, 「조씨삼대록」) 자연물도 선한 여성을 돕는다고 설정하여 권선징악적인 주제의식을 구현하고자 한 것이다.

역동적 순환성과 무의식적 잠재성을 근간으로 하는 물은 생산, 정화, 재생을 상징하는 여성적 원리로 이해된다. 따라서 소설 속에 등장하는 다양한 물의 양상은 여성인물의 (무)의식 세계를 대변하고 작품의 주제를 구성하는 밀도 높은 상징물이다. 고여서 썩어가는 죽은 물, 오히려 갈증을 부추기는 불순한 물(소금물, 석회수, 녹물, 알코올), 습기가 부재하는 메마른 상황 등은 여성인물의 생존을 위협하는 위태로운 정황이다. 이와 대립하여 차갑고 깨끗한 물, 흐르고 넘쳐나는 물, 넓고 깊은 물, 휘몰아치는 물 등은 재생과 정화에 대한 욕망과 가능성을 의미한다. (오정희 「봄날」 「어둠의 집」 「파로호(破虜湖)」, 전경린 「바닷가 마지막 집」, 이혜경 「섬」)

물은 작품의 상징적 배경으로만 제시되는 것이 아니라 여성의 육체성을 구현하는 주요한 물질로 나타나기도 한다. 여성인물은 물과 친연 관계에 있는 식물, 물고기, 달팽이 같은 연체류 등으로 비유되거나 상징됨으로써, 혹은 직접 변신함으로써 물 지향성과 그 재생 의식을 드러낸다. (김숨 『물』) 학대받고 착취당하여 삶의 희망이 사라진 여성인물은 눈물이 말라버려 빨갛게 충혈된 눈에 인공눈물을 넣고 거리를 헤매는가 하면, 메마른 도시를 견딜 수 없어 스스로 식물로 화한 여성인물은 물이 흠뻑 뿌려진 후에 생애 가장 아름다운 모습으로 피어난다. (김재영 「아홉 개의 푸른 쏘냐」, 한강 「내 여자의 열매」)

지상의 물이 증발하여 하늘에 머물다가 다시 내려오는 빗물은 그 역동적 순환의 궤적 속에서 재생과 회복의 의미를 더 분명히 한다. (전경린 「고통」, 한강 「어느 날 그는」, 김재영 「또 다른 계절」) 비로 인해 풍부해진 물기는 식물성의 여성에게 생명력을 부여한다. 우물물은 수평으로 담겨 있으면서 퍼올려지는 물이고, 고여 있는 듯 흐르는 물이며, 드러나 있는 듯 숨겨진 물이다. 우물물의 이러한 신비는, 우물이 들여다보는 자의 내면을 비추는 명상과 성찰의 매개라

는 의미를 생성케 한다. (신경숙「우물을 들여다보다」,「달의 물」) 그런데 여성인물
의 경우는, 자신의 삶에 대한 성찰과 회의가 우물물을 그저 들여다보는 데서
멈추지 않고 그 속으로 투신하는 데까지 나아가는 경우가 많다. 지하의 어둠과
연결되어 있어 불가항력적인 마력, 봉인되어 있어야 할 비의(秘意)를 간직한 듯
한, 깊고 맑아 두려운 우물물은 여성인물의 투신자살 장소로 애용된다. 인적이
끊어진 어두운 시간에 우물물을 혼자 응시하다 물속으로 빠져든 여성인물은
햇빛이 우물을 비추는 시간에 우물 안을 꽃처럼 가득 채우며 물 먹은 시신으로
떠오른다. 죽으려고 빠진 것이 아니라 우물 속에 산다는 금빛 잉어를 쫓아 간
것이라고 하기도 한다. 그의 자살은 우물물이 갖는 신성하고 비의적인 상징성
속에서 한스러운 생의 마감이라는 부정적 의미를 극복한다. (박완서『꿈엔들 잊
힐리야』, 오정희「옛우물」)

　　현대시에서도 물은 생명의 근원적인 모태 혹은 존재를 생성하는 시원의 원리
를 상징한다. 원형적인 상징으로 물은 여성(성)과 동일한 의미를 지니는데, 강
과 바다, 비와 눈, 우물과 폭포 그리고 양수는 모두 유사한 의미를 지향한다.
이 가운데 바다와 양수는 가장 건강한 생명력을 가진 물을 상징한다. 여성의
양수가 생명을 품어 탄생하듯 바다는 모든 존재의 자궁 혹은 양수와도 같은 생
명의 물이 된다. 따라서 맑고 깨끗한 강과 바다는 여성의 건강하고 풍요로운
양수와 동일하게 상상되어 탄생과 생명의 궁극적인 시원이 된다. 비와 눈 역시
인간의 체내를 순환하는 생명수처럼 우주를 순환하는 생명력을 지니는 자연의
물이다. 물은 메마른 것을 적셔 생명을 주고 재생하게 하며, 영원하고 지속적인
힘으로 만물을 품는 여성성을 상징한다. 한 그릇의 정화수가 우주와 교감하는
물이 되었던 것처럼, 깨끗하고 맑은 모든 물은 생명과 재생 및 세정과 자정을
담은 물이 되어 생명을 주고 새로운 존재로 거듭 재생하게 한다. 여성시에서
물은 귀한 생명을 잉태해 세상에 내놓게 하고, 전쟁과 가뭄을 멈추게 하며, 사
막과 죽음에 저항하는 강력한 물로 그 의미가 더욱 확대된다. (강은교「우리가
물이 되어」,「자전2」, 김선우「물로 빚어진 사람」, 나희덕「고여있는, 그러나 흔들리는」,
김혜순「어머니 달이 눈동자 만드시는 밤」, 유안진「어머니의 물」, 노혜경「우물」, 박라
연「生」, 허수경「물 좀 가져다주어요」)

　　　저 서북쪽을 바라보자니
　　　높은 산이 우뚝 드높이 솟았는데

산머리에 찬 샘물이 있어
공중에 번득여 햇빛에 반짝이네
절벽 위에서 날듯이 흐르다가
흩어져 떨어지며 눈처럼 날리네
돌에 부딪쳐서 우레가 생기고
바람을 끌어다가 차가운 기운을 일으키네
흰 돌은 맑은 못 만들고
넘쳐 흘러 맑은 물이 많아져
굽이굽이 돌아 긴 강이 되어
동쪽으로 흘러서 몇 만리 가네
도도히 잠시도 쉬지 않고 흘러
멀리 푸른 바다로 향하여 가네
푸른 바다 천 길 깊은 곳에는
푸른 용이 모든 조화를 감추고 있다네
瞻彼西北方 高山最巍巍 山頭有寒泉 翻空暎日輝
飛流絶壁上 散落雪霏霏 激石作雷霆 引風動寒威
白石作澄潭 盈盈淸水肥 一曲轉長江 東流萬里幾
滔滔不暫息 遙向碧海歸 碧海深千尺 蒼龍藏萬機
　　　　　　　　　－김호연재 「구름과 물 雲水行」(17세기 후반~18세기 초반)

모든 시내 동해로 흘러내려
깊고 넓어 아득히 끝이 없네
이제야 알았노라 크나큰 천지
그 품속에 담겨진 것을
百川東滙盡 深廣渺無窮 方知天地大 容得一胞中
　　　　　　　　　　　－김금원 「바다를 보며 觀海」(19세기 전반)

가을 연못 맑은 물에 차가운 새벽별들
낱낱이 맑은 구슬 옥소반에 담긴 듯
날이 밝으면 어디에서 보리
연잎 위 동글동글 이슬에 정을 옮기리라
秋塘水白曉星寒 箇箇明珠擎玉盤 到得天明何處見 移情荷葉露團團
　　　　　　　　　　－강지재당 「연못의 가을 새벽 池塘秋曉」(19세기 후반?)

뎡쇼뎨 이를 보고 냥시ㅇ를 명ㅎ여 벽 써러진 거슬 쾌히 트고 뫼 뒤히 프른
바회 층층이 덥혓고 가는 틈이 잇는딕 프른 닛기 둣거윗더라 시비로 긁어 닉라
ㅎ고 그윽이 믁튝 왈 누첩 뎡진 냥인이 심벽험쳐의 수계ㅎ여 블식슈일의 또 작슈
블통이라 텬작얼이 유가위라 ㅎ신딕 대죄 ㅈ작이 아니믈 명명 샹뎨 됴림ㅎ시고
믈 길홀 주샤 샹하 네낫 인명을 구ㅎ쇼셔 빌기를 맛츳미 암셕 스이로 폭퓌 소스며
은하슈 흔 줄기 소스 괴이니 뎡쇼졔 이리 올 적 옥종과 야명쥬를 나군 속에 금초아
왓던라 칠야의도 누실을 붉히고 옥종으로 믈얼 써 샹히 먹으니 감미 쳥녈ㅎ고
쏘 허핍ㅎ미 나아 긔운이 상낭 싁싁ㅎ니 냥시이 긔이ㅎ믈 브르고 진시의 스라지던
졍신의 뇨연ㅎ여 긔아ㅎ미 업스니

—「명주보월빙」(19세기)

유랑 왈 고이ㅎ와 슈일 간 옥중의 꼿과 믈이 느셔 맛시 유명ㅎ오니 일노 츔복ㅎ
느이다 시고로 향닉 츔턴ㅎ외다 조시 미우를 씽긔여 유랑을 찰시ㅎ니 샹졔 감탄ㅎ
여 꼿과 믈을 보ㅈㅎ니 유뫼 담안의 조고만 궁글 가릇치거늘 보니 스오 촌은 흔
궁기 이셔 묽은 믈이 어지 아니코 먹어보니 향닉 가득ㅎ고 복중이 쳥냥ㅎ더라
꼿츨 ㅊㅈ니 믈 속의 한 줄기 꼿치 프릇고 년쇼이 굿고 빅셜 굿튼 꼿치 잇거늘
꼿츨 먹고 믈을 마시니 신션의 령약이라 길인을 위흔 줄 알네라

—「조씨삼대록」(18세기)

우선 물 속에 한번 깊이 머리를 담갔다가 다음엔 활랑활랑 옷을 벗고 펌프로
뿜어올린 차가운 지하수로, 땅 깊이깊이 숨어 흐르는 차갑고 이슬처럼 순결한 물
로 온몸을 씻어야지. 새벽 물줄기는 핏줄이 파랗게 튕겨져 나오게끔 차가워서 신
열이 끓는 몸에 붉은 자국을 남기지만 몸의 열꽃이 흑흑 느껴지며 사그라질 때까지
끼얹어야지. 옛날의 독부(毒婦)들처럼 이빨을 사려물고, 그보다 먼저 나는 부엌으
로 달려가 콜라의 병마개를 따서 사늘하고 매운 액체를 목 안 깊숙이 들이부었다.

—오정희 「봄날」(1973)

물은 넘치고 부엌 바닥에 흘렀다. 물이 끓어오름에 따라 그 여자의 몸 속 혈관도
부풀어오르고 끝내는 파열하게 될 것만 같았다. 아마 간질 발작이 오려나보다.
한 번도 발작을 일으킨 적이 없을뿐더러 그런 병이 자신 속에 잠재해 있으리라고는
의심마저 해본 적이 없이 살아온 그녀의 머리에 순간적으로 떠오른 생각은 바로
그것이었다. 잠깐이라도 정신을 놓치면 발작을 일으키게 될 것이다. 그 여자는
정신을 집중시키기 위해 눈을 부릅뜨고 한없이 쏟아지는 물줄기만을 노려보았다.

자신의 내부에 도사린 무엇인가가 이윽고는 자신을 폭발시킬 비등점을 향해 끓어 오르고 있었다.

— 오정희 「어둠의 집」(1980)

잠이 오지 않는 밤이면 혜순은 물을 마시곤 했다. 석회질이 많은 물을 병에 받아놓고 앙금을 가라앉혀 습관적으로 마셔댔다. 물이 목까지 차올라 구역질이 날 지경이면 소금을 집어먹었다. 그 찝찔한 맛에 안도감이 왔다. 불안이 사라졌다. 유리병 속의 물을 다 비우고 나면 몸 속에서 투명한 물소리가 나는 듯했다. 물을 많이 마신 다음날 아침이면 얼굴이 부석부석 부어올라 자신의 것이 아닌 듯 낯설 어 보였다. 끊임없이 비워내고 씻어내지 않으면 안 될 듯한 절박감은 무엇이었을 까. 끊임없이 물 마시고 소금 집어먹는 행위로 무엇으로부터 사면받기를 바랐던 것일까. //

애초 유물이나 수석에 관심이 있어 이곳을 찾은 것은 아니었다. 그녀를 이곳으 로 이끈 것은 흐린 흑백 사진에 나타난 황량하고 텅 빈 호수의 모습이었다. 기실 그녀 속에는 물이 사라진 곳에서 무언가 볼 수 있으리라는 기대가 있었던 것이 아니었던가.

— 오정희 「파로호(破虜湖)」(1989)

홍씨가 다년간 그 영감스러운 신성을 지키기 위해 인심을 잃는 것쯤 우습게 알고 온갖 정성과 아양과 외경을 다 바친 우물에 머릿방아씨가 빠져죽은 사건은 홍씨에게 벼락이었다. 홍씨는 그 벼락이 그녀의 의식뿐 아니라 전생애와 닿고 선 땅까지 강타한 것처럼 느꼈다. //

드디어 해가 중천에 떠올라 그 눈부신 빛이 우물 한가운데로 꽂혔다. 그때를 기다렸다는 듯이 머릿방아씨는 산발한 머리와 펼친 옥색 치마로 우물 안을 하나 가득 채우면서 떠올랐다.

— 박완서 『꿈엔들 잊힐리야』(1990)

달빛 가득한 우물을 들여다 보면 금빛 잉어가 슬몃슬몃 물 속에서 움직이는 소리가 들리는 듯도 했다. 계집아이들은 학교에서 오전 수업을 마치고 돌아오며 해지기 전까지 물을 길어놓아야 했다. 두레박을 빠뜨리면 매를 맞거나 밥을 굶었 지만 아이들은 늘 두레박을 빠뜨리고 저물 때까지 우물가에서 무력하고 절망적이 고 공포에 찬 울음을 울곤 했다. //

정옥이는 그해 늦가을 우물물에 빠져 죽었다. 해가 퍼지기 전 물을 길러 간 사람 이 우물가에서 빈 초롱과 우물 속에 떠 있는 정옥이를 발견했다. 동네 누구도 해진 뒤 물을 긷는 것을 금기로 알았기에 정옥의 죽음은 밤중이리라 했다. 정옥의 계모는 밤중에 물을 길러 내보낸 적이 없다고 말했지만 정옥이는 밤중에 물을 길러 나간 것이 틀림없었다. 어른들은 그 어린 것이 무엇엔가 홀린 것이 틀림없다고 수군거렸다. 일찍 죽은 제 어미가 불러간 것이라라고도, 우물 치는 일에 부정이 끼어들었기 때문이라고도 말했다.

우물은 메워졌다. 하룻동안 굿을 하고 흙으로 메워 물귀신을 꽝꽝 묻어버렸다. 아이들은 대낮에도 우물가에 얼씬거리지 않았고 한밤중에 오줌을 쌌다. 죽은 정옥이가 우수수 바람 부는 밤, 창호지 문에 비치는 검고 비죽비죽한 나무 그림자로 찾아와 물에 불어 커다란 손을 내저으며 자꾸자꾸 불러대었기 때문이었다. 정옥이는 금빛 잉어를 보기 위해 한밤중에 옛우물에 간 것이 아니었을까.

— 오정희 「옛우물」(1995)

긴 우기가 시작되었다. 비가 쏟아지자 왜식 목조집은 괴괴해졌다. 눅눅해질수록 벽과 다다미를 깐 방바닥에서는 짙은 건초 냄새가 배어나왔다. 여자는 열한 시쯤 불을 켠 채 자리에 누웠지만, 이 층의 비어 있는 방들과 주인 할머니의 동생 영감이 잠들어 있는 복도 가운데 방에 생각이 미치자 오히려 푸른 배추처럼 파득파득 깨어났다. 여자는 자리에서 일어나 부엌 창가로 가 거기로 난 창문을 활짝 열었다. 검고 굵은 빗줄기가 사선을 그으며 세차게 안으로 들어왔다. 공기 속에는 아주 오래 전에 맡았던 냇물 냄새가 났다. 비릿하고 따뜻하고 울고 난 뒤처럼 개운하고 쓸쓸한 냄새.

— 전경린 「고통」(1996)

나는 홀린 듯이 싱크대로 달려갔다. 플라스틱 대야에 넘치도록 물을 받았다. 내 잰 걸음에 맞추어 흔들리는 물을 왈칵왈칵 거실바닥에 쏟으며 베란다로 돌아왔다. 그것을 아내의 가슴에 끼얹는 순간, 그녀의 몸이 거대한 식물의 잎사귀처럼 파들거리며 살아났다. 다시 한 번 물을 받아와 아내의 머리에 끼얹었다. 춤추듯이 아내의 머리카락이 솟구쳐올라왔다. 아내의 번득이는 초록빛 몸이 내 물세례 속에서 청신하게 피어나는 것을 보며 나는 체머리를 떨었다.

내 아내가 저만큼 아름다웠던 적은 없었다.

— 한강 「내 여자의 열매」(1997)

크고 작은 그의 혈관들이 소리내어 흐르기 시작했다. 맑은 수액 같은 빗물이 수없는 실핏줄들을 타고 일제히 차올라왔다. 빗물은 그의 허기진 내장을 적시고, 단단히 굳은 근육들을 적시고, 움푹 팬 눈두덩과 뺨을, 떨고 있는 입술을 적셨다.

그는 눈을 감았다. 델 것 같은 눈물이 굴러떨어졌다. 입술과 턱을 적신 그 눈물은 억센 힘줄이 드러난 목줄기를 타고 내려가 러닝셔츠로 번졌다. 바로 그 순간으로 인하여 그의 삶이 바뀌었으나, 그는 아직까지 그 변화를 실감하지 못한 채 무수한 그림자들의 춤추는 곡선 가운데 우뚝 서 있었다.

一한강 「어느 날 그는」(1998)

며칠 내린 비로 연못에도 물이 많이 차올랐다. 우리는 미루나무들을 지나 농막 안으로 뛰어들어간다. 비워두었던 방이라 먼지가 덮여 있고 서늘하지만, 모든 것이 잘 정돈된 빈 공간은 슬레이트 지붕을 두드리는 빗소리와 미루나무 잎사귀에 떨어지는 빗소리와 그와 나의 체취가 온기로 이내 가득 차고 조금씩 조금씩 흐트러진다. 작은 유리창을 여니 가지 하나가 팔을 뻗쳐 젖은 미루나무 잎이 우수수 들어온다. 빗방울도 날려 들어온다. 짙고 상큼한 한여름의 냄새다. (중략)

나의 발가락 사이사이가 조금씩 열리는 것이 느껴진다. 우리는 끌어안는다. 이마 위에 굵은 빗방울이 날려와 떨어진다. 나는 그를 너무나 그리워해왔다는 것을 어쩔 수 없이 고백한다. 나의 얼굴에 그의 입술이 닿자 눈물이 솟구친다. 갑자기 바깥이 어두워지고 빗방울은 폭우가 되어 쏟아진다. 그와 나는 살이 부러진 작은 우산 속에 있는 것 같다.

一전경린 「바닷가 마지막 집」(1998)

시뻘건 황톳물이 만조 때의 바닷물처럼 미친 듯이 치받으며 올라왔다. 한순간에 불어난 물은 겨우겨우 버티고 있던 기둥을 쓰러뜨리고 지붕 위에 있던 사람도 물살에 휘말려 사라져버렸다. 어머니 곁에 서 있던 큰언니가 젖은 땅에 쓰러졌다. 누군가 다시 외쳤다. 둑이 무너진다아. 강둑을 집어삼킨 강물은 마을로, 마을로 밀려들었다. (중략)

비가 그치고 일주일이 지난 다음에야 물이 다 빠졌다. 몸체를 잔뜩 부풀려 수마로 변했던 강은 다시 예전처럼 태연히 누워 조심스럽게 흘렀다.

一김재영 「또 다른 계절」(2000)

우물같이 생겼다고 생각은 했지만 난데없이 웬 우물이 여기 있겠나, 싶었는데 정말 우물이었어요. 그것도 깊디깊은 우물요. 왜 그랬을까요. 나는 우물이구나, 감지하는 순간 무슨 못 볼 것을 본 양 얼른 널빤지를 끌어당겨 어두운 우물 속으로 빠지는 빛을 차단시켰죠. 우물을 다시 덮고 난 뒤에도 가슴이 걷잡을 수 없이 두근 거려 바닥에 한참을 주저앉아 있었죠. 얼마나 깊은 우물인지 맨 밑바닥에 가라앉아 있는 것이 물이라는 걸 처음엔 실감하지 못했어요. 컴컴한 맨 밑바닥에 고여 있는 게 물이라는 걸 실감하는 순간 어떤 기척이 지하에서 지상으로 솟아오르는 것 같았던 그 야릇한 느낌을 어떻게 설명할까요.

―신경숙 「우물을 들여다보다」(2001)

"어쨌거나 물이 찰랑찰랑 있었는데, 물이 안 나오는 것도 아니었는데, 저렇게 메워놓고 시멘트로 발라놓으니 어째 내가 숨을 못 쉬겠어, 아버지."

―신경숙 「달의 물」(2001)

이제 곧 밤이 올 것이고 아가씨들은 마른 연못 바닥처럼 충혈된 눈을 뜰 것입니다. 아이루비 안약 한 방울씩 떨어뜨린, 물기 어린 눈매의 아가씨들이 노란 머리칼을 날리며 이태원 거리를 지나갈 테지요. //

그녀는 가슴과 음부만을 구슬이 잔뜩 달린 무대복으로 가리고 있었는데, 눈부신 조명 아래 몸을 흔들 때면 구슬은 물고기 비늘처럼 사방으로 빛을 뿌려댔지요. 손님들은 휘파람을 불어대고, 박수를 치고, 상스런 농담을 내질렀습니다. 오직 나만이 그녀의 몸에서 빠져나가는 수분을 안타까이 바라보았습니다. 그녀의 뺨은 갈증으로 빨갛게 달아오르고 눈을 충혈되어 터질 듯이 튀어나왔으며, 가느다란 허리는 경련을 일으키듯 꿈틀댔습니다. //

바닥에 쓰러져 있는 껍데기를 일으켜 세우는 순간, 내 앞에 쏘냐가 있었습니다. 나를 깨운 것은 빗물이 아니라 바닷물처럼 짠 눈물이었나 봅니다. 쏘냐 역시 그리운 고향땅을 잊지 못해 눈물을 흘린 걸까요? 지금으로부터 천만쯤 전, 바닷속 고둥의 일종이었다는 달팽이들이 바다의 기억을 버리지 못해 온몸으로 점액질을 만들어내는 것처럼? 우리는 있는 힘을 다해 앞으로 기어갔습니다. 고향을 향해서, 푸른 자작나무 숲을 찾아서.

―김재영 「아홉 개의 푸른 쏘냐」(2005)

문을 잠그고 열쇠를 가방에 집어넣다 아차, 싶어 다시 문을 연다. 신발을 신은 채 무릎걸음으로 냉장고까지 가 생수병을 꺼낸다. 전날 사다놓은 0.5리터들이 작은 병이다.

비닐봉지 없이 차를 탄다는 건 상상도 못하던 한때의 언니처럼, 나는 물 없이는 먼 길을 떠날 엄두를 내지 못한다.

―이혜경 「섬」(2006)

어머니의 가랑이에 맺힌 한 방울의 물!

그 물은 안타깝게도 온전히 자라나지 못했다. 태어난 지 하루도 지나지 않아 공기 속으로 허무하게 증발해버렸다. 만약 그 한 방울의 물이 증발하지 않고 살아남았다면, 어떤 모습으로 자라났을까. 아마도 물을 근원으로 하는, 물의 기운 안에서 파생(派生) 가능한 그 어떤 고유한 물질로 자라났을 것이다. 어쩌면 어머니처럼 한 방울의 물로 자라났을지도 모르겠다. 어머니의 곁에서 물과 얼음과 수증기 상태를 끊임없이 오가며 살아가고 있을지도.

어머니는 금과 공기, 그리고 소금인 나 또한 수족관 속에서 낳았다.

−김숨『물』(2010)

우리가 물이 되어 만난다면
가문 어느 집에선들 반가워하지 않으랴
우리가 키 큰 나무와 함께 서서
우르르우르르 비오는 소리로 흐른다면

흐르고 흘러서 저물녘엔
저혼자 깊어지는 강물에 누워
죽은 나무뿌리를 적시기라도 한다면
아아, 아직은 처녀인
부끄러운 바다에 닿는다면.

−강은교 「우리가 물이 되어」(1986)

그렇다. 바다는
모든 여자의 자궁 속에서 회전한다.

−강은교 「자전2」(1974)

나는 시방 바다로 걸어들어간다
머리를 베개 위에 반듯하게 얹고
두손을 가슴 위에 나란히 포개고
그렇게 왼발 오른발 한밤내 걸어들어가면
우리 아버진 바다 깊이 잠들어 계시고

우리 어머닌 한 천 년째 바다를 휘젓고 계시다
그러면 세상의 파도란 파도
그 모든 파도의 물방울 방울마다
세상의 모든 아가들 영롱한 눈망울 하나씩 맺히고

−김혜순 「어머니 달이 눈동자 만드시는 밤」(2000)

알 것 같네 어머니는 물로 빚어진 사람
가뭄이 심한 해가 오면 흰 무명에 붉은,
월경 자국 선명한 개짐으로 깃발을 만들어
기우제를 올렸다는 옛이야기를 알 것 같네
저의 몸에서 퍼올린 즙으로 비를 만든
어머니의 어머니의 어머니들의 이야기

월경 때가 가까워 오면
바다 냄새로 달이 가득해지네

—김선우 「물로 빚어진 사람」(2003)

후두둑, 빗방울이 늪을 지나면
풀들이 화들짝 깨어나 새끼를 치기 시작한다
녹처럼 번져가는 풀,
진흙뻘을 기어가는 푸른 등 같기도 하다

비가 아니었다면
늪은 수만년을 어떻게 견뎠을까
무엇으로 흔들림의 징후를 내보였을까

—나희덕 「고여있는, 그러나 흔들리는」(2001)

생수를 마실 때마다 어머니의 물이 생각난다

어머니의 물은 H_2O가 아니었지, 우물 속 용신(龍神)에게 예의를 지키느라, 안마당 우물에서도 한밤중 두레박질은 금하였고, 땅을 판다고 우물일 수 없으니, 마실 만한 사람이 사는 곳에서만 우물이 생기는 법이니, 먼저 물 마실 자격을 갖추라셨고

때로는 우물가를 정돈하고 발길을 삼가, 고요의 한나절을 바치기도 했으니, 행여 용신이 떠나가서, 물이 마르거나 물맛이 변할까 염려하였고, 신새벽 첫 두레박 물은 하늘의 몫이라고 장독대에 올리셨지

—유안진 「어머니의 물」(2004)

커다란 발이 사막 한가운데 깊은 골짜기를 낸다. 그 골짜기의 가장 깊은 곳에서, 엄마가 우물을 파고 계신다

우주의 벼랑 끝에서 폭포가 되는 바다
물은 사막의 반대편으로 스며
엄마의 우물로 되돌아온다

—노혜경 「우물」(2005)

한 방울의 이슬만으로도
저승을 밀어낼 수 있다고 말해주세요
부디,

—박라연 「生」(2000)

아이들 자라는 시간 청동으로 된 시간
차가운 시간 속 뜨겁게 자라는 군인들
(중략)

물 좀 가져다주어요
물은 별보다 멀리 있으므로
별보다 먼 곳에 도달해서
물을 마시기에는
아이들의 다리는 아직 작아요

—허수경 「물 좀 가져다주어요」(2005)

7.5. 폐수와 오수, 디스토피아의 양수

맑게 흘러넘치는 물이 생명의 물이었다면 오염된 강과 바다 및 폐수와 오수는 불모와 사산의 양수, 황폐한 세계인식을 드러낸다. 흐르는 물, 광활한 바다가 생명을 잉태하고 치유하는 자궁이라면, 고여서 썩고 냄새나는 폐수는 생에 대한 절망과 환멸을 드러내는 사산의 공간이다. 썩은 물에 대한 상상은 훼손된

세계에 대한 공포를 함축함으로써 건강한 양수의 세계와 생명에 대한 희구를 간절하게 드러낸다. 고여서 썩거나 악취 가득한 폐수는 생에 대한 절망과 환멸을 드러내는 상징으로 활력과 생명력을 잃은 디스토피아적 세계관을 드러낸다. (편혜영 「저수지」 「아오이 가든」, 최승자 「겨울에 바다에 갔었다」, 박서원 「웅덩이」, 진은영 「인공호수」, 이기성 「우포늪」 「어떤 강」) 여성인물의 죽음 의식이 유폐되어 있는 심리적 저류로서의 오염된 저수지(늪)와 강은 그 혼탁한 어둠 속에서 생의 의미를 발견케 한다. (전경린 『유리로 만든 배』, 천운영 「알리의 줄넘기」)

그 즈음 나는 강가에 닿는 꿈을 반복해서 꾸었다. 내용은 조금씩 다르지만 늘 비릿하고 검은 강에 이르는 꿈이었다. 좁고 어둡고 가죽 냄새가 배인 긴 골목을 나는 걸어간다. (중략)
골목의 끝에 이르면, 갑자기 넘실넘실 강이 흐른다. 모든 것의 뒤편에 있는 버림 받은 강. 폐수의 냄새가 나고 혼탁하고 누런 거품을 게우는 강이다.
─전경린 『유리로 만든 배』(2001)

둘째는 저수지 근처를 산책하던 중에 낳았다. 둘째는 자기가 태어나던 순간을 기억하고 있었다. 엄마 뱃속에서 자기를 끌고 나온 것은 저수지에 사는 괴물이었다. 괴물은 엄마의 비명 소리를 견디다 못해 기다란 혓바닥을 내밀어 엄마 뱃속을 핥았다. 피가 묻은 둘째의 몸뚱이를 핥아준 것도 괴물이었다. 괴물의 혓바닥이 붉은 것은 다 그 때문이었다. //
양수기가 뿜어낸 물은 집 앞에 그대로 버려졌다. 집은 조금씩 젖어들고 있었다. 양수기가 쏟아 붓는 물줄기는 흙바닥이 파일 만큼 셌다. 그럴 때면 집이 출렁거리는 것 같았다. 둘째는 그래서인지 엄마 뱃속에 들어 있는 것 같은 느낌이 들었다. 출렁거리던 엄마 뱃속, 자신의 몸을 둘러싼 붉고 끈적거리는 피, 입을 틀어막았던 양수 찌꺼기들, 그리고 엄마의 텅 빈 배를 핥던 괴물의 혓바닥. 둘째는 괴물을 흉내 내듯이 길게 혀를 내밀어 자신의 입술을 핥았다. 구역질이 치밀 정도로 역겨운 냄새가 퍼졌다.
─편혜영 「저수지」(2005)

그녀는 누이의 뱃속에서 나온 수십 마리의 붉은 개구리들을 바깥에 쏟았다. 바깥에는 비가 오고 있었다. 나는 개구리들을 따라 발돋움질을 했다. 그것들은 내 누이의 아이들이었다. 베란다를 넘는 일은 생각보다 쉬웠다. 가늘고 단단한 다리를 접었다가 훌쩍 튀어 오르니 바깥에 닿았다. 이윽고 거리의 냄새가 느껴졌다.

냄새만으로 아오이 가든 너머로 나왔음을 알 수 있었다.

─편혜영 「아오이 가든」(2005)

　모든 장례절차를 마친 후, 고모와 나는 제니의 유골함을 가운데 두고 앉아 제니가 좋아할 만한 곳이 어딜까를 생각했다. 고모는 예전에 가족 모두가 함께 나들이 갔던 호수는 어떻겠느냐고 했다. 근사한 이십 층짜리 콘도가 있고, 그 주변으로 버섯 모양의 별장들이 늘어서 있는 아름다운 호숫가 리조트. //

　고모의 기억 속에 남아 있던 아름다운 호숫가 리조트는 없었다. 낡고 더러운 이십 층짜리 건물만이 예전의 모습을 가까스로 기억하고 있을 뿐이었다. 늑골을 드러낸 채 방치된 별장들이며, 쓰레기로 가득 찬 야외수영장이며, 콘도 옆에 쌓인 폐자재들까지. 아름다운 리조트가 아니라 불쾌하고 음산하고 을씨년스러운 한물간 리조트일 뿐이었다. 고모는 추억을 송두리째 도둑맞은 기분이라며 투덜거렸다.

─천운영 「알리의 줄넘기」(2007)

여자의 자궁은 바다를 향해 열려 있었다.
(오염된 바다)
열려진 자궁으로부터 병약하고 창백한 아이들이
바다의 햇빛이 눈이 부셔 비틀거리며 쏟아져 나왔다.
그들은 파도의 포말을 타고
오대주 육대양으로 흩어져 갔다.
죽은 여자는 흐물흐물한 빈 껍데기로 남아
비닐처럼 떠돌고 있었다.
(중략)
겨울에 바다에 갔었다.
(오염된 바다)

─최승자 「겨울에 바다에 갔었다」(1984)

길다란 연못이
내 어머니의 나날이었을 때

나는 사산되는 태아처럼
빗방울에도 몸을 비틀고

장난감처럼 조각나 버려진
성상의 팔과 다리들, 시끄러운
폐물들

—박서원 「웅덩이」(1995)

죽은 식물과 동물의 냄새가
내 얼굴에도 배어 있다
조금만 햇빛을 쬐어도
슬픔이 녹색 플랑크톤처럼
나를 덮는다

—진은영 「인공호수」(2003)

밤새도록 그가 내게 보여주는 건 물풀 휘늘어진 가슴근처 덩그렇게 뚫린 구멍뿐이다. 검게 벌어진 구멍 속으로 사람들은 다리 부러진 의자나 녹슨 텔레비전, 배가 찢어진 가죽가방, 썩은 고깃점을 툭툭 던져놓기 일쑤다. 뒤축 떨어진 구두, 낡은 기타와 우산, 내 빠진 이빨도 그가 다 삼켰다. 그는 너무 많은 것을 삼켜 밤이면 그렁그렁 가쁜 숨소리가 새어나오곤 한다.

그가 삼킨 것에 비하면 내가 삼킨 울분, 비애 같은 건 턱없이 가벼운 물풀처럼 흔들릴 뿐. 버석이는 억새풀에 종아리를 베이며 돌아오던 저녁, 청둥오리 한 마리 늦도록 맴도는 캄캄한 밑바닥까지는 아무도 들여다보지 못해, 애들이 던진 나무팽이 하나 그의 심장 한복판에 꽂혀 돌고 있는지는 알 수 없다.

—이기성 「우포늪」(2004)

그는 다 뱉어낸다. 빗질도 하지 않은 머리카락 사이 부글거리는 거품 플라스틱 통 떠 가고 벌건 고무장갑 쑤셔 박히고 봄날 오후 뻣뻣한 혀를 빼물고 죽은 고양이도 떠오른다. 아무것도 품고 가지 않는 강, 냉담한 얼굴 위로 가등 불빛만 검게 번들거린다. 밤엔 여자들이 강에 발목을 담그고 울다 가고 두꺼운 안경 낀 사내들은 둥치에 서서 누런 오줌을 눈다. 검은 물때 덮인 모래 오래된 책장처럼 가벼운 헛바닥들 누렇게 말라갈 때, 모든 걸 뱉어내는 안간힘 그의 목줄기 시퍼렇게 힘줄 튀어나온다.

—이기성 「어떤 강」(2004)

7.6. 물 밑, 여성들의 에로티시즘

　이물스러우면서 친화적이고, 난폭하면서도 부드러운, 가라앉히는 듯 띄우는 물의 이중성은 에로틱한 죽음과 재생의 면모이다. (강신재 「황량한 날의 동화」, 신경숙 「배드민턴 치는 여자」) 현대소설에서 여성인물은 이러한 에로틱한 물과 동일시되는 경우가 많은데, 에로틱한 여성적 물에 잠김으로써 극한의 몰아적 상황에 이르고 그 결과 재생을 경험하는 남성인물의 양상이 자주 발견된다. 물과 동일시되는 여성인물은 남성인물의 시점에서 볼 때 기괴한 성적 강박을 불러일으키고 일탈적 성욕을 부추기는 무시무시하고 타락한 괴물로 형상화된다. 그러나 늪의 물귀신, 바다에서 온 마녀물고기로 간주되는 여성인물의 이미지는 남성인물의 도덕적이고 권위적인 외관 속에 숨겨진 가식적이고 속물적인 타락상의 투영일 뿐이다. 무시무시한 관능의 늪에서 가사(假死) 상태에 이르는 남성인물은 자기 내부의 본질을 깨닫게 된다. (이평재 「마녀물고기」, 천운영 「내가 데려다줄게」) 관능적 물과 등치 관계에 있는 여성인물은 나무, 뱀, 물고기, 새 등으로 변신하면서 물의 비결정성을 구현한다.

　현대시에 등장하는 물 역시 가장 투명하되 가장 깊고 어두운 거울이다. 우물, 호수, 바다, 저수지, 늪 등 깊이와 어둠을 가진 까마득한 물밑은 여성의 깊은 무의식을 의미한다. 물이 일렁일 때마다 여성들의 무의식에 내재된 욕망과 에로티시즘이 출렁이듯 드러난다. 수면이 아니라 깊고 어둡고 습한 수심에서 자신을 들여다본 여성들은 그곳에서 '내 역사상의 자매'들을 만나 자기 안에 범람하는 욕망을 확인한다. 어둡고 깊고 습한 우물과 늪과 저수지는 고요히 가라앉아 고여 있으되 모든 여자들의 무의식과 욕망으로 격랑이 이는 깊은 물밑이다. 시에서 물밑은 여성의 에로티시즘이 유영하는 시공간이기도 하며 새로운 존재로 거듭나게 하는 통과제의적인 공간이기도 하다. (천양희 「물에게 길을 묻다 -수초들」, 김선우 「물속의 여자들」, 김길나 「밑 없는 연못」, 노혜경 「기와집」, 김승희 「수련」, 진은영 「물속에서」)

　　차가운 물은 육감적이고, 넘실대는 압력은 징그럽지 않을 정도로 욕정적이기까지 했다. 명순은 바다에다 몸을 맡겼다.

한수는 중독 상태에 들어가면 한 달이고 반 년이고 그 이상이고, 명순의 육체를 잊고 말았다. 그녀는 바닷물에서 오는 전신적인 압박에서 흘깃 남편의 애무를 감각하기도 하였다.

그러나 이윽고 모든 사념은 그녀의 머리에서 사라졌다. 그녀는 다만 운동의 쾌감을 느끼며 깊은 곳으로 헤엄쳐나갔다. 수평선을 바라보며 멀리멀리까지 갔다. 온몸에 힘이 넘쳐흐르는 것을 느꼈다.

―강신재 「황량한 날의 동화」(1962)

처음엔 그녀 혼자 창 쪽을 물끄러미 바라보며 거기 앉아 있었다. 그러다가 빗소리와 함께 차차 그가 느껴졌다. //

그녀는 신문을 집어 방금 그녀가 앉아 있던 의자에 던져놓는다. 그녀는 냉장고 덧씌우개 주머니 속에서 수영장 티켓과 사물함 열쇠를 찾아내자, 그걸 들고 거리의 빗속으로 뛰어든다. 확 열을 받았던 그녀의 이마와 눈썹과 뺨, 그리고 목과 어깨와 팔목, 허리와 엉덩이와 종아리와 복사뼈에 빗방울이 속속 파고든다. 차가운 빗방울에 열은 씻겨내려갔지만, 그녀는 이제 간지러운 빗방울 때문에 눈물이 날 지경이다. 그가 어떻게 해서 이렇게 내 속으로 들어와버렸지? 그녀는 자신의 살갗을 통과해 비까지도 함께 맞고 있는 그녀 속의 그를 다시 느낀다. 불안이 와와, 하고 솟아난다. 빗속을 찰박찰박 뛸 때마다 불안도 자꾸만 와아 와아, 솟아나서 잔 올챙이들처럼 와글와글거린다.

―신경숙 「배드민턴 치는 여자」(1993)

팔과 머리와 허리가 짓눌린 채 나는 병실 바닥에 뺨을 대고 죽어가는 물고기처럼 퀭한 눈을 뜨고 있었다. 내 몸에서 흘러나온 낭자한 선혈이 누군가의 발 쪽으로 흘러가는 게 희미하게 보였다. 곧이어 젊은 여자가 무릎을 꿇고 엎드려 긴 혀를 꺼내 그것을 핥아먹기 시작했다. 그녀는 가끔 흘끔거리며 나를 곁눈질했다. 그리고 바닥에 고여 있던 내 피를 남김없이 핥아먹은 뒤, 사뭇 흡족한 표정으로 미소를 지으며 이렇게 입을 열었다.

"이제는 네가 나에게 버림받을 차례야."

그녀의 말을 듣고 나는 살려달라고 필사적으로 절규했다. 하지만 입 밖으로는 아무 말도 밀려나오지 않았다. 껍질과 뼈만 남겨진 인간의 형상, 나의 내부는 텅 비어 있었다. 미끈거리는 몸뚱이로 운명의 매듭을 만들어 나를 파먹은 마녀물고기. 그것의 요동이 잦아드는 여진처럼 희미하게 느껴질 뿐이었다.

나는 어디로 사라졌는가.

―이평재 「마녀물고기」(2001)

사내는 늪이 솟구친다고 생각했다. 물여울이 일고 연두빛 물풀들이 들썩이더니 한 여자가 나타났다. //

여자의 몸은 안개처럼 모호했고 늪처럼 깊었다. 사내가 여자에게서 몸을 떼기 직전, 사내는 여자의 눈동자가 흐릿해지는 것을 보았다. 백태가 낀 것처럼 뿌예지는 눈동자. 몸을 떼고 일어서려는 사내를 여자가 붙들었다. 그러곤 천천히 여자 쪽으로 잡아당겼다. 사내는 거부할 수가 없었다. 여자가 사내를 끌어안았다. 여자 품에 안긴 사내는 꼭 젖먹이 어린애가 된 듯한 기분이었다. 스르르 잠이 올 것만 같았다.

사내는 문득 자신이 남기고 온 유서가 생각났다. 내 죽음이 진실을 대신하리라. 진실. 사내가 믿고 있는 것이 과연 진실이었을까? 힘과 권력과 지위를 전혀 쓰지 않았다는 것이 사실일까? 스스로 옷을 벗도록 사내가 종용한 것은 아니었을까?

여자의 가느다란 손가락이 사내의 머리칼을 쓰다듬고 있었다. 여자의 손길은 한없이 보드랍고 따뜻했다. 사내는 그 품에서 그냥 그대로 잠들었으면 좋겠다고 생각했다. 영영 깨어나지 않아도 좋을 잠. 너무 편안해서 눈물이 날 것 같았다.

─천운영 「내가 데려다줄게」(2007)

가장 좋은 것은 물과 같다고 누가 말했었지요
그래서 나는 물속에서 살기로 했지요
날마다 물속에서 물만 먹고 살았지요
물 먹고 사는 일이 쉽지는 않았지요
물보라는 길에 물을 뿜어올리고
물결은 출렁대며 소용돌이쳤지요
누가 돌을 던지기라도 하면
파문은 나에게까지 번졌지요
물소리 바뀌고 물살은 또 솟구쳤지요
(중략)
물 먹고 살수록 삶은 더 파도쳤지요
오늘도 나는 물속에서 자맥질하지요
물같이 흐르고 싶어, 흘러가고 싶어

─천양희 「물에게 길을 묻다─수초들」(1994)

늦봄 저수지 둑 위에 앉아
물속을 오래 들여다보면

거기 무슨 잔치 벌였는지
북소리 징소리 어깨춤 법석입니다

난설헌이 어린 남매를 위해 소지를 사르다가
문득 눈을 들어 감나무를 봅니다
우듬지에 걸려 펄럭이는 나비연
황진이가 다가와 장옷을 걸쳐줍니다
두 여자 마주보고 하하 웃습니다
명성황후 다가와 붉은 석류를 내밉니다
석류알 새금새금 발라 먹으며
세 여자 찡그려 하하하 웃습니다
물보라치는 눈물,

물 속에 웬 잔치 벌였는고?
어머니 입 속에 상추쌈 넣어드리니
저수지의 봄날이 흐득 깊어갑니다

　　　　　　　　　　　　－김선우 「물속의 여자들」(2000)

배꼽에서 웃고 있는 어머니가 연못 속으로,
연못 속의 밑 없는 또 하나의 연못 속으로
자꾸만 내려가 앉는다
(중략)
죽어 넘어진 꿈의 뼈다귀들이 밤으로만
일어나 잠속 꿈에서는 별이 뜨기도 하지만
얼음산의 큰 뿌리가 잠겨 있는 그곳,
내 몸이 걸어나온 몇백만 년의
수풀도 우거진 사잇길로
배고픈 들짐승의
울음 소리까지
감추고 있을
그곳은 무섭다

　　　　　　　　　　　　－김길나 「밑 없는 연못」(1997)

우물 안에서 울려오는 목소리들, 엄마, 엄마
목을 길게 꺾고, 엄마는 생각에 잠긴 눈으로 모래흙을 부었죠.

오랜 시간이 지나도 여전히 우물에선 부르는 소리가 들려오지요.
저 우물 곁에 가지를 마라, 한 모금 마시면 아기가 되고 또 한 모금을 더 마시면
노인이 된단다, 다시는 네 젊디젊은 처녀가 되돌아올 수가 없단다

엄마는 딸들을 우물에 던지고 흙을 덮고
조용히 돌아와 대청마루로 올라간다.

—노혜경 「기와집」(2005)

물 밑에 살고 있으니
물 위로 떠오르는 일이 여간 쉬운 일이 아니야,
몸도 무겁지만 마음이 더 무거워
그냥 물 밑에 살고 있는 것이 더 좋을 뿐이야,
그렇다고 침몰이 허용되는 것도 아니야,
허우적대다가 물을 먹고
먹은 물을 토하려면 물 위로 고개를 내밀어야 해,
오필리어, 나우지카, 키르케, 아프로디테,
다 역사상의 내 자매들,
파도 거품에서 태어났다는 것, 그게 좋은 거야,
(중략)
물을 먹는 일이 그렇게 힘든 일이라는 것,
물 밑에서는 물 위의 일이 잘 떠오르지 않는다는 것,
오랫동안 물 밑에 있다가 잠시 물 위로 떠오르면
모든 것이 형광등 빛처럼 부유스름 곡두 같다는 것,

—김승희 「수련」(2006)

가만히 어둠 속에서 누군가를 기다리는 일
내가 모르는 일이 흘러와서 내가 아는 일들로 흘러갈 때까지
잠시 떨고 있는 일
나는 잠시 떨고 있을 뿐
물살의 흐름은 바뀌지 않는 일
물속에서 누군가를 기다리는 일

푸르던 것이 흘러와서 다시 후르른 것으로 흘러갈 때까지
잠시 투명해져 나를 비출 뿐
물의 색은 바뀌지 않는 일

내가 모르는 일들이 흘러와서
내 안의 붉은 물감 풀어놓고 흘러가는 일

― 진은영 「물속에서」(2008)

7.7. 홍수, 무기력한 일상의 폭발

우주적 침수를 상징하는 홍수는 사물의 모든 형태를 무화시키고 새롭게 재배치하는 의미를 지닌다. 그러므로 홍수는 모든 억압으로부터의 해방이며 새로운 시작이다. 현대소설 속의 홍수는 존재를 압도하는 탈일상의 에너지로서, 여성인물이 자신의 심연을 응시하고 모험으로 나아가게 하는 촉매제이다. (오정희 「어둠의 집」, 김애란 「도도한 생활」) 그런데 바슐라르에 의하면, 세계를 창조하고 밤을 분해하기 위해서는 강력한 한 방울의 물만으로도 충분하다. 폭우를 예고하는 비 한 방울, 전기를 띤 물줄기, 비를 품고 몰려오는 바람 등, 역동화된 한 방울의 물은 생의 한복판에서 무궁무진한 비약적 폭발을 일으킨다. 작지만 우주를 품은 한 방울의 물이 여성인물을 비일상적 모험으로 내몬다. 습기를 품은 바람 속에서 자신의 전 존재를 감지하기도 하고, 얼굴에 부딪히는 빗방울로 인해 집을 나서게 되며, 고층 아파트에서 우유 방울을 떨어뜨리며 함께 낙하하는 자신을 느낀다. (한강 『바람이 분다, 가라』, 전경린 「염소를 모는 여자」, 김재영 「치어들의 꿈」)

현대시에서 홍수를 지향하는 상상력은 한 방울의 눈물에서 시작되어 잦은 비와 세찬 물살, 범람하는 홍수와 쏟아지는 눈물 등으로 역동화된다. 차갑고 맑은 한 방울의 물은 일상을 폭발하게 하는 위력을 지닌 홍수와 같다. 위태롭고 무기력한 삶을 건드리는 강력한 물의 의미를 지니기도 하고 억압된 욕망이 물에 감전되어 거센 홍수나 폭우처럼 범람하기도 한다. 파괴력과 생명력을 공유한 한

방울의 물은 위압적이고 가공할 만한 힘을 지니며 여성의 내면을 폭발적으로 드러내고, 고여서 출렁이던 정화수들은 이제 홍수와 격랑으로 흘러넘친다. (황인숙 「나의 침울한, 소중한 이여」, 천양희 「마음의 경계」, 강기원 「비」, 김소연 「나 자신을 기리는 노래」)

물소리는 이제 천장의 어디랄 것도 없이 곳곳에서 들려왔다.

신경 과민이야. 약간의 침수로 온 가족이 졸지에 통닭구이가 될 리야 있겠어. 그 여자는 머리카락을 쓸어올리며 작게 웃음 소리를 내었다. 그러다가 문득 웃음을 그치고 손을 내리고는 마치 악수를 거절당한 양 내민 손을 주체하지 못해 쉴새없이 주먹을 폈다 오므렸다 하는 동작을 반복했다. 그것은 공포에 빠진 자의 불가항력, 불가사의한 힘에 대한 무기력하고 무의미한 저항과도 같았다.

이러한 긴장감은 그 여자에게 결코 생소한 것이 아니었다.

최초의 기억은 개수대에 철철 넘치는 물이었다. 설거지를 하기 위해 물을 틀어놓고 아무런 생각 없이 개수대에 물이 차기를 기다리던 사이 그 여자는 손마디가 뻣뻣해오는 긴장을 느꼈다. 물은 넘치고 부엌 바닥에 흘렀다. 물이 끓어오름에 따라 그 여자의 몸 속 혈관도 부풀어오르고 끝내는 파열하게 될 것만 같았다. 아마 간질 발작이 오려나보다. 한 번도 발작을 일으킨 적이 없을뿐더러 그런 병이 자신 속에 잠재해 있으리라고는 의심마저 해본 적이 없이 살아온 그녀의 머리에 순간적으로 떠오른 생각은 바로 그것이었다. 잠깐이라도 정신을 놓치면 발작을 일으키게 될 것이다. 그 여자는 정신을 집중시키기 위해 눈을 부릅뜨고 한없이 쏟아지는 물줄기만을 노려보았다. 자신의 내부에 도사린 무엇인가가 이윽고는 자신을 폭발시킬 비등점을 향해 끓어오르고 있었다.

—오정희 「어둠의 집」(1980)

"어마, 여기서 뭐 해요?"

"그냥…… 비가 와서요." //

비를 바라보고 있던 염소가 에에에 울기 시작했다. 뿔을 쓰다듬고 목을 만져주어도 소용없이 앞발을 잔뜩 내뻗으며 점점 거칠게 울어댔다. 어떻게 해야 할지 머릿속이 혼란스러웠다. //

언제까지 벼랑 끝에 배를 붙이고 심연을 내려다보고 있을 수는 없다. 나아가기 위해서는 끊긴 길 앞에서 두 눈을 감고, 두 귀도 닫고 자신의 본질을 향해 어느 순간 훌쩍 뛰어내리지 않으면 안 된다. 그리고 뛰어내려본 사람은 알게 될 것이다. 있는 것과 없는 것 사이의 심연 속에 현실보다, 현실의 현실보다 더 강한 구름의 다리가 있다는 것을. 자신의 숲을 향해 가는 구름처럼 가벼운 구름의 다리……
―전경린 「염소를 모는 여자」(1995)

우유 방울들이 떨어져내릴 때마다 쭈뼛쭈뼛 머리털이 곤두서면서 내 몸뚱이가
부서져내린다. 우유 방울처럼 아무런 소리도 없이, 아무런 고통도 없이 뛰어내릴
수 있을 것만 같은 충동이 걷잡을 수 없이 인다. 나는 난간을 꼭 붙잡는다. //
'연어는 말이다, 강가에 남지 않고 멀리 드넓은 바다로 떠난 연어들은, 가장
몸집이 작은 치어들이었단다. 이상하지? 거친 파도를 이기려면 영양상태가 좋아
몸집이 크고 튼튼한 놈들이어야 할 텐데 말이야. 하지만 등에 기름이 낀 치어들은
민물에 남아 안주하는 법이란다. 더 절박하고 더 많이 갈구하는 치어들만이 새로
운 삶의 터전을 찾아 떠나지.'
긴 여정의 고통을 견뎌내는 힘이야말로 거친 환경에서 짓눌려본 무지렁이의
꿈에서 비롯되는 거란 뜻이었을까. 타오르는 원한과 분노를 양식 삼은 먼 길……
그렇다면 난 무엇에 분노하고 어디로 떠나야 하는 걸까. 나에게 먹고사는 문제는
그다지 절박하지 않다. 하지만 서른두 평에 갇힌 나의 삶은 그 옛날의 윤 초시
며느리만큼이나 절망적이다. 근원을 알 수 없는 욕망의 열패감, 턱없는 분노와
무력감.
―김재영 「치어들의 꿈」(2001)

나는 피아노가 물에 잠겨 가고 있다는 걸 깨달았다. 저대로 두다간 못 쓰게 될
게 분명했다. //
"솔 미 도레 미파솔라솔……"
물에 잠긴 페달에 뭉텅뭉텅 공기 방울이 새어 나왔다. 음은 천천히 날아올라
어우러졌다 사라졌다.
―김애란 「도도한 생활」(2007)

이런 바람이 불면 말이야.
민서를 고쳐 업으며 인주는 말했다.
이만큼의 습기를 품은 바람이, 이만큼의 세기로 불면 말이야…… 혈관 속으로
바람이 밀고 들어오는 것처럼 느껴져. 모든 것이 커다란 전체로 느껴져. 언제고
내 다리를…… 단박에 목숨까지 꿰뚫을 수 있는 삶을 지금 살아내고 있다는 게,
무섭도록 분명하게 느껴져.
―한강 『바람이 분다, 가라』(2007)

비가 온다. 네게 말할 게 생겨서 기뻐.
비가 온다구!
(중략)
유리창을 열어둬.
네 이마에 부딪힐 거야.
네 눈썹에 부딪힐 거야.
너를 흠뻑 적실거야.
유리창을 열어둬.
비가 온다구!

비가 온다구!
나의 소중한 이여,
나의 침울한, 소중한 이여,

—황인숙 「나의 침울한, 소중한 이여」(1998)

물길은 물의 길일까 생각하듯 물살 내려갈 때
나도 몇 굽이 내려갔다
물소리 한꺼번에 져 내렸다
마음이 오래 강변에 서 있다
세찬 물결이 어깨를 툭 친다 나아가라고
내려가나 나아가는 물줄기들
시퍼런 것들의 저 서늘한 기운
오늘은 내가 붙잡고 가겠다
강 끝까지 해안까지 더 더 끝까지

—천양희 「마음의 경계」(2005)

물의 박음질인걸
따로 따로였던 머리와 가슴, 몸통과 다리 하나로 엮어주는

무엇보다 비는 타악기인 거지

늘어진 가죽 자루처럼 살아온 내게
물의 채를 들고 다가와
늑골 팽팽히 당겨 두드려 대니

—강기원 「비」(2006)

좁은 터널을 통과하려는
물줄기의 광폭함에 가슴이 뻐근할 뿐이다

슬프거나 노여울 때에
눈물로 나를 세례하곤 했다
(중략)
눈물로 바다를 이루어
누군가에게 방주를 띄우게 하는 자에게는
복이 있나니,

  －김소연 「나 자신을 기리는 노래」(2009)

8

불

생명력과 파괴력을 가진 불은 문화적으로 상징성을 지니고 확대 재생산되었다. 어학적 측면에서 불이란 단어는 15세기 문헌에 '블'로 나타나다가 17세기 이후 '불'로 자리 잡았다.

불은 그 창조력과 파괴력 때문에 숭배되거나 신격화되었고, 다양한 문화와 종교의 제의에서 중요한 역할을 했다. 불은 생명력과 인간 영혼을 상징하는 불멸의 존재이며, 죽은 자들을 정화하고 더럽고 사악한 것을 물리친다. 우리 전통문화에서 불은 액을 쫓는 상징이었으며, 양(陽)인 불로 음(陰)인 귀신과 사악함을 쫓으려 물건을 태워 병을 치료하거나 부정을 정화했다. 또한 불은 빠르게 번지며 형태를 자유롭게 바꾼다는 점에서 변화와 변신의 욕망을 상징하고, 재로 뒤덮인 대지에서 생명이 싹튼다는 점에서 순환적 재생을 의미한다.

불은 현대문학에서 '방화(放火)와 울화(鬱火)'의 개념으로 나타난다. 소설에서 방화는 여성인물이 내면의 분노와 절망, 욕망과 의지를 표출하는 방식이다. 가부장적 폭력과 삶으로부터의 소외, 불우했던 어린 시절의 분노 등이 방화로 나타나면서 마음속 응어리가 풀리고 불이 지닌 정화 재생의 의미를 공고히 한다. 나아가 자기 소멸과 재생에의 욕망이 보다 강화되는 제의적 측면도 여성 작가에게서 많이 드러난다. 또한 불은 현대사회의 비뚤어진 물질적 욕망을 정화한다. 축제와 광란을 상징하는 불꽃놀이 역시 방화의 일종이다. 단조로운 일상에서 펼쳐지는 화려하고 아름다운 불꽃놀이는 여성의 획일화된 생활을 각성시켜 반란과 혁명을 가능하게 한다. 축제의 일환인 이 허가받은 방화에는 공동체적 질서를 회의하는 모반의 정신이 내재한다.

현대시에서 불은 심화(心火)의 변용으로 표현되어 내면을 상징한다. 여성에 내재한 열정 사랑 자의식이다. 자신을 억눌러 자기 안의 불을 고통스럽게 삼키는 울화(鬱火)일 때, 이는 태워보지도 못한 채 자신을 소멸시키는 불이 된다. 내면의 불을 참을 수 없어 격해질 때, 불은 모든 것을 집어삼키는 화마(火魔)가 된다. 이 때 불은 타오르는 열정과 무한한 파괴성을 가진 채 곳곳에 불을 질러 자기 안의 욕망을 방기해버리는 방화(放火)가 된다. 이렇게 불씨는 전해지면서, 억누를 수 없는 광기처럼 불을 품고 사는 '미친년'들과 그 불을 삼켜 결국 자신을 태워버리는 여성들 사이로 유전된다.

또한 불씨는 지성에의 욕망을 상징한다. 현대소설에서 아궁이의 불, 촛불, 장작불 등, 조용하고 규칙적이고 통제된 불은 몽상과 사유를 의미한다. 여성은 불꽃을 섬세하게 응시하면서 내면의 상념에 집중하게 되어, 지식에 대한 열망을 깨닫고 내면에 잠재해 있던 열정을 들추어내며 자신이 처한 고통을 제대로 바라보게 된다.

'불'은 15세기 문헌에 '블'로 나타나며 17세기 이후에 보이는 '불'은 원순모음
화의 결과로 나타난 것이다. 원순모음화는 양순음(兩脣音) 'ㅂ, ㅃ, ㅍ, ㅁ' 다음
에서 비원순모음(非圓脣母音) 'ㅡ'가 원순모음 'ㅜ'로 바뀐 음운현상이다. 중세국
어의 '믈(水), 블(火), 플(草), 쓸(角)' 등이 근대국어, 특히 17세기 말 이후로 '물,
불, 풀, 쓸(뿔)' 등으로 원순음화를 일으켰다. 'ㅡ〉ㅜ'의 모음 변화 외에는 형태
와 의미에 큰 변화를 겪지 않고 현재에 이르렀다.

城 밧긔 브리 비취여 (『용비어천가(龍飛御天歌)』(1447))

네차힌 브레 술여 橫死홀씨오 (『석보상절(釋譜詳節)』9(1447))

블옷 얻고져 ㅎ거든 (『석보상절(釋譜詳節)』11(1447))

굳 프고 블 퓌우니 (『월인천강지곡(月印千江之曲)』上(1449))

블을 吐ㅎ야 (『월인천강지곡(月印千江之曲)』上(1449))

블이 도라디고 (『월인천강지곡(月印千江之曲)』上(1449))

煩惱ㅣ 블ㄱ티 다라나는 거실씨 (『월인석보(月印釋譜)』1(1459))

炎火는 더본 브리라 (『월인석보(月印釋譜)』1(1459))

火災는 븘 災禍ㅣ니 히 만히 도도물 니르니라 (『월인석보(月印釋譜)』7(1459))

블에 ᄉᆞᆲ고 (『월인석보(月印釋譜)』10(1459))

블의 다와도미 ᄃᆞ외야 (『법화경언해(法華經諺解)』2(1463))

揩砌엔 지예 丹砂 ᄉᆞ던 브리 주겟도다 (『두시언해(杜詩諺解)』초간본 9(1481))

블 화 (『훈몽자회(訓蒙字會)』下(1527))

業 블레 섭더 노호미로다 (『간언귀감(諫言龜鑑)』上(1579))

돌햇 블과 번갯빗치 (『간언귀감(諫言龜鑑)』上(1579))

기름 디거 블 브텨 빗복줄기예 쏘여 (『언해태산집요(諺解胎産集要)』(1608))

안밧긔 블 퓌여 미양 덥게 ㅎ고 (『언해태산집요(諺解胎産集要)』(1608))

즌흙 블라 블에 ᄉᆞ라 ᄀᆞ르 밍ᄀᆞ라 (『언해태산집요(諺解胎産集要)』(1608))

지븨 블이 나 어미 셩훈 블곧 가온대 잇거늘 (『동국신속삼강행실도(東國新續三綱行
實圖)』孝(1617))

브룸이 두르혀니 블이 쩌디니라 (『동국신속삼강행실도(東國新續三綱行實圖)』孝
(1617))

쑬은 블의 주그니라 (『동국신속삼강행실도(東國新續三綱行實圖)』孝(1617))

아비 병이 오라디 텬쉬 블을 붉히고 (『동국신속삼강행실도(東國新續三綱行實圖)』
孝(1617))

쳐즈를 거느려 블에 드러 주그니라 (『동국신속삼강행실도(東國新續三綱行實圖)』
忠(1617))

지비 브리 브트매 아비 승간이 블 가온대 뿌여드러 (『동국신속삼강행실도(東國新
續三綱行實圖)』孝(1617))

지아븨 사라실 적 양으로 새 옷 지어 졔흔 후에 블 디르더라 (『동국신속삼강행실
도(東國新續三綱行實圖)』烈(1617))

블 혀 여러 門 열오 (『두시언해(杜詩諺解)』중간본 1(1632))

이믜 일홈을 通ᄒᆞ여든 喪家ㅣ 블 깃고 쵸 혀고 돗 질고 (『가례언해(家禮諺解)』
7(1632))

祭饌 블 디더 데이다 히여곰 極히 덥게 ᄒᆞ야 (『가례언해(家禮諺解)』10(1632))

졍神은 飄연히 ᄇᆞ롬의 블 ᄀᆞ투여 (『가례언해(家禮諺解)』5(1632))

子孫이 그 상柩를 불에 스라셔 (『가례언해(家禮諺解)』7(1632))

두 복을 달혀 먹고 더온 캉에 블 무회고 적이 ᄯᆞᆷ 내라 (『박통사언해(朴通事諺解)』
中(1677))

블 아니 딧ᄂᆞᆫ 구들을 ᄒᆞ랴 블 딧ᄂᆞᆫ 구들을 ᄒᆞ랴 (『박통사언해(朴通事諺解)』下
(1677))

화로에 블 퓌오고 疥瘡을 글거 헐우고 뎌 약을 볼라 블에 쬐라 (『박통사언해(朴通
事諺解)』下(1677))

ᄇᆞ람을 因ᄒᆞ여 블을 불면 힘씀이 하디 아니타 ᄒᆞᄂᆞ니라 (『박통사언해(朴通事諺解)』
中(1677))

믈과 블과 두 가지 불티ᄂᆞᆫ 법이라 (『마경초집언해(馬經抄集諺解)』上(1682))

블로뻐 틔와 기름 내야 개창의 흔 두 번 ᄇᆞᄅᆞ면 (『마경초집언해(馬經抄集諺解)』
下(1682))

블의 달온 침을 각각 주기를 흔 촌식 ᄒᆞ라 (『마경초집언해(馬經抄集諺解)』上
(1682))

블 씻다(打火) (『역어유해(譯語類解)』上(1690))

블 무휘다(熰火) (『역어유해(譯語類解)』上(1690))

블 쬐다(向火) (『역어유해(譯語類解)』上(1690))

븘 내다(失了火) (『역어유해(譯語類解)』下(1690)) ᆞ

칩거든 불을 찟고 (『여사서언해(女四書諺解)』2(1736))
블 급히 붓다 (『한청문감(漢淸文鑑)』10(1779))
불의 데여 부푸러진 듸는 (『인어대방(隣語大方)』2(1790))
ᄇ람을 인ᄒ여 블을 노화 (『오륜행실도(五倫行實圖)』2(1797))
집의 불을 노터니 원나라 군시 돌입ᄒ거늘 (『오륜행실도(五倫行實圖)』2(1797))
이리져리 싱각ᄒ니 가삼 속의 불 이ᄂᆞ다 (『만언사(萬言詞)』(18세기))

8.2. 불의 상징성

불은 인간이 사는 지상 위의 공간과 관련된다. 즉, 하늘에서 태양이나 번개의 형태로 등장하고 그 연기가 천국까지 날아간다. 불이 가진 한편으로는 폭력적이고 또 한편으로는 자비로운 이 강력한 힘은 모두 신들이 행하는 일인데, 많은 종교에서 불을 숭배하거나 신격화시키며 이는 고대 인류까지 거슬러 올라간다. 불의 신은 전 세계 모든 문화에 나타난다.

제의와 불 그리스 신화와 종교에서 불은 성스러움의 근원이다. 최초의 불은 인간에게 경외의 대상이었을 것이다. 최초의 인간들은 이 세계 속에 존재하면서 근원적인 불안과 두려움을 느꼈다. 그래서 이 세계의 현상들을 설명할 수 있는 초월적인 신 또는 원인들을 찾았다. 신이 인격화되어 가면서 인간은 소통을 추구하였고 그것은 종교적 제의로 나타난다. 희생 제의는 인간이 신에 대해 바치는 헌신적 행위이다. 그리스 신화에서 최초로 희생 제의를 치르는 존재는 인간이 아니라 신인데, 그는 이 세계에서 인위적으로 불을 만들어냈던 헤르메스이다. 제우스는 희생 제의에서 올림포스의 신들에게 불공평한 몫을 나누어 주었던 프로메테우스의 계략을 알고 인간들에게 내릴 재앙을 생각해냈다. 그것은 인간들에게 불을 주지 않고 감추는 것이다. 제우스는 더 이상 지상에 자연의 불인 번개를 보내지 않았다.

불은 다양한 문화와 종교의식에서 중요한 부분이었으며 아스텍의 희생 제의에서도 주된 역할을 했다. 아스텍 인들은 인간 제물과 함께 담배와 향을 피워 올리는 관습이 있었다. 아스텍의 제사장들은 매 52주마다 잠재적인 세상 종말을 예고했다. 그것은 먼저 모든 불길을 꺼버리고 희생 제물의 가슴과 가슴 사이에 새로운 불을 붙이는 의식이었다. 이것은 희생을 통해서 생명이 찾아옴을 상징한다. 전통적으로 불의 신전을 숭상하는 조로아스터 교도들에게 불은 창조주의 에너지를 의미한다. 북미 인디언 등의 다른 문화에서는 정화 의식이나 영계(靈界)와의 교류를 구하는 의식에서 불을 사용했다.

우리나라의 상고시대 북방의 여러 부족, 삼한의 여러 나라가 봄, 가을에 열었던 '밤낮을 쉬지 않고 음주 가무한 국가 대회' 역시 불을 둘러싼 군중의 광희로 어우러진 제의였다. 이때 불은 극단적인 반대 양상의 대립, 즉 생명력의 근본인 불은 대체를 위해 하나의 특수한, 살아 있는 근원(제물, 희생양)을 파괴해야 한다. 한 세계의 꿈, 부활의 약속 앞에서는 벌이는 제의에는 반드시 불이 존재했다. "거북아, 거북아/ 머리를 내놓아라/ 내놓지 않으면/ 구워 먹으리"라는 '구지가', 수로부인 설화에 나오는 '해가사'에서도 불을 볼 수 있다. 신앙의 대상인 거북에게 소원을 청하는 두 노래는 불과 관련된 제의의 내용을 보여준다.

인간 영혼의 상징, 불멸의 불　　　그리스 철학에서 불은 인간을 불멸하게 하는 신성한 원인이 되는 영혼을 가리킨다. 불이 가진 특징들은 영혼의 주요 특징을 설명해 준다. 불은 매우 가볍고 빠르게 움직일 수 있기 때문에 영혼의 활동을 설명하는 데 적합한 요소로 생각되었다. 영혼이 일종의 불이거나 열이라고 생각한 것이다. 불은 생명체에 기본적으로 필요한 온기를 주기 때문에 모든 생명체의 현상을 설명하는 데에도 적합하다. 모든 생명체는 일정한 온도를 유지하고 있다. 인간의 몸에서 온기가 없어지면 생명이 사라지고 죽음의 상태에 도달한 것이다. 따라서 불을 생명 또는 영혼의 원리로 생각했을 가능성이 높다.

신들은 영원한 불멸의 존재이지만 인간은 이 세계에 순간적으로 머무르다 사라질 존재에 불과하다. 그러나 인간은 끊임없이 불멸성을 추구해 왔다. 인간은 이러한 불멸의 꿈을 자식을 낳아 혈통을 끊어지지 않게 하는 것에서 찾으려고 했다. 그리스 신들 중에서 가문을 존속시키는 역할을 하는 신은 헤스티아 (Hestia)이다. 헤스티아는 한 집안의 중심에 있는 화덕(hestia)이기도 하다. 헤스티아는 한 집안의 구성원이 태어나고 자라나는 공간의 중심에서 불타오른다. 그리스인들은 헤스티아를 중심으로 일상적인 식사를 하고 종교적인 제의를 올린다. 한 가족은 한 집안의 화덕을 중심으로 삶을 영위한다. 또한 헤스티아는 신들에게 희생 제물을 바치는 신성한 공간이기도 한다. 세속적인 공간인 동시에 성스러운 공간이기도 한 것이다. 한 집안의 새로운 구성원의 탄생을 기념하는 종교적 의식도 바로 헤스티아에서 거행된다. '암피드로미아'라는 제의는 아버지가 신생아를 한 집안의 일원으로 받아들이는 의식인데 먼저 아이를 팔에 안고 화덕 주위의 정해진 원을 따라 돌고 다음으로 아이를 땅에 직접 닿도록 내려놓는다. 신생아를 땅에 눕히는 의식은 땅이 모든 힘의 원천이라고 생각했기 때문일 것이다. 그러나 불에 의한 통과의례를 치르지 않고 아이를 땅에 내려놓는 행위는 때로는 죽음의 위험에 내맡기는 행동일 수 있다. 불을 통과하지 않고 땅에 직접 내려놓는 것은 죽음의 세계와 관련된 힘들과 접촉하는 것이기 때문이다. 불의 이미지로 나타나는 헤스티아는 한 집안의 혈통을 영원히 존속시키는 기능을 가진다.

그리스인들에게 불은 죽음을 극복할 수 있는 도구이다. 산 자의 세계와 죽은 자의 세계를 완전히 분리시킬 뿐 아니라 인간의 육체와 영혼을 완전히 분리시킨다. 불이 인간을 불멸의 존재로 만들어 줄 수 있다는 생각은 정화 의식과 밀접한 관련이 있다. 고대 그리스인들은 인간이 죽으면 매장을 했으나 점차 화장이 일반화되었는데, 화장은 산 자의 세계로부터 죽은 자들을 분리시키려는 목적에서 시행되기도 했지만 죽은 자들을 정화시키는 목적과도 연관이 있다.

불의 양면성, 파괴와 창조   불은 파괴이자 동시에 창조의 힘이 될 수 있다. 불의 발견은 인류의 삶을 바꾸어 놓았다. 그래서 고대 문화에는 불의 신과 불을 피우는 전설이 빠짐없이 등장한다. 우리나라에는 단군의 셋째 아들 부소가 불을 발명하였다고 알려져 있다. 세상에 맹수와 독충이 생기고 돌림병이 퍼져 사람이 죽자 부소가 부싯돌을 만들어 불을 일으키고, 이 불로 숲을 태워 해로운 것들을 없앴다. 여기서 불은 정화를 상징한다. 불은 인간이 생존하기 위한 필요조건 중 하나이다. 인간을 짐승들로부터 지켜주며 음식을 익혀 먹을 수 있게 해주며 추위를 막아준다. 그래서 불은 인류 문명이 출현할 수 있었던 중요한 조건이며 도구가 되었다. 그렇지만 불은 인간이 이루어 놓은 모든 것과 더불어 자연마저도 순식간에 태워버릴 수 있는 파괴적인 성향도 가지고 있다. 잠시라도 경계를 늦추거나 금기를 조금 위반할지라도 즉각적인 대가를 치르게 된다. 불이 인간에게 매우 유용한 대상이지만 인간이 불을 함부로 할 수 없다는 것이 바로 불의 신화적 기원이다. 모든 것을 태워버리는 불은 끔찍한 파괴자이다.

또한 활활 타오르는 불꽃은 솟아오르는 생명력을 상징하는 것으로 여겨졌고, 또 그 파괴력은 더럽고 사악한 것을 물리쳐 주는 정화의 표상이라 여겨졌다. 민간에서 고사를 지낼 때 소지(燒紙 : 종이를 불살라 공중으로 올리는 일)하는 일이나, 제사 등에 향불을 피우는 일은 모두 불이 가지고 있다고 믿는 신통력을 빌려 하늘과 땅, 이승과 저승, 산 자와 죽은 자를 서로 통하게 하려는 노력이다. 이러한 불은 생명력을 상징한다. 옛날 양반가에서는 불씨를 꺼뜨리지 않도록 조심하였고 대를 이어 후손에게 전하였다. 불씨를 인계함으로써 가문이 계승되었다. 불은 그 자체가 생명력의 상징이어서 이사 간 집에 성냥 등 불을 일으키는 물건을 사들고 인사가는 풍습이 전해 온다. 새살림이 불처럼 왕성하게 일어나라는 기원을 이렇게 나타내고 있는 것이다. 불은 고마우면서도 두려운 것이며, 또한 불씨는 잘 지켜야 하는 것이었기에 그에 상당한 금기가 여러 가지 전해 온다. 남의 집에서 불을 담아오면 그 집에는 재수 없는 일이 생긴다는 말은 불씨를 잘 지켜서 꺼뜨리는 일이 없어야 함을 강조하는 것이고, '불이 좋다'고 말하면 나쁘다는 말은 불을 함부로 대하지 말라는 뜻인데 이것들은 모두가 불 조심하라는 의미를 담고 있다.

액을 쫓는 불　　　불의 상징적 의미가 가장 잘 나타나는 것 중의 하나가 전통적인 놀이와 세시풍속이다. 가장 잘 알려진 세시풍속으로는 정월대보름 전날 밤의 불놀이를 들 수 있다. 흔히 '쥐불놀이(鼠火戱)'라고 알려진 이 놀이는 정월 열나흗날 밤에 아이들이 논둑과

밭둑에 불을 지르고 노는 것으로 '논두렁 태우기', '횃불놀이'로도 알려져 있다. 『동국세시기』에 따르면, 정월의 상해일(上亥日)과 상자일(上子日), 즉 돼지날과 쥐날에는 횃불을 피워 풍년을 비는 행사가 있었다. 궁중에서는 나이 젊고 지위가 낮은 환관 수백 명이 횃불을 땅 위로 이리저리 내저으며 "돼지 주둥이 지진다"며 돌아다녔고, 곡식 씨앗을 태워 주머니에 넣고 다니며 사람들에게 나눠 주었다. 또 상자일에는 불에 콩을 볶으면서 '쥐 주둥이 지진다'고 했고, 충청도에서는 사람들이 떼를 지어 횃불을 피우며 '쥐를 태우는 불(燻鼠火)'이라 하였다. 이 기록들의 날짜가 일치하지는 않는다. 정월 열나흗날이 꼭 상자일과 일치하지는 않으니 이 풍속은 날짜에서 약간의 혼란이 있는 채로 계승되어 왔던 것으로 보인다. 쥐는 눈이 밝아 언제나 밤에 활동하기 때문에 밤에 불을 피워 쥐의 눈을 지지겠다는 뜻도 담고 있었다고 해석되며, 불길이 잘 솟아오르는가에 따라 그 해 농사의 길흉을 점쳤다고도 알려져 있다.

이 행사는 흔히 마을사람들 사이의 횃불싸움으로 번지는 일이 많았다. 이 역시 불을 가지고 악귀를 쫓아버리고 새해 농사와 운수의 대통을 비는 행사였다. 거의 전국에서 행해진 횃불싸움은 대보름날 저녁에 마을과 마을 사이에 벌어지는 것이 보통이었다. 식구 수대로 싸리나 짚으로 홰를 만들고 두 마을 사람들이 약속된 장소에 모인 다음 농악을 울리며 흥을 돋운 다음 서로 횃불을 휘두르며 싸우는 것이다. 이기는 쪽의 마을에는 풍년이 든다는 식으로 해석되었음은 물론이다.

역시 정월 열나흗날 밤과 다음날 새벽에 걸쳐 마당에 모닥불을 피우고 이 불을 뛰어넘으며 일 년의 운수를 비는 풍속도 있다. 솔가지나 아주까리대 등을 쌓아 모닥불을 피워놓고 아이들은 자기 나이만큼 이 불을 뛰어넘는데, 집집마다 솔가지와 아주까리대가 타면서 내는 소리가 요란하다. 불길이 높이 솟아오르고 탁탁 소리가 잘 나야 잡귀가 모두 물러나고 보리농사가 잘된다는 것이다. 불이 줄어들 때 이 불을 뛰어넘으면 병에 걸리지 않고 운수가 대통한다는 것도 이 불에 얽힌 해석이다.

대보름에는 초저녁에 횃불을 들고 높은 곳에 올라가 먼저 달을 보는 사람이 길하다고 여겼다. 또 그때의 달빛을 보고 일 년의 풍흉을 점치기도 하였다. 횃불과 달빛이 모두 경우에 따라 풍흉을 점치는 수단이었던 셈이다. 타오르는 불길이 액운을 쫓아 준다고 믿기도 한다. 정월 대보름날 달이 동산에 떠오를 때

짚과 대나무, 소나무로 세운 달집에 불을 붙이는데 불길이 치솟으면 소원을 빌었다.

　질병의 원인을 여러 가지 귀신이 몸에 들어와 생기는 것으로 파악하던 전통사회에서는 특히 전염병이 돌면 그 귀신을 물리치기 위해 환자의 물건을 불에 태우는 방법을 널리 사용하여 결과적으로는 오늘날의 위생 처리와 다름없는 효과를 얻기도 하였다. 사악한 것 또는 귀신을 쫓아주는 불로서는 대개 귀신 붙은 물건을 불에 태워서 귀신을 쫓는 방법과 연기를 내어 귀신을 물리치는 방법이 있었다. 이런 사고방식은 불은 양(陽)이며 귀신은 음(陰)이라는 생각과 연결되어 더욱 합리화되어 왔다고 생각된다. 한편 조왕신은 부엌을 관장하는 불의 신이다. 부정을 정화하는 영적인 능력도 갖고 있어, 가족 가운데 먼 여행에서 돌아오거나 초상집에 다녀온 사람은 먼저 부엌에 들여 외부에서 따라왔을지 모르는 오예와 부정을 조왕할미, 즉 불의 영능으로 정화했다.

8.3. 방화(放火)와 울화(鬱火)

　불은 인간이 생존하고 문명을 발전시키는 필수적인 도구인 반면 모든 것을 일순간에 재로 만들어 버릴 수 있는 두렵고 위험한 것이기도 하다. 불은 빠르게 번져가며 그 형태를 자유롭게 바꾸어 간다는 점에서 변화와 변신의 욕망을 상징하고, 재로 뒤덮인 대지에서 다시 생명이 싹튼다는 점에서 순환적 재생의 의미를 지닌다. 모든 것을 녹여 융합하고 새롭게 창조하는 불의 기능은 정화와 초월, 영적인 깨달음을 상징한다.

　현대소설에서 방화는 여성인물이 내면의 분노와 절망, 욕망과 의지를 표출하는 방식이다. (오정희 「불의 강」, 「목련초」) 남편의 성폭행에서 벗어나기 위해 집을 불태우는 여성인물은 그의 억눌렸던 분노와 욕망을 활활 타오르는 불을 통해 드러낸다. (최정희 「산제(山祭)」) 할머니에서 어머니로, 그리고 자신에게로 이어지는 여성의 삶을 깨닫게 된 중년의 여성인물이 할머니의 묘소에 불을 내는데, 이는 할머니의 마음 속 응어리를 풀어주는 행위로 사료된다. 한 가문의 묘소가 남성중심적 가치 체계를 드러낸다는 점에서 이것을 소멸시키는 행위와 그에 따른 희열은 낡은 가치를 소멸하고 새로운 세계를 구축하려는 정화의 의미를 지닌다. (김채원 「겨울의 환(幻)」) 불우했던 어린 시절에 느꼈던 분노와 살의가 방화로 표현되기도 한다. 그러나 이 방화 사건은 그러한 내가 이해받는 사건으로 전환되어, 불이 지니는 정화 재생의 의미를 공고히 한다. (공선옥 「피어라 수선화」) 불법으로 유통되는 명품백 더미가 불타 재가 되는 모습은 현대사회의 비뚤어진 물질적 욕망을 정화하는 의미를 지닌다. (김윤영 「루이뷔통」) 자기 소멸과 재생에의 욕망이 보다 강화되는 제의적 측면 역시 여성 작가에게서 많이 드러나는 불의 상징성이다. 꽃나무를 태워 재로 만들고 그것을 이승으로 보내는 행위는, 생전에 꽃나무를 좋아했던 딸의 영혼을 위로하는 제의이다. (한강 「진달래 능선」)

불꽃놀이에도 이러한 방화의 욕망이 내재한다. 순간적이고 거대한 불꽃놀이는 빛과 색, 형태에 이르기까지 자기를 표현할 수 있는 수많은 방법들을 가졌으며, 가시적이고 광범위한 영역에 걸쳐 발현된다. 특히 단조로운 일상에서 펼쳐지는 화려하고 아름다운 불꽃놀이는 여성의 획일화된 생활을 각성시킴으로써 반란과 혁명을 가능하게 하는 기제가 된다. 불꽃놀이는 흔히 축제의 일환으로 행해지는데, 이 허가받은 화려한 방화에는 그 공동체적 질서를 회의하는 모반의 정신이 내재한다. 아버지 없이 자란 세대들이 지니는 혼돈의 자아와 그런 자아를 만들어낸 폭력적 역사에 대한 의식이 마을의 역사적 전통을 기리는 축제 속 불꽃놀이에서 불안정하게 분출된다. (오정희 「불꽃놀이」)

현대시에서 불은 자연 물질로서의 불보다는 심화(心火)의 변용으로 표현된다. 가령, 촛불에서 시작된 명상, 아궁이의 불씨, 만개하는 꽃나무, 불바다 등으로 변주되지만, 이 불은 모두 여성의 내면을 상징한다. 불은 여성에 내재한 열정이기도 하고 사랑이기도 하며 자의식이기도 하다. 여성이 자신을 억눌러 자기 안의 불을 고통스럽게 삼키는 울화(鬱火)일 때, 이는 태워보지도 못한 채 자신을 소멸시키는 불이 된다. 내면의 불을 참을 수 없어 격해질 때, 불은 붉게 넘실거리는 '불숭어리, 불이랑, 불놀이, 불덩어리, 불길, 활화산'이 되어 욕망의 혓바닥으로 모든 것을 집어삼키는 화마(火魔)가 된다. 이 때 불은 타오르는 열정과 무한한 파괴성을 가진 채 곳곳에 불을 질러 자기 안의 욕망을 방기해버리는 방화(放火)가 된다. 이렇게 '어머니의 가슴'에 난 불씨는 '내 가슴'으로 전해져

오면서, 억누를 수 없는 광기처럼 불을 품고 사는 '미친년'들과 그 불을 삼켜 결국 자신을 태워버리는 여성들 사이로 유전되고 있다. (노천명 「哭(곡)촉석루」, 김남조 「여인」, 「성냥」, 허영자 「백자(白瓷)」, 김혜순 「화(禍)」, 김길나 「불 먹는 사나이」, 나희덕 「서시」, 양선희 「불놀이」, 「화산을 토하다」, 이진명 「불」)

불을 질러 놓기 전의 마음은 그놈의 미운 집이 다─타서 없어지는 것을 보고 아버지가 떠나간 비탈길을 떠나가려던 것이나 불길이 하늘에 올라 뻗치는 세력에 눌리워 쪼깐은 불이 다 타기 전에 마을 앞 큰길 거리에서 쓰러지고 말았다.
—최정희 「산제(山祭)」(1938)

어머니는 불에 타서 죽었다. 내가 본 것은 찬란한 불꽃나무였다. 방문턱을 기어 넘은 어머니의 치마에서 붙은 불은 허리까지 날름날름 타오르고 있었다. 나는 그 자리에서 움직일 수 없었다. 삽짝에서 마루까지는 불과 서너 걸음 사이였다. 불은 대들보에 기어올라 굵은 서까래를 싸안으며 거침없이 번져 가고 있었다.

간신히 마루로 나온 어머니가 툇돌 아래로 구른다고 생각한 순간 어머니는 벌떡 일어섰다. 굉장히 큰 키였다. 이제 불은 저고리 소매에 붙어 원색의 휘장처럼 펄럭이고 있었다. 어머니는 불꽃나무였다. 그리고 불을 끄기 위해, 그 뜨거움을 견디지 못해 달려 나오려 하는 듯했으나 그 긴 두 팔을 휘둘러대며 춤추듯 겅중겅중 뛰기만 할 뿐이었다. 마치 굿판에서처럼 어머니는 거대한 불꽃나무가 되어 타고 있었다. 나는 도대체 달려들 엄두를 못 내고 허둥대기만 하는 사람들 틈에 숨어서 그것을 끝까지 지켜보고 있었다. 어머니는 죽어가고 있는 것이 아니다. 귀신이란 귀신은 모조리 불러내어 일생 단 한 번의 성대한 굿을 하고 있는 것이라고 생각하며.
—오정희 「목련초」(1975)

나는 그의 손에서 뜨거워진 마른 풀을 받아들며 이건 좋지 않아, 라고 생각했다. 확실히 그의 속에서는 무언가 변모가, 적어도 달라지고 싶어하는, 자기의 궤도에서, 들들들 끓어오르는 재봉틀 소리에서 탈출하려는 욕망이 자라고 있었다. //
나는 그때 성냥불을 그어 대는 그의, 마치 배화교도와도 같은 진지한 표정에서 비로소 그의 속에서 발화하고 있는 방화의 욕망이 구체적인 대상에로 접근해 가고 있다는 것이 막연하나마 꽤 확실성을 가지고 닿아 와 가슴이 섬뜩해졌던 것이다. //
때로 불덩이는 솟구쳐 강물로 떨어져 내렸다. 주위는 낮같이 밝았다. 불길은 조금도 수그러지지 않고 더욱 밝고 기름지게 타올라 소방작업을 하고 있는 사람들은 오히려 장난을 하고 있는 듯 보였다. (중략) 창의 붉은빛은 좀체로 사라지지 않고 방 안을 가득 채워 우리는 마치 조금도 뜨겁지 않은 화염 속에 나란히 누워 있는 듯했다. 나는 어린아이를 잠재우듯 그의 머리를 가슴 깊숙이 안고 있지만 꺼멓게 타버린 재를 안고 있는 듯한, 또한 불이 타고 있는 강 건너, 꽃보다 더 진한 어둠 속에서 메마른 목소리를 울고 있는 한 마리 삵을 보고 있는 듯한 쓸쓸함에 짐짓 소리 내어 우는 시늉을 하였다.

-오정희 「불의 강」(1977)

인자는 마당으로 나왔다. 회복기의 환자처럼 방심하고 멍한 상태로, 팔짱을 끼고 하늘을 올려다보았다. 동리는 어둡고 강변 쪽으로부터 은은한 폭죽 소리와 함께 조그만 빛의 점 하나가 쏜살같이 솟구쳐 올랐다. 이어 그것은 이해할 수 없는 함성으로 하늘을 뒤덮었다.

그가 누구였던가, 남편이 오래 집을 비웠던 어느 봄날, 혼곤한 낮잠 속에서 꿈결처럼 받아들였던 사내. 남편은 옛 무덤에서 녹슨 칼을 찾아 돌아왔고, 달을 채운 아이는 그녀의 자궁을 찢고 가슴을 찢고 세상으로 나왔다.

강 쪽에서 또다시 불꽃이 오르고 외침이, 탄식이, 흐느낌이, 정욕과 혼란으로 가득 찬 어둠을 찢으며 흩어졌다.

-오정희 「불꽃놀이」(1986)

그 산불은 오늘 할머니 묘소에서 집안 아저씨와 제가 낸 것입니다.

산불의 모습은 상상을 불허하는 장관스런 풍경입니다.

지진이나 홍수 그리고 산불 같은 자연의 모습 앞에 인간은 그저 무릎을 꿇을 수밖에 없습니다. 두렵도록 아름다운, 죄악과 천사가 함께 있는 듯한 그 모습을 그래도 인간이 감당해내야 한다는 일이 이상할 지경입니다. //

할머니의 묘가 다 타버린 것, 뿐만 아니라 다른 망자들의 묘까지 전부 태운 것. 조상의 무덤을 잘 가꾸어야 하는 우리네 풍습에 묏자리가 다 타버렸다는 사실이 자손들에게 어떤 영향을 끼치는지 심히 두려우면서도 왠지 무덤 속에서 망자들이 훨훨 타오르는 불길에 가슴에 맺힌 응어리들을 다 녹여내린 후련함을 맛볼 것 같은 그런 기분 또한 가지게 됩니다.

-김채원 「겨울의 환(幻)」(1989)

그리고 기다렸다. 한 세월을 기다렸다. 큰엄마의 매질이 끝나기를, 그래서 금심이의 찢어지는 울음도 그치기를. 모두모두 끝나고 모두모두 그치고 나면 내 마음

속의 불길도 가라앉으리라. 희한하게도 나는, 방금 전 분명히 불놀이를 하고 그도 넘어서 불까지 낸 계집애였는데도 불구하고 또다시 그놈의 불놀이가 하고 싶었다. 마음놓고 확확 불을 질러대고 싶은 내 욕망, 이제는 짚벼늘이 아니라 넓은 들판에 나가 드넓은 광야에 나가 가슴 벅차오르게, 그야말로 불꽃놀이를 하고 싶었다. 그래서 나는 기다렸다.

—공선옥 「피어라 수선화」(1993)

전날 밤 황씨의 울음 소리는 유난히 크고 격렬하여 정환은 새벽녘에야 선잠이 들었었다. 정오가 가까워서야 일어난 그는 깔깔한 혀를 침으로 다구며 마당으로 걸어나왔다.

마구 겹쳐져 그 수효를 알 수 없는 진달래 나무들이 타고 있었다. 정환은 놀라 불길 앞으로 다가갔다. 환상이 아니었다. 그것은 실제로 불타고 있는 진달래였다.

"……왜 태우는 겁니까?" (중략)

"……보기 좋잖소."

그랬다. 그것은 아름다웠다. 관목들은 농염한 불길을 섞으며 서로의 몸을 애타게 핥고 있었다.

"하지만"

정환은 항의했다.

"곧 봄이 됩니다, 꽃이 필 텐데요."

"……그러니까 태우는 겁니다." (중략)

불꽃이 소리를 태며 치솟았다. 순간 정환은 황씨의 등에 업혀 있곤 하였다는 여자 아이의 환영을 보았다. 등허리에 뿌리를 박고 핀 꽃나무 묘목 같은 여자 아이였다.

—한강 「진달래 능선」(1994)

창고 안에서는 그을음이 검게 낀 가방이 수십개 나왔다. 가죽은 쉽게 타지 않는다. 그러나 그을음이 덕지덕지 묻은 루이뷔똥은 더 이상 루이뷔똥이 아니었다. 그것은 더 이상 명품도 아니었다. (중략)

뉴욕의 무역쎈터가 무너진 바로 그날의 일이었다.

—김윤영 「루이뷔똥」(2002)

논개 치마에 불이 붙어
논개 치맛자락에 불이 붙어

논개는 남강 비탈 위에 서서

火神처럼 무서웠더란다

　　　　　　　　　　　　　　　　　─노천명 「哭(곡)촉석루」(1958)

　미욱한 여인이 어리석은 사나이를 그리어 실성도 하는, 어둡고 허무하고 미치는
불숭어리,
　불은 이랑이랑 불이랑은 불바다가 되며 참을 수 없는 불의 혼령으로 뭉쳐 터지면
천지에 가득 차는 불의 무섬증이야
　회오리치는 불의 향료이랴

　　　　　　　　　　　　　　　　　　　　─김남조 「여인」(1971)

성냥갑 속에서
너무 오래 불붙기를 기다리다
늙어버린 성냥개비들
유황 바른 머리를
화약지에 확 그어
일순간의 맞불 한 번
그 환희로
화형도 겁 없이 환하게 환하게
몸 사루고 싶었음을.

　　　　　　　　　　　　　　　　　　　　─김남조 「성냥」(2004)

불길 속에
머리칼 풀면
사내를 호리는
야차 같은 계집

그 불길 다스려 다스려
슬프도록 소슬한 몸은
현신하옵신 관음보살님
─이조항아리.

　　　　　　　　　　　　　　　　　　─허영자 「백자(白瓷)」(1971)

나무는 불탄다.
처음엔 눈만 이글거린다. 다음 살덩어리가 혼들리고 뼈들이

일어서고, 머리카락이 활활 불타 오른다.

콧구멍에서 연기가 새어나오고, 입에서 불붙은 장작이
튀어나와 뺨에 철썩철썩 떨어진다. 온 전신에서 연기가
새어나온다.

나무는 불덩어리가 된다.
열 손가락이 열 개의 촛대가 되어 솟아오르고, 솟아오르다
말고 두 개의 횃불이 된다. 터진 입에서 콩팥이 튀어나오고,
불붙은 염통이 쏟아지고, 허파가 풍선처럼 부풀어 올라
숨구멍을 틀어막는다. 실핏줄이 터질 때마다 불꽃이 튄다.

—김혜순 「화(禍)」(1985)

촛불이 타고 있는 동안은
심장이 타고 있는 동안은
결코 결코 기도하지 않으리라.
(중략)
내 심장 한 개의 촛불로 만들어
온밤내 태우기만 하리라.
결코 결코 기도하지 않으리라.

—최승자 「기도하지 않으리라」(1989)

불탄다는 말 참 좋지
활활할 열불이 끓어오른다는 말 참 좋지
우우우 뭔가가 일어서는 것 같고
어릴 때부터 쭈욱 함께 자라온 양심이,
양심의 분노가
삶의 눈 밖으로 슬슬슬 사라져가는 것 같지
(중략)
미친 듯 깊어가는 여름밤
그 낮고 음산한 바람소리만 들어도
어떤 식으로 내가 불타오르며
어떤 식으로 내가 이 솟구치는 뜨거운 희망들을 죽여가는지
책장을 넘기듯 환하지

불이 개입된 신음소리
간파당하지 않은 허기 위혜 세워진
그 숙연한 무늬들

—김상미 「불그림자」(1993)

갈가리 찢겨나간 속치마를 움켜쥐고 밤중에 여학생 하나가 집 밖으로 쫓겨나와
이미 불이 번지는 눈알을 굴리며 몸 속의 불을 꺼내달라고 119를 불러대고 삽시간
에 이집 저집에 불이 나 사람들이 소리치며 반쯤 불붙은 몸으로 길바닥으로 나와
뒹굴고, 불의 마술을 익힌 몇몇 사나이들을 데리고 불난 집들의 불을 모아 불의
화환을 엮어 그 속으로 들어갔다 나왔다 하고 불에 타들어가는 이들의 비명을
맨발로 질끈 밟고 서서 불에서 도망치는 여자의 긴 머리채를 휘어잡아 통째로
번쩍 들어올리고 꿀꺽꿀꺽 불을 삼키고

—김길나 「불 먹는 사나이」(1997)

단 한 사람의 가슴도

제대로 지피지 못했으면서

무성한 연기만 내고 있는

내 마음의 군불이여

꺼지려면 아직 멀었느냐

—나희덕 「서시」(1994)

춤을 추는 불길 속에
검불을 던져넣으니
허물만 부여잡고 썩지도 못하는
오래 묵은
내 마음의 속 빈 대궁들도
홀홀 타들어간다

—양선희 「불놀이」(2001)

내 몸은 마치 살려고 불을 토하는 활화산 같았다. 정신을 차리고 보니 이미 내
속에서 올라온 火는 火山을 이루고 있었고, 그 주변 생물은 모두 사라지고 없었다.

내 속에 火가 저리 많았는데 나는 왜 너 하나 녹여 내 살을 만들지 못하고, 나는
왜 나를 녹여 너 깃들일 집 하나 꾸미지 못했는가. 火 속으로 뛰어들어 火魔가
되고 싶은 나를 붙잡고 놓지 않는 것은 아직 토하지 못한 내 속의 너, 火根이었다.

—양선희 「화산을 토하다」(2001)

불은 맨 처음
어머니 가슴에 나고
그 다음에
내 가슴에 나리
새로 갈아입은 내의를 태우며
빨래 널어 놓은 뒤터에서
공처럼 잡히질 않고
이리저리 구르리
불은 숨는 법 없이
나무를 오르며
담장을 따라 달리리
(중략)
옛날 이야기같이 감쪽같이
콩알같이 작아져 가는 불, 의, 씨, 의,
하지만 다시 해 떠오르면
불은 맨 처음
어머니 가슴에 나고
그 다음에 내 가슴에 나리

—이진명 「불」(1992)

8.4. 불씨, 지성에의 욕망

모든 것을 소멸시키고 재창조할 수 있는 불은 위험과 금기의 의미를 지닌다.
신의 금기를 어기고 인간에게 불씨를 가져다준 프로메테우스의 열정은 동경과
갈망, 저항적 지성을 상징한다. 불에서 파괴성이나 폭발성과 같은 공격적이고

감정적인 속성들을 배제했을 때, 정제된 이지적 열정이 도드라지게 되고, 작은 불씨는 특히 다스려진 열정과 지성을 의미하게 된다.

현대소설에서 아궁이의 불, 촛불, 장작불 등, 조용하고 규칙적이고 통제된 불은 몽상과 사유를 의미한다. 개화기의 신여성 인물은 아궁이 속 불을 들여다보며 삶을 재미나게 하는 지식에 대한 열망을 깨닫는다. (나혜석 「경희」) 이것은 아궁이에 담긴 불이 일으킨 사유의 힘이다. 우연히 마주한 불씨가 내면에 잠재해 있던 열정을 들추어내기도 한다. 어두운 바다 한가운데서 불을 내뿜으며 메시지를 전달하는 등대의 이미지는 일상에 매몰된 채 어떠한 열망도 없이 살아온 여성인물의 삶을 반추하게 하는 매개물로 등장한다. (이선희 「탕자」) 반짝이는 작은 불꽃은 섬세한 응시를 유발하면서 내면의 상념에 집중하게 한다. 방황하던 인물은 "차갑고 맑게", "은밀하게 명멸하는" 무수한 불꽃을 보고 자신이 처한 고통을 제대로 바라볼 수 있게 된다. (강신재 「황량한 날의 동화」, 강석경 「숲 속의 방」, 전경린 「바닷가 마지막 집」)

> 경희는 불을 때고 시월이는 풀을 젓는다. 위에서는 푸푸, 부글부글 하는 소리, 아래에서는 밀짚의 탁탁 튀는 소리, 마치 경희가 도쿄음악학교 연주회석에서 듣던 관현악 연주소리 같기도 하다. 또 아궁이 저 속에서 밀짚 끝에 불이 댕기며 점점 불빛이 강하게 번지는 동시에 차차 아궁이까지 가까워지자 또 점점 불꽃이 약해져 가는 것은 마치 피아노 저 끝에서 이 끝까지 칠 때에 붕붕 하던 것이 점점 땡땡 하도록 되는 음률과 같아 보인다. 열심히 젓고 있는 시월이는 이러한 재미스러운 것을 모르겠구나 하고 제 생각을 하다가 저는 조금이라도 이 묘한 미감(美感)을 느낄 줄 아는 것이 얼마큼 행복하다고도 생각하였다. 그러나 저보다 몇 십 백배 묘한 미감을 느끼는 자가 있으려니 생각할 때에 제 눈을 빼어버리고도 싶고 제 머리를 뚜드려 바치고도 싶다. 뻘건 불꽃이 별안간 파란 빛으로 변한다. 아, 이것도 사람인가, 밥이 아깝다 하였다.
>
> ―나혜석 「경희」(1918)

> 거기엔 아직도 그가 산 위에 동굿처럼 꽂혀 있다. 마치 소돔 성이 유황불 속에 멸망할 때 신의 계시를 저버리고 뒤를 돌이켜보다 소금 기둥이 된 가나안의 여인처럼. //
>
> '등대엔 불이 켜졌다.'
>
> 캄캄한 밤 바다엔 기둥 같은 섬도 보이지 않고 다만 등대의 불빛만 부챗살처럼

퍼졌다 가둬졌다 뱃길을 인도하는데 나는 물결이 들어와 내 구두를 적시는 것도 모르고 두 눈을 모아 등대를 바라보았다.

아직도 그 젊은 염세주의자가 섬 꼭지에 서 있는 것 같다. 손벽 같은 붉은 별이 등대의 불빛과 나란히 박혀 있는 곳에…….

나는 한 팔을 번쩍 들어봤다. 그 사람이 아직도 그 자리에 서 있는 것 같아서 한번 신호를 해본 것이다.

-이선희 「탕자」(1940)

검은 하늘과 한빛이 된 바닷자락은 보이지 않았으나 물 위에 떠 있는 불은 더 영롱해 보이는 것일 게다.

명순은 언제까지나 앉아 있었다.

아무 생각도 하지 않는 물건은 아름다웠다.

아무 의미도 없고 곱게 생겨 있는 물건에는 위안이 있었다.

별이 없는 하늘로 부드러운 진동음을 울리며 순찰기가 선회하고 있다. 날개 끝에는 진초록과 빨강의 구슬 같은 등불이 명멸하였다. 크리스마스의 납동이처럼 반짝이는 빛깔이다. 그 위로 어두운 하늘이 막막하게 ─ 영원의 침묵을 지키며 펼쳐져 있었다.

걸상에 기대어서 명순은 잠깐 졸았다.

그리고 싸늘해진 야기(夜氣)에 둘러싸여 곧 눈을 떴다.

그녀는 날이 샐 때까지 그렇게 앉아 있었다.

어둠이 걷히기 시작하니까 등불들은 색이 바래고, 그리고 꺼졌다.

-강신재 「황량한 날의 동화」(1962)

까만 우산 천에 불빛이 부딪혀 흩어졌고 소양은 눈을 감은 채 꼼짝 않고 있었다. 그때까지 내가 방에 들어온 것도 모를 정도로 자기 세계에 빠져 있었다. 그래, 지금에야 이 표현이 떠오르지만 그것이 소양의 세계였다. 주문처럼 타오르는 양초들, 제 스스로 당겨놓은 불을 못 견뎌서 소양은 또 그 빛들을 까만 우산으로 차단하고 있었다.

다시 생각하니 전율이 올 정도로 그날 밤의 인상이 강하다. 나는 소양이 모르게 방을 빠져나왔다. 소양은 다른 세계에 사는 것 같았고 나는 그것을 세대차라고 단정 지음으로써 편하게 소양의 공간을 인정했다.

-강석경 「숲속의 방」(1985)

안개가 흰 치마폭처럼 너울거리는 고갯길을 오른 나는 그 자리에 우뚝 멈추어

선다. 반짝이는 불꽃잎을 매단 나무 한 그루. 나뭇잎 속에 차갑고 맑은, 무수한 불꽃들이 이교도들의 눈처럼 은밀하게 명멸하고 있다. 저것은 무언가……. 두려움 때문에 다리가 접히며 아득히 까무러지는 듯하다. 누구도 믿지 못할 미확인의, 다른 차원의 비밀을 보아버린 것만 같다. 한참만에야 나는 그 명멸이 반디 불꽃이라는 것을 알아챈다. 그토록 많은 반디들이 나무에 붙어 깜박이고 있는 것이었다. 신비스러운 불꽃나무는 고갯길을 가로막은 채 나에게 무슨 말인가를 하고 있었다.

—전경린 「바닷가 마지막 집」(1998)

9
땅

땅은 흙, 토지, 전답(논밭), 토양, 땅덩어리 등의 유사어들을 포함한다. 흙과 땅은 상관적인 의미를 지니고 있다. 흙은 식물에 영양을 공급하는 토양의 의미가 있으며, 땅은 추상적 공간을 뜻하면서 사회적·경제적 개념을 지닌다.

전통적으로 땅은 생산과 번식의 능력을 가진 지모신을 상징한다. 대지 혹은 땅을 주관하는 지모신은 모든 사물의 영원한 생명적 근원을 의미한다. 농경사회의 전통 속에서 땅은 양식의 원천이자 노동의 현장인 논밭을 의미한다. 민요에서 여성의 삶 속 논밭은 신고한 노동이 이루어지는 현장으로 나타나며, 고단한 일상을 구성하는 배경이 된다.

근대 이후 땅과 흙은 생태학적 상상력의 원천으로 자리하며, 자연과 고향이라는 정신적 가치를 동반한다. 이에 현대문학에서 땅과 흙의 원형은 여성과 자연의 친연성을 설정하는 에코페미니즘의 중심 모티프가 되고 있다. 흙과 여성의 몸은 생명을 잉태하고 보육하며 조화와 공생의 원리를 배태하고 있다는 점에서 상동성을 지닌다.

또한 도시화 및 산업화에 따른 자연의 상실을 경험하게 됨에 따라, 현대문학에서는 자연의 훼손을 문제의식으로 삼는다. 흙은 인간의 욕망에 의해 불모의 사막으로 변질되고, 땅은 자본화하여 인간의 욕망을 대리하는 기호가 된다. 흙과 땅으로 대변되는 자연의 파괴는 여성 육체의 훼손 또는 여성 삶의 황폐함과 유비관계를 이룬다. '사막'과 '모래', '여성 미라'는 자연이자 여성성이 훼손된 형상을 드러내는 대표적인 상징이다. 생명력을 상실한 사막과 모래, 여성 미라들은 여성이 자유와 욕망을 잃은 채 살아내야 하는 일상과 현실을 비유한다. 여성이 불모의 공간에서 질식해 가고 있음을 보여줌으로써 문명과 남성적 폭력에 대한 저항의식을 보여준다. 그리하여 인간과 자연과의 정서적 동질감이 해체되어 인간의 삶이 황폐화되는 과정을 비판적으로 성찰한다.

여성문학에서 지모신의 상징인 땅은 대지적 상상력의 원천으로서, 땅이 지닌 포용성과 생산성은 가부장적 질서를 해체할 수 있는 대안적 원리로 부각된다. 또한 땅의 생명력은 자연과의 친화 관계를 회복하여 에코토피아로 나아가게 하는 자연의 힘으로 정의된다.

9.1. 땅 관련 어휘의 변화

땅의 의미   '땅'이란 『표준국어대사전』에서 다양한 의미로 정의된다. 바다와 대가 되는 의미의 육지, 국가의 영역 혹은 그 한 부분으로서의 지역, 개인이 소유한 영역, 흙 혹은 논이나 밭 등 넓은 의미영역을 갖는다. 따라서 이의 유사어로 '뭍, 영지(領地), 강토(疆土), 토지(土地), 지역, 전답(田畓), 지괴(地塊), 땅덩어리, 흙덩이, 토양(土壤), 흙' 등이 있다.

    땅이 문헌에 등장하는 최초의 형태는 15세기의 '짜'이다. 음절말의 'ㅎ'은 후행하는 모음과 결합하여 '이 東山ᄋᆞᆫ 남기 됴ᄒᆞᆯᄊᆡ 노니논 짜히라'(『석보상절(釋譜詳節)』(1447))와 같이 실현되며, /ㄱ/, /ㄷ/ 자음 앞에서는 후행하는 자음과 결합하여 거센소리로 실현된다. 한편, 비음 앞 혹은 단독형으로는 '짜마다 나라히며 자시며'(『석보상절(釋譜詳節)』(1447))와 같이 'ㅎ'이 탈락된다. 이러한 교체를 보이다가 17세기에 이르면 '指麾ᄒᆞᄂᆞᆫ 能히 이른 하ᄂᆞᆯ콰 ᄯᅡ콰도 두르혀리로소니'(『두시언해중간본(杜詩諺解重刊本)』21(1613))에서 보이는 것처럼 'ᄯᅡ'의 형태가 나타나기 시작한다. 이처럼 17세기에는 'ᄯᅡᄒᆞ'과 'ᄯᅡ' 등과 같은 과도기적 어형이 나타나며 어두음절에서의 'ㆍ〉ㅏ' 변화가 완료된 18세기 후반을 거쳐 19세기에 이르면 '땅'이 나타난다.

흙, 토지, 논밭, 흙덩이, 흙무더기, 모래   '흙'은 지구의 표면을 덮고 있는 물질이며 바위가 부스러져 생기거나 동식물로부터 생긴 유기물이 섞인 물질을 가리킨다. 따라서 흙은 식물에 영양을 공급한다는 '토양(土壤)'의 의미가 있으며, 이러한 의미가 확장되어 어떤 활동이 이루어질 수 있는 바탕, 밑받침을 비유적으로 일컫는 말이기도 하다. 물리적으로는 땅과 흙은 다른 것을 의미하지만, 관용적으로 흙과 땅은 상관성을 나타내며 흙은 땅의 의미로 사용되기도 하고, 혹은 땅은 흙의 의미로 사용되기도 한다.

    흙은 물질 또는 생물체의 분해물의 집합체라는 개념인 반면, 땅은 추상적이며 사회적인 개념을 갖는다. 땅은 온갖 사물이 존재하는 추상적 공간성을 의미하는 반면, 우리의 생활과 밀접한 관련을 맺으며 경제적 개념을 지닌다. 땅보다 더 구체적인 개념으로 '토지'라는 말은 법률적으로 소유권의 대상이 되는 일정하게 구획된 땅 일부분을 의미한다. 이밖에 흙과 관련된 어휘로 '논, 밭, 논밭, 들, 벌(판)' 등을 들 수 있는데 '논'은 물을 채우고 작물(주로 벼)을 재배하는 땅을 의미하였고, '답(畓)' 또는 '수전(水田)'이라고도 하였다. 논에 대한 문헌상의 기록 "남택에 처음으로 벼를 심었다.(始稻作於南澤)"(백제 다루왕 6년)으로 보아 논은 삼국시대부터 있었던 것으로 추정된다.

'흙'의 15세기 형태는 '훍'이다. '훍'은 15세기 말부터 나타나기 시작한 '·'의 비음화로 인하여 비어두음절에서 '·〉一'의 변화를 입어 16세기에는 '흙'의 형태로 나타난다. 16세기와 17세기 문헌에서 보이는 '흑'의 출현은 자음 앞이나 휴지 앞에서 '흙'이 [흑]으로 발음되었을 것이라고 짐작케 한다. 15세기에 '진흙' 은 '즌훍'으로 나타나는데 '즐-(泥)+ㄴ+훍(土)'로 분석한다면 '즌훍 〉 즌흙 〉 진흙'의 변화가 이루어졌다고 본다. 그런데 15세기 문헌에 나타나는 '딜훍'은 '딜 -(泥)'이라는 어간에 직접 '훍'이 결합한 것인데 중세국어에서는 어간과 어간이 직접 결합하는 조어현상이 있었음을 알 수 있다.

'흙덩이'는 '土塊'라는 의미로 16세기에 '훍덩이'가 나타난다.(어버시 죽거든 … 거저긔 자며 훍덩이룰 볘며 (『번역소학(飜譯小學)』7(1518)) 그 이후 '훍덩이 〉 흙덩이 〉 흙덩이'로 변화하여 지금의 '흙덩이'가 되었다. 당시 '흙덩이'는 말 그대로 '흙 이 엉기어 뭉쳐진 덩이'를 의미했지만, 후대로 오면서 '땅'이라는 의미를 획득하게 된 것으로 보인다. '흙덩이'와 유사한 말로 '흙무더기'가 있는데 이는 15세기 문헌에서 '훍무적' 또는 '훍무디'로 나타난다.(훍무저근 싸해 사는 欲界룰 가줄비 시고 … 훍무적에 걸앉다 니르샤고 (『법화경언해(法華經諺解)』2(1463), 墩 훍무디 돈 (『훈몽자회(訓蒙字會)』中(1527)) 당시에 '훍무적'은 '흙덩이'와 마찬가지로 모아서 쌓아 놓은 흙을 의미한 것으로 보인다. 이밖에 '흙'의 한 종류인 '모래'는 15세기에 '몰애'(『석보상절』(1447))로 나타난다.

높이 솟은 땅, 산　　　'산'은 평지보다 상당히 높게 솟아 있는 땅의 부분을 말한다. 산은 한자어 '山'에서 유래한 것이나 중세국어에는 '뫼(ㅎ)'라고 나타날 뿐, '산'의 형태는 나타나지 않는다. 산(山)의 옛말 '뫼'는 '모이'가 준 말인데 어근 '모'의 조어형(祖語形)은 '몯'에서

변형된 '몰'에 '-이'가 붙은 '모리[山]'에서 기원했다고 본다. 이의 근거로 조어(祖語) 형태인 '모리'의 어근 '몰'과 만주어에서 산정(山頂)을 의미하는 'muru'의 어근 'mur'가 동원어(同源語) 관계임을 주장한다. (몬〉몰〉몰-이〉모리〉모이〉뫼) 그러던 것이 17세기에 이르러 '산'과 '뫼' 혹은 '메'의 형태가 함께 나타나기 시작한다.

산(山)은 일차적으로 '주위의 지면에 대하여 사면을 이루며 높게 돌출한 지형', '주위의 평평한 지면에 비하여 우뚝하게 높이 솟아 있는 지형' 혹은 '평지보다 썩 높이 솟아 있는 땅덩이'이라고 정의된다. 산은 평야와 대비되는 개념으로 엄밀한 뜻의 '산'은 구릉이나 재(嶺, 峙)를 제외한 정상부가 있는 돌출 지형을 의미한다. 『브리태니커 백과사전』에서는 언덕(hill)보다 높은 고도의 것을 산이라 하였다. 과거에는 언덕과 산을 같은 개념으로 취급하기도 하였으나, 오늘날은 고도의 한계를 분명히 밝히고 있다. 그러나 나라에 따라서는 그 구분이 애매하여 산의 침식 정도나 지형적 특성 등에 따라 높이와는 관계없이 '산'으로 지칭하기도 한다.

'산'은 중세에 특수 곡용을 하는 고유어 '뫼ㅎ'였으며, 고유어가 소실되고 한자어가 살아남은 대표적인 예로 꼽는다. 15세기에 '뫼 爲山(『훈민정음해례본(訓民正音解例本)』(1446))', '그 뫼히 흔 것도 업시 믈어디거늘(『석보상절』 6(1449))' 등에서 '뫼~묗'의 교체형이 나타난다. 그러다가 16세기에 이르러 한자어 '산'이 나타나며, '묗'과 병존하며 상당 기간 유의경쟁을 벌이다가 '뫼' 대신 '산'이 자리를 잡게 되었다.

산은 전북지역에서 '매까테, 매까티, 매깟' 등으로 나타나는데 '매깥'이 원형으로 추정된다. 특이한 것은 북한 황해도 지역에서 '산'의 방언형으로 '메, 메간, 멕갓' 그리고 '뫼, 미 : ' 등과 '석갓, 석갓탕' 등의 형태가 나타나며, 그 외에 평안도 지방에서 '메'와 '뫼'가 혼용되어 나타난다. 제주도 지역에서는 '오름'과 같은 방언형이 나타나고 있다.

산의 일부분을 가리키는 말로 '산봉우리, 산등성이, 산꼭대기, 산기슭, 산마루, 산골짜기, 산탈(메탈)' 등이 있다. 이는 산의 각 부분에 따라 명칭을 붙인 것인데 산의 비탈이 끝나는 아랫부분을 '산기슭'이라고 하고, 산기슭의 비탈진 땅이 '산비탈'이라고 하며, 산의 등줄기는 '산등성이'라고 한다. 산과 언덕의 길게 이어진 선을 일컬어 '능선(稜線)'이라고 하였는데, 이는 오늘날 '산등성' 혹은

'산등성이'로 부른다. 또한, 산등성이에서 가장 높은 부분을 '산마루'라고 하는데 이는 '산등성마루'의 준말이다. 이를 '산정(山頂)'이라고도 했으나 지금은 이를 순화하여 '산꼭대기'로 부른다.

현대 국어에서는 "꼭대기의 뾰족한 머리 부분"을 의미하는 '산봉우리'와 "산등성이나 산봉우리의 가장 높은 꼭대기"를 의미하는 '멧부리'가 공존하는 것을 발견할 수 있다. '산봉우리'는 중세 국어에 '뫼'와 '봉으리'가 결합한 '묏보오리'와 '묏봉으리'로, 또는 '묏봉'으로도 나타나는데 모두 동의어로 쓰인 것으로 짐작된다. 이들은 고유어 '뫼'가 한자어 '산'으로 대체되면서 '산봉우리'와 '산봉(山峰)'으로 변화된다. 이와 비슷한 의미를 지닌 단어로 '산'과 '꼭대기'의 합성어인 '산꼭대기'가 있다. 이것은 '산정(山頂)'을 뜻하며, 근대 문헌에서 '뫼ㅅ곡뒤'와 '뫼귿'이 확인된다. 17세기 문헌에 보이는 '곡뒤'는 '꼭뒤'의 의미로 쓰이고 있으며 18세기 문헌에서 '꼭대기'라는 의미로 쓰인 '곡뒤'가 확인된다. '꼭대기'는 19세기 말의 『한불자전』(1880)에 '쏙닥이'로 나온다. 산과 산 사이를 이르는 '골짜기'는 중세어에서 골로만 나타난다. 즉, '골+작+이'가 결합하여 지금의 '골짜기'가 형성된 것으로 보인다.

고개, 구릉, 동산, 언덕, 둔덕

현대 국어에서 산을 지칭하나 조금씩 다른 의미로 쓰이는 것으로 '고개, 구릉, 동산, 언덕, 둔덕' 등이 있으며, 산의 명칭에 사용되는 산 관련 어휘로 '악(岳), 령(嶺), 재(재), 구(丘)' 등이 있다.

'고개'와 '재'는 거의 같은 뜻을 지닌 유의어로 볼 수 있는데, 중세 시기에도 지금과 같은 형태와 의미로 쓰인 것을 알 수 있다. '고개'는 경남지역에서 '고개ː, 고개에', 경북지역에서 경음화된 형태인 '꼬개'와 '꼭대기, 꼭두베이' 등이 나타나고, 반면 충남지역에서는 '등서이, 등세이', 충북지역에서 '산등서이' 등으로 나타난다. 강원지역에서는 '드러리, 등개이, 등꽤이'의 형태가, 전남지역에서는 '언덕, 엉덕, 잔등' 등의 형태가 나타나며, 전국적으로 '고개'의 방언형으로 '재'의 형태가 산재하고 있다.

우리나라는 산지가 전 국토의 70%를 차지하는 산악국이다. 따라서 땅의 넓이에 비해 산이 많고, 그 산이 산줄기로 길게 연결되어 있어 산줄기가 지방과 고을을 나누고 작게는 마을을 나누기 때문에 길마다 '고개'가 많다. '고개'를 나타내는 말로는 '령(嶺), 현(峴), 재, 티(峙)' 등이 있는데, 우리나라에서 오래되고 큰 고개로는 영남(嶺南)의 관문인 '문경새재'를 들 수 있다. '문경새재'는 한문으로 '조령(鳥嶺)'이라고 하는데, 그 고개가 하도 높아서 사람은 걸어 넘기 힘들고 새나 날아서 자유롭게 넘나들 수 있기 때문에 '새재'라고도 하나, 실재로 새재는 그렇게 험하지도 높지도 않으며 전국적으로 50여 개나 있고 새재라는 이름을 가진 조그만 고개도 많다.

충청도 지방에서는 한 지역에서 다른 지역 거리를 말할 때 보통 '새치'로 하면 얼마고, '모루치'로 하면 얼마라는 말이 있는데, '새치'란 사잇길로 똑바로 가면 얼마라는 말이고, '모루치'란 길이 있는 대로 돌아가면 얼마라는 뜻이다. "모로 가도 서울만 가면 된다."는 말은 "돌아가더라도 서울만 가면 된다"는 뜻이므로 '모루'는 '모로'와 같은 말이라고 볼 수 있다. '새재'의 '새'의 뜻은 새(鳥)와 관계가 없는 사잇길의 '사이, 가운데, 직선'이라는 뜻으로, '새재'는 '산을 넘어가는 가장 빠른 고개'라는 뜻으로 쓰인 보통명사인 것이다. 이 새재 중 문경세재가 제일 크고 왕래가 빈번했기 때문에, '새재' 하면 '문경새재'로 알고 있는 것이다. 문경새재는 영남대로의 관문이기 때문에 영남선비들이 과거의 합격이나 관직 임명 등 한양의 경사스러운 좋은 소식을 새재에서 듣는다 하여 새재 남쪽지방에 문경(들을 聞, 경사 慶)이라는 땅이름이 생겼다고 한다.

'언덕'은 땅이 좀 높게 비탈진 곳으로 '구릉(丘陵)' 혹은 '둔덕'과 유사한 의미로 쓰인다. 이러한 언덕의 생김새에 기인하여 현대국어에서는 '달성하거나 도달해야 할 희망 찬 목표나 그러한 수준에 이른 단계'를 비유하여 일컫기도 하고, '미더운 언덕'과 같이 보살펴주고 이끌어주는 의거해야 할 미더운 대상을 일컫기도 한다. '언덕'과 관련된 단어로 중세국어에 '언, 두던, 두듥'을 확인할 수 있다. 먼저 '언'은 '언덕'과 '둑'이라는 두 가지 의미로 쓰인 것으로 보인다.

'위안'은 '동산'과 유의 경쟁을 벌이다가 소실된 대표적인 예로 꼽는다. '위안'과 '동산'은 중세어에 자유롭게 쓰였던 것으로 보인다. '산'과 관련하여 '산악(山嶽. 山岳)'이라 함은 산 중에서도 모양이 크고 규모가 큰 형세를 일컬을 때 쓰는 말이다. 이러한 의미 때문에 '산악 같은'이라는 말은 모양이 크고 억세거나 힘찬 모양새를 비유하는 표현으로도 자주 쓰인다. '山'과 '岳'은 같은 뜻으로 '岳'은 한자로 그 뜻을 풀어 보면 구(丘)는 언덕의 상형인데, 흙 한 더미를 뜻하는 토(土) 위에 두 더미를 뜻하는 구(丘)가 더해져 岳(악)은 山(산)보다 높고 험하다는 의미를 갖게 되었다.

산의 다양한 이름

산은 '땅덩이'와 '평지보다 높은 땅덩이'이라는 특성을 갖고 있다. 산의 크기에 따라 하위분류된 어휘들로 '큰 산'을 표현하는 '-산(-山), 대악(大嶽, 岳), 거산(巨山), 장산(壯山), 교악(喬嶽), 태산(泰山)' 등이 있고, 산의 높이와 좀 더 밀접하게 관련된 어휘들로 '고산(高山), 고악(高嶽), 운제(雲際)' 등이 있다. 높으면서도 중첩되어 있다는 의미를 강조하는 어휘로 '교척(喬陟)', 높고 험하다는 의미가 강조된 '준산(竣山), 준악(峻岳)' 등이 있고, '높고 험한 산들'이라는 복수의 의미가 첨가된 '산악(山岳, 山嶽)'이 있다. 또한 '깊은 산'으로 풀이되는 '심산(深山)', '적막하도록 깊고 높은 산'으로 풀이되는 '막막궁산(莫莫窮山)' 등이 있다.

이와는 반대로 산의 '작음'과 관련하여 작은 언덕 혹은 작은 산으로 풀이되는 '소구(小丘), 소악(小岳)' 등이 있으며, 외따로 떨어져 있다는 의미가 강조된 '독메(獨 -)', 그리고 주로 언덕처럼 작은 산을 지칭하는 외래어로 현재 우리말로 정착되어 가고 있는 '힐(hill)'이 있다. 또한 들 근처의 나지막한 산으로 풀이되는 '야산(野山)', 높낮이가 고르지 않게 어지러이 솟은 산들로 풀이되는 '난산(亂山)' 등도 있다.

산의 전후(前後) 위치에 따른 하위어로 막연히 앞에 있는 산을 의미하며 포괄적이고 추상적인 의미로 풀이되는 '전산(前山)'과 이에 비하여 구체적으로 집이나 마을 앞쪽에 있는 산으로 풀이되는 '앞산(-山)' 등을 들 수 있다. 집이나 마을 뒤에 있는 산으로 풀이되는 '뒷산(-山)'과 도읍, 집터, 무덤 등의 뒤쪽에 있는 산 혹은 묏자리나 집터 등의 운수 기운이 있는 산으로 풀이되는 '주산(主山), 후산(後山)' 등을 들 수 있다.

또한 산의 상하(上下) 위치에 따른 하위어로 바다 밑에 솟은 산으로 풀이되는 '해산(海山)'과 바다 밑에서 광물을 채굴하는 광산으로 풀이되는 '해저광산(海底海底)' 등을 들 수 있다. '산'의 방향에 따른 하위어로 동쪽에 있는 산으로 풀이되는 '동산(東山)'과 아침해가 솟는 쪽의 산, 곧 동쪽의 산으로 풀이되는 '신악(晨岳)' 등이 있으며, 해 지는 쪽의 산, 서쪽에 있는 산으로 풀이되는 '서산(西山)',

남쪽에 있는 산으로 풀이되는 '남산(南山)', 북쪽에 있는 산으로 풀이되는 '북산(北山)' 등이 있다.

산의 거리에 따른 하위어로 먼 곳에 있는 산 혹은 멀리 보이는 산으로 풀이되는 '먼산(-山)'과 단순히 먼 곳에 위치하고 있다는 의미의 '원산(遠山)'이 있다. 이밖에 색채 의미가 가미된 새파랗게 보이는 먼 산인 '창산(蒼山)', 서울 근처의 산인 '경산(京山)', 산소 가까이 있는 '주산(主山)' 등이 있다.

고립된 위치라는 의미를 강조하여 '고산(孤山)'이라고 표현하는데, 이것은 홀로 떨어져 외롭다는 감정이 내포된 것으로 볼 수 있다. 또한 외따로 떨어져 있는 산 혹은 혼자서만 따로 쓴 산소로 풀이되는 '독산(獨山)'이 있으며, 외따로 떨어져 있는 조그만 산으로 풀이되는 '독메(獨-)' 등이 있다.

9.2. 땅의 상징성

지모신(地母神)

기본적인 여성의 역할인 생산과 번식의 능력은 지모신의 모티브이다. 만물은 지모신에게서 나오고, 그녀에게로 돌아가며 모든 것이 그녀의 것이다. 지모신인 여성은 대지가 되고 남성은 하늘의 배우자가 된다. 이처럼 고대 사람들은 처음 흙을 자각하면서 땅은 자신들을 먹여 살리며 보호해 주는 일종의 수호신이라고 생각했기 때문에 대지, 혹은 땅을 신앙의 대상으로 섬기게 되었고, 이것을 지모신관(地母神觀)이라 부르게 되었다. 따라서 지모는 모든 사물의 영원한 생명적 근원을 의미하게 되었다. 이처럼 지모의 사상은 농업적 전통에서 기원했으며 농경적인 풍요를 원하는 것에서 비롯되었고 땅과 땅에서 수확한 곡물은 감사한 존재, 숭앙하는 대상이 되었다.

한 해 동안 마을의 안녕과 농어업의 풍요 및 제액초복을 기원하는 동제인 서낭제를 올릴 때 금줄을 둘러치고 황토를 깔아놓는데 이것은 황토가 부정을 막아주는 역할을 한다고 믿었기 때문이다. 경복궁 앞을 황토현(黃土峴)이라고 하는데 이렇게 부른 것도 '황토'가 액운을 막아준다고 생각한 당시의 의식을 보여주는 것이다.

또한 한국의 세시풍속 중 정월 대보름날은 우리 민족의 밝음 사상을 반영한 명절이다. 우리 문화에서 대보름날은 물의 여신을 의미하는 달과 여성, 그리고 여성 생산력을 상징하는 대지가 만나는 날을 상징했다. 그러므로 대보름은 농경문화와 밀접한 관련이 있으며, 땅과 달을 여성으로 여기는 풍습은 전통적인 지모신(地母神)의 생산력 관념으로부터 비롯된 것이다.

흙의 상징성

흙은 고향이라고 하는 정신적 가치를 동반한다. 이동이 적었던 옛날에는 일정 지역의 땅에서 태어나 성장하고, 조상으로부터 물려받은 땅에서 땀을 흘려가며 자신의 정체성을 확인하였다. 그런 토착적 가치관은 땅과 흙을 고향이라는 것과 연결시키며 자기가 태어난 땅에 향수를 가지게 하였고 이것은 조국과 동일시하게 하였다. 박경리의 『토지』는 농토로서의 토지, 고향으로서의 토지라는 관점에서 이야기를 서술하고 있다. 이 소설은 이 땅과 땅 위에 살고 있는 숱한 형태의 삶과 그 삶들의 관계, 가치관, 인생관을 토지를 매개로 하여 보여주고 있다.

그런데 산업화, 도시화로 인한 문명의 발달로 인해 흙에 대한 사상은 위축되었고 현대인은 역으로 흙과 함께 하는 생활, 흙과의 친화와 교류, 흙으로의 회귀 등을 추구하게 되었다. 또 하늘은 개인들의 행동을 판단하는 차가운 대상인 반면, 땅은 서민적이며 포용적인 온화함을 느끼게 하는 대상이었다. 이처럼 흙이 인간에게 도움을 주는 친화력을 가졌다는 생각은 흙을 밟고 살아야 건강하다는 생각을 갖게 하였다.

또한 흙은 기복(祈福)의 대상이자 재산을 상징하여 흙을 쓸어버리면 복이 나간다고 생각하고 마당을 쓸 때도 집 안쪽으로 쓸게 했다. 이 밖에 음양오행에서 '土'는 음이며 오장 중 비장(脾臟)이 토에 속한다고 하였다.

여성 이름의 산

수도권은 물론 전국적으로 '노고산, 노고봉, 노고단' 등 '노고(老姑)'라는 땅 이름을 가진 곳이 많이 있다. 노고산은 보통 그 지방에서 '할미산'으로도 부르는데, '老姑'의 뜻을 풀어보면 '늙은 여자' 즉, '할머니'라는 뜻이 된다. '할미산'의 유래를 들어보면 할머니의 모습, 할머니의 등이 굽은 모습이라서 그렇게 부른다고 되어 있으나, 그것은 단지 땅이름일 생긴 후에 만들어진 얘기이고, 실제로 '한미'에서 유래한 것으로 볼 수 있다. '한미'는 '큰 산'이라는 우리말이 변하여 '할미산'이 된 것으로 '한미>한뫼>한매>할매>할미'의 변화를 추측해 볼 수 있다.

이와 비슷한 이름으로 강남구 남쪽에 헌릉과 인릉을 품고 있는 '대모산(大母山)'이 있는데, 그 옛날 명칭은 '대고산(大姑山)'이다. 황해도 일부 지방에서는 할아버지를 '큰아버지', 할머니를 '큰어머니'라고 부르는데, 원래 할아버지는 '한아버지', 할머니는 '한어머니, 한어미'에서 변화된 말로, '한'과 '큰'은 동일한 의미로 쓰였음을 알 수 있다. 또한 아버지의 고모, 즉 할아버지의 여자 형제를 우리는 '大姑母'라 부르는 것도 이에서 유래한 것으로 볼 수 있다. 이와 같이 '한'은 '큰'의 뜻을 나타내므로 마을의 큰산을 '한뫼'라 부르고 그것이 변하여 '할미산'이 된 것이며, 이를 다시 한자로 의역한 것이 '노고산, 노고봉, 노고단' 등이라 볼 수 있다.

9.3. 신고한 노동의 현장, 논밭

며느리에게 땅은 신고한 노동의 현장인 논밭이다. 논밭이 등장하는 대표적인 노래는 시집살이 민요이다. '밭매는 노래' 계열을 비롯한 시집살이 민요에서 논밭은 며느리에게 부과된 고된 노동의 현장이다. 이때의 논밭은 무더운 날 땡볕이 쬐는 곳이자, 매야 할 고랑이 끝없이 이어져 있는 곳으로 나타난다. 따라서 며느리인 여성에게 논밭은 고되고 과도한 노동의 장이 되고 있다. (「경남 거창 밭매기 노래」, 「경북 상주 시집살이 노래」, 「경북 영동 시집살이 노래」, 「경북 영천 밭매는 소리」)

불거치 덥은날에 거치나 짓은밭을 한골매고 두골매고 삼세골 거둬매니 다른아 점슴 다오는데 나에나점슴은 아니오나 우런님은 어데로 가고 점슴가리 안비치노
―「밭매기 노래」 경남 거창군 기조면(미상)

시접갔는 사열만에 밭매라고 영명하네 시누씨는 시호매이주고 이내나는 나무호매이 손에쥐고 뒷골밭에 밭매라카네 미겉이도 지슨밭츨 사리질고 골도넙고 밭매라고 가였구나 한골매고내다보니 한나절이 디었구나 반골매고 내다보니 남우일꾼 다가는데 이내나는 못갔구나

―「시집살이 노래」 경북 상주군 사벌면(미상)

시집 온제 사흘만에 밭을 매러 가라하네 은가락지 찌던 손에 호멩이 자루 웬일인가 지름머리 하던 머리 똥편지기 웬일이냐 똥편지기 머리 이고 호멩이 자루 손에 들고 밭을 매러 가서 보니 사래 질고 꽝 너른 밭 목메겉이 지셨구나 한 골 매고 두 골 매고 삼세 골을 매고 나니 즘심참이 지였구나

―「시집살이 노래」 충북 영동(미상)

호메이 불 겉이도 더븐 날에 미 겉이도 지슨 밭을 한골 매고 두골 매고 삼시골로 매고 나니 땅이라 너러다 보니 먹물로 품은 듯고 하늘이라 치다보니 빌이 총총 나였구나 행주치마 털쳐입고 집이라꼬 돌아오여 시어마님 하신 말씀 아가 아가 며늘아가 무슨 일로 그렇게 늦게 했느냐

―「밭매는 소리」 경북 영천(미상)

9.4. 가이아의 현전, 황야와 옥토의 여성 육체

현대문학에서 땅과 흙 모티프는 자연과 여성과의 친연성을 매개로 에코페미니즘과 결합하는 생태학적 상상력에 의해 형상화된다. 생태학적 상상력은 남성의 권위주의적 속성과 달리 끊임없는 변화와 영속성, 포용성, 다양성, 부드러움, 감각성, 그리고 생명사상 등을 특징으로 하는 유기체적 세계관을 바탕으로 한다.

흙은 생명이 넘쳐흐르는 성스러운 토대로, 존재하는 모든 생명이 포태되는 기원이다. 이 같은 흙의 속성은 진흙으로 빚어진 '진흙인간'을 탄생시키는 창조의 양상이나 모든 죄악을 품고 다시 한줌 흙으로 돌아가고자 하는 죽음과 희생의 양상으로 구현된다. 또한 흙은 '기관 없는 신체'가 되어 현실의 억압으로부

터 탈출하고 싶은 탈주의 상상력을 가능하게 하는 질료가 된다. (김숨 『물』, 명지현 「흙, 일곱 마리」)

이처럼 여성과 흙의 동질성은 생산성과 허여성이라는 모성적 특질에 기반하고 있다. 여성들은 생명을 잉태하고 형태를 부여하는 흙의 능력에 기대어 현실의 부정적 삶을 떠나 신생의 삶을 꿈꾸기도 하고 불모의 몸에서 탈피하는 잉태의 희망을 품는다. 그래서 여성들이 가꾸는 텃밭과 공터와 야산은 모두 옥토의 꿈을 잉태한 재생의 공간이 된다. 이들에게 땅은 단순한 토양이 아니라 있는 그대로의 자기를 지켜갈 수 있는 에너지의 원천인 것이다. 그래서 여성들은 도시공간으로부터 탈출해 인간다움, 자연과의 친화가 존재하는 에코토피아를 지향한다. (박완서 「카메라와 워커」, 오정희 「지금은 고요할 때」, 「봄날」, 윤성희 「악수」, 공선옥 「한데서 울다」, 「이 한 장의 흑백사진」)

현대시에서는 대지와 흙을 비롯한 땅의 상상력이 가이아, 데메테르와 같은 여성신을 상징한다. 대지는 씨앗을 품고 키워서 만물을 생성해내며 생산하고 허여하는 몸이기 때문에 여성의 몸 혹은 모성과 동일한 상상으로 변주된다. 흙과 땅이 의미하는 원형적인 모성성과 여성성은 자연과 세계에 대립하지 않으며 유순하고도 화해롭게 구성된다. '따뜻한 땅'과 '연한 흙'과 '꽃으로 피어오르는 흙'은 모성의 풍요롭고 유연한 생산력을 품은 '생명의 태반'이자 문명에 맞서는 자연의 힘을 의미한다. (허영자 「따뜻한 땅」, 나희덕 「뿌리에게」, 박라연 「어머니, 靈山」, 신달자 「어머니의 땅」)

여성들은 또한 땅 혹은 토지를 정체성을 회복하는 실존적 공간으로 인식한다. 그래서 원형 그대로 생성되고 복원되는 생태공간은 바로 생명을 잉태하고 보육하는 여성의 몸과 강인한 모성을 상징한다. 흙의 정신을 바탕으로 여성들은 남성이 부재한 공간을 모계가족 혹은 여성들만의 공동체로 바꾸어 나간다. 이때 흙의 본성을 닮은 여성인물을 통해 보여주는 조화와 공생의 원리, 그리고 자매애적 유대는 가부장적 질서를 해체할 수 있는 대안적 원리가 될 수 있다. 타인의 삶을 넉넉히 포용하는 이 여성들의 '어미 마음'이야말로 거둠과 보살핌이라는 가이아의 구현체라 할 수 있을 것이다. (공선옥 「떠도는 나무」, 『수수밭으로 오세요』)

나아가 여성문학은 생명에의 연민을 모든 연약한 생명체로 확장시켜나가는 생태학적 상상력을 구현하고 있다. 여성작가는 모든 인간의 삶에 유기체적 연관성을 부여해 인간이라는 개별적 존재를 하나의 소우주로 탐색해감으로써 우주의 질서와 조화에 근간을 둔 생명사상을 형상화하기에 이른다. 여성시에서도 흙은 인간이 끝내 돌아가야 할 궁극적인 집을 뜻하는데, 이때도 흙과 땅은 거대한 자연의 순환을 품은 대지가 호흡하는 생명체로 표현된다. (박경리『토지』, 최명희『혼불』, 이사라「흙에게」, 문정희「흙」)

논의 벼는 비단폭처럼 선연하게 푸르고, 옥수수밭은 비로드처럼 부드럽게 푸르고, 먼 오대산의 연봉의 기상은 웅장하고, 오대산에서 흘러내린 맑은 물이 도처에서 내와 개울을 이루고 있다. 아름다운 고장이다. 이 땅 어디 메고 아름답지 않은 곳이 있으랴.

그러나 아직도 얼마나 뿌리내리기 힘든 고장인가.

　　　　　　　　　　　　　　　　　　　　　　　—박완서「카메라와 워커」(1975)

잿빛으로 엉켜있던 구름바다와 희끄무레한 아침안개 속에 외길모양으로 흐르는 강물, 대숲과 수풀, 초가지붕, 지붕 위에 하얗게 피어있던 박꽃까지 화려한 여광에 물든 듯 싶더니 해는 드디어 산허리에서 왈칵 솟아올랐다. 하루는 장엄하게 장막을 거뒀다. 해의 윤곽에 부서지고 비밀과 같은 광선이 날아 내리는 산천은 황홀하다. 들판에 싱싱한 푸르름이 가득 들어찬다.

　　　　　　　　　　　　　　　　　　　　　　　—박경리『토지』(1979)

연희는 아이를 부른다. 그러나 아이는 철책 부근에서 꺾은 아카시아 줄기를 흔들며, 하나씩 뜯어낸 이파리를 불어날리며 벌판을 질러간다. 지난 봄, 야산과 골짜기를 뒤덮은 민들레꽃이 시들고 보얗게 피어난 깃털이 바람에 불리워 먼 곳에서 다시금 뿌리내린다는 것을 가르쳐 준 후 아이는 무엇이든 불어날린다. 봄 내내 먼지 바람 속에 날려보낸 민들레와 버들개지의 깃털들은 어디에서 싹을 틔울까. //

연희는 그곳을 빠져나온다. 둔덕을 돌아 벌판을 한 바퀴 돌았으나 아이는 보이지 않는다. 벌판의 끝에 이르러 새로이 흙을 쏟아붓는 골짜기를 내려다본다. 엷게 고이는 어둠을 덮으며 흘러내리는 흙은 방금이라도 무언가 비집고 나올 듯 생생한 빛을 띠고 있다.

　　　　　　　　　　　　　　　　　　　　　　　—오정희「지금은 고요할 때」(1986)

작은 댁하고 땅을 팔 참이다. 거름질도 해야 하고, 여자 둘이서 괭이자루 하나로 묵은 땅을 일구자면 하루해만으로도 부족할 것이다. 아직 감자씨 놓기에는 이르다 해도 밭갈이는 미리 해 놔야 일에 채이는 삼월에 숨이라도 쉴 짬이 생기는 것이다. (중략) 풀포기를 뽑아내고 흙을 파 올리면 부드럽고 구수한 흙더미 속에서 하얀 굼벵이가 동그랗게 불거져 나온다. //

아침 햇살을 받은 두엄에서 김이 오른다. 이렇게 잘 익은 거름을 뿌려 주고 땅을 갈아 엎은 뒤 감자를 심어야 할이 굵고 맛이 난다. (중략) 묵은 밭은 일구고 버려진 밭에는 거름을 주고, 그리고 무엇인가를 심고 가꾸고 거두는 힘이 있음은 하늘이 내게 내린 은혜 중의 보배로운 은혜가 아니더냐.

─공선옥 「떠도는 나무」(1993)

밤새 콩밭을 매었다. 호미를 들고 무릎걸음으로 뭉깃거리며 두 골을 매고 나면 적삼이 등에 찰싹 달라붙어 등가죽이 쓸렸다. 들머리 질펀하게 더위에 축 늘어진 콩잎이 널렸다. 누렁잎을 쳐줘야지. 가뭄에도 원수처럼 억세게 돋아나는 잡초를 뽑아줘야지. 흙은 거북의 등처럼 단단해서 호미날이 휠 지경이니 언제 이걸 다 매나 허둥대다가 왜 이렇게 오줌은 자주 마렵담. 설레설레 고개를 빼어 사방을 살피고 뭉게구름이 꽃처럼 피어오르는 하늘을 올려다보며 잠시 호미를 놓고 앉은 자리에서 치마를 홀쩍 걷어올릴라치면 까마득한 콩밭 끄트머리에서 아이 울음소리가 자지러진다. (중략) 나는 눈과 귀와 열 개의 손가락 끝에 불을 달고 그 소리를 찾아 굴 속을 더듬는다. 터널의 끝은 아침이다.

─오정희 「봄날」(1997)

백 원짜리 하나를 미끄럼대에 올려놓았다. 동전은 미끄럼을 타고 아래로 내려가서는 모래에 박혔다. 나는 다른 동전을 또 하나 올려놓았다. 이번에는 중간쯤 내려가다 멈추고 말았다. 멈춘 동전을 조준해 가면서 다른 동전을 내려보냈지만, 멈춰선 동전을 맞추진 못했다.

일곱 발짝에 한 번씩 동전을 파묻었다. 발로 흙을 헤집어가며 묻기도 하고 동전을 세워 힘껏 던지기도 했다. 마치 씨앗을 심는 사람처럼. 혹시 동전이 뿌리를 내리고 가지를 뻗을지 모를 일이다. 얼굴이 새겨진 자국에 동전을 한참 동안 대고 있었다. 가지를 뻗거든 붉은색 열매를 피우거라. 나는 그렇게 중얼거리며 동전을 모래에 묻었다.

─윤성희 「악수」(2001)

필순의 집에서 바라보면 멀리 지리산의 거대한 능선이 마치 병풍처럼 둘러쳐져 있는 것이 보였다. 병풍처럼, 혹은 어머니의 치마폭같이 지리산은 구례 땅을 감싸

고 있었다. 그 산 아래, 마치 생김새 다르고 성격 다른 자식들처럼, 크고 작은
야산과 너른 들과 섬진강이 흐르고 있고 그 야산과 너른 들과 섬진강의 갈피갈피에
산짐승과 들짐승과 집짐승과 사람들이 깃들여 목숨 붙이고 있는 것이다. 서울에서
내려올 때만 해도 왠지 모르게 불안했던 마음이 막상 짐을 부리고 마당에 서서
지리산의 능선들을 바라보고 있자니 한정없이 푸근해져 오는 것이 필순은 좀 기이
했다. //

　"…당신이 농사를 짓게 되면 당신한테도 여러 가지로 좋을 거야. 나 늦는다고
안달하는 것도 없어질 테고, 사람이 자연하고 가까이 살아야, 그러니까 흙도 만지
면서 살아야 생태주의가 뭔지도 알게 될거고. 내가 시골 내려온 이유가 돈 없어서
였던 것만은 아니라는 걸 이제 알겠어?"

　"생태주의? 그게 뭔데?"

—공선옥 『수수밭으로 오세요』(2001)

　확독이 있고 장독대가 있고 지금 아무도 돌보지 않는 감나무, 대추나무의 열매
들이 저희들끼리 익어가는 중이었다. 할머니 집과 빈집의 뒤안은 어린아이도 건널
수 있을 만한 높이의 돌담이 쳐져 있었다. 그것이 할머니 집과 빈집의 경계였다.
저 낮은 돌담 너머로 그 옛날 저 빈집에 사람이 살았을 적 지금은 잡풀 무성하지만
그 잡풀 조금 걷어내면 지금도 보이는 저 파릇파릇한 부추 담쏙담쏙 베어서 부추전
을 부쳐 이쪽저쪽 나누어 먹었으리라. 앞마당은 주로 일마당이고 그래서 자연히
남정네들의 공간이지만 뒷마당은 놀이와 휴식의 공간이지 않은가.

—공선옥 「한데서 울다」(2002)

　계단식 논 사이로 난 황톳길은 걷기에 좋았다. 나는 그 사람한테 당장 시집가고
싶었다. 시집가서, 말하자면 그 고장으로 시집가서 그 고장 아낙이 되고 싶었다.
저 봄물 가득한 논에 들어가 부드러운 진흙을 내 양다리로 양껏 밟아보고 싶었고
황토가 고운 밭에 예쁜 고랑을 내어 고추와 가지도 튼실하게 길러내고 싶었다.

—공선옥 「이 한 장의 흑백사진」(2002)

　만약 세상에 존재하는 모든 것들에게 원죄가 있다면, 이 집도 원죄를 저지르고
서야 완성되었다. 이 집의 원죄는 삼백만 톤 물을 내몬 자리에 세워졌다는 것이다.
이 집이 언젠가 꺼질 불처럼 위태롭게 서 있는 이곳에는 오래전부터 삼백만 톤의
물이 고여 있었다. 원죄를 씻기 위해서는 희생양이 필요하다. 나는 스스로가 희생
양이 되기로 한다. 남편과 딸들을 위해 내 육체를 기꺼이 희생하기로 한다.

사랑하는 딸들아, 나는 내 육체가 제단에 흐르는 어린양의 순결한 피처럼 바위와 흙과 자갈과 모래 속으로 스며들게 할 것이다.

—김숨 『물』(2010)

이 철창을 어떻게 통과할 것인가. 13은 세면대에 물을 받아 11이 뜯어낸 진흙을 담가두었다. 반죽을 뭉쳐 고양이를 만들 생각이었다. 그로선 가장 자신 있는 형체였다. 물기로 축축해진 진흙반죽을 열심히 짓이기며 13은 형제들에게 설명했다. 다른 몸이 되어 이곳을 빠져나가자.

—명지현 「흙, 일곱 마리」(2010)

따뜻한 땅에 가서
쉬고 싶다

햇볕 바른 둔덕 위에
넉넉한 품을 열고
분홍 꽃나무는 피어 있겠지
(중략)
정다운 어루만짐
부드러운 속삭임으로

금빛 찬란한
열매를 맺는
위대한 어머니가 되고 싶다.

—허영자 「따뜻한 땅」(1993)

깊은 곳에서 네가 나의 뿌리였을 때
나의 막 갈구어진 연한 흙이어서
너를 잘 기억할 수 있다
네 숨결 처음 대이던 그 자리에 더운 김이 오르고
밝은 피 뽑아 네게 흘려 보내며 즐거움에 떨던
아 나의 사랑을
(중략)
깊은 곳에서 네가 나의 뿌리였을 때

내 가슴에 끓어오르던 벌레들,
그러나 지금은 하나의 빈 그릇,
너의 푸른 줄기 솟아 햇살에 반짝이면
나는 어느 산비탈 연한 흙으로 일구어지고 있을테니
　　　　　　　　　　　　　　－나희덕 「뿌리에게」(1991)

홀로된 새끼들

졸며 풀어내는 毒, 쏠어주는 혀가 있는 곳

요절한 새의 심장 다시 한번 뛰어 노니는 곳
　　　　　　　　　　　　　－박라연 「어머니, 靈山」(2000)

대지진이었다
지반이 쩌억 금이 가고
세상이 크게 휘청거렸다
그 순간
하느님은 사람 중에 가장
힘센 사람을
저 지하 층 층 아래에서
땅을 받쳐 들게 하였다
어머니였다
수억 천 년 어머니의 아들과 딸이
그 땅을 밟고 살고 있다
　　　　　　　　　　　　　　－신달자 「어머니의 땅」(2001)

공중을 향해 자전거 바퀴는 흙을 감아올리며
나를 동그랗게 안고
곧 어두워질 세상을 돌아다니도록 내버려둡니다
은빛의 궤도가 별처럼 빛나고,
지상을 얼룩지게 반사하던 날들과
바퀴 날개만큼 가벼웠던 날들이
구르다가 멈추어 서는 세상의 마지막에서

저 흙은 내 몸을 헐어 집을 짓기 시작합니다
(중략)
우리는 모두 다시 만나 다시 삽니다
꽃으로 무수히 피어오르는 흙 속에서
그냥 살아 있을 뿐입니다
생의 바퀴를 흙에게 바칩니다

—이사라 「흙에게」(2002)

흙은 생명의 태반이며
또한 귀의처인 것을 나는 모른다
다만 그를 사랑한 도공이 밤낮으로
그를 주물러서 달덩이를 낳는 것을 본 일은 있다
또한 그의 가슴에 한 줌의 씨앗을 뿌리면
철 되어 한 가마의 곡식이 돌아오는 것도 보았다
흙의 일이므로
농부는 그것을 기적이라 부르지 않고
겸허하게 농사라고 불렀다

그래도 나는 흙이 가진 것 중에
일 부러운 것은 그의 이름이다
흙 흙 흙 하고 그를 불러보면

—문정희 「흙」(2004)

9.5. 사막과 모래, 여성 미라

생명의 흙은 인간의 욕망에 의해 불모의 사막으로 변질되어 왔다. 인간은 땅을 자본화하여 매매 수단으로 전락시켰고 그러는 사이 땅은 인간의 욕망을 대리하는 기호가 되었다. 또한 생명력을 잃어버린 땅으로서 사막과 모래는 생명의 힘을 잃은 황폐한 삶의 역사를 몸으로 기록하는 여성 미라로 등장하기도 한다.

현대소설은 생명의 흐름이 차단되어 생존 자체가 심각한 위협에 처해진 이 상황을 문제적으로 인식하고 땅과 흙이 마구 파헤쳐지는 생태 파괴 현장을 집요하게 추적한다. 이 가운데 먼 시간의 퇴적층 아래 숨겨진 태고의 비밀까지 마구잡이로 파헤치는 문명의 이기가 고발된다. 그리고 이곳에서 어떻게 자연과의 정서적 동질감이 해체되고 인간의 삶이 황폐화되는지, 어떻게 인간다움이 실종되어 가는지를 비판적으로 성찰한다. 이러한 여성작가의 시선은 현재에 대한 예리한 진단을 넘어 디스토피아적 미래에 대한 암울한 전망을 내리는 데까지 이르고 있다. (오정희 「비어 있는 들」, 「파로호」, 이남희 『바다로부터의 긴 이별』, 윤효 「새」, 김재영 「사라져버린 날들」)

무엇보다 흙과 땅, 여성성 사이의 유비관계에 기반해 생태문제에 천착해온 여성소설은 이 같은 상황을 여성성 혹은 여성 육체의 심각한 훼손으로 이해한다. 그래서 황폐한 땅과 오염된 흙, 그리고 메마른 모래사막은 여성을 둘러싼 일상적 공간의 불모성을 상징한다. 여성은 이 폐허와 불모의 공간에서 질식의 공포를 느끼며 시름시름 앓고 천천히 말라간다. 그러므로 상처입고 훼손된 여성이 끝내 식물로 변해가는 변신 모티프는 여성과 자연의 억압이 지닌 상관성이 극단적으로 표출된 경우라 할 수 있다. 흙에서 영양분을 공급받는 식물로 변해가는 설정은 흙과 대비되는 광물성의 세계에 대한 거부를 드러낸 것이며, 이는 또한 문명으로 대표되는 남성적 폭력에 대한 저항이기도 하다. 동시에 여기에는 여성적 생명력의 회복과 재생에 대한 염원이 담겨있다고 할 수 있다. (오정희 「불의 강」, 한강 「내 여자의 열매」)

현대시에서 사막과 모래는 여성의 황량한 몸과 생산성을 잃은 몸을 의미한다. 메마른 흙, 황량한 사막, 부서지는 모래 등은 여성 삶의 황폐함을 의미하며, 순식간에 부서져 내릴 모래와 사막의 흙을 통해 여성 삶의 허무함을 상상한다. 사구(砂丘)에서 발견된 '여성미라'는 수천수만 년의 세월을 삭히고 인내하며 살아온 여성들의 삶을 비유한다. 메마른 사막 같은 현실에서 여성은 날카로운 바람에 몸이 깎이고 물기를 잃고 썩지도 못할 미라가 된다. 흙이 가진 비옥한 생명력을 잃은 거칠고 메마른 이 사막과 모래들은 여성이 생명력을 잃고 자유와 욕망을 잃은 채 살아야 하는 일상과 현실을 강력하게 증명한다. (이경림 「슬픔, 아무래도」, 최정례 「사막 편지」, 최문자 「자라는 눈물」, 차정미 「땅의 울음─떠도는 여인들의 혼을 달래며」, 박라연 「한 밭의 후회」, 정끝별 「돌의 사랑」, 정은숙 「낙타에게 길 묻기」, 김혜순 「모래여자」, 이진명 「모래밭에서」)

"수몰지구야, 그전에는 동네가 있었다는데 물에 잠기는 통에 지금은 나무뿐이
야. 물 때문에 자꾸 침식돼서 머잖아 없어질 거라더군."
　남편이 배가 비껴 지나치는, 강 가운데의 밋밋한 둔덕의 포플러 숲을 가리켰다.
포플러 잎을 뒤흔드는 새소리가 어지러웠다. 배는 스치듯 가깝게 섬을 지나쳤다.
나무 뿌리들이 물살에 허물린 땅의 단면으로 지렁이처럼 생생하고 연한 빛으로
드러나 있는 것이 보였다.
—오정희 「비어 있는 들」(1981)

　이제 버무리곶 언덕에 푸르렀던 솔숲은 사라졌다. 공장부지 공사가 시작되면서
숲은 벌채되고 닥치는 대로 언덕을 발파해버려 넘어질 듯 형해가 드러난 절벽만
남았다. 그 절벽 위 당항리 마을 옆 산에는 철조망을 두르고 그 산을 차지한 한일광
업이 들어서고 있었다. 현재 삼분의 일 이상 지어졌는데 규모가 커서 내년이나
준공되리라고 하였다. 절벽 위에 시커멓게 서 있는 그 형체가 혜윤에게는 음산하
게만 보였다.
　'정말 저건 어떤 의미일까?'
　혜윤은 쓸쓸하게 자신에게 물었다. 시커먼 공장의 모습은 흡사 먹이를 노리는
거대한 육식동물 같았다. 그리고 공장 턱 가까이 납작 엎드린 당항리 마을이 바로
삼기 직전인 먹이였다.
—이남희 『바다로부터의 긴 이별』(1991)

　작업하던 학생들이 단장 주위로 우르르 모여들었다. 혜순은 솔밭으로 향하던
발길을 돌려 자신도 모르게 한 걸음씩 그들에게 다가갔다. 그것은 분명 사람의,
그것도 여자의 얼굴이었다. 단장이 손바닥으로 문질러 흙을 닦아 내고 구멍을 메
운 흙을 파내자 그것은 생생한 표정으로 되살아났다. 단순히 갸름한 흰 돌에 날카
로운 돌로 세 개의 구멍을 쪼았을 뿐인데 그것이 어우러져 만드는 표정은 놀랄
만치 깊고 풍부했다. 학생들은 저마다 그 돌을 들여다보며 웃고 있다, 울고 있다,
슬퍼하고 있다라고 느낌을 말했지만 혜순으로서는 그 얼굴에 대해 표현할 수 있는
말을 찾아낼 수 없었다. 옛 여인의 얼굴에서 깊은 슬픔, 지극한 그리움과 간절함을
보았다고 한다면 그것은 그렇게 보고자 하는 그녀의 마음일 것이다.
—오정희 「파로호」(1996)

사막의 한복판에 꽃을 든 그가 서 있다. 아랍식의 터번 아래 드러난 얼굴은 죽은 사람처럼 창백한 납빛이다. (중략) 우리는 그것을 들고 사막을 건넜다. 사막은 여전히 불투명한 붉은 빛이었고 그에 대한 기억은 확실치 않다. 함께 가고 있다는 느낌은 실체는 느껴지지 않았다. 사막을 다 건넌 후 마른 목을 축이고자 병을 땄을 때 술은 뜨거운 물이 되어 수증기로 피어올랐다.

─오정희 「불의 강」(1997)

고개를 드니, 아, 숲은 끝나 있었다. 휑하게 트인 하늘, 언덕을 깎아내는 불도저, 흙을 파먹는 포클레인, 곳곳의 건설회사의 깃발들, 거대한 기계들의 굉음 앞에서 웬일일까? 아버지는 더 이상 키가 커 보이지 않았다. 너무 말라 휘청 꺾일 듯… 몇 발자국 앞으로 나서자 몸은 없고 풍덩한 바지 자락만 펄럭이며, 꼭 허수아비처럼. 난 눈을 막 비볐다. 그가 조금도 무섭지 않았다. 앞이 뿌옇게 흐려왔다.

─윤효 「새」(1997)

그때 나는 아내의 알몸을 보고 말았다.
아내는 베란다의 쇠창살을 향하여 무릎을 꿇은 채 두 팔을 만세 부르듯 치켜 올리고 있었다. 그녀의 몸은 진초록색이었다. 푸르스름하던 얼굴은 상록활엽수의 잎처럼 반들반들했다. 시래기 같던 머리카락에는 싱그러운 들풀 줄기의 윤기가 흘렀다.

─한강 「내 여자의 열매」(2000)

시간의 퇴적층을 걷어내고 과거를 고스란히 품은 채 잠들어 있던 유물들을 세상의 빛 속으로 끄집어내는 작업은 갈수록 그를 힘들게 했다. 누군가 깊이 잠들어 있는 자신을 혼들어 깨운다고 생각해보라, 그 고통스런 순간을, 거대한 포클레인까지 동원해 수 천 수 만 년의 그 고요하고 평화로운 퇴적을 마구잡이로 파헤치는 문명의 거친 손을. (중략) 어차피 불완전한 발굴일 수밖에 없다. 발굴이 끝나기 무섭게 대부분의 유적지는 짓이겨지고, 그 위에 콘크리트 덩이가 얹히고, 그리고 영원히 유실되는 것이다. //

오후에 현자에 올라가 흙을 만지면서 그는 평소처럼 세월을 거두어내는 기분을 느꼈다. 모든 것을 덮어버린 흙이었다. 고대인들이 불을 지피고, 곡식을 찧고, 사냥을 나가고, 밤이면 곯아떨어진 아이들을 옆으로 밀쳐내고 숨죽이며 사랑을 나누었을 집터. 그 위로 갈대 지붕이 무너져 내리고, 햇빛과 바람과 별빛이 지나고, 흙이 쌓이고, 쑥이 돋고, 나무가 자랐으리라. 그리고 수천 년 동안 아무도 몰랐을 것이다. 한때 그곳에 있었던 모든 비밀들을.

―김재영 「사라져버린 날들」(2005)

모래처럼 조용해질 수 없다 아무래도
모래처럼 동글동글할 수 없다 아무래도
모래처럼 쬐그매질 수 없다 아무래도
모래처럼 바싹 할 수 없다 아무래도
모래처럼 축축할 수 없다 아무래도
모래처럼 수천년 타박, 부서질 수 없다
아무래도 ⋯⋯⋯⋯⋯⋯⋯⋯⋯⋯⋯⋯

―이경림 「슬픔, 아무래도」(1997)

그러니까 나는 모래 남자와 살다 모래 아이들을 낳고 걸어다니는 사막이 되는
거지요 모래를 퍼먹고 있어요

이 집 벽시계는 코끼리 그림자를 그려요 코끼리가 쉬지 않고 타는 모래 언덕을
오르지요. 그래도 수년째 코끼리는 그 자리에서 한발짝도 벗어나지 못해요. 시계
가 멈추는 날 코끼리는 벽 속에 화석으로 잠들 테지요.

―최정례 「사막 편지」(1998)

애야, 쨍한 날만 있으면 못 쓴다
그건 사막이 되고 만다, 사막.
고통에 고통을 보탤 때마다
어머니는 말도 안 되는 말씀만 하셨다.
그런데, 그 쨍한 날이 적어서
나는 더 무시무시한 사막이 되었다.
마음이 발목까지 푹푹 빠지는 모래밭이 되었다.
나고 나면 기대고 살던 것들이 하나씩 빠져나가 한 움큼씩 모래가 되었다.
가끔은 모래가 된 나를 끝까지 만져 본다.
수많은 까끌까끌한 알갱이
산이 되고 싶었든 것들이 오랜 동안 부셔져 모래로 만져졌다.

―최문자 「자라는 눈물」(1999)

숨죽이면 들리네
황토빛 땅의 울음 소리
산과 내 푸른 강물 소리
쿵쿵쿵 우레 같은 한울님 소리
들리네 들리네
김해평야 나주평야 호남평야
너른 들판의 바람 소리
산맥처럼 무거운 한숨 소리
제 명에 죽지 못한 여인들
통곡 소리 살아
지축을 흔드네
수태 못한 여인 아들 못 낳은 여인
쌀가마에 팔려 온 씨받이 여인
첫날 밤 이유없이 소박맞은 여인
불치의 병 앓다 쫓겨난 여인

—차정미 「땅의 울음─떠도는 여인들의 혼을 달래며」(1994)

씨앗들이
갈증을 견디지 못해
온몸의 물을 퍼가도
목마름을 견디는 일이 있어
목숨을 지탱하던 흙의 입자들
지금 제 몸 속에는 아무도 없다
제 비명에 쓸려가버린 태아,
(중략)
한순간의 제 비명 소리에 허허벌판이 된
한 밭의 폐허 그 모서리마다 엉켜 있는
非命의 뿌리들을 본다
불임의 입술을 지우면서
후회하고 있는 오래된 밭 하나.

—박라연 「한 밭의 후회」(2000)

가지 못하고 가지 못하면

웅 웅 울다 진 다 빠져
딱딱해지기도 하겠지요
뒤돌아보고 뒤돌아보면
그 자리에 우뚝 서버리기도 하겠지요
죽고 나면 뼈만 남겠지요
썩는 것들 더디기도 하겠지요
그렇게 한 백 년
먹먹한 눈물 냄새 피우며
모래와 바람과 더불어 살다 가겠지요
모래 되고 바람이 되겠지요

—정끝별 「돌의 사랑」(2005)

사막을 견디는 낙타의 흔한 상징처럼
여자는 그 상징을 느낀다, 바라본다.
여자의 가슴에서 쏟아져 내리는 모래가 산을 이루고
여자의 발자국은 지워진다.
모래 바람이 분다.
등에 혹을 지니지 못한 여자의 꿈은
기름진 음식이 아니다.
모래 바람을 적실 물이다.
가슴속 끓는 물은 조용한 노랫소리를 낸다.
싸우는 자들은 결코 물을 나눠 마시지 않는다.
서로 견디는 자들이 나눠 마시는 한 잔의 물.
문득 여자의 눈에도 맑은 물이 고인다.
그것은 우리를 살아 내게 하는 힘.

—정은숙 「낙타에게 길 묻기」(1994)

사람들은 여자를 다시 꿰매 유리관 속에 뉘었다
기다리는 그는 오지 않고 사방에서 손가락들이 몰려왔다

모래 속에 숨은 여자를 끌어올려
종이 위에 부려놓은 두 손을 날마다
물끄러미 내려다보았다

낙타를 타고 이곳을 떠나 멀리 도망가고 싶었다

꿈마다 여자가 따라와서
감은 눈 번쩍 떴다
여자의 눈꺼풀 속이 사막의 밤하늘보다 깊고 넓었다

—김혜순 「모래여자」(2008)

내가 많이 망가졌다는 것을
갑자기 알아차리게 된 이즈음
외롭고 슬프고 어두웠다
나는 헌것이 되었구나
찢어지고 더러워졌구나
부끄러움과 초라함의 나날
모래밭에 나와 앉아 모래장난을 했다
손가락 사이로 모래를 뿌리며 흘러내리게 했다
쓰라림 수그러들지 않았다
모래는 흘러내리고 흘러내리고
모래 흘리던 손 저절로 가슴에 얹어지고
머리는 모랫바닥에 푹 박히고
비는 것처럼
비는 것처럼
헌것의 구부린 잔등이 되어 기다리었다

—이진명 「모래밭에서」(2008)

10
해·달·별

고대로부터 해·달·별은 생명 혹은 생식과 관련지어 인식되어 왔다. 고대국가 시조들의 탄생 및 왕명(王名)이 해와 관련된 것은 고대인의 태양숭배사상을 반영한다. 달은 달빛의 속성에 따라 포용과 원융(圓融)을 상징한다. 달의 원형은 원만과 구족(具足)을 나타내며, 차고 기우는 속성에 의해 영속하는 생명을 상징한다. 특히 달의 주기와 조수의 주기, 여성의 월경 주기가 일치함으로써 달과 물, 여성은 생명을 뜻하고 있다.

고전문학에서 만물을 비추는 해와 달은 순환과 영속, 포용의 의미를 지닌다. 이에 여성의 내면을 투사하고 교감하는 친화의 대상이 된다. 해가 여주인공의 현실에 조응하여 빛을 거두어 천지를 어둡게 하는가 하면, 달은 천지만물을 융화, 포용하는 빛을 통해 공간적 단절을 극복하는 심리적 위안을 준다. 밤을 비추는 달빛은 의식을 각성시키며 유년시절의 추억에 침잠하게 한다. 이 자연물들은 외로움과 이별의 근심을 고조시키는 매개가 되기도 한다.

현대문학에서 달은 여성의 자궁을 뜻하며, 차고 기우는 변화에 따라 여성의 성적 충동을 상징적으로 함축한다. 이에 만월은 욕망의 절정을 상징하며, 달의 리듬감과 주기성은 질서와 보호, 성장과 부활이라는 점에서 수호적 모성의 이미지를 지닌다. 또한 밤의 짝인 달은 내면의 무의식, 그 심연의 혼란과 두려움이라는 존재론적 인식을 내포한다.

별은 가장 친근한 유토피아이자 영혼의 결정체들이 모여 있는 곳으로 상상되는 우주이다. 하늘에서 빛나는 별은 영원과 절대, 희망과 꿈을 상징한다. 지상에서의 슬픔과 고뇌는 별의 항존성에 기대어 위안을 얻고 스스로의 운명을 개척하려는 의지를 발현한다. 별은 무기력한 삶에 목표의식을 부여함으로써 치열한 현실인식으로 나아가게 한다. 또한 허망한 모든 존재를 공평하게 비추는 존재 일반으로, 별의 부재는 우울한 미래를 암시하는 디스토피아적 감성으로 표현된다.

여성에게 천상의 해·달·별은 지상의 한계를 초극하고자 하는 욕망의 투영체이자 친화의 대상이다. 천체의 영속성과 포용성, 항존성은 지상의 존재를 위안하고, 한계적 삶에 목표의식을 부여한다. 특히 달은 여성의 몸, 그리고 모성을 상징함으로써 여성과 각별한 관계망을 형성하고 있다.

10.1. 천체 관련 어휘의 종류와 변화

해의 어휘 변화 '해'는 중세에 '·'를 가진 '히'가 쓰였으며 이에 해당하는 한자어는 대개가 '日'이었는데 '日'에 해당하는 어휘는 '히'뿐이 아니라 '날'로 해석된 예가 많다. '해'의 어원에 대해서는 '희다'는 뜻을 가지는 '히-'로부터 왔다는 설이 가장 널리 알려져 있다. 이 외에도 '태양'을 뜻하는 'ᄒᆡ'에 접미사 '-이'가 결합하였다는 설도 있다.

'해'의 어형은 『용비어천가』에서부터 그 용례가 나타나므로, 훈민정음으로 표기된 자료만으로는 그 연대를 추정하기 어려울 만큼의 연원을 가지고 있음을 알 수 있다. 16세기에 들어 '히님'이 보이고, 19세기부터는 현재와 같은 '해'를 볼 수 있다. 이는 '·〉ㅏ'로의 음운 변화의 결과이다. 15세기부터 보이는 '히'나 현대의 '해'는 그 의미나 용법에서 차이를 보이지 않는다.

내 百姓 어엿비 너기샤 長湍을 건너싫 제 힌 므지게 히예 ᄢᅦ니이다 (『용비어천가(龍飛御天歌)』(1447))

日月은 히 ᄃᆞ리라 (『석보상절(釋譜詳節)』 9(1447))

히 그 비취윰 머루믈 붓그리며 上界ㅣ 緣 업수믈 붓그리ᄂᆞ니라 (『선종영가집언해(禪宗永嘉集諺解)』 下(1464))

히 도돔과 아히 남괘라 (『원각경언해(圓覺經諺解)』 上(1465))

칠월 초닐웻날 집 사ᄅᆞ미 대되 블근 폿 두닐굽 나츨 히님 향ᄒᆞ야 숨끼라 (『분문온역이해방(分門瘟疫易解方)』(1542))

모매 인ᄂᆞᆫ 광명도 ᄀᆞᆺ돈ᄂᆞᆫ 히 ᄀᆞᄐᆞ여 서리과 히과 서ᄅᆞ 빈나다시 실과 믈과 도이며 (『성관자재구수육자선정언해(聖觀自在求修六字禪定諺解)』(1560))

이솔 짜 업스며 보ᄂᆞᆫ 것곳 업스면 히ᄃᆞ리 디며 도ᄃᆞᆫ 들 모ᄅᆞ며 (『칠대만법(七大萬法)』(1569))

섯ᄃᆞᆯ 초여ᄃᆞ랜 날 히 몰 도다셔 블에 기마 틱게 술와 셰말ᄒᆞ야 (『언해두창집요(諺解痘瘡集要)』 下(1608))

東壁土 히 몬져 ᄢᅬᄂᆞᆫ 동녁 ᄇᆞ름 흙 (『동의보감(東醫寶鑑)』 1(1613))

西壁土 션녁 히 딜 제 ᄢᅬᄂᆞᆫ ᄇᆞ름 흙 (『동의보감(東醫寶鑑)』 1(1613))

청명흔 제 드르희 노하 히로 ᄒᆞ여곰 뙤며(『마경초집언해(馬經抄集諺解)』下(1682))

日頭 히. 太陽 히. 日頭上了 히 돗다. 日頭發紅 히 ᄀᆞᆺ 비최다. (『역어유해(譯語類解)』上(1690))

닉과 안개 것고 하늘이 열려 히가 믈그니 (『두창경험방(痘瘡經驗方)』(1711))

히가 창의 비최여시되 오히려 어두오니 쵸블을 뼈 달라 ᄒᆞ더니 (『두창경험방(痘瘡經驗方)』(1711))

이 東陽郡이 一向 하늘이 이시되 히 업더니 오늘 아ᄎᆞᆷ에 하늘이 열리거다 (『오륜전비언해(五倫全備諺解)』5(1721))

暉 히빗 輝 曜 히빗 요 (『주해천자문(註解千字文)』(1752))

日頭 히 日光 히ㅅ빗 日出 히 나다 日矬 히 기우다 (『몽어유해(蒙語類解)』上(1768))

日 히 太陽 볏 日光 히ㅅ빗 (『방언집석(方言集釋)』(1778))

채 올나가지 못ᄒᆞ야 히가 써러지ᄂᆞᆫ지라 (『천로역정(天路歷程)』上(1894))

쏘 히와 둘을 지어 하늘 우희 잇게 ᄒᆞ시고 (『훈ᄋᆞ진언(訓兒眞言)』(1894))

니일해 七日 (『국한회화(國漢會話)』(1895))

해돗다 日出 (『국한회화(國漢會話)』(1895))

히무리 日暈 (『국한회화(國漢會話)』(1895))

히빗 日光 (『국한회화(國漢會話)』(1895))

히ᄂᆞᆫ 지고 길은 멀어 쥬졈의 쉬지 마소 (『옥누몽』(19세기))

칠년ᄃᆡ한 빗발보듯 구년지슈 히빗보듯 반갑기도 칭냥업ᄂᆡ (『남원고사』5(19세기))

이러함으로 이 곳스로는 해만 지면 행인이 희소허더라 (『인향전』(19세기))

석양 산 저문 날에 해가 일곡 슬푼 소래 안이 우리 업더라 (『권익중실기』(19세기))

뎌 하늘과 히와 둘과 모든 별이 귀와 눈이 업고 (『주교요지(主敎要旨)』(1906))

이틀 뒤 해어스름에 妻兄은 우리집에 놀라왓섯다 (현진건 「빈처」(1921))

저녁 해가 누엿누엿 〃 西山으로 넘으랴 할 쌔 (나도향 「젊은이의 시절」(1922))

석유불을 켜 노혼 등잔불이 더욱 발거지더니 눈이 부신 해ㅅ빗가치 환하야 졋다. (나도향 「쑴」(1925))

경호는 여전히 아침 햇살에 안경을 번득이며 마당에서 서성거린다. (심훈 「영원의 미소」(1933))

달의 어휘 변화 '달'은 한글로 표기된 가장 이른 시기의 문헌인 『훈민정음언해(訓民正音諺解)』에 '둘'로 표기되어 있다. 15세기부터 후대의 문헌에 이르기까지 형태와 의미의 변화 없이 '둘'이었다. 이것이 현대에 '달'이 된 것은 18세기에 일어난 어두 음절에서의 'ㆍ〉ㅏ'의 변화 때문이다. 표기법의 보수성 때문에 'ㆍ'가 모음 체계에서 소멸한 후에도 표기에는 여전히 'ㆍ'가 남아 있다.

> 둘為月 (『훈민정음언해(訓民正音諺解)』(1446))
>
> 히둘를 ㄱ리와 (『월인석보(月印釋譜)』 2(1459))
>
> 브레 ㅅㅁ춘 둜비치 ㄷ하야 (『몽산화상법어약록언해(蒙山和尙法語略錄諺解)』 (1472))
>
> 드리 도ᄃ니 뫼히 가시여 괴외ᄒ도다 (『두시언해(杜詩諺解)』 초간본 9(1481))
>
> 日月은 히 드리라 (『석보상절(釋譜詳節)』 9(1447))
>
> 드리 어두으니 (『번역노걸대(飜譯老乞大)』 上(1517))
>
> 둘ㄱ티 ᄒ 연 (『번역박통사(飜譯朴通事)』 上(1517))
>
> 둘 월:月 (『훈몽자회(訓蒙字會)』 上(1527))
>
> 이숄 짜 업스며 보는 것곳 업스면 히드리 디며 도ᄃ 둘 모르며 (『칠대만법(七大萬法)』(1569))
>
> 둘 :月兒 (『역어유해(譯語類解)』 上(1690))
>
> 둘 월:月 (『왜어유해(倭語類解)』 上(1781))
>
> 쏘 히와 둘을 지어 하늘 우희 잇게 ᄒ시고 (『훈ㅇ진언(訓兒眞言)』(1894))
>
> 며 하늘과 히와 둘과 모든 별이 귀와 눈이 업고 (『주교요지(主敎要旨)』(1906))

별의 어휘 변화 '별'은 15세기 이후로 현대에 이르기까지 변함없이 '별'이다. 별 가운데 '샛별'은 새벽에 동쪽 하늘에서 찬란하게 반짝이는 별로, '금성(金星)'을 이르는 말이다. '금성'은 태양계의 아홉 유성 중에서 두 번째 유성인데, 저녁에는 '장경성(長庚星)', 새벽에는 '계명성(啓明星), 명성(明星), 샛별'이라 일컫는다. '샛별'은 '새+ㅅ(사이시옷)+별'로 분석할 수 있다. '새'는 동쪽을 뜻하는 순 우리말이다. '동풍(東風)'을 '샛바람'이라고도 하는데, 이때의 '새' 역시 동쪽을 의미한다. 17세기에 처음 나타나는 '새별'은 '새(동녘)+별'이 결합한 합성어이다. 여기에 사이시옷이 첨가된 것이

'새ᄉ별, 샛별, 새썰'의 형태이다. 19세기와 20세기에 보이는 '식벽별, 새벽별, 새빅별'은 '샛별'이 새벽에 뜬다는 사실에 유추되어 만들어진 단어라고 볼 수 있다. 전 세기를 걸쳐 '샛별'은 한자어 '명성(明星)'으로도 나타난다.

:별 爲星之類 (『훈민정음언해(訓民正音諺解)』(1446))

日星宿는 히와 별왜니 (『석보상절(釋譜詳節)』 21(1447))

노피 벼개 볘여쇼매 별와 ᄃ리 두위잇고 嚴嚴ᄒ 城에는 부플 여러 번 티놋다 (『두시언해(杜詩諺解)』 초간본 3(1481))

列星은 번 벼리라 (『법화경언해(法華經諺解)』 4(1463))

星 별 셩 辰 별 신 (『훈몽자회(訓蒙字會)』 上(1527))

星 별 셩 (『광주천자문(光州千字文)』(1575))

벼리 프른 하ᄂᆞᆯ해 버러시니 긴 그츤 구스리로다 (『백련초해(百聯抄解)』(1576))

北辰이 그 所애 居ᄒᆞ얏거든 모ᄃᆞᆫ 별이 共홈 ᄀᆞᆺᄐ니라 (『논어언해(論語諺解)』 초간 본 1(1590))

물ᄀᆞᆺ물ᄀᆞᆺᄒᆞᆫ 별와 ᄃᆞᆯ와ᄂᆞᆫ 노피 도댓고 아ᄋᆞ라히 구룸과 안개ᄂᆞᆫ 데ᄭᅥᆺ도다 (『두시 언해(杜詩諺解)』 중간본 1(1632))

南極엣 ᄒᆞᆫ 벼리 北斗에 入朝ᄒᆞᄂᆞ니 다숫 가짓 구룸 한 ᄯᅡ히 이 三台니라 (『두시 언해(杜詩諺解)』 중간본 23(1632))

星 별. 北斗七星. 南斗六星. 流星 ᄡᅩ아 가ᄂᆞᆫ 별. 賊星 ᄡᅩ아 가ᄂᆞᆫ 별. 明星 새별. (『역어유해(譯語類解)』 上(1690))

辰 별 신 (『천자문(千字文)』 송광사판(1730))

즁젼의 별 ᄡᅥ러디던 일이 잇ᄂᆞᆫ고로 지 ᄒᆞ되 이ᄂᆞᆫ 텬고셩이니 임진년 젼의 이변이 잇더니 이제 ᄃᆞ르니 이변이 잇다 ᄒᆞ니 (『천의소감언해(闡義昭鑑諺解)』 4(1756))

星稱 별빗다 星稀 별 드므다 星隕 별 ᄡᅥ러지다 星移 별 옴다 (『방언집석(方言集 釋)』(1778))

흐르ᄂᆞᆫ 별을 향ᄒᆞ여 츰 밧ᄒᆞ며 (『태상감응편도설언해(太上感應篇圖說諺解)』(1852))

여러 가지 챡ᄒᆞᆫ 일을 힝ᄒᆞ면 기리 악ᄒᆞᆫ 별이 빗쵀지 아니코 (『남궁계적(南宮桂籍)』 (1876))

박사 명을 돗고 힝ᄒᆞ다가 동방에서 보이던 별이 압풀 인도ᄒᆞ여 아히 잇ᄂᆞᆫ 곳에 닐으러 그 우에 멋거날 (『예수셩교젼서』(1887))

마치 하ᄂᆞᆯ의 히와 별이 따혜 ᄂᆞ리지 못ᄒᆞ고 따희 흙과 돌히 하ᄂᆞᆯ에 오ᄅᆞ지 못홈 과 ᄀᆞᆺᄒᆞ니 (『주교요지(主敎要旨)』(1906))

星 별 셩 辰 별 진 (『역대천자문(歷代千字文)』(1910))

달이 銀빛을 내리 쏘는 것이나 별들이 속살대이는 것이나 (나도향 「젊은이의 시절」(1922))

별 반짝 눈 깜박 할 적 마다 눈 광채가 별에 가 닷기도 하고 별의 광채가 눈에 와 닷기도 하는 듯 하다. (나도향 「뉘치려할때」(1940))

10.2. 생명의 연원, 해와 달

해의 상징성

우리나라 시조들의 탄생이 해와 관련되어 있는 것은 고대인들의 태양숭배사상을 보여준다. 또한 왕명에도 히(陽)가 들어가 있다. 왕명에 '解'가 쓰인 것에서 당시 사람들이 해를 숭배했음을 알 수 있다. 해를 생명의 근원으로 보고, 나아가 자신들이 태양의 후손들이라고 생각한 것이다.

고조선의 사람들과 고조선 문명권에 포함된 부족들은 태양숭배사상을 바탕으로 자신들이 태양의 자손, 천손이라는 의식을 가지고 있어 태양, 하늘과 자신들을 연결시켜주는 동물을 새라고 생각하였고 태양과 새를 결합하여 태양신을 상징적으로 형상화할 때는 삼족오로 상징화하여 표현하였다. 고대인들은 흑점 중 그 중앙의 가장 검은 본영(本影)이 마치 세 발 달린 검은 새와 같다고 하여 삼족오(三足烏)라 이름을 붙였다. 삼족오는 태양에 살면서 천상의 신들과 인간 세계를 연결해주는 신성한 상상의 길조인 동시에 동아시아에서는 태양신으로 불리며 세 발 달린 검은 새 또는 까마귀로 '금오(金烏), 준오(踆烏), 흑오(黑烏), 적오(赤烏)'라고도 부른다. 고구려, 백제, 신라에서는 왕을 상징하는 부장품들 중 삼족오 문양이 들어간 경우를 많이 볼 수 있는데, 이는 삼족오를 태양신의 화신이라고 생각하였기 때문이다. 여기서 태양(太陽)이란 양(陽)의 상징으로 번영과 풍요를 상징한다.

해가 생명 탄생과 관련되어 있음을 태몽에서도 볼 수 있다. 태몽에서 태양은 생식적인 기능을 지니고 있다. 즉 태양은 두말할 것도 없이 생명의 탄생과 생물의 장에 가장 중요한 열 공급의 모체가 되기 때문이다. 달은 초순에 생겨나서 차차 커져서 보름에는 하나의 결실을 이루고 점점 줄어들어 하순이 되면 초순의 달과 비슷한 모양이 된다. 이러한 면에서 달은 해보다 인간과 가까운 생식적인 것으로 생각했다. 달은 생성, 생장, 소멸된다는 데서 보다 생산적인 것으로 파악했다. 별도 태몽과 관련이 있으며 역시 생식적인 면을 반영한다. 이를 종합적으로 보면 옛사람들은 천체를 생명, 생식의 모태 또는 생명의 씨로서 파악하고 있었음을 알 수 있다.

달의 상징성　　『삼국사기』는 여러 곳에서 '태백범월(太白犯月), 태백입월(太白入月), 태백습월(太白襲月), 혜성입월(彗星入月), 유성범월(流星犯月), 형혹범월(熒惑犯月), 토성범월(土星犯月), 그리고 월범필(月犯畢)' 등의 기록을 보여주고 있는데 이들은 일식(日食)과 마찬가지로 이른바 천괴(天怪) 혹은 성괴(星怪)에 속하는 것으로, 매우 상서롭지 못한 조짐으로 해석된 것들이다. 월범필(月犯畢)을 뺀 나머지 사례들은 하나같이 별들이 달을 침범한 것으로 표현되어 있는 만큼, 그 천괴들은 모두 월괴들로 해석되어야 할 것이고, 나아가 달이 불가침의 대상으로 숭상되었던 것으로 해석될 수 있다. 따라서 삼국시대의 달은 천문관찰의 대상 중에서도 매우 중요한 대상이었던 것으로 볼 수 있다. 이 사실은 달이 신앙의 대상이 되었다는 사실을 뒷받침하는 것이다.

한편, 상고시대의 고분벽화에서도 적지 않게 해와 달의 그림을 보게 된다. 고분벽화의 우주관을 추측하기는 힘들지만, 부분적인 자료들을 망라해서 천계(天界)를 이루고 있는 형상들을 나열하면, 천왕(天王)·비천상·선녀·비룡(飛龍)·새(鳥)·운문(雲文), 그리고 별들과 해와 달이다. 이 가운데 해와 달은 같은 고분 안의 사방 벽이나 천장에 동시에 그려질 경우, 대체로 동서로 갈라져서 자리 잡고 있다. 가령 공주 송산리 제6호분에서는 해와 달이 남쪽 벽 상부의 주작 좌우에 배치되어 있는데 이것은 정확하게 동서에 대응하고 있는 것이다. 많은 고구려 고분벽화에서도 같은 벽면상이 아니고 서로 다른 벽면이나 천장에 해와 달이 그려질 때는 동쪽에 해가, 그리고 서쪽에 달이 배정되고 있다. 여기서 '해:달=동:서'의 등식을 얻게 되는데 이것은 고분을 축조한 사람들에게서 달의 방위가 해의 방위와는 상대가 되는 서쪽이었음을 보여주고 있다. 이와 같은 달의 방위가 달이 지닌 속성을 암시하고 있음은 말할 나위도 없다. 이로써 서방이 지닌 상징성들, 즉 어둠·죽음·피안·안식 등의 관념을 달에 붙여서 연상할 수 있게 된다. 이것은 월명사(月明師)가 「원왕생가(願往生歌)」에서 달을 서방과 결부시키기 이전부터 존립한 달의 상징성으로 볼 수 있다. 말하자면, 불교적인 서방 관념이 달과 연관되기 이전의 보다 더 원초적인 상징성이라고 보아야 할 것이다.

포용과 원융

달을 보면서 사람들은 그 밝음과 그 원만함을 이야기한다. 달은 광명이요 원융(圓融)이다. 그러나 달빛은 햇볕과는 다르다. 해의 빛은 볕이라고 해도, 달의 빛은 볕이라고 하지는 않는다. 볕은 '볕살, 뙤약볕'이라는 말들이 의미하고 있듯이 작열하는 뜨거움이다. 반면에 달빛을 이야기할 때, 그 은은함이나 부드러움을 즐겨 지적한다. '희부옇다, 어슴푸레하다'는 것은 모두 달빛을 두고 하는 말이다. 이내가 낀 달을 '애월(靄月)'이라고 별도로 일컫는 것도 달빛의 은은함과 부드러움을 강조하기 위해서이다. 부드러운 빛이라서 달빛은 포용하고 감싼다. 햇빛과는 달리 사물들을 서로 확연하게 개별화하거나 구분하기보다는 서로 어울리게 하고 녹아들게 한다. 달빛은 구별하는 빛이 아니라 융합하는 빛이다. 달을 원융하다고 할 때, 그 원융이라는 말에는 이 융합의 뜻이 담겨 있는 것이다. 햇빛과는 달리 달빛은 어둠과 함께 있다. 달빛은 어둠을 몰아낸다기보다는 어둠의 일부를 밝히면서 어둠의 심지이기나 하듯이 어둠 한가운데서 어둠과 함께 공존하는 것이다. 달빛이 신비주의적인 상상력을 자극하는 것은 바로 이 속성 때문이지만, 이 속성으로 말미암아 달빛의 원융성이 한결 드높아질 수 있는 것이다.

영속하는 생명

달의 둥긂은 원만이요, 구족(具足)이다. 갖출 것을 다 갖춘 아주 충족한 상태이다. 원형 그 자체가 이미 원만구족의 상징이지만, 그와 같은 원형의 상징성을 달만큼 완벽하게 갖춘 것은 달리 없다. '달이 찬다'라고 한 것은 바로 이 상징성에 대하여 암시하고 있다. '찬다'는 것은 기운 것이 차고 모자라는 것이 꽉 차 오른다는 것이다. 무엇인가가 속이 배게 영그는 것을 '찬다'라고 한다. 달은 기욺을 함께 하고 있기 때문에 그 참이 더욱 돋보이게 된다.

달은 그 둥긆으로 말미암아 원만과 구족함의 상징이 되기는 하지만, 이내 찼다가 기우는 것이 달이다. 기욺과 참을 번갈아 하는 것이다. 이와 같은 달의 결영(缺盈)은 연속적이고 동시에 반복적이다. 초승달에서 반달로, 다시 보름달로 옮겨가기까지 그 둥글어져 가는 과정이 빈틈없이 점진적이고 연속적인 것은 생명의 점차적인 성장과 같다. 그러던 달은 거꾸로 보름달에서 반달로, 그리고 다시 그믐달로 이울어가게 된다. 이것은 역으로 생명의 퇴조이며, 이러한 결영의 반복은 마치 하나의 생명이 성장, 퇴조하고, 죽음에 다다르는 일을 되풀이하는 것과도 같다. 이리하여 달은 매우 높은 상징성을 가지게 된다. 죽음을 아주 면하고 있는 것은 아니지만 비록 죽음에 든다고 해도 다만 일시적인 죽음에 들 뿐, 재생과 회생을 거듭하는 '죽음 있는 영속하는 생명'을 상징하게 되는 것이다. 오직 한 번 지상의 삶을 누릴 뿐 죽음에 들고 나면 그뿐이라는 인식을 가지게 된 인간들에게 달의 상징성은 아주 결정적인 것이 된다. 그리하여 인간에게 지각된 달의 상징성 가운데 '죽음 있는 영속하는 생명'의 상징성이야말로 가장 값지고 중요한 것이 된다. 이리하여 달은 '융화하는 빛', '원만하고 구족한 원융성', 그리고 '죽음 있는 영속하는 삶' 등을 상징하면서 인간들의 머리 위, 밤의 창공에 떠 있었던 것이다. '죽음 있는 영생하는 삶'의 상징인 달은 재생의 상징이 되고, 생명력 그 자체의 상징이 될 수 있었다. 특히, 달의 결영과 조수의 관계가 알려지고, 또 달의 결영 주기와 여성의 월경 주기가 상관성이 있는 것으로 알려지면서, 달이 지닌 생명력의 상징성은 한층 더 강화된다. 달과 물과 여성이 더불어서 생명력을 상징하는 삼위일체가 된 것은 바로 이 때문이다.

10.3. 만물을 비추는 해와 달, 확산과 포용

여성들의 한시문을 보면 해와 달을 주제로 삼은 것이 그다지 많지는 않다. 그러나 '해'와 '달'을 제목으로 삼아 시문을 지었다는 것은 자연 혹은 천체에 대한 관심이 있었음을 보여준다. 해와 달에 대한 기본 이미지는 만방(萬方)을 밝게 비춘다는 것이다. 특히 해는 아침에 떠올라 동쪽에서 서쪽으로 이동하면서 온갖 사물을 다 비추고 서쪽으로 진다는, 순환의 의미를 갖는다. 이는 나아가 순리를 받아들이고자 하는 자세로 이어진다. 달의 경우는 만고(萬古)에 변함없다는 이미지가 강하다. 인간의 수명은 아무리 길어도 백년이지만 달은 수만 겁을 지나도 여전히 하늘에 있으며 변함없이 금빛을 발한다는 것이다. 이를 통해 인생무상에 대한 자연의 유상함을 인식한 것이다. (박죽서 「日影」, 취련 「賞月」)

　　고전소설의 여성주인공들은 어릴 때에 부모와 헤어져서 떠돌아다니며 어렵게 살아가거나, 혼사와 관련하여 혼인할 대상을 만날 때까지 고난을 당하거나, 혼인한 후에 못된 첩이나 다른 부인들을 만나 모해를 당하여 어려움을 겪는다. 이런 때에 가족을 비롯한 '사람'은 그녀에게 어떤 도움을 주지 못하고 오히려 어려움을 강화시키기까지 한다. 그래서 얼어 죽거나 굶어죽을 위기에 놓여 목숨이 위태롭게 되기도 하는데, 이때에 '자연물'들이 그녀를 도와 생명을 지켜준다. 동물들이나 저절로 솟아나는 물과 함께, 하늘의 태양도 그녀와 교감하는 듯, 하늘의 뜻을 보여주는 듯 그녀가 고난을 당하면 빛을 잃고 천지를 어둡게 만들어버리는 것이다. (「숙영낭자전」, 「사씨남정기」) 그녀의 슬픔이 온 세상에 전해져 다함께 슬퍼한다거나, 천지가 어두워져 악한 사람을 징계하리라는 암시를 보여주는 것이다.

　　규방가사에서 규중(閨中)에 있는 여자를 알아주는 자연물은 달이다. 규방의 창을 통해서 바라보는 달과 교감한다. 달빛은 만물을 비추어 주는 확산의 의미를 지니는 동시에, 만물을 감싸 안는 포용의 빛이다. 천지사방의 만물을 비추어 주는 달이 고향의 우리 집도 비추어 줄 것으로 기대한다. 나와 마찬가지로 그리운 사람들이 동시에 바라보는 달의 존재는 공간적 단절을 극복할 수 있는 심리적인 위안의 매개가 된다. 따라서 달에 감정이입하여 부모 형제에게 자신의 감정을 전해주기를 기원한다. (노씨 부인 「기망가라」, 성산 이씨 부인 「한녀자유행원부모형제붕우」, 「별수시셰탄」)

　　　　아침 나절 유난히 밝은 빛 비추는데
　　　　사물 따라 그림자 만드는 것 어여쁘다
　　　　강 물결 굽이마다 넘실넘실 움직이고

산마루 겹겹 나무마다 부드럽고 가볍게 지나간다
역 정자에 비스듬히 걸려 나그네 마음 재촉하고
화원을 뚫고 지날 때는 새소리 시끄럽네
따라 갈 길 없음 진실로 아노니
등나무 지팡이 짚고 해 따라간 과보가 가련하구나
朝畫殊光照處明 可憐隨物影俱成 江波萬曲溶溶動 嶺樹千重冉冉輕
斜掛驛亭催客意 穿過花院碎禽聲 定知無路追相及 鄧杖堪憐夸父行
—박죽서 「해 그림자 日影」(19세기 전반)

높이 떠오른 새 달 가장 분명하니
한 조각 금빛은 예로부터 변함없는 마음이네
끝없는 세상에 오늘밤 바라보니
한평생의 근심과 기쁨 몇 사람의 정이런가
亭亭新月最分明 一片金光萬古情 無限世間今夜望 百年憂樂幾人情
—취련 「달을 보며 賞月」(18세기?)

춘힝아 잘 넛거라 동춘아 잘 넛거라 슬프믈 니긔지 못ᄒ여 원앙침도 베고 셤셤옥
슈로 드는 칼를 드러 가슴을 질녀 죽으니 문득 틱양이 무광ᄒ고 텬디 혼휴ᄒ며
텬동소릭 진동ᄒ거늘 춘힝이 놀ᄂ 씨여보니 낭지 ᄀ슴의 칼를 꼿고 누엇는지라
급히 소스쳐 보고 딕경실식하여 칼를 쌔혀닉려ᄒ니 쌔지지 아니ᄒ거늘 춘힝이
낭즈의 낫츨 딕하고 방셩딕곡 왈 어마니 니러나오 니런 일도 쏘 어듸 넛는가 가련
타 어마니 우리 남미를 두고 어듸로 가며 우리 남미 누를 바라고 살나 ᄒ오 동춘이
어마니를 ᄎᄌ면 무어시라 딕답ᄒ올닛가 어마니도 참아 니런 일를 ᄒ오
—「숙영낭자전」(미상)

유모 등이 좌우로 붓드러 우니 일월이 무광ᄒ고 초목 금쉬 위ᄒ야 슬허하ᄂ
듯ᄒ더라
—「사씨남정기」(17세기)

셩인은 셩인다워 셩인이라 ᄒ다더니 형산셕즁 무친옥과 여슈의 잠긴금을 뉘라
셔 아라주며 누구라셔 차자쥬리 즁츄망월 밝근달이 헌문의 잠긴그날 츄풍이 갈ᄂ
닉야 면면ᄒ다 이월식이 쳔디의 가득ᄒ여 안미찰곳 업사시니 옥빈의 어호월식

헛말이 아니로다 규중이 깁혼녀즈 시시히 아난거슨 달밧기 업사쏘다

—노씨 부인 「기망가라」(1922)

추수장천 일식하니 동명명월 네로구나 반갑도다 명월이여 우리집 동창에도 네
가비쳐 줄터이니 우리집 여전하고 우리부모 안영한야 이닉휘수 비치도고 일년삼
빅 육십일과 빅년삼만 육천일에 이려구려 허송하니 륵파광음 허은이라

—성산 이씨 부인 「한녀자유행원부모형제붕우」(미상)

늣거니 써난후로 여류시절 몃히런고 창성쎠계 이운간장 시시로 정신차려 석수을
싱각흐면 촉쳐의 츄감이라 츈풍시졀 화츙시와 츄야고죵 졍막할졔 쳥풍은 다졍흐고
명월은 은근하야 두상의 조요하니 반야삼경 전전할졔 고향싱각 몃변니라 슈슈흔
백발죤안 향혀싱젼 승봉할가 빅연하슈 도출흐야 금연니나 명연니나 회회겨영 하난
모양 침미줄 다되갓치 울으고 별으던니 니닉몸 무상흔듸 괘심하여 피흐신가

—「별ㅅ시셰탄」(미상)

동정의 발근달도 말리예 빗치건만 초경의 소주쌍의 형님방의 비치다가 삼경이
도라와셔 이닉방의 비치소셔 싱각고 싱각흐니 면목이 어렵흔듯 바리고 바릭니
셩음이 줌관들이난듯 삼경초 쑴가운데 만닉본듯 하엿쎠니 푼풍이 허사로다 쳘리
갓치 막키엿닉 잠을씌여 싱각흐니 천우만수 새롭도다

—「형제이별가」(미상)

10.4. 회억의 달빛과 근심의 은하수

여성 한시문의 시적 화자들은 잠을 못 이루는 경우가 많다. 사방은 조용하고
어디 한 곳에도 사람 그림자가 없다. 그리움과 외로움이 사무치게 된다. 이때
하늘에 밝은 달이 떠오른다. 집 안에 있는 사람에게는 담을 넘어 마당을 지나
창 안으로 찾아오고, 먼 길을 가는 사람에게는 소매 곁으로 비추면서 길벗이
되어준다. 특히 집에 머물며 멀리 떠난 님을 그리는 사람에게는 지금 자신에게
비추는 달빛이 먼 곳에 있는 님에게도 비춘다는 사실 때문에 달이 몹시 반가운

것이다. 또한 은하수 역시 잠 못 이루는 긴 밤 하늘에서 은빛으로 밝게 빛나
어두운 화자의 마음과 반대된다는 점에서, 이별의 근심을 더욱 애처롭게 하는
매개로 형상화되었다. 또한 이와는 달리 초승달 자체를 직녀가 머리를 빗던 얼
래빗에 비유하기도 하였다. 만날 수 없는 님에 대한 그리움으로 빗을 하늘에
던져버렸다는 것이니 하늘에 홀로 한 조각 떠있는 초승달은 외로움의 상징인
것이다. (김삼의당 「秋夜月」, 서영수합 「次季兒韻-4」, 이옥봉 「初月」)

　　규방가사에서 달은 과거로 돌아가 유년시절을 회상하게 하는 매개이다. 달의
속성 중 '밝음'과 '비춤'의 성격은 과거의 유년시절을 비추어 선명하게 떠올려준
다. 밤을 비추는 환한 달빛은 의식을 각성시키며 고향과 유년시절을 추억하게
한다. 그 밝고 고요한 달빛은 추억에 침잠하게 하며 헤어진 부모형제와 동무들
을 그리워하게 하고 있다. (「여자소회가라」, 「붕우사모가」, 「화전가라 2」, 「한별곡」)

　　　밝은 달 담장 머리 솟으니
　　　쟁반 같고 거울 같네
　　　주렴 내리지 마라
　　　창으로 비친 달빛 가리지 않게

　　　달 하나 두 곳을 비추는데
　　　두 사람 천리에 헤어져 있네
　　　저 달 그림자 따라 가서
　　　밤마다 그대 옆을 비추었으면

　　　한밤의 한 조각 달
　　　그림자 푸른 창으로 흘러 드네
　　　서울에 외로운 나그네 있으니
　　　망향루는 비추지 말아다오
　　　明月出墻頭 如盤又如鏡 且莫下重簾 恐遮窓間影
　　　一月兩地照 二人千里隔 願隨此月影 夜夜照君側
　　　中霄一片月 影入碧窓流 長安有孤客 休照望鄕樓
　　　　　　　　　－김삼의당 「가을밤의 달 秋夜月」(1786－1801 사이)

누가 곤륜산의 옥을 캐어 내다가
공교하게 얼래빗 만들었나
이별하고 떠난 뒤에는
수심 겨워 허공에 던졌구나
誰採崑山玉 巧成一半梳 自從離別後 愁亂擲空虛
　　　　　　　　　　　　－이옥봉 「초승달 初月」(16세기 후반)

근심에 뒤척이며 잠 못 이루다가
이 밤이 긴 것을 문득 깨닫네
서리 내려서 옷소매 차가운데
은하수는 더욱 반짝거리네
輾轉愁不寐 頓覺今宵永 霜落衣袂冷 星河更耿耿
　－서영수합 「막내 아들의 시에 차운하여 次季兒韻－4」(18세기 후반~19세기 초반)

칠석이 조혼경은 심회를 도와ᄂᆞ고 십오야 발근달은 고향싱각 간절ᄒᆞ듯 신신가
졀 조혼경이 긱이익 과시하니 신춘익 푸린풀은 ᄒᆡ마다 보련만은 기려워라 우리부
모 사라이별 무삼일고 조조모모 싱각이요 시시쩍쩍 회포로다 동지셧달 셜한풍이
고향쪽을 바릭노라
　　　　　　　　　　　　　　　　　　　－「여자소회가라」(미상)

청천이 써난구람 할양업시 놉홀시고 져구람이 안자시면 고은화용 보련만은 만
경창파 푸른물은 쥬야장천 흘녀가니 그물갓치 가련니면 형계신곳 가련마난 궁핍
한촌 잠긴몸이 신구비익 어이ᄒᆞ며 셩즁반야 찬바람이 몸을떨쳐 어이할고 달은밝
고 고요한듸 밤은길어 잠못일며 지닉간일 싱각하니 엇지안니 그럴손야
　　　　　　　　　　　　　　　　　　　－「붕우사모가」(미상)

실푸기 여즈로다 다졍다졍 우리붕우 붕우손길 후려줍고 만단셜히 하올적이 네
못오고 너올적이 닉못오고 심심규즁 들어안즈 붕우싱각 간졀크든 충천의 져달보
고 피츠간 생각ᄒᆞ싀
　　　　　　　　　　　　　　　　　　　－「화전가라 2」(1949)

이졀나니 졍아니요 싱각ᄒᆞ니 병이듸내 병이듸면 어이홀고 노다가 탄식ᄒᆞ고 탄
식흔들 어이ᄒᆞ리 셰샹이 지심지우 거문고 한장이라 옥난간의 쏫치피여 쏫가지의

달이로다 밤소식 격격흘제 쥬렴을 거더미고 화월중간 홀노안즈 빅옥슈를 놉피드
려 흔곡조 보니보니 둥덩실 흐느소리 억만회포 지가된다

— 「한별곡」(미상)

10.5. 여성의 자궁, 정염의 만월(滿月), 달

달은 기울었다가도 다시 차오르는 리듬감과 주기성을 지니는데, 이로 인해
질서와 보호, 성장과 부활을 상징하게 된다. 이러한 달에는 특히 인생에 적절한
깨달음을 주고 바른 길로 안내하는 수호적 모성의 이미지가 놓인다. 여성인물
은 달을 보며 자신의 어머니 됨을 깨닫고 자식들은 달을 보며 어머니의 가호를
염원한다. (강경애 「소금」, 오정희 「산조」) 그런데 달은 밤과 한 쌍을 이룬다는 점
에서 내면의 알 수 없는 무의식, 그리고 그로 인한 혼란과 두려움이라는 존재론
적 인식을 내포하기도 한다. 여성인물은 자신의 "몸 안을 환히 비추"는 달을 마
주하며 자신의 연원과 정체성에 질문을 던진다. (전경린 「달의 신부」) 언제나 다
른 한 면은 감춘 채 한 면만을 보이는 달은 그 실체를 알 수 없는 모호성 그
자체이기도 하다. 총체적인 파악을 거부하는 달은 "자신의 얼굴을 지우고" 있는
"거대하고 비정한 그림자"이다. (한유주 「달로」)

여성의 생체주기는 생래적으로 달(月)에서 연유한다. 여성의 몸은 달의 자장
안에서 기울고 차오르기를 반복하면서 자연의 리듬을 체화한다. 달은 여성의
자궁을 상징하며 달의 주기는 월경의 주기와 맞물리고, 차오르는 달은 여성의
부풀어가는 욕망을 의미하여 만월(滿月)은 욕망의 절정을 상징한다. 달은 태양
보다 미약한 듯해도 거대한 바다를 움직이는 힘을 지녔으며, 고정되거나 안정
적이지 않다는 점에서 오히려 더 생명적이며 능동적이다. '황홀한 울렁증', '살
을 섞으며', '수태' 등 여성의 몸은 달의 차고 기움으로 표현되면서 여성의 성적
충동을 상징적으로 함축한다. 또한 달은 태양처럼 일정한 모양을 지니지 않고
주기에 따라 다양한 모습과 빛을 지니고 있어서 초승달, 보름달, 그믐달이 제각
각 시적 상상을 불러일으킨다. (신달자 「눈썹 달」, 박라연 「만월」, 박서원 「파도와

천 개의 초승달」, 강신애 「달」, 강기원 「보름달」, 황인숙 「달아 달아 밝은 달아」, 김선우 「사릿날」, 박연준 「달의 상상임신」, 이화영 「달의 정원」, 이선영 「달」)

여기에 툭 튀어나오는 달 같은 명수의 그 얼굴 그는 멈칫 서며 주검이란 참말 무서운 것이다 하며 시름없이 저편을 바라보았다. 그때 그는 무엇에 놀란 사람처럼 후다닥 달려 나왔다.

앞집 처마 끝 그림자와 이 집 처마 끝 그림자 사이로 눈송이같이 깔리어 나간 달빛은 지금 명수가 자지 않고 자기를 부르며 누어있을 부드러운 흰 포단과 같았던 것이다. 그러나 그것은 그의 볼을 사정없이 후려치는 듯한 달빛이었다. 그는 두 손으로 볼을 쥐고 그 달빛을 밟고 섰다. 그리고 "명수야!" 하고 쏟아져 나오는 것을 숨이 막히게 참으며 조금도 이지러짐이 없는 저 달을 쳐다보았다. //

무엇을 먹고 살겠다는 자신이 기막히게 가련해 보였던 것이다. 그는 벽을 의지해서 하늘을 멍하니 바라보았다. 하늘에는 달이 둥실 높이 떴고 별들이 종종 반짝인다. 빛나는 별. 어떤 것은 봉염의 눈 같고 봉희의 눈 같다. 그리고 명수의 맑은 눈 같다. 젖을 주무르며 쳐다보던 명수의 그 눈 "에이 이놈 저리 가라!" 그는 또 다시 이렇게 중얼거렸다. 그리고 봉희 봉염의 눈을 생각하였다. 엄마가 그리워서 통통 붓도록 울던 그 눈들, 아아 이 세상에서야 어찌 다시 대하랴!

—강경애 「소금」(1934)

달이 뜬다. 잊혀졌던 감각이 기억의 늪에서 서서히 떠오르고 닫힌 관능이 열려 저마다의 달로 뜬다. 낮처럼 환해지는 의식세계에 날라리는 어지럽게 혼들리고 달은 풍성한 매듭을 푼다. //

누나는 내가 울음을 그친 것이 대견해서인지 아니면 그녀 자신이 진정으로 믿고 있는 것인지 자꾸 달을 가리키며 것 봐, 엄마가 보시잖니? 우리 운봉이 울지 말라고 엄마가 현신하신 거야, 라고 되뇌고 있었다. 나는 눈을 크게 떴다. 절 쪽에서는 간간이 바라 치는 소리가 들려 왔다. 달은 점점 커졌다. 숲을 가득 채우고 다시 숲 사잇길로 흘러 누나와 나를 잠그며 믿어지지 않게 커지고 누나의 등에 솟은 혹은 더욱 둥글고 불룩해졌다.

—오정희 「산조」(1970)

마당으로 나선 여자는 달이 흐르는 방향을 따라 걸음을 옮겼습니다. 여자의 이마와 눈썹과 머리카락 위에 사금파리 같은 달빛이 사륵사륵 쌓였습니다. 달은 여자에게 냇물을 건너게 하고, 들판을 지나게 하고, 못가를 돌게 하고, 산으로 오르

는 좁은 길로 들게 했습니다. 달이 환히 비추어주어 산길은 어둡지 않았습니다. (중략)

"자, 이제 나를 향해 숨을 쉬고 그대의 노래를 불러라."

여자는 어리둥절했으나 달이 시키는 대로 했습니다. 달빛을 한숨씩 마실수록 어떤 힘이 자신의 영혼을 치받아 높이 떠올리는 것을 느꼈습니다. 그 힘은 몸 안을 환히 비추도록 둥글고 투명한 것이었습니다. 아홉 번째 달빛을 들이쉬자, 몸이 달처럼 위로 치솟는 것 같았습니다. 그러자 자기 몸에서 거칠고 야생적인 그 울음이 치밀어 올랐습니다.

―전경린 「달의 신부」(1997)

나는 달로 간 사람의 이야기를 알고 있다. 그는 어느 날 달 속으로 홀연히, 잠겨버렸다. 그 광경에 너무나 놀라서, 나는 그만 주저앉지도, 반사적으로 두 손을 치켜들지도 못한 채 그 자리에 붙박여버리고 말았다. 놀랐던 것은 나뿐만이 아니었던지, 그가 늘어뜨리고 간 무게의 흔적까지 고스란히 남아 있었고, 시간은 그때 이후로 손톱만큼도 움직이지 않았다. 다만 그가 지나간 궤적만이 허공에서 길게 몸을 떨고 있을 뿐이었다. //

나는 곧바로 강의 건너편을 향해 걷기 시작했다. 잠시 후, 어느 검은 테가 둘러진 액자를 빠져나와, 내가 걸어나온 궤적을 눈으로 좇고 있었다. 검은 액자 안에는 어느 물살이 거센 강과, 검은 하늘과, 강 이편의 바람에 흔들리는 숲과, ……그런, 어느 타박이는 붓으로 칠해져 있었고, 거친 강의 표면에는 윤곽이 이지러진 달이 한숨처럼 잠겨 있었다. 누군가의 움직임을 찾아보았지만, 아무런 흔적도 찾아낼 수 없었고 아무런 일도 없었던 것처럼, 침묵이 조용힌 자신의 얼굴을 지고 있었다.

―한유주 「달로」(2003)

어느 한(恨) 많은 여자의 눈썹 하나
다시 무슨 일로 흰기러기로 떠오르나
육신은 허물어져 물로 흘러
어느 뿌리로 스며들어 완연 흔적 없을 때
일생 눈물 가깝던 눈썹 하나
영영 썩지 못하고 저렇듯 날카롭게
겨울 하늘을 걸리는가
서릿발 묻은 장도(粧刀) 같구나
한이 진하면 죽음을 넘어

눈썹 하나로도 세상을 내려다보며
그 누구도 못 풀 물음표 하나를
하늘 높이에서 떨구고 마는
내 어머니 짜디짠 눈물 그림자

—신달자 「눈썹 달」(1999)

너는 지상에서 가장
성스럽게
숨을 쉬는 항아리
너의 뚜껑은 오직
산 자의
첫 울음 소리로만
열 수 있다

—박라연 「만월」(2000)

파도에 피고 지는 해당화
하늘엔 단 하나의 초승달

그러나 파도 소리에 귀 열면
초승달은 만개 되려 꿈틀거리네

저 달이 둥그렇게 되려면
천 년은 걸리겠지

문전을 쓸고 닦은 이천 년을 떼내어
훗날 천 년의 단단한 돌다리
만들어주겠지

—박서원 「파도와 천 개의 초승달」(2002)

달은 은밀한, 불의 횡격막
집들도 언덕도 수수꽃다리도 그 중심을 향해 돈다
달은 밤의 눈꺼풀
닫히면 입술도 공기도 얼어붙는다
하지만 나는 남극의 물고기처럼 생생하네

몸속에 달빛 부동액이 흐르기 때문
이봐,
넌 내가 열 몇살에 쏘아올린 눈물방울 화석이야
무수한 너와, 내가, 무수한 골목길에서 껴안은 가슴이야
그들만의 추억이 고스란히 저장된 냉장고야

내 좌충우돌의 젊음을 투정부리듯 기우뚱한 달이 간다

　　　　　　　　　　　　　　　　　　　　－강신애 「달」(2002)

여름 초저녁이다
보름달이 떴다
황홀한 울렁증을 겪으며
다시 수태를 꿈꿔야겠다
신비로운 밤의 분만실로 가
만삭의 몸을 뉘어야겠다
늙지 않을 나를
아무도 모르게
낳아야겠다
어미도 아비도
나인 나를,

　　　　　　　　　　　　　　　　　　　　－강기원 「보름달」(2006)

어디선가 옮겨 적은 메모 쪽지를 들여다본다
달은 세상의 우울한 간(肝)이다.
－람프리아스(그리스 철학자)
(중략)
그러고 보니 폐(肺)에도 달이 있고
장(腸)에도 달이 있네
쓸개(膽)에도 달이 있고……
몸뚱이 도처가 달이로구나!

간이, 부풀어, 오른다, 찌뿌둥,
달처럼, 우울하게,

달아, 사실은 너,
우울한 간 아니지?
이태백이 놀던 달아!

—황인숙「달아 달아 밝은 달아」(2003)

깊은 썰물이 몸속을 돌아나가
달의 소음순에 밀물져 닿는 아침,
대지를 향해 열린 닫힌 문을 통과해
달에 사는 물고기 떼 미끄러져 오는 동안
인간의 지느러미가 스쳐간 문 속의 문들
해저처럼 푸르네 아무도 이 문을
통과하지 않고선 숨 얻을 수 없으니
이제 막 해변에 닿은 구유 속에는 아직
태어나지 않은 별들이 처음처럼 끓고 있네

아무래도 오늘은 사릿날,
달이 지구를 이처럼 사모하지 않았으면
지구의 시간은 계절 밖을 떠돌았을 것이니

—김선우「사릿날」(2007)

나는 뒤돌아 웃어요
웃으면서 수태해요
당신의 아이는 아니지만
기쁘게,
부풀어올라요

밤은 휘어지고
나는 온힘을 다해 당신을 벗어나며
내 허리춤에도 못 미치는 당신을 밀치며
떠올라요
떠올라, 웅장한 달이 되어요

육중한 어둠과 살을 섞으며 천천히,

나는 가까스로― 밝아져요

―박연준 「달의 상상임신」(2007)

달이 차면 붉은 혀를 날름거리는 욕망
나는 너에게 돌을 던질 수가 없다
가시 박힌 상처를 더듬는 일 따위는
처녀를 버린 후부터 잊은 지 오래
역광으로 터져버린 박주가리의 씨방이나 기억하라지
비릿한 달빛이 거울에 박힌다
물에 녹인 아스피린을 먹고
긴 목을 흔들며 모딜리아니의 여인처럼
동공 없는 파란 눈으로 내 아이가 자란 곳을 들여다본다
머리를 꼿꼿하게 세우고
꼬리를 숨긴 암록의 음모가 또아리를 틀고 있다
깜깜한 숲에 또 다시 달이 뜬다

―이화영 「달의 정원」(2010)

마늘 한쪽이다 저 달은
눈 코 입을 한 누구의 얼굴도 조붓이 들어 있다
마늘쪽 속의 그 조붓한 얼굴은 얼마나 눈이 매울까
어느 늦여름밤 농가 마당에서 올려다보는
하늘에 뻥 뚫린 마늘 달
나를 따라 서울 떠나와 묵은 땀내 식히고 있는
반가워 입 벌리고 바라보다
눈이 매워진다 매워서 눈물난다

―이선영 「달」(2011)

달로 간다
달로 간다
달로 간 것들은
돌아오지 않는다
사람들이 달맞으러 간단다
(쇠사슬을 끌고)

달맞으러 간단다

(발걸음도 가벼웁게, 달로 가는 길)

저마다 머리에 달을 이고

(프로메테우스도 아닌 것들이!)

정수리로 달을 밀어 올리며

(철그럭 철그럭)

달맞으러 간단다

―윤예영 「달집에 대한 풍문」(2008)

10.6. 영원한 유토피아, 별

별은 추상적인 존재이면서도 인간에게 가장 강렬하게 구체적인 꿈을 불러일으킨다. 별은 실제로 가닿을 수 없지만 가장 친근하게 느껴지는 유토피아이자, 영혼의 결정체들이 모여 있는 곳으로 상상되는 우주이다.

시인들은 별자리와 인간의 운명을 잇는 점성술이나 별점처럼 인간은 마치 별이 인간과 매우 친밀한 천체라고 상상하는 한편, '존재하지 않는 선한 곳'이라는 유토피아의 의미대로 지향하고 동경하는 이상향으로 별을 인식한다. 여성화자들은 현실에서 탈주하고 싶은 상상으로 저 닿을 수 없이 먼 곳에서 반짝이는 별을 보며 기도하고 간구한다. 한편 '명왕성'은 태양계의 행성 목록에서 제외된 별로서 이곳이 아닌 다른 곳으로 추방되거나 이곳의 삶에서 소외된 존재를 의미한다. (전경린 『유리로 만든 배』, 모윤숙 「나의 별」, 나희덕 「별」, 김선우 「별의 여자들」, 조용미 「자미원 간다」, 「별의 죽음」, 정끝별 「앗 시리아 저 별」, 김소연 「명왕성에서 2」)

하늘에서 빛나는 별은 영원과 절대, 희망과 꿈을 상징한다. 그래서 지상에서의 슬픔과 고뇌는 이러한 별의 항존성과 성실성에 기대어 위로를 받고 자신의 운명을 개척하고자 하는 의지로 발현된다. (최정희 「지맥」) 현실에서의 불화와 갈등 역시 먼 하늘의 별을 응시함으로써 해소된다. 어린 시절 자신의 잘못을 용서하고 감싸주었던 이의 너른 사랑은 별의 이미지로 각인된다. (공선옥 「피어라 수선화」) 치열한 경쟁 사회에서 낙오한 인물들을 향한 애정 어린 시선과 희망이, 그들이 바라보는 별의 상징성에서 발휘된다. 이때의 별은 허망한 모든 존재를 공평하게 비추는 "존재일반(存在一斑)"으로, 온유하고 평화로운 빛이다. (김숨 『백치들』)

천상의 존재인 별은 잔혹한 현실을 양각하는 배경이 되기도 한다. 인공조명이 넘쳐나는 도시의 최첨단 호텔식 아파트에서는 별이 보이지 않는다. 별을 볼 수 없는 이 아파트는 부실시공으로 무너져 가는데, 허물어지는 땅은 별이 보이지 않는 하늘과 어우러지면서 도시인의 유토피아 상실을 말한다. (강영숙 「별빛은, 별빛은」) 이러한 디스토피아적 감성은 별의 부재로까지 나아간다. 영원해 보이는 별이 사실은 유한한 존재이며, 지금 보이는 별도 이미 존재하지 않는 것일 수 있다는 인식이 유토피아 불가능을 역설한다. 별은 이제 "수소와 질소가 끊임없이 분열을 일으키고 있는 신경증적" 존재가 된다. (한유주 「죽음의 푸가」)

그런데 한편, 영원해 보이는 별이 하나의 물질이며 유한한 존재라는 인식은, 하루하루를 기계적으로 살아가는 무기력하고 방향성 없는 삶에 오히려 목표 의식을 부여하기도 한다. 영원함만이 진실이라 고지식하게 믿으며 고된 현실을 이겨내던 한 남성인물이, 변화와 유동성을 인정하며 순간의 기쁨을 즐기는 여성인물을 만나 삶의 의미를 깨닫고 성장하는 이야기에서 별의 유한성은 오히려 냉정하고 치열한 현실 인식이 된다. (한강 「어느 날 그는」)

차에 올라서도 마음은 여전했다. 달리는 창턱에 턱을 괴고 검은 세상을 —아니 깊은 밤하늘에 반짝이는 별을 오래 쳐다보는 사이에 나는 내가 가진 슬픔, 내가 가진 번뇌, 이것은 나만이 가진 것이 아니고, 또 그것이 이 지상에만 있는 것도 아니고 온 우주에 태양과 별과 달과 그 모든 것에까지 있을 것 같은 생각이 들었다. 그러고 보니 별은 정말 하늘에서 모진 슬픔 속에 오열하는 것 같기도 했다. 잃어버린 무엇을 찾고자 헤매는 것 같기도 했다. 그러나 별들은 그 무수한 별 중에 어느 하나도 땅에 떨어지거나 몸부림을 치거나 하지 않고 오직 제 몸을 불사르며, 아픔을 견뎌가며, 눈물을 삼켜가며, 캄캄한 밤하늘의 궤도를 지키고 있는 것 같이도 보였다. 나는 그러한 별들을 보는 사이에 엄숙해져야 할 것 같은 충동을 받았다. 별이 하늘의 궤도를 벗어나지 않듯이 나는 지상의 궤도를 벗어나지 않을 인내와 극기와 성실과 용기를 준비해야 되겠다는 생각을 가졌다. 생각을 가질 뿐만 아니라 나는 결심을 굳게 하고 형주 설주 엄마와 처음 타보는 기차가 즐거워서 바깥이 잘 보이지도 않는데 손가락질을 하며 재잘거리며, 웃어대며, 내게 여러 가지 질문을 하던 때 만족하게 그들 질문에 대답을 못해 준 일을 뉘우치며, 그것들이 자는 옆에서 그들을 잘 성장시키는 것이 내게 던져진 운명이요, 내가 벗어나지 못할 지상의 궤도라고 마음속에 부르짖었다.

—최정희 「지맥」(1939)

마당귀에 길게 길게 오줌을 눈다. 큰엄마가 잠밥 먹일 때 내가 모르는 척 누워 있었듯이 이번에는 내가 오줌을 눌 때 큰엄마가 모르는 척 누워 있다는 것을 나는 안다. 그래서 자는 척 누워 있는 큰엄마 앞에서 부엌으로 들어가 못 먹은 쑤루메국을 먹을 수도 없다.

고픈 배를 부여잡고 담 속으로 꾸역꾸역 기어들어간다. 큰엄마가 뭐라 웅얼거린다. "영판 수선화 맹이네." 무엇이 그러냐고 아무도 묻는 사람 없는데 큰엄마는 한참 뒤에 잘잘 때만 내는 숨소리를 길게 한번 뱉어낸 다음 꼭 누가 물어나 본 것처럼 혼잣대답을 한다.

"별이……"

별은 쑤루메국이고, 별은 수선화고, 그리고, 그리고, 별은 칼이다.

—공선옥 「피어라 수선화」(1993)

민화는 언젠가 뉴스를 보다가 그의 옆구리를 질벅거렸다. 나사의 최근 연구발표에 대한 뉴스였다. 브라운관 속에서 무수한 별무리가 반짝였다. 토성의 은회색 테와 푸른 지구의 모습이 자료화면으로 지나갔다.

태양이 없어진대.

그녀의 얼굴은 심각했다. 그는 웃음을 터뜨렸다.

오십 억년 후에 있을 얘기잖아. 벌써부터 걱정할게 뭐야?

아무튼,

민화는 여전히 심각한 얼굴을 하고 있었다.

아무튼, 없어진다잖아. 태양계가 없어지고, 그 다음에는 이 우주가 통째로 없어져버린다잖아.

그는 대꾸하지 않았다. 다음 뉴스가 지나고, 날씨 예보가 끝나고, 주식시세표와 함께 경쾌한 음악이 흘러나올 때까지 그녀도 침묵했다. 침묵을 깬 것은 민화였다.

그런 거구나.

그녀의 얼굴은 그믐달처럼 파르스름하게 여위어 있었다. //

결국 영원한 건 없는 거야, 그렇지? …… 영원한 건 없다는 걸 인정하고 나면 살기가 훨씬 쉬워질지도 몰라.

—한강 「어느 날 그는」(1998)

그녀는 밖을 보고 싶어 창문을 열었다. 높다란 빌딩들, 네온불빛, 대로에 늘어선 차들, 어두운 하늘, 한적한 곳에 있는 다른 호텔들에서처럼 별빛은 보이지 않았지만 눈앞의 풍경은 그리 나쁘지는 않았다. //

그녀는 하늘을 쳐다봤다. 하늘을 아무리 쳐다봐도 별빛은, 별빛은 보이지 않았다. 그때였다. 거실 장식장 하나가 저 혼자서 와지끈 분해되면서 바닥으로 떨어졌다.

—강영숙 「별빛은, 별빛은」(2003)

옥상은 바람이 거세게 불었다. 우주에 떠 있는 크고 작은 행성들이 옥상을 중심으로 운행했다. 옥상은 백치들에게 '섬'과 같은 곳이었다. 옥상은 지구에 살고 있는 40억이나 되는 사람들 중에 오롯하게 백치들만 싣고서 별빛들과 불빛들 속에 쓸쓸히 떠 있었다. (중략)

별빛들도 한쪽으로 한쪽으로만 흘러갔다. 끝도 모르게 흘러가는데도 별빛들은 여전히 손에 잡힐 듯 가까이 있었다.

아버지는 별빛들이 적도를 향해 흘러간다고 믿었다. 적도의 경계를 따라 별빛들이 일렬로 모여들고 있는 것이라고 믿었다.

'사막에서 보던 별자리와 옥상에서 보는 별자리가 이상하게 합일하는군. 저 별자리는 내가 사막에서 처음 발견한 별자리지.' (중략)

백치들은 옥상에서 별들을 세며 일치와 화평과 온유와 평화와 고요를 꿈꾸기도 했다.

그리고 존재 일반(存在一斑)…….

백치들은 옥상에 머무는 순간만큼은 꽃이나 열매나 돌멩이나 한 방울의 빗물처럼 우주의 허다한 순리와 그보다 허다한 허망함을 품고 있었다.

—김숨 『백치들』(2006)

플루토는 태양의 아홉 번째 행성이다. 그곳은 가장 춥고 가장 어둡고 너무나 우울한 행성이라고 배운 적이 있었다. 다행히 바닥과 천장 사이에는 우주의 흐름을 이미지화한 전자음 같은 것이 아닌 낯익은 노래가 흐르고 있었다.

……난 유리로 만든 배를 타고 낯선 바다를 떠도네…… 새까만 동전 두 개만큼의 자유를 가지고 이분 삼십초 동안의 구원을 바라고 있네…… 난 유리로 만든 배를 탄 채 떠도네…… 벅찬 계획도 시련도 없이 살아온 나는 가끔 떠오르는 크고 작은

상념을 가지고 더러는 우울한 날에 너를 만나 술에 취해…… 난 유리로 만든 배를 타고 낯선 바다를 떠도네……

— 전경린 『유리로 만든 배』(2001)

별들은 이미 보이지 않는다. 드문드문 살아남아 잘 닦인 총알처럼 반짝이던, 그렇게 도시를 위협하던 별들은 모두 빗줄기 사이로 사라졌다. 사람들에게 별은 더 이상 아름다운 대상이 아니었다. 별이 행성이라는 여분의 이름을 갖게 되면서, 사람들은 수소와 질소가 끊임없니 분열을 일으키고 있는 신경증적 장면들을 상상했다. 그리하여 어느 악사의 하프가, 옛 영웅의 커다란 칼이, 반인반수의 등줄기가, ……그런 식으로, 전설을 잃고 말았고, 그저 힘없이 어깨를 늘어뜨리고서 신이 부과한 노동의 의미를 이행할 뿐이었으므로, 사람들은 별들의 움직임을 더 이상 읽으려고 하지 않았고, 그리하여 이야기들도 더 이상 생겨나지 않았다.

— 한유주 「죽음의 푸가」(2004)

이 마음의 떠 있는 그 사람과 같이도
영원히 푸르러 있는 나의 별아
너와 나 사이 검은 공간은 꿈같이도 아득해
밤마다 헤엄치는 나의 나래는
오늘 밤도 내 자리에 피곤히 돌아왔다.

오 나의 별 나의 사랑하는 너
나는 너의 푸른 눈동자에 취하여
맑은 영혼의 강변에 잠들고 싶다
맘 아픈 인생의 허무한 잠꼬대를
너의 빛 아래서 산산히 깨쳐 보고 싶다.

— 모윤숙 「나의 별」(1933)

모질고 모질어라
아직 생명을 달지 못한 별들
어두운 무한천공을 한없이 떠돌다가
가슴에 한 점 내리박히는 일
그리하여 생명의 입김을 가지게 되는 일
가슴에 곰팡이로나 피어나는 일
그 눈부심을 어찌 볼까

눈물 없이 그 앞을 질러 어떻게 달아날까
밤하늘 아래 얼마나 숨죽여 지나왔는데
얻어온 별빛 하나 어디에 둘까
어느 집 나무 아래 묻어놓을까

―나희덕 「별」(1994)

내가 셈할 수 있는 인간의 시간 아득한 저편으로부터 별의 여자들은
내내 이곳에서 살아왔다 잇꽃빛 번지는 노을 속에 여자가 그늘을
묻는다 여자의 푸른 유방에서 죽은 별들이 흘러나왔다 여자가 텅 빈
우주를 자궁 속에서 꺼낸다 지구 표면으로 통하는 모든 문 위에 붉은
부적을 걸고 싶은 날,내 몸에 묻어 온 독기에 찔려 여자의 손이 자꾸
허공을 짚는다 둥글고 푸른 별의 생장점이 꼬리를 끊고 흘러갔다
나는 속죄의 말을 찾지 못했다

구불구불한 꿈을 한없이 걸어 서늘한 산길이 걸어 나온다
인간의 마음이 저물고 내 몸 깊숙한 곳의 뼈들이 오래전 은하수의
수로를 따라 흘러간다 화창하게 갠 날에 가벼워지는 목숨들, 화창한
저물녘에 별의 여자들이 자기 몸을 비우고 또 비운다 텅빈 여자의
중심, 지구 몸속의 또다른 별에서 지구가 눈물 한방울로

―김선우 「별의 여자들」(2003)

내가 이 세상에 살아 있다는 것,
오늘 하루 이 시간 속에 놓여 있다는 것은
저 바위가 서 있는 것과 나무의자가 놓여 있는 것과
무엇이 다를까

나를 태운 기차는 청령포 영월 탄부 연하 예미를 지나
자미원으로 간다
그 큰 별에 다다라서도 성에 차지 않는지
무한의 너머를 향해 증산 사북 고한 추전으로 또 달린다
명왕성 너머에까지 가려 한다

―조용미 「자미원 간다」(2007)

별들도 인간처럼 생로병사를 겪는다 진화한다

죽어가면서 가장 밝은 빛을 발한다
초신성 폭발이다
거대한 폭발로 밤하늘을 빛내며
장렬한 죽음을 맞이한다
지구도 50억 년 뒤에는 죽음을 맞이할 것이다
그 자리에 다시 새로운 별이 태어나도
진화의 마지막 단계는
여전히 죽음이다
분주하다 우주는 죽음을 맞이하느라 고요할 틈이 없다
격렬하다 우주는
별과 나무와 고래가 들숨과 날숨 사이의
한 호흡에 있다

　　　　　　　　　　　　　　　　　　　－조용미 「별의 죽음」(2007)

안 보이던 별이 반짝하며 별 안의 별이 터지기 시작했던 그날을 그냥 2006년 2월 18일이었다고 하자

4억 4천만 광년의 기억 속에서 안 보이던 맑은 별 하나가 활화산처럼 폭발하기 시작했다고 하자

빛의 속도로 꼬박 4억 4천만년을 달려서야 내게 닿은 저 별과의 거리를 사랑의 거리라 하자

2006년 2월 26일 절정의 빛을 완성하고는 4억 4천만년 전에 사라진 저 별을 당신이라 하자

　　　　　　　　　　　　　　　　　　　－정끝별 「앗 시리아 저 별」(2008)

잘 있다는 안부는 춥지 않다는 인사야.

고드름 종유석처럼 플라스틱처럼.(너는 전기난로를 장만하라 말할 테지만) 덕분에 나는 잘 있어. 이곳은 뺄셈이 발달한 나라. 한낮에도 별 떴던 자리가 보여. 사람이 앉았다 떠난 방석처럼 빛을 이겨 낸 더 밝은 빛처럼 허옇게 뚫린 자리가 보여. 그때는 별의 모서리를 함부로 지나던 새의 날갯죽지가 베이지. 하루하루 그걸 바라보고 있어.

　　　　　　　　　　　　　　　　　　　－김소연 「명왕성에서 2」(2009)

어학 참고문헌

〈사전〉

국립국어원 편, 『표준국어대사전』, 두산동아, 1999.

권오경·서은아, 『인터넷 통신어휘 사전』, 동인, 2002.

김광해 편, 『유의어·반의어 사전』, 한샘, 1987.

김민수·최호철·김무림, 『우리말 어원사전』, 태학사, 1997.

김병제, 『방언사전』, 한국문화사, 1995.

남광우, 『고어사전』, 교학사, 1997.

남영신, 『우리말 분류사전』, 한강문화사, 1989.

동아출판사편집부 편, 『동아국어대사전』, 동아출판사, 1981.

문화관광부·국립국어원 공편, 『21세기 세종계획 최종 성과물(CD)』, 문화관광부·국립국어원, 2007.

민중서각 편, 『(최신)국어대사전』, 1991.

박영준, 최경봉 편, 『관용어사전』, 태학사, 1996.

박용수, 『우리말 갈래사전』, 한길사, 1989.

박재연, 『고어사전』, 이회문화사, 2001.

방종현, 『고어재료사전(전집)』, 동성사, 1946.

_____, 『고어재료사전(후집)』, 동성사, 1947.

사회과학원 언어학연구소, 『조선문화어사전』, 사회과학출판부, 1973.

서정범, 『국어어원사전』, 보고사, 2000.

신기철·신용철 편, 『새우리말 큰사전』, 삼성출판사, 1975.

안옥규, 『어원사전』, 한국문화사, 1996.

양주동, 『(현대)국어대사전』, 범중당, 1980.

_____, 『(정통)국어대사전』, 학력개발사, 1990.

연세대학교 언어정보개발연구원 편, 『연세한국어사전』, 두산동아, 1998.

우리말 편찬회 편, 『국어대사전』, 대한서적, 1990.

운평연구소 편, 『금성판 국어대사전』, 금성출판사, 1991.

유창돈, 『이조어사전』, 연세대출판부, 1964.

이기갑·고광모·기세관·정제문·송하진, 『전남방언사전』, 태학사, 1998.

이상규, 『경북방언사전』, 태학사, 2000.

이희승, 『국어대사전』, 민중서림, 1975

조영언, 『한국어 어원사전』, 다솜출판사, 2004.

주갑동, 『전라도 방언사전』, 신아출판사, 2005.

최학근, 『한국방언사전』, 명문당, 1987.

_____, 『증보 한국 방언 사전』, 명문당, 1990.

한국문화상징사전편찬위원회, 『한국문화상징사전』, 동아출판사, 1994.

한국민족문화대백과사전 편찬부·한국정신문화연구원, 『한국민족문화대백과사전』1~28권,
　　한국정신문화연구원, 1991.

한국사전편찬회 편, 『국어대사전』, 삼성문화사, 1991.

한국정신문화연구원 편, 『17세기 국어사전』, 태학사, 1995.

한글학회, 『우리말 큰사전』, 어문각, 1992.

한진건, 『한조동물명칭사전』, 료녕인민출판사, 1982.

〈저서 및 논문〉

강신항, 「現代國語에 관한 語彙論的 硏究」, 『동방학지』46-48집, 연세대 동방학연구소, 1985.

_____, 『현대국어 어휘사용의 양상』, 태학사, 1991.

강영경, 「한국 여성사 연구의 현황과 과제 −고려시대까지를 중심으로」, 『여성과 역사』6집,
　　한국여성사학회, 2007.

강영봉, 「제주도 방언의 동물이름 연구」, 경기대학교 박사학위논문, 1994.

_____, 『제주 지역어 조사 보고서』, 국립국어원, 2005.

고 훈, 「설화의 띠 동물 상징 연구」, 연세대학교 석사학위논문, 2005.

고혜경, 『선녀는 왜 나무꾼을 떠났을까: 옛이야기를 통해 본 여성성의 재발견』, 한겨레, 2006.

구본관, 「어휘의 변화와 현대국어 어휘의 역사성」, 『국어학』45집, 국어학회, 2005.

김광해, 「어휘소간의 의미관계에 대한 재검토」, 『국어학』20집, 국어학회, 1990.

김동수, 「신화를 통해 본 고대인의 조류관」, 『일본학보』44집, 2000.

김상태, 『현대국어 시간표현 어휘 연구: 시간부사의 형태·의미·계량적 접근을 중심으로』,
　　학고방, 2005.

김선풍, 「민속상징을 통해 본 한국인의 의식특성」, 『사회과학연구』6권 1호, 중앙대학교 사회
　　과학연구소, 1993.

김선희, 「현대국어의 시간어 연구」, 연세대학교 박사학위논문, 1987.

김영진, 「〈비〉 명칭에 대한 고찰−토박이말을 중심으로」, 『우리말내용연구』2집, 국학자료원,
　　1994.

김유정, 「〈물〉 명칭의 낱말밭」, 『한국어 내용연구』1집, 국학자료원, 1994.

김정란, 『말의 귀환』, 개마고원, 2001.

김정태, 「후부지명형태소 "바위(岩)"의 교체에 대하여」, 『한국언어문학』62집, 한국언어문학
　　회, 2007.

_____, 「"바위(岩)"의 통시적 변화와 방언 분포상의 특징」, 『한국언어문학』70집, 한국언어문

학회, 2009.

김종태, 「어휘의 의미구조」, 『인문논총』 25집, 부산대학교, 1984.

김종택, 『국어어휘론』, 탑출판사, 1992.

김종훈, 『국어어휘론연구』, 한글터, 1994.

김철준, 『『화어류초』의 어휘 연구』, 역락, 2004.

김태곤, 「중세국어의 다의어 연구」, 『국어국문학』 104집, 국어국문학회, 1990.

_____, 「국어 어휘의 변천 연구(4)」, 『백록어문』 14집, 제주대학교 국어교육과 국어교육연구회, 1997.

_____, 『중세국어 다의어와 어휘변천』, 박이정, 2002.

김태우, 「현대 국어 시간 부사의 낱말밭 연구」, 부산외국어대학교 석사학위논문, 1992.

김필래, 「한국문학과 민속에 나타난 잉어의 기능과 의미 ―설화를 중심으로」, 『한성어문학』 19집, 2000.

김한샘, 「국어 어휘 분석 말뭉치의 구축과 활용」, 『언어정보개발연구』 1집, 연세대 언어정보개발원, 2004.

김형국, 『땅과 한국인의 삶』, 나남, 1999.

김희찬, 「국어 말뭉치의 계량적 처리 절차 연구」, 서울대학교 석사학위논문, 2002.

남광우, 「중세어문헌에 나타난 순우리말과 한자대역어 연구 (1)」, 『어문연구』 8권 4호, 한국어문교육연구회, 1980.

_____, 「중세어문헌에 나타난 순우리말과 한자대역어 연구 (2)」, 『어문연구』 11권 3호, 한국어문교육연구회, 1983.

남풍현, 「국어 속의 차용어」, 『국어생활』 2집, 국어연구소, 1985.

또 하나의 문화동인, 『여자로 말하기, 몸으로 글쓰기』, 또 하나의 문화, 1992.

려춘연, 「[고찰과 연구] 성적차별과 관련한 조선어어휘」, 『중국조선어문』 132집, 길림성민족사무위원회, 2004.

리득춘, 『조선어언어역사연구』, 역락, 2006.

문화관광부 편, 『통신언어 어휘집』, 문화관광부, 2001.

_____, 『한국어 말뭉치의 활용』, 2000.

민경현, 「지명에 나타난 바위이름의 유형 고찰 및 정원문화에 미친 영향」, 『한국전통조경학회지』 2권 7호, 한국전통조경학회(구 한국정원학회), 1988.

민현식, 「개화기 국어의 어휘 (Ⅱ)」, 『국어교육』 53집, 한국국어교육연구회, 1985.

_____, 「개화기 국어의 어휘 (Ⅲ)」, 『국어교육』 55집, 한국국어교육연구회, 1986.

_____, 「시간어와 공간어의 상관성(2)」, 『국어학의 새로운 인식과 전개』, 민음사, 1991.

_____, 「국어의 여성어 연구」, 『아시아여성연구』 34집, 1995.

_____, 「국어 외래어에 대한 연구」, 『한국어의미학』 2집, 한국어의미학회, 1998.

_____, 「시간어의 낱말밭」, 『한글』 240·241집, 한글학회, 1998.

박갑수, 「가축 어휘의 이미지와 표현 ―한, 일, 영어의 비교―」, 『이중언어학』 19호, 이중언어학회, 2001.

박병철, 「천자문 훈의 어휘 변천 연구」, 『국어교육』 55·56집, 한국국어교육연구회, 1986.

박성진, 「한국 속담과 일본 속담에 나타난 여성 차별 표현의 비교」, 계명대학교 석사학위논문, 2008.

박성철, 「낱말밭: 용어, 개념, 비유들—전망」, 『한글』 273집, 한글학회, 2006.

박소라, 「한국어 남녀 언어 변화에 관한 연구: 1960년대, 2000년대 멜로 영화에 나타난 남녀 언어를 대상으로」, 서울대학교 석사학위논문, 2004.

박영순, 『한국 문화론』, 한림출판사, 2006.

박용식, 「땅이름 '덤'의 분포와 의미」, 『국어학』 48집, 국어학회, 2006.

박용옥, 『한국여성연구』, 청하, 1988.

박종갑, 「낱밭밭의 관점에서 본 의미 변화의 유형」, 『한민족어문학』 21집, 한민족어문학회, 1992.

박창원, 『언어와 여성의 사회적 위치』, 태학사, 1999.

배성훈, 「〈산〉 명칭에 대한 고찰」, 『한국어와 세계관』, 국학자료원, 1999.

_____, 「현대국어의 〈산〉 명칭에 대한 연구」, 고려대학교 석사학위논문, 2000.

_____, 「〈내〉 명칭에 대한 고찰(1)—특히 〈크기+큼〉을 중심으로」, 『한글』 267집, 한글학회, 2005.

_____, 「〈샘〉 명칭 분절구조의 연구」, 『한국인과 한국어문학』, 푸른사상사, 2006.

배해수, 「〈달〉 명칭에 대한 고찰」, 『인문대논집』 12집, 고려대학교 인문대학, 1994.

_____, 「〈철〉 명칭에 대한 고찰」, 『우리어문연구』 8집 1호, 우리어문연구회, 1994.

_____, 「〈봄〉 명칭에 대한 고찰」, 『태릉어문연구』 5·6집, 서울여자대학교 국어국문학회, 1995.

_____, 「〈가을〉 명칭에 대한 고찰」, 『한남어문학』 20집, 한남대학교 국어국문학회, 1995.

_____, 「〈겨울〉 명칭에 대한 고찰」, 『어문논집』 34권 1호, 고려대학교 국어국문학연구회, 1995.

_____, 「〈날〉 명칭에 대한 고찰(6)」, 『우리어문연구』 10권 1호, 우리어문연구회, 1997.

_____, 「〈해(年)〉 명칭에 대한 고찰: [생활방식] 중심의 분절구조」, 『인문대논집』 16집, 고려대학교 인문대학, 1997.

_____, 「〈해(年)〉 명칭에 대한 고찰: 자연환경을 중심으로」, 『인문대논집』 15집, 고려대학교 인문대학, 1997.

_____, 「〈해〉 명칭에 대한 고찰: [경과] 중심의 분절구조」, 『우리어문연구』 11권 1호, 우리어문연구회, 1997.

_____, 「〈아침〉 명칭에 대한 고찰」, 『인문대논집』 17집, 고려대학교 인문대학, 1998.

_____, 「시점 〈전후〉 명칭에 대한 고찰」, 『한글』 240·241집, 한글학회, 1998.

_____, 『한국어와 동적언어이론』, 고려대학교 출판부, 1998.

_____, 「〈낮〉 명칭의 분절구조 연구」, 『한국어 내용론(한국어와 세계관)』 6집, 한국어내용학

회, 1999.

배해수, 「〈새벽〉 명칭에 대한 고찰」, 『한국어학』 10권 1호, 한국어학회, 1999.

_____, 「〈밤〉 명칭에 대한 고찰」, 『우리어문연구』 13권 1호, 우리어문연구회, 2000.

_____, 「〈시간〉 단위 명칭의 분절구조 고찰」, 『한국학연구』 17집, 고려대학교 한국학연구소, 2002.

_____, 「〈시점-끝〉 명칭에 대한 고찰」, 『한국어 어휘 분절 구조 연구』, 국학자료원, 2002.

_____, 「〈여름〉 명칭에 대한 고찰」, 『우리말 내용연구』 2집, 우리말 내용연구회, 1995.

_____, 「〈저녁〉 명칭의 분절구조 연구」, 『한국어 내용론(한국어와 모국어 정신)』 7집, 국학자료원, 2000.

_____, 「시각(時刻) 명칭의 분절 구조 고찰」, 『한국어 어휘 분절 구조 연구』, 국학자료원, 2002.

부산대학교출판부, 『여성과 여성학』, 부산대학교, 2006.

서울대학교 규장각, 『譯語類解 ; 譯語類解補』, 서울大學校奎章閣, 2005.

서저환, 「한국 서사문학의 동물 상징연구: (개구리)와 (두꺼비)를 중심으로」, 서강대학교 석사학위논문, 1992.

서정범, 『어원으로 푼 우리 문화』, 유씨엘 Inc, 2005.

_____, 『우리말의 뿌리』, 유씨엘 Inc, 2005.

서학순, 『조선어어휘편람』, 박이정, 2002.

성환갑, 「차용어와 고유어의 조화」, 『국어학신연구』, 탑출판사, 1986.

소강춘, 『전북 지역어 조사 보고서』, 국립국어원, 2005.

손병태, 「慶北 東南 地域의 魚類 名稱語 硏究」, 『韓民族語文學』, 韓民族語文學會, 1997.

송철의, 『한국 근대 초기의 어휘』, 서울대학교출판부, 2008.

송홍선, 『우리의 꽃문화』, 문예산책, 1996.

신중진, 『개화기 국어의 명사 어휘 연구』, 태학사, 2007.

신현숙, 「한국어 어휘목록의 유형과 특징」, 『자하어문론집』 8집, 상명대 국어교육과, 1991.

안인희, 「국어어휘의 의미론적 분류연구」, 『한글』 157집, 한글학회, 1976.

양태식, 「어휘의 의미구조」, 『논문집』 20집, 부산 수산대학교, 1983.

_____, 『국어 구조의미론』, 태화출판사, 1984.

양태식, 『국어 차원 낱말의 의미 구조』, 태화출판사, 1985.

여찬영, 「우리말 동물 명칭어에 대하여」, 『국문학연구』 13집, 효성카톨릭대학교, 1990.

_____, 「식물명칭어 연구」, 『한국전통문화연구』 7집, 효성카톨릭대학교 한국전통문화연구소, 1991.

_____, 「우리말 물고기 명칭어 연구」, 『한국전통문화연구』 9집, 효성카톨릭대 한국전통문화연구소, 1994.

_____, 「우리말 조류명칭어 연구」, 『어문학』 57집, 한국어문학회, 1996.

_____, 「우리말 식물명칭어의 짜임새 연구」, 『대구어문논총』 15집, 우리말글학회, 1997.

여찬영, 「어류 명칭어 한자 훈의 연구」, 『어문학』 65집, 한국어문학회, 1998.

_____, 「조류 명칭어 자석의 분석적 연구」, 『언어학』 67집, 한국어문학회, 1999.

_____, 「조류 명칭어 한자 자석의 연구」, 『언어과학연구』 16집, 언어과학회, 1999.

연규동, 「근대국어 어휘집 연구」, 서울대학교 박사학위논문, 1996.

_____, 「근대국어의 낱말밭 −유해류 역학서의 부류배열순서를 중심으로−」, 『언어학』, 한국어학회, 2001.

오명옥, 「〈눈〉 명칭의 낱말밭」, 『우리말 내용연구』 2집, 우리말 내용연구회, 1994.

오미정, 「〈창〉 명칭의 어휘 분절 구조 연구」, 『한국어와 모국어정신』, 국학자료원, 2000.

유성곤, 「여성어에 관한 연구」, 『東西文化』 21집, 1989.

유창돈, 「명사사연구(名詞史研究) −이조(李朝語) 어휘사−」, 『아세아연구』 8집 3호, 고려대 아세아문제연구소, 1965.

_____, 「女性語의 歷史的 考察」, 『아시아여성연구』 5집, 1966.

이강선, 「낱말밭의 형식화 시도에 대한 고찰」, 한국외국어대학교 석사학위논문, 1981.

이관일, 「한국 서사문학의 광물상징−돌을 중심으로」, 『논문집』 6집, 총신대학교, 1987.

_____, 「한국 서사문학의 광물상징−종을 중심으로」, 『논문집』 7집, 총신대학교, 1988.

이광규, 『한국인의 일생』, 형설출판사, 1985.

이기갑, 『전남 지역어 조사 보고서』, 국립국어원, 2005.

이기문·김진우·이상억, 『국어음운론』, 학연사, 2007.

이기용, 「시간론 '지금'의 의미」, 『어학연구』 12권 2호, 서울대학교 어학연구소, 1976.

이남덕, 『한국어어원연구 I Ⅱ ⅢⅣ』, 이화여대 출판부, 1985.

이덕호, 「언어와 성의 연구 현황과 앞으로의 과제−특히 여성어 연구를 중심으로」, 『사회언어학』 5−1, 1997.

이미영, 「〈눈〉 명칭에 대한 고찰」, 『우리말 내용연구』 2집, 국학자료원, 1994.

이배용, 『우리나라 여성들은 어떻게 살았을까』, 청년사, 1999.

_____, 『한국 역사 속의 여성들』, 어진이, 2005.

이병근, 「개화기의 어휘정리와 사전편찬」, 『주시경학보』 1집, 탑출판사, 1988.

_____, 「근대국어시기의 어휘정리와 사전적 전개」, 『동양학』 22집, 단국대 부설 동양학연구소, 1992.

_____, 「'지느러미'의 어휘사」, 『국어학』 34집, 국어학회, 1999.

_____, 『어휘사』, 태학사, 2004.

이병도, 『한국고대사연구』, 박영사, 1987.

이병선, 『韓國古代國名地名研究』, 아세아문화사, 1982.

이상규, 『경북·강원 지역어 조사 보고서』, 국립국어원, 2005.

이상인, 「고양이의 시골말」, 『한글』 90집, 한글학회, 1941.

이상희, 『꽃으로 보는 한국문화 1·2·3』, 넥서스, 1998.

이송희, 「한국 근대 여성사 연구의 성과와 과제」, 『여성과 역사』 6집, 한국여성사학회, 2007.

이승명, 『국어 어휘의 의미구조에 대한 연구』, 형설출판사, 1980.

이승우, 「우리나라 사전 편찬의 역사와 현황」, 『출판저널』 17집, 한국출판금고, 1988.

이우용, 「산(山) 이름 이야기」, 『온지논총』 5권 1호, 온지학회, 1999.

이우철, 『한국식물명고』, 아카데미서적, 1992.

이익환, 「어휘의 의미 변천과 사전」, 『사전편찬학 연구』 2집, 연세대 언어정보개발원, 1989.

이임수, 「한국문화의 원형에 대한 語源 연구」, 『문학과 언어』, 1999.

이지영, 「녀(女), 남(男) 산신(山神)과 호랑이 신격의 상관성 연구 -호랑이의 양성적(兩性的)
　　측면 側面)에 주목하여-」, 『한국고전여성문학연구』 15집, 한국고전여성문학회, 2007.

이찬주, 「돌과 물의 상징성 연구를 통한 무의식의 분석」, 이화여자대학교 석사학위논문, 2002.

이창숙, 「국어의 여성어 연구」, 『江南語文』 10, 강남대학교 국어국문학과, 2000.

이현희, 『한국 근대 여성 개화사』, 한국학술정보, 2003.

이혜영, 『한국어와 일본어의 젠더표현 연구』, 한국학술정보, 2009.

이화여자대학교, 『국어학연구 50년』, 혜안, 2002.

이화여자대학교 한국여성사편찬위원회, 『한국여성사 고대-조선시대』, 이대출판사, 1972

이화형, 『한국근대여성의 일상문화』, 국학자료원, 2004.

임동석, 「서울(首爾)명칭 연원고」, 『중국어문학논집』 47호, 중국어문학연구회, 2007.

임소영, 「한국의 식물이름의 언어학적 분석」, 상명대학교 박사학위논문, 1996.

_____, 『한국의 식물이름의 연구』, 한국문화사, 1997.

_____, 「꽃 이름의 생성과정과 인지과정」, 『한국어의미학』 4집, 한국어의미학회, 1999.

임지룡, 「국어에 있어서의 시간과 공간의 개념」, 『국어교육연구』 12집, 국어교육학회, 1980.

_____, 「시간의 개념화 양상」, 『어문학』 77집, 한국어문학회, 2002.

장기문, 「현대국어의 물 이름에 대한 고찰」, 『한성어문학』 7집, 한성대학교 국어국문학과,
　　1988.

장영천, 『구조의미론과 낱말밭 이론』, 집현사, 1987.

장은하, 「〈눈〉이름씨에 대한 고찰」, 『한국어내용론』 4집, 국학자료원, 1996.

전경옥, 『한국여성문화사』, 숙명여자대학교 아시아여성연구소, 2004.

전재호, 「의미변천사 1」, 『어문논총』 13, 14 합본, 경북어문학회, 1980.

_____, 「국어 의미사 연구」, 『어문논총』 17집, 경북어문학회, 1983.

_____, 『국어어휘사연구』, 경북대학교 출판부, 1987.

정시호, 『어휘장이론 연구』, 경북대학교 출판부, 1994.

정호완, 「'곰'의 언어적 상징과 땅이름」, 『대구어문논총』 10집, 대구대학교 대구어문학회,
　　1992.

정희선, 「거시적 낱말밭이론과 사전편」, 서울대학교 석사학위논문, 1993.

정희정, 『한국어 명사 연구』, 한국문화사, 2000.

조남호, 「국어 어휘수집과 정리」, 『국어생활』 22집, 국어연구소, 1990.

_____, 「국어어휘의 분야별 분포양상」, 『관악어문연구』 27집, 서울대 국어국문학과, 2002.

조재수, 『남북한말 비교 사전: 남북한 중국·중앙아시아에서 3만 어휘를 가려 모은 겨레말 사전』, 한겨레출판, 2007.

조항범, 「국어 어휘론 연구사」, 『국어학』 19집, 국어학회, 1989.

_____, 『다시 쓴 우리말 어원이야기』, 한국문원, 1997.

_____, 「동물 명칭의 어휘사」, 『국어 어휘의 기반과 역사』, 태학사, 1998.

최명옥, 『경기 지역어 조사 보고서』, 국립국어원, 2005.

최민성, 「축제 콘텐츠의 '나비 상징'에 대한 인문학적 고찰」, 『국제어문』 35집, 국제어문학회, 2005.

최창렬, 『우리말 어원연구』, 일지사, 1986.

_____, 『어원 산책』, 한신문화사, 1993.

하길종, 「〈흙〉 명칭 고찰」, 『우리말내용연구』 2집, 우리말내용연구회, 1994.

한국미래학회, 『땅과 한국인의 삶: 중간보고서』

한국여성연구소, 『우리여성의 역사』, 청년사, 1999.

한상우, 「한국적 사유체계의 지속성에 대한 연구 -단군신화에서의 '산'의 상징성을 중심으로-」, 『종교연구』, 한국종교학회, 1992.

허 발, 『낱말밭 이론』, 고려대학교 출판부, 1981.

허북구, 『재미있는 우리 나무 이름의 유래를 찾아서』, 중앙생활사, 2004.

홍사만, 「중세·근대국어 어휘의미 연구(8)」, 『언어과학연구』 19집, 언어과학회, 2001.

_____, 『국어 어휘의미의 사적 변천: 유의어의 의미 기술』, 한국문화사, 2003.

홍성하, 「풍수지리에서 나타난 대지개념에 대한 현상학적인 고찰」, 『철학과 현상학연구』 9집, 한국현상학회, 1996.

홍윤표, 「국어어휘 문헌자료에 대하여」, 『소당천시권박사화갑기념 국어학논총』, 1985.

Clutton-Brock, Juliet, 『인간과 가축의 역사』, 과학세대 역, 새날, 1996.

M. LYNNE MURPHY, 『의미관계와 어휘사전』, 임지룡 역, 박이정, 2008.

작품 출전

【한문학】

김지용·김미란 역저, 『한국 여류한시의 세계』, 여강출판사, 2002.

김지용 역저, 『한국 역대 여류한시문선 (상)』, 명문당, 2005.

김지용 역저, 『한국 역대 여류한시문선 (하)』, 명문당, 2005.

이능화 저, 김상억 역, 『조선여속고』, 동문선. 1990

이능화 저, 이재곤 역, 『조선해어화사』, 동문선, 1992

오세창 저, 동양고전학회 역, 『국역 근역서화징』, 시공사, 1998.

이혜순·김경미, 『한국의 열녀전』, 월인, 2004.

이혜순·정하영 역편, 『한국 고전여성문학의 세계 한시편』, 이화여자대학교출판부, 1998.

이혜순·정하영 역편, 『한국 고전여성문학의 세계 산문편』, 이화여자대학교출판부, 2003.

장지연, 『大東詩選 상』, 아세아문화사, 1980.

장지연, 『大東詩選 하』, 아세아문화사, 1980.

허경진 옮김, 『매창 시집』, 평민사, 1986.

허경진 옮김, 『삼의당 김씨 시선』, 평민사, 2008.

허경진 옮김, 『옥봉·죽서 시선』, 평민사, 1987.

허경진 옮김, 『운초·부용 시선』, 평민사, 1993.

허경진 옮김, 『최송설당·오효원 시선』, 평민사, 2008.

허경진 옮김, 『허난설헌 시집』, 평민사, 1986.

허미자 편, 『조선조여류시문전집 1』, 태학사, 1984.

허미자 편, 『조선조여류시문전집 2』, 태학사, 1984.

허미자 편, 『조선조여류시문전집 3』, 태학사, 1984

허미자 편, 『조선조여류시문전집 4』, 태학사, 1984.

【고전소설】

「구운몽」, 김병국 역주, 『구운몽』, 서울대학교출판부, 2007.

「만복사저포기」, 심경호 역주, 『금오신화』, 홍익출판사, 2005.

「명주보월빙」, 한국고대소설대계 1, 『명주보월빙』, 한국정신문화연구원. 1980.

「박씨전」, 김기현 역주, 『박씨전·임장군전·배시황전』, 고대 민족문화연구원, 1995.

「방한림전」, 장시광 역주, 『방한림전: 조선시대 동성혼 이야기』, 한국학술정보, 2006.

「배비장전」, 신해진 역주, 『조선후기 세태소설선』, 월인, 1999.

「사씨남정기」, 신해진 선주, 『조선후기 가정소설선』, 월인, 2000.

「삼한습유」, 조혜란 역주, 『삼한습유』, 고대 민족문화연구원, 2005.

「소현성록」, 조혜란·정선희·허순우·최수현 역주, 『소현성록』 1~4권, 소명출판, 2010.

「숙영낭자전」, 황패강 역주, 『숙향전·숙영낭자전·옥단춘전』, 고대 민족문화연구원, 1993.

「숙향전」, 황패강 역주, 『숙향전·숙영낭자전·옥단춘전』, 고대 민족문화연구원, 1993.

「심생전」, 실시학사 고전문학연구회 역주, 『이옥전집』, 소명출판, 2001.

「심청전」, 정하영 역주, 『심청전』, 고대 민족문화연구원, 1995.

「열녀춘향수절가」, 송성욱 역주, 『춘향전』, 민음사, 2004.

「운영전」, 이상구 역주, 『17세기 애정전기소설』, 월인, 2003.

「위경천전」, 이상구 역주, 『17세기 애정전기소설』, 월인, 2003.

「옥단춘전」, 황패강 역주, 『숙향전·숙영낭자전·옥단춘전』, 고대 민족문화연구원, 1993.

「옥루몽」, 김풍기 역주, 『옥루몽』, 그린비, 2006.

「완월회맹연」, 김진세 편, 『완월회맹연』, 서울대학교출판부, 1987.

「유씨삼대록」, 한길연·김지영·정언학 역주, 『유씨삼대록』 1~4권, 소명출판, 2010.

「이생규장전」, 심경호 역주, 『금오신화』, 홍익출판사, 2005.

「이춘풍전」, 신해진 역주, 『조선후기 세태소설선』, 월인, 1999.

「임씨삼대록」, 김지영·최수현·한길연·서정민·조혜란·정언학 역주, 『임씨삼대록』 1~5권,
     소명출판, 2010.

「장화홍련전」, 신해진 역주, 『조선후기 가정소설선』, 월인, 2000.

「절화기담」, 김경미·조혜란 역주, 『절화기담·포의교집』, 여이연. 2003.

「조씨삼대록」, 김문희·조용호·정선희·전진아·허순우·장시광 역주, 『조씨삼대록』 1~5권,
     소명출판. 2010.

「주생전」, 이상구 역주, 『17세기 애정전기소설』, 월인, 2003.

「창란호연록」, 김기동 편, 『필사본고전소설전집』 9·10권, 아세아문화사, 1980.

「청백운」, 김기동 편, 『필사본고전소설전집』 24권, 아세아문화사, 1980.

「포의교집」, 김경미·조혜란 역주, 『절화기담·포의교집』, 여이연. 2003.

「창선감의록」, 이래종 역주, 『창선감의록』, 고대 민족문화연구원, 2003.

「하진양문록」, 이대형 교주, 『하진양문록』 1~3권, 이회문화사, 2004.

「현몽쌍룡기」, 김문희·장시광·조용호 역주, 『현몽쌍룡기』 1~3권, 소명출판, 2010.

「현씨양웅쌍린기」, 이윤석·이다원 교주, 『현씨양웅쌍린기』 1~2권, 경인문화사, 2006.

「홍계월전」, 김기동·전규태 편, 『토끼전, 장끼전, 김진옥전, 홍계월전』, 서문당, 1984.

【고전시가】

고전자료편찬실 편, 『규방가사 I 』, 한국정신문화연구원, 1979.

권영철 편, 『규방가사 신변탄식류』, 효성여자대학교 출판부, 1985.

권영철 편, 『규방가사 I』, 가사문학관, 2002.

문화방송 라디오국, 『한국 민요대전』, 1992.

이대준 편저, 『낭송가사집』, 세종출판사, 1998.

이대 한국어문학연구회, 「내방가사자료」, 『한국문화연구원논총』 15집, 이화여대 한국문화연
　　구원, 1970.

임기중, 『역대가사문학전집』 1~50권, 아세아문화사, 1987-1998.

조애영, 『은촌내방가사집』, 금강출판사, 1971.

최송설당, 『송설당집』, 조선인쇄주식회사, 1922.

한국정신문화연구원, 『한국구비문학대계』 총 89권, 1980-1989.

홍재휴 주해, 『월촌가사』, 단양우씨 월촌판서공파 종중, 2001.

「화전가 1」(「화전가 5-3」), 고전자료편집실 편, 『규방가사 I』, 한국정신문화연구원, 1979.

「화전가 2」(「화전가 5-4」), 고전자료편집실 편, 『규방가사 I』, 한국정신문화연구원, 1979.

「화전가 3」(「화전가 5-9」), 고전자료편집실 편, 『규방가사 I』, 한국정신문화연구원, 1979.

「화전가 4」(「화전가 5-10」), 고전자료편집실 편, 『규방가사 I』, 한국정신문화연구원, 1979.

「화전가 5」(「화전가 5-16」), 고전자료편집실 편, 『규방가사 I』, 한국정신문화연구원, 1979.

「화전가 6」(「화전가 5-18」), 고전자료편집실 편, 『규방가사 I』, 한국정신문화연구원, 1979.

「화전가 7」(「화전가 5-20」), 고전자료편집실 편, 『규방가사 I』, 한국정신문화연구원, 1979.

「화전가 8」(「화전가(1)」), 한국어문학연구회 편, 「내방가사자료」, 이화여대 『한국문화연구원
　　논총』 15집, 1970.

「화전가 9」(「화전가(2)」), 한국어문학연구회 편, 「내방가사자료」, 이화여대 『한국문화연구원
　　논총』 15집, 1970.

「화전가라1」(「화전가라 5-2」), 고전자료편집실 편, 『규방가사 I』, 한국정신문화연구원, 1979.

「화전가라2」(「화전가라 5-5」), 고전자료편집실 편, 『규방가사 I』, 한국정신문화연구원, 1979.

「화전가라3」(「화전가라 5-11」), 고전자료편집실 편, 『규방가사 I』, 한국정신문화연구원, 1979.

「화전가라4」(「화전가라 5-12」), 고전자료편집실 편, 『규방가사 I』, 한국정신문화연구원, 1979.

【현대소설】

「개양귀비」, 서하진, 『라벤더 향기』, 문학동네, 2000.

「거미인간 아난시」, 이평재, 『마녀물고기』, 문학동네, 2001.

『검은 사슴』, 한강, 문학동네, 2005.

「검은 숲」, 함정임, 『당신의 물고기』, 민음사, 2000.

「검은 숲에서」, 정미경, 『발칸의 장미를 내게 주었네』, 생각의나무, 2006.

「겨울 나들이」, 박완서, 『박완서 단편소설 전집 2』, 문학동네, 2006.

「겨울의 환(幻)」, 김채원, 『봄의 환』, 미학사, 1990.

「경희」, 나혜석, 『나혜석 전집』, 태학사, 2000.

『고등어』, 공지영, 웅진출판, 1994.

「고양이가 간다」, 이명랑, 『입술』, 문학동네, 2007.

「고양이 대왕」, 김설아, 『캣 캣 캣』, 현대문학, 2010.

「고양이 변주곡」, 이평재, 『어느 날, 크로마뇽인으로부터』, 민음사, 2005.

「고양이 샨티」, 백영옥, 『아주 보통의 연애』, 문학동네, 2011.

「고양이 소설엔 고양이가 없다」, 김이은, 『캣 캣 캣』, 현대문학, 2010.

「고양이의, 고양이에 의한, 고양이를 위한 소설」, 김연경, 『고양이의, 고양이에 의한, 고양이를
    위한 소설』, 문학과지성사, 1997.

「고통」, 전경린, 『환과 멸』, 생각의나무, 2001.

「곡도와 살고 있다」, 황정은, 『일곱시 삼십이분 코끼리열차』, 문학동네, 2008.

「국향」, 김재영, 『코끼리』, 실천문학사, 2005.

「그날 놀이터는 텅 비어 있었다」, 김현영, 『냉장고』, 문학동네, 2000.

「그는 언제 오는가」, 신경숙, 『딸기밭』, 문학과지성사, 1997.

「그린 핑거」, 김윤영, 『그린 핑거』, 창작과비평사, 2008.

「그 여자의 자서전」, 김인숙, 『그 여자의 자서전』, 창작과비평사, 2005.

『기차는 7시에 떠나네』, 신경숙, 문학과지성사, 1999.

「꽃들은 모두 어디로 갔나」, 전경린, 『염소를 모는 여자』, 문학동네, 1996.

「꽃잎 속의 가시」, 박완서, 『박완서 단편소설 전집 6』, 문학동네, 2006.

「꽃 지고 잎 피고」, 박완서, 『박완서 단편소설 전집 3』, 문학동네, 2006.

「꽃피는 고래」, 김형경, 『꽃피는 고래』, 창작과비평사, 2008.

『꿈엔들 잊힐리야』, 박완서, 세계사, 2004.

『끝나지 않는 노래』, 최진영, 한겨레출판사, 2011.

『나목』, 박완서, 세계사, 1995.

「나무물고기」, 권지예, 『꿈꾸는 마리오네뜨』, 창작과비평사, 2002.

「나무 불꽃」, 한강, 『채식주의자』, 창작과비평사, 2007.

「나비의 꿈, 1995」, 차현숙, 『나비, 봄을 만나다』, 문학동네, 1997.

「나비의 춤」, 김인숙, 『유리구두』, 창작과비평사, 1998.

「나비학 개론」, 차현숙, 『나비, 봄을 만나다』, 문학동네, 1997.

「나의 우렁총각 이야기」, 송경아, 『2005 올해의 문제 소설』, 푸른사상, 2005.

「날씨와 생활」, 은희경, 『아름다움이 나를 멸시한다』, 창작과비평사, 2007.

『내 생애 꼭 하루뿐일 특별한 날』, 전경린, 문학동네, 1999.

「내가 데려다줄게」, 천운영, 『그녀의 눈물 사용법』, 창작과비평사, 2008.

「내 여자의 열매」, 한강, 『내 여자의 열매』, 창작과비평사, 2000.

「너의 여름은 어떠니」, 김애란, 『비행운』, 문학과지성사, 2012.

「노래하는 꽃마차」, 천운영, 『그녀의 눈물 사용법』, 창작과비평사, 2008.

「노파와 고양이」, 한말숙, 『덜레스 공항을 떠나며』, 창작과비평사, 2008.

「눈 오던 그 밤」, 박화성, 『박화성 문학전집 17』, 푸른사상사, 2004.

「늑대의 문장」, 김유진, 『늑대의 문장』, 문학동네, 2009.

「달로」, 한유주, 『달로』, 문학과지성사, 2006.

「달은 스스로 빛나지 않는다」, 정미경, 『나의 피투성이 연인』, 민음사, 2004.

「달의 물」, 신경숙, 『종소리』, 문학동네, 2003.

「달의 신부」, 전경린, 『물의 정거장』, 문학동네, 2003.

『달항아리 속 금동물고기』, 방현희, 열림원, 2002.

「당신의 수첩에 적혀 있는 기념일」, 윤성희, 『레고로 만든 집』, 민음사, 2001.

「도도한 생활」, 김애란, 『침이 고인다』, 문학과지성사, 2007

「동물원의 탄생」, 편혜영, 『사육장 쪽으로』, 문학동네, 2007.

「동물원 킨트」, 배수아, 이가서, 2002.

「들소」, 정미경, 『내 아들의 연인』, 문학동네, 2008.

「떠도는 나무」, 공선옥, 『오지리에 두고 온 서른 살』, 삼신각, 1993.

「또다른 계절」, 김재영, 『코끼리』, 실천문학사, 2005.

『라이팅 클럽』, 강영숙, 자음과모음, 2010.

「루이뷔뚱」, 김윤영, 『루이뷔뚱』, 창작과비평사, 2002.

「리아논의 새」, 이평재, 『어느 날, 크로마뇽인으로부터』, 민음사, 2005.

『리진』, 신경숙, 문학동네, 2007.

「마녀물고기」, 이평재, 『마녀물고기』, 문학동네, 2001.

「마야」, 이평재, 『마녀물고기』, 문학동네, 2001.

「망원경」, 조경란, 『나의 자줏빛 소파』, 문학과지성사, 2000.

「먼 그대」, 서영은, 『먼 그대』, 둥지, 1997.

「먼지 속의 나비」, 은희경, 『타인에게 말걸기』, 문학동네, 2012.

「멀어지는 집」, 이혜경, 『꽃그늘 아래』, 창작과비평사, 2002.

「메리고라운드 서커스 여인」, 전경린, 『물의 정거장』, 문학동네, 2003.

「명랑한 밤길」, 공선옥, 『명랑한 밤길』, 창작과비평사, 2007.

「목련초」, 오정희, 『목련초』, 범우사, 2004.

「묘심(猫心)」, 양유정, 『캣 캣 캣』, 현대문학, 2010.

『물』, 김숨, 자음과모음, 2010.

「물고기 아파트」, 조경란, 『나의 자줏빛 소파』, 문학과지성사, 2000.

「물밑에 숨은 새」, 김재영, 『코끼리』, 실천문학사, 2005.

「물의 정거장」, 전경린, 『물의 정거장』, 문학동네, 2003.

「미조(迷鳥)」, 김재영, 『코끼리』, 실천문학사, 2005.

「민달팽이」, 김형경, 『단종은 키가 작다』, 아침바다, 2003.

『바다로부터의 긴 이별』, 이남희, 불빛, 1991.

「바다와 나비」, 김인숙, 『그 여자의 자서전』, 창작과비평사, 2005.

「바닷가 마지막 집」, 전경린, 『바닷가 마지막 집』, 이가서, 2003.

『바람이 분다, 가라』, 한강, 문학과지성사, 2010.

「밤비」, 오정희, 『목련초』, 범우사, 2004.

「밤이여, 나뉘어라」, 정미경, 『내 아들의 연인』, 문학동네, 2008.

「배드민턴 치는 여자」, 신경숙, 『풍금이 있던 자리』, 문학과지성사, 2003.

「배반의 여름」, 박완서, 『박완서 단편소설 전집 2』, 문학동네, 2006.

「백조의 호수」, 천운영, 『그녀의 눈물 사용법』, 창작과비평사, 2008.

『백치들』, 김숨, 랜덤하우스코리아, 2006.

「뱀장어 스튜」, 권지예, 『꽃게 무덤』, 문학동네, 2005.

「벌레」, 오수연, 『빈집』, 강, 1997.

「벌레들」, 김애란, 『비행운』, 문학과지성사, 2012.

「별빛은, 별빛은」, 강영숙, 『날마다 축제』, 창작과비평사, 2004.

「병신 손가락」, 함정임, 『동행』, 강, 1998.

『복어』, 조경란, 문학동네, 2010.

「봄날」, 오정희, 『불의 강』, 문학과지성사, 1977.

「봄 뜰」, 윤영수, 『사랑하라 희망 없이』, 민음사, 1994.

「부석사」, 신경숙, 『종소리』, 문학동네, 2003.

「불가사리의 냄새」, 이평재, 『마녀물고기』, 문학동네, 2001.

「불꽃놀이」, 오정희, 『불꽃놀이』, 문학과지성사, 1995.

「불의 강」, 오정희, 『불의 강』, 문학과지성사, 1977.

「비어 있는 들」, 오정희, 『유년의 뜰』, 문학과지성사, 1998.

「빛의 이주민들」, 김유진, 『늑대의 문장』, 문학동네, 2009.

「사라져버린 날들」, 김재영, 『코끼리』, 실천문학사, 2005.

「사육장 쪽으로」, 편혜영, 『사육장 쪽으로』, 문학동네, 2007.

「산제」, 최정희, 『최정희 선집』, 어문각, 1972.

「산조」, 오정희, 『불의 강』, 문학과지성사, 1977.

「살구나무 그늘로 얼굴을 가리고」, 이신조, 『나의 검정 그물 스타킹』, 문학동네, 2001.

「삼각돛」, 서영은, 『황금깃털』, 나남출판, 1984.

「새」, 김숨, 『투견』, 문학동네, 2012.

「새」, 오정희, 『새』, 문학과지성사, 1996.

「새」, 윤효, 『허공의 신부』, 문학동네, 1997.

「새는 언제나 그곳에 있다」, 전경린, 『염소를 모는 여자』, 문학동네, 1996.

「새벽 한시」, 윤성희, 『레고로 만든 집』, 민음사, 2001.

「생태관찰」, 윤영수, 『사랑하라 희망 없이』, 민음사, 1994.

「서쪽 숲」, 편혜영, 『아오이 기든』, 문학과지성사, 2005.

『서쪽 숲에 갔다』, 편혜영, 문학과지성사, 2012.

「섬」, 이혜경, 『틈새』, 창작과비평사, 2006.

「소금」, 강경애, 『강경애 전집』, 소명출판, 1999.

『수수밭으로 오세요』, 공선옥, 여성신문사, 2001.

「수요일의 아이」, 최은미, 『너무 아름다운 꿈』, 문학동네, 2013.

「숲속의 방」, 강석경, 『숲속의 방』, 민음사, 2009.

「숲속의 빈터」, 최윤, 『열세가지 이름의 꽃향기』, 문학과지성사, 1999.

「식물들」, 조경란, 『나의 자줏빛 소파』, 문학과지성사, 2000.

「아가위나무의 우울」, 이평재, 『마녀물고기』, 문학동네, 2001.

「아나바스 스칸덴스」, 김승희, 『산타페로 가는 사람』, 창작과비평사, 1997.

「아름아 돌아오라」, 서영은, 『꿈길에서 꿈길로』, 둥지, 1997.

「아오이 가든」, 편혜영, 『아오이 가든』, 문학과지성사, 2005.

『아주 오래된 농담』, 박완서, 실천문학사, 2000.

「아홉 개의 푸른 쏘냐」, 김재영, 『코끼리』, 실천문학사, 2005.

「알리의 줄넘기」, 천운영, 『그녀의 눈물 사용법』, 창작과비평사, 2008.

「애완견」, 김현영, 『냉장고』, 문학동네, 2000.

「애천(愛泉)」, 김채원, 『초록빛 모자』, 나남, 1984.

「야회(夜會)」, 오정희, 『야회』, 나남, 1990.

「어금니」, 정이현, 『오늘의 거짓말』, 문학과지성사, 2007.

「어느 날 그는」, 한강, 『내 여자의 열매』, 창작과비평사, 2000.

「어둠의 집」, 오정희, 『유년의 뜰』, 문학과지성사, 1998.

「어떤 야만」, 박완서, 『박완서 단편소설 전집 2』, 문학동네, 2006.

「열세 가지 이름의 꽃향기」, 최윤, 『열세가지 이름의 꽃향기』, 문학과지성사, 1999.

「염소를 모는 여자」, 전경린, 『염소를 모는 여자』, 문학동네, 1996.

「영주와 고양이」, 박경리, 『환상의 시기』, 나남, 1994.

「옛우물」, 오정희, 『불꽃놀이』, 문학과지성사, 1995.

「오늘의 요리」, 조경란, 『나의 자줏빛 소파』, 문학과지성사, 2000.

「오뚜기와 지빠귀」, 황정은, 『일곱시 삼십이분 코끼리열차』, 문학동네, 2008.

「완구점 여인」, 오정희, 『불의 강』, 문학과지성사, 1977.

「우물을 들여다보다」, 신경숙, 『종소리』, 문학동네, 2003.

『유리로 만든 배』, 전경린, 생각의나무, 2005.

「이것은 개가 아니다」, 김나정, 『내 지하실의 애완동물』, 문학과지성사, 2009.

「이 방에 살던 여자는 누구였을까」, 윤성희, 『레고로 만든 집』, 민음사, 2001.

「이 한 장의 흑백사진」, 공선옥, 『멋진 한세상』, 창작과비평사, 2002.

「일곱시 삼십이분 코끼리열차」, 황정은, 『일곱시 삼십이분 코끼리열차』, 문학동네, 2008.

「자작나무를 흔드는 고양이」, 염승숙, 『캣 캣 캣』, 현대문학, 2010.

「자정의 불빛」, 김재영, 『코끼리』, 실천문학사, 2005.

『잘가라, 서커스』, 천운영, 문학동네, 2011.

『장밋빛 인생』, 정미경, 민음사, 2002.

『재와 빨강』, 편혜영, 창작과비평사, 2010.

「저기 소리 없이 한 점 꽃잎이 지고」, 최윤, 『저기 소리 없이 한 점 꽃잎이 지고』, 문학과지성사, 2011.

「저녁의 게임」, 오정희, 『유년의 뜰』, 문학과지성사, 1998.

「저수지」, 편혜영, 『아오이 가든』, 문학과지성사, 2005.

「전갈」, 오정희, 『야회』, 나남, 1990.

「점액질」, 강신재, 『젊은 느티나무』, 문학과지성사, 2007.

「죽음의 푸가」, 한유주, 『달로』, 문학과지성사, 2006.

「지금 우리 곁에 누가 있는 걸까요」, 신경숙, 『딸기밭』, 문학과지성사, 1997.

「지금은 고요할 때」, 오정희, 『야회』, 나남, 1990.

「지렁이 울음소리」, 박완서, 『박완서 단편소설 전집 1』, 문학동네, 2006.

「지맥」, 최정희, 『한국문학전집 14』, 민중서관, 1974.

「지진과 박쥐의 숲」, 김숨, 『투견』, 문학동네, 2012.

「직녀」, 오정희, 『불의 강』, 문학과지성사, 1977.

「진달래 능선」, 한강, 『여수의 사랑』, 문학과지성사, 2012.

「창밖은 푸르름」, 최윤, 『열세가지 이름의 꽃향기』, 문학과지성사, 1999.

「천사는 여기 머문다」, 전경린, 『제31회 이상문학상 작품집』, 문학사상사, 2007.

「촛농날개」, 하성란, 『옆집 여자』, 창작과비평사, 2005.

「치어들의 꿈」, 김재영, 『코끼리』, 실천문학사, 2005.

「카메라와 워커」, 박완서, 『박완서 단편소설 전집 1』, 문학동네, 2006.

「캐비닛, 0913」, 강진, 『너는 나의 꽃』, 자음과모음, 2011.

「캣츠아이 소셜 클럽」, 김서령, 『어디로 갈까요』, 현대문학, 2012.

「코끼리」, 김재영, 『코끼리』, 실천문학사, 2005.

「코끼리가 떴다」, 김이은, 『코끼리가 떴다』, 민음사, 2009.

「탕자」, 이선희, 『이선희 소설 선집』, 현대문학, 2009.

「터널」, 윤성희, 『레고로 만든 집』, 민음사, 2001.

『토지』, 박경리, 솔, 1994.

「파로호(破虜湖)」, 오정희, 『불꽃놀이』, 문학과지성사, 1995.

「푸른고리문어와의 섹스」, 이평재, 『마녀물고기』, 문학동네, 2001.

「푸른 수염의 첫 번째 아내」, 하성란, 『푸른 수염의 첫번째 아내』, 창작과비평사, 2002.

『풀밭 위의 식사』, 전경린, 문학동네, 2010.

「풍금이 있던 자리」, 신경숙, 『풍금이 있던 자리』, 문학과지성사, 1993.

「피어라 수선화」, 공선옥, 『피어라 수선화』, 창작과비평사, 1994.

「피진의 가을」, 김연경, 『내 아내의 모든 것』, 문학과지성사, 2005.

「하수도 공사」, 박화성, 『박화성 문학전집 17』, 푸른사상사, 2004.

「하지(夏至)」, 오정희, 『바람의 넋』, 문학과지성사, 1986.

「한데서 울다」, 공선옥, 『멋진 한세상』, 창작과비평사, 2002.

「한여름 낮의 꿈」, 박완서, 『나는 왜 작은 일에만 분개하는가』, 햇빛출판사, 1990.

「해방촌 가는 길」, 강신재, 『강신재 소설 선집』, 현대문학, 2013.

「해질녘에 개들은 어떤 기분일까」, 한강, 『내 여자의 열매』, 창작과비평사, 2000.

「허(虛)를 죽이다」, 김연경, 『내 아내의 모든 것』, 문학과지성사, 2005.

「현실 도피」, 임옥인, 『임옥인 소설 선집』, 현대문학, 2010.

「호랑이 젖꼭지」, 김승희, 『산타페로 가는 사람』, 창작과비평사, 1997.

「황금 깃털」, 서영은, 『황금 깃털』, 나남출판, 1984.

「황량한 날의 동화」, 강신재, 『강신재 소설 선집』, 현대문학, 2013.

「회색고래 바다여행」, 김승희, 『산타페로 가는 사람』, 창작과비평사, 1997.

「후에」, 천운영, 『그녀의 눈물 사용법』, 창작과비평사, 2008.

「흑문조」, 김숨, 『간과 쓸개』, 문학과지성사, 2011.

「흙, 일곱 마리」, 명지현, 『캣 캣 캣』, 현대문학, 2010.

「흰 바퀴벌레 이야기」, 강진, 『너는 나의 꽃』, 자음과모음, 2011.

【현대시】

「가을」, 이경림, 『시절 하나 온다, 잡아먹자』, 창작과비평사, 1997.

「가을에는」, 최영미, 『서른, 잔치는 끝났다』, 1994.

「가을의 서」, 강은교, 『빈자일기』, 민음사, 1977.

「갈꽃, 여름」, 허수경, 『혼자 가는 먼집』, 문학과지성사, 1994.

「갑자기 그럼에도 불구하고!라는 말이 들렸다」, 김승희, 『냄비는 둥둥』, 창작과비평사, 2006.

「개같은 가을이」, 최승자, 『이 時代의 사랑』, 문학과지성사, 1981.

「거미」, 강은교, 『어느 별에서의 하루』, 창작과비평사, 1996.

「거미」, 김선우, 『내 몸속에 잠든 이 누구신가』, 문학과지성사, 2007.

「거미」, 김혜순, 『한 잔의 붉은 거울』, 문학과지성사, 2004.

「거미, 불온한 폭식」, 서안나, 『플롯 속의 그녀들』, 문학과경계사, 2005.

「거미에 씌다」, 나희덕, 『어두워진다는 것』, 창작과비평사, 2001.

「거짓말을 타전하다」, 안현미, 『곰곰』, 랜덤하우스, 2006.

「검은 표범 여인」, 문혜진, 『검은 표범 여인』, 민음사, 2007.

「겨울 바다」, 김남조, 『겨울바다』, 상아, 1967.

「겨울 사랑」, 문정희, 『어린 사랑에게』, 미래사, 1991.

「겨울에 바다에 갔었다」, 최승자, 『즐거운 일기』, 문학과지성사, 1984.

「고등어 부인의 윙크」, 김민정, 『날으는 고슴도치 아가씨』, 열림원, 2005.

「고래 꿈」, 최승자, 『기억의 집』, 문학과지성사, 1989.

「고슴도치」, 강기원, 『바다로 가득 찬 책』, 민음사, 2006.

「고양이」, 안정옥, 『나는 걸어다니는 그림자인가』, 세계사, 2003.

「고양이는 호랑이과다」, 최정례, 『캥거루는 캥거루고 나는 나인데』, 문학과지성사, 2011.

「고여있는, 그러나 흔들리는」, 나희덕, 『어두워진다는 것』, 창작과비평사, 2001.

「고통을 발명하다」, 김소연, 『눈물이라는 뼈』, 문학과지성사, 2009.

「哭(곡)촉석루」, 노천명, 『사슴의 노래』, 한림사, 1958.

「곰」, 이진명, 『밤에 용서라는 말을 들었다』, 민음사, 2007.

「空魚」, 천양희, 『한 사람을 나보다 더 사랑한 적 있는가』, 작가, 2003.

「공작」, 조용미, 『나의 별서에 핀 앵두나무는』, 문학과지성사, 2007.

「공중에 걸린 유리벽」, 김길나, 『빠지지 않는 반지』, 문학과지성사, 1997.

「관계」, 김선우, 『내 혀가 입 속에 갇혀 있길 거부한다면』, 창작과비평사, 2000.

「구미호」, 유안진, 『봄비 한 주머니』, 창작과비평사, 2000.

「귀뚜라미」, 노천명, 『산호림』, 천명사, 1938.

「그들은 내 방에」, 황인숙, 『우리는 철새처럼 만났다』, 문학과지성사, 1994.

「그런 저녁이 있다」, 나희덕, 『그 말이 잎을 물들였다』, 창작과비평사, 1994.

「그리운 심야」, 김경미, 『쉿, 나의 세컨드는』, 문학동네, 2001.

「그 참 견고한 외계」, 황인숙, 『리스본행 야간열차』, 문학과지성사, 2007.

「그해 여름」, 이근화, 『칸트의 동물원』, 민음사, 2006.

「기도하지 않으리라」, 최승자, 『기억의 집』, 문학과지성사, 1989.

「기린」, 강신애, 『서랍이 있는 두 겹의 방』, 창작과비평사, 2002.

「기린이 속삭임」, 이원, 『불가능한 종이의 역사』, 문학과지성사, 2012.

「기억은 자작나무와 같아 1」, 정끝별, 『자작나무 내 인생』, 세계사, 1996.

「기와집」, 노혜경, 『캣츠아이』, 천년의시작, 2005.

「긴 봄날」, 허영자, 『어여쁨이야 어찌 꽃뿐이랴』, 범우사, 1978.

「길고양이」, 강기원, 『은하가 은하를 관통하는 밤』, 민음사, 2010.

「꽃이 진 후에」, 조용미, 『일만 마리 물고기가 산을 날아오르다』, 창작과비평사, 2000.

「꿈」, 양선희, 『그 인연에 울다』, 문학동네, 2001.

「나 자신을 기리는 노래」, 김소연, 『눈물이라는 뼈』, 문학과지성사, 2009.

「나는 고양이로 태어나리라」, 황인숙, 『새는 하늘을 자유롭게 풀어 놓고』, 문학과지성사, 1988.

「나는 너무 무겁다」, 양선희, 『그 인연에 울다』, 문학동네, 2001.

「나비」, 황인숙, 『자명한 산책』, 문학과지성사, 2003.

「나비를 신고 오다니」, 나희덕, 『사라진 손바닥』, 문학과지성사, 2004.

「나비 키스」, 안정옥, 『나는 걸어다니는 그림자인가』, 세계사, 2003.

「나의 겨울」, 박서원, 『모두 깨어 있는 밤』, 세계사, 2002.

「나의 별」, 모윤숙, 『빛나는 지역』, 조선창문사, 1933.

「나의 알바트로즈」, 김신영, 『화려한 망사버섯의 정원』, 문학과지성사, 1996.

「나의 침울한, 소중한 이여」, 황인숙, 『나의 침울한 소중한 이여』, 문학과지성사, 1998.

「낙타에게 길 묻기」, 정은숙, 『비밀을 사랑한 이유』, 민음사, 1994.

「난간 위의 고양이」, 박서원, 『난간 위의 고양이』, 세계사, 1995.

「내 속의 여자들」, 나희덕, 『그곳이 멀지 않다』, 민음사, 1997.

「내공」, 이사라, 『시간이 지나간 시간』, 문학동네, 2002.

「노을」, 김남조, 『영혼과 가슴』, 새미출판사, 2004.

「노을」, 진은영, 『훔쳐가는 노래』, 창작과비평사, 2012.

「노을을 보며」, 최승자, 『기억의 집』, 문학과지성사, 1989.

「녹색 감정 식물」, 이제니, 『아마도 아프리카』, 창작과비평사, 2010.

「눈썹 달」, 신달자, 『아버지의 빛』, 문학세계사, 1999.

「느티나무」, 박라연, 『공중 속의 내 정원』, 문학과지성사, 2000.

「늑대」, 안정옥, 『나는 걸어다니는 그림자인가』, 세계사, 2003.

「늑대를 타고 달아난 여인」, 김승희, 『세상에서 가장 무거운 싸움』, 세계사, 1995.

「능소꽃이」, 정끝별, 『삼천갑자복사빛』, 민음사, 2005.

「능소화」, 김선우, 『도화 아래 잠들다』, 창작과비평사, 2003.

「다시, 봄」, 신혜정, 『라면의 정치학』, 북인, 2009.

「달」, 강신애, 『서랍이 있는 두 겹의 방』, 창작과비평사, 2002.

「달」, 이선영, 『하우부리 쇠똥구리』, 서정시학, 2011.

「달아 달아 밝은 달아」, 황인숙, 『한국일보-별 시를 만나다』 2009년 5월, 한국일보사, 2009.

「달의 상상임신」, 박연준, 『속눈썹이 지르는 비명』, 창작과비평사, 2007.

「달의 정원」, 이화영, 『시인시각』 2010년 봄호.

「달집에 대한 풍문」, 윤예영, 『해바라기 연대기』, 랜덤하우스, 2008.

「닭이 울기 전에」, 진은영, 『우리는 매일매일』, 2008.

「담쟁이」, 이경임, 『부드러운 감옥』, 문학과지성사, 1998.

「돌의 사랑」, 정끝별, 『삼천갑자복사빛』, 민음사, 2005.

「둔갑 여우」, 양애경, 『내가 암늑대라면』, 고요아침, 2005.

「따뜻한 땅」, 허영자, 『조용한 슬픔』, 문학세계사, 1990.

「땅의 사람들 1-서시」, 고정희, 『지리산의 봄』, 문학과지성사, 1997.

「땅의 울음-떠도는 여인들의 혼을 달래며」, 차정미, 『테트리스와 카멜레온』, 1994.

「때때로 봄은」, 문정희, 『남자를 위하여』, 민음사, 1996.

「뚱뚱한 코끼리가」, 이영주, 『108번째 사내』, 문학동네, 2005.

「마음의 경계」, 천양희, 『너무 많은 입』, 창작과비평사, 2005.

「만월」, 박라연, 『공중 속의 내 정원』, 문학과지성사, 2000.

「말하는 칸나」, 김길나, 『빠지지 않는 반지』, 문학과지성사, 1997.

「머리 스무 개 달린 길조」, 진수미, 『달의 코르크 마개가 열릴 때까지』, 문학동네, 2005.

「먼지의 얼굴이 만져지는 밤」, 김지녀, 『시소의 감정』, 민음사, 2009.

「명왕성에서 2」, 김소연, 『눈물이라는 뼈』, 문학과지성사, 2009.

「몇 살입니까」, 유안진, 『봄비 한 주머니』, 창작과비평사, 2000.

「모래밭에서」, 이진명, 『세워진 사람』, 창작과비평사, 2008.

「모래여자」, 김혜순, 『당신의 첫』, 문학과지성사, 2008.

「물로 빚어진 사람」, 김선우, 『도화 아래 잠들다』, 창작과비평사, 2003.

「물속에서」, 진은영, 『우리는 매일매일』, 문학과지성사, 2008.

「물속의 여자들」, 김선우, 『내 혀가 입 속에 갇혀 있길 거부한다면』, 창작과비평사, 2000.

「물에게 길을 묻다―수초들」, 천양희, 『마음의 수수밭』, 창작과비평사, 1994.

「물 좀 가져다주어요」, 허수경, 『청동의 시간 감자의 시간』, 문학과지성사, 2005.

「민벌레」, 이진명, 『단 한사람』, 열림원, 2004.

「밑 없는 연못」, 김길나, 『빠지지 않는 반지』, 문학과지성사, 1997.

「바기날 플라워(vaginal flower)」, 진수미, 『달의 코르크 마개가 열릴 때까지』, 문학동네, 2005.

「박쥐처럼」, 이근화, 『칸트의 동물원』, 민음사, 2006.

「밤」, 최승자, 『이 時代의 사랑』, 문학과지성사, 1981.

「밤에 용서라는 말을 들었다」, 이진명, 『밤에 용서라는 말을 들었다』, 민음사, 2007.

「밤으로의 긴」, 황인숙, 『슬픔이 나를 깨운다』, 문학과지성사, 1990.

「밤의 후렴구」, 이수명, 『언제나 너무 많은 비들』, 문학과지성사, 2011.

「밤이 오면 식구들은 몸속의 새를 꺼내 나뭇가지에 걸어놓고 잠이 든다」, 김혜순, 『어느 별의 지옥』, 청하, 1988.

「배꽃 시절」, 이진명, 『단 한사람』, 열림원, 2004.

「백년 묵은 여우」, 김혜순, 『한 잔의 붉은 거울』, 문학과지성사, 2004.

「백자(白瓷)」, 허영자, 『친전』, 문원사, 1971.

「백합, 백합, 백합」, 김언희, 『트렁크』, 세계사, 1995.

「뱀이 흐르는 하늘」, 이진명, 『단 한사람』, 열림원, 2004.

「벌레가 되었습니다」, 진은영, 『일곱 개의 단어로 된 사전』, 문학과지성사, 2003.

「별」, 나희덕, 『그 말이 잎을 물들였다』, 창작과비평사, 1994.

「별의 여자들」, 김선우, 『도화 아래 잠들다』, 창작과비평사, 2003.

「별의 죽음」, 조용미, 『나의 별서에 핀 앵두나무는』, 문학과지성사, 2007.

「보름달」, 강기원, 『바다로 가득 찬 책』, 민음사, 2006.

「복 받을진저, 진정한 나무의」, 황인숙, 『새는 하늘을 자유롭게 풀어 놓고』, 문학과지성사, 1988.

「봄」, 김승희, 『왼손을 위한 협주곡』, 문학사상사, 1983.

「봄」, 박라연, 『공중 속의 내 정원』, 문학과지성사, 2000.

「봄」, 허영자, 『조용한 슬픔』, 문학세계사, 1990.

「봄이 왔다」, 진은영, 『일곱 개의 단어로 된 사전』, 문학과지성사, 2003.

「북극흰올빼미」, 문혜진, 『검은 표범 여인』, 민음사, 2007.

「불」, 이진명, 『밤에 용서라는 말을 들었다』, 민음사, 1992.

「불그림자」, 김상미, 『모자는 인간을 만든다』, 세계사, 1993.

「불놀이」, 양선희, 『그 인연에 울다』, 문학동네, 2001.

「불 먹는 사나이」, 김길나, 『빠지지 않는 반지』, 문학과지성사, 1997.

「비」, 강기원, 『바다로 가득 찬 책』, 민음사, 2006.

「비명」, 김혜순, 『아버지가 세운 허수아비』, 문학과지성사, 1985.

「뿌리에게」, 나희덕, 『뿌리에게』, 창작과비평사, 1991.

「사릿날」, 김선우, 『내 몸속에 잠든 이 누구신가』, 문학과지성사, 2007.

「사막에서는 그림자도 장엄하다」, 이원, 『세상에서 가장 가벼운 오토바이』, 문학과지성사, 2007.

「사막 편지」, 최정례, 『햇빛속에 호랑이』, 세계사, 1998.

「새」, 강기원, 『고양이 힘줄로 만든 하프』, 세계사, 2005.

「새」, 안정옥, 『나는 걸어다니는 그림자인가』, 세계사, 2003.

「새가 되려는 여자」, 김혜순, 『한 잔의 붉은 거울』, 문학과지성사, 2004.

「새는 하늘을 자유롭게 풀어놓고」, 황인숙, 『새는 하늘을 자유롭게 풀어 놓고』, 문학과지성사, 1988.

「새장」, 조말선, 『매우 가벼운 담론』, 문학세계사, 2002.

「生」, 박라연, 『공중 속의 내 정원』, 문학과지성사, 2000.

「생화」, 김경미, 『고통을 달래는 순서』, 창작과비평사, 2009.

「서시(序詩)」, 나희덕, 『그 말이 잎을 물들였다』, 창작과비평사, 1994.

「선인장」, 이선영, 『일찍 늙으매 꽃꿈』, 창작과비평사, 2003.

「성냥」, 김남조, 『영혼과 가슴』, 새미, 2004.

「세이렌의 노래」, 김이듬, 『명랑하라 팜 파탈』, 문학과지성사, 2007.

「소녀 고양이군을 만나다」, 김행숙, 『이별의 능력』, 문학과지성사, 2007.

「수련」, 김승희, 『냄비는 둥둥』, 창작과비평사, 2006.

「수평으로 선 나무」, 김길나, 『둥근 밀떡에서 뜨는 해』, 문학과지성사, 2003.

「숲은 고스란히 나를」, 강신애, 『서랍이 있는 두 겹의 방』, 창작과비평사, 2002.

「스프링 위를 달리는 말」, 신혜정, 『라면의 정치학』, 북인, 2009.

「슬픔, 아무래도」, 이경림, 『시절 하나 온다 잡아먹자』, 창작과비평사, 1997.

「슬픔이 나를 깨운다」, 황인숙, 『슬픔이 나를 깨운다』, 문학과지성사, 1994.

「식충식물이 웃고 있다」, 김길나, 『둥근 밀떡에서 뜨는 해』, 문학과지성사, 2003.

「신촌에서 원숭이를 보았네」, 이기성, 『불쑥 내민 손』, 문학과지성사, 2004.

「십자가나무꽃」, 정끝별, 『삼천갑자복사빛』, 민음사, 2005.

「아득한 봄날」, 최승자, 『연인들』, 문학동네, 1999.

「알파 늑대」, 강기원, 『은하가 은하를 관통하는 밤』, 민음사, 2010.

「앗 시리아 저 별」, 정끝별, 『와락』, 창작과비평사, 2008.

「어느날 석양이」, 김선우, 『도화 아래 잠들다』, 창작과비평사, 2003.

「어느 새벽 처음으로」, 조은, 『동아일보』, 2012.9.14.

「어떤 강」, 이기성, 『불쑥 내민 손』, 문학과지성사, 2004.

「어떤 일생」, 천양희, 『너무 많은 입』, 창작과비평사, 2005.

「어머니 달이 눈동자 만드시는 밤」, 김혜순, 『달력 공장 공장장님 보세요』, 문학과지성사, 2000.

「어머니의 땅」, 신달자, 『어머니 그 삐뚤삐뚤한 글씨』, 문학수첩, 2001.

「어머니의 물」, 유안진, 『다보탑을 줍다』, 창작과비평사, 2004.

「어미木의 자살 1」, 김선우, 『내 혀가 입 속에 갇혀 있길 거부한다면』, 창작과비평사, 2000.

「얼레지」, 김선우, 『내 혀가 입 속에 갇혀 있길 거부한다면』, 창작과비평사, 2000.

「얼룩말을 위하여」, 박라연, 『공중 속의 내 정원』, 문학과지성사, 2000.

「여름 내내」, 허수경, 『청동의 시간 감자의 시간』, 문학과지성사, 2005.

「여름 언니들」, 안현미, 『이별의 재구성』, 창작과비평사, 2009.

「여름에 대한 한 기록」, 이진명, 『집에 돌아갈 날짜를 세어보다』, 문학과지성사, 1994.

「여우의 길」, 최정례, 『붉은 밭』, 창작과비평사, 2001.

「여인」, 김남조, 『설일』, 문원사, 1971.

「여자를 따라다니는 여우」, 이사라, 『시간이 지나간 시간』, 문학동네, 2002.

「오늘의 모과나무」, 임희숙, 『나무 안에 잠든 명자씨』, 시안, 2011.

「오월」, 최승자, 『기억의 집』, 문학과지성사, 1989.

「우리 집에 온 곰」, 정끝별, 『흰 책』, 민음사, 2000.

「우리가 물이 되어」, 강은교, 『우리가 물이 되어』, 문학사상사, 1986.

「우물」, 노혜경, 『캣츠아이』, 천년의시작, 2005.

「우포늪」, 이기성, 『불쑥 내민 손』, 문학과지성사, 2004.

「웅덩이」, 박서원, 『난간 위의 고양이』, 세계사, 1995.

「은호(銀狐)」, 허영자, 『어여쁨이야 어찌 꽃뿐이랴』, 범우사, 1978.

「인공호수」, 진은영, 『일곱 개의 단어로 된 사전』, 문학과지성사, 2003.

「잎, 또는」, 김언희, 『트렁크』, 세계사, 1995.

「자라는 눈물」, 최문자, 『울음소리 작아지다』, 세계사, 1999.

「자미원 간다」, 조용미, 『나의 별서에 핀 앵두나무는』, 문학과지성사, 2007.

「自轉 2」, 강은교, 『풀잎』, 민음사, 1974.

「자정의 젖은 십자로」, 진수미, 『달의 코르크 마개가 열릴 때까지』, 문학동네, 2005.

「자존심」, 김상미, 『모자는 인간을 만든다』, 세계사, 1993.

「자화상」, 천양희, 『너무 많은 입』, 창작과비평사, 2005.

「자화상」, 최승자, 『이 時代의 사랑』, 문학과지성사, 1981.

「작약」, 노천명, 『사슴의 노래』, 한림사, 1958.

「잠자는 숲」, 황인숙, 『새는 하늘을 자유롭게 풀어 놓고』, 문학과지성사, 1988.

「장미」, 노천명, 『창변』, 매일신보출판부, 1945.

「저무는 봄밤」, 허수경, 『혼자 가는 먼 집』, 문학과지성사, 1992.

「절규」, 조은, 『따뜻한 흙』, 문학과지성사, 2003.

「죽은 물고기의 살아 있는 머리」, 김길나, 『빠지지 않는 반지』, 문학과지성사, 1997.

「집고양이의 노래」, 이성애, 『하나보다 더 좋은 백의 얼굴이어라』, 또하나의문화, 1988.

「착한 개」, 김행숙, 『이별의 능력』, 문학과지성사, 2007.

「첫사랑」, 진은영, 『일곱 개의 단어로 된 사전』, 문학과지성사, 2003.

「초록각시뱀」, 강기원, 『은하가 은하를 관통하는 밤』, 민음사, 2010.

「춘궁」, 김언희, 『트렁크』, 세계사, 1995.

「춘분」, 노천명, 『창변』, 매일신보출판부, 1945.

「치한이 되고 싶은 봄밤」, 강기원, 『바다로 가득 찬 책』, 민음사, 2006.

「카멜레온」, 천양희, 『너무 많은 입』, 창작과비평사, 2005.

「파도와 천 개의 초승달」, 박서원, 『모두 깨어 있는 밤』, 세계사, 2002.

「풋여름」, 정끝별, 『삼천갑자복사빛』, 민음사, 2005.

「한 발의 후회」, 박라연, 『공중 속의 내 정원』, 문학과지성사, 2000.

「한밤중에」, 진은영, 『우리는 매일매일』, 문학과지성사, 2009.

「한칸 거미」, 정끝별, 『와락』, 창작과비평사, 2008.

「해질녘에 아픈 사람」, 신현림, 『해질녘에 아픈 사람』, 민음사, 2004.

「호랑이 젖꼭지」, 김승희, 『세상에서 가장 무거운 싸움』, 세계사, 1995.

「혹등고래」, 문혜진, 『검은 표범 여인』, 민음사, 2007.

「화(禍)」, 김혜순, 『아버지가 세운 허수아비』, 문학과지성사, 1985.

「화산을 토하다」, 양선희, 『그 인연에 울다』, 문학동네, 2001.

「환한 걸레」, 김혜순, 『불쌍한 사랑 기계』, 문학과지성사, 1997.

「황복어」, 안정옥, 『나는 독을 가졌네』, 세계사, 1995.

「황혼」, 황인숙, 『슬픔이 나를 깨운다』, 문학과지성사, 1990.

「황혼이 끝날 때에는」, 이사라, 『히브리인의 마을 앞에서』, 문학사상사, 1988.

「흙」, 문정희, 『양귀비꽃 머리에 꽂고』, 민음사, 2004.

「흙에게」, 이사라, 『시간이 지나간 시간』, 문학동네, 2002.

「11월」, 최정례, 『레바논 감정』, 문학과지성사, 2006.

「12월」, 김이듬, 『말할 수 없는 애인』, 문학과지성사, 2011.

「5시를 그린다」, 안현미, 『이별의 재구성』, 창작과비평사, 2009.

「63빌딩 수족관」, 정끝별, 『와락』, 창작과비평사, 2008.

찾아보기

【인명 색인】

【작품 색인】

■ 저자 약력

• **김미현** : 이화여자대학교 국어국문학과에서 현대소설을 전공했다. 논저로『한국여성소설과 페미니즘』,『판도라 상자 속의 문학』,『여성문학을 넘어서』,『젠더프리즘』 등이 있다. 여성문학을 젠더적 시각이나 문화론적 시각, 타자적 시각에서 탈경계적으로 연구함으로써 여성문학의 외연과 깊이를 확장·심화시키는 데에 관심을 갖고 있다. 현재 이화여자대학교 국어국문학과 교수로 재직 중이다.

• **최재남** : 서울대학교 국어국문학과에서 고전시가를 전공했다. 논저로『사림의 향촌생활과 시가문학』,『서정시가의 인식과 미학』,『체험서정시의 내면화 양상 연구』,『장르교섭과 고전시가』(공저),『조선후기 시가와 여성』(공저),『서포연보』(공역),『역주 목은시고』 1-12(공역) 등이 있다. 현재 이화여자대학교 국어국문학과 교수로 재직 중이다.

• **최형용** : 서울대학교 국어국문학에서 국어학을 전공했다. 논저로『국어 단어의 형태와 통사』,『열린 세상을 향한 발표와 토론』(공저),『주시경 국어문법의 교감과 현대화』(공저),『현대어로 풀어 쓴 주시경의 국어문법』(공저),「파생어 형성과 빈칸」,「합성어 형성과 어순」,「국어 동의파생어 연구」,「유형론적 관점에서 본 한국어의 품사 분류 기준에 대하여」 등이 있다. 문법의 경계 현상과 한국어 형태론의 유형론적 보편성과 특수성에 관심을 갖고 있다. 현재 이화여자대학교 국어국문학과 교수로 재직 중이다.

• **곽승미** : 이화여자대학교 국어국문학과에서 현대소설을 전공했다. 논저로『1930년대 후반 한국문학과 근대성』,『근대의 첫 경험』(공저),『일제 시기 근대적 일상과 식민지 문화』(공저),「『소년』 소재 기행문 연구 —글쓰기와 근대문명 수용 양상을 중심으로」,「근대 계몽기 서사의 이국취향을 통해 본 문화의 재배치 과정」,「〈순애보〉에 나타난 관계의 미학으로서의 통속성」 등이 있다. 근대 초기 다양한 서사와 통속성에 관심을 갖고 있다. 현재 이화여자대학교·연세대학교 강사로 재직 중이다.

• **김경숙** : 이화여자대학교와 서울대학교에서 한문학을 전공했다. 논저로『우리 한문학사의 여성인식』(공저),『조선 후기 서얼문학 연구』,『조선후기 지식인, 일본과 만나다』,『일본으로 간 조선의 선비들』,「여성 漢詩文에 나타난 '딸'의 형상화 고찰」,「紫霞 申緯와 그 시대 여성들 또는 女性像」,「조선후기 漢詩에 나타난 創新風 연구」 등이 있다. 조선후기의 문학과 문화, 주로 서얼과 여성과 조선통신사에 대해 관심을 갖고 있다. 현재 한경대학교 강사로 재직 중이다.

• **박나리** : 이화여자대학교 국어국문학과에서 국어학을 전공했다. 논저로『초급 한국어 "듣기"(문화관광부)』(공저),「'-는 것이다' 구문 연구」,「'-다니'에 대한 한국어 교육문법적 기술방안 연구」,「음식조리법 텍스트의 장르기반적 구성담화 분석」,「장르기반 교수법에 근거한 학술논문 쓰기 교육방안」 등이 있다. 국어의 문법화 표현, 다양한 텍스트 장르에 나타나는 텍스트 자질, 담화의 기능과 특징 등을 한국어 교육에 접목시키는 데에 관심을 갖고 있다. 현재 서울시립대학교 국제교육원 교수로 재직 중이다.

• **양현진** : 이화여자대학교 국어국문학과에서 현대소설을 전공했다. 논저로「손창섭 소설의 환상적 타자성 연구 —여성인물의 타자화 양상을 중심으로」,「현대소설에 나타난 여성 의복·장신구와 여성 의식 연구」,「한국현대소설에 나타나는 새의 이미지와 여성 의식 연구」,「김숨 소설에 나타나는 눈의 상상력 연구」 등이 있다. 현대소설의 장르적 실험 양상에 주목하고 있으며, 특히 여성적 시각과 의식의 독해에 관심을 갖고 있다. 현재 인천대학교 기초교육원 교수로 재직 중이다.

- **유정선** : 이화여자대학교 국어국문학과에서 고전시가를 전공했다. 논저로『18ㆍ19세기 기행가사 연구』,『한국시의 미학적 패러다임과 시학적 전통』(공저),『규방가사의 작품세계와 미학』(공저),「화전가에 나타난 여성의 놀이공간과 놀이적 성격-'음식'과 '술'의 의미를 중심으로-」등이 있다. 기행가사와 규방가사에 관해 관심을 갖고 있다. 현재 가천대학교 강사로 재직 중이다.

- **이은정** : 이화여자대학교 국어국문학과에서 현대시를 전공했다. 논저로『현대시학의 두 구도』,『김수영 혹은 시적 양심』,『공감-시로 읽는 삶의 풍경』(공저),『한국여성시학』(공저),「자궁의 시적 상상력과 여성주체의 전개 양상」,「여성 민중주의 시인의 애도 혹은 사자후-고정희론」등이 있다. 한국현대시의 젠더에 관한 주제, 현대시의 미학을 새로 밝혀나가는 방법론, 문학 텍스트를 삶 읽기와 글쓰기로 연동하는 문제 등에 관심을 갖고 있다. 현재 한신대학교 교양학부 교수로 재직 중이다.

- **임정연** : 이화여자대학교 국어국문학과에서 현대소설을 전공했다. 논저로「근대 젠더담론과 '아내'라는 표상」,「임노월 문학의 악마성과 탈근대성」,「여성 연애소설의 양가적 욕망과 딜레마」,「근대소설의 낭만적 감수성-나도향과 노자영의 소설을 중심으로-」,「여성문학과 술/담배의 기호론」등이 있다. 일제 강점기 지식 문화 담론의 근대성과 식민성, 한국문학의 감수성 형성 과정과 낭만주의 소설의 계보를 밝히는 데에 관심을 갖고 있다. 현재 이화여자대학교 국어국문학과 교수로 재직 중이다.

- **전진아** : 이화여자대학교 국어국문학과에서 고전소설을 전공했다. 논저로『청백운 연구』,『조씨삼대록』(공역),『금오신화 전등신화』(공역) 등이 있다. 국문 장편소설과 한문 장편소설의 관련 양상 및 고전 장편소설의 미학에 관심을 갖고 있다. 현재 이화여자대학교 강사로 재직 중이다.

- **정선희** : 이화여자대학교 국어국문학과에서 고전소설을 전공했다. 논저로『국문장편 고전소설의 인물론과 생활문화』,『고전소설의 인물과 비평』,『19세기 소설작가 목태림 문학 연구』,『소현성록』(공역),『조씨삼대록』(공역),「17세기 후반 국문장편소설의 딸 형상화와 의미」,「〈조씨삼대록〉의 악녀 형상의 특징과 서술 시각」등이 있다. 국문장편 고전소설의 인물 형상과 서술 시각, 소설에서 드러나는 여성들의 생활과 문화에 대해 관심을 갖고 있다. 현재 목원대학교 국어국문학과 교수로 재직 중이다.

- **조경하** : 이화여자대학교 국어국문학과에서 국어학을 전공했다. 논저로『국어의 후두음 연구』,『열린 세상을 향한 발표와 토론』(공저),「현대국어의 사잇소리 현상」,「국어의 후두 자질과 유기음화」,「'부엌' 계열 어휘의 변화에 관한 일 고찰」,「온라인 게임 금칙어의 조어 방식에 관한 연구」등이 있다. 현대국어의 공시적인 음운 현상, 언어의 변화, 언어에 반영된 사회문화적 요소에 관심을 갖고 있다. 현재 이화여자대학교 국어국문학과 교수로 재직 중이다.

- **조남민** : 이화여자대학교 국어국문학과에서 국어학을 전공했다. 논저로「여성 신체어의 출현과 의식의 변화」,「한국어 교육과정에 반영된 사회문화적 현상에 대한 연구」,「여성어의 변화에 관한 연구」,「여성 호칭어 '아주머니'계열 어휘의 의미변화에 대한 연구」,「문화 표제어 설정과 문화 통합 교육의 내용 구성에 대한 방안」등이 있다. 한국어 음성학과 음성, 어휘 측면의 사회언어학적 연구에 관심을 갖고 있다. 현재 한국기술교육대학교 교양학부 교수로 재직 중이다.

한국어문학 여성주제어 사전 5 – 자연

2013년 6월 10일 초판 1쇄 펴냄

저 자 김미현 최재남 최형용 곽승미 김경숙 박나리 양현진
　　　　유정선 이은정 임정연 전진아 정선희 조경하 조남민
발행인 김흥국
발행처 도서출판 보고사

책임편집 이경민
표지디자인 오동준

등록 1990년 12월 13일 제6-0429호
주소 서울특별시 성북구 보문동7가 11번지 2층
전화 922-5120~1(편집), 922-2246(영업)
팩스 922-6990
메일 kanapub3@naver.com
http://www.bogosabooks.co.kr

ISBN 979-11-5516-013-8　94810
　　　 979-11-5516-009-1　94810(세트)

정가 28,000원 (세트 150,000원)
사전 동의 없는 무단 전재 및 복제를 금합니다.
잘못 만들어진 책은 바꾸어 드립니다.

이 도서의 국립중앙도서관 출판시도서목록(CIP)은 서지정보유통지원시스템 홈페이지
(http://seoji.nl.go.kr)와 국가자료공동목록시스템(http://www.nl.go.kr/kolisnet)
에서 이용하실 수 있습니다. (CIP제어번호: CIP2013005864)

* 이 저서는 2008년 정부의 재원으로 한국연구재단의 지원을 받아 수행된 연구임.
(KRF-2008-322-A00076)